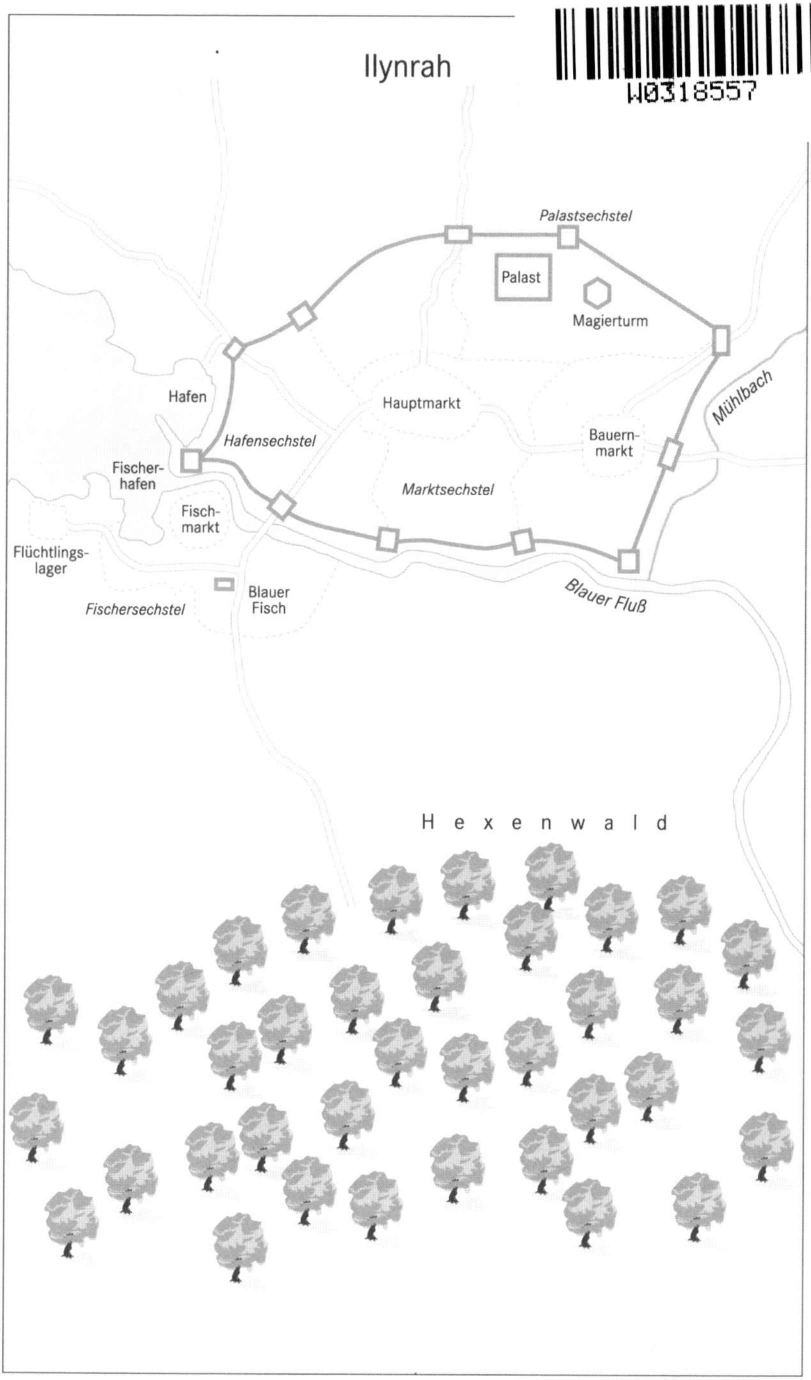
Ilynrah
Palastsechstel
Palast
Magierturm
Hafen
Hauptmarkt
Mühlbach
Hafensechstel
Bauern-
markt
Fischer-
hafen
Marktsechstel
Fisch-
markt
Flüchtlings-
lager
Blauer
Fisch
Blauer Fluß
Fischersechstel
H e x e n w a l d

Diana Wohlrath

DER FEUERTHRON

Carl Hanser Verlag

Der Inhalt dieses Buches wurde auf einem nach den Richtlinien des Forest Stewardship Council zertifizierten, holzfreien Papier der Papierfabrik Munkedal gedruckt.

Die Schreibweise in diesem Buch entspricht den Regeln der neuen Rechtschreibung.

Unser gesamtes lieferbares Programm und viele andere Informationen finden Sie unter
www.hanser.de
Mehr über *Der Feuerthron* gibt es unter
www.feuerthron.de

1 2 3 4 5 12 11 10 09 08

ISBN 978-3-446-23093-4

Umschlag: Dieter Wiesmüller
Satz: Greiner & Reichel, Köln
Druck und Bindung: CPI – Ebner & Spiegel, Ulm
Printed in Germany

ERSTER TEIL

DIE FLUCHT

1

Hannez sah, wie der Knoten des Taus aufging, mit dem das Segel eben neu aufgezogen worden war, konnte aber nicht mehr tun, als »Vorsicht!« zu schreien. Zum Glück sprangen die beiden Jungen sofort zur Seite. Dann krachte die Stenge samt dem Segel herab.

»Kip! Verdammt noch mal! Habe ich dir nicht gesagt, du sollst die Leine richtig festmachen?« Der Fischer hätte den Jungen ohrfeigen können und sich selbst gleich mit, weil er sich von Kip und Girdhan hatte breitschlagen lassen, sie auf die weite Fahrt mitzunehmen. Aber er hatte auf die Schnelle niemand anders als Hilfskraft gefunden. Die beiden Männer, die normalerweise auf seinem Boot mitfuhren, waren krank geworden, und er hatte diese Ausfahrt um nichts in der Welt verpassen wollen. Nur wenn drei der sechs Monde um Mitternacht als Vollmonde am Himmel standen, wartete am Tag danach ein ganz besonderer Fang auf die Fischer von Ilynrah.

Verärgert blickte er den anderen Booten nach, die mit vollen Segeln auf das geheimnisvolle goldene Glühen zuhielten, das von den Schwärmen der Goldgarnelen ausging und so stark war, dass sein Widerschein von den Wolken zurückgeworfen wurde. Hannez konnte sich kaum an einen Tag erinnern, an dem die Schwärme so weithin sichtbar gewesen waren. Seine Freunde würden mit vollen Fässern zurückkehren, ihn aber hielt das Pech in den Klauen. Die Schwärme blieben nur kurze Zeit an der Meeresoberfläche, und bis er das Segel aufziehen und wieder Fahrt aufnehmen konnte, würden sie sich bereits in die unendlichen Tiefen des Meeres zurückgezogen haben.

Während Kip, dessen Nachlässigkeit das Unheil verursacht hatte, vor Schreck wie erstarrt neben der kleinen Kajüte stand und das blaue Segeltuch anstarrte, das sich in den Tauen und der Rah verheddert hatte, machte Girdhan sich mit der ihm eigenen Ruhe daran, das Gewirr aufzudröseln. Trotz seiner breiten Hände und der plump wirkenden Finger ging er geschickt zu Werk.

»Einer von euch muss den Mast hochklettern und das Tauende durch die Rolle ziehen, damit wir das Segel wieder hochziehen können.« Hannez gab Kip, dem flinkeren der beiden Jungen, einen Stups. Doch da klemmte Girdhan sich schon das Seilende zwischen die Zähne und kletterte hoch.

»Gut so!«, lobte Hannez ihn und sah dann Kip an, der eigentlich der erfahrenere der beiden war.

Der Junge kämpfte gegen die Tränen an. »Das wollte ich nicht, Hannez! Ich dachte …«

»Wenn du schon deinen Kopf anstrengst, dann solltest du richtig nachdenken. Aber mit deinen Gedanken bist du meist irgendwo weit weg. Leider füllen die Fische und Goldgarnelen, die du in deiner Fantasie fängst, nicht den Bauch. Und jetzt hilf deinem Freund!« Hannez versetzte Kip einen weiteren Stoß und sah mit einem bedauernden Blick den anderen Fischern hinterher.

Die ersten Boote hatten die Schwärme erreicht. Ihre Rümpfe schimmerten nun in dem Licht von Abermillionen Garnelen, und es sah so aus, als würden die Boote über dem Wasser schweben. Netze wurden ausgeworfen und ihre leuchtende Fracht kurz darauf in das Innere der Schiffe entladen, das nun auch golden schimmerte. Hannez dachte an das schöne Geld, das seine Freunde für ihren Fang erhalten würden, und seufzte. Die Münzen hätte er auch gut brauchen können, denn der Tag, an dem er seine Steuern zahlen musste, stand kurz bevor.

Seine Hand krampfte sich um die Pinne. »Macht schneller!

Vielleicht können wir wenigstens so viele Garnelen fangen, dass Meraneh für ein paar Tage Vorrat hat. Ihr hattet versprochen, ihr ein großes Fass voll mitzubringen.«

Hannez' besorgte Miene glättete sich, als er an die Wirtin des »Blauen Fischs« dachte. Er mochte die Witwe und bot ihr jedes Mal, wenn er zurückkam, die besten Stücke seines Fangs für ihre Küche an. Deswegen hatte sie Girdhan auch erlaubt, mit ihm hinauszufahren. Im Gegensatz zu Kip war er kein Fischerjunge, sondern Schankbursche im »Blauen Fisch« und stammte nicht von Ilyndhir. Seine Eltern waren als Flüchtlinge auf die Insel gekommen und er selbst in Meranehs Gasthaus zur Welt gekommen. Da seine Mutter kurz nach der Geburt gestorben war, hatte Meraneh sich seiner angenommen und ihn aufgezogen.

»Hannez, schau dorthin!«

Girdhans entsetzt klingender Ausruf beendete den Gedankenflug des Fischers. Er blickte zu dem Jungen auf, der sich an den Mast klammerte und nach Süden zeigte.

»Was ist denn los?«, fragte er, denn er konnte nur die anderen Fischerboote sehen, die mit einem Mal wirr durcheinanderfuhren. Zwei stießen zusammen, bei anderen wurden die Netze gekappt und ins Meer geworfen, und bei den meisten versuchten die Steuerleute viel zu hektisch, die Boote auf Gegenkurs zu bringen.

Noch während Hannez sich fragte, welcher Wahnsinn seine Freunde ergriffen haben mochte, sah er schwarze Rümpfe über der Kimm auftauchen, die schnell größer wurden. In diesem Augenblick schien das Blut in seinen Adern zu Eis zu erstarren. Galeeren aus Gurrland drangen in ihre Gewässer vor!

»Diese Schufte! Sie sind dem Licht des Schwarms gefolgt und haben uns aufgelauert. Ilyna sei den armen Hunden gnädig.« Seine letzten Worte galten den vordersten Booten, die keine Chance hatten, den schwarzen Schiffen zu entkommen. Selbst auf diese Entfernung sah Hannez, dass die schwarzen Ruder wie von einem einzigen Mann geführt in die Wellen stachen und den Galeeren eine Geschwindigkeit verliehen, die ein Fischerboot nur bei einer raumen Brise erreichen konnte. Doch so, wie der Wind stand, mussten die Fischer erst wenden und dann kreuzen.

»Die Leine ist durchgeschossen!«, rief Girdhan von oben herab.

Hannez vernahm Panik in seiner Stimme, doch anders als er oder Kip war der Junge angesichts der feindlichen Flotte nicht vor Angst erstarrt, sondern hatte fieberhaft weitergearbeitet. Sein Beispiel brachte Hannez dazu, sich zu schütteln und ebenfalls zuzupacken.

»Große Blaue Göttin Ilyna, hilf uns! Lass nicht zu, dass die Kinder diesen Ungeheuern zum Opfer fallen«, betete er, während er Kip an die Pinne schob und in fieberhafter Eile das Segel aufzog. Er stellte sich Meraneh vor, deren greise Mutter und die kleine Mera, die an Girdhan hingen wie an einem Sohn oder Bruder. Was würden sie sagen, wenn der Junge nicht mehr zurückkam? Auch Kips Familie würde um ihren Jüngsten trauern, obwohl die älteren Brüder meist über ihn schimpften oder spotteten.

Kip schrie auf, als habe ihn jemand getreten. »Hannez, schau! Die Gurrländer kapern die Unsrigen nicht einmal, sondern fahren einfach über sie hinweg!«

Hannez kontrollierte jeden einzelnen Knoten. Dann übernahm er Kips Platz an der Steuerpinne und wies die beiden Jungen an, Netze und Fässer über Bord zu werfen und jedes Teil, das sonst noch herumlag.

»Ich weiß nicht, ob wir es schaffen. Aber ich tue mein Möglichstes!«, versprach er sich und den Kindern, als er die Ruderpinne nach steuerbord drückte. Für ein paar Augenblicke flatterte das Segel nutzlos im Wind. Als es ihn wieder einfing, begann das Boot, Fahrt aufzunehmen.

Hannez machte nicht den Fehler, sofort auf Gegenkurs zu gehen und dabei wieder an Geschwindigkeit zu verlieren, sondern hielt sein Boot so scharf am Wind, wie er es verantworten konnte. Dadurch kam er noch näher an die Schwarzen Galeeren heran.

Doch deren Besatzung achtete nicht auf ein einzelnes Schiffchen am Rand des Geschehens, sondern machte Jagd auf das Gros der Fischerflotte. Einige Boote wurden von den Rammspornen durchschnitten wie von einem Messer, andere einfach unter Wasser gedrückt. Jedes Boot riss Freunde und Nachbarn mit sich in die Tiefe, die nun nie mehr nach Ilynrah zurückkehren würden.

Hannez musste die Zähne zusammenbeißen, um sein Entsetzen und seine Wut nicht laut hinauszuschreien. »Die Flotte der Königin hätte längst etwas gegen die Gurrländer unternehmen sollen!«, entfuhr es ihm. Doch im Grunde war ihm klar, dass die eigenen Schiffe gegen diese Tötungsmaschinen keine Chance hatten.

Im gleichen Moment jubelte Kip, der auf den Mast geklettert war, auf. »Die Unseren kommen! Da sind die ›Ilna I.‹, die ›Evorda‹, die ›Teglir‹ und die ›Trymai‹! Sie werden es diesen Gurrländern zeigen!«

Jetzt sah auch Hannez die eigenen Schiffe über der Kimm auftauchen. Trotz der hohen Masten und der sich bauschenden blauen Segel wirkten sie winzig im Vergleich zu den riesigen, schwarz gestrichenen Galeeren. Als die Gurrländer die blaue Flotte bemerkten, schossen sie mit Feuerkugeln auf die letzten Fischerboote in ihrer Nähe und bildeten gleichzeitig eine Angriffslinie gegen die Kriegsschiffe aus Ilyndhir.

»Möge die Blaue Göttin mit den Unsrigen sein!« Hannez konnte sich vorstellen, welche Verwüstungen die schwarzen Rammsporne bei den eigenen Schiffen anrichten würden, und drehte dem Geschehen den Rücken zu. Er wollte nichts von dem Blutbad sehen, das sich nun hinter ihnen abspielen musste. Ihm, den beiden Kindern und einem weiteren Fischerboot, das bei der Hatz auf die Goldgarnelen zurückgeblieben war, bot der Angriff der königlichen Schiffe die Möglichkeit zu entkommen.

2

An diesem Tag tranken die Gäste mehr als sonst. Mera kam kaum mehr nach, die Krüge zu waschen und wieder neu zu füllen. Auch ihre Mutter hatte alle Hände voll zu tun. Meraneh stand in der Küche und kochte an diesem Abend doppelt so viel Fischsuppe und briet auch mehr Fische als sonst in drei Tagen. Es war, als wollten die Gäste im »Blauen Fisch« sich noch einmal richtig satt essen und betrinken, bevor das unvermeidliche Schicksal sie überrollte.

Hannez und der andere Fischer, der dem Überfall der gurrländischen Galeeren entkommen war, hatten in allen Einzelheiten berichten müssen, was draußen in den Fanggründen passiert war. Doch sie konnten nicht erklären, warum die Gurrländer auf einmal Jagd auf harmlose Fischer machten, und wussten ebenso wenig, was aus den Schiffen der königlichen Flotte geworden war. Als die beiden Männer erschöpft innehielten, starrten die übrigen Fischer stumm in ihre Bierkrüge, denn jeder von ihnen trauerte um Angehörige und gute Freunde.

Der königliche Steuerschätzer Berrell, dem die Fischer bisher kaum Beachtung geschenkt hatten, nutzte das Schweigen aus, um endlich das große Wort schwingen zu können. Mera mochte den aufgeblasenen Kerl nicht, der mit seinem langschößigen blauen Rock, den gleichfarbenen Kniehosen und den zierlichen Lederschuhen wie ein Fremdkörper zwischen den in derbes Leinen gekleideten Fischern wirkte. Sie kannte niemanden aus der Fischervorstadt, der sich die Haare nach höfischer Mode blau färbte oder sich gar ein blaues Schönheitspflaster auf die Wange klebte.

Die Männer, die im »Blauen Fisch« ihr Bier tranken, arbeiteten hart, um ihr Leben zu bestreiten, und das Meer war nicht immer gnädig zu ihnen. Mal war der Fang so gering, dass sie vom Erlös kaum ihre Steuern zu zahlen vermochten, dann gingen Boote samt ihrer Mannschaft verloren, und meistens wusste niemand zu sagen, was ihnen zugestoßen war.

Stürme stellten die geringste Gefahr für die Fischer dar, denn die alte Merala konnte sie beinahe jedes Mal rechtzeitig warnen. Die Mutter der Wirtin war eine ausgezeichnete Wetterfühlerin und wusste genau zu sagen, wo das nächste Unwetter wüten würde. Gegen den Sturm aber, der sich seit Neuestem aus dem Süden erhob, halfen auch ihre besonderen Fähigkeiten nichts.

Berrell hob seinen Krug, ohne daraus zu trinken, und sah die Anwesenden hochmütig an. »Die Flotte Ihrer Majestät, der Königin, wird dieses gurrländische Gesindel vom Meer fegen, wenn es weiterhin in unsere Hoheitsgewässer eindringt!«

»Wovon träumst du nachts?«, murmelte Hannez, der seinen Schrecken noch nicht überwunden hatte.

Der Steuerschätzer quoll bei seinen nächsten Worten vor Stolz über. »Ich habe heute mit dem Geheimen Staatsrat Hemor gesprochen. Wie er mir unter dem Siegel der Verschwiegenheit berichtet hat, wird die Flotte Ihrer Majestät stark aufgerüstet. Es sind bereits neue Schiffe auf Kiel gelegt worden. Damit werden wir bald in der Lage sein, die Gurrländer in ihre Schranken zu weisen.«

Hannez verzog zweifelnd die Miene. »Dafür werden uns die Schwarzen nicht genügend Zeit lassen.«

Mera schüttelte es, als sie daran dachte, was nun auf die Mutter zukam. Für die neuen Schiffe benötigte die Königin viel Geld; sie würde gewiss die Steuern erhöhen. Das bedeutete, Mutter und sie würden noch mehr arbeiten und sich trotzdem stärker einschränken müssen. Zwar kamen beinahe mehr Gäste in den »Blauen Fisch«, als sie bedienen konnten, doch das Geld, das ihnen übrig blieb, wurde immer weniger. Aus diesem Grund hatte die Mutter bereits dringende Reparaturen am Haus verschoben. Wenn es noch schlimmer kam, würden sie nicht einmal mehr Girdhan behalten können, obwohl der Junge so genügsam war wie kein Zweiter. Er arbeitete so hart wie ein Erwachsener, obwohl er nicht mehr bekam als Kost, Logis und ein kleines Taschengeld. Seit eine sterbende Girdanierin ihn als Neugeborenen in die Hände ihrer Mutter gelegt und diese gebeten hatte, sich ihres Sohnes anzunehmen, lebte Girdhan im »Blauen Fisch«. Seine Eltern waren mit Flüchtlingen aus Girdania gekommen, das nun Klein-Gurrland hieß, nachdem die Truppen des Kaiserreiches Gurrland die kleinere Nachbarinsel besetzt hatten. Dennoch war Girdhans Vater noch vor dessen Geburt wieder in die Heimat zurückgekehrt, um gegen die Eroberer zu kämpfen. Wahrscheinlich lebte er längst nicht mehr, denn das gurrländische Reich dehnte seine Macht immer weiter aus. Nun drang es bis in die Hoheitsgewässer von Malvone und Ilyndhir vor und verbreitete dort Angst und Schrecken.

»Diese Gurrländer sind eine Pest, der man bereits vor Jahren mit Feuer und Schwert hätte begegnen sollen«, stieß einer der Fischer aus.

Meras Großmutter, die an ihrem gewohnten Platz in der Ecke saß und mit Rocken und Spindel hantierte, lachte bitter auf. »Ich kann mich noch gut daran erinnern, wie froh ihr alle gewesen seid, als die Gurrländer die Ardhunischen Inseln erobert und dem dortigen Piratenunwesen einen Riegel vorgeschoben haben. Jetzt lernen auch wir die Grausamkeit des Kaisers von Gurrland und seiner Soldaten kennen.«

Berrell maß sie mit einem bitterbösen Blick. »Soldaten? Ha! Die verdammten Gurrländer sind nicht einmal richtige Menschen. Habt ihr schon einmal einen von ihnen erblickt? Ich kann euch sagen, wie sie aussehen. Es sind große, ungeschlachte Kerle mit Tierschnauzen und langen Hauern, die aus dem Unterkiefer bis zur Nase hochragen. Vor allem aber sind die Kerle dumm und grausam!«

Merala wackelte nach der Art der Greisinnen mit dem Kopf. »In meinen jungen Jahren habe ich Gurrländer kennengelernt, die höflicher waren als manche Leute, die heutzutage in den ›Blauen Fisch‹ kommen.«

Der Seitenhieb gegen den Steuerschätzer war deutlich zu spüren. Der Mann plusterte sich entsprechend auf, doch die alte Frau, die in einem abgeschabten blauen Kleid auf ihrem Hocker saß, beachtete ihn nicht weiter, sondern streichelte gedankenverloren ein kleines Pelztier, das es sich auf ihrem Schoß bequem machte und seine Beine mit einem grunzenden Ton von sich streckte.

Einer der Fischer, der sich bei dem Beamten einschmeicheln wollte, um bei der nächsten Steuerschätzung besser davonzukommen, machte eine wegwerfende Handbewegung in Richtung der alten Frau.

»Hört nicht auf das, was die alte Wetterhexe erzählt! Die behauptet, Stürme vorhersagen zu können, doch als wir zuletzt ihren Worten vertraut haben und losgefahren sind, fanden wir uns im schlimmsten Taifun der vergangenen Jahre wieder. Ihr Verdienst ist es gewiss nicht, dass wir mit heiler Haut davongekommen sind.«

Mera mochte es gar nicht, wenn jemand respektlos von ihrer Großmutter sprach, und nahm sich vor, den nächsten Krug für den großmäuligen Mann so einzuschenken, dass er viel Schaum und wenig Bier enthielt.

Hannez verteidigte die alte Frau vehement. »Merala hat uns Hunderte Male vor Stürmen gewarnt hat, die alle wie vorausgesagt über das Meer gezogen sind! Da kann sie sich auch einmal irren.«

»Ich habe mich nicht geirrt! Es war ein magischer Sturm, und den kann auch ich nicht früh genug erkennen. Die Fischer, die bereits auf dem Meer waren, vermochte ich nicht mehr zu warnen, aber einige andere konnte ich davon abhalten, ebenfalls in diesen Sturm hineinzufahren.« Der alten Frau war anzumerken, dass ihr diese Art von Stürmen Sorgen bereiteten, doch ihre Stimme klang eher gleichmütig, so als würde sie den Mann, der sie angegriffen hatte, nicht ernst nehmen.

»Das stimmt!«, bestätigte Hannez. »Ohne ihre Warnung wären wir aufgebrochen und vom Sturm in die Drachenzähne hineingetrieben worden.«

Merala seufzte. »Es war ein magischer Sturm, der seinen Ursprung in Gurrland hatte. Der Herr des Feuerthrons …«

Der Beamte unterbrach die alte Frau mit einem ärgerlichen Laut. »Bleib uns doch mit diesem Märchen von Leib! Der Feuerthron wurde vor tausend Jahren zerstört, als unsere tapferen Soldaten unter dem Kommando der Gründerkönigin Ilna I. das erste gurrländische Reich niederwarfen.«

»Es waren weniger unsere tapferen Soldaten als die magische Kraft des Volkes von Runia, die die Macht des Feuerthrons gebrochen hat. Die Runier haben den brennenden Stein in tausend Stücke zerschlagen, doch selbst mit ihren Fähigkeiten vermochten sie ihn nicht völlig zu vernichten. Es blieb genügend Kraft in den Resten, und die benutzt nun der neue Kaiser von Gurrland, um seine Herrschaft auszudehnen. Girdania und die Ardhunischen Inseln waren erst der Anfang. Inzwischen stehen seine Truppen in Gelonda, und wenn nicht bald etwas geschieht, werdet Ihr sie die Straße von Ilynrah heraufkommen sehen!« Während ihrer Rede war Merala aufgestanden, hatte Timpo, wie sie das vierfüßige Fellknäuel nannte, auf den Arm genommen, und blickte nun auf Berrell herab wie auf einen uneinsichtigen kleinen Jungen.

Während Mera sich fragte, woher ihre Großmutter all dieses Wissen nahm, winkte der Steuerschätzer verächtlich ab. »Die geheimnisvollen Bewohner von Runia verlassen ihre Insel niemals, noch zeigen sie sich je einem anderen Wesen. Ausgerechnet sie sollen damals nach Gurrland gezogen sein, um die Bedrohung durch den Feuerthron zu beenden? Dein Verstand, altes Weib, ist mit den Jahren geschwunden. Und jetzt will ich solchen Unsinn nicht mehr hören. Mädchen, fülle mir meinen Krug.«

Girdhan nahm das leere Gefäß und reichte es Mera. Dabei bemerkte er nicht, wie feindselig der Beamte ihn musterte.

»Wenn ihr einen Gurrländer sehen wollt, dann schaut euch doch diesen Lümmel genauer an«, sagte Berrell im gehässigen Tonfall.

Mera wollte Girdhan verteidigen, doch in dem Augenblick rief ihre Mutter, dass die nächsten Portionen Suppe fertig seien. Während sie den Bierkrug in den Bottich mit frischem Wasser tauchte und anschließend mit einem sauberen Tuch abwischte, lief Girdhan in die Küche und kehrte mit einem Tablett voller Näpfe zurück. Um zu den Gästen zu kommen, die Suppe bestellt hatten, musste der Junge an dem Steuerschätzer vorbeigehen, und genau in dem Augenblick stellte Berrell ihm ein Bein. Girdhan stolperte, verlor das Gleichgewicht und fiel samt dem Tablett hin, so dass die tönernen Näpfe zerschellten und ihr Inhalt durch den Gastraum spritzte.

Girdhans rundliches Gesicht mit der leicht vorspringenden Kieferpartie wirkte so erschrocken, dass einige Fischer unwillkürlich lachten. Als er aufstehen wollte, trat Berrell ihn so heftig, dass er erneut zu Boden stürzte.

»Wie diesem Kerl soll es allen dreckigen Gurrländern ergehen! Eine Schande, dass so einer noch frei herumlaufen darf!«

Meras Augen funkelten vor Wut. Sie war mit Girdhan zusammen aufgewachsen, und er gehörte trotz seines Gurrlandblutes mehr zu ihrer kleinen Welt als dieser aufgeblasene königliche Beamte, der aus seiner Verachtung für die Menschen, die südlich des Flusses lebten, keinen Hehl machte. Ohne über die Konsequenzen nachzudenken, packte sie den Krug, den sie eben gefüllt hatte, und wollte Berrell den Inhalt ins Gesicht schütten.

Da hielt jemand ihre Hand fest. Sie sah sich um und blickte in das Gesicht ihrer Großmutter. »Wenn du das tust, Kind, wird der Kerl deiner Mutter so viel Steuern aufhalsen, dass wir sie nicht mehr zahlen können und den ›Blauen Fisch‹ verlieren.«

Großmutter hatte recht, sagte Mera sich, aber sie wusste nicht, wie sie ihren Zorn bändigen sollte. Es war einfach ungerecht, dass ein missgünstiger Mensch wie dieser Beamte so viel Macht über andere Leute ausüben konnte. Immerhin hatte die Königin bei ihrer Krönung schwören müssen, ihre Herrschaft weise und gerecht auszuüben. Doch wenn Ilna V. solche Leute wie Berrell als Steuerschätzer einsetzte, brach sie in Meras Augen ihren Eid. Wütend, weil sie den Mann weder mit dem Bier taufen noch ihm den aus hartem Holz gefertigten Krug über den Schädel hauen durfte, ging sie zu seinem Tisch, packte sein Bein, mit dem er Girdhan auf den Boden presste, und stellte es kurzerhand beiseite.

»Ich hoffe, Ihr seid genauso mutig, wenn Ihr einem echten Gurrländer gegenübersteht und nicht einem armen Jungen, der nichts für seine Eltern kann!«

Hannez und einigen anderen Fischern, die Girdhan seit Jahren als braven, flinken Schankburschen kannten, der keiner Fliege etwas zu Leide tat, passte der Auftritt des Steuerschätzers ebenso wenig. Daher standen sie demonstrativ auf und halfen dem Jungen, die Scherben aufzuheben und den Boden zu wischen.

Berrell schnaubte verärgert. »Wo bleibt mein Bier?«, rief er und beschwerte sich lautstark über die schlechte Bedienung.

Bevor Mera den Krug nehmen und ihm den Inhalt doch noch über den Kopf schütten konnte, nahm die Großmutter das Gefäß und stellte es dem Mann hin. »Wohl bekomm's! Um es mit den Worten meiner Enkelin zu sagen: Wir vertrauen auf den Schutz solcher Helden wie Euch!«

Einige der Fischer, die glaubten, in ihrer Ecke unerkannt zu bleiben, spotteten nun über den Steuerschätzer, der einen tonnenförmigen Leib besaß und Beine, so dünn wie Trommelstöcke. Auch konnten seine kurzen, weißen Finger höchstens eine Schreibfeder halten, doch niemals ein Schwert. So stellten sie sich wahrlich keinen Helden vor.

Berrell warf der alten Frau einen bitterbösen Blick zu. »Wenn du mich aufziehen willst, muss ich dich warnen! Und das gilt auch für alle, die hier drinnen nichts Besseres zu tun haben, als ihr Geld zu verprassen. In wenigen Wochen steht die neue Steuerschätzung an, und dann könntet ihr es bereuen.«

Mera ekelte sich vor dem Mann, der wie eine fette, blaue Schnecke am Tisch hockte, aber die Worte, die er von den murrenden Fischern zu hören bekam, richteten sie wieder auf.

»Sollten wir herausbekommen, dass du falsche Steuerbescheide erstellst, werden wir uns an die Königin wenden!«

»Nach Fisch stinkende Leute wie ihr werden doch nicht einmal durch das Portal des Palastes gelassen«, antwortete Berrell von oben herab.

»Dann beschweren wir uns eben beim Stadtpräfekten, und wenn der uns nicht anhören will, beim Sechstelmeister. Sollte das alles nichts helfen, verkaufen wir den Köchen Ihrer Majestät halt keine Fische mehr. Dann wird die Königin schon merken, wer hier stinkt.«

»Das ist Rebellion!«, fuhr der Beamte auf.

»Was du machst, ist Erpressung und Amtsmissbrauch, und das lassen wir uns nicht gefallen«, antwortete Hannez zornig und erhielt Beifall von den anderen.

Berrell sah ein, dass er mit seinen Drohungen bei den biederen Männern der Fischervorstadt nicht gut ankam. Die Leute hier waren ein raues Volk, und zwischen ihm und seinem Haus in der Oberstadt lag der Fluss, über den nur eine wacklige Brücke aus Holz und Seilen führte, da es sich nach Ansicht des Magistrats nicht lohnte, einen festen Übergang aus Steinen zu errichten.

Ein Blick durchs Fenster zeigte dem Beamten, wie dunkel es inzwischen geworden war. Sollte ihm einer der Fischer folgen, wenn er nach Hause ging, so konnte der Mann ihn auf der Brücke packen und ins Wasser werfen, ohne dass es jemand bemerkte. Dann würde er jämmerlich ertrinken und vom Fluss in die nahe Meeresbucht gespült werden. Sein Stolz verbot ihm jedoch, einzulenken und sich vor dem stinkenden Gesindel zu demütigen.

»Ich stehe hier im Namen und Auftrag Ihrer Majestät, der Königin! Wenn ich etwas sage, ist es, als hätte die Königin selbst gesprochen! Sollte mir auf dem Heimweg etwas passieren …«

Weiter kam er nicht, denn Hannez unterbrach ihn sichtlich verärgert. »Willst du etwa behaupten, dir etwas anzutun wäre das Gleiche wie ein Königsmord? Spar dir deine Worte! Wir sind ehrliche Fischer und werden uns an einem wie dir nicht die Hände schmutzig machen. Einen Rat gebe ich dir aber auf den Weg: Bleibe bei der nächsten Steuerschätzung brav bei der Wahrheit, sonst werden wir alle, die wir hier sitzen, und auch unsere Freunde, die derzeit draußen auf dem Meer fischen, gemeinsam vor den Palast der Königin ziehen und Gerechtigkeit einfordern!«

Die Adern am Hals des Steuerschätzers schwollen an, und sein Kopf färbte sich so rot wie der Wein, den Ihre Majestät Ilna V. so gerne trank. »Ihr … ihr wagt es, mir zu drohen? Ich werde …«

Zum zweiten Mal an diesem Abend kam er nicht dazu, einen Satz zu beenden, denn in dem Augenblick wurde die Tür geöffnet, und ein später Gast betrat die Wirtsstube. Es handelte sich um einen mittelgroßen, hager wirkenden Mann, der trotz des trockenen Wetters in einen weiten Umhang gehüllt war. Ein breiter Hut beschattete sein Gesicht, doch als er den Kopf hob, konnten alle auf seinen Wangen die blaue Tätowierung erkennen, die ihn als Hofmagier der Königin auswies.

»Torrix!« Einer der Fischer sprach diesen Namen in einem Ton aus, als würde er sich ans andere Ende der Welt wünschen.

Mera schüttelte verwundert den Kopf. Die Anwesenheit des Steuerschätzers Berrell konnte sie sich noch erklären, denn die Fischgerichte ihrer Mutter schmeckten nun einmal besser als die in den Gasthäusern der vornehmeren Sechstel von Ilynrah. Aber am gleichen Tag auch den obersten königlichen Wahrsager und Magier im »Blauen Fisch« zu sehen war mehr als ungewöhnlich. Im Allgemeinen verließ Torrix das Palastgelände nur zu den Riten, die zu Ehren der Großen Blauen Göttin stattfanden, oder anderen offiziellen Ereignissen. Also war es wenig wahrscheinlich, dass er nur hierherkam, um einen Krug Bier zu trinken.

»Ilynas Segen sei mit euch!« Obwohl er nicht laut sprach, füllte die Stimme des Magiers den Raum. Die Fischer starrten ihn ängstlich, aber auch ehrfürchtig an, während Berrell sich in die Brust warf und auf den freien Platz neben sich wies.

»Willkommen, Herr Torrix! Setzt Euch doch her zu mir!« Der Steuerschätzer sah sein Ansehen schon in gewaltige Höhen steigen, wenn der Hofmagier mit ihm anstieß und einen Krug Bier leerte.

Torrix beachtete Berrell nicht einmal, sondern ging mit raschen Schritten durch den Raum und blieb vor der alten Merala stehen, die sich wieder auf ihren Schemel gesetzt hatte und Timpo gedankenverloren streichelte. Ihr Gesicht wirkte dabei so seltsam starr, dass Mera es mit der Angst zu tun bekam.

»Großmutter, was ist mit dir?« Sie wollte zu der alten Frau hin, doch der Magier hielt sie auf und schob sie auf das Fass zu.

»Schenke mir einen Krug Bier ein und sage deiner Mutter, sie soll mir einen Teller mit Goldgarnelen machen, die sie so meisterhaft zuzubereiten versteht.« Danach verbeugte er sich vor der Großmutter, als stünde er vor einer ganz feinen Dame.

»Merala, im Namen Ihrer erhabenen Majestät ersuche ich dich, mich in den Palast zu begleiten und uns zu raten. Ich sehe Gefahren auf uns zukommen, vermag aber keine Lösung zu finden, da sich die Zukunft meinen Augen verschließt.«

Mera wunderte sich noch mehr. War das wirklich der Hofmagier, der hier so bittend auftrat? Sie konnte die Tage, an denen sie Torrix mit eigenen Augen gesehen hatte, an den Fingern einer Hand abzählen. Dabei war sie schon dreizehn Jahre alt und hatte seit frühester Kindheit die Feierlichkeiten zu den jährlichen Geburtstagen der Königin besucht. Einmal hatte Ilna V., die sich zu diesem Anlass leutselig unter das Volk mischte, ihr sogar über das Haar gestrichen. Gespannt wartete sie darauf, was ihre Großmutter dem Magier antworten würde.

Merala ließ sich Zeit. Sie kraulte das Fellbündel, zu dem Timpo sich zusammengezogen hatte, und schien durch den Magier hindurchzublicken. Erst nach einer ganzen Weile sah sie zu ihm auf. »Wie kommst du auf den Gedanken, ich könnte dir helfen, Torrix? Ich bin nur noch eine alte Wetterhexe, die in ihren Knochen spürt, wenn ein Sturm aufzieht.«

Der Magier kniete vor der alten Frau nieder und beugte sein Haupt. »Du warst einst eine große Heilerin und Wahrsagerin und hättest lange vor mir die Hofmagierin der Königin werden können. Deine Fähigkeiten ruhen immer noch in dir! Du musst sie nur wieder wachrufen.«

»Ich bin alt und müde und alle Zaubersäfte, die du mir geben könntest, vermögen dies nicht aus der Welt zu schaffen!« Die Großmutter klang unwirsch, doch der Magier ließ nicht locker.

»Die Königin wünscht es. Es geht um unsere Heimat! Wir müssen das Gesicht dessen sehen, der uns bedroht, und erfahren, wann der Schlag gegen uns fallen wird. Ich habe seltsame Träume, doch selbst mit meinen Zaubersäften – wie du sie nennst – vermag ich die Bilder nicht festzuhalten. Das Weitere sollten wir jedoch in meinem Turm besprechen. Ich will diese guten Leute hier nicht noch mehr ängstigen.«

Mera wusste nicht, was sie denken sollte. Dem Hofmagier schien es vollkommen ernst damit zu sein, ihre Großmutter mitzunehmen. Doch bei seiner Stellung im Reich hätte es ausgereicht, ein paar Stadtbüttel oder Gardisten zu schicken und die alte Frau zum Palast schleppen zu lassen. Er aber war beinahe so devot, als stünde er vor Königin Ilna V. Neugierig geworden zapfte sie einen Krug Bier, gab ihn aber nicht Girdhan, der sich inzwischen einen neuen Kittel geholt hatte, sondern trug das Gefäß selbst zu Torrix hinüber.

»Hier, Herr, das ist für Euch!«

Der Magier machte eine Geste, als würde er sich durch sie gestört fühlen, drehte sich dann aber zu ihr um und starrte sie mit Augen an, die heller leuchteten als blaue Kerzenflammen. Auch die Haarsträhne, die sich unter seinem Hut hervorgestohlen hatte, glänzte intensiv blau, und Mera kam es so vor, als sei die Tätowierung auf seinem Gesicht nicht auf normale Art entstanden, sondern käme von innen heraus wie bei einer Eidechse oder Schlange. Sein Blick drang in sie hinein und wühlte wie mit Krallen in ihren Gedanken. Für einen Moment wurde ihr schwarz vor Augen, und sie hatte Mühe, sich auf den Beinen zu halten. Als er sich von ihr abwandte, wütete ein Feuer unter ihrer Schädeldecke, das zu ihrer Erleichterung jedoch schnell erlosch und nur leichte Kopfschmerzen zurückließ.

»Ist das deine Enkelin?«, fragte Torrix die alte Frau.

Merala nickte. »Das ist Mera. Doch ich glaube nicht, dass ich sie in deine Hände geben werde.«

Der Magier lachte auf. »Bei dir ist sie weitaus besser aufgehoben als bei mir. Aber du wirst bald mit ihrer Ausbildung beginnen müssen. Sie besitzt gute Anlagen, die nicht verloren gehen dürfen.«

Dann sah er die alte Frau flehend an. »Ich habe eine Sänfte mitgebracht. Du wirst als hoch geachteter Gast in den Palast gebracht werden. Nimm mit, was du brauchst. Gemeinsam werden wir dem Geheimnis auf die Spur kommen. Es gehen Dinge vor sich, die das Schicksal unseres Reiches bestimmen werden.«

»Immer redest du von großen Dingen! Dabei ist die Hilfe, die wir im Kleinen leisten können, viel wertvoller für die Menschen als all die Horoskope, die du der Königin und ihren Leuten stellst.«

Selbst für einen Adeligen wäre es kühn gewesen, so mit dem Hofmagier zu sprechen. Die Mutter einer einfachen Wirtin aber wäre normalerweise für solche Worte bestraft worden. Daher erwartete Mera, Torrix würde ihre Großmutter zumindest scharf zurechtweisen. Stattdessen erneuerte er noch einmal in höflichster Form seine Bitte, ihn zum Palast zu begleiten.

Für einen Augenblick dachte Mera über die Worte nach, die der Magier über sie gesagt hatte. Welche Anlagen oder Talente sollte sie besitzen? Mit Zauberei und Magie hatte sie gewiss nichts am Hut. Aber sie wäre gern eine genauso gute Wetterfühlerin wie ihre Großmutter. Die Fischer würden sich darüber freuen, denn eine rechtzeitige Sturmwarnung vermochte ihnen das Leben zu retten. Das beantwortete jedoch nicht die Frage, weshalb der mächtige Torrix wie ein Bittsteller vor ihrer Großmutter stand, anstatt einfach zu befehlen.

Nun erinnerte Mera sich an den Bierkrug, den sie noch immer in den Händen hielt, und streckte ihn dem Magier hin. »Wollt Ihr nun das Bier haben oder nicht, Herr?«

Torrix ergriff den Krug, murmelte ein paar Worte, und das Gefäß verschwand spurlos. Als er Meras weit aufgerissene Augen sah, machte er eine beschwichtigende Geste. »Keine Angst, ich habe den Krug nur in meinen Turm gezaubert. Mit den Garnelen werde ich es dann ebenso machen. Jetzt habe ich keine Zeit zum Essen.«

»Wenn der Herr Magier keine Zeit mehr zum Essen und Trinken hat, ist wirklich Gefahr im Verzug.« Mit dieser spöttischen Bemerkung stand die Großmutter auf und drückte Mera das fiepende Fellbündel in die Hände.

»Pass gut auf Timpo auf! Er mag es nicht, eingesperrt zu werden, und er hat das Bestreben, mir überallhin zu folgen. Ich will ihn aber nicht in den Palast mitnehmen.«

Die Bemerkung, Timpo würde sich nicht gerne einsperren lassen, hielt Mera für eine arge Untertreibung. Das Tier ließ sich kaum von ihrer Großmutter trennen und nagte sich selbst durch Türbretter hindurch, um zu ihr zu gelangen.

»Warum nimmst du Timpo denn nicht mit? Hier haben wir nichts als Ärger mit ihm!«

Die Großmutter schüttelte den Kopf. »Es ist besser, er bleibt hier. Ich aber muss Torrix begleiten. Es ziehen wahrlich dunkle Wolken am Horizont auf, und ich möchte ebenfalls genauer wissen, woher sie stammen.«

»Aus Gurrland, woher sonst!«, bellte der Steuerschätzer.

Niemand antwortete ihm, denn die Fischer starrten wie gebannt auf den Hofmagier, der der alten Frau den Arm reichte und sie zur Tür führte. Dort drehte Merala sich noch einmal um und blickte ihre Tochter an, die mit dem Teller Goldgarnelen aus der Küche gekommen war.

»Die Garnelen hätte Torrix beinahe vergessen!«

»… und das Bezahlen auch«, murmelte Mera. Im selben Moment

war der Teller mit den Goldgarnelen verschwunden, und sie hielt mehrere Münzen in der Hand. Für einen Augenblick schwang das leise Lachen des Magiers im ganzen Raum, dann verließen er und Merala das Haus.

Mera folgte ihnen zur Tür und spähte durch einen Spalt. Da stand tatsächlich eine Sänfte mit dem königlichen Wappen auf der Straße. Ein Lakai im blauen Rock half ihrer Großmutter so vorsichtig hinein, als wäre sie eine edle Dame. Dann packten vier kräftige Männer die Tragestangen, hoben die Sänfte auf und trugen sie mit raschen Schritten davon.

Timpos Winseln und seine verzweifelten Bemühungen freizukommen, erinnerten Mera daran, dass sie nun an anderes zu denken hatte als an ihre Großmutter und deren unerwartete Einladung in den Königspalast. Bis sie Timpo in die Schlafkammer der Großmutter gebracht hatte, hatte er ihr Gesicht und Hände zerkratzt. Um ihn zu beruhigen, steckte sie ihn unter die Bettdecke und musste ihn sofort wieder einfangen, da er ihr unter den Händen wegschlüpfte.

»Timpo, du wirst jetzt hierbleiben, verstanden!« Meras Stimme klang scharf, aber sie wusste, dass sie das Tierchen nicht auf diese Weise bändigen konnte.

Timpo zählte zu keiner Art, die im Königreich Ilyndhir oder in einem der umliegenden Reiche bekannt war. Einige Leute glaubten, er sei eine Art Ratte, doch er war größer als die schädlichen Nager und besaß im Gegensatz zu ihnen keinen Schwanz. Dafür waren seine Zähne länger und schärfer. Sein Fell war weicher als die Wolle eines Lamms, und es wies, wie sie zum ersten Mal bemerkte, den gleichen Blauschimmer auf wie die Haare des Magiers. Auch seine Knopfaugen leuchteten plötzlich in einem sanften Blau, und sie drückten zu Meras Verwunderung Angst aus. Noch während sie auf Timpo einredete, begann er zu zittern.

»Dummes Vieh! Die Großmutter kommt doch bald wieder«, schimpfte Mera.

Während sie ihn scharf im Auge behielt, um ihn sofort wieder fassen zu können, schloss sie die Fensterläden und sicherte sie doppelt. Dann legte sie das Tier wieder unter die Bettdecke, verließ den Raum und klemmte die Tür mit einem Besen fest. Mehr, sagte sie sich, konnte sie nicht tun, um Timpo einzusperren. Jetzt blieb nur die Hoffnung, dass er nicht schon wieder ein Loch in die Tür nagte, um der Großmutter nachzulaufen.

3

Als Mera in den Schankraum zurückkehrte, herrschte dort bedrückende Stille. Selbst Berrell saß mit zusammengepresstem Kiefer und hochrotem Kopf auf seinem Platz.

Die Mutter sah Mera fragend an. »Hast du es geschafft, Großmutters kleine Bestie einzusperren?« Die Wirtin mochte Timpo nicht besonders, seit er sich vor einigen Jahren durch eine Tür gearbeitet hatte, um zu seiner kranken Herrin zu gelangen. Es war eine gute Tür gewesen, fast neu und aus jenem aromatischen Holz, das Meras Mutter so liebte und das es nur auf einer einzigen Insel im Südosten gab. Allein diese Gestade anzulaufen war bereits ein Abenteuer, da sie am Rande jenes Seegebiets lagen, welches das Volk von Runia für sich beanspruchte und das für Menschen verboten war.

»Ich habe Timpo in Großmutters Zimmer eingesperrt«, erklärte Mera.

Ihre Mutter verzog das Gesicht. »Wenn das Biest diese Tür ebenfalls kaputt macht, bekommst du so lange kein neues Kleid, bis der Schaden bezahlt ist!«

Mera begriff, dass ihre Mutter diese Drohung ernst meinte, doch diesmal machte sie sich nicht viel daraus. Selbst wenn Timpo etwas anstellte, würden die Geschenke, die ihre Großmutter von der Königin erhielt, ausreichen, um eine noch schönere Tür und mehrere neue Kleider anzuschaffen.

Mit diesem Gedanken trat sie wieder hinter den Schanktisch und wusch die leeren Krüge aus, die Girdhan eingesammelt hatte. Der Junge hatte den Kopf zwischen die Schultern gezogen und warf ihr einen verschreckten Blick zu. Offensichtlich litt er immer noch unter Berrells Hetzereien und hatte wohl auch Angst, die Großmutter könnte seinetwegen zur Königin gerufen worden sein. Dabei sah er wirklich nicht so aus, wie man sich einen echten Gurrländer vorstellte. Seine Mutter war, soviel Mera wusste, eine normale Menschenfrau oder nur leicht mit Gurrländern vermischt gewesen, und Mera hielt es für unwahrscheinlich, dass sein Vater zu diesen Ungeheuern gehört hatte. Dafür wirkte Girdhan nicht klobig genug, und sie bekam auch keinen Schrecken, wenn sie ihn anblickte. Zwar war er für sein Alter recht groß, doch sein Gesicht sah menschlich aus, auch wenn das Kinn und die Kieferpartie ein wenig vorstanden. Vor allem aber besaß er keine Hauerzähne, wie sie für Gurrländer typisch sein sollten.

»He, Mädchen, ich will noch ein Bier!« Berrells Stimme klang undeutlich, denn er hatte bereits etliche Krüge getrunken.

Hannez, der nach Meras Ansicht nicht nur wegen des Bieres und der Fischsuppe in den »Blauen Fisch« kam, sondern vor allem, um ihre Mutter zu sehen, schüttelte tadelnd den Kopf. »Habt Ihr nicht bereits genug, edler Herr? Es ist ein ziemlich weiter Weg zu Eurem Haus, und die Flussbrücke hat kein Geländer, sondern nur ein Seil, an dem Ihr Euch festhalten könnt. Ein Fehltritt an dieser Stelle wäre fatal.«

Meras Mutter zweifelte ebenfalls daran, dass der Beamte unbeschadet über die Brücke kommen würde. »Du könntest den Herrn nach Hause begleiten und auf ihn achtgeben, Hannez!«

»Es reicht, wenn ihm jemand über die Brücke hilft. Den Rest des Weges wird er wohl alleine schaffen«, warf Mera ein.

Ihre Mutter drehte sich mit einem feinen Lächeln zu ihr um.

»Der Herr steht in den Diensten der Königin, und da wollen wir doch nicht, dass er unterwegs stolpert und in eine Pfütze fällt.«

Mera hätte es dem Mann gegönnt, in ein besonders tiefes Drecksloch zu platschen, doch das durfte sie nicht vor allen Leuten sagen. So schenkte sie dem Beamten den nächsten Krug Bier ein und hoffte, dass es der eine zu viel sein würde. Die Fischer wussten, wie viel sie vertrugen, und hörten früh genug auf, doch die Herrschaften aus der Stadt, die sich über die Bewohner des Fischersechstels so hoch erhaben fühlten, kannten ihre Grenzen nicht.

So war es auch bei Berrell. Kaum hatte der Beamte die Hälfte des Kruges geleert, wurde er mit einem Mal kalkweiß. Nun hoffte Mera, der Mann würde es wenigstens noch bis auf die Straße schaffen, denn sie hatte wenig Lust, das aufzuputzen, was er von sich gab.

Da trat ihre Mutter neben Berrell und drückte ihm einen kleinen Becher in die Hand. »Trinkt das! Danach wird es Euch wieder besser gehen. Der Absud stammt von meiner Mutter.«

Der Beamte schien nicht so recht zu wissen, ob er das scharf riechende Zeug über die Lippen bringen konnte, doch als auch Hannez dem Mann zuredete und erklärte, dass Großmutter Meralas Mittel ihm schon öfter geholfen hätten, schüttete er die Flüssigkeit mit Todesverachtung hinunter. Einen Augenblick später stieß er kräftig auf und fühlte sich offensichtlich besser.

Auch seine Stimme klang klarer. »Das Zeug wirkt tatsächlich!«, rief er verblüfft und schnupperte noch einmal an dem Becher.

»Merala war eine berühmte Heilerin, bevor ihre Kräfte sie verließen, und sie hat Ihrer Majestät, Königin Ilna II., als Leibärztin gedient. Jetzt kann sie den Menschen nur noch als Wetterfühlerin helfen.«

Der Beamte starrte sie ungläubig an. »Ilna II.? Aber die hat doch vor mehr als dreihundert Jahren geherrscht!«

Mera konnte sich das ebenso wenig vorstellen. So lange lebte kein Mensch. Ihre frühere Nachbarin, die alte Rinah, war zehn Jahre lang von Ihrer Majestät, der Königin, als älteste Untertanin geehrt worden, bevor sie mit einhundertundelf Jahren gestorben war. Wie hätte Ilna V. dies tun können, wenn ihre Großmutter älter gewesen wäre?, fragte sich Mera. Ihre Mutter war vor Kurzem vierzig Jahre alt geworden. Viel älter konnte die Großmutter bei deren Geburt auch nicht gewesen sein. Zwar hatte sie Großmutters wahres Alter nie erfahren, aber angenommen, sie sei zwischen achtzig und fünfundachtzig. Doch als sie jetzt darüber nachdachte, begriff sie, dass dies nicht stimmen konnte. Ihre Großmutter hatte auf seltsame Weise immer gleich alt gewirkt, ohne sich so zu verändern, wie Menschen es normalerweise taten.

»Aber das ist …«, begann sie.

»… ganz und gar unmöglich!«, fiel Berrell ihr ins Wort. »Davon hätte ich erfahren müssen.«

»Magier halten ihre Angelegenheiten geheim, sonst würden sie nicht Geheimnisse heißen«, antwortete Meras Mutter mit leisem Spott. »Als meine Mutter spürte, dass ihre Kräfte schwächer wurden, nahm sie Abschied von ihren alten Freunden, zog hierher und heiratete. Sie wollte nicht mehr an das Leben erinnert werden, das sie vorher geführt hatte. Torrix und diejenigen, die sie gekannt hatten, haben ihren Wunsch respektiert. Aber im Palast hat man die Heilerin Merala bis heute nicht vergessen.«

Das war eine weitere Spitze gegen den Steuerschätzer, der sich in den vier Jahren, die er sein Amt wahrnahm, stets so aufgeführt hatte, als wäre er der Prinzgemahl persönlich.

Hannez zwinkerte Meras Mutter zu und trat dann zu Berrell. »Wie wär's mit dem Heimgehen, Exzellenz? Ich muss morgen früh raus und aufs Meer hinausfahren. Die Fische fangen sich nicht von selbst.«

»Du solltest nicht hinausfahren, Hannez. Ich habe ein sehr schlechtes Gefühl bei dem Gedanken!« Mera wusste selbst nicht, was sie dazu trieb, diese Warnung auszusprechen. Sie wollte sich schon entschuldigen, als sie die Augen der Fischer auf sich gerichtet sah. Die Männer erinnerten sich an das, was Torrix über sie und ihre verborgenen Fähigkeiten gesagt hatte, und auch daran, dass sie die Enkelin der Wetterhexe Merala war, die ihnen so viele Jahre lang die Stürme vorausgesagt hatte.

»Kommt etwa ein Sturm auf, Mädchen?«, fragte Hannez.

Mera hob unsicher die Hände. »Ich weiß es nicht. Es war einfach wie ein Gedankenblitz, der mich ganz plötzlich überfallen hat. Jetzt ist es wieder weg.«

Einer der alten Fischer, der selbst nicht mehr aufs Meer hinausfuhr, aber Meralas Wirken viele Jahre mitbekommen hatte, nickte eifrig. »Das war bei deiner Großmutter genauso. Sie saß da und spann Garn. Plötzlich ist sie erstarrt, hat etwas über einen kommenden Sturm oder eine andere Gefahr gesagt und ist danach wieder aufgewacht, ohne sich daran erinnern zu können.«

Seine Miene, aber auch die Haltung der anderen Fischer drückten aus, dass sie sich diese Hilfe von Mera erhofften, solange deren Großmutter im Palast weilte.

»Kannst du mir den Krug hier füllen?«

Girdhans Stimme riss Mera aus ihrer Erstarrung. Sie nahm den Krug entgegen, wusch ihn und füllte ihn bis zum Rand.

»Wer auch immer dieses Bier bekommt, es soll ihm munden«, sagte sie, während sie den vollen Krug an Girdhan zurückgab. Bei diesen Worten schlugen winzige blaue Flammen aus Meras Händen und versanken im Bier.

Der Schankbursche sah es und hätte beinahe vor Verblüffung den Krug fallen lassen. Doch der Zecher, der das Bier bestellt hatte, nahm ihm das Gefäß aus der Hand.

»Früher warst du schneller, Junge!«, tadelte er ihn.

»Es ist schon spät!«, verteidigte Meraneh Girdhan. »Um es genau zu sagen: Es geht bereits auf Mitternacht zu. Wenn der Stundengong vom Stadtturm das nächste Mal schlägt, muss das Licht gelöscht sein, sonst brummt man mir eine Strafe auf.«

Das war ein erster Hinweis für die Gäste, auszutrinken und zu zahlen. Hannez legte ihr sofort die passenden Münzen hin und half auch dem Beamten, der hilflos in seiner Geldbörse wühlte. Dabei achtete der Fischer darauf, dass die Umstehenden genau sahen, was er tat. Meras Mutter berechnete Berrell nur so viel, wie die Zeche ausmachte, und verzichtete auf Trinkgeld, um nicht in den Ruf zu kommen, einen Betrunkenen ausgenommen zu haben.

Mera schnaubte verärgert, denn ein Teil des Trinkgeldes erhielten Girdhan und sie als Taschengeld. Bevor sie jedoch etwas sagen konnte, legte der Junge seine Hand auf ihren Arm und sah sie bittend an. »Es ist besser so. Der Kerl könnte sonst herumplärren, er wäre hier betrogen worden.«

»Girdhan hat recht, Mera«, stimmte die Mutter dem Jungen zu. »Der Mann könnte uns schaden.«

Für einige Augenblicke bedauerte die Wirtin, dass Merala sich in diese Fischerkneipe zurückgezogen hatte, obwohl sie gewiss ein besseres Leben in der Stadt hätte führen können. Dann aber lachte sie über sich selbst. Ihr fehlte das magische Talent, das ihre Mutter ausgezeichnet hatte und das Mera geerbt zu haben schien. Außerdem machte es ihr Freude, Bier zu brauen und in der Küche zu stehen. In gewisser Weise war sie sogar stolz auf ihr Gasthaus. Es war ihr Talent, es gut zu führen.

Im selben Augenblick setzte der Mann, der das letzte Bier bestellt hatte, den Krug an und begann zu trinken. Seine Augen weiteten sich beim ersten Schluck, und er sog das Getränk in sich hinein, als wäre er am Verdursten. Erst als der Krug beinahe leer war, setzte er ihn ab und starrte die Wirtin an. »Was ist das für ein Bier? So etwas Gutes habe ich noch nie getrunken!«

»Es ist auch nicht anders als sonst«, antwortete die Wirtin verwundert.

Der Mann drückte ihr den Krug in die Hand. »Probier selbst!«

Meras Mutter tat es und keuchte auf. »Bei der Blauen Göttin Ilyna! Was ist das? So ein hervorragendes Bier habe ich noch nie gebraut!«

Girdhan machte die Wirtin auf sich aufmerksam und deutete mit einer beredten Geste zu Mera hinüber. Meraneh verstand, was er meinte. Irgendwie hatte ihre Tochter das Bier auf magische Weise verbessert. Wie es aussah, besaß Mera ähnlich wie die Großmutter ungewöhnliche Fertigkeiten, und die waren durch die Begegnung mit dem Hofmagier geweckt worden. Der Gedanke gefiel der Wirtin gar nicht. Stellte der Magier bei Mera die Befähigung zur Heilerin fest, würde er das Mädchen mitnehmen und ausbilden lassen. Doch Mera war ihre einzige Tochter und sollte später einmal den »Blauen Fisch« übernehmen. Wenn das Mädchen in den Magierturm geholt wurde, sah es düster um ihre Zukunft und um die ihres Gasthauses aus. Wenn sie selbst nicht mehr heiratete und weitere Kinder gebar, würde sie es in fremde Hände geben müssen. Das machte sie traurig, denn sie liebte den »Blauen Fisch« und hatte gehofft, ihren Lebensabend hier im Kreis ihrer Familie verbringen zu können.

Die Wirtin starrte ins Leere und schien die Gäste nicht zu bemerken, die auf sie zukamen, um ihre Zeche zu bezahlen. Daher nahm Mera die Ringe und Münzen entgegen. Derweil hatte Hannez den Steuerschätzer unter den Armen gefasst, um ihn nach Hause zu bringen. Als er jedoch bemerkte, dass die Wirtin so geistesabwesend dastand, machte er noch einmal kehrt.

»Was ist mit dir, Meraneh?«, fragte er besorgt.

Meras Mutter schüttelte sich und lächelte. »Es ist alles in Ordnung. Pass gut auf den Mann auf, damit ihm auf dem Heimweg nichts passiert.«

Der Blick des Fischers ruhte mit einem warmen Schimmer auf der immer noch ansehnlichen Frau. Meraneh war ein wenig füllig geworden, doch ihr Gesicht strahlte auch jetzt noch etwas Jugendliches aus, und ihr Verehrer begriff, dass sie zwar nicht so langlebig war wie ihre Mutter, aber ihre gute Figur und ihr glattes Gesicht viele Jahre länger behalten würde als andere Frauen.

Für einen Augenblick verließ ihn der Mut. Dann aber sagte er sich, dass er dankbar sein würde, wenn ihm zwanzig Jahre des Glücks geschenkt werden würden, und erwiderte ihr Lächeln.

4

Mera musste Timpo schließlich mit in ihr eigenes Bett nehmen, denn er hatte die Tür zur Kammer der Großmutter bereits angeknabbert. Zum Glück hatte sie es früh genug gemerkt, so dass der Schaden mit ein wenig Farbe behoben werden konnte. Doch auch bei ihr blieb das Tierchen unruhig, und sie musste es festhalten, damit es nicht loslief, um seine Herrin zu suchen. Zuletzt wickelte sie Timpo in eine Decke und presste ihn an sich.

»Sei endlich brav! Ich möchte schlafen. Es ist spät geworden«, schimpfte sie, während das Fellbündel Töne von sich gab, die wie das schmerzerfüllte Weinen eines Kindes klangen. Mera unterdrückte den Wunsch, das Tier in den Keller zu stopfen, denn dort würde es fuchsteufelswild werden und die Fässer zu Kleinholz verarbeiten.

»Entweder bist du jetzt still, oder ich klatsche dich an die Wand!« Die nicht ganz ernst gemeinte Drohung schien zu wirken, denn Timpo kuschelte sich eng an sie, stupste sie mit seiner kühlen Nase an und schloss die Augen. Kurz darauf fiel auch Mera in einen unruhigen Schlaf. Im Traum durchlebte sie noch einmal die Ereignisse dieses Abends. Der Ärger über den hochnäsigen Steuerschätzer nahm gespenstische Gestalt an, ebenso wie ihre Eifersucht auf Hannez, der in den Gedanken ihrer Mutter einen immer größeren Platz einzunehmen schien. Jemand, der wie sie selbst aussah, schalt sie ein dummes, kleines Kind und sagte ihr, dass sie die Mutter nicht zwingen durfte, den Rest ihres Lebens Witwe zu bleiben. Dann verschwand dieser Traumfetzen, und sie sah den Hofmagier in die Gaststube kommen. Anstatt auf die Großmutter kam er aber auf sie selbst zu und verneigte sich vor ihr.

»Ihre erhabene Majestät, Königin Ilna V. ersucht Euch händeringend, ihr Reich zu retten!«

Das waren nicht die Worte gewesen, die Torrix gesprochen

hatte, flüsterte ihr die andere Mera zu, die immer noch durch ihren Traum geisterte. Dennoch sah sie sich selbst am Arm des Magiers das Gasthaus verlassen und die Sänfte besteigen. Die Träger hoben den reich verzierten Kasten hoch und schleppten ihn zum Fluss. Die alte Holzbrücke war jedoch viel zu schmal und zu instabil, um die Männer mit ihrer Last tragen zu können, und so stiegen sie auf ein großes Boot, das neben der Brücke am Ufer lag.

Kaum hatte die Barke abgelegt, kam dichter, weißer Nebel auf und hüllte alles ein. Mera vermochte keine zwei Schritte weit zu sehen, und Torrix, der ihr direkt gegenübersaß, wirkte mit einem Mal ganz leblos. Als sie nach ihm tastete, hatte sie das Gefühl, als würde sie nicht lebendiges Fleisch, sondern Stein berühren. Gleichzeitig sah sie, dass die Ruder zwar noch ins Wasser ragten, aber die Männer, die sie führen sollten, sie längst nicht mehr bewegten. Auch die Sänftenträger, die neben den Holmen standen, wirkten so, als habe ein böser Zauber sie erstarren lassen.

»Ein Zauber!« Mera fuhr hoch, sah die gewohnten Wände ihrer kleinen Kammer um sich und wollte schon aufatmen. Doch in dem Moment fiel sie erneut in den Albtraum zurück.

Ein großes, eigenartig aussehendes Schiff löste sich aus dem Nebel und näherte sich dem Boot. Gestalten, die weiß leuchtenden Schattenrissen glichen, stiegen an Bord, öffneten die Sänfte und zogen zuerst Torrix und dann sie heraus. Nein, es war nicht sie, sondern ihre Großmutter, die ebenso steif und abwesend wirkte wie der Magier und mehr einer Statue ähnelte als einem lebenden Menschen. Sie schienen die unheimlichen Fremden gar nicht zu bemerken.

Mera sah noch, wie Merala auf das fremde Schiff gebracht wurde, dann verschwand die Traumwelt um sie herum.

5

Als Mera erwachte, stand die Sonne bereits hoch am Himmel, und aus der Küche drangen die gewohnten Geräusche zu ihr. Ihre Mutter schien gerade Teller und Näpfe in die Borde zu räumen. Erschrocken, weil sie so lange geschlafen hatte, sprang sie auf und schlüpfte in ihr Kleid. Noch barfuß lief sie hinaus und steckte den Kopf in die Küche.

»Da bin ich, Mama!«

»Ungewaschen und ungekämmt! Hast du dir überhaupt schon die Zähne geputzt?«

Mera schüttelte den Kopf. »Nein, das wollte ich gleich tun.«

»Beeil dich! Hier ist heißes Wasser. Misch es aber mit kaltem!« Die Mutter tauchte eine Steingutkanne in den brodelnden Wasserkessel und reichte sie Mera.

»Girdhan wird dir kaltes Wasser bringen«, sagte sie und wandte sich wieder ihrer Arbeit zu.

Mera trug den Krug in die Kammer, in der alles gewaschen wurde, was ihre Mutter sauber sehen sollte, von der Wäsche angefangen über Geschirr und Kessel bis hin zu Girdhan und ihr. Als Kinder waren sie von der Mutter gewaschen worden, doch seit etlichen Jahren mussten sie sich selbst um sich kümmern. Aber Meraneh kontrollierte immer noch streng, ob sie es auch richtig machten, und erklärte ihnen jedes Mal, in einem Gasthaus müsse alles sauber sein, auch der Hals und die Ohren, damit die Gäste gerne kämen.

Mera wunderte sich, weil sie an Mutters Ermahnungen denken musste, und setzte die Kanne ab, um die Waschschüssel aus ihrer Halterung an der Wand herunterzunehmen und auf den Tisch zu stellen. Als sie heißes Wasser hineingoss, rief sie nach Girdhan.

»Wo bleibt das kalte Wasser?«

»Komme schon!« Der Schankbursche schleppte einen vollen Eimer herbei, den er vom Brunnen geholt hatte, und grinste dabei.

Zum ersten Mal fiel Mera auf, dass seine Zähne größer waren als die anderer Menschen, besonders die unteren Eckzähne, die leicht hervorstachen. Auch bemerkte sie zum ersten Mal, wie intensiv schwarz seine Augen leuchteten. Das hatte sie auch noch bei keinem anderen Menschen gesehen, selbst bei seinen Landsleuten nicht, die im Flüchtlingslager unten an der Küste lebten. Trotz dieser fremdartigen Züge war Girdhan auf eine eigenartige Weise hübsch und vor allen Dingen viel ruhiger und braver als ihre anderen Freunde, die ihr häufig Streiche spielten.

Besonders der Fischerjunge Kip ärgerte sie gerne und kam auf die wildesten Ideen. Zwar war er noch zu jung, um im Schankraum des »Blauen Fischs« Bier trinken zu dürfen, aber bei ihr und Girdhan tat er so, als wäre er bereits ein erfahrener Fischer. In Wahrheit durfte er nur dann mit einem Boot aufs Meer hinausfahren, wenn einer der Männer krank war und sich kein anderer Matrose fand.

»Heute muss ich meine Gedanken mit einem Schmetterlingsnetz einfangen«, sagte Mera ärgerlich.

»Was soll ich fangen?« Girdhan hatte nur das letzte Wort vernommen und sah sich um, ob eine Maus oder gar eine Ratte herumlief. Allerdings verirrte sich kaum Ungeziefer in den »Blauen Fisch«, denn Großmutter Merala kannte viele Mittel, um es fernzuhalten.

Mera begann zu lachen. »Meine Gedanken! Aber ich glaube, die sind zu flink für dich!«

Girdhan sah sie einen Augenblick verständnislos an und fiel dann in ihr Lachen ein. »Das glaube ich auch!«

Er wollte schon wieder gehen, damit Mera sich in Ruhe ausziehen konnte, drehte sich aber noch einmal zu ihr um. »Ich habe auch ganz komische Gedanken! Das liegt aber an dem bösen Traum, den ich heute Nacht hatte. Es war, als sei ein dichter Nebel den Fluss heraufgezogen und habe alles verschlungen.«

»Etwas Ähnliches habe ich auch geträumt!« Mera musterte den Jungen und kratzte sich am Kopf. »Wahrscheinlich hat Berrell gestern zu viel von den schrecklichen Gurrländern geredet und uns so erschreckt, dass wir Angst bekommen und von einem bösen Nebel geträumt haben.«

»Aber mein Nebel war ganz weiß und hat von innen geleuchtet! Die magische Farbe der Gurrländer soll doch Schwarz sein.« Girdhan schüttelte sich unwillkürlich und winkte dann ab. »Träume sind Schäume! Wahrscheinlich haben wir einen schlechten Fisch erwischt.«

»Das wird es wohl sein«, antwortete Mera scheinbar leichthin, aber sie glaubte nicht an diese naheliegende Erklärung.

Menschen mit magischen Talenten bekamen in ihren Träumen oft Visionen von Dingen, die tatsächlich geschehen waren oder sich noch zutragen würden, und Torrix hatte sie als begabt bezeichnet. Aber das galt natürlich nicht für Girdhan. Seine Landsleute, die Girdanier, waren mit den Gurrländern verwandt, und die waren stumpfsinnige Halbtiere, die ihrem Kaiser bedingungslos gehorchten.

Während der Junge die Wäschekammer verließ und die Tür hinter sich schloss, schämte Mera sich für diesen Gedanken. Girdhan war alles andere als stumpf oder dumm, und es war auch nichts Tierhaftes an ihm. Sie mochte ihn lieber als die meisten anderen Jungen in der Fischervorstadt, denn er war immer bereit, ihr oder jemand anders zu helfen, und er griff überall zu, wo es nötig war.

Verärgert, weil ihre Gedanken schon wieder auf die Reise gingen, begann Mera sich zu waschen. Die Seife, die ihre Großmutter selbst herstellte, roch köstlich nach Lavendel und auch ein wenig nach Rosmarin, auch wenn Mera dieses Gewürz lieber im Essen schmeckte.

Gerade als sie nach dem Handtuch griff, klopfte es draußen an der Haustür. »Wir haben noch nicht geöffnet! Komm in einer Stunde wieder«, rief Meras Mutter.

Da klopfte es erneut und noch um einiges heftiger. »Im Namen Ihrer Majestät, der Königin! Macht auf!«

So schnell wie diesmal hatte Mera sich noch nie abgetrocknet.

Noch halb nass schlüpfte sie in Hemd und Kleid und lief zur Gaststube. Dabei hinterließen ihre nackten Füße feuchte Abdrücke auf den Steinplatten.

Als sie die Tür erreichte, schob ihre Mutter gerade den Riegel zurück. Die Vorschriften besagten, dass die Gasthäuser der Fischervorstadt erst öffnen durften, wenn der Fischmarkt zu Ende gegangen war, und durch die angelehnten Fenster drang noch immer der Singsang, mit dem die Händler ihre Ware anpriesen. Jemand, der um diese Zeit in den »Blauen Fisch« wollte, hätte eigentlich den Hintereingang benutzen müssen. Bemerkte einer der Büttel, dass der Eingang der Gastwirtschaft vor der Zeit geöffnet wurde, war ein Strafgeld fällig.

Mera schob die bittere Betrachtung all der Einschränkungen, denen ihre Mutter und sie unterworfen waren, schnell beiseite, als sie erkannte, wer da so vehement Einlass begehrte. Vor der Tür stand niemand anderes als der Geheime Staatsrat Hemor. Er trug einen langen, blauen Rock, eng anliegende Kniehosen aus reliefartig gewirkter Seide und blau gefärbte Lederschuhe, die mit Silberschnallen besetzt waren.

Die vier Bewaffneten, die ihn begleiteten, staken in Harnischen, stählernen Arm- und Beinschienen sowie bis zum Kinn hinabgezogenen Helmen. In den Händen hielten sie versilberte Hellebarden, und die breiten blauen Schärpen quer über der Brust wiesen sie als Mitglieder der königlichen Garde aus.

Meraneh betrachtete die Schar kaum weniger verwundert als ihre Tochter, kam aber nicht dazu, nach dem Begehr der ungewöhnlichen Besucher zu fragen, denn Hemor baute sich mit strenger Miene vor ihr auf.

»Gestern ist der Hofmagier Ihrer allerhöchsten Majestät, Königin Ilna V., hier erschienen, um die ehemalige Heilerin und Wahrsagerin Merala an den königlichen Hof zu rufen. Beide sind bisher nicht im Palast eingetroffen. Daher habe ich mich auf die Suche nach ihnen gemacht. Sind sie noch hier?«

»Der Magier und meine Mutter haben sich gestern Abend noch vor dem Anschlagen des Mitternachtsgongs auf den Weg in die Oberstadt gemacht. Bei der Blauen Göttin, hoffentlich sind sie nicht in den Fluss gestürzt! Die Brücke ist arg baufällig und besitzt kein Geländer«, rief Meraneh erschrocken und blickte ihre Tochter an, als suche sie Hilfe.

Der geheime Staatsrat hatte unterdessen Girdhan entdeckt und musterte ihn misstrauisch. »Der Bursche da ist doch ein Gurrländer!«

Sein verächtlicher Tonfall reizte Mera. »Girdhan ist hier in Ilynrah geboren und aufgewachsen. Er mag vielleicht einen kleinen Anteil Gurrlandblut besitzen, aber er ist ein richtiger Mensch!«

»Seine Mutter gehörte zu den Flüchtlingen aus Girdania, das zu jener Zeit von Groß-Gurrland erobert wurde. Dort sollen viele Mischlinge von Gurrländern und Menschen gelebt haben«, setzte Meraneh erklärend hinzu.

Der Edelmann schien Girdhan jedenfalls nicht zu trauen, denn er winkte zwei seiner Begleiter, sich zwischen ihn und den Jungen zu stellen. Mera zwang sich mühsam, nicht mit ihrem Finger gegen die Stirn zu tippen. In ihren Augen war Hemor nicht nur eingebildet – eine Eigenschaft, die er mit Berrell und den meisten königlichen Höflingen und Beamten teilte –, sondern auch dumm.

Sie wich zurück, bis sie neben Girdhan stand, und sah ihn kopfschüttelnd an. »Wenn der sich weiter so aufbläht, platzt er gleich!«

Der Junge interessierte sich nicht für den Edelmann, sondern fragte besorgt: »Was ist mit der Großmutter?«

Über ihren Ärger mit dem königlichen Boten hatte Mera beinahe vergessen, dass ihre Großmutter angeblich verschwunden war. Nun erinnerte sie sich an ihren Traum und presste die Hände so fest gegeneinander, dass sie schmerzten. Irgendetwas Schlimmes war da draußen in der Bucht geschehen. Aber das konnte sie dem Geheimen Staatsrat wohl kaum erklären. Der Mann würde sie gewiss nicht ernst nehmen. Oder falls er es doch tat, schleppte er sie wahrscheinlich mit und lieferte sie den Magiern am Hof aus, und die würden sie mit ihren Hexentränken quälen, um auch noch den letzten Gedanken aus ihr herauszuquetschen.

Hemor klopfte ungeduldig mit der Fußspitze auf den Boden. »Herr Torrix und die Wahrsagerin Merala sind gewiss nicht über diese Brücke gegangen. Ihnen stand eine königliche Barke zur Verfügung.«

Mera schluckte vor Überraschung Luft, denn diese Auskunft deckte sich mit ihrem Traumgebilde. Ihre Mutter rang derweil hilflos die Hände. »Vielleicht haben sie sich sofort in Torrix' Gemächer zurückgezogen, um sich dort zu beraten.«

»Dort hat die Zweite Hexe sie bereits gesucht, aber nichts entdeckt. Ihre Majestät ist in großer Sorge.«

»Wir aber auch! Immerhin handelt es sich um meine Großmutter!«, rief Mera dazwischen.

Hemor ging nicht auf ihre Bemerkung ein. »Wenn die beiden nicht hier sind, muss ich die gesamte Küste absuchen lassen. Ich bete zur Großen Ilyna, dass sie nicht entführt worden sind.« Dann drehte er sich um und gab den Bewaffneten ein paar Anweisungen.

»Ich fürchte, sie sind tatsächlich entführt worden«, flüsterte Mera Girdhan zu. »Ich habe es gesehen!«

Meraneh hatte ihre Worte ebenfalls vernommen und packte sie am Arm. »Sei still! Sonst glaubt der Kerl dort, wir wüssten mehr darüber. Außerdem kannst du nichts gesehen haben, denn du warst die ganze Zeit hier im Haus.«

»Ich habe im Traum gesehen, wie sie überfallen worden sind«, begehrte Mera halblaut auf.

Ihre Mutter winkte ärgerlich ab. »Ich habe auch schon einmal geträumt, die Königin zu sein, und wollte beim Aufwachen nach meinen Dienerinnen rufen. Doch als ich die Augen aufgeschlagen habe, lag ich hier in meinem Bett.«

»Aber ich …«, begann Mera, doch ihre Mutter schlug ihr auf den Mund. »Schluss mit dem Unsinn!«

Dann wandte sie sich an den Staatsrat. »Bitte tut alles, um meine Mutter zu finden!«

Für einen Augenblick wirkte Hemor, als würde er von der Last seiner Verantwortung erdrückt, nickte dann aber selbstgefällig. »Natürlich werde ich sie finden! Ich lasse sofort die Jagdhunde der Königin holen. Denen entgeht keine Spur!«

Mit diesen Worten drehte er sich um und verließ den »Blauen Fisch« ohne die geringste Höflichkeitsbezeugung. Die vier Gardisten folgten ihm auf dem Fuß.

Mera war beleidigt, weil ihre Mutter so wenig auf ihre Worte gegeben hatte, erinnerte sich dann aber an Timpo, den sie allein in ihrer Kammer zurückgelassen hatte, und rannte rasch los, um nach dem Tierchen zu schauen. Als sie ihr Zimmer erreichte, fand sie die Tür halb offen stehen und glaubte schon, das Fellknäuel habe sich aus dem Staub gemacht. Doch als sie eintrat, regte sich etwas unter ihrer Bettdecke. Sie griff danach und hielt Timpo in der Hand.

Das Tierchen schien eben erst erwacht zu sein, denn es fiepte leise und stupste Mera mit seiner Schnauze an.

»Hast du Hunger?«, fragte sie und trug Timpo in die Schlafkammer ihrer Großmutter. Während sie seinen Napf füllte und sich so neben sein Futter stellte, dass sie ihn sofort packen konnte, wenn er ausbüxen wollte, steckte Girdhan den Kopf zur Tür herein.

»Deine Großmutter und der Magier sind ganz bestimmt entführt worden! Ich habe im Traum einen großen Schatten gesehen, der die beiden verschlungen hat.«

»Es war ein Schiff«, wies Mera ihn zurecht.

»Das würde die Angst des Staatsrats erklären. Er denkt, die Gurrländer hätten ihre Hand dabei im Spiel. Darum war er so garstig gegen mich.«

Mera nickte nachdenklich. Offensichtlich nahm Graf Hemor an, ein gurrländisches Kommandounternehmen habe den obersten

Hofmagier und Berater der Königin gekidnappt. Und ohne Torrix war es beinahe unmöglich, einen Angriff des gurrländischen Kaisers und seiner Flotte abzuwehren.

Mera versuchte, sich an alles zu erinnern, was sie über das ferne Reich im Südwesten der bekannten Welt wusste. Viel war es nicht, und das meiste unterschied sich nicht von den Sagen und Märchen, die ihre Großmutter erzählt hatte. Vor tausend Jahren soll Gurrland alle Inseln bis auf die der geheimnisvollen Runier besetzt und die Menschen in Sklaverei gehalten haben. Damals herrschte ein schrecklicher Dämon über die Gurrländer und damit auch über den größten Teil des Archipels.

Den Bewohnern der Insel Runia, die noch phantastischere Wesen sein sollten als die Gurrländer, war es schließlich gelungen, den Dämon mit Hilfe eines Sagenwesens – eines Feuer speienden Arghan – zu vernichten und den Feuerthron zu zerstören, mit dessen Hilfe der Dämon Menschen und Gurrländer unterjocht hatte. Danach waren die Gurrländer ein Volk wie alle anderen geworden. Sie hatten sich auf ihre Heimatinsel zurückgezogen, und den Berichten ihrer Großmutter nach sollen sie dort als brave Bauern und Handwerker gelebt haben. Ein kleiner Teil von ihnen war auf Girdania, Gurrlands nördlicher Nachbarinsel, geblieben und hatte sich mit Menschen vermischt. Von diesen Leuten stammte Girdhan ab.

Warum die Gurrländer vor etwa vierzehn Jahren wieder begonnen hatten, ihre Nachbarn mit Krieg zu überziehen, wusste Mera allerdings nicht. Mit einem Mal stieg das Bild des Nebels in ihr hoch, der das Boot mit Merala und Torrix verschlungen hatte, und sie erinnerte sich, dass er, wie Girdhan behauptet hatte, tatsächlich schneeweiß gewesen war und von innen geleuchtet hatte. Die heilige Farbe der Gurrländer war jedoch ein makelloses Schwarz, und nach der Lehre von den sechs Göttern, für die die Farben standen, konnte der Kaiser von Groß-Gurrland seine Schiffe unmöglich unter einem Schirm des ihm feindlichen Weiß fahren lassen. Dann aber sagte sie sich, dass niemand anderes ein Interesse daran besaß, ihre Großmutter und den Hofmagier von Ilyndhir zu entführen. Ihr Blick streifte Timpo, der ungewohnt brav seine Mahlzeit beendete und wieder auf Großmutters Bett kletterte. Dort schlüpfte er unter die Decke und wimmerte leise vor sich hin.

»Du Ärmster! Du vermisst die Großmutter ebenso wie ich!« Mera wollte sich gerade zu ihm setzen und ihn streicheln und trösten, da rief die Mutter hörbar verärgert nach ihr.

6

Der Tag verstrich quälend langsam. Immer wieder stürzte Mera ans Fenster, in der verzweifelten Hoffnung, ihre Befürchtungen würden sich als haltlos erweisen und die Großmutter wieder zurückkommen. Schließlich war Torrix ein großer Magier, und jemand wie ihn konnte man doch nicht so einfach gefangen nehmen. Doch die Stunden vergingen, ohne dass irgendetwas geschah. Es hatte sich allerdings rasch herumgesprochen, dass Merala entführt worden war, und daher kamen an diesem Tag erneut mehr Gäste in den »Blauen Fisch« als gewöhnlich. Alle streiften den leeren Hocker in der Ecke mit neugierigen oder verunsicherten Blicken, und wenn sie sich unterhielten, klangen ihre Stimmen schrill vor Angst.

Mera, die den Männern schweigend zuhörte, fragte sich, wie sich die Welt innerhalb eines Tages so hatte verändern können. Vor dem Überfall auf die Fischerflotte hatten sich die Männer zumeist darüber unterhalten, wie die Fischschwärme zogen und wo sie auf reichen Fang hoffen konnten. Jetzt aber sprachen sie nur über Gurrland und malten das Elend an die Wand, welches die monströsen Bewohner der großen Insel über die Welt bringen würden.

Eben ballte einer der Männer seine Hände zu Fäusten. »Wir können und dürfen uns nur auf uns selbst verlassen. Wenn wir dem Feind mutig entgegentreten, werden wir ihn auch schlagen. Wir müssen nur dafür sorgen, dass er hier auf Ilyndhir keine Hilfe bekommt.«

Hannez schüttelte verblüfft den Kopf. »Wer sollte hier denn ausgerechnet den Gurrländern helfen?«

»Alle, die aus dem Süden gekommen sind und in deren Adern Gurrlandblut fließt! Sie sind nicht ganz richtig im Kopf, versteht ihr! Wenn der Feuerthron sie ruft, werden sie ihm gehorchen.«

»Das glaubst du doch selbst nicht!«, spottete Hannez.

»Oh doch! Wir sollten alle Flüchtlinge, die sich am Rand der Vorstadt angesiedelt haben, einsperren, damit sie uns nicht schaden können. Noch besser aber wäre es, wir würden sie alle …« Der Mann sprach das Wort nicht aus, doch seine Geste besagte genug.

Obwohl Hannez sich für die Flüchtlinge, die ein armseliges Leben als Schwammtaucher und Muschelsammler führten, einsetzte und zu Recht einwandte, dass nur wenige von ihnen mit den hässlichen Gurrländern verwandt sein konnten, sahen nun auch die anderen Gäste in diesen Leuten eine Gefahr.

Mera war fassungslos. Die meisten Männer, die gegen die Girdanier hetzten, kannte sie seit ihrer Kindheit. Es waren ehrliche Fischer, die mit den hochnäsigen Leuten von jenseits des Flusses wenig gemein hatten und bisher freundlich zu den Flüchtlingen aus dem Süden gewesen waren. Nun aber redeten sie so, als seien alle Girdanier Räuber und Mörder, die jedem Ilyndhirer nachts die Kehle durchschneiden wollten.

Am meisten erschreckte es Mera, dass die Fischer bereit waren, mit Gewalt über die Leute im Flüchtlingslager herzufallen. Wenn sie das taten, würden sie auch Girdhan nicht am Leben lassen. Am Vorabend hatte der unsägliche Berrell den Jungen schlecht behandelt, und schon morgen würden wohl auch die Männer, denen er mit einem freundlichen Gruß das Bier hinstellte, ihn für ihren schlimmsten Feind halten. Dabei war Girdhan mit Sicherheit keiner, der dem Kaiser von Gurrland gehorchen würde. Immerhin war seine Mutter an einer eitrigen Wunde gestorben, die ein Gurrländer ihr auf Girdania zugefügt hatte, und ihr Kind war genauso aufgewachsen wie jeder andere Junge in Ilyndhir.

Voller Zorn darüber, dass die Männer so dumm daherredeten, schenkte Mera ihnen die Krüge schlechter ein als sonst, doch die Gäste waren so in ihre düsteren Gedanken verstrickt, dass sie es nicht einmal bemerkten. Sie musste an diesem Abend auch Girdhans Arbeit übernehmen, die vollen Krüge austeilen und die leeren wieder einsammeln, denn er traute sich nicht in die Gaststube. Als sie ein paar Näpfe mit Fischsuppe aus der Küche holte, sah sie ihn verängstigt am Herd stehen und ihrer Mutter helfen.

»Die da draußen sind alle krank im Kopf«, schimpfte Mera, während sie das volle Tablett entgegennahm.

»Die Männer haben einfach nur Angst«, sagte Girdhan so leise, als fürchte er, draußen gehört zu werden.

Mera schüttelte den Kopf über seine Gutmütigkeit. Anstatt die Fischer als das zu bezeichnen, was sie in ihren Augen waren, nämlich verblendete Trottel, verteidigte er sie auch noch. Zutiefst angewidert trug sie das Essen in den Gastraum. Doch zum ersten Mal in der Geschichte des »Blauen Fischs« interessierte sich niemand für Suppe und gebratenen Fisch. Es war, als hätten die Furcht und der Schrecken, die Gurrland verbreitet hatte, tausend Jahre lang nur geschlafen und seien nun von Neuem erwacht.

Selbst Hannez blieb nicht ganz von diesem Fieber verschont. Doch Mera rechnete es ihm hoch an, dass er sich gegen die Vorschläge der anderen stemmte, sofort zum Flüchtlingslager zu gehen und dort alles kurz und klein zu schlagen.

»Damit erreichen wir rein gar nichts, Leute. Sind diese Menschen wirklich, wie ihr behauptet, von Gurrland geschickt worden, werden die Behörden Ihrer Majestät sich um sie kümmern und sie einsperren, wenn es nötig sein sollte. Sind sie aber ehrliche Flüchtlinge, die Gurrland den Rücken gekehrt haben, würden wir uns wertvolle Verbündete zu Feinden machen.«

»Da hast du schon recht, Hannez! Trotzdem müssen wir das Gesindel wegjagen!« Der Sprecher sah sich um und forderte die übrigen Gäste auf, mit ihm zu kommen.

Mera stellte sich den Männern mit erhobenem Besen in den Weg. »Ich kann euch nicht daran hindern, zu gehen, aber vorher werdet ihr eure Zeche bezahlen. Anschreiben tue ich nichts!«

»Tapferes Mädchen!«, flüsterte Hannez ihr zu. Die anderen sahen jedoch so aus, als wollten sie Mera einfach beiseiteschieben.

Da hörten sie draußen einen scharfen Befehl und vernahmen den festen Tritt vieler Männer. Mera riss die Tür auf und sah einen Trupp königlicher Gardisten die Straße entlangkommen. Zunächst glaubte sie, die Gruppe hätte den »Blauen Fisch« zum Ziel, doch die Soldaten bogen an der letzten Kreuzung ab und marschierten in Richtung des Flüchtlingslagers.

In dem Augenblick war alles andere vergessen. Mera schlüpfte noch mit dem Besen in der Hand zur Tür hinaus und lief hinter den Gardisten her. Diesmal trugen sie keine blauen Schärpen und versilberte Hellebarden, sondern Speere mit Stahlspitzen, und etliche Krieger schleppten Seile mit.

Gerade überquerten sie den Fischmarkt, auf dem nur noch ein paar abgeschnittene Fischköpfe herumlagen, um die sich magere Katzen balgten. Hinter dem Marktplatz wurden die Häuser immer kleiner, und zuletzt kamen die Gardisten an den niedrigen Hütten vorbei, in denen Ilynrahs ärmste Bewohner lebten: Männer, die nicht mehr in der Lage waren, aufs Meer hinauszufahren, oder Witwen und Kinder, deren Ehemänner und Väter auf See geblieben waren. Nicht weit dahinter tauchte das Meer auf, das im nimmermüden Rhythmus gegen das felsige Ufer klatschte. Einzelne Boote und Flöße schwammen in der kleinen Bucht, und man konnte Männer und Frauen sehen, die in das Wasser hineinsprangen, um nach Muscheln und Schwämmen zu tauchen, oder die mit ihrer Beute wieder auftauchten. Es war eine harte Arbeit, aber die einzige, welche den Flüchtlingen aus dem Süden erlaubt worden war.

Mera fand, dass man diese armen Menschen besser hätte behandeln sollen, und fragte sich, wie man nun mit ihnen verfahren würde. Sie beobachtete, wie die Soldaten die aus Erde, Schilf und Treibholz errichteten Hütten der Flüchtlinge umstellten. Ein Offizier rief den Leuten auf dem Wasser zu, ans Ufer zu kommen, und nun tauchten mehrere Kriegsschiffe auf und versperrten den Booten den Weg aufs freie Meer.

Aber ohnehin schien niemand an Flucht zu denken. Mehr verwundert als verängstigt ruderten die Menschen ans Ufer, während die übrigen Bewohner des Flüchtlingsdorfes ihre Häuser verließen und sich um den Offizier scharten. Dem schien nicht gerade wohl dabei zu sein, denn er gab seinen Männern einen Befehl, die Menge mit quer gehaltenen Speerschäften zurückzudrängen.

Erst als er sich sicher fühlte, holte der Offizier ein Schriftstück hervor, entfaltete es umständlich und las es erst einmal stumm durch, bevor er seinen Inhalt verkündete.

»Im Namen Ihrer allererhabensten Majestät Ilna V., Königin von Ilyndhir und Herrin der Nördlichen Inseln, ergeht folgender Befehl: Alle Flüchtlinge aus dem Süden haben sich umgehend an einen Ort im Binnenland zu begeben, an dem sie unter der Aufsicht der Beamten Ihrer Majestät leben und zum Wohle des Reiches arbeiten werden.«

»Aber das könnt ihr nicht machen! Wir sind Leute vom Meer. Wovon sollen wir denn leben, wenn wir hier nicht mehr tauchen können?«, rief eine der Frauen, der das nasse Hemd am Körper klebte.

»Ihr werdet Arbeit und Brot erhalten«, erklärte der Offizier.

Einer der Männer aus dem »Blauen Fisch«, die hinter Mera hergekommen waren, spie ärgerlich aus. »Sie sollten das Pack ersäufen, dann sind wir es los. So müssen wir die Gurrlandbastarde auch noch ernähren.«

Hannez fuhr ärgerlich herum. »Schäm dich, und das gleich doppelt! Immerhin hat diese Taucherin dort dir vor ein paar Monaten geholfen, als dein Boot kurz vor der Hafeneinfahrt zu kentern drohte.«

Mera klatschte ihm in Gedanken Beifall. So übel war Hannez wirklich nicht. Natürlich war es ihr nicht recht, dass ihre Mutter sich etwas aus ihm machte, doch von den Männern, die im »Blauen Fisch« einkehrten, war er der Sympathischste. Trotzdem, auch Hannez würde ihr nicht helfen können, Girdhan vor der Verschleppung in dieses Lager zu bewahren. Zwar war der Junge hier aufgewachsen, aber schon bald würde jemand daran erinnern, dass auch er zu den Flüchtlingen zählte.

Kurz entschlossen stieg sie über einige von der Brandung glatt gewaschene Felsen, umging die Soldaten im weiten Bogen und lief dann, so schnell sie konnte, zum »Blauen Fisch« zurück.

7

Bis auf die Wirtin und Girdhan, der den widerstrebenden Timpo auf dem Arm hielt, war die Gaststube leer. Mera packte den Jungen am Arm und zeigte nach draußen. »Du musst fort, sonst kommen sie dich holen!«, rief sie ganz außer Atem.

»Jetzt beruhige dich erst einmal!«, befahl Meraneh ihrer Tochter. »Was ist eigentlich los, und warum soll Girdhan fort?«

Nach ein paar hastigen Atemzügen sprudelte es aus Mera heraus, und sie berichtete, was sie gerade erlebt hatte. Als ihre Mutter erfuhr, dass alle Flüchtlinge deportiert werden sollten, wurde sie bleich. Mit einem unverständlichen Ausruf fasste sie Girdhan mit der Linken um die Schulter und zog ihn zu sich heran, während sie Mera rechts an sich drückte.

»Ich habe dich aufgezogen wie ein eigenes Kind und überlasse dich nicht irgendwelchen hochnäsigen Beamten!«

Mera spürte, wie sie zitterte. Sie wusste genauso gut wie ihre Mutter, dass sie Girdhan nicht schützen konnten. Wenn die Soldaten durch die Tür kamen, würden sie ihn mitnehmen.

»Wenn ich nur wüsste, was wir tun sollen«, flüsterte Meraneh mutlos.

»Girdhan muss weg, bevor sie ihn finden! Irgendwo wird es wohl ein Versteck für ihn geben. Ich suche nur schnell ein paar Vorräte zusammen.« Mera wollte schon loslaufen, um einige Sachen für ihn einzupacken, doch die Mutter hielt sie fest.

»Das stellst du dir ein wenig zu einfach vor. Wenn man Girdhan irgendwo entdeckt, wird er gejagt wie ein gefährliches Tier. Hier sind doch alle verrückt geworden! Vor zwei Tagen wussten die meisten nicht einmal, wo Gurrland liegt, und nun reden sie von nichts anderem.«

Girdhan ließ den Kopf hängen. »Deine Mutter hat recht! Ich habe keine Chance. Am besten, ich gehe zu meinen Leuten.«

Wütend fuhr Mera ihn an. »Wir sind deine Leute! Und wir lassen dich nicht im Stich!«

Im selben Augenblick klopfte es draußen. Die drei zuckten zusammen, und Meraneh machte eine Bewegung, als wolle sie den Jungen hinter dem Schanktisch verbergen. Doch es war nur Hannez. Der Fischer schloss die Tür hinter sich und verriegelte sie. »Schnell! Wir haben keine Zeit zu verlieren. Ich muss den Jungen von hier wegbringen. Ein paar der Idioten haben den Soldaten von ihm erzählt, und die sind schon unterwegs.«

Die Wirtin rang die Hände. »Aber was willst du tun?«

»Erst einmal muss er aus der Stadt. Danach können wir uns immer noch überlegen, ob ich ihn nach Teren oder Wardania hinüberschaffe.«

Mera schüttelte den Kopf. »Die beiden Inseln gehören zu Königin Ilnas Reich. Die Leute dort werden Girdhan ebenfalls gefangen nehmen und einsperren.«

»Nach Gurrland kann ich ihn ja schlecht bringen«, entgegnete

Hannez bissig und fasste nach Girdhans Arm. »Komm mit! Aufs Meer hinaus können wir jetzt noch nicht fahren, da die Flotte die Einfahrt zur Bucht abgesperrt hat. Auf dem Land müssen wir jedoch die Hunde fürchten. Daher werde ich dich das erste Stück tragen müssen.«

Er wollte Girdhan hochheben, sah dann aber Meraneh an. »Hast du eine Decke, in die ich ihn einwickeln kann? Es darf keiner sehen, dass ich ihn fortbringe.«

Bevor die Wirtin reagieren konnte, lief Mera schon los, um das Verlangte zu holen. Sie riss eine alte Decke herunter, die nur noch dazu diente, den Staub von Körben und Flaschen abzuhalten, und brachte sie Hannez. »Nimm die hier.«

Der Fischer wickelte Girdhan in die Decke und wuchtete ihn sich wie einen Sack über die Schulter.

Da schrie Mera auf. »Bei der Blauen Göttin! Girdhan hat ja noch Timpo in seinem Hemd stecken.«

Sie wollte die Decke beiseiteschieben, aber Hannez wehrte sie ab. »Dazu ist keine Zeit mehr! Hörst du nicht die Soldaten kommen? Wir müssen den Hintereingang nehmen.«

»Ich mach dir die Tür auf!« Mera rannte voraus, während ihre Mutter im Raum stehen blieb und Hannez besorgt anblickte. »Bitte gib auf dich und den Jungen acht!«

»Keine Sorge, Unkraut vergeht nicht!« Hannez gelang es sogar zu lachen. Er zwinkerte der Wirtin zu, sagte ihr noch, sie solle die Vordertür wieder öffnen und die Soldaten so lange aufhalten, wie es ihr möglich wäre, dann folgte er Mera auf den Flur. Der Junge war nicht gerade leicht, doch Hannez war ein kräftiger Mann mittleren Alters, der sein Fischerboot durch die schwierigsten Passagen gesteuert hatte. Ihm machte weder die Last etwas aus noch der Gedanke, dass er eben gegen einen offiziellen Befehl der Königin verstieß.

Mera öffnete die Hintertür und steckte vorsichtig den Kopf hinaus. »Die Luft ist rein«, meldete sie, als sie niemand sah. Dann schlüpfte sie hinaus und lief bis zur nächsten Straßenecke. Da sie auch hier keinen Menschen entdeckte, winkte sie Hannez eifrig zu weiterzugehen.

Während sie die Fachwerkhäuser der Fischervorstadt hinter sich ließen, war Hannez froh, dass ihr Sechstel im Gegensatz zu den Stadtteilen jenseits des Flusses nicht von Mauern umgeben war. Zwar würden die Bewohner, wenn die Gurrländer anrückten, ihre Häuser zurücklassen und über die alte Brücke in die ummauerte Stadt fliehen müssen. Dafür aber konnte er Girdhan ungehindert durch das mit Buschwerk bewachsene Gebiet tragen, das sich im Süden der Siedlung erstreckte. Das Gestrüpp bot genug Deckung, um sie vor zufälligen Blicken zu verbergen, und er hatte genau wie Mera die Hoffnung, den Suchtrupps ein Schnippchen schlagen zu können.

Bislang hatte Mera sich keine Gedanken gemacht, an welchen Ort Hannez Girdhan bringen wollte. Doch als er den Jungen in der Deckung eines Gebüsches absetzte, um zu verschnaufen, zupfte sie den Fischer am Ärmel.

»Wo gehen wir hin?«

Hannez wurde klar, dass Girdhan in allen Dörfern in der Umgebung der Hauptstadt Gefahr lief, von den Bütteln aufgespürt und eingefangen zu werden. Er wollte jedoch nicht sagen, dass er keinen Rat wusste, und blickte unwillkürlich nach Süden. Dort ging das wilde Buschland in einen wundervoll blau schimmernden Wald über, der so stark leuchtete, dass Hannez die Augen sofort wieder abwenden musste.

Dennoch wusste der Fischer nun, was er zu tun hatte. »Ich bringe Girdhan in den Hexenwald. Dort sucht ihn gewiss keiner!«

»Was?« Es war ein Aufschrei aus zwei Kehlen. Girdhan zitterte bei dem Gedanken an den verwunschenen Wald, während Mera mit beiden Fäusten auf Hannez einschlug.

»Du bist noch grausamer als die Büttel der Königin. Dort wird Girdhan zugrunde gehen!«

Hannez fing die Hände des Mädchens ein und schüttelte es. »Jetzt nimm Verstand an! Es ist der einzige Weg, der uns bleibt. Überall sonst finden uns Ilnas Leute.«

»Aber im Hexenwald gehen schlimme Dinge vor. Niemand betritt ihn freiwillig, und von denen, die es doch tun, kommen die wenigsten zurück.«

»Ganz so schlimm ist es auch wieder nicht. Ich war als Junge auch einmal drinnen und bin wieder herausgekommen. Zugegeben, der Wald ist etwas seltsam, und man mag auch nicht gerne hineingehen. Aber von Verschwundenen oder gar Toten habe ich selten gehört.«

»Aber es gab sie!«, fauchte Mera ihn an.

»Die haben wahrscheinlich den Fehler gemacht, dort Holz zu hacken, und das mögen die Bäume des Hexenwaldes ganz und gar nicht. Du wirst sehen, er ist bei Weitem nicht so übel, wie die Leute sagen.« Hannez hörte sich optimistischer an, als er sich fühlte. Das eine Mal im Hexenwald hatte ihm gereicht, und er hätte ihn freiwillig kein zweites Mal mehr aufgesucht. Aber in dieser Situation gab es keinen anderen Ausweg.

Als er sich Girdhan wieder über die Schulter wuchtete und weiterging, flehte er die Große Ilyna an, gnädig zu sein und ihnen zu helfen.

8

Der Weg zum Hexenwald zog sich länger hin, als sie erwartet hatten. Es dämmerte bereits, als der Waldsaum in Sicht kam, und in der beginnenden Dunkelheit wirkte der mächtige Forst noch unheimlicher als untertags. Die Blätter der hohen Bäume strahlten ein blaues Licht aus, das wie eine Warnung wirkte, nicht näher zu kommen, und die drei glaubten, ein Stöhnen und Seufzen zu vernehmen, das ihnen ebenfalls zu raten schien, keinen Schritt mehr weiterzugehen.

Hannez blieb mit einem Mal wie von Panik erfüllt stehen, ließ Girdhan zu Boden gleiten und sah sich hilflos um. »Ich glaube, es war doch keine so gute Idee hierherzukommen. Wir sollten ein anderes Versteck für Girdhan suchen.«

Mera schüttelte energisch den Kopf. »Du hast selbst gesagt, der Hexenwald sei der einzige Ort, an dem wir uns verstecken können!« Sie wunderte sich, dass sie wir sagte, obwohl nur Girdhan hierbleiben sollte. Aber als sie den Jungen, der wie erstarrt auf der Decke saß, ansah, begriff sie, dass er keinen Herzschlag lang allein hier zurückbleiben würde. Sie würde bei ihm bleiben und ihm die Angst nehmen müssen. Gleichzeitig wunderte sie sich, woher sie selbst den Mut nahm, diesen Ort betreten zu wollen.

Der Wald schien lebendig und so voller Zauber zu sein, dass sie seine Kraft spürte. Während sich der Schleier der Nacht über das Land senkte, strahlte das Blau der Blätter so stark, dass es sich im weichen Moos spiegelte, welches wie ein Teppich den Boden zwischen den Stämmen bedeckte. Es dauerte eine Weile, bis Mera begriff, dass auch das Moos zu glimmen schien, und als sie ein paar Schritte darüberging, leuchteten ihre Fußstapfen so hell, dass man ihnen leicht hätte folgen können.

Es gab kein Unterholz, nur gelegentlich ein paar Büsche an jenen Stellen, an denen die Bäume etwas weiter auseinanderstanden. Dennoch bildeten ihre Kronen ein so dichtes Blätterdach, als wollten sie jeden Strahl der Sonne oder der sechs Monde vom Boden fernhalten. Das aufgeregte Seufzen und Stöhnen war inzwischen zu einem leisen Wispern geworden und hörte sich für Mera auch nicht mehr bedrohlich an. Mit einer energischen Bewegung wandte sie sich an Hannez und Girdhan. »Kommt jetzt endlich! Oder wollt ihr, dass die Büttel uns doch noch erwischen?« Mit diesen Worten tauchte sie in den blauen Lichtschein des Waldes ein.

Girdhan biss die Zähne zusammen und folgte ihr, Hannez aber wich ein paar Schritte zurück. »Sucht ihr euch ein Versteck. Ich kehre in die Stadt zurück, um nachzusehen, was dort los ist. Morgen bringe ich euch Lebensmittel an diese Stelle. Vielleicht weiß ich dann auch schon, auf welchem Weg ich Girdhan von hier wegbringen kann. Wir werden einen Ort finden, an dem die Leute nicht so verrückt sind wie hier in Ilynrah.«

Während Girdhan erleichtert nickte, wiegte Mera nachdenklich den Kopf. Hannez schien überzeugt zu sein, dass der Junge in den ländlicheren Teilen von Ilyndhir Zuflucht finden konnte, doch sie bezweifelte es. Aber sie wusste keinen Ort, der Girdhan stattdessen Sicherheit bieten konnte. Die Gurrländer würden ihn versklaven oder töten, wenn sie ihn in die Hände bekamen. Wardania und Teren fielen ebenfalls aus, denn beide Inseln zählten zum Reich Ilnas V., und deren Befehle würden dort ebenso befolgt werden wie hier. Auf Gelonda herrschte Krieg, und die Bewohner würden einen Gurrlandmischling wohl kaum bei sich aufnehmen. Da blieb nur Malvone. In diesem Reich wurde der grüne Dämonengott Talien angebetet, und es lag traditionell mit den Nördlichen Inseln im Streit. Möglicherweise waren die Leute dort bereit, Girdhan aus diesem Grund zu helfen.

Es war eine sehr kleine Hoffnung, aber die einzige, die ihnen blieb. Mera sah Hannez nach, der sich grußlos umgedreht hatte und mit so langen Schritten in die Nacht hineinlief, als wären sämtliche Dämonen der grünen Hölle hinter ihm her. Dann drehte sie sich zu Girdhan um, der ebenfalls so aussah, als würde er am liebsten davonrennen.

»Komm mit! Wir müssen noch tiefer in den Wald eindringen. So nah am Rand könnten uns Leute sehen und es den Bütteln melden!«

9

Der Palast der Königin befand sich inmitten eines kunstvoll angelegten Parks an der höchsten Stelle der Stadt, weit weg von den ungepflasterten Gassen des Fischersechstels jenseits des Flusses. Im Park stand Torrix' Magierturm, ein mehrstöckiges, sechseckiges Gebilde aus blau schimmerndem Stein, in dem neben dem Hofmagier und der zweiten Hexe auch die nachrangigen Zauberer und Heilerinnen wohnten und arbeiteten. Die Kammern, die Torrix benutzt hatte, waren durch Zauberschlösser versperrt, die selbst seine Stellvertreterin nicht öffnen konnte. Daher war es Yanga nicht möglich, die geheimen Aufzeichnungen des Hofmagiers zu lesen und auszuwerten.

Nun stand die Zweite Hexe mit betretener Miene im Audienzsaal vor einem erhöht stehenden Stuhl, auf dem Ilna V. Platz genommen hatte. Im Augenblick wirkte die Königin nicht wie die erhabene Herrscherin über Ilyndhir und die Nördlichen Inseln, sondern wie eine von Angst geschüttelte Frau mittleren Alters. Die blaue Schminke auf ihrem Gesicht war zerlaufen, und ihre Hände umkrampften das Zepter, als sei es ihr einziger Halt in einer aus den Fugen gehenden Welt.

»Du weißt also auch nicht, was Torrix geplant hat?«, fragte sie die Hexe zum wiederholten Mal.

Yanga hob in einer verzweifelten Geste die Hände. »Er hat es mir nicht mitgeteilt, sondern wollte vorher mit dieser Wetterfühlerin reden. Wo das hingeführt hat, sehen wir ja nun.«

Yangas Stimme bebte vor Eifersucht auf Merala. Einst war sie die Schülerin der großen Heilerin gewesen, und als ihre Ausbildung abgeschlossen war, hatte sie sich um den Platz der Zweiten Hexe beworben, der nach Meinung nicht weniger Leute Merala zugestanden hätte. Da die ältere Merala die Stelle jedoch abgelehnt hatte, war Yanga die Stellvertreterin des Hofmagiers geworden. Aber ungeachtet ihres hohen Amtes und ihrer Fähigkeiten, hatte Torrix, als Gefahr heraufzog, nicht ihren Rat, sondern den der alten Frau gesucht. Nun machte sie diese Missachtung dafür verantwortlich, dass Torrix verschwunden war.

Ilna V. gab wenig auf solche Spitzfindigkeiten. Torrix war bereits der Hofmagier ihrer Mutter und ihrer Großmutter gewesen, und sein Rat hatte sie all die Jahre als Königin geleitet. Nun fühlte sie sich wie ein kleines Kind, das die führende Hand verloren hatte. Yanga war ihre letzte Hoffnung, aber die Hexe schien der Situation nicht gewachsen zu sein.

Der für die Verwaltung der Hauptstadt und damit auch die Sicherheit der Königin verantwortliche Staatsrat Hemor brachte seinem Gesichtsausdruck nach ebenfalls schlechte Nachrichten. Er verbeugte sich dreimal tief vor Ilna V. und wagte nicht, sie anzublicken.

»Meine Männer haben nicht die geringste Spur des Hofmagiers und der Wetterhexe aus der Fischervorstadt entdecken können. Es ist, als habe der Hexenwald sie verschluckt.«

»Wären sie dort, würde ich sie spüren«, warf Yanga mit einer wegwerfenden Geste ein. »Deine Leute sind unfähig! Es ist ihnen nicht einmal gelungen, alle Gurrlandblütigen in Ilynrah zu finden und einzufangen.«

»Es fehlt uns nur noch dieser eine Junge. Den werden wir schnell haben.« Hemor ärgerte sich über den Tonfall der Hexe, wagte aber aus Angst vor ihren magischen Kräften nicht, ihr schärfer entgegenzutreten.

Der Königin klatschte mit der Hand auf die Lehne. »Ich will keine gegenseitigen Vorwürfe hören, sondern Vorschläge, wie wir die Situation meistern können.«

»Dafür hätten wir Torrix gebraucht«, murmelte Hemor ganz leise, da es nur die Königin, nicht aber die Hexe hören sollte.

Aber er hatte den magisch verstärkten Hörsinn der Dame außer Acht gelassen. Yanga warf ihm einen Blick zu, der ihm Schlimmes für die Zukunft versprach, und wandte sich dann an die Königin. »Ich habe mir noch einmal alle Bemerkungen, die Torrix in der letzten Zeit von sich gegeben hat, durch den Kopf gehen lassen. Er muss davon überzeugt gewesen sein, dass Gurrland uns angreifen wird.«

»Um das zu erkennen, brauche ich keinen Magier und keine Hexe«, erwiderte die Königin sichtlich verärgert.

»Dazu vielleicht nicht, aber um unser Reich zu retten! Eure Flotte und Eure Soldaten sind nicht dazu in der Lage!« Yanga erinnerte die Königin nicht ohne Absicht an die verheerende Niederlage der Flotte gegen die schwarzen Galeeren. Das Flaggschiff »Ilna I.« und die Kriegsschiffe, die es begleitet hatten, waren versenkt worden – bis auf die alte »Trymai«, die sich schwer beschädigt in den Hafen hatte retten können. Doch allen war klar, dass dieses Schiff nur hatte entkommen können, weil die Gurrländer es so gewollt hatten. Die Überlebenden sollten zurückkehren und berichten, dass der Feind unbesiegbar war.

Die Königin wusste ebenso wie die Hexe, dass sie auf diese angewiesen war, und warf Yanga einen flehenden Blick zu. »Tu doch bitte etwas!«

Die Hexe nickte. »Ich habe meine Zaubersäfte bereits vorbereitet, aber ich will sie nicht hier trinken, sondern in meiner eigenen Kammer.«

»Ich werde dich begleiten.« Die Königin erhob sich und ging voraus.

Yangas Labor war mit allen möglichen Dingen vollgestopft. Selbst auf den Stühlen lagen Bücher, Schriftrollen und Zauberwerkzeuge. Die Hexe räumte keine der Sitzgelegenheiten ab, so dass Ilna V. stehen bleiben musste, während Yanga sich auf das Bett setzte und nach dem bereitstehenden Pokal griff. Sie atmete mehrmals tief durch und trank den gesamten Inhalt des Gefäßes.

Eine Weile tat sich nichts. Dann schlugen übergangslos Flammen aus Yangas Augen, und die blauen Linien auf ihrem Gesicht leuchteten hell auf. Sie keuchte, schlug um sich, als würde sie mit einem unsichtbaren Feind ringen, und erschlaffte mit einem Schmerzenslaut.

Es dauerte länger als eine Stunde, bis sie wieder ansprechbar war. »Gebt mir Wasser«, bat sie.

Die Königin blickte sich suchend um und entdeckte einen vollen Krug in der Ecke. Da sie keinen Becher fand, wollte sie den Pokal füllen, doch die Hexe schlug ihn ihr aus der Hand.

»Nicht noch einmal daraus! Er steckt voller giftiger Magie, die mich nun töten würde.« Sie riss Ilna V. den Krug aus der Hand und trank wie eine Verdurstende. Erst als das Gefäß leer war, setzte sie es ab und atmete so schnell, als sei sie mehrmals um den königlichen Park gerannt.

»Was hast du gesehen?«, fragte die Königin erregt.

Die Hexe rieb sich über das Gesicht, und als sie die Hand sinken ließ, klebte blau schimmerndes Blut daran, das von ihren zerbissenen Lippen stammte.

»Der Feind ist noch stärker, als wir angenommen haben. Für einige Augenblicke konnte ich den Feuerthron sehen. Er scheint völlig wiederhergestellt zu sein! Nun wohnt ihm wieder jene schreckliche Macht inne, die schon einmal den gesamten Archipel in ihrem Bann gehalten hat, und dieser Kraft haben wir nichts entgegenzusetzen.«

»Sollen wir uns etwa kampflos ergeben?«, rief die Königin empört aus.

Yanga schüttelte den Kopf. »Natürlich nicht. Der Feuerthron selbst und der, der ihn beherrscht, sind unbezwingbar. Aber es gibt doch noch eine Chance, zumindest den schwarzen Heeren ihren Schrecken zu nehmen. Die Enkelin der Wetterfühlerin ist die Erbin ihrer Kraft. Wenn wir das Mädchen ausbilden, könnte es mir helfen, den Zauber zu brechen, der die Gurrländer unbesiegbar macht. Dann wären die Soldaten des Herrn auf dem Feuerthron nur noch Lebewesen wie andere auch, und unsere Krieger würden sie aufhalten. Auf diese Weise können wir uns Ilyndhirs Freiheit bewahren.«

Die Königin schnappte nach dieser Möglichkeit wie einer ihrer Schoßhunde nach den Fleischstückchen, die sie ihnen vor die Nase hielt, und rief nach ihrem Geheimen Staatsrat, der vor der Tür auf das Ergebnis der Weissagung gewartet hatte. »Hemor, mach dich auf und bringe Meralas Enkelin hierher. Sofort!«

Das Gesicht des Mannes wirkte unter der blauen Schminke wie zu einer grotesken Maske verzerrt. »Verzeiht, Euer Majestät, aber das kann ich nicht. Das Mädchen ist zusammen mit der Gurrlandkreatur verschwunden.«

»Dann suche es. Diese Mera muss so schnell wie möglich zu mir gebracht werden. Was diesen Gurrlandbastard betrifft, so tötet ihn, sobald ihr ihn seht!« Yangas Stimme klang bei diesen Worten seltsam verzerrt und wies einen Akzent auf, den noch nie jemand von ihr vernommen hatte. Im nächsten Moment schüttelte sie sich und schien nicht mehr zu wissen, was sie eben gesagt hatte.

10

Mera wurde vom Knurren ihres Magens geweckt und wunderte sich im ersten Augenblick. Hatte sie die Mutter gestern so verärgert, dass sie ohne Abendessen ins Bett geschickt worden war? Erst als sie das Rauschen des Windes in den Zweigen vernahm, begriff sie, dass sie sich nicht im »Blauen Fisch« befand, sondern mitten im Hexenwald. Dieser Ort mochte für ihre seltsamen Träume verantwortlich gewesen sein, in denen sie die Königin und deren Zweite Hexe zu sehen geglaubt hatte. Sie schüttelte sich und richtete sich auf.

Es war bereits Tag. Das blaue Licht, das die Pflanzen ausstrahlten, hatte sich zu einem sanften Glimmen gemildert, und die leuchtenden Spuren, die sie auf dem Moos hinterlassen hatte, waren verblasst.

»Wir leben noch!« Girdhan hörte sich an, als könne er es kaum glauben.

Im ersten Augenblick wollte Mera ihn auslachen, aber dann erinnerte sie sich an die Geschichten, die über diesen Wald im Umlauf waren, und spreizte abwehrend die Finger. Hier gab es Geheimnisse, an denen sie nicht rühren wollte. »Ich hoffe, Hannez bleibt nicht zu lange aus. Ich habe nämlich Hunger, und ich glaube nicht, dass wir hier etwas Essbares finden werden.«

»Ich könnte einen ganzen Stachelfisch vertragen.« Girdhan seufzte und sah Mera auffordernd an. »Wir sollten an den Waldrand zurückkehren und auf Hannez warten.«

Das Mädchen nickte und wollte aufstehen, als Timpo in ihren Armen unruhig wurde und ihr sogar in die Hand biss.

»Was soll das?«, rief sie ärgerlich und starrte auf den Abdruck seiner Zähne in ihrer Haut.

Da zeigte Girdhan auf einen Busch, der am Abend mit Sicherheit noch nicht an dieser Stelle gestanden hatte und dicht mit den größten Blaubeeren bedeckt war, die Mera je gesehen hatte. Dabei wurden Früchte dieser Art erst in zwei oder drei Monaten reif.

Timpo, der Blaubeeren über alles liebte, entwand sich jetzt ihrem Griff und rannte zu dem Busch. Als er zu fressen begann, folgte Mera ihm, probierte vorsichtig und pflückte die Früchte dann schneller, als sie sie schlucken konnte. Mit vollen Backen kauend, forderte sie Girdhan auf, ebenfalls zuzugreifen.

»Die Dinger schmecken einfach herrlich!«

Girdhan kam so vorsichtig näher, als erwartete er, jeden Augenblick von dem Busch verschluckt zu werden, und kostete zögernd. Aber als die erste Beere auf seiner Zunge zergangen war, begann er, die Früchte in sich hineinzuschaufeln, als habe er mindestens drei Tage hungern müssen.

Als alle drei satt waren, nahm Mera Timpo wieder auf den Arm, und sie wanderten zurück zum Waldrand. Dabei kam ihnen zugute, dass Mera ihre Spuren vom Vortag noch schwach erkennen konnte, denn der Wald sah in allen Richtungen gleich aus.

An der Stelle, an der sie sich von Hannez getrennt hatten, stellten sie enttäuscht fest, dass er nicht zurückgekommen war. Das mochte an den vielen Patrouillen liegen, die an diesem Morgen das Land durchstreiften und Spürhunde mit sich führten.

»Da kommen wir niemals durch.« Niedergeschlagen und sichtlich verängstigt, zog Girdhan sich hinter ein paar Büsche zurück, deren Zweige mit fingerlangen Dornen bedeckt waren.

»Vorsicht! Das sind Pfeilbüsche! Wenn du ihnen zu nahe kommst, verwandeln sie dich in einen Igel«, rief Mera entsetzt. Sie hatte schon einige Schauergeschichten über diese verhexten Pflanzen gehört, die angeblich auf ihren Wurzeln laufen konnten.

Doch zu ihrer beider Überraschung schossen die Büsche ihre Dornen nicht ab, obwohl Girdhan einen Zweig gestreift hatte. Als sie genauer hinschauten, sahen sie, dass die metallisch schimmernden Spitzen sich langsam auf den Rand des Waldes richteten, so als wollten sie das beschützen, was sich in seinem Innern befand.

»Irgendetwas geht hier vor, aber ich weiß nicht, was.« Mera sah sich um und spitzte die Ohren.

Der ganze Wald war von einer seltsamen Unruhe erfüllt, und je länger sie die Büsche betrachtete, desto mehr schienen es zu werden. Sie bewegten sich, rückten zusammen und schoben sich nach vorne, so als wollten sie einen Wall bilden. Nun kam es Mera vor, als spräche jemand zu ihr. Die Stimme erklang in ihrem Kopf, doch sie wisperte nur, und so konnte sie die Worte nicht verstehen. Dennoch atmete sie auf. »Der Wald ist uns nicht feindlich gesinnt, aber wir dürfen uns nicht zu lange hier aufhalten.«

Girdhan starrte die Pfeilbüsche an und schien dem Frieden nicht so recht zu trauen. »Ich wäre an jedem Ort der Welt lieber als hier, ausgenommen vielleicht Gurrland.«

Bei der Erwähnung dieses Namens durchlief ein Zittern die Bäume und Büsche, und es war, als würden die Zweige leise fluchen. Mera starrte die Bäume an, die mit einem Mal lebendig wurden und ihre Wurzeln ausstreckten, als wollten sie etwas zertreten.

»Den Namen solltest du lieber nicht mehr laut aussprechen«, warnte sie Girdhan.

»Was?«, fragte der Junge, begriff es dann aber selbst.

»Ich halte schon den Mund.« Im Gegensatz zu dieser Ankündigung wollte er weitersprechen, doch da ertönte ein zischender Laut, der ihn zusammenzucken ließ.

Zugleich entdeckte Mera eine Gruppe Männer, die sich dem Waldrand näherte. Es waren keine Soldaten, sondern Bauern, die Knüppel und Stricke in den Händen hielten. Am Rand des Hexenwaldes blieben sie stehen und starrten einander an.

»Du meinst wirklich, die beiden hätten sich hier versteckt?«, fragte einer den Mann, der sie angeführt hatte.

Dieser nickte eifrig. »Die Hexe der Königin hat es gesagt! Mit ihren magischen Kräften konnte sie die Fährte des Mädchens bis hierher verfolgen. Der Gurrländer soll bei ihr sein. Wahrscheinlich hat er sie entführt.«

Einer der Männer wich vor Schreck zurück. »Ein Gurrländer, sagst du? Mit so einem lege ich mich nicht an!«

»Angsthase! Wir werden wohl noch zu fünft mit einem Gurrländer fertig werden. Außerdem ist es nur ein Junge!«

»Ein Junge? Ha! Gurrländer bleibt Gurrländer. Bei denen sollen schon die kleinen Kinder Menschen die Kehle durchbeißen können!« Der Zweifler wich noch einen Schritt zurück.

»Unsinn! Der Kerl ist doch nur ein girdanischer Bastard. Mit dem wirst sogar du fertig. Ich war dabei, wie die Hexe auf den Marktplatz gekommen ist und den Befehl gegeben hat, die Ausreißer zu suchen. Sie will das Mädchen haben, um es auszubilden, und hat dem, der es ihr bringt, eine hübsche Belohnung versprochen. Deshalb habe ich die Beine in die Hand genommen und euch geholt. Aber wenn wir uns jetzt nicht beeilen, kommen uns die Soldaten zuvor. Oder wollt ihr keine Goldstücke in euren Beuteln klingeln hören?«

Der Mann trat nun unter das Blätterdach und sah sich zwischen den ersten Bäumen um. Drei andere folgten ihm, doch der Zweifler blieb draußen stehen. »Da gehe ich nicht hinein. Hört ihr es denn nicht? Der Wald flüstert und droht uns.«

Der Anführer drehte sich mit einer verächtlichen Geste zu ihm um. »Was redest du da! Bäume sprechen nicht, und die hier werden nur dann böse, wenn man den Wald mit einer Axt betritt. Deswegen haben wir nur Knüppel und Stricke mitgenommen.«

Als er den nächsten Schritt machte, erklang das zischende Geräusch wieder, und die Büsche schossen einige ihrer Dornen auf die Eindringlinge ab. Sie trafen erstaunlich gut. Der Anführer stieß einen Schrei aus und griff sich an den Oberschenkel, der sich rot färbte, und auch die, die ihm gefolgt waren, stöhnten vor Schmerz auf und wichen humpelnd zurück.

»Von wegen, die Bäume tun uns nichts!«, rief der Mann, der draußen geblieben war, und warf Knüppel und Seil fort.

Einer seiner Kameraden begann, den Anführer zu verfluchen. »Wir hätten dich verprügeln sollen, als du mit dieser hirnrissigen Idee gekommen bist, anstatt wie Schafe hinter dir herzurennen. Bei der Blauen Göttin, tut das weh!«

Er wollte den Dorn herausziehen, kreischte aber vor Schmerzen auf und ging in die Knie. »Das Ding hat Widerhaken! Der Bader wird es mir herausschneiden müssen. Bei Ilyna, was wird meine Frau sagen? Mit dem verletzten Bein kann ich meine Arbeit nicht tun.«

Mit viel Jammern und Gezeter humpelten die vier aus dem Wald und verschwanden schließlich in der Ferne.

Mera drehte sich aufatmend zu Girdhan um. »Das ist noch mal gut gegangen. Ich glaube, wir sollten wenigstens ein paar Tage hier im Wald bleiben, bis die Suche abgebrochen wird. Wie du gesehen hast, beschützt er uns.«

Der Junge winkte mutlos ab. »Gegen ein paar Bauern ja, aber die Soldaten sind gepanzert und können sich gegen die Büsche zur Wehr setzen. Das Beste wird sein, wir stellen uns freiwillig. Dann stecken sie mich in das Gefangenenlager, aber du kommst an den Königshof und wirst dort zur Zauberin ausgebildet. Wer weiß, vielleicht wirst du später sogar eine Hofheilerin, wie deine Großmutter eine gewesen ist.«

Der Gedanke an ihre Großmutter trieb Mera die Tränen in die Augen, und sie presste Timpo so fest an sich, dass er winselnd protestierte. Gleichzeitig wurde ihr schwindlig, und sie glaubte eine fremde Stimme in ihrem Kopf zu hören, die sie zum Aufbruch mahnte.

»Ihr könnt hier nicht bleiben. Wenn ihr das tut, wird die Hexe euch über kurz oder lang kriegen. Ihre Leute werden deinen Freund wie einen Hund erschlagen und dich im Magierturm gefangen halten. Dann ist alles verloren.«

»He, Mera, was ist mit dir?«

Sie hörte Girdhan rufen und bemerkte, dass sie auf den Moospolstern lag, ohne sich daran erinnern zu können, hingefallen zu sein. Nun ergriff sie Girdhans ausgestreckte Hand und ließ sich aufhelfen. »Jemand hat in meinem Kopf gesprochen, und diesmal konnte ich ihn ganz deutlich verstehen. Er warnte mich eindringlich davor, hierzubleiben. Girdhan, wir müssen Ilyndhir auf eigene Faust verlassen, denn Hannez wird nicht mehr kommen, um uns wegzubringen. Gewiss haben die Leute der Hexe ihn und meine Mutter gefangen genommen. Hoffentlich passiert ihnen nichts!«

Bei dem Gedanken an den Verlust von Mutter und Großmutter überkam Mera das Gefühl, nun ganz allein auf der Welt zu sein und keine Heimat mehr zu haben, und ihr liefen Tränen über die Wangen. Aber sie hatte keine Zeit, sich ihrem Kummer hinzugeben, denn sie musste nach einem Weg suchen, auf dem sie und Girdhan Ilyndhir verlassen konnten.

Immer noch weinend stand sie auf und klemmte sich Timpo unter den Arm. Dabei musste sie daran denken, dass ihre Großmutter und dieses Tierchen unzertrennlich gewesen waren. Timpo, hatte die Großmutter gesagt, würde unter allen Umständen versuchen, zu ihr zu gelangen. Bis jetzt hatte sie diese Worte nicht wörtlich genommen, doch als sie Timpo nun betrachtete, war sie sich nicht mehr so sicher. Er schnupperte immer wieder nach Westen und wollte auch jetzt in diese Richtung laufen.

Mera hob das Tierchen vor ihr Gesicht und sah es durchdringend an. »Witterst du etwas?«

Kaum hatte sie es gesagt, da wurde ihr erneut schummrig, und sie sah ihre Großmutter vor sich. Merala lag wie zu Stein erstarrt auf einer Unterlage aus geflochtenen Blättern. Neben ihr konnte Mera Torrix erkennen, der ebenfalls in eine Statue verwandelt zu sein schien. Ein von Licht umspielter Umriss beugte sich über die beiden, und als er die Großmutter berührte, erlosch die Illusion. Verzweifelt versuchte Mera, das Bild noch einmal zurückzuholen, doch sie nahm nur Girdhan wahr, der neben ihr kniete und sie schüttelte.

»Lass das! Du tust mir weh«, stöhnte Mera.

»Ich habe nur versucht, dich wach zu bekommen! Du bist nämlich schon wieder umgekippt.«

Mera versuchte, ihre Benommenheit abzustreifen, fühlte sich aber so schwach, dass sie sich auf das Moos setzen musste. Gleichzeitig verspürte sie einen fürchterlichen Durst.

»Ich brauche Wasser!«, stöhnte sie, ohne zu wissen, wo sie welches herbekommen sollte.

Da sprang Girdhan auf und wies mit offenem Mund auf eine Quelle, die in ihrer Nähe zu sprudeln begann. »Das geht nicht mit rechten Dingen zu!«

»Von mir aus! Hauptsache, ich habe etwas zu trinken.«

Girdhan musste Mera aufhelfen und sie stützen, sonst hätte sie das kühle Nass nicht erreicht. Als sie dann zu trinken begann, konnte sie schier nicht mehr aufhören. Nach einer Weile setzte sie sich auf das Moos und massierte sich die Schläfen. Girdhan musterte sie mit einer Mischung aus Furcht und Mutlosigkeit, aber auch mit einem Fünkchen Hoffnung.

»Hast du ein Traumgesicht gehabt, so wie Magier und Hexen sie bekommen? Ich habe gehört, dass diese Leute hinterher fürchterlich erschöpft sind und dringend essen und trinken müssen.«

»Ein Traumgesicht war es sicher nicht. Oder doch?« Mera wiegte den Kopf. »Vielleicht war es so eine Art Fingerzeig. Ich habe die Großmutter gesehen und Torrix. Wie es aussieht, befinden sie sich auf einem Schiff, das irgendwo im westlichen Ozean fährt. Es müsste etwa in dieser Richtung sein!« Noch während sie es sagte, glaubte sie einen blauen Faden zu sehen, der von Timpo ausging, sich nach Westen zog und hinter dem Horizont verschwand.

Sie zeigte darauf. »Wir sollten es tun!«

»Was tun?«, fragte Girdhan verwirrt.

»Der Großmutter folgen! Wenn wir herausfinden, wer sie entführt hat, können wir sie vielleicht befreien.«

»Wir zwei? Wie stellst du dir das vor?« Girdhan versuchte sie auszulachen, doch es drang nur ein Krächzen aus seiner Kehle.

Mera hob belehrend den rechten Zeigefinger. »So dumm ist die Idee gar nicht. Wir tun nur das, was Hannez sowieso vorhatte. Wir schleichen uns zum Meer, nehmen ein Boot und folgen der Spur.«

»Welcher Spur?«

Da Mera den blauen Faden einmal entdeckt hatte, vermochte sie ihn sofort wieder zu finden. Sie wollte Girdhan darauf aufmerksam machen, doch der Junge starrte sie nur verdattert an. »Also, ich sehe nichts!«

»Ich aber! Es liegt wohl an meiner Veranlagung, von der Torrix gesprochen hat. Ich glaube, Großmutter muss gewusst haben, dass sie nicht bis zum Palast der Königin gelangen würde, denn sonst hätte sie Timpo niemals zurückgelassen. Früher hat sie ihn überall mit hingenommen, und gerade habe ich entdeckt, dass zwischen den beiden eine magische Verbindung besteht. Wenn wir ihr folgen, werden wir die Großmutter finden.«

»Du würdest wirklich bis Gurrland reisen?« Girdhan schüttelte sich, denn trotz seines gurrländischen Erbteils zog ihn nichts auf die große Insel am südöstlichen Ende des Archipels.

Auch Mera war für einige Augenblicke unsicher. Gurrland zu betreten hieß, in den Machtbereich des dortigen Kaisers einzudringen, und der war nach allem, was sie gehört hatte, schier übermächtig. Vielleicht vermochten ihn die gesammelten Magier der Welt herausfordern, doch für ein Mädchen wie sie und einen Jungen, der vielleicht doch zu einem ergebenen Sklaven des Feuerthrons werden würde, wäre es der direkte Weg vom Fischernetz in die Bratpfanne.

Dennoch nickte sie heftig. »Wenn es sein muss, werden wir auch nach Gurrland gehen. Aber ich hoffe, dass es nicht nötig sein wird. Darüber brauchen wir uns erst den Kopf zu zerbrechen, wenn wir draußen auf dem Meer in Sicherheit sind. Wir müssen uns erst mal etwas einfallen lassen, wie wir an ein Boot kommen.«

11

Unter Tag wäre es Wahnsinn gewesen, den Hexenwald zu verlassen. Daher kehrten Mera und Girdhan zu der Stelle zurück, an der sie übernachtet hatten. Als sie dort ankamen, hing der Blaubeerstrauch wieder voller Früchte, und gleich daneben entsprang eine Quelle mit wohlschmeckendem Wasser.

Mera, die sich im Gegensatz zu ihrem Ziehbruder schnell an diese magischen Veränderungen gewöhnt hatte, setzte sich neben den Busch und begann zu essen. Auch Timpo sicherte sich seinen Anteil an Blaubeeren, und in seinen Magen passten sehr viele hinein. Zuletzt überwand auch Girdhan seine Scheu und griff zu. Seinem Gesichtsausdruck nach schien es ihm nicht besonders zu schmecken.

»Es ist alles so unheimlich«, flüsterte er.

Mera schien es, als würde der Wald ihn auslachen. »Keine Sorge, uns passiert hier schon nichts!« War sie selbst es gewesen, die das gesagt hatte? Sie spitzte die Ohren, hörte aber nichts. Erneut erklang ihre Stimme, ohne dass ihr bewusst war, gesprochen zu haben.

»Wir sollten uns hinlegen und ausruhen. Uns steht eine lange Nacht bevor.«

Jetzt war sie sicher, dass jemand anderes durch ihren Mund gesprochen hatte. Sie war jedoch viel zu müde, um darüber nachdenken zu können. Gähnend kuschelte sie sich ins Moos, zog Timpo zu sich herein und schlief sofort ein.

Als sie und Girdhan wieder erwachten, stand die Sonne bereits weit im Westen, und am Blaubeerbusch hingen neue Früchte. Sie aßen und tranken, bis sie satt waren, dann wies Mera nach Osten.

»Ich weiß jetzt, wie wir zum Fischerhafen kommen. Über Land ist das unmöglich. Aber in dieser Richtung stößt der verzauberte Wald an den Blauen Fluss. Wir können dort ins Wasser steigen und schwimmen.«

»Und die Hexe?«, fragte Girdhan.

Mera lachte. »Nun, die vermutet uns doch hier im Wald. Wahrscheinlich sucht sie immer noch Freiwillige, die sich den Pfeilbüschen aussetzen wollen.«

»Wenn die Leute, die wir am Vormittag gesehen haben, in die Stadt zurückgekehrt sind, wird sie wohl niemand mehr finden!« Girdhan fühlte sich viel besser als am Morgen und hatte seine Angst vor dem Hexenwald weitestgehend überwunden. Mit einem Mal tat es ihm sogar leid, ihn verlassen zu müssen.

Als er das zu Mera sagte, nickte diese eifrig. »Mir geht es ähnlich. Aber wir dürfen hier nicht bleiben. Irgendwann würde es der Hexe gelingen, in den Wald einzudringen und uns zu fangen. Komm! Es liegt noch ein ziemlich weiter Weg vor uns, wenn wir den Fluss erreichen wollen.«

»Na dann los!« Girdhan blickte in Richtung der vereinzelten Sonnenstrahlen, die noch durch das dichte Blätterdach fielen, ging dann ein paar Schritte dem Sonnenuntergang entgegen und wartete, bis Mera zu ihm aufgeschlossen hatte. Auf dem weichen Moos ließ es sich gut laufen, und das blaue Glimmen, das sie gestern noch erschreckt hatte, erschien ihnen jetzt so normal, als wären sie von frühester Kindheit daran gewöhnt. Es passierte auch weiter nichts Ungewöhnliches. Außer einigen Schmetterlingen mit blauen Flügeln sahen sie keine Tiere, obwohl sie verschiedenste Geräusche um sich herum wahrnahmen. Oft erklang ein Wispern, das sich beinahe wie die Stimme eines Menschen anhörte, aber jedes Mal verstummte, wenn sie versuchten, seinen Ursprung zu erkunden.

Kurz nach Einbruch der Nacht erreichten sie den Fluss und wurden durch ein Zischen auf den Posten aufmerksam gemacht, der am anderen Ufer Wache hielt. Sie bemerkten jedoch rasch, dass der Mann zwar immer wieder auf das Wasser schaute, den Wald selbst aber nicht anzusehen wagte.

Mera kniete im Schutz eines am Ufer stehenden Busches nieder und stieß Girdhan an. »Wir warten, bis der Mann wieder in die andere Richtung blickt, dann gleiten wir ins Wasser und schwimmen los. Wir dürfen nur nicht spritzen oder anderen Lärm machen. Wenn der Kerl dort drüben oder andere Leute in unsere Richtung schauen, tauchen wir und halten die Luft an.«

»Bis dieselbe wieder rein ist!« Girdhan grinste, so dass Mera sein prachtvolles Gebiss im Schein des Mondes schimmern sah. Er schlich zum Ufer und glitt so lautlos wie eine Schlange ins Wasser. Mera folgte ihm nicht weniger leise und hielt dabei Ausschau nach im Fluss treibendem Holz, an dem sie sich festhalten konnten. Als Kinder aus der Fischervorstadt hatten sie und Girdhan früh schwimmen gelernt, doch ein größerer Ast oder ein Baumstamm würde ihnen etwas Deckung bieten und dafür sorgen, dass sie zusammenblieben.

Mera entdeckte schließlich einen schenkeldicken, dicht belaubten Ast mit vielen Zweigen, der erst vor Kurzem abgebrochen sein musste. Sie schwamm darauf zu, ergriff ihn und spürte etwas von dem verzauberten Wald in ihm. Das würde die Hexe möglicherweise auch bemerken. Dennoch forderte sie Girdhan mit der freien Hand auf, ihr zu folgen. Als sie wieder zu dem Wächter hinüberspähte, wirkte der Mann seltsam starr und kippte plötzlich vornüber. Er raffte sich zwar sofort wieder auf und schimpfte wie ein Rohrspatz, doch da waren Mera und Girdhan bereits außer Sichtweite.

Im Gegensatz zu den beiden Kindern war Timpo von dieser Art zu reisen gar nicht begeistert. Mera hatte ihre Schürze zu einer Art Tasche zusammengebunden und ihn hineingesteckt. Obwohl sie sich bemühte, das Tierchen über Wasser zu halten, tauchte es das eine oder andere Mal unter und machte seinem Abscheu gegen das unfreiwillige Bad mit knurrenden Geräuschen Luft.

»Sei still!«, flüsterte Mera ihm zu und hängte den Beutel an einen Zweig des Astes, so dass Timpo sie nicht behinderte.

Schon bald blieb der Hexenwald, in dem sie für eine Nacht und einen Tag Unterschlupf gefunden hatten, hinter ihnen zurück, und sie schwammen an den lichten Auwäldern vorbei, die den Fluss an beiden Ufern säumten. Den lauten Stimmen und dem Gebell der Hunde nach, patrouillierten dort mehrere Gruppen Soldaten oder städtischer Miliz.

Girdhan krallte seine rechte Hand um Meras Arm, als suche er bei ihr Schutz. »Sie suchen uns überall, und sie werden nicht aufgeben, bevor sie uns gefangen haben.«

»Dann werden sie noch lange suchen müssen. Und jetzt beiß endlich die Zähne zusammen! Sie klappern so laut, dass sie uns noch verraten werden.«

Damit brachte Mera ihren Freund zum Grinsen. »So schlimm ist es wirklich nicht. Doch ich fürchte, Hannez' Boot werden wir nicht nehmen können. Es dürfte streng bewacht werden.«

Mera stellte erleichtert fest, dass Girdhan sich wieder gefasst hatte, und atmete auf. Es war schwer genug, selbst einen klaren Kopf zu behalten, doch gleich für zwei zu denken war ihr zu viel.

»Gut, dass du mich darauf aufmerksam gemacht hast. Wir werden uns einfach ein anderes Boot aussuchen. Der Fischerhafen ist groß, und sie können ja nicht an jedem Kahn einen Wachtposten aufstellen.«

Da sie auf eine Stelle zutrieben, an der mehrere Männer direkt am Ufer ein Lagerfeuer entzündet hatten, tauchten sie geräuschlos unter. Ein Stück weiter unten reckten sie ihre Köpfe wieder über Wasser und konnten ihre schmerzenden Lungen mit Luft füllen.

»Das wäre geschafft!« Während Girdhan erleichtert aufatmete, spähte Mera angestrengt nach vorne. Die Lichter der Hauptstadt waren bereits zu erkennen, doch sie fürchtete weniger die Wachfeuer am Ufer, als vielmehr die unsichtbare Hand, die mit einem Mal über das Wasser strich und so schnell näher kam wie ein galoppierendes Pferd.

»Los, tauchen!«, flüsterte Mera Girdhan zu und ließ sich in die Tiefe sinken. Zeit, nachzusehen, ob ihr Freund ihr folgte, hatte sie nicht mehr. Dann fiel ihr siedend heiß ein, dass Timpo ja noch oben in seinem Beutel hing: Da hörte sie ein leichtes Klatschen und spürte gleichzeitig die Krallen des Kleinen, der sich an ihrem Gesicht festklammerte. Es tat weh, aber dennoch hätte sie das Pelzknäuel am liebsten geküsst. Timpo musste ebenfalls begriffen haben, dass die Hexe der Königin auf ihre Weise nach ihnen suchte. Wie Mera schon befürchtet hatte, war ihr der magisch schimmernde Ast aufgefallen.

Für eine schier endlose Zeit spürte Mera die Anwesenheit einer fremden Kraft, die verwirrt, aber auch angespannt über den Ast strich und dabei die Wasseroberfläche absuchte. Sie merkte, dass ihre Kräfte schwanden, während ihre Lungen nach frischer Luft gierten. Im letzten Augenblick verschwand die magische Hand, und Mera zog sich hoch. Doch ehe sie die Oberfläche erreichte, riss Girdhan sie wieder nach unten und hielt sie unter Wasser fest. Fast gleichzeitig kehrte die fremde Kraft zurück und stürzte sich erneut auf den Ast.

Das Letzte, was Mera mitbekam, war die Wut und die Enttäuschung der Hexe, die gehofft hatte, die Flüchtlinge überlisten zu können, dann wurde es schwarz um sie. Als sie wieder zu sich kam, hing sie bäuchlings in den Zweigen des Astes und spuckte Wasser. Girdhan hielt sie fest und blickte sie besorgt an.

»Danke! Allein hätte ich es nicht mehr geschafft!«, flüsterte sie, nachdem sie eine Menge Wasser ausgewürgt hatte.

»Es ist gar nicht so übel, ein halber Gurrländer zu sein. Ich halte mehr aus als andere Leute.« Girdhan grinste erleichtert und zeigte dann auf eine Biegung, an der etliche Boote sichtbar wurden, auf denen Fackeln brannten und die gesamte Breite des Flusses erhellten. »Unter denen können wir nicht hinwegtauchen.«

»Besonders wegen der Hexe nicht. Ich spüre, dass sie dort auf uns lauert.«

»Also sollten wir an Land gehen und den Rest zu Fuß zurücklegen«, antwortete Girdhan, der seinen Hang zur Ängstlichkeit offensichtlich überwunden hatte.

Mera nickte, denn ihr graute davor, noch ein zweites Mal so lange tauchen zu müssen.

12

Sie sahen schon die Wehranlagen der Hauptstadt vor sich, als der Ast sich sanft an das gegenüberliegende Ufer schmiegte, so dass sie mühelos an Land kriechen konnten. Girdhan schob Mera die Uferböschung hinauf und drückte ihr den Beutel mit Timpo in die Hände.

»Geht es?«, fragte er leise.

Sie nickte, sagte aber auch »Ja!«, weil sie nicht sicher war, ob er ihre Geste hatte erkennen können.

»Wir müssen weiter weg vom Fluss, sonst erwischen sie uns noch. Eines der Boote kommt schon näher.«

»Es ist das mit der Hexe. Sie weiß nun, dass wir den Wald verlassen haben, und glaubt, uns hier erwischen zu können. Ich vermute, sie fühlt meine Nähe.« Mera war nicht klar, woher sie das wusste, doch als sie zum Boot hinüberschaute, sah sie am Bug eine Frau in einem langen Kleid und mit einem wehenden Umhang stehen, deren Augen wie kleine, blaue Flammen leuchteten.

»Komm!« Mera kroch hastig das Ufer hoch und blieb dort liegen, bis Girdhan nachkam. Die beiden mussten etliche Schritte weit auf allen vieren kriechen, bevor sie gebückt weitergehen konnten. Der Fluss mit den Suchbooten blieb bald hinter ihnen zurück, und damit auch die größte Gefahr. Kurz darauf entdeckten sie, dass rund um die Fischervorstadt Wachfeuer brannten, und sie umgingen diesen Ring in weitem Bogen. Dabei mussten sie immer wieder Männern ausweichen, die das Land mit Hunden absuchten.

Doch in dieser Gegend, in der sie als Kinder gespielt hatten, waren sie den Erwachsenen überlegen. Die Männer hatten die Schleichwege ihrer Jugend längst vergessen und konnten sich auch nicht vorstellen, dass jemand nur wenige Schritte von ihnen entfernt vorbeihuschen und dabei so leise wie eine Schlange sein konnte.

Zu Meras Erleichterung schienen die Spürhunde sie nicht zu wittern, denn keiner schlug an. Sie atmete schon auf, da tauchte ein gefleckter Hund direkt vor ihr auf und zeigte knurrend sein Gebiss. »Gleich wird er bellen, und dann ist es aus«, fuhr es dem Mädchen durch den Kopf, und dann befahl sie dem Tier kurzerhand: »Sei still!«

Der Hund öffnete das Maul, als wolle er Laut geben, schloss es dann wieder und starrte die beiden Menschen abwechselnd an. Schließlich wich er ein paar Schritte zurück und legte sich leise winselnd auf den Boden.

Mera schob sich vorsichtig an dem Hund vorbei. Das Tier folgte ihr nur mit seinen Blicken und ließ auch Girdhan passieren. Dann aber stand es auf und lief schwanzwedelnd hinter ihnen her.

»Was hast du mit dem Hund gemacht?«, fragte Girdhan leise.

»Ich? Gar nichts!«

»Doch, das hast du. Als du das Tier angesprochen hast, haben deine Augen genauso blau geleuchtet wie die der Hexe auf dem Fluss.«

»Ich habe ja auch die Anlagen dazu, eine gute Hexe zu werden. Wenigstens hat Torrix das gesagt. Ich hoffe nur, das Biest hetzt uns nicht die Verfolger auf den Hals.« Ihr durchdringender Blick traf dabei den Hund, der nun neben Mera herlief und spielerisch nach ihren Händen schnappte. Das Mädchen überlegte, ob sie ihm befehlen solle, in seinen Zwinger zurückzukehren, doch da tauchten erneut Leute in ihrer Nähe auf.

Die Männer waren nicht gerade begeistert, sich die Nacht um die Ohren schlagen zu müssen. Mera hörte sie schimpfen, ohne verstehen zu können, was sie sagten. Eines aber begriff sie: Wenn sie und Girdhan diesen Leuten in die Hände fielen, würden sie den Jungen erschlagen und sie selbst erst einmal kräftig verprügeln.

»Das hättet ihr wohl gerne!«, zischte Mera giftig, und sie wollte schon dem Hund befehlen, auf die Kerle loszugehen.

Im letzten Augenblick fasste Girdhan sie am Arm. »Tu es nicht!«

»Was?«

»Was auch immer du vorhast. Deine Augen leuchten wieder, und ich höre die Stimme der Hexe. Lass uns ganz schnell von hier verschwinden!«

Mera war klar, dass ihr Freund recht hatte. Dennoch ärgerte sie sich über die Männer, denen Girdhan zwei Tage zuvor im »Blauen Fisch« noch das Bier hingestellt hatte. Sie verstand die Welt nicht mehr und war schließlich froh, als sie die Fischervorstadt umgangen hatten und den Hafen vor sich sahen.

An dieser Stelle schien ihre Flucht zu Ende zu sein. Große Feuer leuchteten den Strand weithin aus, und die Boote waren so hoch an Land gezogen worden, dass es mehrerer kräftiger Männer bedurfte, sie wieder zu Wasser zu lassen. Zwischen den Feuern aber standen Stadtbüttel, königliche Gardisten und Fischer herum, die zum Wachdienst eingeteilt worden waren.

Girdhan ließ sich hinter einen Busch fallen und sah Mera verzweifelt an. »Jetzt ist alles aus. Hier kommen wir nicht mehr weg.«

»Nicht aufgeben! Wir können zwar keines der Boote hier nehmen, doch es müsste auch drüben beim Flüchtlingslager welche geben. Komm weiter! Irgendwie schaffen wir es schon.«

Girdhan war anzusehen, dass er nicht mehr daran glaubte, aber er folgte Mera mit hängendem Kopf. Obwohl der hell erleuchtete Hafen bald hinter ihnen zurückblieb, mussten sie eine ganze Weile auf der Hut sein, um nicht vom Licht der Wachfeuer erfasst zu werden, denn die Soldaten stürmten auf jeden Schatten zu, der sich scheinbar bewegte.

Das Flüchtlingslager, in dem vor zwei Tagen noch mehr als dreihundert Menschen gelebt hatten, erschien Mera merkwürdig still. Erst der Geruch nach Asche und kaltem Rauch brachte ihr und Girdhan zu Bewusstsein, dass die königlichen Wachen die Hütten der früheren Bewohner niedergebrannt hatten. Leider hatten sie auch deren Boote und Floße zerstört und ihnen damit jede Möglichkeit zur Flucht genommen.

Mera ließ sich erschöpft und enttäuscht auf einen Felsvorsprung sinken und kämpfte gegen die Tränen. Da vernahm sie einen kurzen, nicht besonders lauten Pfiff. Gleichzeitig löste sich ein Schatten aus den zerklüfteten Klippen und winkte ihnen zu.

»Da seid ihr ja endlich! Ich dachte schon, ihr würdet gar nicht mehr kommen.«

»Kip!« Mera starrte den Fischerjungen verblüfft an. Als Kinder waren sie, Girdhan und Kip fast unzertrennlich gewesen, doch seit sie und ihr Ziehbruder ihrer Mutter helfen mussten und ihr gemeinsamer Freund immer wieder von dem einen oder anderen Fischer mit aufs Meer genommen wurde, hatten sie nicht mehr so oft gemeinsam herumstreifen können.

Kip war ein kleiner, drahtiger Junge, der immer zu Streichen aufgelegt war und auch jetzt zu glauben schien, mitten in einem vergnüglichen Abenteuer zu stecken. Er grinste so breit, dass seine Zähne im Widerschein der Wachfeuer aufblitzten. »Ihr habt die ganze Stadt auf Trab gebracht, wisst ihr das? Sogar Ihre Majestät hat sich nicht davon abhalten lassen, einen Blick auf unser Sechstel zu werfen – natürlich nur von ihrer Prachtbarke aus und mit einem parfümierten Tüchlein vor der Nase.«

»Was ist mit Hannez und meiner Mutter? Sind sie eingesperrt worden?«, unterbrach Mera ihn.

»Nö! Obwohl es zu Beginn so ausgesehen hat. Die Hexe hat beide verhört, aber dann wieder laufen lassen. Zu eurem Glück, muss ich sagen! Obwohl beide scharf überwacht werden, konnte Hannez mir sagen, was er vorhatte. Er war sicher, dass ihr den Wald verlassen und hierherkommen würdet. Daher hat er mich gebeten, euch von Ilyndhir wegzubringen.«

»Aber wie? Alle Boote werden überwacht oder sind verbrannt worden.«

»Es gibt eines, von dem die Männer der Königin nichts wissen. Erinnert ihr euch an den Sturm im letzten Jahr, bei dem Multans Boot zwei Meilen von hier auf die Klippen geworfen wurde?«

»Das war so kaputt, dass er es nicht einmal mehr bergen wollte«, wandte Girdhan ein.

»Es *war* kaputt«, betonte Kip. »Als Multan es aufgegeben hatte, habe ich begonnen, es zu reparieren. Ich wollte ein Boot besitzen, mit dem ich selbst als Fischer aufs Meer hinausfahren kann. Erst vor ein paar Tagen habe ich die letzte zersplitterte Planke ersetzt. Der Kahn ist wieder wie neu! Aber nun könnt ihr ihn haben. Ich werde sicher ein anderes finden.« Für Augenblicke hörte Kip sich traurig an, lachte dann aber und boxte sowohl Mera wie auch Girdhan in die Seite.

»Nachdem Hannez mich informiert hat, habe ich ein bisschen was zu essen hingebracht und einen Schlauch mit Wasser. Mit diesen Vorräten kommt ihr auf jeden Fall bis Malvone.«

Mera zog Timpo aus seiner Tasche und suchte nach dem dünnen Faden, der ihn mit ihrer Großmutter verband. Dieser erstreckte sich jedoch nach Nordwesten und nicht nach Süden. Sie würden also gewiss nicht nach Malvone fahren, sondern den Entführern ihrer Großmutter folgen. Das sagte sie Kip jedoch nicht, sondern bedankte sich bei ihm und folgte ihm gemeinsam mit Girdhan zu dem Boot. Der gefleckte Hund, der anscheinend einen Narren an ihr gefressen hatte, kam ebenfalls mit.

ZWEITER TEIL

AUF SEE

1

Das Boot war vom Sturm an einer beinahe unzugänglichen Stelle auf den Strand geworfen worden, und Kip hatte es zusätzlich mit großen Steinen gesichert, so dass es bei einer weiteren Sturmflut nicht weggespült werden konnte. Jetzt bedeutete es für die drei harte Arbeit, das schwere Ding von der Stelle zu bewegen. Sie hatten die Vorräte herausgenommen, ebenso den Mast, das Segel und jene Gerätschaften, die Kip schon für seine zukünftigen Fahrten gesammelt hatte. Dennoch brachten sie es nur in kleinen Rucken vorwärts. Wäre Girdhan nicht viel kräftiger als ein normaler Junge, hätten sie es nicht einmal um eine Handbreit bewegen können. Kip, der fast einen Kopf kleiner war als der Girdanier, verausgabte sich bis an die Grenze seiner Belastbarkeit, und Mera kämpfte, bis ihre Beine vor Erschöpfung zitterten. Kurz vor dem Wasser aber schien es, als wären alle Anstrengungen vergebens gewesen, denn nun mussten sie das Boot über eine leichte Felsschwelle wuchten. Schon beim ersten Versuch saß es so fest, als wäre es eingeklemmt worden.

»Wir schaffen es nicht«, jammerte Kip.

»Wir müssen es schaffen! Komm, schieb weiter!« Mera stemmte sich gegen das Boot, doch sie hätte genauso versuchen können, einen Felsblock beiseitezuräumen. Tränen der Enttäuschung traten ihr in die Augen, und in ihrer Wut warf sie sich mit der Schulter gegen den Rumpf. Obwohl der Stoß viel zu schwach war, machte das Boot einen Satz, glitt beinahe wie von selbst über das Hindernis und klatschte ins Wasser.

Während Kip und Girdhan rasch nach der Bugleine griffen, damit das Boot nicht von der Strömung abgetrieben werden konnte, sank Mera erschöpft zu Boden. Ihr war schwindlig, und ihr Kopf tat so weh, als hätte jemand mit einem Hammer daraufgeschlagen. Als sie ihre Hände vors Gesicht hielt, konnte sie auf ihrer Haut einen leichten Widerschein des blauen Feuers sehen, das von ihren Augen ausging.

Kip drehte sich zu ihr um und schrie erschrocken auf. »Was ist das?«

»Mera ist eine Hexe – oder besser gesagt, ein magisch begabtes Mädchen. Sie beherrscht eben Dinge, die du und ich nie können werden«, erklärte Girdhan, der fasziniert auf Meras flammensprühende Augen starrte. Dieses geheimnisvolle blaue Feuer war das Zeichen der Magier und Hexen von Ilyndhir und Wardania.

Im nächsten Augenblick erlosch das Licht, und Mera spürte, wie die magische Hand der Hexe nach ihnen griff. »Wir müssen sofort losfahren«, flüsterte sie und versuchte aufzustehen. Aber sie war zu schwach, um auf die Beine zu kommen.

»Ich werde auf einmal so müde«, sagte sie noch, dann fielen ihr die Augen zu, und sie sackte in sich zusammen. Girdhan fing sie auf, bevor sie ins Wasser rutschen konnte, trug sie an Bord und legte sie auf den Boden. Der gefleckte Hund sprang ihnen nach und schmiegte sich an die Schlafende. Unterdessen schaffte Kip die Vorräte ins Boot, reichte Girdhan den Mast und das Segel und löste die Leine von dem Stein, um die er sie gewickelt hatte.

»Mera muss sich ans Steuer setzen, während du dich um das Segel kümmerst!«, sagte er zu Girdhan.

Da das Mädchen nicht reagierte, sprang Kip an Bord und zerrte es hoch. Doch als er Mera auf die Bank setzen und ihr die Steuerpinne in die Hand drücken wollte, rutschte sie wieder zu Boden.

»Die ist ja völlig weggetreten!«, schimpfte er.

»Sie hat sich anscheinend verausgabt, als sie das Boot ins Wasser gestoßen hat. Noch ist sie keine ausgebildete Hexe, sondern nur ein sogenanntes wildes Talent«, erklärte Girdhan und sah Kip dabei verstört an.

Er wusste nicht, wie es weitergehen sollte, denn er konnte nicht das Segel aufziehen und gleichzeitig steuern. Doch wenn er Mera nicht wach bekam, würden die Leute, die die Hexe der Königin bestimmt schon losgeschickt hatte, sie hier am Strand zu fassen bekommen. Was dann geschehen würde, war Girdhan klar. Niemand würde sich die Arbeit machen, ihn ins Binnenland zu schaffen. Aber er wollte nicht sterben, und er hatte Angst um Mera, die sich mit Sicherheit gegen ihre Ausbilderin und sogar gegen die Königin stellen würde, um ihn zu rächen.

»Verdammt noch mal, so kommt ihr nicht weg!« Kip warf einen verzweifelten Blick in Richtung des Signalturms am großen Hafen, dessen Leuchtsignale in rascher Folge wechselten. Als Fischerjunge konnte er diese mindestens ebenso gut lesen wie die Matrosen der königlichen Flotte.

»Sie wissen jetzt, dass ihr ein Boot habt, und alarmieren die Schiffe, die weiter draußen stehen, um euch den Weg zu versperren!«, sagte er, und dabei wurde ihm klar, dass die Männer, die seine Freunde verfolgten, nicht nur Girdhan töten, sondern auch das mühsam reparierte Boot beschlagnahmen oder gar zerstören würden. Also gab es nur einen Weg, seine Freunde und damit auch sein Boot zu retten.

»He, Großer! Ich hoffe, du wirst niemals vergessen, was ich für euch riskiere!«, sagte er großspurig, stupste Girdhan an und zeigte auf das Steuer.

»Los, übernimm du die Pinne! Mit Mast und Segel komme ich besser zurecht!«

Im ersten Augenblick schüttelte Girdhan verständnislos den Kopf. Dann aber musste er sich ein Grinsen verkneifen, denn ihm fiel das Desaster ein, das sein Freund auf Hannez' Boot angerichtet hatte. Allerdings hatte Kip ihm und Hannez damit letztlich das Leben gerettet, und nun würde er dies zum zweiten Mal tun.

Erleichtert sah er Kip an und sagte: »Danke!«

Der Fischerjunge stieg an Land und stieß das Boot mit aller Kraft vom Ufer ab. Den eigenen Schwung ausnützend, sprang er an Bord zurück und richtete den Mast auf. Draußen nahmen bereits die ersten Schiffe der königlichen Flotte Kurs auf die kleine Landzunge, doch Kip hoffte, den viel größeren und damit schwerfälligeren Schiffen noch vor der Morgendämmerung ein Schnippchen schlagen zu können.

Als der Mast stand und der Wind das Segel füllte, fiel dem Jungen ein, dass sich soeben sein Lieblingstraum erfüllte. Endlich war er Kapitän auf seinem eigenen Schiff. Zwar handelte es sich nur um ein Fischerboot, das gerade fünf Mal so lang war wie er selbst und nicht einmal ein Deck besaß, sondern nur eine kastenförmige Kajüte hinter dem Mast, die als Schlafraum für die drei bis fünf Männer diente, die normalerweise mit einem solchen Schiffchen aufs Meer hinausfuhren. Doch es gab eine winzige Kombüse und ein großes Fass für Fische oder Goldgarnelen, die lebend an Land gebracht werden mussten. Während Kip das Segel trimmte und dann Girdhans Platz am Steuer übernahm, gab er sich ganz seiner Fantasie hin und stellte sich vor, mit reichem Fang und vor allem mit einem Fass voller Goldgarnelen nach Hause zurückzukehren.

Die Wirklichkeit holte ihn jedoch rasch ein. Eines der königlichen Patrouillenboote war so nahe gekommen, dass er die Positionslaternen immer wieder aufleuchten sah. Zu seinem Ärger steuerte das Schiff genau auf die Stelle zu, die er ebenfalls passieren wollte.

»Der Kapitän versteht sein Handwerk. Er weiß genau, dass wir Fischer uns immer knapp unter Land halten, weil der Wind dort am günstigsten steht, wenn man aus der Bucht von Ilynrah rauskommen will. Aber wir werden ihm eine lange Nase machen!« Kip zog das Steuer herum, so dass der Bug seines Bootes hinter das Heck des anderen Schiffes zeigte.

»Wenn du ein Gebet an die Große Blaue Göttin kennst, damit sie uns günstigen Wind schickt, solltest du es jetzt sprechen!« Er grinste immer noch so, als wäre dies alles nur ein herrliches Spiel und kein Abenteuer auf Leben und Tod.

Girdhan hatte sich neben Mera gesetzt und hielt sie fest, damit sie beim Rollen des Bootes nicht herumgeworfen wurde. Sie war noch immer bewusstlos, doch ihr Puls klopfte so kräftig, dass er sich keine zusätzlichen Sorgen machen musste. Auch hatte er keine Angst vor dem Meer, nur vor der magischen Hand der Hexe, die immer wieder über die Wellen glitt und dabei die Gischt leicht blau färbte.

»Ich hoffe, Mera wacht nicht so rasch auf«, sagte er zu Kip, der auf der Bank des Steuermanns saß und die Planken nur mit den Zehen berühren konnte.

»Wieso meinst du das?«, fragte der Fischerjunge.

»Wegen der Hexe! Du und ich, wir sind normale Leute, die kann sie nicht fassen. Doch wäre Mera wach, würde die magische Frau sie viele Meilen weit wahrnehmen können und die Kapitäne anweisen, wo sie uns finden können.«

»Ich hatte noch nie etwas mit Hexen zu tun, bis auf Meras Großmutter halt, aber die war eine von uns. Mein Vater hat gesagt, Meralas Sturmwarnungen hätten ihm mindestens ein halbes Dutzend Mal das Leben gerettet. Eines von den hochnäsigen Dingern, die oben im Palast leben, würde sich nie um einfache Fischer kümmern.«

Kip spie über die Bordwand ins Wasser. In seinen Augen hätte es gereicht, wenn Ilna V. sich nur einen Hofmagier wie Torrix geleistet hätte. Die übrigen magisch Begabten sollten lieber als Wetterfühler, Heiler oder Tierflüsterer arbeiten.

»Überflüssige Fresser!«, brummte Kip.

»Wen meinst du?«, fragte Girdhan irritiert.

»Ach, niemand! Du musst das Segel etwas anders trimmen. Ich kann nicht vom Steuer weg, denn jetzt geht es um die Wurst. Entweder wir schaffen es, oder eines der königlichen Schiffe mischt uns auf.«

»Was soll ich mit Mera machen? Wenn sie weiterhin so hin und her geworfen wird, tut sie sich noch weh!«

»Bring sie ins Kastenhaus und binde sie auf einem der Betten fest. Aber beeil dich. Ich brauch dich hier!« Kip zog das Steuer noch stärker herum, bis das Boot so schräg lag, dass es bei höheren Wellen Gischt aufnahm. Dafür waren sie aber so schnell wie wohl selten ein anderer Fischer.

Während Kip nach den Lichtern der königlichen Schiffe Ausschau hielt und seinen Kurs so legte, dass er keinem zu nahe kam, schleppte Girdhan Mera in die Kajüte und wuchtete sie auf das einzige Bett, das eine Matratze besaß. Es war Kips alter, mit getrocknetem Tang gefüllter Sack, den er aufs Boot gebracht hatte, um die eine oder andere Nacht darauf zu verbringen.

Der Hund wollte ebenfalls mit aufs Bett, aber da Timpo protestierend fauchte, packte Girdhan das Tier, schleifte es hinaus und band es mit einer Leine an den Bug. Dabei ignorierte er das Winseln des Hundes ebenso wie seinen bettelnden Blick.

»So! Was muss ich tun?«, fragte er Kip und folgte gehorsam dessen Befehlen. Zwar war er kein Fischerjunge, aber er hatte schon vor dem Überfall der schwarzen Galeeren die eine oder andere Ausfahrt mitgemacht und wusste, was die Anweisungen seines Freundes bedeuteten.

Kip nickte zufrieden. »Wenn ich mal richtig auf Fang gehe, dann kannst du jederzeit bei mir anfangen. Ich meine – wenn es dir im ›Blauen Fisch‹ nicht mehr gefällt.«

Er fand dann aber selbst, dass dies eine dumme Bemerkung gewesen war, und entschuldigte sich. »Tut mir leid, ich wollte dich nicht kränken.«

»Das weiß ich doch!« Girdhan schluckte ein wenig und sah Kip mit feuchten Augen an. »Es ist schön, wenigstens noch einen Freund zu haben, nachdem alle anderen verrückt geworden sind.«

»So schlimm ist es auch wieder nicht. Die meisten Fischer mögen dich, aber sie haben fürchterliche Angst vor Gurrland, insbesondere seit deine Landsleute uns von den Fanggründen der Goldgarnelen vertrieben und viele Fischer getötet haben.«

»Es sind nicht meine Landsleute! Von Geburt bin ich ein Girdanier, und mein Volk hat sich lange gegen die gurrländischen Eroberer gewehrt. Hätten die anderen Reiche uns geholfen, wären wir vielleicht sogar mit ihnen fertig geworden.«

Für einige Augenblicke herrschte eine gewisse Spannung zwischen den beiden Jungen, dann begann Kip zu lachen. »He, Großer, wollen wir uns über etwas streiten, wofür wir beide nichts können?«

Girdhan schüttelte den Kopf. »Da hast du vollkommen recht! Außerdem ändert meine Herkunft nichts an der Tatsache, dass du und Mera meine besten Freunde seid.«

»Wir sind nicht nur Freunde, sondern auch Schiffskameraden, und ich bin der Kapitän und Eigner. Damit seid ihr beide meine Matrosen. Oder stellen wir Mera nur als Schiffsjungen ein?« Kips Grinsen wurde noch breiter. Auch wenn die Sache nicht ungefährlich war, hatte er lange nicht mehr so viel Spaß gehabt.

Er hielt wieder nach den Schiffen der königlichen Flotte Ausschau und blies so verächtlich durch die Nase wie ein alter, erfahrener Fischer, der die geschniegelten, in prachtvolle Uniformen gekleideten Herren an Bord der großen Kähne nicht ernst nahm.

»Du musst das Segel noch einen Strich mehr in den Wind drehen, Girdhan«, kommandierte er, während er den Bug fast genau auf ein Schiff richtete, das noch ein ganzes Stück vor ihnen stand.

»Was tust du da?«, rief sein Freund erschrocken.

»Wenn du genau hinsiehst, wirst du bemerken, dass der Kasten dort nach Norden segelt. Bis wir seinen Kurs kreuzen, wird er bereits einige Meilen weiter sein. Da der Wind für ihn schlecht steht, kann er nicht wenden, um uns abzufangen. Wir schaffen es, Großer! Bin ich nicht ein wundervoller Seemann?«

Nun sah Girdhan selbst, dass sie die ersten Schiffe der Blockadeflotte bereits passiert hatten und ihnen nur noch dieses eine gefährlich werden konnte. Da dessen Kapitän jedoch stur die Richtung hielt, in die er laut Befehl steuern sollte, vergab auch er die Chance, der Flüchtlinge habhaft werden zu können.

2

Eine Stunde später stieg die Sonne über dem östlichen Horizont auf, und die königlichen Schiffe lagen weit hinter ihnen. Auch von der magischen Hand der Hexe war nichts mehr zu sehen. Da Girdhan nun nicht mehr dauernd die Segelstellung ändern musste, hatte er endlich Zeit, nach Mera zu schauen. Sie war immer noch bewusstlos, doch ihr Gesicht hatte eine normale Farbe angenommen, und ihre Wimpern zuckten leicht.

»Wie es aussieht, wird sie bald aufwachen«, meldete Girdhan nach draußen.

»Sehr gut! Dann kann sie sich gleich ums Frühstück kümmern. Weißt du, Girdhan, du kannst zwar gut Krüge austeilen, doch kochen lasse ich dich lieber nicht.« Kip klang so fröhlich wie ein Zeisig am Morgen. Er saß am Steuer seines eigenen Bootes und hatte in der Nacht etliche Schiffe der königlichen Flotte ausmanövriert. Zudem war ein herrlicher Tag voller Sonnenschein angebrochen, seine beiden besten Freunde waren bei ihm, und bald würde er ferne Gestade sehen.

Während Kip seinen Träumen nachhing, erwachte Mera und richtete sich stöhnend auf. »Hab ich einen Hunger!«

»Kip meint, du sollst Frühstück machen, sobald du dazu in der Lage bist!«, sagte Girdhan.

»Kip?« Im ersten Augenblick glaubte Mera, sie befänden sich noch an Land und hielten sich in dem Boot versteckt. Doch das rhythmische Schaukeln des Schiffchens verriet ihr, dass sie unterwegs waren. Sie pflückte Timpo von sich herunter, der es sich auf ihrer Schulter gemütlich gemacht hatte, und trat ins Freie. Der blaue, mit einem leichten Goldschimmer überzogene Himmel und die endlose Wasserfläche um sie herum faszinierten sie. Nirgends konnte sie Land entdeckten und, so weit sie schauen konnte, auch kein fremdes Segel.

»Wir haben es geschafft!«

»Ja, aber das war nicht dein Verdienst! Na ja, vielleicht ein bisschen, denn hättest du das Boot nicht durch Zauberkraft von den Felsen gehoben, hätten die Leute der Königin uns erwischt.«

Mera starrte Kip verwundert an. »Was soll ich getan haben? Und weshalb bist du überhaupt mitgekommen?«

»Ich bin schließlich der Eigner und Kapitän dieses Schiffes. Außerdem konnte Girdhan sich ja nicht zweiteilen, um die ganze Arbeit machen zu können. Jemand musste ihm helfen, nachdem du weggesackt bist.«

»Jetzt erinnere ich mich! Ich hatte eine Riesenwut, weil das Boot nicht vom Felsen heruntergleiten wollte, und dann hat die königliche Hexe nach mir gegriffen. Sie hatte mich fast, doch dann bin ich wohl in Ohnmacht gefallen.« Mera schüttelte sich, dann ging sie wieder in die kleine Kajüte und sah sich um. Sie nahm in der Breite etwa ein Drittel des Schiffchens ein und war nicht viel länger als ein erwachsener Mensch. Unter den vier Stockbetten befand sich ein mit Brettern abgedecktes Fass mit Meerwasser für gefangene Garnelen und Fische. Obwohl Kip nicht erwartet hatte, so rasch auf große Fahrt gehen zu können, hatte er das Fass gefüllt, damit es nicht austrocknete und Risse bekam.

Mera hatte Durst und wollte schon Wasser daraus schöpfen, als ihr einfiel, welchem Zweck das Fass eigentlich diente, und wandte sich daher an den Fischerjungen.

»Wo hast du Trinkwasser?«

»Unter der Plane da liegt ein Schlauch! Pass aber auf, dass du ihn wieder richtig zubindest, wenn du getrunken hast. Nicht, dass er ausläuft!«

»Und wo hast du Becher?«

Kip sah sie mit einem spöttischen Funkeln in den Augen an. »Das ist ein Fischerboot und keine königliche Barke. Jeder Fischer besitzt seinen eigenen Becher – und übrigens auch ein Besteck.«

»Heißt das, ich muss mit den Händen essen?« Mera hörte sich so erschrocken an, dass die beiden Jungen lachten.

»Nein, du kannst meinen Löffel und meinen Napf haben – wenn du sie nachher sauber spülst!«

Meras Blick hätte vernichtender nicht sein können. Trotzdem suchte sie alles zusammen, was sie brauchte, um das Frühstück zuzubereiten. Das Boot besaß sogar einen winzigen Herd, auf den allerdings nur eine Kanne oder ein Topf passten. Die Hoffnung, etwas Warmes machen zu können, musste Mera aber ohnehin aufgeben, da Kip vergessen hatte, Brennholz an Bord zu schaffen.

»Jungs!«, sagte Mera kopfschüttelnd zu sich selbst, schnitt ein paar Scheiben Brot ab, strich etwas Butter darauf und belegte sie mit Wurst und Käse. Dann verteilte sie das Frühstück und setzte sich auf eine Kiste, die neben dem Eingang der Kajüte stand.

»Heißen Vla müssen wir uns denken. Du hast zwar gemahlenes Pulver dabei, aber ich kann kein Wasser warm machen.«

»Hätte ich früh genug gewusst, dass ihr auf große Fahrt gehen wollt, hätte ich alles besorgen können. So aber kam der Aufbruch etwas überraschend.«

Kip lachte und warf ihr seinen Becher zu.

»Mit Meerwasser auswaschen! Dann kannst du ihn benutzen. Richtige Fischer trinken aber so …« Er öffnete den Verschluss des Wasserschlauches, hob diesen ein wenig an und ließ einen dünnen Strahl der Flüssigkeit in seinen Mund rinnen.

Während Mera sich den Becher füllte, versuchte Girdhan es Kip gleichzutun und bekam eine saftige Dusche ins Gesicht.

»Vorsicht, du verschüttest das Wasser«, schalt ihn Kip.

»Tut mir leid.« Girdhan zog schuldbewusst den Kopf ein und ließ sich von Mera den Becher reichen.

»Landratten!«, brummte Kip verächtlich, löste die Pinne, die er festgebunden hatte, und richtete seinen Kurs etwas weiter nach Süden.

Unterdessen warf Mera dem gefleckten Hund ein Stück Brot hin und teilte ihr eigenes mit Timpo. Plötzlich blickte sie auf und sah Kip an. »Wohin fährst du eigentlich?«

»Ich halte auf Teren zu. Das ist auch der Kurs nach Malvone«, antwortete der Junge.

Mera versuchte den feinen Faden zu erkennen, der Timpo mit ihrer Großmutter verband, und atmete erst mal erleichtert auf, als sie das blaue Band wieder entdeckte. Allerdings wies er genau in die entgegengesetzte Richtung.

Sie sprang auf, packte Kips Schulter und zeigte nach Norden. »Wir müssen dorthin!«

Der Fischerjunge kniff verwundert die Augen zusammen. »Bist du übergeschnappt? Dort gibt es nichts außer den Inseln von Wardania, und da haben die Leute der Königin genauso das Sagen wie auf Ilyndhir.«

»Wir müssen trotzdem in diese Richtung. Du weißt doch, dass Großmutter entführt worden ist. Da führt die Spur hin.«

»Wenn die Gurrländer sie gefangen haben, verschleppen sie sie sicher nach Süden. Aber vielleicht kamen die Entführer gar nicht von dort. In der Nacht, als es geschah, war ich bei meinem Boot und habe ein ganz seltsames Schiff beobachtet. Es war recht groß … glaube ich. Seltsam, ich kann mich plötzlich gar nicht mehr daran erinnern. Ich weiß nur noch, dass sich von dort eine Nebelwand ausgebreitet hat und den Fluss bis zur Stadt hochgezogen ist.«

Je mehr Kip nachdachte, umso verschwommener wurde das Bild des fremden Schiffes in seiner Erinnerung. Nur eines war sicher: Wie eine gurrländische Galeere hatte es nicht ausgesehen. Verwirrt schüttelte er den Kopf.

»Komisch! Ich kenne eigentlich jeden Schiffstyp, der hier in der Gegend herumschwimmt, aber so ein Ding habe ich noch nie gesehen. Willst du wegen dieses Schiffes nach Norden?«

»Ja! Wenn es uns gelingt, es zu finden, können wir vielleicht auch die Großmutter befreien. Begreif doch! Torrix ist mit ihr zusammen verschwunden. Und die Königin braucht ihren Hofmagier. Du hast doch gesehen, wie kopflos sie gehandelt hat, als er fort war.«

Von der Warte aus hatte Kip die Sache noch nicht betrachtet. Unschlüssig blickte er zu dem kleinen Windfähnchen an der Spitze des Mastes hoch. Für ihren jetzigen Kurs war die Brise ideal, aber jeder andere würde schwierig werden.

»Wir können nicht einfach in die Gegenrichtung fahren, es sei denn, du bist in der Lage, lokalen Wind zu zaubern.«

Meras Kopfschütteln sagte ihm genug. Achselzuckend zog er das Steuer herum. Fast im gleichen Augenblick verlor das Boot an Fahrt.

»Wir werden arg kreuzen müssen, um in die von dir gewünschte Richtung zu kommen«, erklärte er Mera in der Hoffnung, sie würde von ihrem Vorhaben absehen.

Doch sie war wild entschlossen, die einmal aufgenommene Spur weiter zu verfolgen. Nach den schrecklichen Ereignissen nach der Entführung ihrer Großmutter war sie nun auch ganz sicher, dass die Großmutter ihr Timpo aus einem speziellen Grund anvertraut hatte. Sie musste das magische blaue Band, das sie mit ihrem Tierchen verband, gekannt und gewusst haben, dass sie, Mera, es entdecken und ihr folgen würde. Zwar hatte sie selbst sich schon oft über das Fellbündel geärgert, aber wenn es ihr half, die Großmutter zu finden, wollte sie es für den Rest seines Lebens mit den besten Leckerbissen verwöhnen.

3

Zu Kips Erleichterung drehte sich der Wind und blies schon bald in eine für sie günstigere Richtung. Und nicht lange danach stellte er fest, wie gut es gewesen war, ihren Kurs zu ändern. In der Ferne tauchten nämlich die Segel mehrerer Schiffe der königlichen Flotte auf, die wegen der sich verschlechternden Windverhältnisse schwerfällig nach Süden kreuzten.

»Auf die Dauer wären wir ihnen wohl nicht entkommen. Wie es aussieht, sind die Leute der Königin ganz scharf darauf, euch in die Finger zu kriegen. Aber denen haben wir jetzt erneut ein Schnippchen geschlagen«, erklärte er zufrieden.

»Aber die sehen uns doch auch!«, rief Mera besorgt.

»Iwo! Ihre Masten sind weitaus höher als die unseren, deshalb können wir ihre Segel über der Kimm erkennen. Bei denen müsste der Mann im Ausguck schon genau in unsere Richtung schauen, wenn wir auf dem Kamm der Welle sind, und selbst da bräuchte er ausgezeichnete Augen, um uns zwischen der Gischt und den Spiegelungen der Sonne auszumachen.«

Noch während Kips selbstzufriedener Erklärung wies Girdhan aufgeregt nach hinten. »Schaut, dort sind noch andere Schiffe!«

»Halt das Steuer!« Kip sprang auf und wartete nicht einmal, bis sein Freund die Ruderpinne übernommen hatte, sondern lief zum Mast und kletterte daran hoch, bis er wie eine übergroße Frucht an der Spitze hing.

»Das sind Gurrländer, drei große Galeeren, und sie halten genau auf die Unsrigen zu! Hoffentlich haben die königlichen Kapitäne genug Grütze im Kopf, um rechtzeitig abzuhauen.«

»Aber dann würden sie in unsere Richtung fahren«, befürchtete Mera.

Kip schüttelte den Kopf. »Wenn sie klug sind, werden sie jetzt rasch in Richtung Heimat entschwinden. Wir aber halten uns vom

Land fern. Auf jeden Fall ist es günstig, dass die Gurrländer gekommen sind, denn jetzt achtet bestimmt keiner mehr auf uns.«

Zufrieden mit sich und der Welt stimmte Kip ein altes Seemannslied an, in das Girdhan und mit einem gewissen Zögern auch Mera einfielen.

»Ilyndhirer setzen ihre Segel!
Ilyndhirer fahren aufs Meer hinaus.
Ilyndhirer fürchten weder Sturm noch Riffe.
Denn Ilyndhirer haben die besten Schiffe.
Und die besten Matrosen dazu, ja dazu.
Wir sind Käpt'n Kip und seine Mannen!«

»He, ich bin ein Mädchen!«, rief Mera dazwischen.

»Wir sind Käpt'n Kip und seine Mannschaft.
Unser Ziel ist weit von dannen.«

»Mit Mannschaft passt der Vers nicht!« Girdhan lachte fröhlich und zerzauste Kip das kurze, borstige Haar, während dieser ebenso laut wie falsch weitersang.

»Ilyndhirer sind die Herren der Meere.
Ilyndhirer erringen Ruhm und Ehre.«

»Vor allem finden Ilyndhirer ihre Großmutter!«

Mera quietschte vor Vergnügen, weil sie Kip mit diesem Satz aus dem Konzept gebracht hatte. Er schluckte, grinste dann aber und versetzte ihr einen leichten Schlag.

»Der Schiffsjunge macht jetzt gefälligst neue Brote! Ich habe nämlich Hunger.«

»Wenn schon, dann Schiffsmädchen!« Mera wich einem weiteren

Schlag lachend aus und schlüpfte in die Kajüte. Als sie mit belegten Broten zurückkam, war weder etwas von den Segeln der ilyndhirischen Schiffe noch von den gurrländischen Galeeren zu sehen.

Kip sah ihren fragenden Blick und grinste. »Ich glaube, wir haben es geschafft. Ich bin halt doch ein großer Seemann!«

»Eigenlob stinkt!«, spottete Mera.

»Einer muss mich ja loben, und da es kein anderer tut, mach ich es halt selbst.«

»Entschuldige, ich wollte dich nicht kränken. Ohne dich wären wir niemals von Ilyndhir weggekommen.« Mera reichte Kip das größte Stück Brot und musste sich dann mit dem Hund auseinandersetzen, der ebenfalls etwas wollte.

»Verfressenes Vieh!«, sagte Mera, gab ihm dann aber abermals die Hälfte ihres eigenen Stücks.

»He, du verfütterst unsere wertvollen Vorräte an einen blinden Passagier!«, protestierte Kip, strafte sich aber gleich selbst Lügen, weil er dem Hund ebenfalls ein Stück Brot zuwarf. Die Wurst aß er jedoch selbst.

Nach einer Weile wandte er sich wieder Mera und Girdhan zu. »Wir haben noch etwas sehr Wichtiges zu tun. Ich habe mein Schiff noch nicht getauft, und der Hund braucht auch einen Namen, es sei denn, ihr wisst, wie er heißt.«

Als Antwort bekam er ein doppeltes Kopfschütteln. »Der ist uns einfach nachgelaufen«, erklärte Mera.

»Mera hat ihn mit ihren Hexenfähigkeiten gezähmt«, setzte Girdhan hinzu.

»Ich habe gar nichts getan! Also gib mir nicht die Schuld!« Mera verschränkte die Arme vor der Brust und versuchte, böse dreinzuschauen. Doch ihr Gesichtsausdruck reizte die Jungen zu einem schallenden Lachen.

»Was ist daran so lustig?«, fragte sie pikiert.

Girdhan trat neben Mera und legte den rechten Arm um sie. »Ganz einfach! Du setzt deine Hexenfähigkeiten ein, ohne es zu merken. Das hast du schon am letzten Abend im ›Blauen Fisch‹ getan. Erinnere dich nur an das Bier, das so gut geschmeckt hat. Dann bist du mit Hannez und mir zusammen geflohen. Wärst du das nicht, hätten dich die Leute der Königin längst als Hexenlehrling zum Palast geschafft. Im Wald hast du gewusst, dass Hannez nicht zurückkommen würde, und darauf gedrängt, dass wir auf eigene Faust handeln. Und dann hast du die magische Hand der Hexe kommen sehen, so dass wir früh genug abtauchen konnten. Der Hund hätte uns jeden Augenblick melden können, stattdessen ist er dir wie ein braver Welpe gefolgt. Auch hätten wir das Boot ohne dich und deine magischen Kräfte niemals zu Wasser gebracht. Und da wunderst du dich, dass wir lachen, wenn du behauptest, du hättest überhaupt nichts getan?«

»Aber ich weiß wirklich nicht, was ich gemacht haben sollte«, wandte Mera ein.

»Das glaube ich dir gern, denn schließlich bist du nicht als Hexe ausgebildet worden. Auch Kip musste erst lernen, wie man ein Boot steuert, obwohl er der Sohn eines Fischers ist.«

»Also, das habe ich wirklich von Anfang an gekonnt«, behauptete Kip.

»Ja, aber bloß, weil du es von deinem Vater und deinen älteren Brüdern hast abschauen können. Aber auch dann hast du noch Fehler gemacht. Erinnere dich an unsere erste gemeinsame Bootsfahrt auf dem Fluss. Du hast den Kahn zuerst auf eine Sandbank gesetzt und ihn schließlich ganz umgeworfen.«

»Aber bloß, weil du Riesenross aufgestanden bist und das Boot aus der Balance gebracht hast!«

»Girdhan ist doch gar nicht aufgestanden. Das warst du!«, rief Mera empört.

»Genauso war es. Du wolltest deinem Onkel zuwinken, und dabei ist es passiert«, stimmte Girdhan ihr zu.

Kip baute sich vor den beiden auf und versuchte auf sie herabzusehen, was allerdings schwierig war, weil beide größer waren als er.

»Wisst ihr nicht, dass Matrosen ihren Kapitän nicht offen kritisieren dürfen! Das ist Meuterei! In der königlichen Marine würde man euch dafür in Ketten legen.«

Mera und Girdhan sahen sich kichernd an und verbeugten sich dann tief vor ihrem feixenden Freund.

»Seid gnädig, Herr Admiral. Wir werden es gewiss auch nie wieder tun!« Meras Stimme klang so kläglich, dass sich alle vor Lachen bogen. Als sie sich wieder beruhigt hatten, korrigierte Kip den Kurs des Bootes um einen Strich und zeigte mit der Linken auf das Segel.

»Alle Mann in die Wanten! Wir müssen noch schneller werden.«

»Damit bin ich nicht gemeint. Ich bin ja ein Mädchen!« Mera setzte sich demonstrativ auf die Bordwandkante und quiekte im nächsten Augenblick auf, da Kip ganz kurz am Steuer riss. Das Boot machte einen Schlenker, und Mera verlor beinahe das Gleichgewicht. Sie konnte sich gerade noch festhalten, sonst wäre sie ins Wasser gefallen.

»Das war gemein von dir!«, schimpfte sie empört.

»Keine Sorge! Wir hätten dich schon wieder herausgeholt.« Kip grinste noch immer wie ein Honigkuchenpferd und stimmte wieder das Lied von den ilyndhirischen Seeleuten an.

»Kannst du nichts anderes singen?«, fragte Mera. Doch ihr Freund schüttelte nur den Kopf und sang noch falscher als vorher.

»Du wolltest doch den Hund taufen«, stichelte Mera weiter.

»Iwo! Der Köter gehört dir. Also denk dir gefälligst selbst etwas aus. Ich brauche einen Namen für mein Schiff.« Kip stand auf, schob Girdhan auf die Bank und legte seine Hand auf die Pinne.

»Ich ernenne dich zum Steuermann meines Schiffes, denn ich muss jetzt erst einmal überlegen, ob mir ein guter Name einfällt.«

»Sag bloß, du hast dir darüber noch keine Gedanken gemacht?«, fragte Girdhan.

Kip grinste etwas verlegen. »Doch, das schon. Aber immer wenn ich einen guten Namen hatte, hat die königliche Marine gemeinerweise ein eigenes Schiff so benannt.«

»Also, bei dem Hund tu ich mich leichter. Ich stelle mich jetzt an den Bug und nenne ein paar Namen. Den, bei dem er zu mir kommt, verpasse ich ihm dann.« Mera setzte ihre Idee sogleich in die Tat um, doch sie hatte noch kein Wort ausgesprochen, da drängte sich das Tier schon an sie.

Die beiden Jungen lachten über ihr fassungsloses Gesicht, und Kip meinte, dass es wohl doch nicht so leicht sei, jemanden zu taufen.

»Noch ein Wort, und ich nenne ihn Kip II.!« Mera sah ärgerlich auf das gefleckte Tier herab, das ihr am hellen Tag weitaus kleiner erschien als in der Nacht und so treue blaue Augen besaß, dass sie nicht verstand, warum sie sich vor ihm gefürchtet hatte.

»Weißt du, ob es ein Rüde oder ein Weibchen ist?«, fragte Girdhan.

Mera schüttelte den Kopf und forderte dann den Hund auf, sich auf den Rücken zu legen. Das Tier glaubte wohl, sie wolle es kraulen, denn es wälzte sich begeistert auf den Planken. Nun konnte Mera sehen, dass es sich um eine Hündin handelte. »Wenigstens bin ich nicht das einzige Mädchen auf diesem Kahn!« Mera schöpfte ein wenig Meerwasser und goss es dem Tier über den graublau gefleckten Schädel.

»Dein Name ist ab sofort Fleckchen, verstanden!«

Fleckchen nickte wie ein Mensch und versuchte dann an Meras Hand zu gelangen, um zu trinken.

»Gib ihr kein Salzwasser zu saufen, sonst kommt sie vor Durst um!«, warnte Kip gerade noch rechtzeitig. Mera wischte sich die nassen Hände rasch am Kleid ab und kehrte dann mit Fleckchen zur Kajüte zurück. Dort suchte sie so lange, bis sie einen alten, rissigen Holznapf fand, und goss Fleckchen ein wenig Trinkwasser ein.

»Nicht zu viel! Es muss für die ganze Fahrt reichen«, mahnte Kip und sah dann Girdhan an. »Wir haben ein Problem! Die Vorräte sind nur für zwei Personen und höchstens zehn Tage gedacht. Aber jetzt sind wir zu dritt und haben auch noch diesen Köter dabei.«

»Fleckchen ist kein Köter«, empörte sich Mera, die die Hündin gerade kraulte. Das gefiel aber Timpo nicht, denn er lief auf Mera zu, kletterte an ihr hoch und zeigte Fleckchen seine scharfen Nagerzähne. Der Blick, mit dem er Mera maß, besagte, dass nun er gekrault werden wollte. Zum Glück hatte sie zwei Hände und konnte beide Tiere zufriedenstellen.

Während sie mit Kraulen beschäftigt war, ging Kip einmal um die Kajüte herum und rieb sich dabei mit dem rechten Zeigefinger die Nase. »Jetzt hab ich's!«, rief er plötzlich und stellte sich ebenfalls an den Bug.

»Im Namen der Großen Blauen Göttin taufe ich dieses Schiff auf den Namen Seeschäumer!«

»Das ist aber ein komischer Name«, fand Mera.

»Immer noch besser als Fleckchen«, gab Kip zurück und streichelte nun seinerseits die Reling des Bootes.

»›Seeschäumer‹ hieß das Boot, mit dem die Zwillinge Ilna und Ward, die Kinder der Großen Blauen Göttin, zu Anbeginn der Welt auf diese Inseln kamen und die beiden Reiche Ilyndhir und Wardania gründeten«, erklärte der junge Fischer von oben herab.

Mera schüttelte den Kopf. »Laut meiner Großmutter sind unsere Ahnen vor etwas mehr als tausend Jahren als Sklaven des Herrn des Feuerthrons hierhergebracht worden und wurden erst frei, nachdem das Volk von Runia diesen gestürzt hatten.«

»Weibergeschwätz!«, brummte Kip, dem seine Version weitaus besser gefiel.

4

Am Abend gab es wieder Wurstbrote, und während sie mit vollen Backen kauend in die Nacht hinausfuhren, bestimmte Kip die Reihenfolge, in der sie am Ruder sitzen mussten. Allerdings war er der Einzige, der anhand der Sterne die Zeit bestimmen konnte. Aber nach kurzem Überlegen fand er eine Lösung für dieses Problem.

»Ihr beide legt euch erst einmal hin und schlaft. Nach drei Stunden wecke ich Girdhan. Er wird so lange am Steuer bleiben, bis der Grünmond über dem Horizont aufsteigt, und dann muss Mera die Ruderwache übernehmen.«

»Muss es wirklich beim Aufgang des Dämonenmondes geschehen? Das ist ein schlechtes Omen!« Wie die meisten Bewohner Ilyndhirs mochte Mera den grün schimmernden der sechs Monde nicht. Er war der kleinste, strahlte aber nach Ansicht vieler Leute etwas Böses aus. Von den Menschen der Inselwelt waren allerdings nur die Ilyndhirer und die mit ihnen verwandten Wardanier dieser Meinung, denn in Teren achteten die Bewohner nicht auf die angeblich schlechten Eigenschaften des Grünmondes, und für die Malvoner galt er sogar als Glückssymbol. Das versuchte Kip Mera klarzumachen, doch sie schüttelte nur störrisch den Kopf.

»Ich bin aber kein Mädchen aus Teren oder Malvone. Für mich ist dieser Mond schlecht, und ich will unser Schicksal nicht mit ihm verbinden.«

Bevor Kip sie verärgert anfahren konnte, griff Girdhan ein. »Wenn Mera es so sieht, sollten wir auf ihre Gefühle Rücksicht nehmen. Ich werde einfach ein wenig länger wachen, so dass sie nicht beim Erscheinen des Grünmondes aufstehen muss.«

»Von mir aus! Aber eines muss ich sagen: Wir Fischer sind nicht so abergläubisch wie diese Landratte.« Kip vergaß dabei, dass in seiner Hosentasche drei ganz spezielle Muscheln steckten, ohne die ein Fischer niemals aufs Meer hinausfuhr. Er klopfte dreimal gegen das Holz der Reling, damit in der Nacht auch alles so klappte, wie er es sich erhoffte, und befahl seinen Matrosen dann, ins Bett zu gehen.

»Ich hoffe, du singst nicht wieder«, spöttelte Mera, die sich auf einmal sehr müde fühlte. Sie strich Fleckchen über den Kopf, hob dann Timpo auf, der zwischen ihren Füßen herumwuselte, und betrat die Kajüte.

Sofort steckte sie den Kopf wieder zur Tür heraus. »Wir haben ein Problem: Nur eines der Betten besitzt eine Matratze.«

»Das ist nicht so schlimm. Kip und mir reicht eine Decke«, antwortete Girdhan.

Kip überlegte, ob er seinen Rang als Kapitän ausspielen und dieses Bett für sich beanspruchen sollte, ließ es aber sein. Mädchen waren, wie alle wussten, eine ganz eigene Sorte von Mensch. Sie quietschten, wenn sie dreckig wurden, und ekelten sich davor, auf blankem Boden zu schlafen. Ganz zufrieden damit, ein Junge zu sein, verzichtete er auf sein Matratzen-Bett und nickte Girdhan zu. »Stimmt genau. Wir beide sind harte Männer und halten das aus!«

»Danke! Ich freue mich, dass ihr solche Kavaliere seid.« Mera lächelte zufrieden und ließ sich auf den dicken, weichen Tangsack sinken. Timpo kletterte neben sie und rollte sich über ihrer Schulter zusammen, während Fleckchen es sich auf ihren Unterschenkeln bequem machte. Erst nach ein paar Stupsern mit dem Fuß gab die Hündin den warmen Platz auf und legte sich unter das Bett.

Girdhan holte sich eine Decke aus der Kajüte und breitete sie draußen aus. »Ich möchte die Sterne sehen, wenn ich aufwache«, sagte er zu Kip, als dieser ihn fragend ansah. Danach wurde es still auf dem Boot. Man konnte nur noch das Klatschen des Wassers gegen den Rumpf und den Wind in der Takelage hören. Von Zeit zu Zeit erscholl irgendwo in der Ferne der Schrei eines Sturmvogels.

Obwohl Kip wusste, dass sie sich auf der Flucht befanden und überall Gefahr drohen konnte, fühlte er sich am Steuer seiner »Seeschäumer« so glücklich wie selten zuvor. Er hätte vor Freude singen können und öffnete auch schon den Mund, als ihm einfiel, dass er damit seine Freunde wecken würde. So schloss er mit einem hörbaren Plopp den Mund und hing stumm seinen Gedanken nach.

Es gefiel ihm, die erste Fahrt mit Mera und Girdhan zu unternehmen. Die beiden waren nicht nur seine besten, sondern auch seine ältesten Freunde. Natürlich hatte er eine Reihe anderer Freunde unter den Fischerjungen, doch mit keinem von ihnen hatte er so viel Zeit verbracht wie mit den beiden. Er dachte an die vielen Teller Fischsuppe, die er in der Küche oder in Girdhans Schlafkammer hatte essen dürfen, und an die tollen Abenteuer, die sie gemeinsam erlebt hatten. Stundenlang waren sie durch die Fischervorstadt und das Umland gestreift, hatten gemeinsam Fische gefangen und gebraten und jede Gelegenheit genutzt, um im Fluss oder in der Meeresbucht zu schwimmen. Andere Mädchen hatten sich geziert, doch Mera war genau wie sie von den Felsen in die Brandung gesprungen und in den Wellen herumgehüpft.

Während die Nacht voranschritt und die Sterne ihre Bahn zogen, wanderten Kips Gedanken durch jene unbeschwerte Zeit, die ihm nun sehr, sehr fern erschien. Kurz bevor er Girdhan wecken wollte, kontrollierte er noch einmal das Segel. Da traf ein heftiger Stoß das Boot. Er stürzte zu Boden, hörte gleichzeitig ein Knirschen und fühlte, wie der Rumpf sich hob.

Fleckchen begann zu winseln und kratzte an der Tür der Kajüte. Fast im selben Augenblick schreckte Girdhan hoch. »Was ist los?«

Kip hatte sich inzwischen wieder aufgerappelt und war zur Steuerpinne zurückgekehrt. Obwohl er diese aufgeregt hin und her bewegte, änderte sich der Kurs des Bootes um keinen Deut.

»Wenn ich nicht wüsste, dass es hier draußen keine Inseln gibt, würde ich sagen, wir sind irgendwo aufgelaufen!«, rief er und erinnerte sich gleichzeitig an die Geschichten von Seeungeheuern, die er als Kind gehört hatte. Er sah schon den sagenhaften zwölfarmigen Riesenkalmar auftauchen und sein Boot verschlingen und hätte seine Angst am liebsten laut hinausgeschrien. Da Mera, die gerade aus der Kajüte trat, und Girdhan sich nur stumm und eher verwundert umsahen, zwang auch er sich zur Ruhe.

»Übernimm du das Steuer, Girdhan! Dann werde ich nachsehen, was los ist. Du, Mera, schaust in der Kajüte nach, ob du die Laterne finden und anzünden kannst!«

»Da ist etwas Großes, Dunkles im Wasser«, flüsterte das Mädchen ängstlich.

Kip schluckte, drückte aber Girdhan die Pinne in die Hand und lief dorthin, wo Mera stand. Jetzt sah er es selbst. Etwas, das weitaus größer war als die »Seeschäumer«, hatte sich unter das Boot geschoben und hielt es fest.

»Ist es ein Ungeheuer?« Noch während sie es sagte, trat Mera zurück, um nicht von Fangarmen oder Ähnlichem erwischt zu werden.

Auch Kip wurde ganz flau im Magen. »Mach Licht!«, flehte er, während er ebenfalls zurückwich.

Mera stürzte in die Kajüte und durchsuchte sie, bis sie die unter ihrem Bett liegende Laterne fand. Stahl, Feuerstein und Zündbüchse lagen daneben. Mit zitternden Händen machte sie alles zurecht und schlug einen Funken. Dieser fiel genau in die Zündbüchse und entflammte das Pulver, das sich darin befand. Mera brauchte nicht einmal einen Fidibus, um die Laterne anzuzünden. Kaum erhellte der Docht den kleinen Raum, verschloss sie die Zündbüchse wieder, damit das Feuer darin erstickte, und eilte ins Freie.

Kip riss ihr die Laterne aus der Hand und hielt sie über die Reling. Doch als er vorsichtig nachschaute, entdeckte er kein schreckliches Ungeheuer, sondern ein im Wasser treibendes Wrack, auf dem die »Seeschäumer« festhing.

»Was ist das?« Auch Mera hatte einen Blick riskiert und sah nun Kip fassungslos an.

»Das ist ein verdammt großer Pott. Mindestens viermal so lang wie unser Boot und um einiges breiter. Er kann noch nicht lange so herumschwimmen, denn er hat noch keine Algen angesetzt. Ich würde sagen, der ist allerhöchstens vor einer Woche versenkt worden.«

»Ist es einer der Unseren?« In dem Augenblick fühlte Girdhan sich wieder ganz als Ilyndhirer.

Kip betrachtete das Wrack genauer und schüttelte den Kopf. »Nö, der kommt nicht von unseren Inseln. Nach der Bauweise ist es ein Ardhunier. Wie ihr wahrscheinlich wisst, haben sich Teile der ardhunischen Flotte und einige Truppen nach Gelonda zurückgezogen und helfen den Bewohnern im Kampf gegen die Gurrländer. Den hier hat es dabei wohl erwischt. Arme Kerle!«

Mera schüttelte sich bei seinem Tonfall. »Aber wie kommen wir von diesem Ding wieder herunter, und warum ist er nicht untergegangen?«

»Das sind zwei Fragen auf einmal. Die zweite kann ich dir leichter beantworten. Siehst du das große Loch dort im Rumpf?«

Kip hob die Laterne höher, damit Mera erkennen konnte, was er meinte. »Dort hat ein Rammsporn das Schiff getroffen. Dabei dürfte der meiste Ballast über Bord gegangen sein, und da das Schiff aus Holz besteht, ist es nicht auf den Meeresgrund gesunken, sondern treibt knapp unter der Wasseroberfläche dahin. Und jetzt zu der Frage, wie wir wieder freikommen …« Kip ging einmal um das ganze Boot, um zu sehen, wie weit es sich über das Wrack geschoben hatte, und zeigte dann nach hinten zur Steuerbank.

»Wenn wir drei uns dorthin stellen, müsste der Bug sich weit genug heben, um freizukommen.«

Er kehrte mit Mera zu Girdhan zurück, und auf seine Anweisung hin stiegen sie einer nach dem anderen auf die Bank. Es war eine wackelige Angelegenheit, denn es gab nichts, woran sie sich festhalten konnten, außer aneinander. Doch zu ihrer Enttäuschung rührte sich die »Seeschäumer« nicht einen Fingerbreit.

»Wir müssen wippen!«, erklärte Kip und begann auch gleich damit. Mera und Girdhan taten es ihm nach, und als sie begannen, im gleichen Takt zu schaukeln, spürten sie, wie die »Seeschäumer« sich bewegte. Ein schabendes Geräusch war zu hören, und plötzlich ging es ganz schnell.

Der Bug schlug hoch, schwang herum und klatschte seitlich in einen Wellenkamm, der das Boot zusätzlich schwanken ließ. Gleichzeitig verloren alle drei das Gleichgewicht. Doch während Kip sich aus Erfahrung gekonnt nach vorne warf und ins Boot fiel, stürzten Mera und Girdhan ins Wasser. Der Junge schaffte es noch, die Reling zu packen und sich daran festzuhalten, aber Mera versank.

Sie schlug gegen das Wrack und spürte, wie ihr Kleid irgendwo hängen blieb. Verzweifelt versuchte sie sich loszureißen, schaffte es aber nicht und geriet in Panik. Sie wollte schreien und bekam sofort Wasser in den Mund. Gleichzeitig fühlte sie, wie das Wrack sich drehte und sie immer weiter nach unten zog.

Noch während sie verzweifelt um sich schlug, spürte sie eine Berührung an der Schulter. Sie drehte den Kopf, nahm aber nur einen Schatten wahr, der mit aller Kraft an ihrem Kleid zerrte und es schließlich zerriss. Mera kam frei und schoss wie ein Korken nach oben. Der Schatten folgte ihr, und als sie die Wasseroberfläche durchstieß und nach Luft schnappte, entpuppte er sich als Girdhan, der nach ihr getaucht war.

»Danke«, flüsterte sie, während sie Wasser auswürgte.

»Das war klasse!« Kip streckte ihnen die Hände entgegen und schien nicht zu wissen, wen von ihnen er als Ersten an Bord ziehen sollte. Girdhan nahm ihm die Entscheidung ab, indem er Mera aus dem Wasser hob. Er half Kip noch, sie ins Boot zu ziehen, dann krallte er sich mit den Fingerspitzen am Holz fest, stieß sich ab und schwang sich über die Bordwand.

»Wie geht es dir?«, fragte er besorgt.

Mera hatte ihr Kleid bei der Rettung verloren und hockte nun zitternd und hustend im Hemdchen auf dem Boden des Bootes. Im Augenblick schien sie noch nicht so recht zu begreifen, was eben geschehen war.

»Das war knapp!«, sagte sie nach einer Weile.

Kip nickte wie ein alter, erfahrener Seebär. »Das war es wirklich. Mir ist fast das Herz stehen geblieben, als dieses eklige Wrack auf einmal begonnen hat, sich zu drehen. Aber was war mit dir los? Sonst bist du doch auch nicht auf den Kopf gefallen.«

»Meras Kleid ist an einem Wrackteil hängen geblieben, und sie konnte sich nicht selbst befreien«, erklärte Girdhan.

»Ich hätte es vielleicht geschafft, wenn dieses Ding mich nicht nach unten gedrückt hätte!« Mera schüttelte sich, denn so nah wie gerade war sie dem Tod noch nie gekommen. Ein Teil von ihr sehnte den »Blauen Fisch« und das gemütliche Leben herbei, das sie dort geführt hatte. Doch sie wusste selbst, dass dies nicht mehr möglich war. Sie und Girdhan waren heimatlos, und sie würden von Glück sagen können, wenn sie nicht erneut in solch gefährliche Situationen gerieten wie eben.

Während Girdhan eine Decke holte und die frierende Mera darin einhüllte, nahm Kip die Laterne und untersuchte das Boot, um zu sehen, ob es durch das Auflaufen auf das Wrack beschädigt worden war. Zu seiner Erleichterung waren alle Planken heil, und es drang nirgends Wasser ein. Danach übernahm er wieder das Steuer und richtete den Kurs nach den Sternen aus.

Nach diesem Zwischenfall war an Schlaf nicht mehr zu denken. Die drei hockten eng aneinandergekuschelt auf der Steuerbank. Timpo saß auf Meras Schoß und leckte ihre Finger, während Fleckchen vor ihr lag und sich von ihren Zehen den Rücken massieren ließ. Während sie so dasaßen, stellten sie alle möglichen Theorien auf, wer das Wrack versenkt haben konnte.

»Das waren ganz sicher Gurrländer«, erklärte Kip kategorisch.

»So hoch im Norden?«, wandte Mera ein.

»Viel weiter im Süden waren die, die wir gestern gesehen haben, auch nicht. Vielleicht handelte es sich sogar um dieselben Schiffe, die den Ardhunier versenkt haben.«

»Dann können wir nur hoffen, dass wir ihnen nicht begegnen.« Mera schüttelte sich fröstelnd. Der Zwischenfall mit dem treibenden Schiffsrumpf hatte ihr gezeigt, wie gefährlich ihre Reise war.

5

Als der Morgen endlich anbrach, war von dem Wrack nichts mehr zu sehen. Mera seufzte erleichtert, denn sie wurde das Gefühl nicht los, gepackt und auf den Grund des Meeres gezerrt zu werden. Die Sonne vertrieb langsam ihre Angst, und sie entschloss sich, ins Bett zu gehen. Müde genug war sie dafür. Doch kaum lag sie auf der Matratze, da trieb eine innere Unruhe sie wieder hoch. Sie schlüpfte, da sie nicht im Hemdchen herumlaufen wollte, in die alten Hosen und das Fischerhemd, die Kip sonst für die Arbeit am Boot benützt hatte, und eilte hinaus.

»Ich dachte, du wolltest schlafen?«, fragte Kip überrascht.

»Ich hab's ja versucht, aber es geht nicht. Ich habe so ein komisches Gefühl.« Mera lehnte sich an den Mast und blickte aufs Meer hinaus. Zuerst war nichts weiter zu sehen als Wellen und Gischt. Dann aber tauchte seitlich vom Kurs der »Seeschäumer« plötzlich etwas auf einem Wellenkamm auf und verschwand sofort wieder aus ihrem Blickfeld.

»He, Kip, schau mal dorthin! Was kann das sein?« Mera zeigte in die Richtung, wo sie etwas vermutete, doch der Junge entdeckte zunächst nichts.

»Das kann ein springender Delfin oder treibendes Seegras gewesen sein«, meinte er, übergab aber auf Meras Drängen Girdhan das Steuer und kletterte den Mast hoch.

»Jetzt sehe ich es auch! Das könnte das Wrack von heute Nacht sein. Nein – dafür ist es zu klein. Sieht eher aus wie ein paar Planken, die von einem Schiff übrig geblieben sind.« Er verstummte für einen Augenblick, wischte sich dann über die Augen und rief fassungslos: »Da ist ja jemand drauf!«

Sein Blick traf Mera. »Glaubst du, du kannst mir die Richtung zeigen, damit ich darauf zusteuern kann?«

»Ich will es versuchen.« Mera wartete, bis Kip wieder herabgeklettert war, und stieg jetzt selbst hinauf. Zum Glück war der Mast eines Fischerbootes nicht allzu hoch, dafür musste sie sich oben aber auf die Segelstenge setzen und mit den Händen an der Mastspitze festhalten.

»Jetzt kann ich es auch sehen. Es ist ein ziemlich großes Wrackteil, und darauf liegt eine Person. Sie scheint noch am Leben zu sein, denn sie winkt zu uns herüber.«

»In welche Richtung muss ich steuern?«, fragte Kip ärgerlich.

»Nach links!«

»Das heißt nach backbord, du Landratte!«

»Angeber!«

Trotz der kleinen Auseinandersetzung lotste Mera Kip zu dem Wrackteil, während Girdhan den Bootshaken nahm, um es im richtigen Augenblick festhalten zu können.

Es handelte sich um ein Stück eines Verdecks, gerade so groß, dass es einen Menschen tragen konnte. Da es immer wieder in einem Wellental versank, konnte Mera nicht genau erkennen, um wen es sich bei dem Schiffbrüchigen handelte. Der Kleidung nach war es wahrscheinlich eine Frau und wohl auch eine eher fremdartige, denn in der Sonne leuchtete ihr Gewand in einem hellen Violett.

Als die »Seeschäumer« näher kam, konnte Mera sehen, dass die Haare der Fremden ebenfalls violett gefärbt waren. Da diese Farbe nur auf den Ardhunischen Inseln gebräuchlich war, musste die Frau von dort stammen oder zu Flüchtlingen gehören, die auf Gelonda Zuflucht gesucht hatten.

»He, hallo! Kannst du uns hören?«, rief Mera, so laut sie konnte.

Die Fremde versuchte aufzustehen, doch ihre Planke wackelte so stark, dass sie sich sofort wieder hinsetzte.

»Gleich sind wir da!«, schrie Mera hinüber und gab Girdhan ein Zeichen, wo sie auf das Wrackteil treffen würden. Er lief ein Stück weiter nach vorne, packte das Holz so geschickt mit dem Bootshaken, dass es nicht aus dem Gleichgewicht geriet, und zog es an die »Seeschäumer« heran. Aber als er der Fremden die Hand hinstreckte, um sie an Bord zu holen, wich diese schreiend vor ihm zurück.

»Ein gurrländisches Ungeheuer!«

Nun erkannte Mera, dass sie keine Frau vor sich hatten, sondern ein Mädchen, das nur wenig älter sein konnte als sie selbst. Wütend, weil die Fremde so hysterisch auf ihren Freund reagierte, brüllte sie sie an. »Willst du jetzt gerettet werden oder nicht? Dann zick gefälligst nicht so rum!«

Vor die Wahl gestellt, weiter auf dem Meer herumzutreiben oder an Bord des Fischerbootes genommen zu werden, entschied die Violette sich dafür, auf das Boot zuzukriechen. Schließlich griff sie nach der Reling und versuchte an Bord zu klettern. Doch dabei geriet das Wrackteil ins Schwanken, so dass sie ins Wasser zu rutschen drohte.

Im letzten Augenblick griff Girdhan zu, zog sie an Bord und trat dann ein paar Schritte zurück. Das Mädchen wischte sich die Salzkörner ab, die auf seinem Gesicht klebten, stand auf und bedachte die drei auf dem Boot mit einem missbilligenden Blick.

»Ich bin Careela, Prinzessin von Ardhenu. Ihr habt mich mit Euer Hoheit anzusprechen.«

Mera kletterte vom Mast herab und sah Careela kopfschüttelnd an. »Auf deiner Planke hat wohl die Sonne zu heiß geschienen, was?«

»Rüpel«, klang es spitz zurück.

»Wenn, dann Rüpelin«, antwortete Mera achselzuckend. Sie drehte sich zu ihren Freunden um und tippte sich an die Stirn.

»Da ziehen wir dieses aufgeblasene Püppchen aus dem Wasser, und es verlangt, als Hoheit angeredet zu werden. Aber um auch uns vorzustellen. Das hier ist Kapitän Kip, der Kommandant und Eigner dieses Schiffes, das Girdhan, der Steuermann, und ich …« Mera verstummte für einen Augenblick, weil sie sich nicht als Schiffsjunge oder Leichtmatrose vorstellen wollte, und verfiel dann auf eine Alternative. »Ich bin Mera, die Wetterhexe!«

»Pah! Du willst eine Wetterfühlerin sein?« Careelas Nase wanderte so hoch, dass sie beinahe die Wolken vom Himmel kratzen konnte.

»Auf jeden Fall bin ich gut genug, um sagen zu können, dass wir bald in einen Sturm geraten werden, wenn wir nicht schleunigst den Kurs ändern!« Mera wusste selbst nicht, wie sie darauf kam, doch als sie in die entsprechende Richtung schaute, glaubte sie durch den blauen Himmel hindurch schwarze Wolken zu sehen, die schneller auf sie zurasten als ein galoppierendes Pferd.

Kip wechselte einen kurzen Blick mit Girdhan und zog, als dieser nickte, das Steuer herum. Als die »Seeschäumer« auf neuem Kurs lag, siegte jedoch seine Neugier, und er sah Careela fragend an.

»Was ist eigentlich mit deinem Schiff passiert?«

Careela musterte ihn mit einem finsteren Blick. »Mit Eurem Schiff! So viel Höflichkeit hast du mir entgegenzubringen. Schwarze Galeeren haben mein Schiff angegriffen und versenkt. Was aus meinen Begleitern geworden ist, weiß ich nicht. Wahrscheinlich haben diese schwarzen Ungeheuer sie alle umgebracht! Ich selbst konnte auf diese Planke klettern und dadurch diesen Schurken entkommen.« Die Prinzessin funkelte Girdhan dabei so zornig an, als würde sie ihn für diesen Angriff verantwortlich machen.

Mera tippte sich gegen die Stirn und erntete ein empörtes Schnauben bei Careela. Dann aber stupste diese sie an und zeigte auf die Salzkrusten auf ihrem Kleid.

»Ich wünsche, mich umzuziehen. Ich hoffe, ihr habt angemessene Kleidung für mich an Bord.«

Mera deutete eine spöttische Verbeugung an. »Ich bedauere, Euer Hoheit mitteilen zu müssen, dass dies nicht der Fall ist. Die einzige Ersatzkleidung habe bereits ich an.«

»Ich will aber andere Kleider. Die hier scheuern mich wund!« Careela zeigte dabei auf ihren Hals, der tatsächlich ein wenig rot schimmerte.

»Was ich nicht habe, kann ich dir auch nicht geben.« Mera glaubte mit diesem Satz alles gesagt zu haben, doch so leicht gab Careela nicht auf.

»Dann wünsche ich umgehend an Land gebracht werden, damit ich dort meine Garderobe wechseln kann.«

»Geht leider nicht. Wir laufen unterwegs keinen Hafen an. Und jetzt sei endlich ruhig! Ich will auf den Wind hören.« Mera drehte der Geretteten den Rücken zu und ging zum Bug. Tatsächlich hatte der Wind ein wenig aufgefrischt und blies nun schräg von vorn. Er fühlte sich kalt an, und sie glaubte, die Kraft von tausend Blitzen in ihm zu spüren.

»Wir sollten noch mehr nach links steuern«, riet sie Kip.

Auch er schien den aufkommenden Sturm wahrzunehmen, denn er meckerte nicht, weil sie links statt backbord gesagt hatte, sondern folgte ihrer Anweisung.

Girdhan, der Mitleid mit Careela empfand, hatte unterdessen Kips Becher mit Trinkwasser gefüllt und reichte ihr das Gefäß. »Hier, du hast gewiss Durst!«

Die violetten Augen in ihrem fein gezeichneten Gesicht leuchteten auf, und sie schlug ihm den Becher aus der Hand. »Von einem dreckigen Gurrländer nehme ich nichts an!«

»Dumme Ziege! So viel Trinkwasser haben wir auch nicht an Bord, als dass man es einfach so wegschütten könnte«, fuhr Kip auf.

Careela antwortete jedoch nur mit einem hochnäsigen Schnauben und ging selbst zum Wassersack. Da die drei in die Richtung starrten, aus der sie den Sturm erwarteten, bemerkten sie zunächst nicht, wie das Mädchen den Schlauch öffnete und begann, sich selbst und die Salzränder aus ihrer Kleidung zu waschen. Als Kip darauf aufmerksam wurde und ihr den Verschluss aus den Händen riss, hatte sie bereits mehr als die Hälfte des Wassers vergeudet.

»Bist du verrückt geworden? Da haben wir eh schon verdammt wenig Wasser, und du verschüttest es sinnlos!«

»Es ist nicht sinnlos, denn ich musste mein Gesicht und meine Hände waschen. Eigentlich hätte mir ja jemand die Waschschüssel halten müssen. Übrigens, wie sprichst du mit mir? So einen Ton verbitte ich mir!«, antwortete Careela von oben herab.

Gegen so viel Dickfelligkeit kam auch Kip nicht an. Er hob den arg schlaff wirkenden Wassersack auf, trug ihn in die Kajüte und steckte ihn unter eines der Betten. Als er wieder zurückkam, stemmte er die Hände in die Seiten und sah seine Freunde und die Prinzessin grimmig an.

»Ab jetzt geht keiner mehr ohne meine Erlaubnis an unser Trinkwasser, verstanden? Den Ersten, den ich erwische, werfe ich eigenhändig über Bord.«

»Da dürftest du dich ein wenig schwer tun, Kleiner!« Mera ärgerte sich, weil Kip sich jetzt vor allen aufspielte, obwohl nur Careela so unvernünftig gewesen war, Wasser zu verschwenden.

Girdhan schnaubte missbilligend, denn ihm war genauso klar wie seinen Freunden, dass die Rettung der Prinzessin ihnen wohl noch etliche unangenehme Stunden bereiten würde. Auch Mera dachte seufzend, dass ihre zunächst so gemütliche Fahrt sich in ein Abenteuer mit zweifelhaften Aussichten verwandelt hatte.

Von nun an würden sie nicht nur auf dieses eingebildete Mädchen aufpassen müssen, damit es keinen weiteren Unsinn machte, sondern auch darauf achten, dass sie selbst nicht ins Streiten gerieten. Aus diesem Grund schluckte sie das, was sie hatte sagen wollen, wieder hinunter und setzte sich an den Bug. Fleckchen und Timpo kamen mit ihr und gaben deutlich zu verstehen, dass sie gekrault werden wollten.

6

Die Königin blickte auf dem Hafen hinab und empfand angesichts der einlaufenden Schiffe Unbehagen über die Lücken, die der Kampf mit Gurrland in ihre eigene Flotte gerissen hatte. Zwar wurden weiter oben am Fluss neue Schiffe auf Kiel gelegt, doch nur die wenigsten von ihnen würden rechtzeitig genug fertiggestellt sein, um in den nächsten, womöglich entscheidenden Seeschlachten dieses Krieges eingesetzt werden zu können.

»Wir brauchen mehr Zeit!« Die Stimme Ilnas V. klang brüchig. Zeit, das wusste sie selbst, war das, was sie am wenigsten besaßen. Sie drehte sich zu Yanga um und sah, dass die Zweite Hexe den Ornat einer Hofmagierin angelegt hatte. Unwillkürlich ärgerte die Königin sich darüber. Zwar war Torrix spurlos verschwunden, doch sie hatte seinen Posten noch nicht neu vergeben. Daher war es anmaßend von Yanga, ihre Entscheidung vorwegzunehmen.

Die Hexe bemerkte Ilnas tadelnden Blick und versteifte sich. »Es ist notwendig, Euer Majestät, so aufzutreten. Ihr wollt doch nicht, dass diese Dämonenanbeter unser Reich für schwach halten. Torrix' Verschwinden muss verschleiert werden, ebenso der Verlust der durch die schwarzen Galeeren versenkten Schiffe.«

Diesen schon unverschämt zu nennenden Ton war Ilna V. von ihrer Zweiten Hexe nicht gewohnt. Auch wenn die Frau zu den wenigen magisch befähigten Menschen in ihrem Reich zählte und sie selbst außer einer gewissen Langlebigkeit keine besonderen Fähigkeiten aufzuweisen hatte, so musste Yanga ihr solche Überlegungen als Vorschläge unterbreiten und nicht als Diktat, insbesondere da die Hexe sich nicht gerade mit Ruhm bekleckert hatte. Es war ihr weder gelungen herauszubekommen, wohin Torrix verschwunden war, noch hatte sie die magisch begabte Enkelin der einstigen Heilerin Merala finden können. Das Mädchen, dem große Kräfte zu eigen sein sollten, war von einem gurrländischen

Agenten und dessen verräterischen Kumpanen auf ein verstecktes Boot verschleppt und entführt worden. Nun befand sich diese Mera auf dem Weg nach Gurrland und würde von dem Herrn des Feuerthrons versklavt werden.

Königin Ilna atmete tief durch, um den Ring, der ihre Brust umschloss, zu sprengen, und blickte wieder auf die ankommenden Schiffe hinab. Das Flaggschiff der Malvoner war fast doppelt so groß wie das ilyndhirische, trug aber Segel in neutralem Grau, und der Kapitän hatte sogar auf den üblichen Wimpel in der Farbe des grünen Dämonen Tenelin verzichtet. Diese Tatsache versöhnte Ilna ein wenig mit der Machtdemonstration ihrer Farbfeinde. Vielleicht würden die großen malvonischen Schiffe sogar den Schlüssel zum Erfolg gegen die mächtigen schwarzen Galeeren darstellen. Ihre eigenen Segler waren diesen Kampfmaschinen, die mit ihren Rudern dem Wind trotzen konnten, nicht gewachsen.

»Ich muss mich auf die Begegnung mit den Dämonenknechten vorbereiten«, sagte Yanga, anstatt zu bitten, ob sie gehen dürfe, und verließ den Aussichtserker der Burg.

Ilna V. blickte ihr nach und versuchte, ihren Zorn über das Benehmen dieser Frau herunterzuschlucken. Mit Torrix war das Leben weitaus leichter gewesen. Der Magier hatte es trotz seiner großen Erfahrung und der Tatsache, dass sie bereits die dritte Königin war, der er diente, niemals am nötigen Respekt mangeln lassen. Yanga aber benahm sich so, als wäre sie selbst die Herrin über Ilyndhir und das Reich der Nördlichen Inseln. Nicht zum ersten Mal bedauerte die Königin, auf dieses Weib angewiesen zu sein. Keine der anderen Hexen und auch keiner der Adepten besaß genügend magische Fähigkeiten, um ihr als oberster Berater dienen zu können. Die junge Mera hätte sie vielleicht gehabt, doch das Mädchen war jetzt ebenso spurlos verschwunden wie der Hofmagier.

Plötzlich beschlich Ilna der Verdacht, die Zweite Hexe habe den gurrländischen Spion mit Absicht entkommen lassen, weil sie damit eine mögliche Konkurrentin losgeworden war. Sie verneinte diese Überlegung sofort. Jemanden zum Magier oder zur Hexe auszubilden dauerte viele Jahre. Daher hätte Mera erst in zwei oder noch mehr Jahrzehnten Yanga den Rang streitig machen können. Bis dorthin aber würde der Krieg mit Gurrland längst entschieden sein. Um die Invasoren abzuwehren, mussten sie alle Kräfte bündeln und sogar ein Bündnis mit diesem grünen Gesindel von Malvone eingehen.

Der malvonische Segler legte gerade an. Hinter ihm passierte nun eine gelondanische Halbgaleere die Hafeneinfahrt. Dieser Schiffstyp war neu und erst gebaut worden, nachdem Gurrland die Nachbarinsel Girdania und die Ardhunischen Inseln erobert hatte. Die Halbgaleere konnte sowohl gerudert werden als auch unter Segeln fahren. Auf Ilna, die viel auf ihr Wissen über Seefahrt gab, wirkten diese Schiffe jedoch unausgegoren und wenig effektiv.

Die drei ardhunischen Schiffe, die als Letzte erschienen, waren immer noch so schnittig wie früher. Ihre violetten Segel und Banner leuchteten im Sonnenlicht und bewiesen das kämpferische Selbstbewusstsein dieses Volkes. Nachdem die Gurrländer ihre Inseln erobert haben, waren die geflohenen Ardhunier ein Bündnis mit ihren gelondanischen Nachbarn eingegangen, ohne sich um den Farbgegensatz zwischen ihrem Violett und deren Gelb zu scheren. Ilna überlegte, ob sie selbst auch hätte klüger sein und bereits bei den ersten Anzeichen der gurrländischen Expansion auf Malvone zugehen sollen.

Damals hatte jedoch niemand ahnen können, wie rasch die Schwarzen Galeeren vordringen und die Nachbarinseln erobern würden. Selbst Torrix hatte zum Abwarten geraten, um auf diese Weise endlich den alten Streit mit Malvone um das Inselherzogtum Teren zu beenden. Seit Jahrhunderten stritt Ilyndhir sich mit den Dämonenanbetern um Teren, und es war auch schon zu kriegerischen Auseinandersetzungen gekommen. Derzeit herrschte ein vor dreißig Jahren ausgehandelter Waffenstillstand, der Ilyndhir den vorläufigen Besitz Terens garantierte. König Tendel von Malvone hatte jedoch nie Zweifel daran gelassen, dass er das Herzogtum irgendwann einmal zurückfordern würde. Torrix hingegen hatte gehofft, dass Ilyndhir die Insel Teren schließlich als Belohnung für eine mögliche Unterstützung der südlichen Reiche bekäme.

»Wir hätten nicht auf Teren schauen dürfen, sondern auf Gurrland. Jetzt mag es schon zu spät sein.« Die Königin erschrak über ihre eigenen Worte, doch als sie sich umsah, ob jemand sie gehört hatte, war niemand in ihrer Nähe. Sie war allein, und dieses Gefühl machte ihr Angst.

7

Yanga hatte den Palast der Königin verlassen und lief, so schnell es ihre Robe erlaubte, zum Turm der Magier hinüber. Mehrere Adepten und Schülerinnen, die ihr auf ihrem Weg begegneten, verbeugten sich tief und wagten nicht, ihr in die Augen zu sehen. Auch sie bedauerten das Verschwinden des Hofmagiers, denn Torrix hatte für jeden ein freundliches Wort übrig gehabt. Sie entschuldigten die Zweite Hexe jedoch, denn auf Yanga ruhte nun eine Verantwortung, die der Hofmagier nie hatte tragen müssen.

Ohne die nachrangigen Magier und Hexen überhaupt wahrzunehmen, stieg Yanga zu ihren eigenen Gemächern empor. Vor der Tür zu Torrix' Räumen blieb sie kurz stehen und starrte auf die Symbole, die darin eingebrannt waren. Am liebsten hätte sie sie mit bloßen Händen herausgerissen. Es war ihr noch immer nicht gelungen, die magischen Schlösser dahinter zu öffnen. Wenn sie sie geistig berührte, erfuhr sie nur, dass der Hofmagier nicht anwesend war. Da sie Torrix' Aufzeichnungen aber dringend benötigte, würde sie sich schon in den nächsten Tagen intensiver mit diesen widerspenstigen Artefakten beschäftigen müssen. Ohne das Wissen, das hinter dieser Tür ruhte, konnte Ilyndhir dem Reich von Gurrland nicht standhalten.

Gab es überhaupt noch eine Chance, die Eroberer abzuwehren? Yanga hätte diese Frage beinahe verneint. Doch ein Bündnis aller bedrohten Völker mochte noch Aussicht auf Erfolg haben. Vor einem Jahr hätte sie allein die Möglichkeit eines Zusammenschlusses verlacht, denn seit dem letzten, durch Gewährsleute aus Teren vermittelten Waffenstillstand vor dreißig Jahren hatte es keinen Kontakt mehr zwischen Ilyndhir und Malvone gegeben. Am heutigen Tag aber würde der malvonische König in eigener Person vor den Thron von Ilyndhir treten, um bei Königin Ilna V. für ein gemeinsames Vorgehen gegen Gurrland zu werben. Dabei waren die Malvoner Grüne, also Farbfeinde, die man, wenn man sie nicht bekämpfte, wenigstens meiden sollte. Nicht umsonst galt der Grünmond, der in der kommenden Nacht als erster aufsteigen würde, in Ilyndhir als Symbol des Bösen.

Yanga schüttelte sich bei dem Gedanken an dieses Gestirn, bei dessen Anblick sie dasselbe Unbehagen empfand wie in der Nähe des Hofmagiers von Malvone, dessen Anwesenheit sie auf einem der ankommenden Schiffe bemerkte. Zwar hatte Ethrul sich gut abgeschirmt, und sie glaubte sogar Silber an ihm zu spüren, doch all das konnte das grüne Feuer, das in ihm loderte, nicht verbergen.

Als Yanga die rechte Hand hob, um den magischen Schlüssel für ihre eigene Tür abzustrahlen, sah sie, dass die feinen Härchen auf ihrem Unterarm zu Berge standen. Ich habe Angst!, fuhr es ihr durch den Kopf, und ihr wurde schmerzhaft klar, dass sie vor einer Situation stand, die ihre Kräfte und Fähigkeiten überstieg.

Rasch trat sie ein und schloss die Tür so hinter sich zu, damit ihr niemand ohne Erlaubnis folgen konnte. Ohne die lange, mit blauen Federn geschmückte Robe eines Hofmagiers abzulegen, eilte sie in ihr Schlafzimmer und kramte in den scheinbar wirr herumliegenden Zauberdingen, bis sie auf einen in Silbertuch gehüllten Gegenstand stieß. Sie hob ihn aufs Bett, wickelte ihn aus und hielt zuletzt ein silbernes Kästchen in der Hand. Sie hatte es selbst geschmiedet und dafür gesorgt, dass es dicht war und ihm keine verräterische Magie entweichen konnte. Nicht einmal jemand mit Torrix' Kräften konnte erkennen, dass sich etwas Besonderes darin befand. Früher hatte sie das Kästchen nur öffnen können, wenn der Hofmagier die Königin auf deren Reisen nach Wardania oder eine andere Insel des Reiches begleitet hatte.

Jetzt aber gab es niemanden mehr, der ihrem Geheimnis gefährlich werden konnte. Sie hob den Deckel des Kästchens auf und blickte auf ihren Talisman, einen sechseckigen, schwarz glänzenden Kristall von der Art, wie Runier oder sehr hoch begabte Magier aus sagenhaften Zeiten sie kraft ihres Willens wachsen lassen konnten. Sie hatte dieses wundervolle Stück bei einer ihrer Reisen, die zur Ausbildung einer Hexe gehörten, im Süden des Archipels erworben und mit in die Heimat genommen. Aus Angst, Torrix oder die damalige Zweite Hexe würden es ihr abnehmen, um es für eigene Experimente zu verwenden, hatte sie ihre Neuerwerbung vor dem Hofmagier und auch allen anderen Bewohnern des Magierturmes verborgen gehalten. Als sie nun ihre Hand ausstreckte und den Talisman mit den Fingern berührte, fühlte sie die ungeheure Kraft, die der Kristall verströmte. Mit einem Mal schwanden ihre Angst und Sorgen. Sie war Yanga, die mächtigste Hexe des Nordens und die stärkste Hofmagierin, die das Reich der Nördlichen Inseln je gehabt hatte. Es war nur noch eine Frage der Zeit, bis diese dumme Königin das begriff und ihr auch den Titel verlieh.

Yanga schloss die Augen, um die Bilder besser aufzunehmen, die von dem Kristall in sie hineinflossen. Sie sah, wie die Hofmagier der anderen Reiche ihre Häupter vor ihr neigten, und fühlte sich jedem von ihnen so weit überlegen wie die Sonne am Himmel einem lumpigen Kerzenlicht. Sie allein war mächtig und würde es auf ewig bleiben. Ilyndhir und die Nördlichen Inseln erschienen ihr auf einmal viel zu klein und zu unbedeutend für ihre Kräfte. Daher richtete sie ihr magisches Auge gen Südosten, auf die große

Insel Gurrland, die Heimat des Feuerthrons. Diesen zu besteigen und über seine Kräfte zu verfügen erschien ihr als ihre wahre Bestimmung.

Ein Rausch erfasste sie, und sie sehnte sich mit allen Fasern ihres Seins nach jenem Ort. Sie sah die Berge im Zentrum der großen Insel und den gewaltigen, aus Kristall und erstarrter Lava geschaffenen Höhlendom. Dann glitt ihr Geist tiefer hinein, und sie stand vor einem Gebilde aus tiefschwarzem Kristall, das von ebenso schwarzen Flammen umspielt wurde. Doch als sie darauf zugehen und den Thron besteigen wollte, stellte sich ihr eine Gestalt entgegen, die so verzerrt und undeutlich wirkte, als würde sie das Wesen durch einen halb blinden Spiegel erblicken.

»Du hast hier nichts verloren!« Kaum hatte sie die verächtlich klingenden Worte vernommen, wurde sie von einer Riesenhand gepackt und wie ein Ball durch die Luft geschleudert. Sie sah noch den Boden auf sich zukommen, dann verlor sie das Bewusstsein.

Als Yanga erwachte, schmeckte sie Blut auf ihren Lippen. Das überraschte sie ebenso wie die Ohnmacht, in die sie gefallen sein musste. Daran war sicher die Anwesenheit des grünen Dämonenhexers schuld, fuhr es ihr durch den Kopf. König Tendel von Malvone hätte klüger sein und Ethrul zu Hause lassen sollen. Ihn hierher mitzubringen, stellte eine unverzeihliche Beleidigung der Königin von Ilyndhir und ihrer eigenen Person dar.

Yanga legte ihren Talisman wieder in das Silberkästchen zurück und verschloss es sorgfältig. Niemand durfte davon erfahren. Der schwarze Kristall war die Quelle ihrer Macht. Ohne ihn wäre sie nie so weit aufgestiegen. Jetzt hatte sie sogar Torrix übertroffen, denn der hatte vor Ilna V. noch den Rücken beugen müssen. Sie aber konnte der Königin auf gleicher Augenhöhe begegnen, und das hatte sie ihrem Talisman zu verdanken. Am liebsten hätte sie ihn noch einmal in die Hand genommen, vielleicht sogar geküsst. Doch die Zeit drängte. Die Schiffe der Feinde hatten bereits angelegt, und die Herrschaften befanden sich auf dem Weg zum Palast.

Sie musste jetzt ebenfalls dorthin zurückkehren und ihren Platz an der Seite der Königin einnehmen.

Während die Hexe durch die Korridore des Magierturmes eilte, erinnerte sie sich für ein, zwei Lidschläge an einen eigenartigen Traum, in dem sie danach gestrebt hatte, den Feuerthron zu besteigen, wischte diese Bilder aber mit einer verächtlichen Handbewegung beiseite. Es war allgemein bekannt, dass der Feuerthron vor tausend Jahren in ebenso viele Stücke zerschlagen worden war und man all diese Teile an geheimen Orten versenkt oder begraben hatte. Es lohnte sich nicht, sich Gedanken über ein Hirngespinst zu machen. Wichtiger war es, in den nächsten Minuten das Richtige zu denken und zu sagen. Mochte derzeit auch eine gewisse Gefahr von Gurrland ausgehen, so stellten die Malvoner und Gelondaner die wirklichen Feinde der Nördlichen Inseln dar.

8

Königin Ilna war mit ihrer Zweiten Hexe mehr als unzufrieden, denn Yanga hatte sie während der Vorbereitungen auf die Audienz, die sie den Herrschern und Herrscherinnen der Mittleren und Südlichen Inseln gewähren musste, schmählich im Stich gelassen. Der Zeremonienmeister klopfte bereits mit seinem Stab auf den Boden aus blauem Marmor, um die Gäste anzukündigen, da erschien Yanga abgehetzt und stellte sich mit verbissen wirkender Miene neben sie. Das späte Erscheinen ihrer Hexe machte es Ilna V. unmöglich, ein paar klärende Worte mit ihr zu wechseln. Gleichzeitig ärgerte sie sich über Yanga, weil diese immer noch den Ornat eines Hofmagiers trug und damit so tat, als wäre Torrix bereits tot und sie seine erwählte Nachfolgerin.

Mit dem festen Vorsatz, die Hexe nach der Audienz zurechtzuweisen, blickte Ilna V. nach vorne. Dort öffneten die Diener gerade das große Portal des Thronsaales und gaben den fremden Gästen den Weg frei. Zufrieden bemerkte die Königin, dass sowohl König Tendel von Malvone wie auch Talena, die Regentin von Gelonda, Gewänder aus schlichtem grauem Stoff trugen und auf alle Insignien ihrer Macht verzichtet hatten. Auch Ethrul, der Hofmagier von Malvone, mit dem Torrix vor Jahrzehnten so manches Magierduell ausgefochten hatte, steckte in einem grauen Kittel und hatte sich zudem in Silbergeflecht gehüllt, um seine magische Ausstrahlung einzudämmen. Nun blickte er zu Boden, um niemanden durch das grüne Feuer zu beleidigen, das in seinen Augen loderte.

Hinter den beiden Malvonern und der Gelondanerin, die einem größeren und wuchtigeren Menschenschlag angehörten als die Bewohner der Nördlichen Inseln, schritten die Vertreterinnen der drei ardhunischen Fürstentümer. Sie waren kleiner und schlanker als die anderen Gäste, aber immer noch um fast einen Kopf größer als Ilna, die innerlich auf die Etikette schimpfte, die von ihr verlangte, andere gekrönte Häupter auf dem Boden vor ihrem Hochsitz stehend zu empfangen. Sie würde den Kopf in den Nacken legen müssen, um zu Tendel aufsehen zu können, und sie überlegte, ob sie mit dem Protokoll brechen und sich auf ihren Thron setzen oder sich zumindest auf eine Stufe des Podests stellen sollte.

Der Gedanke an die Gefahr, die alle Menschenreiche gleichermaßen betraf, ließ sie von einer solchen Geste absehen, die ihre Gäste hätte beleidigen können.

Zu ihrer Erleichterung blieb Tendel sechs Schritte vor ihr stehen. Talena ging jedoch weiter, beugte ihren Kopf und sank vor Königin Ilna auf die Knie. »Ich bitte Euch, nein, ich flehe Euch an, mir und meinem Volk zu helfen. Seit drei Jahren stehen wir mit Gurrland im Krieg. Die Hälfte unseres Landes haben wir bereits verloren. Wenn kein Wunder geschieht, werden wir uns nicht mehr lange halten können. Ohne die Hilfe Ilyndhirs und des Reiches der Nördlichen Inseln sind wir verloren.«

Talena klang so verzweifelt, als stünde die Niederlage ihres Landes kurz bevor. Dabei galten die Gelondaner als tapfere Krieger, die die Gurrländer bis jetzt jeden Landgewinn teuer hatten bezahlen lassen.

Der Hofmagier von Malvone trat einen Schritt vor und kniete nun ebenfalls nieder. »Erhabene Königin, erlaubt mir zu sprechen!«

»Nein! Tut das nicht! Er wird Euch verhexen.« Yanga krallte ihre rechte Hand in Ilnas Schulter und wollte sie hinter sich zurückschieben. Dieser Bruch der Etikette erboste die Königin so sehr, dass sie sich frei machte und ihrerseits auf Ethrul zuging. Erst als ihre Haut unter seiner fremdfarbigen Ausstrahlung zu kribbeln begann, blieb sie stehen.

»Rede, Hexer!«

»Ich danke Euch. Ich hatte gehofft, hier auf meinen alten Widersacher Torrix zu treffen. Zwar haben wir oft gegeneinander gekämpft, doch er ist ein Mann mit Verstand.« Der Blick, mit dem er Yanga dabei streifte, verriet, dass er nicht glaubte, in ihr eine geeignete Verhandlungspartnerin gefunden zu haben.

Die Hexe wollte schon auffahren, doch Ilna befahl ihr mit einer heftigen Geste zu schweigen. »Torrix ist nicht hier. Ich bin mir aber sicher, dass er uns geraten hätte, dir zuzuhören. Also sprich frei heraus und halte dich nicht mit Floskeln auf.«

Der Magier nickte erleichtert und hob kurz seinen Kopf. Für die Dauer eines Herzschlags blickte Ilna in seine grün leuchtenden Augen, spürte aber nicht den Abscheu vor der feindlichen Farbe, den sie erwartet hatte. Yanga hingegen sah so aus, als stünde sie kurz davor, sich zu übergeben.

Ethrul beachtete sie nicht, sondern richtete all seine Gedanken auf die Worte, mit denen er Ilna V. dazu bringen wollte, sich dem Bündnis der freien Völker anzuschließen.

»Ich habe erfahren, dass Eurer Reich auf See schon empfindliche Verluste gegen Gurrland hinnehmen musste.« Das war keine geschickte Einleitung, doch die Königin hatte ihn aufgefordert, frei zu sprechen, und so erinnerte er sie als Erstes daran, dass ihr Herrschaftsgebiet ebenso wenig sicher war wie seine eigene Heimat.

Yanga zischte wie eine in die Enge getriebene Natter. »Der Vorstoß Gurrlands gegen unsere Schiffe war nur eine Warnung, uns nicht in die Angelegenheiten der Dämonenanbeter einzumischen. Außerdem drückten sie den Zorn des Kaisers über die vielen Freiwilligen von Teren aus, die gegen den Willen Ihrer Majestät nach Gelonda geeilt sind, um dort unter fremdem Kommando gegen Gurrland zu kämpfen.«

Ilna wandte sich verwundert um. »Wie kommst du darauf?«

»Ich habe es in meinen Visionen gesehen«, antwortete die Hexe hochmütig.

»Dann waren es schlechte Visionen!« Ethrul sah Yanga für einen kurzen Augenblick an, obwohl ihre blaue Ausstrahlung ihn trotz seiner Abschirmung schmerzte. Jetzt verfluchte er das Schicksal, das Torrix dazu gebracht hatte, Ilynrah zu verlassen. Der blaue Magier war ein gefährlicher Feind gewesen, hätte aber auch ein ebenso starker Verbündeter werden können. Die Zweite Hexe, als die er Yanga trotz ihres Ornats erkannte, besaß weder die magischen Fähigkeiten noch die Intelligenz, die wahren Zusammenhänge zu begreifen. Außerdem haftete ihr etwas Fremdes, Unangenehmes an, das ihn schaudern ließ.

Yanga stellte sich vor, wie es wäre, Ethrul in einen Wurm zu verwandeln, den sie bequem zertreten konnte. Allerdings war ihr klar, dass sie einem Magier seiner Stärke nicht gewachsen war. Noch nicht, schränkte sie ein. Doch sobald sie ihren Talisman offen tragen und durch ihn einen steten Strom magischer Kraft erhalten konnte, würde ihr auch ein Ethrul nicht mehr gefährlich werden. Noch war es jedoch nicht so weit, und daher hüllte sie sich in Schweigen.

»Stimmt es, dass unsere Untertanen aus Teren sich an den Kämpfen auf Gelonda beteiligen?«, fragte die Königin in einer Mischung aus Angst und Zorn.

Ethrul nickte. »So ist es, Euer Majestät. Das weiße Banner von Teren ist die Feindfarbe des gurrländischen Schwarz. Ist es daher nicht verständlich, dass kühne junge Männer und tapfere Jungfrauen ihre Waffen ergreifen und denen zu Hilfe eilen, die von Gurrland bedroht werden?« Noch während er es sagte, fuhr es dem Magier durch den Kopf, dass dieser Erklärungsversuch wohl besser unterblieben wäre, denn damit hatte er der blauen Hexe zu einem Vorteil in ihrer Argumentation verholfen.

»Die Feindfarbe des heiligen Blaus von Ilyndhir und Wardania ist das Grün von Malvone. Sollten wir daher nicht besser an der Seite des schwarzen Banners von Gurrland gegen dessen Feinde kämpfen? Nach den Lehren der heiligen Farben steht Schwarz uns am nächsten.«

»Nicht näher als unser Violett!«, protestierte eine ganz in die Farbe ihrer Göttin gekleidete Ardhunierin. »Dennoch haben die Gurrländer unsere Inseln überfallen und unser Volk bis auf jene versklavt, denen die Flucht gelungen ist!«

Eine ihrer Begleiterinnen stimmte ihr heftig nickend zu. »Denkt an Girdania! Die Insel war das erste Opfer der Gurrländer, obwohl ihre Einwohner die gleiche magische Farbe haben.«

Bevor Ilna V. darüber nachdenken konnte, winkte Yanga schnaubend ab. »Das war doch nur ein Trick, damit angebliche Flüchtlinge in andere Länder gelangen und dort für den gurrländischen Kaiser spionieren konnten.«

Talena erhob sich erregt. »Die Girdanier, die nach Gelonda geflohen sind, kämpfen tapfer auf unserer Seite und fordern stets, als Erste die Waffen mit den Gurrländern kreuzen zu können. Um es offen zu sagen: Ohne den Mut der Girdanier und die Kühnheit der ardhunischen Seeleute wäre mein Reich längst überwältigt worden.«

Nun merkte die Regentin, dass sie die Königin von Ilyndhir um mehr als Hauptеslänge überragte, und sank sofort wieder in die Knie. »Verzeiht, wenn ich Euch erzürnt habe, doch die Sorge um mein Volk presst mein Herz zusammen.«

»So wird es Euch auch bald ergehen, wenn Ihr nicht handelt. Oder glaubt Ihr etwa, Gurrland lässt Euch in Frieden?« Es waren die ersten Worte, die König Tendel von sich gab.

Während einige der ilyndhirischen Höflinge, denen das Privileg gewährt worden war, dieser ungewöhnlichen Audienz beizuwohnen, leise ihr Missfallen ausdrückten, nickte Ilna V. unwillkürlich. Sie hatte Angst um ihr Land und wusste, dass Torrix allen Lehren von den heiligen Farben zum Trotz ein Bündnis mit Malvone und Gelonda befürwortet hätte.

Yangas Gedanken kreisten noch um die terenischen Freiwilligen, und sie winkte Herzog Lenghil von Teren nach vorne, der sich bisher bei den ilyndhirischen Edelleuten aufgehalten hatte. »Du hast zugelassen, dass Leute deiner Insel sich gegen den erklärten Willen Ihrer Majestät auf die Seite dieser Leute geschlagen und für sie gekämpft haben?«, fuhr sie ihn an.

Der Herzog schrumpfte ein wenig, richtete sich dann aber mit trotziger Miene auf. »Ich habe keinen Erlass der Königin bekommen, in dem es uns verboten worden wäre, nach Gelonda zu gehen! Außerdem verteidigen wir dort auch unsere Heimat und das gesamte Reich der Nördlichen Inseln. Hat Gurrland erst einmal Gelonda erobert, wird es auch vor Teren und Ilyndhir nicht haltmachen.«

»Schweig!« Yanga hob die Hand, als wolle sie den Herzog ohrfeigen.

»Gebt Ruhe! Alle beide!« Die Königin schlug die Hände vors Gesicht, um ihre wirbelnden Gedanken zu bändigen, und fragte sich, wie sie diese Situation meistern sollte. Zwar hatte ihr Herzog Lenghil die Treue geschworen, doch er würde sich an ihrem Hof weder beleidigen noch schlagen lassen, ohne die entsprechenden Konsequenzen zu ziehen. Sie musste verhindern, dass er provoziert wurde, sonst würde es auf Teren einen Aufstand geben, den sie sich in dieser Situation gewiss nicht leisten konnte. Schließlich wollte sie das Bündnis mit den Mittleren Inseln nicht weniger als ihre Gäste.

Ethrul, der Hofmagier von Malvone, beobachtete die Szene genau. In seiner Heimat wurde Ilna als die kleine Königin verspottet, die nicht weiter sehen konnte, als ihre Nase reichte. Nun sah er sie zum ersten Mal leibhaftig vor sich und begriff, dass unter all den Rüschen und den blauen Schönheitspflästerchen ein fester Wille steckte. Ihre Hexe hingegen behagte ihm wenig. Hätte Yanga zu bestimmen, wäre ihr Kommen umsonst gewesen. Zum Glück war der Einfluss der Frau auf die Königin nicht sehr groß.

Mit einer auffordernden Geste wandte der Magier sich an seinen Herrscher. »Sagt es!«

Tendel von Malvone stöhnte in hilfloser Wut auf, neigte dann aber seinen Kopf und begann zu sprechen. »Königin Ilna, wenn Ihr und Euer Volk uns helft, gegen Gurrland zu bestehen, werden ich, meine Nachkommen und mein Reich für alle Zeiten auf die Inseln Teren und Terila verzichten und Eure Herrschaft darüber anerkennen.«

Herzog Lenghil ballte die Fäuste, denn diese Entwicklung war nicht in seinem Sinn. Gerade die Tatsache, dass seine Inseln von beiden Reichen begehrt wurden, hatte ihm bis jetzt eine weitgehend unabhängige Politik erlaubt. Doch wenn Malvone seine Ansprüche aufgab, stand zu befürchten, dass Teren von einem autonomen Herzogtum zu einer Provinz Ilyndhirs degradiert werden würde.

Die ilyndhirischen Edelleute mit dem Geheimen Staatsrat Hemor an der Spitze applaudierten bei dieser Ankündigung. Der unbestrittene Besitz der beiden Herzogtümer Wardania und Teren würde Ilyndhir zum bestimmenden Reich des Archipels werden lassen.

Ilna selbst teilte die Begeisterung ihrer Höflinge nicht. Wenn König Tendel bereit war, für alle Zeiten auf Teren zu verzichten, musste es sehr schlecht um Gelonda stehen. Die Zusage über das alleinige Gebietsrecht, die sie sich insgeheim von einem Bündnis mit den mittleren Inseln erhofft hatte, schmeckte auf einmal wie Asche, und sie begriff, dass sie schon bald Teren und dann auch Ilyndhir gegen Gurrland würde verteidigen müssen. Ihr Blick wanderte

Hilfe suchend zu Yanga und fand sie mit finsterer Miene ins Leere starren. Offensichtlich war die Hexe nicht bereit, den Gästen auch nur einen Fingerbreit entgegenzukommen. Wie es aussah, konnte sie dem Magier der Gegenfarbe in dieser Stunde mehr vertrauen als ihrer eigenen Hexe. Dieser Gedanke erschreckte sie ebenso wie die Ahnung vor dem, was die Zukunft bringen würde, und sie fragte sich abermals, ob sie und Torrix nicht schon früher ein Bündnis mit ihren Nachbarn hätten schließen sollen. Für solche Überlegungen war es jedoch zu spät.

Sie streckte sich, um vor den hochgewachsenen Gästen nicht wie ein Zwerg zu wirken, und blickte Ethrul in die Augen, obwohl deren grünes Feuer sie schier verbrennen wollte. »Ich kann dir versichern, dass Ilyndhir und das gesamte Reich der Nördlichen Inseln von dieser Stunde an zusammen mit allen anderen Reichen gegen Gurrland kämpfen wird. Wenn wir gemeinsam vorgehen, ist uns der Sieg gewiss.«

Weder sie selbst noch der Magier sahen jedoch so aus, als würden sie an einen Erfolg glauben.

9

Der Mangel an Trinkwasser wurde zum Problem. Obwohl Mera, Kip und Girdhan achtgaben, konnten sie nicht verhindern, dass Careela mehr Wasser vergeudete, als sie es sich leisten konnten. Die Prinzessin war keinen Mangel gewöhnt. Wenn sie trank, hörte sie nicht auf, bis ihr Durst gelöscht war, und wusch sich jedes Mal ihre Hände und das Gesicht. Daher brauchte sie allein mindestens ebenso viel Wasser wie die drei anderen zusammen.

Als Kip am nächsten Morgen den Wasserschlauch aus der Kajüte holte, war dieser beängstigend leer. Er schüttelte den Ledersack, der fast so lang war wie er, sich aber nur noch ganz unten ein wenig ausbeulte, und machte ein zweifelndes Gesicht.

»Mera, schau hier! Wenn wir weiter den Kurs einhalten, den du uns genannt hast, werden wir jämmerlich verdursten. Wir müssen so bald wie möglich an Land, um unsere Wasservorräte aufzufrischen.«

Mera saß, mit Timpo auf dem Arm, an Bug der »Seeschäumer« und verfolgte den blauen Faden, der von dem Tierchen ausging. Dieser führte nun nicht mehr nach Norden, sondern schwenkte immer weiter nach Osten ab. Dort aber lag Wardania. Mera bezweifelte, dass diese Insel das Ziel der Entführer ihrer Großmutter war. Zudem schien Timpos Faden bereits weit darüber hinauszuzeigen, und das gab ihr Rätsel auf. Hinter Wardania erstreckte sich nur noch der Ozean in schier endloser Weite. Natürlich konnte das fremde Schiff auf die südöstlich von Wardania gelegenen Seegebiete zuhalten, aber das war mehr als unwahrscheinlich. Dieses Gebiet wurde von dem Volk von Runia beansprucht, und diese Leute hielten alle Fremden mit Zauber von ihren Gewässern fern. Möglicherweise, sagte sie sich, wollten die Entführer Wardania umrunden und östlich davon wieder nach Süden segeln, um auf diese Weise die hart umkämpften Küsten der Reiche Gelonda und Malvone zu meiden.

Für sie selbst und ihre Freunde war dies eine ungute Situation, denn dadurch verloren sie immer mehr Zeit. Mera spürte längst, dass die »Seeschäumer« Kips Prahlereien zum Trotz immer weiter hinter dem unbekannten Schiff zurückblieb.

Als ein Schatten über sie fiel, blickte Mera auf.

Es war Girdhan, und er sah besorgt aus. »Kip sagt, wir brauchen bald Wasser. Wir können sonst Timpo und dem Hund nichts mehr geben.«

»Wir sollten lieber Ihrer Herrlichkeit nichts mehr geben!« Mera warf Careela, die es sich vor der Kajüte unter einer Art kleinem Sonnendach bequem gemacht hatte, einen bitterbösen Blick zu.

Die Prinzessin hatte nicht nur Unfrieden auf das Boot gebracht und das Wasser vergeudet, sondern auch das einzige Bett mit einer Matratze für sich beansprucht. Mera war ihrer Hartnäckigkeit nicht gewachsen und musste daher ebenso wie die beiden Jungen auf dem harten Holz schlafen.

Girdhan grinste freudlos. »Mir wäre es auch lieber, wir wären nicht auf sie gestoßen. Sie war jedoch in Not, und daher mussten wir ihr helfen.«

»Als Dank dafür beschimpft sie dich als gurrländisches Tier und verlangt von Kip und mir, sie von hinten und vorne zu bedienen. Zwar habe ich zu Hause im ›Blauen Fisch‹ auch die Gäste bedient, aber die haben mir wenigstens dafür gedankt und mich nicht behandelt wie eine Küchenschabe. Wenn Careela ein Musterbeispiel für Leute von adliger Herkunft ist, bin ich froh, nicht dazuzugehören!«

»Du bist viel mehr als sie, nämlich ein magisches Talent. Du weißt doch, wie selten solche Leute sind.« Girdhan hatte Mera eigentlich nur beruhigen wollen, doch seine Worte stießen etwas in ihr an.

Sie drückte ihm Timpo in die Arme und starrte auf die schier endlose Wasseroberfläche des Ozeans hinaus. »Es ist ein Witz, dass wir bei so viel Wasser um uns herum nichts zu trinken haben!« Ihre Augen glühten bei diesen Worten in einem blauen Licht auf, und um ihre Finger spielten kleine, blaue Flammen.

»Was hast du vor?«, fragte Girdhan erschrocken. Bislang hatte Mera ihre besonderen Fähigkeiten nur unbewusst eingesetzt und die Mannschaft dadurch mehrfach gerettet. Nun hatte er Angst vor dem Augenblick, an dem sie versuchen würde, sich ihrer magischen Anlagen gezielt zu bedienen. Da sie noch nicht ausgebildet war, würde sie die Kräfte, die sie freisetzte, nicht beherrschen können.

Mera war sich dieser Tatsache ebenso bewusst. Aber sie hatte so eine Wut auf Careela, die so tat, als wäre sie etwas Besseres, dass sie alle Bedenken beiseiteschob. Sie wollte dieser hochnäsigen Person ebenso wie sich selbst beweisen, dass sie vor einer Hochwohlgeborenen nicht in die Knie gehen musste.

Wir brauchen Wasser, sagte sie sich. Das ist wichtiger als alles andere. Sie erinnerte sich an jene uralte Sage von der Großen Fahrt, auf der die Gründerkönigin Ilna I. Ilyndhir erreicht hatte. Damals war der Mangel an Trinkwasser ebenfalls zum Problem geworden, doch der Hofmagier der Königin hatte das Kunststück vollbracht, inmitten des Meeres eine Süßwasserquelle sprudeln zu lassen. Mera wusste nicht, ob sie diese Tat wiederholen konnte, doch sie war bereit, es zu versuchen. Es musste keine Fontäne von mehreren Manneslängen Durchmesser sein, denn sie hatte nicht die Besatzung einer großen Flotte mit Wasser zu versorgen, sondern nur vier Leute und dazu Timpo und Fleckchen.

Sie hob die Arme, wie Torrix und die Hexen es bei den großen Zeremonien getan hatten, richtete ihren Blick auf jene Stelle am Horizont, auf die Timpos blauer Faden zeigte, und stellte sich vor, dort würde eine sprudelnde Süßwasserquelle entstehen.

Zunächst tat sich gar nichts. Mera weinte fast vor Enttäuschung und schimpfte mit sich selbst, weil sie aus gekränkter Eitelkeit wie eine große Zauberin hatte auftreten wollen. Dabei brauchten sie das Wasser wirklich dringend.

Plötzlich schrie Careela gellend auf. Girdhan japste vor Überraschung, und Kip verriss beinahe das Steuer. Sie alle beobachteten, wie Mera mit einem Mal von innen heraus in einem kalten, blauen Licht zu leuchten begann. Gleichzeitig wurde sie immer größer, bis sie weit über den Mast hinausragte, und ihre Stimme klang wie ein Donnergrollen über das Deck.

»Dort vorne gibt es Wasser!«, sagte sie und streckte den Arm aus. Einen Herzschlag später schrumpfte sie wieder und brach am Bug zusammen.

Girdhan eilte zu ihr und richtete ihren Oberkörper auf. Ihre Augen standen offen, und ihm schlug noch der Rest des magischen

Feuers entgegen, das sie eben versprüht hatte. Es prickelte angenehm auf der Haut, und für ein paar Augenblicke gab er sich ganz diesem Erlebnis hin. Dann aber riss er sich zusammen, hob Mera hoch und trug sie in die Kajüte. Ohne sich von Careelas empörtem Schnauben abhalten zu lassen, legte er die Bewusstlose auf das bessere der Betten und band sie dort fest, damit sie bei den Bewegungen des Schiffes nicht herausfallen konnte. Dabei fragte er sich, wie es die Schiffer schafften, sich bei dem ständigen Seegang in den Betten zu halten. Anscheinend war dies eine Fähigkeit, die sie bereits mit in die Wiege gelegt bekamen.

Als Girdhan wieder ins Freie trat, sah er, dass Kip den Kurs in die Richtung geändert hatte, in die Mera zuletzt gezeigt hatte.

»Ich hoffe, das stimmt mit dem Wasser«, brummte Kip. »Wenn Mera aufwacht, wird sie so viel Durst haben, dass sie uns den Rest wegtrinkt.«

Careela warf den Kopf hoch, dass ihre violetten Locken aufstoben. »Das darf sie nicht! Wir werden es ihr verbieten.«

»Versuch du mal, einer Hexe etwas zu verbieten. Vielleicht verwandelt Mera dich in ihrer Wut in eine Maus. Die braucht nämlich nicht so viel Wasser.«

Obwohl Kip das eher scherzhaft gemeint hatte, zuckte die Prinzessin erschrocken zusammen. Auch wenn Mera keine ausgebildete Hexe war, hatte sie sich eben in eine leuchtende Riesin verwandelt.

10

Mera erwachte erst bei Einbruch der Nacht und verging fast vor Durst. Girdhan musste ihr helfen, sonst hätte sie in ihrer Gier das kostbare Nass ebenso leichtfertig verschwendet wie die Prinzessin. Als sie schließlich den Wassersack absetzte, blieben für Girdhan, Kip und Careela je ein Becher Wasser übrig und Timpo und Fleckchen mussten sich einen halben Napf miteinander teilen. Das Fellknäuel fiepte enttäuscht und schlüpfte zu Mera ins Bett. Careela schubste Fleckchen, die von ihr gestreichelt werden wollte, beiseite und wandte sich mit anklagendem Blick an Kip. »Das Viehzeug hättet ihr längst über Bord werfen können. Dann wäre mehr Wasser für uns übrig geblieben!«

»Timpo ist ein magisches Tier und gehört Meras Großmutter. Wenn du ihm etwas tust, verwandelt Mera dich in einen glitschigen Frosch«, warnte Kip sie.

»Fleckchen gehört ebenfalls zu Mera«, setzte Girdhan grinsend hinzu. Dabei war ihm alles andere als zum Lachen zumute. Wegen des Windes, so hatte Kip ihm erklärt, brauchten sie mindestens drei Tage, bis sie die nächstgelegene Insel erreichten, und das war eine kleine, Wardania vorgelagerte Insel, auf der die Büttel sie sofort verhaften würden.

»Vielleicht können wir in der Nacht an Land gehen und uns Wasser besorgen«, sagte Kip, dessen Gedanken in dieselbe Richtung gingen.

»Dann müssten wir aber nach Süden fahren. Jetzt steuern wir fast in die Gegenrichtung«, gab Girdhan zu bedenken.

»Es ist die Richtung, die Mera uns genannt hat. Ich möchte wenigstens diese Nacht noch durchfahren. Vielleicht finden wir tatsächlich Wasser.« Kips ganze Haltung zeigte, dass er zwar nur schwerlich an diese Möglichkeit glaubte, sie aber auch nicht ausschließen mochte.

Careelas Blick wanderte nach Süden. Dort bekäme sie alles, was sie dringend brauchte, angefangen von so viel Wasser, dass sie jeden Tag ein Bad nehmen konnte, bis hin zu ausgezeichneten Mahlzeiten und schönen Kleidern. Hier an Bord gab es nur noch hartes Dauerbrot und Dosenwurst. Das mochte für Fischer gut genug sein, sie aber war anderes gewöhnt.

»In meinen Augen ist es sinnlos, auf die Hirngespinste dieser eingebildeten Hexe hin ins Verderben zu steuern. Ich befehle dir, sofort nach Wardania zu segeln!«

Kip begann zu grinsen. »Du vergreifst dich im Ton, Gnädigste. Das hier ist kein Bötchen aus deiner Heimat, sondern ein Schiff aus Ilyndhir – und ich bin der Kapitän! Wenn ich sage, wir fahren nach Norden, dann fahren wir auch nach Norden, und wenn du dich auf den Kopf stellst und mit den Beinen Hurra schreist!«

Es war köstlich zu sehen, wie Careelas Gesicht sich bei diesen unverblümten Worten in die Länge zog. Ihre Augen wurden groß, und ihr Mund stand weit offen, ohne dass ein Ton herauskam. Bevor sie ihre Sprache wiederfinden konnte, trat Mera aus der Kajüte. Obwohl die Luft angenehm warm war, hatte sie eine Decke um die Schultern geschlungen, und ihre Zähne klapperten.

»Haben wir noch ein wenig Wasser?«, fragte sie mit einem sehnsüchtigen Blick.

Girdhan schüttelte den Kopf. »Das letzte haben wir vorhin verbraucht. Jetzt können wir nur hoffen, dass du recht hast und wir eine süße Quelle finden.«

Careela fuhr auf. »Hier, mitten im Salzmeer? Das ist doch Schwachsinn, an so etwas zu glauben! Ich sage, wir fahren nach Süden und landen auf Wardania. Dort bekommen wir alles, was wir brauchen.«

Während Kip nachdenklich wirkte, schüttelte Girdhan den Kopf. »Wenn Mera sagt, dass wir in dieser Richtung Wasser finden, dann gibt es dort auch welches.«

»Ich warte bis morgen früh. Gibt es auch dann nichts als Ozean um uns herum, drehe ich um.« Die Erfahrung sagte Kip, dass sie damit einen weiteren Tag verlieren würden, bevor sie die wardanischen Inseln erreichten. Bei der Überlegung schüttelte er sich und umklammerte die Ruderpinne, als müsse er sich daran festhalten. »Es wird auf jeden Fall verdammt knapp!«

Unterdessen wurde Mera von Timpo und Fleckchen gleichzeitig belagert und musste beide streicheln. Ihr war alles andere als wohl zumute. Sie wusste nämlich nicht, was während ihres Zauberversuches geschehen war, und konnte nur hoffen, dass sie nicht von einem feindlichen Hexer getäuscht worden war.

Girdhan setzte sich zu ihr und blickte auf das Wasser hinaus. »Hätten wir nicht vor fünf Tagen Ihre Herrlichkeit aus dem Meer gefischt, müssten wir uns keine Sorgen wegen des Wassers machen.«

»Wir hätten auf jeden Fall irgendwo anlegen müssen. Unsere Vorräte waren so oder so zu knapp. Jetzt ist der kritische Punkt nur ein wenig früher gekommen.« Mera seufzte und dachte daran, um wie viel ruhiger das Leben im »Blauen Fisch« gewesen war. Sie vermisste den vertrauten Geruch nach Fischsuppe, ihre Mutter, das Lachen der Zecher und auch ihre Großmutter, die lächelnd dabeigesessen und Timpo gestreichelt hatte.

Dann aber zuckte sie mit den Schultern. Der Mensch konnte sich die Zeiten, in denen er lebte, nicht aussuchen. Sie, Girdhan und Kip, aber auch Careela mussten zusehen, dass sie das Beste aus ihrer Lage machten.

»Glaubst du immer noch, dass Großmutter von Gurrländern entführt worden ist?«

Girdhans Frage überraschte Mera. »Natürlich waren es Gurrländer. Wer sollte es sonst gewesen sein?«

»Das weiß ich nicht. Aus Sicht eines Gurrländers erscheint es nicht sehr sinnvoll. Weshalb hätten sie Großmutter und Torrix gefangen nehmen und dann so weit nach Norden verschleppen sollen? Soviel ich gehört habe, sind Gurrländer sehr gradlinig. Meiner

Meinung nach hätten sie ihre Gefangenen auf eine ihrer Galeeren schaffen und westlich von Malvone und Gelonda nach Süden fahren müssen. Dort haben sie nichts zu befürchten, denn die Flotten beider Länder sind zu schwach, um sie herauszufordern.«

»Vielleicht wollten sie den ardhunischen Jagdschiffen aus dem Weg gehen«, wandte Mera ein.

»Kein ardhunischer Seefahrer würde eine der großen Galeeren angreifen. Die halten sich eher an Versorgungsschiffe, und selbst da sollen ihre Erfolge immer mäßiger sein.« Girdhan rieb sich über die Stirn und dachte nach. »Außerdem kommen sie auf diesem Kurs zu nahe an Runia vorbei, und das sind doch die erbittertsten Feinde aller Schwarzen.«

»Weiß man, ob es die Runier überhaupt noch gibt? Der letzte dieses Volkes soll vor mehr als achthundert Jahren gesehen worden sein. Vielleicht haben sie unsere Inselwelt längst verlassen.«

Girdhan schüttelte energisch den Kopf. »Es muss sie geben, denn ihre Zauber wirken noch immer. Keiner unserer Seeleute vermag die Seegebiete zu befahren, die sie für sich beanspruchen.«

»Einmal gesprochene Zauber können lange wirken.« Ganz wohl war Mera bei diesen Worten nicht, denn Runia stellte nach wie vor eines der größten Geheimnisse ihrer Welt dar. Sie konnte sich nicht daran erinnern, je gehört zu haben, dass ein Mensch die Insel der Runier betreten hatte. Frühe Seefahrer hatten die große Insel aus der Ferne erblickt und von wolkenhohen Bäumen berichtet, die es dort geben sollte. Die heilige Farbe der Runier war angeblich ein ähnliches Weiß wie das der Terener. Doch sie hatten sich nie um dieses Volk gekümmert.

Leider war im »Blauen Fisch« nie über solche Dinge gesprochen worden, und Mera beneidete die Adepten und Hexenschülerinnen im Magierturm von Ilynrah, die in Geheimnisse dieser Art eingeweiht wurden. Die wussten gewiss besser Bescheid als sie, und für ein paar Augenblicke haderte sie mit ihrer Großmutter, weil diese sie nicht dort zur Schule geschickt hatte. Sicher hätte sie auf diese

Weise viel Interessantes und Wichtiges lernen können. Stattdessen hatte sie Bierkrüge füllen müssen.

Sie schämte sich sofort für diesen Gedanken. Die Großmutter hatte das getan, was sie für richtig gehalten hatte. Außerdem hatte sie im Lauf der Zeit das eine oder andere von ihrer Großmutter erfahren, das den anderen Mädchen und Jungen in der Fischervorstadt verborgen geblieben war.

Da Mera ihren Gedanken nachhing, schlief das Gespräch mit Girdhan ein, und sie starrten jetzt beide so sehnsüchtig aufs Meer hinaus, als könnten sie das ersehnte Süßwasser allein durch ihre Blicke herbeiwünschen.

11

Die Nacht brach herein, ohne dass sie etwas anderes um sich herum sahen als den salzigen Ozean, und Careela fragte ein paarmal spöttisch, wo in aller Welt Mera mitten im Meer eine Süßwasserquelle finden wolle. Kip war innerlich von Zweifel zerfressen, wollte sich aber nicht entmutigen lassen. Und Mera schämte sich, weil sie sich von Careela zu dieser dummen Zauberaktion hatte hinreißen lassen.

Der Einzige, der Meras Zauber vertraute, war Girdhan. Er übernahm auch als Erster die Steuerwache und sollte Kip beim Aufgehen des Gelbmondes wecken.

Dieser stieß ihn mit einem gezwungenen Grinsen in die Seite. »Wir beide werden die Einzigen an Bord sein, die das große Spektakel miterleben können. Heute ist die Nacht, in der alle sechs dort oben als Vollmonde am Himmel stehen. Das kommt nur alle heilige Zeiten vor.«

»Pah! Das geschieht genau alle sechs Jahre, und jedes sechste Mal bilden die Monde den großen Kreis.« Careela machte es Freude, diesen Fischerbälgern, die wahrscheinlich nicht einmal lesen und schreiben konnten, ihre bessere Bildung unter die Nase zu reiben.

»Wie ihr wisst, stehen der violette Mond für die Göttin Linirias, der blaue für die Göttin Ilyna und der kleine schwarze für den Gott Giringar. Die drei anderen Monde hingegen sind die Leuchtfeuer der Dämonen und warnen uns vor der Bosheit ihrer Anhänger. Der gelbe Mond wird von uns auch Teufelsmond genannt, da er dem Todfeind unserer großen Linirias zugesprochen wird. Der weiße Mond symbolisiert den Dämon Meandir, zu dem eure Terener beten, und grün gilt als der Mond des Dämons Tenelin!«

»Der grüne ist unser Teufelsmond«, unterbrach Mera die Prinzessin.

Die nickte ihr gönnerhaft zu. »Der grüne ist euer Teufelsmond, während der weiße Mond der Teufelsmond der Gurrländer ist.«

»Und der Girdanier!«, setzte Girdhan leise hinzu.

Careela beachtete seinen Einwand nicht, sondern setzte ihren Vortrag über die Systematik der Monderscheinungen fort. Kip verdrehte schon bald die Augen, Mera und Girdhan aber hörten der Prinzessin aufmerksam zu. Careelas Aussprache war ein wenig fremdartig, und sie mussten bei einigen Begriffen nachfragen, aber dennoch fanden sie die Sache höchst interessant. Die Prinzessin konnte sehr farbig von ihrer Göttin Linirias erzählen, der kleinen Schwester der Großen Blauen Göttin Ilyna, und obwohl sie es gelernt hatten, interessierte es sie, dass die Gegenfarbe der violetten Linirias-Anhänger nicht das Grün der Malvoner und ihres Dämons Tenelin, sondern das Gelb Taliens und der ihn anbetenden Gelondaner war.

»Obwohl die Gelblinge eigentlich unsere natürlichen Feinde sind, haben sie Tausenden unseres Volkes erlaubt, auf ihre Insel zu flüchten, und nun kämpfen wir Seite an Seite mit ihnen gegen die Bestien von Gurrland«, schloss Careela ihren Vortrag mit einem bösen Seitenblick auf Girdhan.

»Ich bin Girdanier und kein Gurrländer«, sagte dieser.

»Du bist Ilyndhirer wie Kip und ich«, wies Mera ihn zurecht.

Girdhan schüttelte den Kopf. »Ich bin auf Ilyndhir aufgewachsen, doch meine Wurzeln kann ich nur auf Girdania finden. Wir waren die Ersten, die sich gegen Gurrland zur Wehr setzen mussten, und sind von allen verraten worden!«

»Jetzt fangt nicht zu streiten an, woher ihr kommt und was ihr seid. Wichtig ist nur, dass wir zusammen auf meinem Schiff sind und bald Wasser brauchen. Außerdem will ich jetzt zu Bett gehen. Girdhan, weck mich früh genug!« Kip gähnte demonstrativ.

Auch Mera fühlte sich müde und wollte in die Kajüte gehen. Careela begriff früh genug, dass das einzige Bett dann für sie verloren sein würde. Daher versetzte sie Mera einen Stoß und schlüpfte rasch an ihr vorbei.

»He du! Das war gemein«, rief Mera ihr nach. In ihrer ersten Aufwallung von Zorn wollte sie die Prinzessin, die auf die Matratze gehechtet war, packen und an den Haaren hinausziehen. Aber eigentlich fühlte sie sich dafür zu müde. So beschloss sie, der anderen bei nächster Gelegenheit einen kalten Fisch ins Bett zu legen, nahm eine Decke und wickelte sich draußen im Freien darin ein.

»Ich hoffe, wir finden bis morgen früh Wasser«, sagte Kip noch zu ihr. Mera hörte es zwar noch, dämmerte aber bereits weg.

12

Durch Feuer und Schatten stürzte Mera in eine Tiefe, die schier endlos schien. Sie schrie um Hilfe, doch niemand hörte sie. Nur aus der Ferne drang ein boshaftes Lachen zu ihr, und sie begriff, dass sie völlig allein und auf sich gestellt war. Aber ganz konnte das nicht stimmen, denn jemand hatte sie bei der Schulter gepackt und rüttelte sie.

Erschrocken riss sie die Augen auf und begriff, dass sie noch immer an Bord der »Seeschäumer« war. Also hatte sie nur schlimm geträumt. Noch ganz benommen richtete sie sich auf und sah in Girdhans Gesicht. Die sechs Monde am Himmel spendeten genug Helligkeit, um sein Gesicht mit dem kräftigen Kiefer zu erkennen. Zu ihrer Verwunderung strahlte aus seinen Augen dasselbe dunkle Licht, das auch der Schwarzmond aussandte. Dabei fiel ihr zum ersten Mal auf, dass dieser Mond überhaupt leuchtete. Früher hatte sie dies nie bemerkt, sondern das Gestirn nur als dunklen Fleck vor den Sternen wahrgenommen, das mehr zu erahnen als zu erkennen gewesen war.

Nun aber wirkte der Mond ganz anders. Es musste mit ihren Fähigkeiten zusammenhängen, von denen Torrix gesprochen hatte. Wie es aussah, nahm sie magische Ausstrahlungen wahr, die normale Leute nicht erkennen konnten. Dabei fiel es ihr aber schwer zu unterscheiden, was nur normale Farbe und was magisch, also für nicht Begabte unsichtbar war. Um sich zu prüfen und etwas Übung zu gewinnen, wandte sie sich dem Grünmond zu, sah ganz genau hin und schauderte beim Anblick des lodernden Flammenkranzes, der ihn umspielte. Er ähnelte dem Feuer aus ihrem Traum, aber das war nicht grün gewesen, sondern weiß, so ähnlich wie das des Mondes, der nun am höchsten stand und Meandir, dem großen Gott von Teren, geweiht war. Der Schatten, den sie gesehen hatte, musste dagegen aus jenem seltsamen Licht bestanden haben, das der Schwarzmond aussandte. Mera schüttelte sich bei dieser Erinnerung: Schwarz und Weiß, das wusste sie, waren die stärksten Farbfeinde und zerstörten sich gegenseitig, wenn sie aufeinandertrafen.

Bei dem Gedanken fasste sie sich irritiert an den Kopf. Wenn das immer so wäre, hätten die Monde am Himmel einander längst vernichten müssen. Erneut blickte sie zum grünen Mond hinauf, und diesmal vermochte sie sein Licht zu ertragen. Ihre Haut prickelte ein wenig, und ihre Wangen brannten, als wäre sie soeben geohrfeigt worden. Doch Mera hielt der magischen Gegenfarbe stand und spürte gleichzeitig, wie sich neue Kräfte in ihr sammelten. Eigentlich ist es ein gutes Gefühl, dachte sie, und breitete ihre Arme aus, so als wollte sie nach den sechs Monden greifen.

In dem Augenblick erklang Girdhans leicht verärgerte Stimme. »Könntest du vielleicht deine Sternenschau beenden und das Steuer übernehmen? Dann brauch ich Kip nicht zu wecken. Du dürftest die Quelle, die du gesehen hast, wohl ohnehin sicherer ansteuern als er. Ich bin hundemüde und möchte mich hinlegen.«

Mera sah ihn lächelnd an. »Ich kann sowieso nicht schlafen.«

Rasch eilte sie zum Heck und setzte sich neben die Steuerpinne, die Girdhan ihr überließ. Dabei sah sie, wie Kip, der ebenfalls an Deck lag, sich aus seiner Decke wickelte, zu den Monden hochsah und ausgiebig gähnte. Als er sie am Steuer sitzen sah, sank er zurück, gähnte noch einmal und schien noch in der Bewegung eingeschlafen zu sein.

Girdhan starrte nach oben. »Seit alle sechs Monde am Himmel stehen, habe ich ein ganz komisches Gefühl. Mir ist schwindlig, und ich fühle mich so schlapp wie ein nasses Handtuch.«

Bis jetzt hatte er sich einiges auf seine Kraft eingebildet, denn er war trotz seiner bald dreizehn Jahre kräftiger als die meisten erwachsenen Männer auf Ilyndhir.

»Ich bin müde«, wiederholte er und schlurfte nach vorne, um sich in die Decke zu hüllen, die Mera dort liegen gelassen hatte.

Das Mädchen blickte ihm verwundert nach. Im Licht der sechs Monde wirkte Girdhan beinahe wie ein Schattenriss, der von einem dünnen, schwarzen Leuchten umgeben war. Sollte etwa auch er besondere Kräfte besitzen?, fragte sie sich und kämpfte mit einem Anfall von Eifersucht.

Bisher hatte nur sie besondere Fähigkeiten, wenn man von Torrix, der Hexe Yanga und den anderen Bewohnern des Magierturmes absah. Bei der Überlegung musste sie über sich selbst lachen, denn in dieser Erkenntnis lag der Hinweis, dass sie vielleicht nicht so einzigartig war, wie sie sich gefühlt hatte. Außerdem gönnte sie es Girdhan ganz besonders, genau wie sie ein »Erwählter der Göttin« zu sein. So nannten die Bewohner der ländlichen Gebiete Ilyndhirs die magisch Begabten, die ungeachtet ihres Standes in die Hauptstadt Ilynrah gerufen und dort im Magierturm ausgebildet wurden. Da Personen mit diesen Fähigkeiten mindestens doppelt so lange lebten wie normale Menschen, war die Ehrfurcht der einfachen Leute verständlich. In der großen Stadt tat man zwar so, als wären Magier und Hexen etwas Alltägliches. Doch die Fischer hatten ihre Großmutter wegen ihrer Wettervoraussagen mit großer Achtung behandelt, und sie begriff, dass wohl jeder Mensch, einschließlich der Königin, in den magisch Begabten etwas Besonderes sah.

Eine Querströmung, die ihr beinahe das Steuer verriss, beendete Meras Überlegungen, und sie musste sich gegen die Ruderpinne stemmen, um den Kurs zu halten. Jetzt schlug auch noch der Wind um. Sie band die Ruderpinne fest, damit sie das Segel anders setzen konnte. Doch bis sie wieder zum Steuer zurückgekehrt war, hatte die »Seeschäumer« einen anderen Kurs eingeschlagen als den, den sie eigentlich halten sollte.

Mera wusste nicht mehr, in welche Richtung sie das Schiffchen lenken musste, und geriet in Panik. Sie wollte schon aufspringen und Kip wecken, erinnerte sich dann aber daran, den Blaumond links neben der Mastspitze gesehen zu haben. Erleichtert korrigierte sie den Kurs, bis der Mond wieder genau so stand wie vorher. Dann bemerkte sie erst, dass sie genau auf den grünen Mond zuhielt. Das war kein gutes Omen.

Für eine gewisse Zeit konnte sie den eingeschlagenen Kurs allerdings weiter halten. Dann begann das Spiel von Neuem. Querseen ließen das Boot schwanken, der Bug drehte sich fast um neunzig Grad, und Mera musste erneut die Segel trimmen. Mit viel Mühe richtete sie den Kurs wieder auf den dämonischen Grünmond aus.

Es war wie ein Duell zwischen ihr und dem Dämonenmond. Er schien verhindern zu wollen, dass sie in die Richtung fuhr, in der sie in ihrer magischen Trance Wasser vorhergesagt hatte. Aber gerade das reizte ihren Kampfgeist, und sie hielt nun erst recht den ihr richtig erscheinenden Kurs.

Wie lange diese Auseinandersetzung dauerte, wusste sie nicht zu sagen. Im Osten dämmerte bereits der neue Tag herauf, als der grüne Mond als letzter der sechs verblasste und die See auf einmal so ruhig dalag wie ein Brett.

Als sei er gerade hochgeschreckt, setzte Kip sich auf, gähnte ausgiebig und streckte sich. Dann ging er wie gewohnt zum Wasserschlauch. Erst als er den Verschluss öffnete, merkte er, dass der lederne Behälter leer war, und schleuderte ihn mit einem Fischerfluch auf das Deck.

»Und? Hast du schon etwas entdeckt?«, fragte er Mera.

Diese schüttelte den Kopf. »Leider nein. Allerdings muss etwas vor uns liegen, das magisch geschützt wird. Ich hatte in der Nacht große Probleme, den Kurs zu halten.«

»Landratte!«, schimpfte Kip und sah zu den letzten, verblassenden Sternen auf. Bei ihrem Anblick kratzte er sich im Genick und schüttelte irritiert den Kopf. »Das ist unmöglich!«

»Was ist unmöglich?«, wollte Mera wissen.

»Unsere Position! Wenn sie stimmen würde, hätten wir Wardania längst hinter uns gelassen und befänden uns nördlich der See von Runia. Damit hätten wir mehr als dreihundert Meilen zurückgelegt, und das in vielleicht sechs Stunden. So schnell sind nicht einmal die Schwarzen Galeeren von Gurrland.«

Kip blickte noch einmal zum Himmel empor, aber inzwischen waren auch die letzten Sterne verblasst. Nur der Morgenstern stand noch als kleiner weißer Punkt über dem Horizont, doch auch er löste sich in der Helligkeit des nahenden Tages auf.

»Verdammt! Verdammt! Dreifach verdammt! Es reicht nicht mehr, um unsere jetzige Position festzustellen!« Kip stampfte wütend auf das Deck und weckte damit die übrigen Schläfer auf. Fleckchen schoss heran und leckte Meras Hände. Ihre Augen bettelten nach Wasser, doch das konnte sie der Hündin nicht geben. Stattdessen sah sie Kip an, der sich einfach nicht beruhigen wollte.

»Was ist hier los?«, fragte Girdhan.

Kip spie über Bord und drehte sich dann mit einem anklagenden Blick zu Girdhan um. »Mera hat uns heute Nacht überallhin gesteuert, nur nicht dorthin, wo wir hinwollten.«

»Ich habe überhaupt nichts getan«, rief Mera empört aus. Mehr denn je war sie der festen Meinung, genau den richtigen Kurs gehalten zu haben.

Aber Kip glaubte ihr nicht. Er ballte die Fäuste und sah aus, als würde er gleich anfangen zu weinen. »Ich habe keine Ahnung, wo wir jetzt sein könnten.«

»Eben noch hast du gesagt, wir wären nördlich der See von Runia«, wandte Mera ein.

»Das ist unmöglich! So viele Meilen konnten wir in den wenigen Stunden nicht schaffen.« Kip wollte giftig werden, doch da legte Girdhan ihm die Hand auf die Schulter.

»Du solltest dir abgewöhnen, in Bezug auf Mera das Wort unmöglich zu verwenden.«

»Aber wenn das stimmt, sind wir so weit von Wardania weg, dass wir es ohne Wasser niemals bis dorthin schaffen werden.« Kips Stimme überschlug sich vor Erregung, und er erklärte nun lang und breit, wie gefährlich die See rund um die Insel Runia sei.

»Die Runier dulden keine Menschen in ihrer Nähe und haben ihr Seegebiet mit einem bösen Zauber geschützt. Selbst die Fahrt zur Duftholzinsel ist gefährlich, obwohl sie nur am Rand des von ihnen beanspruchten Seegebietes liegt. Wie weit dieser Bereich sich nach Norden zieht, kann ich nicht sagen. Vielleicht befinden wir uns bereits mittendrin.« Kip schüttelte sich bei dem Gedanken und sah sich so entsetzt um, als erwarte er jeden Augenblick ein Schiff dieses seltsamen Volkes zu sehen – oder ein Ungeheuer, welches sie auf Eindringlinge losließen. Mitten in der Bewegung hielt er inne, schloss seinen Mund mit einem hörbaren Plopp und wies mit zitternden Fingern nach vorne.

Girdhan blickte in die angezeigte Richtung und jubelte auf. »Eine Insel! Dort werden wir Wasser finden.«

»Das wird auch Zeit! Ich wünsche nämlich zu trinken und hätte auch nichts gegen ein Bad einzuwenden.« Ganz die große Dame trat Careela aus der Kajüte und setzte sich auf einen umgedrehten Korb, der eigentlich zum Sortieren des Fangs gedacht war.

»Gnädigste werden sich gedulden müssen, bis wir diese Insel erreicht haben!« Kip hatte auf einen Schlag sämtliche Ängste abgeschüttelt und übernahm wieder das Steuer. In Meras Augen war eine Entschuldigung fällig, doch Kip grinste nur.

»Wenn wir dort wirklich Wasser finden, sei dir dein leichtfertiges Handeln verziehen, Leichtmatrose.«

Es juckte Mera in den Fingern, ihm für diese Frechheit eine Ohrfeige zu geben, doch Girdhan schob sich zwischen sie und Kip und zog sie beiseite.

»Du musst ihn verstehen. Hier gehen Dinge vor, die er nicht begreift. Er hatte einfach nur Angst, wir könnten alle in diesen unbekannten Gewässern umkommen. Aber jetzt haben wir ja bald Wasser, und deswegen ist er wieder obenauf.«

Mera konnte nur hoffen, dass es so war. Wenn Kip sich weiterhin so benahm wie bisher, würde es auf dem weiteren Weg mit Sicherheit Streit geben. Daher war auch sie froh um die vor ihnen liegende Insel. Sie sah angestrengt nach vorne, doch das Eiland war noch zu weit entfernt, um Einzelheiten erkennen zu können. Da Mera nicht die ganze Zeit am Bug stehen und auf die näher kommende Erhebung starren wollte, nahm sie Timpo auf den Arm, streichelte ihn und verfolgte dabei den feinen, blauen Faden, der ihn mit ihrer Großmutter verband. Dieser erstreckte sich jetzt schnurgerade nach Süden, und damit genau in das verbotene Seegebiet von Runia hinein.

13

Die Insel war auf den ersten Blick eine Enttäuschung. Von Weitem hatte sie größer gewirkt, doch als die »Seeschäumer« sich näherte, glich sie einer der flachen Schären vor der Küste Ilyndhirs, die man in weniger als einer halben Stunde umrunden konnte. Dazu war sie von Klippen umgeben, die mindestens ebenso spitz und schroff waren wie Drachenzähne.

Während Kip nach einer Einfahrt suchte, fluchte er, wie es nur ein Fischer konnte. Mera hatte ihren Optimismus ebenfalls verloren und machte den Grünmond für dieses Schlamassel verantwortlich. Immerhin galt er in ganz Ilyndhir und Wardania als Unglücksbringer.

»Was ist jetzt mit dem Wasser? Ich habe Durst!« Careela wollte oder konnte den Ernst der Lage nicht erkennen und maulte in einem fort. Kip beachtete sie nicht, sondern hielt die Ruderpinne fest umklammert und hetzte Girdhan von einer Seite des Bootes zur anderen, um die Segel so zu trimmen, wie der unruhig umherspringende Wind es nötig machte. Schließlich schickte er auch Mera als Ausguck auf den Mast.

»Vielleicht findest du eine Lücke zwischen diesen elenden Felszähnen. Sie braucht nicht viel breiter zu sein als unser Kahn.« Die Tatsache, dass er seine »Seeschäumer«, auf die er so stolz war, mit diesem abwertenden Begriff versah, verriet den anderen, dass seine Nerven flatterten.

Mera kletterte hoch und setzte sich oben auf die Rah.

Kip warnte sie sofort. »Pass gut auf. Wenn wir anlanden und dabei das Segel rasch einholen müssen, saust du mit herunter.«

Mera winkte ab, hielt sich dann an der Mastspitze fest und spähte umher. Die Insel lag keine dreihundert Schritte vor ihnen, wurde von den Klippen jedoch besser umschlossen als der Kronschatz der Königin durch ihre Gardisten. Auf den ersten Blick schien kein Durchkommen möglich. Dann aber entdeckte sie eine feine grüne Strömung, die zwischen zwei Felsen verlief, die Fangzähnen glichen. Die Stelle war sehr schmal, und ein größeres Boot als das ihre hätte die Lücke nicht passieren können. Mera maß die Breite des Durchlasses mit Daumen und Zeigefinger und winkte dann zu Kip hinab.

»Du musst leicht nach backbord abfallen und auf die beiden höheren Klippen zuhalten. Aber Vorsicht, da herrscht eine Gegenströmung.«

»Bist du sicher, dass wir dort durchkommen?« Kip klang skeptisch, steuerte das Boot aber auf die von Mera bezeichnete Stelle zu.

»Wenn nur der Wind hält!«, stöhnte er und richtete ein Stoßgebet an die Große Blaue Göttin. Girdhan fiel in seine Worte ein, obwohl seine Glaubensfarbe, wie Mera in der Nacht entdeckt hatte, eigentlich das Schwarz Giringars war, den die Girdanier ebenso verehrten wie die Gurrländer.

Auch Mera hoffte auf Ilynas Hilfe, doch sie hatte keine Zeit zu beten, denn sie musste Kip Anweisungen geben, wie er zu steuern hatte. Die Felsen umschlossen das Boot bald wie eine sich schließende Zange und ragten zu beiden Seiten hoch über die Bordwand hinaus. Dennoch hatte die »Seeschäumer« genug Wasser unter dem Kiel und Wind in den Segeln, um weiterzukommen.

»Leicht steuerbord! Ja, so! Dann gleich wieder backbord. Vorsicht, nicht so viel! So ist es gut. Und jetzt ganz scharf nach rechts, äh, ich meine nach steuerbord!«

Mera schrie gegen das Brausen der Brandung zwischen den Klippen an, um Kip zu leiten. Plötzlich spürte sie ein leichtes Schaben, das durch den Mast lief, und dann saß die »Seeschäumer« fest. Mera konnte gerade noch zugreifen und einen Sturz verhindern. Dann sah sie sich erschrocken um.

Unten ließ Kip das Steuer los und ging die Bordwand entlang bis in den Bug. Dann drehte er sich grinsend zu den anderen um. »Es ist nur Sand! Wenn zwei von euch sich gegen das Boot stemmen, kommen wir leicht wieder frei!«

Girdhan sah dies als Aufforderung an und sprang über Bord. Das Wasser reichte ihm an dieser Stelle nur knapp bis zur Brust. Als er das Boot ins tiefere Wasser schieben wollte, hielt Kip ihn auf.

»Nicht jetzt, du Riesenross! Das musst du tun, wenn wir ablegen wollen. Jetzt holen wir uns erst einmal Frischwasser. Übrigens, mein Kompliment, Mera! Du warst eine ausgezeichnete Lotsin. Dafür verzeihe ich dir sogar, dass du wieder einmal rechts statt steuerbord gesagt hast.«

»Trottel«, flüsterte das Mädchen gerade so laut, dass Kip es noch hören konnte.

Der lachte nur und wies auf den Liegeplatz ihres Bootes. »Besser hätten wir es nicht treffen können. Dort vorne ist gleich das Ufer, und wir kommen dennoch leicht wieder frei. Dazu halten uns die Klippen die Wellen vom Leib, so dass unser Schätzchen ruhig liegt und sich nicht in den Sandboden hineinbohrt. Kommt jetzt, Wasser holen! Ich habe Durst, wie ihn nur ein Schiffer haben kann!«

»Den haben sie aber auch nur bei dem guten Bier im ›Blauen Fisch‹!« Girdhan lachte, stapfte über den rasch ansteigenden Meeresboden und stand kurz darauf am Ufer der Insel. Kip folgte ihm auf dem Fuß. Sogar Careela, die sonst immer verlangte, bedient zu werden, kletterte über den Bug ins seichtere Wasser und lief mit gerafften Röcken hinter den beiden Jungen her. Nass wurde sie dennoch, wie Mera mit heimlicher Zufriedenheit bemerkte.

Sie selbst stieg vom Mast, holte das Segel ein und wollte das Boot ebenfalls verlassen, stockte aber mitten in der Bewegung. »He, Kip! Sollte nicht einer von uns als Wache auf dem Boot bleiben?«

Der Junge drehte sich kurz zu ihr um und feixte. »Das machst du doch schon!« Danach kletterte er flink wie eine Eidechse die Uferfelsen hoch und verschwand aus Meras Blickfeld. Auch Girdhan zog sich an einer Felskante hoch und war gleich darauf nicht mehr zu sehen. Careela aber blieb zurück und schimpfte auf die beiden, weil keiner ihr half.

»Mir hilft auch keiner«, sagte Mera zu sich selbst und setzte sich auf die Ruderbank. Timpo folgte ihr, steckte seinen Kopf unter ihr Hemd und winselte, so als hätte er Angst. Auch Fleckchen blieb bei ihr, obwohl sie bereits die Zunge heraushängen ließ und immer wieder zum Wassersack hinüberschielte. Mera wunderte sich ein wenig, denn die Hündin hätte das Wasser auf der Insel wittern müssen.

Sie musste nicht lange warten, bis sich dieses Rätsel löste. Plötzlich tauchte Kip wieder auf und setzte sich auf einen der Felsen am Ufer. Mit der Rechten las er kleine Steine auf und warf sie mit wütender Miene in die Brandung.

»Was ist denn los?«, rief Mera ihm zu.

»Auf dieser elenden Insel gibt es keinen einzigen Tropfen Wasser! Sie ist so trocken wie ein ausgelaufenes Fass.« Ein weiterer Stein flog in die Wellen und noch einer.

Mera konnte es nicht fassen. »Aber das ist unmöglich!«, rief sie, sprang über Bord und rannte auf das Ufer zu. Das Boot war in diesem Augenblick vergessen. Anders als Careela kletterte sie leichtfüßig das Ufer hoch und sah nun die gesamte Insel vor sich. Sie besaß die Form eines unregelmäßigen Sechsecks, und so weit das Auge reichte, gab es nur blanken Fels. In der Mitte befand sich eine Art Bassin, das von dem scharfen Seewind glatt geschliffen worden war. Es bestand aus einem einzigen grünlichen Stein, der wie eine Schale mit wulstigem Rand geformt war, und lag weit genug vom Ufer entfernt, so dass auch bei Sturm kein Seewasser dorthin gelangen konnte. Als Mera davor stehen blieb, sah sie nichts als eine trockene, wie poliert wirkende Schale. Wasser würde es hier, wenn überhaupt, nur nach einem starken Regen geben, und danach sah es derzeit nicht aus.

Kip war ihr gefolgt und packte sie am Ärmel. »Es war der grüne Dämon! Der hat dich in die Irre geleitet. Der grüne Dämon soll ihn holen!«

Er begriff die Sinnlosigkeit seines Ausspruchs erst, als Girdhan sich an den Kopf langte. »Selber wird er sich wohl kaum holen können. Aber alles Schimpfen hilft uns nicht weiter. Wir stehen ohne Wasser da. Wie lange, meinst du, wird es dauern, bis wir wieder Land erreichen?«

»Wenn ich wüsste, wo das nächste Land liegt! Ich habe nämlich nicht die geringste Ahnung, wo unsere große Hexe uns in der Nacht hingeschafft hat! Und das alles, weil sie mal wieder einen Zauber ausprobieren musste, obwohl sie nicht das Geringste davon versteht!« Kip war außer sich vor Wut und trat gegen den Felsen, der das Bassin umschloss.

Mera verschränkte die Arme vor der Brust und funkelte ihn warnend an. »Sag ja nicht, dass der grüne Dämon mich holen soll, sonst setzt es was!«

»Wie es aussieht, wird er uns alle holen. Warum bin ich bloß so dumm gewesen, mit euch zu kommen!« Kip stieß den schlimmsten Fischerfluch aus, den er kannte. Er war so widerlich, dass sogar Mera rot wurde, obwohl sie im »Blauen Fisch« einiges mitbekommen hatte, das nicht für die Ohren eines Kindes geeignet gewesen war. Ehe sie Kip zurechtweisen konnte, hallte ein gewaltiger Donnerschlag über die Insel, und der Boden zitterte so stark, dass sie alle zu Boden gerissen wurden. Im gleichen Augenblick öffneten sich die Schleusen des Himmels, und das Wasser stürzte wie aus Kübeln gegossen herab.

Kip sah von einem Augenblick zum anderen aus wie eine getaufte Ratte. Er starrte ungläubig nach oben, streckte aber gleichzeitig die Hände aus und fing das Regenwasser auf. Mera wollte es ihm nachmachen und merkte dann, dass sie selbst, Girdhan und Careela gar nicht im Regen standen. Der Wolkenbruch begann wenige Schritte vor ihren Füßen und reichte gerade über das grüne Bassin hinaus, das sich nun mit Wasser füllte.

»Das gibt es doch gar nicht!«, stieß Girdhan aus.

Mera atmete erleichtert auf. »Der Großen Blauen Göttin sei

Dank!« Kaum hatte sie das gesagt, stoben grüne Funken aus dem Becken, und sie glaubte, ein verhaltenes Lachen zu hören. Als sie sich jedoch umdrehte, war niemand zu sehen.

»Wir sollten den Wasserschlauch aus dem Boot holen und ihn füllen!« Praktisch veranlagt dachte Girdhan an das Nächstliegende. Während er zum Ufer lief und zur »Seeschäumer« hinüberwatete, trat Mera ans Becken, tauchte ihre Hände ins Wasser und begann, ihren Durst zu stillen.

Das Wasser schmeckte grün, anders konnte sie es nicht beschreiben. Es brannte ein wenig auf ihrem Gaumen und war dennoch erfrischend. Noch während Mera überlegte, ob sie jetzt dem grünen Dämon dankbar sein musste oder lieber ihrer eigenen Göttin, bemerkte sie, dass Careela Anstalten machte, über den Rand des Beckens zu steigen.

»He, was soll das?«, rief sie und hielt die Prinzessin fest.

Diese versuchte sich loszureißen. »Ich will baden! Ich bin ganz schmutzig und rieche bereits unangenehm!«

»Wegen mir kannst du baden, aber erst wenn wir unsere Trinkwasservorräte aufgefrischt haben!«, schnauzte Kip sie an und kam Mera zu Hilfe. Gemeinsam gelang es ihnen, Careela daran zu hindern, in das Bassin zu klettern. Die Prinzessin fauchte wütend und wollte nicht nachgeben. Unterdessen kehrte Girdhan mit dem Wasserschlauch und allen Gefäßen zurück, die er auf der »Seeschäumer« gefunden hatte, und begann diese zu füllen.

»Was ist denn los?«, fragte er, als er sah, dass Mera und Kip Careela festhielten.

»Ihre Hoheit wollte ein Bad nehmen«, gab Kip zurück.

»Gar keine so schlechte Idee! Das sollten wir dann auch tun.«

»Aber erst wenn der Schlauch voll ist! Ich mag nämlich kein Trinkwasser, in dem jemand vorher seine Füße gewaschen hat, auch wenn es die Füße einer Prinzessin sind.« Kip stieß Careela ein paar Schritte zurück und half Girdhan, den Wassersack so prall zu füllen, wie es ihnen möglich war. Es regnete zwar noch immer, aber nicht mehr so heftig wie am Anfang. Da das Bassin bereits an zwei, drei Stellen überlief, waren sie froh, nicht mehr in einem Wolkenbruch stehen zu müssen.

Auch wenn sie nun über genug Wasser verfügten, kam es Mera wie eine Entweihung vor, sich in diesem Becken den Schmutz abzuwaschen. Daher wies sie auf das Ufer. »Baden sollten wir im Meer. Wir können hinterher Süßwasser aus dem Becken schöpfen und uns das Salz abwaschen. Hineinsteigen möchte ich lieber nicht. Wer weiß, ob nicht andere Schiffer das Wasser brauchen.«

Kip wackelte mit dem Kopf und winkte dann ab. »Glaube ich nicht. In diese Ecke kommen keine Fischer aus Ilyndhir oder Wardania.«

»Aber vielleicht Leute aus anderen Gegenden. Der Sage nach soll es jenseits der See von Runia noch andere Länder geben.«

»Wenn das so wäre, hätten wir sie sicher schon entdeckt.« Kip mochte nichts von anderen Inseln wissen, denn sie hatten in ihrer Heimat genug Probleme.

Mera gab nicht nach. »Was ist, wenn Runier hierherkommen, um Wasser zu holen? Wenn sie sehen, dass wir es verdreckt haben, werden sie zornig sein.«

Kips Miene verriet deutlich, was er von Meras Einwänden hielt. Schon um ihr zu zeigen, wer hier der Kapitän war, überlegte er, in das Bassin zu steigen und dort zu baden. In dem Augenblick endete der Regen mit einem weiteren hallenden Donner. Kip stürzte zu Boden und sah dann verwundert, dass seine Freunde und Careela noch auf den Beinen standen.

»Da… da… das Becken ist verhext!«, stotterte er und wich mit bleichem Gesicht zurück.

Mera half Girdhan, den Wasserschlauch zu verschnüren, nahm dann zwei große Krüge und füllte sie. Das Wasser reichte jedoch noch immer bis an den Rand des Beckens, so als hätten sie bisher noch gar nichts abgeschöpft. Sie schnaufte kurz durch und sah Kip an.

»Was hältst du davon, wenn wir das Fass für die Goldgarnelen ebenfalls mit Süßwasser füllen? Du wirst ja auf unserer Fahrt sicher keine Garnelen fangen wollen.«

Kip winkte ab. »Das Wasser würde sich nicht zum Trinken eignen, weil sich das Holz schon voll Salz gesogen hat.«

»Aber wir könnten uns damit waschen. Das ist angenehmer, als wenn wir reines Salzwasser dafür nehmen würden.« Dagegen hatte Kip nichts einzuwenden. Grinsend füllte er den Kochtopf, den Girdhan ebenfalls mitgebracht hatte, und streckte ihn Careela hin. »Bring das zum Boot und hilf dann Mera, das Garnelenfass umzufüllen.«

»Ich bin doch keine Dienstmagd«, rief die Prinzessin empört.

»Aber auch kein zahlender Passagier, der Ansprüche stellen kann. Also stell dich nicht so an! Wenn du zugreifst, kommen wir eher von hier fort, und dann dauert es auch nicht mehr so lange, bis wir dich irgendwo abladen können.«

So, wie Kip im Augenblick aussah, hätte er die Prinzessin am liebsten auf dieser einsamen Insel zurückgelassen. Aber hier gab es nichts, wovon ein Schiffbrüchiger hätte leben können, und so mussten sie sie weiter mitnehmen. Da er seinen Ärger nicht an Careela auslassen konnte, kehrte er seine Autorität als Kapitän heraus.

»Jetzt macht schon! Oder wollt ihr hier festwachsen?«

»Wenn du mithelfen würdest, ginge es schneller«, konterte Girdhan gelassen.

»Du, das ist Meuterei! Ein Kapitän überwacht die Mannschaft, aber er arbeitet nicht selbst.«

»Vorhin hast du mir auch geholfen. Also stell dich nicht so an.« Girdhan packte den Wassersack an einem Ende und wartete, bis Kip das andere aufnahm. Dann trugen sie das schwere Ding bis zu den Uferfelsen und legten dort eine Pause ein. Auf dem Boot war Mera bereits dabei, das Meerwasser aus dem Garnelenfass zu schöpfen. Careela hielt ebenfalls ein Gefäß in der Hand, stand aber nur daneben und schaute Mera zu.

»Ihre Hoheit ist genauso doof wie die Edeldamen bei uns«, knurrte Kip und überlegte, was er von ihr als Lohn für ihre Rettung und die Passage verlangen konnte. Wenn dieses Abenteuer hier vorbei war, wollte er als Fischer mit eigenem Boot auf Fang gehen, und dazu benötigte er neben einigen anderen Ausrüstungsgegenständen ein Netz, und das war teuer.

14

Der »Blaue Fisch« war so voll wie in den besten Tagen, aber es kam keine Stimmung auf. Niemand lachte, und es wurden auch keine Witze erzählt. Die Fischer saßen stumm auf ihren Bänken, hielten die Krüge in ihren Händen, und wenn einer eine Bemerkung machte, was selten genug geschah, erhielt er nur eine einsilbige Antwort.

Auch der dickliche Steuerschätzer Berrell, der sonst das große Wort geschwungen hatte, saß nun stumm da. Es war wohl auch besser, dass er den Mund hielt, denn er hatte im Auftrag der Königin die Steuern erhöhen müssen, und nun wussten die meisten Fischer kaum mehr, von was sie noch leben sollten. Nicht wenige von ihnen ließen im »Blauen Fisch« anschreiben und versprachen Meras Mutter dafür einen Teil ihres nächsten Fangs. Der würde jedoch nicht mehr aus Goldgarnelen bestehen, denn kein Fischer aus Ilynrah traute sich noch in die Seegebiete, in denen diese kostbaren Meerestiere zu finden waren.

Da Mera und Girdhan fort waren, half Hannez der Wirtin. Er füllte die Bierkrüge, teilte sie aus und sammelte sie wieder ein. Wenn Meraneh aus der Küche rief, dass die Fischsuppe oder die bestellte Fischmahlzeit fertig sei, servierte er den Gästen auch das Essen. Das tat er gerne, denn es war immer sein Wunsch gewesen, für die Wirtin des »Blauen Fischs« mehr zu sein als nur ein Gast.

Doch wenn ihre Blicke sich nun trafen, sah er nur Sorgen in ihren Augen. Die Behörden der Königin hatten ihr genau wie ihm empfindliche Strafen aufgedrückt, weil sie einem gurrländischen Spion geholfen hätten. Er selbst war nur noch Mieter seines eigenen Bootes, das in Staatsbesitz übergegangen war, und Meras Mutter hatte sich von Freunden und Bekannten Geld leihen müssen, um ihre Gastwirtschaft nicht zu verlieren.

In dieser Zeit wurden nur Männer wie Berrell reich, weil die eingenommenen Steuern durch deren Hände flossen und etliche Münzen daran kleben blieben. Der Beamte erpresste die Leute seines Steuerbezirks, die mehr besaßen als das tägliche Brot, und zwang sie, ihm da und dort Vorteile einzuräumen. Da die meisten fürchteten, andernfalls noch mehr Steuern zahlen zu müssen, gingen sie darauf ein. Auch Meraneh ließ zu, dass der Steuerschätzer im »Blauen Fisch« kostenlos aß und trank.

Als Berrell den nächsten Krug Bier bestellte, füllte Hannez ein Gefäß und stellte es mit einem »Wohl bekomm's!« vor ihn hin. Seinen wahren Wunsch durfte er leider nicht aussprechen.

»Sag der Wirtin, dass ich einen Teller Goldgarnelen serviert haben will«, erklärte Berrell so hochmütig, als hätte er es mit einem seiner eigenen Lakaien zu tun.

Einer der anderen Fischer kam Hannez zuvor. »Die wirst du dir schon selber fangen müssen! Oder du wartest, bis die neuen Schiffe der Königin die Gurrländer von unseren Meeren vertrieben haben.«

Berrell schnupfte kurz auf, fasste Hannez am Ärmel und zog ihn näher zu sich heran. »Ihr Flussratten seid doch geschickte Leute und habt gewiss eine Ladung Garnelen beiseitegeschafft. Mir könnt ihr doch ein paar davon abgeben.«

»Es sind keine mehr da, denn die letzten wurden vor drei Tagen unter deiner Aufsicht beschlagnahmt«, erklärte Hannez mit mühsam unterdrückter Wut.

An jenem Vormittag hatte Berrell seine Macht ausgenutzt, um

seine eigenen Vorratsräume mit dem besten Fisch und anderen Leckerbissen aus Meranehs Vorratskeller zu füllen. Am liebsten hätte Hannez dem Mann ein paar deutliche Worte gesagt, verkniff sie sich aber im letzten Augenblick. Die Zeiten hatten sich so stark gewandelt, dass man kein ehrliches Wort mehr sagen durfte, ohne sich am Pranger wiederzufinden und überdies zu einer deftigen Geldstrafe verurteilt zu werden.

»Was ist jetzt mit meinen Goldgarnelen?« Berrells Stimme riss Hannez aus seinen düsteren Gedanken in die ebenso trübe Gegenwart zurück. »Ich sagte schon, es sind keine da!«

»Dann soll die Wirtin sich welche von einem der Fischer besorgen. Ich will Garnelen essen, und damit basta!«

Vor der Einführung der neuen Gesetze, die angeblich zum Schutze des Reiches erlassen worden waren, hätte Berrell sich niemals so aufführen können, denn die Wirtin und die Fischer hätten sich beim Magistrat der Stadt über ihn beschwert. Nun aber besaß er die Macht, jeden, der ihm missfiel, von den Bütteln verhaften und ins Gefängnis stecken zu lassen. Aus diesem Grund schluckte Hannez die Bemerkung, die ihm auf der Zunge lag, wieder hinunter und wandte sich an die anderen Fischer.

»Hat jemand von euch noch ein paar Goldgarnelen zu Hause?«

Zur Antwort bekam er allgemeines Kopfschütteln. Selbst wenn einer der Fischer in seinem Keller noch ein Salzwasserfässchen mit einigen Garnelen stehen hatte, so würde er sie gewiss nicht für jemanden wie Berrell hergeben.

Einer von Hannez' Freunden stand auf und trat neben den Steuerschätzer. »Selbst Ihre Majestät muss in dieser Zeit auf Goldgarnelen verzichten, weil keiner mehr auf Fang geht. Da können wir für dich keine herbeizaubern.«

»Das heißt nicht für dich, sondern für Euch – oder noch besser: Euer Exzellenz! Verstanden?« Berrell begriff, dass er an diesem Tag keine Goldgarnelen bekommen würde, wollte seinen Ärger aber an dem renitenten Fischergesindel auslassen, das in seinen Augen ebenso wenig taugte wie die Schwammtaucher und Muschelsucher aus dem Flüchtlingslager, die man ins Binnenland geschafft hatte.

»Du kannst eine zehnfache Exzellenz sein. Goldgarnelen kriegst du deswegen trotzdem keine!« Hannez' Freund kehrte Berrell den Rücken zu und stapfte sichtlich erregt zu seinem Platz zurück.

»Girdhan, noch einen Krug!«, rief er aus reiner Gewohnheit. Erst als er diese Worte ausgesprochen hatte, erinnerte er sich daran, dass der Schankbursche ebenso verschwunden war wie Mera, und ballte die Faust. Vor einigen Tagen war er halb verrückt vor Angst gewesen und hatte geglaubt, der Junge sei ein bösartiger Spion der Gurrländer. Mittlerweile bezweifelte er jedoch, dass von Girdhan irgendeine Gefahr für das Reich der Nördlichen Inseln hätte ausgehen können, und fragte sich, ob die hohen Herrschaften im Palast und die Hexen und Adepten im Magierturm noch klar denken konnten.

Hannez trat an seinen Tisch und reichte ihm einen Krug. »Hier! Lass es dir schmecken. Es wird eh das letzte Bier für heute sein. Bald wird der Mitternachtsgong geschlagen, und dann ist jeder draußen!« Hannez' Blick traf dabei den Steuerschätzer, der schon einmal am Tisch sitzen geblieben war und Meraneh hinterher zu einer Geldbuße wegen Überschreitung der Sperrstunde verdonnert hatte.

Da Berrell so aussah, als wolle er der Wirtin auch an diesem Abend Schwierigkeiten bereiten, winkte Hannez einen der jüngeren Fischer zu sich und köderte ihn mit der Aussicht auf einen Krug Freibier, wenn er den Büttel hole.

15

Als der Stadtbüttel eintrat, zog Berrell ein langes Gesicht. Die übrigen Gäste aber begannen zu grinsen und zwinkerten Hannez zu. Die Szene, die nun folgen würde, war ganz nach ihrem Sinn. Der Büttel blieb mitten in der Gaststube stehen und sah mit strengem Blick in die Runde.

»Leute, die Wirtin will, dass der Raum um Mitternacht leer ist. Also trinkt aus!«

Die einfachen Fischer taten dies auch und zahlten oder ließen von Hannez ihre Zeche anschreiben. Als der Letzte von ihnen gegangen war, saß Berrell immer noch am Tisch. »Mein Krug ist noch fast voll. Den werde ich in Ruhe austrinken!«

»Da Euer Exzellenz ein hoher Beamter der Krone ist, kann ich Euch nicht bitten, früher zu gehen. Das Gesetz aber muss befolgt werden!« Hannez verbeugte sich vor dem aufgeblasenen Steuerschätzer und schritt zur Tür. Mit zwei Handgriffen verriegelte er diese und drehte auch den Schlüssel um.

»Unser wackerer Stadtgardist kann bezeugen, dass die Tür des ›Blauen Fischs‹ zur rechten Zeit abgeschlossen worden ist. Ich werde jetzt noch die Krüge einsammeln, und dann gute Nacht.« Ohne sich um Berrell zu kümmern, begann er damit, die Krüge zu holen und zu spülen, damit sie am nächsten Tag wieder gebraucht werden konnten.

Der Büttel sah ihm zu und leckte sich die Lippen. »Wie wär's mit einem Schluck, Hannez? Mir hängt die Kehle schon ganz trocken im Hals.«

»Eben schlägt der Mitternachtsgong. Also kann ich dir kein Bier mehr verkaufen. Aber als altem Freund schenke ich dir einen halben Krug ein.« Hannez machte sich ans Werk und füllte den Krug beinahe bis zum Strich. Während der Büttel ihn mit einem »Ilyna soll's dir danken« entgegennahm, plusterte Berrell sich auf.

»Das ist ein Verstoß gegen das Gesetz. Die Wirtin muss Strafe bezahlen!«

Der Büttel wusste genau, dass der Steuerschätzer sich oft genug zu seinen eigenen Gunsten verrechnete und sich Vorteile verschaffte, wo es nur ging. Obwohl er selbst nur ein einfacher Beamter war und Berrell einen hohen Posten einnahm, dachte er nicht daran, vor dem anderen zu buckeln.

»Es tut mir leid, Herr Steuerschätzer, aber die Tür ist versperrt und außer der Wirtin und ihrem Schankkellner sind nur zwei Vertreter der Staatsmacht anwesend. Ich sehe da keinen Verstoß.« In seinen Worten schwang eine leichte Warnung mit, den Bogen nicht zu überspannen. Jemand wie Berrell, der sich auf Kosten der Wirtin vollfraß und sich den Krug immer wieder neu füllen ließ, hatte in den Augen des wackeren Mannes nicht das Recht, einem Büttel das Freibier zu vermiesen, das er von Zeit zu Zeit erhielt.

»Ich werde dich melden«, rief Berrell zornig.

»Dann werden wohl einige Sachen zur Sprache kommen«, antwortete der Büttel grinsend. Obwohl er selbst ein Vertreter der Staatsmacht war, hielt er es mehr mit den kleinen Leuten, die von Blutsaugern wie Berrell gequält wurden, während die hohen Herrschaften lächerlich geringe Steuern zahlen mussten.

»Das wirst du bereuen!« Mit diesen Worten warf der Steuerschätzer seinen noch halb vollen Bierkrug um, so dass der Inhalt sich über den Tisch ergoss und auf den Fußboden tropfte, und stapfte zur Tür. Dort drehte er sich zu Hannez um. »Mach auf!«

»Das darf er nicht«, erklärte der Büttel grinsend. »Auf Geheiß Ihrer allergnädigsten Majestät Ilna V. dürfen die Schenken im Fischersechstel nach dem Mitternachtsgong ihre Eingangstüren nicht mehr aufschließen. Einem Erlass der Königin werdet Ihr wohl nicht zuwiderhandeln wollen.«

Berrell begriff, dass er in der Zwickmühle saß. Wenn er darauf bestand, dass Hannez ihm die Tür öffnete, würden es am nächsten Morgen die Spatzen von den Dächern pfeifen, dass er es mit den

Verordnungen der Königin nicht so genau nahm, und das würde Ärger für ihn bedeuten. Die Königin wollte, dass die Leute gehorchten, und für Ilna V. zählte auch er zum Volk.

Mühsam schluckte er seinen Ärger hinunter. »Aber wie komme ich jetzt ins Freie?«

Der Büttel trank aus und reichte Hannez den leeren Krug. Dann verbeugte er sich spöttisch vor dem Steuerschätzer. »So wie ich auch: durch die Hintertür. Kommen Sie, Euer Exzellenz, ich bringe Sie bis zur Brücke.«

»Am besten auch hinüber!« Berrell hatte mehr Angst denn je, die wackelige Seilbrücke zu so später Stunde überqueren zu müssen. Inzwischen gab es genug Leute, denen es eine Freude machen würde, ihn des Nachts in den Fluss zu stoßen.

Sowohl der Büttel als auch Hannez begriffen, dass der Mann sich fürchtete, und sahen sich vielsagend an.

»Bis morgen! Sollte es wieder Probleme mit Gästen geben, die nicht gehen wollen, dann sag mir Bescheid!« Mit diesen Worten packte der Büttel den Steuerschätzer, der schon stark schwankte, unter den Armen und führte ihn zur Hintertür. Hannez leuchtete ihnen den Weg bis zur Straße aus, wartete, bis sie den Weg zur Brücke eingeschlagen hatten, und kehrte dann in den »Blauen Fisch« zurück. Dort versperrte er auch die zweite Tür und sah sich dann im Gastraum um, ob noch etwas für ihn zu tun war.

Meraneh kam ihm mit einem Teller köstlich duftender Goldgarnelen entgegen. »Das sind die letzten, die ich hatte. Es ist besser, wir beide essen sie jetzt. Sonst findet diese Kröte sie bei der nächsten Durchsuchung und nimmt sie mir weg.«

Unbewusst leckte Hannez sich die Lippen. »Die sehen aber lecker aus. Willst du wirklich, dass ich mitesse?«

»Du bist doch mein bester Freund! Ohne deine Hilfe hätten Mera und Girdhan es nicht geschafft, dem Gesindel drüben im Palast zu entkommen. Manchmal wünsche ich mir wirklich, die Gurrländer kämen und würden dem Lotterleben der hohen Herrschaften ein Ende bereiten.« Meranehs Stimme klang zornig und hilflos zugleich.

Hannez wiegte den Kopf. Auch er wusste, dass auf der anderen Flussseite nicht alles so war, wie es sein sollte. Aber die Zustände konnte man noch ertragen. Bei dem Gedanken an die Gurrländer aber schauderte es ihn. »Du hast die Schwarzen Galeeren nicht gesehen, Meraneh. Die machen keinen Unterschied, ob du ein armer Fischer bist oder ein königlicher Admiral. Die bringen den einen wie den anderen um oder versklaven ihn. Ich habe mich nach dem Angriff auf meine Kameraden in den Goldgarnelengründen ein wenig umgehört, um zu erfahren, wie es auf Girdania, den Ardhunischen Inseln oder Südgelonda zugeht. Was ich gehört habe, ist einfach grauenvoll. Wir müssen hoffen, dass es der Marine und dem Heer der Königin gelingt, uns die Freiheit zu erhalten.«

»Du hast ja recht!«, antwortete Meras Mutter mit müder Stimme. »Aber ich kann denen da drüben nicht verzeihen, wie sie mit Girdhan umspringen wollten, und auch nicht die Tatsache, dass sie meine Tochter gejagt haben wie ein wildes Tier. Wie mag es den Kindern jetzt gehen?«

»Inzwischen dürften sie auf Malvone sein. Die heilige Farbe der Insel ist zwar grün, aber sie hat stärkere Wirkung auf die Adeligen und magisch Begabten als auf uns einfache Leute.«

»Mera hat Magierblut in den Adern!«

Hannez zog den Kopf ein. »Tut mir leid. Daran habe ich nicht gedacht. Für mich gehört sie zu uns und nicht zu dem hochnäsigen Volk im Magierturm.«

Dann begriff er, dass Meraneh als Meralas Tochter eigentlich auch zu jener Welt gehörte und nur hier war, weil ihre Mutter den »Blauen Fisch« gekauft hatte, um sich hier in der Fischervorstadt niederzulassen. »Es tut mir leid!«

»Was?« Meras Mutter sah ihn an und begriff, dass er sich für seine Worte schämte. Mit einem nachsichtigen Lächeln schob sie ihm die beiden letzten Goldgarnelen hin und schenkte sich und ihm je einen Krug Bier ein.

»Stoß mit mir auf bessere Zeiten an und darauf, dass Mera, Girdhan und Kip in Sicherheit sind.«

»Darauf trinke ich gerne.« Hannez hob seinen Krug und blickte nach Süden, denn er nahm an, dass die Kinder dorthin gefahren waren. Er sah aber nur die Wand der Gaststube vor sich und das Regal mit den sauberen Krügen. In dieser kleinen, überschaubaren Welt hatte sich lange Zeit gut leben lassen, und er fragte sich, ob jene glücklichen Stunden wohl wiederkehren würden.

Auch Meraneh sah nach Süden, und ihr inneres Auge schweifte dabei in die Ferne. Aber etwas in ihr sagte, dass sie ihre Tochter dort nicht finden würde.

DRITTER TEIL

DAS GEHEIMNIS VON RUNIA

1

»Die See leuchtet weiß!«, stellte Mera erstaunt fest.

Kip prustete und versicherte allen, das Wasser sei immer noch blau, wenn auch ein bisschen heller als vor Ilyndhir.

Careela tippte sich an die Stirn. »Wahrscheinlich hat unsere Hexe wieder eine Vision, die uns in Schwierigkeiten bringt.«

»Bis jetzt hat Mera uns aus allen Schwierigkeiten herausgeholt!«, sagte Girdhan. Er warf der Prinzessin einen zornigen Blick zu und zupfte an Meras Fischerhemd. »Mir gefällt das Wasser hier nicht. Es macht mir Angst. Ich glaube, ich würde ertrinken, wenn ich hineinfiele.«

Mera blickte ihn verwundert an. Zwar war er früher recht ängstlich gewesen, aber das hatte sich während ihrer Fahrt gegeben. An diesem Tag aber wirkten seine Augen noch schwärzer als sonst, und er zog ein Gesicht, als erwarte er jeden Augenblick, ein Monster aus der Tiefe auftauchen zu sehen. Nun bleckte er die Zähne, wie Fleckchen es tat, um ihre Abneigung gegen Careela zu bekunden, und seine Finger krümmten sich, als wolle er jemanden erwürgen.

Um ihn zu beruhigen, legte sie ihm die Hand auf die Schulter. »Du spürst das magische Weiß, nicht wahr? Kip und Careela können das nicht, weil ihnen die Gabe dazu fehlt.«

Girdhan sah sie verdattert an. »Aber ich … ich habe auch keine magische Begabung.«

»Gurrländer besitzen überhaupt keine Gabe – außer Dummheit!«, stichelte Careela.

Sie verachtete Girdhan wegen seines Aussehens und war wütend, weil die Wirtstochter Mera wegen ihrer Hexenkunststücke mehr galt als sie, die aus einem ehrwürdigen, alten Fürstengeschlecht stammte. Aber da sie nicht allein gegen alle stehen wollte, hatte sie ihre Taktik geändert und umschmeichelte nun Kip, der für lobende Worte stets empfänglich war.

»Du wolltest doch heute Nacht unsere Position bestimmen. Hast du herausgefunden, wo wir sind?«

Kip sah zum Himmel, als könne er ihm nicht mehr vertrauen. »Den Sternen nach müssten wir uns weit südlich von Wardania befinden, nur mit dem Längengrad habe ich meine Probleme. Wenn das stimmt, was ich anhand der Stellung des Blaumondes heute Morgen abschätzen konnte, befinden wir uns mehr als vierhundert Meilen weit im Osten – mitten in der See von Runia.«

Bei diesen Worten wurde Careela blass. »Doch nicht etwa in den verbotenen Gewässern, aus denen niemand mehr zurückkommt?«

Kips Nicken sagte allen genug. Während die Prinzessin vor Angst zu schluchzen begann, dachte Mera angestrengt nach. »Aber das ist unmöglich! Laut Hannez werden alle fremden Schiffe am Rand der verbotenen Zone durch einen Zauber abgewiesen. Das hätte uns doch auch passieren müssen!«

»Nicht, wenn sich bei uns an Bord jemand befindet, der das verhindern kann.« Girdhans Aussage rückte Mera wieder in den Mittelpunkt.

Während Kip nur hilflos die Arme hob, bog Careela ihre Finger zu Krallen, so als wolle sie dem Hexenmädchen das Gesicht zerkratzen. »Du bist schuld, dass wir alle sterben müssen! Ach, wäre ich euch doch nur nicht begegnet!«

Girdhan trat neben Mera, als wolle er sie schützen. »Das wäre mir ehrlich gesagt auch lieber. Aber dann wärst du von deiner Planke ins Meer gespült worden. Oder glaubst du, du hättest den Sturm überstanden, der uns durchgeschüttelt hat, kurz nachdem wir dich an Bord genommen haben?«

Diesen Worten hatte Careela nichts entgegenzusetzen, und so schnappte sie nach Luft wie ein Fisch auf dem Trockenen.

Mera applaudierte ihrem Freund, und selbst Kip, der die Prinzessin nicht mehr so nervend fand wie früher, nickte unbewusst. Die junge Dame schien mit Vorliebe zu vergessen, dass sie ihnen ihr Leben verdankte. Stattdessen beklagte sie sich dauernd und war zu nichts nütze. Sie konnte weder Brote schmieren noch in der Nacht eine Steuerwache übernehmen. Überdies verputzte sie einen guten Teil der knapper werdenden Vorräte.

Zum Glück besaßen sie noch Wasser genug, denn sie waren erst vor vier Tagen von jener seltsamen Insel im Norden aufgebrochen. Doch allmählich ging das Dauerbrot zu Ende. Butter gab es schon länger keine mehr und nur noch eine einzige Sorte Dosenwurst, die ihnen bereits zu den Ohren herauskam.

Während Careela die Nase hob und sich mit Hochmut gegen die spitzen Bemerkungen der anderen wappnete, streichelte Mera Timpo und verfolgte dabei den Faden, der noch immer gen Süden zeigte. Dort aber gab es nur noch Runia. Sie fühlte sich außerstande, dieses Rätsel zu lösen, doch wenn sie ihre Großmutter und den Hofmagier der Königin retten wollte, musste sie dieser Spur folgen.

Fleckchen kam an ihre Seite und winselte. Da Kip allen den Brotkorb höher gehängt hatte, bekam sie nicht mehr genug zu fressen. Mera konnte jedoch nicht mehr für sie tun, als sie zu streicheln.

Nach einer Weile drehte sie sich zu Kip um. »Können wir nicht ein paar Fische fangen und damit unsere Vorräte aufstocken?«

Kip lachte kurz auf. »Du bist gut. Ich habe noch kein Netz an Bord, und selbst wenn ich eins besäße, müssten wir erst mal einen Fischschwarm finden und es dort auswerfen. Hier würden wir nur Wasser einfangen!«

»Aber du hast doch eine Angel an Bord. Versuch es damit!«

Kip tippte sich an die Stirn, übergab Girdhan dennoch das

Steuer und holte sein Angelzeug. Noch während er es ordnete, drehte er sich zu Mera um. »Kannst du mir vielleicht auch einen Wurm besorgen?«

»Probier es mit einem Stück Brot oder etwas Wurst«, riet sie ihm.

»Wurst könnte klappen!« Kip hielt den Haken hoch und wartete, bis Mera ihm ein Stückchen reichte. Das spießte er auf den Haken und warf die Leine über Bord.

»Du wirst sehen, wir fangen rein gar nichts«, erklärte er, doch da begann seine Angelrute schon zu wippen.

»Was ist das denn?« Kip starrte ins Wasser, denn dort war ein Schatten aufgetaucht, der mindestens ebenso lang war wie die »Seeschäumer«. »Ilyna hilf! Wenn der uns erwischt, sind wir geliefert. So ein großes Vieh hab ich noch nie gesehen!«

Während Kip vor Angst erstarrte, beobachtete Mera, dass der große Fisch einen Schwarm kleinerer Fische vor sich hertrieb. Einer von diesen hatte nach dem Köder geschnappt und ihn verschluckt. Als er weiterschwamm, straffte sich die Leine, und Kip wurde beinahe über Bord gerissen.

Dem Riesenfisch schien die »Seeschäumer« unheimlich zu sein, denn er wich dem Boot aus und verschwand in der Ferne. Der Schwarm, den er vor sich hergetrieben hatte, tauchte bis auf den Fisch am Haken ebenfalls ab.

»Ihr müsst mithelfen! Der Brocken ist zu schwer für mich.« Kip hatte sich gegen die Bordwand gestemmt und umklammerte seine Angelrute, als hinge sein Leben davon ab.

»Du musst ihm mehr Leine geben«, rief Girdhan vom Heck nach vorne.

»Was meinst du, was ich die ganze Zeit mache? Gleich ist sie zu Ende! Dann ist der Kerl samt Angel futsch.«

»Wird die Leine nicht reißen?«, fragte Mera.

Kip schüttelte mit zusammengebissenen Zähnen den Kopf, stieß dann aber eine Antwort hervor. »Die habe ich selbst zusammengedreht. Mit der kannst du unser Boot ziehen. Aber wenn du nicht gleich was tust, schleppt dieser Fisch *mich* ab.«

Mera griff zu und hielt die Angel mit fest. Als sie den Zug spürte, begriff sie, das Kip und sie den Fisch allein nicht aus dem Wasser ziehen konnten. Sie wollte schon Careela auffordern, ihnen zu helfen, hatte dann aber eine bessere Idee. »Prinzesschen, übernimm du für einen Augenblick das Steuer, damit Girdhan uns helfen kann.«

»Das kann ich nicht, und ich will es auch nicht«, antwortete die Prinzessin empört.

»Man kann viel, wenn man will! Du musst die Steuerpinne nur gerade halten. Den Rest macht der Wind!« Girdhan stand auf, band dann aber, als Careela keine Anstalten machte, ins Heck zu kommen, die Ruderpinne fest und eilte nach vorne.

Kip und Mera hingen bereits halb über der Bordwand, so stark zerrte der Fisch an der Leine. Doch als Girdhan mit zugriff, ging es recht schnell. Sie holten die Leine ein und zogen das Tier an Bord. Der Fisch war etwas länger als Kip und von einer Art, die nur selten in die Netze der ilyndhirischen Fischer ging. Mera kannte ihn, da ihre Mutter von Zeit zu Zeit einen gekauft und gebraten hatte. Bei dem Gedanken an die leckeren Filets lief ihr das Wasser im Mund zusammen. Sie kam jedoch rasch wieder auf den Boden der Tatsachen zurück, denn sie besaßen nicht einmal Feuerholz, geschweige denn jene Gewürze, mit denen ihre Mutter den Fisch in einen wahren Gaumenschmaus verwandelt hatte.

»Wir werden sein Fleisch in Streifen schneiden und in der Sonne trocknen müssen, und zwar schnell, bevor er zu stinken beginnt!« Meras Vorschlag war zwar klug, doch sie hatten nur ein einziges Messer an Bord, und das war durch den vielen Gebrauch stumpf geworden.

Kip begann sofort, die Klinge an einem Eisenteil zu wetzen, aber auch danach war es eine mühselige Arbeit, den Fisch zu zerteilen. Dennoch waren die drei Freunde zufrieden, denn am Abend konnten sie mit dem getrockneten Fisch ihren Hunger stillen. Fleckchen fraß, bis sie beinahe platzte; Careela griff ebenfalls zu und aß ein paar hauchdünn geschnittene Scheibchen. Dabei erklärte sie, dass dies in ihrer Heimat so Sitte sei. Allerdings hatte sie etliches an der Mahlzeit auszusetzen, und so schalteten Mera, Kip und Girdhan ihre Ohren auf Durchzug.

2

Die nächsten zwei Tage verliefen völlig ereignislos. Da der Wind günstig stand, ließ Kip sich überreden, weiterhin Meras Anweisungen zu folgen, obwohl ihr Kurs sie möglicherweise noch näher auf die geheimnisvolle Insel der Runier zutrieb. Girdhan, der immer unruhiger wurde, stand oft am Bug und starrte geradeaus. Am Morgen des dritten Tages zeigte er aufgeregt nach vorne. »Dort ist eine Insel! Ich sehe Bäume und einen Strand.«

»Ob das Runia ist?« Mera sprang auf und sah in die gewiesene Richtung. Obwohl Girdhan die Insel gerade erst entdeckt hatte, war sie so nahe, dass sie schon einzelne Felsen und Sträucher unterscheiden konnten. Offensichtlich hatte ein Zauber die Insel bisher verborgen. Wie groß das Eiland war, konnten sie nicht schätzen. Auf alle Fälle erstreckte es sich weit von Osten nach Westen, und genau vor ihnen befand sich eine sanfte Bucht, die wie geschaffen schien, dort anzulanden.

Mera schlug vor, noch ein wenig an der Küste entlangzusegeln und die Insel auf diese Weise zu erkunden.

Aber Kip schüttelte den Kopf. »Wer weiß, ob wir noch einmal einen so idealen Anlegeplatz finden.« Mit diesen Worten zog er an der Pinne und fuhr in die Bucht ein. Das Land stieg so sanft aus dem Wasser empor, dass er die »Seeschäumer« ohne Probleme auf Grund setzen konnte. Zusammen mit Girdhan zog er das Boot noch ein Stückchen weiter auf das Ufer zu und atmete tief durch.

»Das hätten wir geschafft!«, sagte er stolz, so als hätte er die Insel extra für sie erfunden. Dann sah er sich neugierig um. Es gab nur einen schmalen Strand, und an den meisten Stellen schienen die Bäume und Sträucher beinahe bis ins Wasser zu wachsen. Die Blätter waren hellgrün statt blau, so wie die vieler Unkräuter, die auf Ilyndhir wuchsen, und überall hingen weiße Blüten. Aber nichts deutete darauf hin, dass jemand hier lebte. Auch als Kip bis zum Ufer watete und einige Schritte weit in das Gebüsch eindrang, konnte er keine Spuren von Menschen oder Tieren entdecken.

Während Mera ihm sofort gefolgt war, stand Girdhan noch immer neben der »Seeschäumer« im Wasser und sah so aus, als würde er am liebsten davonlaufen. Schließlich stieg er wieder an Bord, so als böte das Schiff ihm Sicherheit.

Kip verspottete ihn und deutete auf den Wald. »Hier gibt es keine Ungeheuer, die dich fressen könnten!«

»Mir gefällt die ganze Insel nicht. Sie stinkt!«, antwortete Girdhan.

Bevor Kip ihn weiter hänseln konnte, schlug Mera mit dem Handrücken gegen seinen Oberarm. »Lass das! Die Insel strahlt magisch weiß. Da Girdhan von Girdaniern abstammt, gehört er zu den Anhängern des schwarzen Gottes – und wie Weiß und Schwarz zueinander stehen, weißt du selbst.«

»Wie Blau und Grün! Ja, und? Das ist doch nicht schlimm.« Kip kannte Fischer, die es nach Malvone verschlagen hatte und die dort ohne Probleme hatten an Land gehen können. Das magische Grün dort hatte ihnen nicht geschadet. Daher hielt er Girdhans Reaktion für übertrieben, auch wenn er froh war, dass es sich bei dieser Insel nicht um ein Land der grünen Farbe handelte.

Achselzuckend drehte er Girdhan den Rücken zu. »Wir sollten Feuerholz sammeln und schauen, welche Pflanzen hier essbar sind. Deine schwanzlose Ratte könnte uns dabei helfen.«

»Timpo ist keine Ratte«, wies Mera ihn zurecht, setzte das Tierchen jedoch ab und folgte ihm zu einem Busch, an dem große, weiße Beeren hingen. Timpo begann sofort, sich den Bauch vollzuschlagen, während Fleckchen danebenstand und angeekelt die Lefzen verzog. Beeren waren nicht unbedingt das, was sie zu fressen gewohnt war.

Mera probierte vorsichtig eine Beere, dann eine zweite, eine dritte … und nach einer Weile merkte sie, dass sie die Früchte genauso gierig in sich hineinschaufelte wie Timpo.

»He, du sollst arbeiten und nicht naschen«, rief Kip ihr zu.

Sie drehte sich zu ihm um und grinste. »Probier mal!«

Das ließ Kip sich nicht zweimal sagen, und nach der ersten Beere fiel er genauso hastig über den Strauch her wie Mera.

»Schmecken wirklich gut«, versicherte er ihr mit vollem Mund.

Unterdessen war auch Careela, die ärgerte, dass niemand sie beachtete, an Land gekommen. »Kann man die wirklich essen?«, fragte sie.

Als Kip schmatzend nickte, befahl sie: »Pflück mir welche!«

»Das kannst du selbst erledigen!« Kip lachte und aß weiter. Als er satt war, wischte er sich die vor Saft triefenden Finger an seiner noch meerwasserfeuchten Hose ab.

»Diese Beeren ernenne ich zu unserem Vorrat Nummer eins. Los, Mera, hol den großen Korb und sieh zu, dass du diesen Busch hier leer pflückst und ein paar weitere dazu.«

»Damit hätte ich bis an mein Lebensende zu tun.« Mera lachte, denn sie hatte bereits bemerkt, dass die Beeren sofort wieder nachwuchsen.

Nun bemerkte Kip es ebenfalls. »Was ist denn das?«

»Ein Zauber. Es scheint hier so ähnlich zuzugehen wie im Hexenwald bei Ilynrah.« Das hätte sie nicht sagen sollen. Kip schoss entsetzt hoch und rannte davon, als sei ein Schwarm Raubwespen hinter ihm her. Als er die »Seeschäumer« erreichte, versuchte er sogar, das Boot allein ins Wasser zurückzuschieben.

»Was ist denn los?«, fragte Girdhan, der es sich auf der Steuerbank gemütlich gemacht hatte.

»Der Wald! Mera sagt, es wäre ein Hexenwald. Ich will weg von hier!« Erneut stemmte Kip sich gegen die Bordwand, brachte das Boot allein jedoch nicht vom Fleck.

»Hilf mir! Schnell!«, herrschte er Girdhan an.

»Du willst doch nicht etwa ohne Mera abhauen und ohne die Prinzessin?«

Girdhans Worte brachten Kip wieder zur Vernunft. Er gab seine sinnlosen Bemühungen auf und holte ein paarmal tief Luft. Dann sah er sich vorsichtig um und sah Mera am Ufer auftauchen. Fleckchen sprang um sie herum und schnappte spielerisch nach ihren Händen.

»Lass das, pfui«, schimpfte Mera, denn sie hatte Beeren gepflückt, die sie Girdhan bringen wollte. Timpo hatte sich derweil in den Stoff auf ihrer Schulter verhakt und schlief. Seine Krallen kratzten bei jeder Bewegung, doch Mera wollte den Kleinen nicht wecken und biss daher die Zähne zusammen.

Neben der »Seeschäumer« blieb sie stehen und bot Girdhan die Beeren an. »Hier, nimm! Die schmecken wirklich herrlich. Beinahe so gut wie die im Hexenwald.«

Der Junge nahm eine Beere mit zwei Fingern, als fürchte er, gebissen zu werden, steckte sie in den Mund und spie sie sofort wieder aus. »Bäh! Das Zeug schmeckt wie Asche, und es brennt im Mund!«

Er eilte zum Wasserschlauch, öffnete diesen und trank, als müsse er einen Brand in seinem Magen löschen.

»He, vergeude nicht das Wasser!«, schimpfte Kip, um dann über sich selbst zu lachen. »Wir können hier unsere Wasservorräte wieder auffrischen.«

»Ich glaube nicht, dass Girdhan das Wasser hier schmecken wird«, wandte Mera ein.

Kip sah sie irritiert an. »Aber du hast das Wasser von der grünen Insel doch auch getrunken.«

»Dort war die magische Farbe nicht so stark. Zu Anfang hat das Grün schon ein bisschen gebrannt, aber inzwischen habe ich mich daran gewöhnt.« Trotz ihrer Worte wunderte Mera sich ebenfalls, dass sie die magische Gegenfarbe vertrug, während Girdhan Probleme bekam.

»Das ist nur eine Frage des Willens! Los, Girdhan, probier noch eine Beere. Du wirst dich daran gewöhnen!« Sie zog sich an Bord und kam mit ausgestreckter Hand auf ihn zu.

Girdhan beäugte die Beere in ihren Fingern misstrauisch, nahm sie dann entgegen und steckte sie in den Mund. Obwohl er das Gesicht schmerzhaft verzog, kaute er diesmal darauf herum und schluckte sie schließlich hinunter.

»Wenn ich kurz vorm Verhungern bin, werde ich das Zeug vielleicht essen können. Jetzt halte ich mich lieber an die getrockneten Fischstreifen.«

Trotz dieser ablehnenden Haltung atmete Mera auf. Es sah so aus, als würde ihr Freund sich an weißmagische Sachen gewöhnen können. Kip und Careela waren normale Menschen und empfanden bei ihren Gegenfarben höchstens ein gewisses Unbehagen. Bei ihr und Girdhan war dies anders. Nun begriff sie, dass es nicht nur Vorteile hatte, eine langlebige Hexe oder ein Magier zu sein. Diese Erkenntnis erinnerte sie wieder an den Zweck ihrer Reise. Doch als sie nach dem feinen Faden suchte, der Timpo mit ihrer Großmutter verband, war dieser in dem alles beherrschenden Weiß kaum noch auszumachen. Sie vermochte nicht einmal mehr die Richtung zu bestimmen, in die er verlief. Es war, als würden die Kräfte, die hier herrschten, das feine Blau verwirbeln.

Mera bekam es mit der Angst zu tun. Hatte sie die Spur verloren? Dann würde sie ihre Großmutter niemals wiedersehen. Mera kämpfte gegen die Tränen an, die ihr in die Augen stiegen, und schniefte.

»Was ist denn los?«, wollte Girdhan wissen.

»Ach, nichts! Mir ist bloß was ins Auge geflogen.« Mera zwinkerte, als müsse sie ein Sandkorn loswerden, das sich unter ihr Augenlid geschoben hatte, und griff nach einem Korb. Der roch zwar nach Fisch, war aber das einzige Gefäß, in das sie die Beeren füllen konnte.

»Ich pflücke uns jetzt einen schönen Vorrat. Da sie magisch nachwachsen, werde ich nicht lange brauchen.« Mit diesen Worten verließ sie die »Seeschäumer« erneut und watete an Land.

Den Busch mit den Beeren fand sie sofort wieder, denn ihre eigenen Fußabdrücke hoben sich leicht blau von dem magischen Weiß ab. Es war angenehm, sich so orientieren zu können, aber dennoch wünschte sie sich an einen anderen Ort. Mit jedem Schritt wurde ihr die Insel unheimlicher, und sie fragte sich, aus welcher Richtung ihnen Gefahr drohte. Bis jetzt hatten sie nur dieses Stück Ufer und den magischen Wald gesehen, und sie bekam das Gefühl, sie müsse unbedingt erfahren, was dahinter lag. Sie überlegte, ob sie auf einen der hohen Bäume klettern und schauen sollte, ob sie tatsächlich nur auf einer kleineren Insel oder auf dem sagenumwobenen Runia gelandet waren. Doch als sie die Stämme musterte, die um sie herum wuchsen, stellte sie fest, dass die ersten Äste erst in einer Höhe von mehr als drei Mannslängen begannen. Zudem war die Rinde so glatt, dass sie Seil und Steigeisen gebraucht hätte, um an ihnen hochklettern zu können.

»Ich sammle rasch ein paar Beeren, und dann verlassen wir auf schnellstem Weg die Insel«, versuchte sie sich selbst zu beruhigen und begann, die Früchte so schnell zu pflücken, wie es ihr möglich war. Doch es dauerte länger, als sie erwartet hatte, bis der große Korb sich endlich füllte.

Plötzlich bemerkte sie, dass ihre Umgebung sich irgendwie veränderte. Sie sah erschrocken auf, konnte aber zunächst nichts feststellen. Dann bemerkte sie, dass Careela verschwunden war. Zur »Seeschäumer« war die Prinzessin nicht zurückgekehrt, sonst hätte sie ihr begegnen müssen.

Reichlich sauer, weil sie nun auch noch nach diesem unvernünftigen Mädchen suchen musste, ließ sie den Korb stehen und lief ein paar Schritte in den Wald hinein. »Careela! Wo bist du? Sag doch was!«, rief sie, erhielt aber keine Antwort.

Dann rief sie nach Fleckchen, damit die Hündin ihr suchen half, aber das Tier ließ sich nicht blicken. Mera wurde flau im Magen. Was konnte Careela und die Hündin fortgelockt haben?

»Fleckchen!«, rief sie diesmal so laut, wie sie es gerade noch wagte. Der Wind trug ihr ein Winseln zu, das aus weiter Ferne zu kommen schien.

»Verdammt, was ist da los?« Mera wollte dem Winseln folgen, sagte sich dann aber, dass sie Girdhan und Kip Bescheid geben musste, und lief erst zum Ufer hinunter. Es war niemand zu sehen, auch kein Fremder, der ihr den Weg versperren wollte. Aber als sie auf die Bucht hinausblickte, war das Boot verschwunden, und von den beiden Jungen gab es ebenfalls keine Spur.

»Bin ich verrückt geworden?« Mera rieb sich über die Augen und starrte auf die Stelle, an der die »Seeschäumer« vorhin noch gelegen hatte. Sie glaubte, im Wasser noch den Abdruck des Kiels zu erkennen, und schüttelte irritiert den Kopf. Hatten Kip und Girdhan die Nerven verloren und waren mit dem Boot in See gestochen, obwohl sie, Careela, Fleckchen und Timpo sich noch an Land befanden?

Aber in dem Fall hätte sie doch das Boot oder wenigstens dessen Segel sehen müssen! Sie kletterte auf einen höher gelegenen Felsen direkt am Ufer und spähte von dort aus über das Meer. Doch auch jetzt war weit und breit kein Segel zu erkennen. Nur die von einem seltsamen weißen Licht erfüllten Wellen rollten gegen das Land an, wie sie es wohl seit Urzeiten taten.

»Das geht nicht mit rechten Dingen zu«, setzte Mera ihr Selbstgespräch fort und überlegte, was sie tun sollte. Gleichzeitig kämpfte sie gegen ihre Angst an, die jeden vernünftigen Gedanken zu ersticken drohte.

Von der ganzen Gruppe waren nur noch sie selbst und Timpo

übrig. Der Rest war ebenso überraschend verschwunden wie ihre Großmutter und Torrix. Deren Entführer hatten sich in einem weißen Nebel versteckt, und nach allem, was Mera inzwischen wusste, waren die Entführer vermutlich auch von weißer Farbe gewesen. Mera fragte sich, ob die Entführer, die ihre Großmutter mitgenommen hatten, vielleicht auch ihre Freunde hatten verschwinden lassen. Wenn es so war, würden ihre Aussichten, selbst den Fängern zu entkommen, so gering sein wie die eines Fisches im Netz.

Bevor sie einen Entschluss oder auch nur einen klaren Gedanken fassen konnte, schien das Land um sie herum im Frost zu erstarren. Es war eine magische Kälte, die vom Meer aufs Ufer zukroch. Nun wallte ein weißer, leuchtender Nebel auf und floss auf sie zu, wie damals in ihrem Traum. Entsetzt sprang sie von dem Felsen herunter und rannte in den Wald.

Der bot jedoch keinen Schutz mehr. Anstelle der Beerensträucher stand überall Gestrüpp herum, das eine fatale Ähnlichkeit mit den Pfeilbüschen des Hexenwaldes aufwies, und die Zweige drehten ihre gefährlichen Geschosse in ihre Richtung. Als sie das zischende Geräusch vernahm, mit dem die Dornen abgeschossen wurden, warf sie sich zur Seite und stürzte zu Boden.

Das Geschoss sauste um Haaresbreite an ihr vorbei. Gleichzeitig erklang ein weiteres Zischen. Mera rollte sich blitzschnell um die eigene Achse. An der Stelle, an der sie eben noch gelegen hatte, steckte einer der langen Dornen im Moos. Das war der Auftakt zu einer Hetzjagd, bei der sie Haken schlagen musste wie ein Kaninchen. Zwei- dreimal zuckten die Dornenpfeile so knapp an ihr vorbei, dass sie eine Berührung spürte. Getroffen wurde sie glücklicherweise nicht. Doch dann wurde auch der weiche Moosboden zu ihrem Feind. Er sonderte eine glibbrige Flüssigkeit ab, die wie Leim an ihren Sohlen haftete.

Für ein paar Augenblicke sah es so aus, als wäre Meras Weg zu Ende. Doch sie riss sich mit einem Wutschrei los und rannte weiter. Die Pfeilbüsche hatten sich inzwischen wieder in Stellung gebracht, und zwei der Dornen trafen sie, einer am linken Unterarm und der andere an der rechten Schulter. Der Schmerz war so stark, dass Mera gellend aufschrie. Sie wollte nach den Dornen greifen und sie herausziehen, erinnerte sich aber noch rechtzeitig an die Männer im Hexenwald, bei denen sich die scharfen Widerhaken tief ins Fleisch gebohrt hatten, und lief einfach weiter.

Mit einem Mal blieb der Wald hinter ihr zurück und mit ihm auch die Pfeilbüsche. Einige der Bäume am Waldsaum versuchten noch, sie mit langen, tentakelartigen Zweigen zu packen, doch Mera schlüpfte unter ihnen hindurch und war fürs Erste in Sicherheit.

Vor ihr erstreckte sich eine Hügelkette, die vom Wald aus nicht zu sehen gewesen war. Weiß leuchtendes Gras und leicht golden schimmernde Felsen überzogen die Hänge. In der Deckung einer Felsnase, die beinahe so groß war wie der »Blaue Fisch«, ließ Mera sich zu Boden sinken und schnappte erst einmal nach Luft. Als sie sich den Schweiß von der Stirn wischte, sah sie auf ihren Händen den Widerschein des blauen Feuers, das aus ihren Augen schlug. Auch das wenige aus ihren Wunden austretende Blut schimmerte blau, und sie begriff, dass ihre magischen Fähigkeiten es ihr ermöglicht hatten, dem mörderisch gewordenen Wald zu entkommen.

Die Frage war nur, wer den Wald so verändert hatte? Erneut bedauerte sie es, so wenig über die Welt der Magier und Hexen zu wissen. Allerdings bezweifelte sie, dass ihre Fähigkeiten ausreichen würden, sich gegen jemanden zu behaupten, der einem ganzen Hexenwald seinen Willen aufzwingen konnte.

3

Nachdem der Wald eben noch wie ein lebendiges Wesen getobt hatte, war es jetzt gespenstisch still geworden. Aber Meras Gefühl sagte ihr, es sei die Ruhe vor dem Sturm, und ihr Herz zog sich bei dem Gedanken an das zusammen, was noch auf sie zukommen würde. Sie fror, obwohl die Sonne wieder warm vom Himmel schien, und sie hatte Durst. Das Plätschern einer Quelle in ihrer Nähe lockte sie schließlich aus ihrem Versteck. Sie schlich vorsichtig in ihre Richtung und nutzte dabei jede Deckung. Einerseits war ihr klar, dass sie den Gegner, auf den sie und ihre Freunde hier getroffen waren, damit nicht beirren konnte; andererseits mussten ihre Fähigkeiten auch in dieser Situation zu etwas nütze sein, denn sie war immer noch auf freiem Fuß.

Die Quelle entsprang einer steilen Wand und lief von dort in Richtung Wald. Mera probierte das Wasser vorsichtig. Es schmeckte gut und erfrischte. Erleichtert trank sie sich satt und ließ auch Timpo trinken, der sich unter ihr Hemd verkrochen hatte. Dann sah sie sich ihren verletzten Arm an. Er blutete nicht mehr, und ihr war, als säße der Pfeildorn nicht mehr ganz so tief im Fleisch. Als sie genauer hinschaute, stellte sie fest, dass das Geschoss langsam aus der Wunde gedrückt wurde, ohne dass sich die Widerhaken spreizen und im Fleisch festsetzen konnten. Das musste auch etwas mit ihren Fähigkeiten zu tun haben, dachte sie mit einer gewissen Erleichterung. Obwohl sie ihre Schulter nicht sehen konnte, spürte sie, dass der Dorn auch dort aus ihr herauswuchs.

Mera blies die Luft aus den Lungen und dankte der Blauen Göttin für diese Gabe. Dann sah sie sich um, und als sie niemand entdeckte, stieg sie den nächstgelegenen Hügel hoch. Obwohl um sie herum alles ruhig blieb, war sie innerlich so angespannt wie eine Bogensehne. Irgendwo, das fühlte sie, lauerte der unbekannte Feind darauf, sie in eine Falle zu locken.

Entgegen ihrer Erwartung erreichte sie den Gipfel und konnte sich umsehen. Das Eiland, auf dem sie gelandet waren, war so klein, dass man es bequem zu Fuß umrunden konnte. Sie und ihre Freunde hatten es nur deshalb für größer gehalten, weil es direkt vor einer viel größeren Landmasse lag. Die Küste des Landes, auf das sie hinüberschauen konnte, erstreckte sich von Nordosten nach Südwesten, ohne dass Mera trotz ihres erhöhten Standpunkts ein Ende erkennen konnte.

Ein weißes, magisches Leuchten ging von der großen Insel aus, so stark, dass es Mera blendete. Vor ihr lag Runia, die sagenumwobene Heimat jenes geheimnisvollen Volkes, das vor tausend Jahren das erste gurrländische Imperium niedergeworfen hatte. Diese Wesen erlaubten keinem Menschen, ihre See zu befahren oder gar diese Insel zu betreten. Mera fragte sich, ob ihr Auftauchen einfach nur jene Schutzzauber in Gang gesetzt hatte, die die kleine Insel gegen Eindringlinge verteidigen sollten, oder ob es hier etwas gab, das die Runier ganz besonders schützen wollten?

War der zornig gewordene Wald nur eine Reaktion auf ihr Eindringen, wie der Zauber, der auch die See von Fremden frei hielt? Dann, so hoffte Mera, würde es ihr mit etwas Glück vielleicht gelingen, ihre Freunde zu finden und zu befreien. Sollte aber jemand absichtlich ihrer Gruppe aufgelauert haben ... Sie beendete diesen Gedankengang nicht, um sich nicht selbst zu entmutigen. Auf alle Fälle machte es ihr die geringe Größe der Insel leichter, mit ihrer Suche zu beginnen. Allerdings würde sie sich etwas einfallen lassen müssen, um die Pfeilbüsche davon abzuhalten, sie in ein Nadelkissen zu verwandeln.

Während Mera Pläne schmiedete, besserte sich ihre Laune, und als auf einmal ihr Rücken juckte, bewegte sie unwillkürlich die Muskeln. Etwas fiel zu Boden, und als sie sich danach bückte, war es der Dorn, der sie getroffen hatte. Nun löste sich auch das Geschoss aus ihrem Arm und fiel heraus, ohne dass mehr als ein paar Tropfen Blut aus der Wunde traten.

Ihre Großmutter war eine starke Heilerin gewesen, und sie hatte diese Gabe offensichtlich von ihr geerbt. Zufrieden drehte Mera sich um und wollte den Hügel hinabsteigen. Da tauchten wie aus dem Nichts sechs weiße Gestalten in weiten Gewändern vor ihr auf und streckten ihr die Arme entgegen. Seile aus reiner Magie schnellten auf sie zu, umschlangen sie und rissen sie zu Boden. Der Schmerz war kaum auszuhalten, und Mera schrie so laut, dass es von den Hügeln widerhallte. Gleichzeitig spürte sie, wie ein Teil ihrer selbst erstarrte, und dann wurde ihr schwarz vor Augen.

Als Hände nach ihr griffen, kam sie wieder zu sich und spürte, wie sie aufgehoben wurde. Sie öffnete vorsichtig die Augenlider und musterte ihre Feinde durch einen schmalen Spalt. Ihre Entführer waren keine grässlichen Gurrländer, sondern hohe, schmale Wesen mit langen, weißen Haaren und Augen, deren Iris silbern schimmerte. Ihre Haut und die Gewänder, die sie trugen, waren ebenfalls von einem makellosen Weiß.

Während die sechs Runier sie den Hügel hinabschleppten, stellte Mera fest, dass diese Leute trotz ihrer Größe und ihrer überschlanken Figur recht menschlich wirkten. Natürlich würde niemand sie für Menschen halten, aber sie waren den Bewohnern des übrigen Inselreichs ähnlicher, als die Sagen es hatten vermuten lassen. Ihre Kleidung bestand aus weit geschnittenen Tuniken, die bei einigen die Arme frei ließen. Zwei trugen Umhänge, die sich im Wind bauschten, und zwei andere seltsame Kappen, die um die Stirn eng anlagen und oben in einer Spitze ausliefen. Ob diese Kopfbedeckungen den Rang ihrer Träger kennzeichneten oder den Geschmack ihres Trägers zum Ausdruck brachten, konnte Mera nicht herausfinden.

Seltsamerweise redeten die Runier miteinander, ohne die Münder zu bewegen. Auch drangen keine Worte an Meras Ohren. Dennoch konnte sie verstehen, was die sechs miteinander sprachen. Es dauerte eine Weile, bis Mera begriff, dass diese Wesen einfach ihre Gedanken austauschten und sie irgendwie mithören konnte.

»Es war ziemlich leicht, die kleine Hexe zu fangen. Zunächst sah es ja aus, als könnte sie uns mehr Widerstand entgegensetzen«, dachte eben einer.

»Nach den Maßstäben der Kurzlebigen ist sie noch ein Kind. Mich wundert mehr, wie es ihr und ihren Begleitern überhaupt gelungen ist, so tief in unsere Gewässer einzudringen. Beinahe hätten sie die Küsten Runias erreicht«, antwortete eines der Wesen, das Mera für eine Frau hielt.

»Das Mädchen hier ist der Spur des Salasas gefolgt, das es bei sich hat, und deswegen konnte der Schirm es nicht verwirren. Das Tier dürfte dem Magier oder der Hexe gehören, die wir entführt haben.« Der Mann, der dies dachte, klang arrogant, wurde aber sofort von der Frau zurechtgewiesen.

»Sei still! An Geheimnisse dieser Art solltest du nicht einmal denken. Nicht jeder unseres Volkes teilt unsere Haltung, und einige werden uns auch jetzt wieder kritisieren.«

»Diese Leute besitzen nicht die Macht, uns daran zu hindern, zu tun, was getan werden muss. Wir stehen hier im Namen der Königin, und deren Weisung ist, uns nicht in die Probleme der Menschen hineinziehen zu lassen.«

»Auch wenn der größte Teil unseres Volkes samt der Königin auf unserer Seite steht, sollten wir einige Dinge tief in unserem Innern verbergen. Das jugendliche Alter dieser Gefangenen könnte Mitleid erwecken und etliche fordern lassen, sie freizugeben.«

»Nicht diese Hexe hier und auch nicht den Gurrimbastard!« Der Runier war so erregt, dass er diese Worte nicht nur dachte, sondern auch aussprach.

Die Frau, die recht hochrangig zu sein schien, obwohl sie keine Mütze, sondern einen Umhang trug, herrschte den Sprecher an. »Schweig endlich! Hier vernehmen die Blätter sogar das Raunen im Wind und geben es an die Runi weiter, die ihnen zuhören – und das sind nicht immer unsere Freunde. Natürlich geben wir diese Gefangenen nicht frei. Aus diesem Grund werden wir sie auch nicht nach Runia bringen.«

»Wo willst du sie dann hinschaffen?«, fragte ein anderer Mann verwundert.

»Es gibt unter den Hügeln eine Höhle, in die wir sie sperren können. Wenn wir den Zauber stark genug weben, wird niemand auf sie aufmerksam werden.«

Nach diesen Worten herrschte gedankliche Stille, und Mera sank in einen Zustand, der einem von Albträumen zerrissenen Schlaf glich. Sie wurde ihrer Umgebung erst wieder gewahr, als ihre Entführer am Fuße eines Hügels anhielten und sie dort auf den Boden legten.

Die Anführerin der Gruppe blickte sich kurz um, so als wollte sie sichergehen, dass niemand ihr Tun beobachtete, und streckte dann beide Arme mit einer heftigen Bewegung nach vorn.

Ein gedanklicher Befehl blitzte auf, allerdings nur als Symbol, das Mera zwar empfing, aber nicht verstand. Daraufhin öffnete sich die Flanke des Hügels und gab eine Höhlung frei, deren hinteres Ende nicht zu erkennen war. Zwei der Runier packten sie und schleiften sie tief in den Hügel hinein.

Die Anführerin folgte ihnen, ohne ihre Gefangene aus den Augen zu lassen. »Ich werde einen starken Zauber weben müssen, damit die kleine Hexe ihn nicht durchbrechen kann«, dachte sie mehr für sich als für die anderen.

Ihre beiden Begleiter legten Mera ab und drehten sich zu ihr um. »Was machen wir mit dem Boot der Menschen? Wenn jemand es entdeckt, wird es Fragen geben, und wir müssen den anderen die Gefangenen zeigen. Wie du schon richtig sagtest, sind die Eindringlinge so jung, dass sie auch das Mitleid jener erregen könnten, die auf unserer Seite stehen.«

»Ich werde das Boot mit einem Zauber versehen, der es aus unseren Gewässern steuern und schließlich versenken wird«, antwortete die Anführerin kühl und lähmte Timpo, der sich noch immer in Meras Schulter verkrallt hatte, mit einem einzigen weißen Blitz aus ihren silbernen Augen.

Kurz darauf kamen die anderen drei Runier herein. Jeder von ihnen trug einen von Meras Begleitern über der Schulter, und einer hatte sich zusätzlich noch Fleckchen unter den freien Arm geklemmt. Meras Freunde waren bewusstlos und so schlaff wie Segeltuch bei Windstille. Die Runier legten sie neben Mera, sammelten sich um ihre Anführerin und legten ihr die Hände auf die Schultern. Sie selbst hob die Arme und sprach mit melodischer Stimme einige Verse, die sich in Meras Gedanken zu Bildern formten.

»Fleisch werde zu Stein auf ewig
Schlafen sollt ihr für alle Zeit
Niemals erwachen noch denken
Eins werden mit dem Fels, der euch umgibt!«

Noch während die Runierin dies gleichzeitig dachte und sprach, spürte Mera, wie der Boden unter ihr weich wurde und sie und ihre Freunde langsam darin einsanken. Gleichzeitig kroch etwas wie zäher Brei in ihre Glieder und die Gedanken und ließ sie erstarren.

»Nein! Nicht!«, wollte sie noch schreien, da senkte sich ein weißer Schleier über sie, und sie spürte, wie ihre Kraft erlosch.

Die Anführerin der Runier blickte auf die vier Kinder, die im Fels versanken, als bestünde dieser aus weichem Wachs. Dann wandte sie sich mit zufriedener Miene um und kehrte zum Höhleneingang zurück. Ihre fünf Gefährten folgten ihr schweigend. Draußen sprachen die sechs noch einen Zauber, der den Hügel wieder verschloss.

»Es ist gut getan!« Die Gedankenstimme der Anführerin kämpfte die Zweifel nieder, die einige ihrer Begleiter quälten. Auf ihren Wink hin stellten sie sich im Kreis auf und fassten einander an den Händen. Ihre silbernen Augen glühten auf, und ihre Münder murmelten Worte, die sie so stark und mächtig nicht in Gedanken formulieren konnten. Das Wissen um das, was hier eben geschehen war, und die Tatsache, dass es überhaupt Gefangene gab, versank in den Tiefen ihres Gedächtnisses, so dass kein unbedachter Gedanke es einem anderen ihres Volkes verraten konnte. Auch sie selbst würden sich nur unter Mühen daran erinnern können und Bilder, die in ihnen hochstiegen, als Traumgebilde abtun.

Als dies geschehen war, nickte die Anführerin ihren Begleitern zu und winkte ihnen, ihr zu ihrem eigenen Schiff zu folgen, das auf der anderen Seite der Insel am Ufer lag. Unterdessen löste sich die »Seeschäumer«, die bislang unter einem Unsichtbarkeitszauber gelegen hatte, vom Strand. Ihr Segel wurde wie von Geisterhand aufgezogen und füllte sich mit dem magischen Wind, den die Runierin beschworen hatte.

Schon bald würde Kips Boot das Seegebiet der Runier verlassen haben, um hundert oder zweihundert Meilen weiter auseinanderzubrechen und in den Tiefen des Meeres zu versinken.

Doch die »Seeschäumer« blieb nicht unbemerkt, denn sie kreuzte den Kurs eines nur halb so großen Schiffchens, das langsam vor der Insel dahinzog.

4

Hekendialondilan saß auf der Rückbank ihres Bootes und blickte nachdenklich auf die See hinaus. Sie hatte die Einsamkeit des Meeres gesucht, um ihren Gedanken freien Lauf lassen zu können, ohne dass jemand anderes sie auffing. Dabei hatte sie nichts zu verbergen, sondern wollte nur Ruhe vor unerbetenen Ratschlägen finden.

Es war nicht leicht, jung und gleichzeitig die einzige ihrer Generation zu sein. Alle Runi, die sie kannte, waren um vieles älter als sie und hielten sich natürlich auch für weiser. Obwohl sie ihre erwachsenen Freunde und Bekannten mochte, war sie deren ständige Ermahnungen leid, ihre Gedanken und Worte besser im Zaum zu halten. Wie sollte sie das tun, wenn der Zorn sie übermannte und alles in ihr danach drängte, den Älteren Vorhaltungen zu machen?

Die Einzige, die sie verstand, war ihre Mutter, doch auch sie schien längst vergessen zu haben, dass die Gedanken einer jungen Runi nicht nur vom Verstand, sondern auch von Gefühlen beherrscht wurden.

»Ich soll nicht immer den Mund benutzen, sondern senden. Pah! Ich soll leiser denken. Pah!«, schimpfte sie vor sich hin und korrigierte den Kurs ihres Bootes ein wenig. Sie durfte nicht zu nahe an die Insel herankommen, weil Sianderilneh, die Cousine der Königin, mit mehreren Gefährten ganz plötzlich dorthin aufgebrochen war, um ein Picknick zu veranstalten. Vermutlich wollten sie mit ihren Gefolgsleuten aber nur einen Ort aufsuchen, wo sie unbelauscht von anderen Runi, die nicht zu ihrem Kreis gehörten, ihre Gedanken austauschen konnten. Sie selbst spürte kein Verlangen, die Gruppe zu belauschen, denn sie mochte Sianderilneh nicht und wollte ihr nicht zu nahe kommen.

Mit einem Mal sah Hekendialondilan verblüfft auf. Sie spürte einen Zauber auf eng begrenztem Raum und sah durch den Nebel, der sich vor dem Bug ihres Bootes erhob, ein Schiff, das nicht von Runia stammen konnte. Es handelte sich um ein plumpes, altes Ding, das beinahe doppelt so lang war wie ihr eigenes Gefährt. Das blaue Segel, das von magischen Winden gefüllt wurde, verriet, dass der Kahn blauen Menschen gehörte. Das wunderte sie, denn Menschen wurden üblicherweise bereits zweihundert Meilen weiter draußen von den Schutzzaubern ihres Volkes ferngehalten. Schon Jahrhunderte vor ihrer Geburt, die allerdings erst dreihundert Jahre zurücklag, hatte kein Schiff, das nicht von Runi gebaut worden war, die innere See von Runia befahren.

Hekendialondilan erinnerte sich an die beiden Menschen, die vor Kurzem von Sianderilnehs Untergebenen auf die Insel gebracht worden waren. Man hatte sie aus ihrer Heimat entführt, und ihre

Mutter hatte diese Angelegenheit eine Wahnsinnstat genannt. Dafür war sie von der Königin schwer gerügt worden. Sianderilneh, so hieß es, hatte auf die Weise verhindern wollen, dass die beiden Gefangenen, ein Magier und eine Hexe, den Schleier eines Geheimnisses lüfteten, der über Runia lag. Anscheinend hatte die Cousine der Königin ihre Spuren nur unzureichend verwischt, denn sonst wäre das Schiff dort vorne nicht vor Runia aufgetaucht. Die junge Runi fragte sich, ob die Leute, denen dieses Schiff gehörte, tatsächlich auf der Suche nach den Entführten gewesen sein konnten. Wenn es so war, besaßen die Menschen wesentlich größere Kräfte, als Sianderilneh und die meisten ihres Volkes ihnen zubilligen wollten.

Neugierig geworden lenkte Hekendialondilan ihr Boot um das andere Schiff herum. Von der Besatzung war niemand zu sehen. Kühn geworden fuhr sie so nahe an den Kahn heran, dass sie über die Bordwand blicken konnte. Auch jetzt konnte sie niemanden entdecken. Mit einem Satz sprang sie hinüber und untersuchte die Kajüte, während ihr Boot dem hölzernen Kahn folgte wie ein Kalb der Mutter.

Das Schiff der Menschen war leer. Sie konnte jedoch noch die magischen Spuren derer auffangen, die sich an Bord aufgehalten hatten. Zwei von den Leuten, hatten keine magischen Fähigkeiten und ließen sich nur mit Mühe als blau und violett identifizieren. Die schwarze Präsenz war um einiges stärker, wurde aber noch von einem Blau übertroffen, das zu einer noch recht jungen, weiblichen Person gehört haben musste. Deren magische Farbe erinnerte sie an die alte Hexe, die Sianderilnehs Leute nach Runia gebracht hatten. Die Schwingungen waren einander so ähnlich, dass es sich bei dem Mädchen um die Tochter oder Enkelin der Entführten handeln musste.

In dem Augenblick war Hekendialondilan sich sicher, dass das Auftauchen dieses Schiffes kein Zufall gewesen sein konnte. Die Menschen hatten mitbekommen, wer die Hexe und den Magier verschleppt hatte, und diese Gruppe war den Entführern bis fast an die Küste Runias gefolgt.

Hekendialondilan kicherte, als sie sich vorstellte, wie Sianderilneh reagieren würde, wenn sie davon erfuhr. Dann aber begriff sie, was geschehen sein musste, und zuckte zusammen, als hätte sie einen Schlag erhalten. Das Schiff fuhr unter Sianderilnehs Zauber. Also hatte diese sich der Besatzung bemächtigt und würde sie nun wahrscheinlich gerade als Gefangene nach Runia bringen. Die Leute taten ihr leid, denn Königin Menanderah würde diese Menschen ebenso in ein magisches Gefängnis sperren wie die beiden anderen. Auch wenn sie dieses Vorgehen, das einem Mord gleichkam, abscheulich fand, konnten weder sie noch ihre Mutter etwas daran ändern.

Mit diesem trüben Gedanken verließ die junge Runierin das Menschenboot und kehrte auf ihr eigenes zurück. Ihre Neugier war jedoch erwacht, und daher richtete sie den Bug auf die kleine Insel. Mühelos fand sie die Stelle, an der die Fremden angelandet waren. Auch dort hing noch ein wenig von Sianderilnehs Magie in der Luft. Die Reste würden jedoch bald verwehen, und daher beeilte Hekendialondilan sich, den Spuren der Eindringlinge zu folgen. Am leichtesten tat sie sich bei den Fußstapfen des magisch begabten Mädchens, die sich blau aus dem hier herrschenden Weiß abhoben. Sie stellte fest, dass die Fremden sich an dem Ganzjahresbeerenbusch gesättigt hatten, und pflückte selbst ein paar Beeren, die sie im Gehen aß. Von dort führten die blauen Spuren zu einer Quelle, dann in wildem Zickzack durch den Wald und auf den höchsten Hügel hinauf.

Von hier aus hatte das Mädchen wahrscheinlich nach Runia hinübergespäht. Auch Hekendialondilan blickte in Richtung ihrer Heimat und entdeckte das Boot, mit dem Sianderilneh und deren Begleiter dorthin zurückkehrten. Ihre Augen waren scharf, und sie vermochte neben der Cousine der Königin fünf weitere Leute zu erkennen, aber keine Gefangenen. Das irritierte sie. Was hatte

Sianderilneh mit den Eindringlingen gemacht? Eigentlich hätte Sianderilneh die Leute der Königin und dem Großen Rat vorführen müssen, auch wenn deren ungerechtes Urteil von vornherein feststand.

Wollte sie der Königin und den anderen Runi etwa die Information, dass Fremde auf einer der vorgelagerten Inseln gelandet waren, vorenthalten? Das gehörte sich einfach nicht, fand Hekendialondilan. Wenn auch nicht alle ihres Volkes der gleichen Meinung waren wie die Königin und deren Berater, so hatten sie doch ein Recht darauf, zu erfahren, was hier geschah.

Bislang hatte Hekendialondilan sich nicht für Politik interessiert. Sie war noch viel zu jung, um im Großen Rat sprechen zu dürfen, und bislang der Meinung gewesen, alles, was dort beschlossen wurde, würde dem Wohl ihres Volkes dienen. Nun aber nagten Zweifel an ihr.

Sie trat ein paar Schritte zurück, so dass sie von Sianderilneh und deren Begleitern nicht gesehen werden konnte, sollten diese zufällig zurückblicken, und überlegte, was sie tun sollte. Im Grunde gehörte es sich auch nicht, den Taten anderer Runi nachzuspüren. Aber sie war von einer Neugier erfüllt, die die älteren Mitglieder ihres Volkes längst verloren hatten. Außerdem, entschuldigte sie sich, hatte Sianderilneh sich durch ihre Handlung verdächtig gemacht.

Dieser Gedanke gab den Ausschlag. Auch die Cousine der Königin hatte nicht das Recht, etwas vor dem Volk zu verbergen, und daher war es ihre Pflicht aufzudecken, was hier geschehen war. Kurz blitzte die Überlegung in ihr auf, dass sie sich damit die Feindschaft dieser mächtigen Frau zuziehen würde. Doch was konnte Sianderilneh ihr schon antun, außer sie zu tadeln? Natürlich konnte sie andere dazu bringen, sie nicht mehr zu beachten, so dass sie in die Einsamkeit gestoßen wurde. Aber solange die Runi, die auf der Seite ihrer Mutter standen, sie als Teil der Gemeinschaft ansahen und Gedanken mit ihr austauschten, störte sie die Missachtung derjenigen nicht, die falsch handelten. Sie schob die Frage, welche

Konsequenzen sie zu fürchten hatte, schnell beiseite und begann, die Hügel abzusuchen, um die Spuren des Zaubers zu finden, den Sianderilneh und ihre Gefährten gewoben haben mussten.

Hekendialondilans Sinne führten sie zu einer sanft aufsteigenden Hügelflanke, die noch von ziemlich starker Magie umgeben war. Als sie den Ort näher untersuchte, entdeckte sie winzige Spuren von Blau, das aus dem Innern des Hügels herausdrangen. Hatte Sianderilneh die Fremden dort eingesperrt? Sie tastete die Stelle gründlich ab. Die Abschirmmagie war sehr stark und hätte jeden, der ohne Verdacht hierhergekommen wäre, dazu gebracht, sich nicht um diesen Hügel zu kümmern. Auch Hekendialondilan schwankte, ob sie weitermachen oder aufgeben und ihre Mutter informieren sollte. Diese würde ihr jedoch raten, die Dinge auf sich beruhen zu lassen oder sich an die Königin wenden. Aber bei Menanderah und ihren Beratern war sie schon in der Vergangenheit nicht sonderlich beliebt gewesen, weil sie es gewagt hatte, trotz ihrer Jugend eine eigene Meinung zu haben.

»Ich brauche einen Beweis!«, sagte Hekendialondilan laut zu sich selbst und setzte sich mit überkreuzten Beinen vor den Hügel. Sie würde all ihre Kraft und viel Zeit brauchen, um die Zauber, die Sianderilneh hier gewoben hatte, aufzutrennen. Doch ob sie dies in einer Stunde, an einem Tag, in einem Monat oder gar in einem Jahr schaffte, spielte bei ihrem Volk keine Rolle.

5

Hemor, Geheimer Staatsrat und Berater Ihrer Majestät, Königin Ilnas V., hatte sich schon wohler in seiner Haut gefühlt. Die Finger um die Reling gekrallt, stand er am Heck der »Ilna II.«, des neuen Flaggschiffes der ilyndhirischen Flotte, und starrte auf die von Masten und Segeln übersäte See. Die »Ilna II.« führte fast zweihundert Schiffe an. Doch bei den meisten handelte es sich um Fischerboote und kleine Handelsschaluppen, die bis an den Rand mit Soldaten und Ausrüstung beladen waren. Dazwischen segelte die »Wardania«, das Flaggschiff der wardanischen Kriegsflotte. Obwohl das Herzogtum Wardania seit vielen Generationen zum Reich der Nördlichen Inseln gehörte, beharrten die Bewohner auf ihrer Eigenständigkeit und sahen sich nur in Personalunion mit dem Reich Ilyndhir verbunden. Daher besaßen sie eine eigene Flotte, ihre eigene Armee und ihren ganz eigenen Stolz.

Das Blau ihrer Segel war heller als das der ilyndhirischen Schiffe, und ihre Flaggen trugen andere Symbole. Da die Wardanier auch nicht bereit waren, sich unter das Kommando eines ilyndhirischen Admirals zu stellen, musste Hemor als Vertreter der Königin das Amt eines Koordinators der Streitkräfte des Vereinigten Königreiches ausüben. Im Grunde hieß das, den Puffer zwischen dem königlich ilyndhirischen und dem wardanischen Großadmiral zu spielen. In dieser Rolle hatte er dafür zu sorgen, dass die beiden Herren ihre jeweiligen Befehle absprachen und die Zusammenarbeit nicht aus persönlicher Abneigung hintertrieben.

Hemor fragte sich, wie es erst auf Gelonda zugehen würde, wenn er sich mit den Feldmarschällen der beiden blauen Heere auseinandersetzen und ihr Vorgehen mit den einheimischen Streitkräften koordinieren sollte. Dabei mussten sie einem Heer und einer Flotte entgegentreten, die scheinbar von einem einzigen Willen angetrieben wurden. In Augenblicken wie diesem bedauerte er es, dass die Königin sich zu einem Bündnis mit den Mittleren Inseln hatte hinreißen lassen. Die Verantwortung für die vielen Schiffe und die darauf eingepferchten Soldaten ließ ihn nachts nicht mehr schlafen. Immer wieder sah er in seinen Albträumen die Schwarzen Galeeren auftauchen, und er war überzeugt, dass die eigenen Schiffe Gelonda nicht unbeschadet erreichen würden.

Ein Schatten fiel auf ihn. Als Hemor sich umdrehte, sah er eine zierliche Gestalt in einem weiten, blauen Federmantel vor sich. Ein Schleier bedeckte das Gesicht der Frau, aber das Tuch konnte das grelle, blaue Licht nicht verbergen, das aus den Augen der Hexe schlug. Sie hieß Mirzah und war eine von Torrix' besten Schülerinnen. In den Augen vieler Höflinge und auch der magisch Begabten wäre sie eine bessere Wahl für den Posten der Zweiten Hexe gewesen. Nun begleitete sie die Truppen auf ihrer gefährlichen Reise und bot ihnen damit einen gewissen magischen Schutz.

Prüfend blickte sie über die Schiffe und sah dann Hemor an. »So in Gedanken, großer Feldherr?«

Sie nahm den Höfling nicht ganz ernst, denn sie wusste ebenso wie die Offiziere des Heeres, dass die militärischen Erfahrungen des Geheimen Rates sehr gering waren. Der ilyndhirische Großadmiral behauptete sogar, Hemor sei militärisch gesehen ein Schwachkopf, der höchstens Spielzeugschiffchen und Holzsoldaten in der Sandkiste herumgeschoben hätte. Nichtsdestotrotz war der Geheime Staatsrat der Vertreter der Königin. Daher wagte niemand, ihn offen zu kritisieren. Die beiden Großadmiräle hatten sich stattdessen an Mirzah gewandt und von ihr eine Taktik erarbeiten lassen, wie man gegen die Schwarzen Galeeren vorgehen sollte. Die Hexe war sicher, dass die Flotte bald auf gurrländische Schiffe stoßen würde. Schon seit dem Morgengrauen spürte sie etwas Schwarzes im Südosten, das stetig näher kam.

Hemor versuchte seinen trockenen Mund mit der Zunge zu befeuchten und ließ die Reling los. »Ich habe Angst. Wenn ich einen Fehler mache, werden Tausende sterben!«

Mirzah hätte ihm sagen können, dass die Großadmiräle und auch die kommandierenden Offiziere Hemors Anweisungen wohlweislich übergingen und nach eigenem Gutdünken handelten. Daher konnte er gar keinen Fehler machen. Sie verstand ihn jedoch. Krieg war ein schmutziges Geschäft, und dieser wurde besonders erbarmungslos geführt.

Ein magischer Hauch ließ die Hexe aufschrecken, und sie blickte über das Deck nach vorne. Die See war noch frei, doch sie fühlte, dass sich die Schwarzen Galeeren jenseits des Horizonts zum Angriff bereit machten. Nun wurde es Zeit zu handeln.

»Im Namen Ihrer Majestät muss ich Euch jetzt auffordern, das Flaggschiff zu verlassen und Euch an Bord eines der kleineren Schiffe zu begeben«, erklärte sie Hemor.

Er starrte Mirzah überrascht an. »Aber wieso?«

»Weil ich es befehle!« Sie winkte einige Matrosen heran und wies sie an, ein Beiboot für Hemor fertig zu machen.

Der Großadmiral und der Kapitän des Schiffes hatten Mirzahs Worte mitbekommen und eilten auf sie zu. »Was ist los?«, fragten sie wie aus einem Mund.

»Wir werden angegriffen. Ich spüre, wie die Schwarzen Galeeren sich nähern. Aus diesem Grund werden der Geheime Staatsrat und Ihr, Großadmiral, gemäß den Anweisungen der Königin auf ein anderes Schiff überwechseln.«

»Aber das geht doch nicht! Ich bin der oberste Kommandant der Flotte!« Der in einer prunkvollen Uniform steckende Großadmiral starrte die Hexe beleidigt an, wirkte gleichzeitig jedoch zutiefst verunsichert. Man hatte ihn in friedlicheren Zeiten auf diesen Posten gesetzt, weil er ein enger Verwandter der Königin war. Dabei war er für dieses Amt noch weniger geeignet als Hemor für seine Aufgabe als Koordinator. Nichtsdestotrotz waren die beiden Männer für die Moral des Königreiches unentbehrlich und durften daher nicht in Gefahr geraten.

Mirzah sah die drei Männer vor sich hoheitsvoll an. »Im Namen Ihrer Majestät Ilna V. übernehme ich den Oberbefehl über dieses Schiff und die Flotte! Kapitän, lasst das vereinbarte Signal aufziehen!«

Während der Kapitän, der sich des Ernstes der Lage bewusst war, salutierte und losstiefelte, um den Befehl der Hexe zu befolgen, protestierten Hemor und der Großadmiral. Mirzah ließ sich jedoch auf keine Diskussion ein. Ein Zauber verschloss die Münder der beiden

Männer, und ein weiterer brachte sie dazu, den Matrosen, die sie auf ein anderes Schiff schaffen sollten, widerstandslos zu folgen.

Die Hexe musterte das nächstgelegene Boot und nickte zufrieden. Es handelte sich nur um ein altes Fischerboot, das die Kennung von Ilynrah am Bug trug, aber gerade deswegen war es geeignet, die beiden Würdenträger an Bord zu nehmen. Die Gurrländer würden sich zuerst den größeren Schiffen zuwenden, von denen eine Gefahr für sie ausgehen konnte, und mit etwas Glück entging der Kahn dort unten ihrer Aufmerksamkeit.

Als Hemor und der Großadmiral von Bord geschafft worden waren, winkte sie den Kapitän wieder zu sich. »Vier Kriegsschiffe sollen uns folgen. Für den Rest gilt das Signal ›Alles zerstreuen‹!«

Der Kapitän kratzte sich unschlüssig im Nacken. »Glaubt Ihr wirklich, dass das richtig ist? Meiner Ansicht nach sollte die Flotte zusammenbleiben.«

»Damit läge sie nur wie ein perfekt aufgetischtes Mahl vor den Schwarzen Galeeren!«, antwortete die Hexe mit bitterem Auflachen. »Nein, mein Guter! Diesmal sollen die Herrschaften aus Gurrland kein so leichtes Spiel mit uns haben. Es soll sie einiges kosten, unsere Schiffe zu versenken. Wenn die Flotte sich zerstreut, kann ein Teil des Heeres Gelonda oder wenigstens Malvone erreichen. Wir verfügen über mehr als zweihundert Boote und kleine Handelssegler, und wenn die Schwarzen Galeeren einzeln Jagd auf diese Schiffe machen müssen, kommen die meisten durch. Außerdem habe ich vor, den Gurrländern ihren Spaß ein wenig zu vermiesen!«

Der Kapitän sah aus, als habe er gerade sein eigenes Todesurteil vernommen. Zwar hatte er seinen Mut zuletzt an Bord der »Trymai« bewiesen, doch da seinem neuen Schiff bei der bevorstehenden Auseinandersetzung die entscheidende Rolle mit dem Feind zufiel, würde er in Kürze wieder den Schwarzen Galeeren gegenüberstehen müssen.

Mirzah beachtete ihn nicht weiter, sondern schritt nach vorne zum Bug und spähte in die Ferne. Ihr magischer Blick reichte weiter als die Augen des Spähers oben im Krähennest, und sie fühlte, wie jene schwarzen Ungeheuer ihre gesamten Kräfte anspannten, um über die zusammengewürfelte Flotte herzufallen.

Auf ihr Handzeichen hin änderte der Steuermann den Kurs. Schnell überzeugte sie sich, dass die vier größten Kriegsschiffe der »Ilna II.« folgten, während der Hauptteil der Flotte immer weiter auseinanderdriftete und dabei den Wind so gut nutzte, wie es den einzelnen Schiffsführern möglich war.

Alles lief so, wie sie es geplant hatte. Sie konzentrierte sich auf sich selbst, spürte das Strömen der Magie, die sie mit ihren Zaubersäften angesammelt hatte, und ging in Gedanken noch einmal die Formeln durch, die sie bald würde sprechen müssen.

»Kommt nur, ihr schwarzen Bestien! Hier werdet ihr euer blaues Wunder erleben!«, flüsterte sie und streckte die Arme gen Himmel. Magisches Licht umspielte ihre Hände. Es würde auf jeden anderen Zauberer bis weit über die Kimm wie ein Leuchtfeuer wirken. Ihr war ein wenig mulmig zumute, weil sie zugleich die stärkste Waffe ihrer Flotte und den Köder darstellte, der die Feinde in die Falle locken sollte. Die Gurrländer hatten auf Gelonda hohe Verluste einstecken müssen, weil die dortigen Magier und die geflüchteten Ardhu-Hexen sich erfolgreich zur Wehr gesetzt hatten. Daher machten sie nun Jagd auf jede magisch strahlende Person. Die Schwarzen würde alles daransetzen, auch sie, Mirzah, zu vernichten.

Ihr Magen verknotete sich zu einem glühenden Punkt, als sie spürte, dass der Feind seine Richtung änderte und nun genau auf die »Ilna II.« zuhielt. Dennoch lächelte sie grimmig. Kommt nur!, dachte sie intensiv.

Wie gewöhnlich handelte es sich um sechs große Galeeren. Es kreiste bereits das Gerücht, die Gurrländer würden nicht mehr Schiffe besitzen und diese sechs durch Zauberkraft von einem Seegebiet ins andere versetzen, um den Anschein einer großen Flotte zu erwecken. Mirzah hielt das für dummes Gerede, aber dennoch würde der Verlust dieser sechs Schiffe den Kaiser von Gurrland schmerzen. Sie richtete ihre Sinne auf die Galeeren und spürte, wie Vorfreude in ihr aufstieg und den letzten Rest Furcht vertrieb. Bis jetzt war alles so gelaufen, wie Yanga und sie es sich ausgedacht hatten. Die Galeeren waren auf den Köder hereingefallen und würden die anderen Schiffe vorerst in Ruhe lassen. Damit war sehr viel gewonnen, insbesondere wenn es ihr gelang, den Rest des Plans in die Tat umzusetzen.

6

Die Matrosen hatten Hemor und den Großadmiral befehlsgemäß auf das nächstgelegene Schiffchen gebracht, ohne sich darum zu kümmern, ob das Boot dem hohen Status der Herren angemessen war. Jetzt standen die beiden eingezwängt zwischen gewöhnlichen Soldaten und versuchten ihrer Empörung Herr zu werden.

»He, du da! Bringe uns auf das Flaggschiff zurück!«, rief Hemor dem Schiffer zu. Dieser, ein drahtiger Mann mittleren Alters, kümmerte sich nicht um den Befehl, sondern blickte zu den Flaggensignalen hinüber, die eben auf der »Ilna II.« aufgezogen wurden.

Als er die Symbole entziffert hatte, schüttelte er den Kopf. »Das ist leider nicht möglich! Der Befehl lautet, uns zu zerstreuen und von den anderen Schiffen fernzuhalten. Eure Exzellenzen werden daher ein wenig länger auf meinem Kahn mitfahren müssen.«

Hemors Begleiter wurde rot vor Zorn und stampfte auf das Deck. »Willst du wohl gehorchen? Ich bin der Großadmiral!«

»Laut den Instruktionen, die wir in Ilynrah erhalten haben, müssen wir den Signalen des Flaggschiffs Folge leisten, und das tun wir jetzt!« Ohne sich weiter um seine unfreiwilligen Passagiere zu kümmern, zog der Schiffer die Ruderpinne herum und steuerte das Boot schärfer an den Wind. Es nahm sofort Geschwindigkeit auf und entfernte sich rasch von der »Ilna II.« und ihren Begleitschiffen.

»Das ist Meuterei! Ich werde dich in Eisen legen und kielholen lassen«, schäumte der Großadmiral.

Inzwischen hatte Hemor den Schiffer genauer angesehen und merkte, wie sich ihm die Haare sträubten. Es handelte sich um jenen Mann, der vor wenigen Wochen dem geflohenen Gurrlandbastard und der jungen Hexe geholfen hatte zu entkommen. Gewiss war dieser Mann ebenfalls ein Agent der Gurrländer und würde sie an diese Bestien ausliefern. Bei dieser Erkenntnis stieß er zwei der Soldaten an, die wie verschreckte Kälber auf dem Boden des Schiffchens hockten.

»Werft den Mann da über Bord!«

»Aber das ist doch der Schiffer«, protestierte einer von ihnen.

»Na, und? Das ist ein Befehl!«, fuhr Hemor ihn an.

Hannez hob die Augenbrauen und setzte ein Grinsen auf, obwohl ihm die Gefahr bewusst war, in der er schwebte. »Und wer steuert dann das Boot?«

Seit man ihn und die übrigen Fischer von Ilynrah samt ihren Schiffen kurzerhand in die königliche Flotte eingegliedert hatte, konnte Hannez das Leben einfach nicht mehr ernst nehmen. In seinem Boot hockten mehr als dreißig junge Soldaten, die während der bisherigen Fahrt wahrscheinlich mehr Gebete an die Große Blaue Göttin gerichtet hatten als in ihrem ganzen Leben. Der Weg nach Gelonda war weit und mit den überladenen Schiffen auch ohne Feindberührung riskant. Das war auch dem unerfahrensten Soldaten klar. Aus diesem Grund war keiner von ihnen bereit, Hemors Anweisung zu befolgen.

Dem Geheimen Staatsrat blieb angesichts dieses kollektiven Ungehorsams die Luft weg. »Macht schon! Werft diesen Mann über Bord. Er ist ein Spion der Gurrländer!«

»Als wenn die es nötig hätten, sich eines einfachen Fischers zu bedienen! Die nehmen doch lieber Leute aus dem Palast oben, die wirklich wichtig sind«, erklärte ein Soldat, der Hannez seit Langem kannte und sich weitaus enger mit ihm verbunden fühlte als mit den beiden geschniegelten Herren. Seine Kameraden stimmten ihm lebhaft zu, denn sie hatten keine Lust, ohne einen kundigen Schiffer auf dem Meer herumzuirren.

Der Großadmiral stellte sich in Positur und sah die Männer strafend an. »Wollt ihr wohl gehorchen, Gesindel! Tut endlich, was der hohe Herr Hemor euch angeschafft hat!«

»Und wer soll das Schiff lenken, wenn unser Kapitän weg ist?«, wiederholte einer der Soldaten die Frage, auf die Hannez keine Antwort erhalten hatte.

»Ich werde das Steuer übernehmen«, erklärte der Großadmiral selbstbewusst.

»Ihr könnt doch Steuerbord und Backbord nur deshalb auseinanderhalten, weil immer einer hinter Euch steht, der es Euch einsagt.« Hannez fand die Situation immer mehr zum Lachen. Der Mann, der sich stolz Großadmiral der königlichen Flotte nannte, wäre bei den ilyndhirischen Fischern nicht über den Posten eines Hilfsmatrosen hinausgekommen. Nur seine Verwandtschaft zur Königin und sein gesellschaftlicher Rang hatten ihn in diese Stellung gehoben.

»Wenn wir mit solchen Anführern den Krieg gewinnen sollen, muss die Große Göttin Ilyna mehr als ein Wunder tun!« Mit diesen Worten kehrte er den beiden Männern den Rücken zu und richtete sein Augenmerk wieder auf das Meer.

Hemor und der Großadmiral wollten sich eine solche Missachtung ihrer Autorität nicht gefallen lassen und drohten den Soldaten schwere Strafen an.

Die aber lachten die beiden Höflinge aus. »Befehle dürfen wir nur von unserem Leutnant und dessen Unteroffizier entgegennehmen. Ersterer hat es jedoch vorgezogen, auf der Privatjacht unseres Obersts mitzufahren, und den Unteroffizier hat er gleich mitgenommen. Daher müsst Ihr warten, bis wir wieder auf sie treffen, damit sie Eure Befehle an uns weitergeben können.«

»Wisst ihr nicht, wer ich bin?«, schrie Hemor wutentbrannt.

»Doch, Euer Exzellenz, aber wir ...« Zu mehr kam der Sprecher nicht, weil ein anderer Soldat entsetzt aufschrie und nach Steuerbord zeigte.

»Die Schwarzen Galeeren!«

In dem Augenblick waren sowohl Hemors Befehl als auch die Renitenz der Soldaten vergessen. Die beiden Edelmänner starrten Hannez ebenso Hilfe suchend an wie der Rest der Besatzung.

Der erfahrene Fischer schätzte den Kurs und die Geschwindigkeit der Angreifer ab. »Die Kerle halten auf die ›Ilna II.‹ und ihre Begleitschiffe zu und machen nicht einmal den Versuch, die Boote in ihrer Nähe zu überfahren. Wenn unsere Kriegsschiffe die Galeeren auch nur für kurze Zeit beschäftigen, könnten wir es schaffen.«

Hemor atmete sichtlich auf. »Tu alles, was getan werden muss, damit wir diesen Bestien entkommen.«

»Keine Sorge, Eure Exzellenzen. Ich habe keine Lust, mein Boot von denen zerschneiden zu lassen wie einen Laib Brot. Und jetzt setzt Euch endlich und rührt Euch nicht mehr! Wir liegen bereits tief genug im Wasser. Wenn mein guter alter Kasten zu schaukeln beginnt, laufen wir voll und saufen ab.«

Da die Edelleute nicht sofort reagierten, zogen die Soldaten sie kurzerhand zu sich herab. Kurz darauf hockten die beiden Höflinge so eingekeilt zwischen den Männern, dass sie gerade noch ihre Finger zu rühren vermochten. Sie beschwerten sich nicht mehr, sondern jammerten nur noch, denn die Angst vor den Schwarzen Galeeren hielt auch sie in den Klauen.

Einige Soldaten erhoben sich auf die Knie, um über die Bordwand zu spähen und einen Blick auf die feindlichen Schiffe zu erhaschen, setzten sich aber rasch wieder hin und flehten die Große Ilyna an, sich ihrer zu erbarmen.

Der Einzige, der bei dem Anblick des Feindes keine Miene verzog, war Hannez. Er hatte bereits einen Angriff der Schwarzen Galeeren erlebt und war ihnen entkommen. Das hatte er auch jetzt vor. Im Stillen dankte er der Blauen Göttin für die Hexe, die sich bei der Flotte befand. Den Fähigkeiten dieser mutigen Frau war es zu verdanken, dass der Feind nicht überraschend über die noch in voller Ordnung fahrende Flotte hatte herfallen können. Sonst wären den Schwarzen Galeeren schon etliche Boote und Schiffe zum Opfer gefallen. Vermutlich würden die Angreifer nun die »Ilna II.« und deren Schwesterschiffe in den Grund bohren, aber die meisten anderen Ilyndhirer und Wardanier hatten eine Chance zu entkommen.

»Was tut sich da draußen, Schiffer?«, fragte Hemor. Es hörte sich so kleinlaut an, als bereue er, dass er ihn eben noch hatte ersäufen lassen wollen.

Hannez beschattete seine Augen, spähte schräg nach achtern und grinste breit. Gerade führten die fünf eigenen Kriegsschiffe kunstvolle Segelmanöver aus, um die Galeeren mit günstig stehendem Wind anzugreifen. Die Gurrländer kamen jedoch mit stetem Ruderschlag näher und schossen die ersten Feuerkugeln ab. Dabei zielten sie auf die Segel der Ilyndhirer, um die Schiffe bewegungsunfähig zu machen.

Während Hannez sich besorgt fragte, was die eigenen Schiffe den Angreifern entgegenzusetzen hatten, sah Mirzah die flammenden Geschosse kommen und lenkte sie durch ihren Zauber ab. Dann ließ sie die eigenen Kugeln hinüberfeuern. Diese glichen den Stoffbällen, mit denen die Kinder in den Straßen Ilynrahs spielten, doch als eine davon ein gurrländisches Schiff traf, stieß die Hexe die Hand nach vorne. Der Ball glühte auf und zersprang in tausend Funken, die sich über das Deck ergossen. Offiziere, Matrosen und Ruderer wurden getroffen und schrien vor Schmerz, als sich das magische Feuer in ihre Körper bohrte. Der Rumpf der Galeere vermochte dem Zauber ebenfalls nicht zu widerstehen und ging an mehreren Stellen zugleich in Flammen auf.

Angesichts des brennenden Schiffes machte sich ein rachsüchtiges Lächeln auf Mirzahs Gesicht breit. Sie hatte soeben bewiesen, dass die Schwarzen Galeeren nicht unbesiegbar waren, wie überall erzählt wurde, und sie hatte die Gurrländer einen Preis für die versenkten Schiffe der eigenen Flotte zahlen lassen. Auf einen Wink von ihr schossen die Mannschaften an den Wurfschleudern der »Ilna II.« weitere Bälle ab. Eine zweite Galeere wurde getroffen und brannte kurz darauf lichterloh, während die überlebenden Gurrländer über Bord sprangen und um ihr Leben schwammen.

Mirzah begann bereits zu hoffen, den Feind abwehren zu können. Auch die Matrosen an Bord der »Ilna II.« und ihrer kleineren Begleitschiffe schöpften neuen Mut und schossen ihre magischen Kugeln auf die Feinde ab. Allerdings gelang es der Hexe nur, einen Ball bei jeder Salve zur Explosion zu bringen. Bei der dritten Galeere tat sie es um einen Wimpernschlag zu spät, denn einer der Gurrländer hatte das Geschoss gepackt und über Bord geworfen. Eine Wassersäule schoss hoch und leuchtete in glühenden Farben, doch als sie wieder zusammenbrach, setzte die Galeere ihren Weg unversehrt fort.

Ein Aufschrei der Matrosen ließ Mirzah herumfahren, und sie begriff, dass sie nicht gleichzeitig die eigenen Schiffe schützen und die des Feindes angreifen konnte. Eine Feuerkugel der Gurrländer hatte ihre Abschirmung durchbrochen und eines der Begleitschiffe in Brand gesetzt. Auch dort sprangen die Männer der Besatzung über Bord, um dem Feuer auf dem Wrack zu entkommen. Zornig und gereizt setzte sie ihre Angriffe fort. Eine weitere Galeere fiel ihrem Zauber zum Opfer, doch der Feind traf immer besser.

Mirzah spürte, wie ihre Kräfte abnahmen, und sie begriff, dass sie ein anderes Mittel einsetzen musste. Ein schneller Rundblick verriet ihr, dass die feindlichen Galeeren sich mit Rammgeschwindigkeit näherten. Mit einem wuterfüllten Aufschrei griff sie unter ihren Federmantel und holte mehrere Spruchrollen heraus, die sie und Yanga in mühevoller Arbeit mit magischer Tinte beschrieben und mit machtvollen Zauberformeln gefüllt hatten.

Mirzah zerriss die erste. Sofort füllte ein günstiger Wind die Segel ihrer Schiffe und schob sie wie eine magische Hand nach vorne, so dass die Rammsporne der anstürmenden Galeeren dicht hinter den blauen Rümpfen ins Leere stießen. Nun aber waren die blauen und schwarzen Kriegsschiffe auf so kleinem Raum versammelt, dass man einen Ball von einem Ende zum anderen hätte werfen können.

Mit einem triumphierenden Blick hob Mirzah die mächtigste der Spruchrollen, die sie von Yanga erhalten hatte, und brach das Siegel auf. Für die Dauer eines Herzschlags erloschen alle Geräusche um sie herum. Dann raste eine blaue Lichtsäule mit ohrenbetäubendem Heulen gen Himmel. Noch während sie sich wunderte, wieso dieser Zauber anders wirkte, als Yanga es ihr beschrieben hatte, spürte sie die schwarze Kraft, die aus der Ferne nach ihr griff, und erahnte den tödlichen Blitz, der auf sie niederfahren würde. Im letzten Augenblick gelang es ihr, den größten Feuerball an Bord der »Ilna II.« zu entzünden. Bevor die tödliche Macht des schwarzen Fluches sie selbst einhüllte, sah sie, wie die Explosion die restlichen Geschosse an Bord erfasste und das Flaggschiff durch die Wucht des magischen Feuers in Stücke gerissen wurde.

Die zauberischen Funken und die Wrackteile der »Ilna II.« prasselten wie Hagelkörner auf die anderen Schiffe nieder und setzten sie in Brand.

Obwohl der Großteil der Flotte sich schon weit genug entfernt hatte und daher nur noch einige wenige von dem Feuersturm erfasst wurden, musste Hannez geblendet die Augen schließen. Seinen Passagieren erging es kaum besser, und die meisten schrien auf, als stünden sie selbst in Flammen.

»Was geschieht da?«, rief Hemor mit schriller Stimme.

Hannez atmete tief durch und schüttelte sich. »Unsere fünf Kriegsschiffe und die sechs Schwarzen Galeeren wurden soeben durch einen ungeheuren Zauber vernichtet. Ich glaube nicht, dass es dort Überlebende gibt.«

Ihm war klar, dass er nicht in der Lage gewesen wäre, Schiffbrüchige an Bord zu nehmen. Sein Boot war bereits überladen, und jeder Mann zusätzlich konnte es zum Kentern bringen. Mit Tränen in den Augen wandte er dem Schauplatz des schrecklichen Geschehens den Rücken zu und starrte nach vorne. Zum zweiten Mal innerhalb weniger Wochen hatten Kriegsschiffe der Königin ihm geholfen, den Schwarzen Galeeren zu entkommen, und langsam wurde ihm der Preis dafür zu hoch. Neben all den Offizieren und Mannschaften an Bord war auch eine der fähigsten Hexen des Reiches mit untergegangen. Diese Frau würde bei der Verteidigung der Heimat bitter fehlen.

7

Es war nur ein Hauch weißer Magie, der Mera berührte. Dennoch wachte sie auf und wollte ihre Augen öffnen. Das aber ging nicht. Es war, als habe sie keinen Körper mehr. Soweit sie es erkennen konnte, bestand sie nur noch aus einem winzigen Funken, der im Nichts schwebte. Für einige Augenblicke geriet sie in Panik, kämpfte ihre Angst jedoch rasch nieder und versuchte sich klarzumachen, was mit ihr, Girdhan und den anderen geschehen war.

Zunächst waren ihre Gedanken nur ein Wirbelsturm verzerrter Bilder, die sie weder festhalten noch verstehen konnte. Mühsam versuchte sie, sich zu erinnern. Sie war von Ilyndhir aus aufgebrochen, um ihre Großmutter zu suchen, die wahrscheinlich von Gurrländern entführt worden war. Doch der magische Faden, dem sie gefolgt war, hatte sie an eine Küste der geheimnisvollen Inseln der Runier geführt. Das wunderte sie auch jetzt wieder, denn dieses Volk hielt sich von den Menschen und Gurrländern gleichermaßen fern. Für einen Augenblick nahm sie an, die Truppen des Kaisers hätten diese Inseln erobert und ihre Großmutter aus irgendeinem unerfindlichen Grund hierher verschleppt. Doch dann hätte sie magisches Schwarz spüren müssen. Außerdem waren die Runier so mächtig, dass nicht einmal die übermenschlich starken Gurrländer es wagen konnten, sie anzugreifen.

Vielleicht war sie einer List der unbekannten Entführer aufgesessen und in eine Falle gelockt worden? Aber dazu hätten diese von Timpo und dem magischen Band zwischen ihrer Großmutter und dem Tierchen wissen müssen. Und das war unwahrscheinlich, denn schließlich hatte es auf Ilyndhir sonst niemanden gegeben, der die Entführer verfolgen konnte. Soweit Kip erfahren hatte, war selbst die Zweite Hexe der Königin nicht in der Lage gewesen, die Spur der beiden Verschleppten aufzunehmen.

Wahrscheinlich war sie selbst einem Hirngespinst aufgesessen und hatte nur geglaubt, einen Faden zu sehen, rein aus dem Wunsch heraus, die Großmutter zu finden.

Diese Überlegung war alles andere als angenehm, half ihr aber, wach zu werden und sich auch an das zu erinnern, was zuletzt geschehen war. Sie und ihre Freunde waren von Runiern gefangen genommen und in eine Höhle eingesperrt worden, wohl als Strafe dafür, dass sie in deren Gebiet eingedrungen waren.

Hatten die Runier vielleicht die Entführer ihrer Großmutter gefasst und diese ebenso wie ihre Opfer festgesetzt? Oder waren ihnen die Entführer entkommen? Mera sah sich so vielen Rätseln gegenüber, dass sie am liebsten wieder in den Schlaf gesunken wäre. Aber ihre Angst, niemals wieder aufzuwachen, war zu groß. Zudem hatte sie das Gefühl, es würde jemand nach ihr tasten, der sich zwar weiß anfühlte, aber doch weniger feindselig war als diejenigen, die sie hier eingesperrt hatten.

Sie stemmte sich gegen die betäubende Magie, und ihr Geist warf mit einem Ruck die letzten Fesseln ab, die ihm einen ewigen Schlaf aufzwingen wollten. Nun spürte sie Girdhans Anwesenheit. Er kämpfte ebenfalls gegen den Erstarrungszauber an, allerdings mit weniger Erfolg als sie. Dann nahm sie die fremde Präsenz deutlicher wahr und zuckte zurück. Es musste sich ebenfalls um einen Runier handeln.

»Kannst du mich hören, Hexe?« Das Wesen rief sie in seinen Gedanken.

»Wer bist du?«, fragte Mera.

Als Antwort kam ein für sie unverständliches Symbol, gefolgt von normalen Worten.

»Du musst mir helfen, Hexe. Allein wird es mir nicht gelingen, den Zauber zu lösen, der euch festhält. Es besteht die Gefahr, dass ihr im Fels erstickt. Ich bin noch lange nicht so stark wie Sianderilneh, und selbst die hat ihn zusammen mit einigen Helfern weben müssen.«

»Wie kann ich dir helfen? Ich verstehe noch nicht genug von Magie – eigentlich fast gar nichts.«

Hekendialondilan begriff, dass sie keine ausgebildete Hexe vor sich hatte, sondern ein junges Mädchen mit viel Talent. Gerade das erregte ihr Mitleid und gab ihr das Gefühl, richtig zu handeln. Schnell sandte sie der Blauen auf magischem Weg ein Lächeln. »Keine Sorge! Zu zweit schaffen wir das schon. Du musst nur tun, was ich dir sage. Vor allem aber versuche deinen schwarzmagischen Freund zu beruhigen. Das unkontrollierte Aufwallen seines Geistes stört meine Konzentration.«

»Er hat wohl deine Gegenfarbe, was?« Mera kicherte in Gedanken, denn sie konnte sich vorstellen, dass Girdhans schwarze Ausstrahlung auf ein Geschöpf der weißen Farbe arg störend wirken musste. Sie vergaß jedoch nicht, was sie ihrer so unerwartet aufgetauchten Helferin schuldig war, und überlegte, wie sie sich Girdhan bemerkbar machen könnte.

Hekendialondilan bekam mit, wie ängstlich und unsicher die junge, blaue Hexe herumtastete, und wunderte sich über diese seltsamen Menschen. Bei ihrem Volk lernten bereits die Kinder im Mutterleib, wie sie ihre Kräfte benutzen mussten. Sie erinnerte sich noch gerne an den Augenblick ihrer Geburt, den sie gedanklich mit ihrer Mutter und deren Freundinnen geteilt hatte. Sie war von allen liebevoll empfangen und rasch mit all dem Wissen versorgt worden, das eine junge Runi benötigte. Das Menschenmädchen aber wusste nichts mit seinen Fähigkeiten anzufangen.

Zum ersten Mal in ihrem Leben fühlte Hekendialondilan sich einem anderen Wesen überlegen, quittierte den Gedanken aber mit einem Lächeln und schob ihn von sich weg. Diese Haltung war einer Runi nicht würdig. Das galt aber auch für Sianderilnehs Treiben. Aus diesem Grund fühlte sie sich verpflichtet, ihrem Volk zu zeigen, dass die Cousine der Königin gegen die elementarsten Regeln der Gemeinschaft verstoßen hatte, indem sie im Geheimen Dinge tat, die alle betrafen.

Ruhig und konzentriert wies sie die junge Hexe, die sich Mera nannte, an, wie sie sich mit ihrem schwarzen Freund in Verbindung setzen konnte. Dann wartete sie ab, ob der Junge sich beruhigen würde. Obwohl er ihre Gegenfarbe besaß, empfand sie keinen Hass auf ihn. Er konnte nichts für den magischen Hauch, der ihn erfüllte. Die Götter hatten es so bestimmt, dass er mit seiner Ausstrahlung ihre eigene Magie störte. Im Gegensatz zu Sianderilneh wäre sie deshalb nicht in der Lage gewesen, ihn an Körper und Geist zu lähmen, um dann ihre Zauber ungestört sprechen zu können, und sie hätte es auch nicht gerne getan.

Mera hatte der Fremden aufmerksam zugehört und richtete ihre Gedanken nun auf ihren Freund, dessen Bewusstsein sich noch immer in den magischen Fesseln wand. »Girdi, hörst du mich?« Sie verwendete den Kosenamen ihrer Kinderzeit und spürte, wie er darauf ansprach.

»Meri, bist du es?« Er wirkte verwirrt und schien zu glauben, einen Albtraum zu durchleben.

»Girdi, du musst dich konzentrieren. Wir erhalten Hilfe, aber das Mädchen, das uns hier herausholen kann, ist von weißmagischer Farbe, und da stört dein unkontrolliertes geistiges Herumschlagen.«

Mera bekam mit, wie Girdhan im Geiste den Kopf schüttelte. »Ich hab doch gar nichts Magisches!«

»Doch, das hast du – wenigstens in einem gewissen Maß. Wahrscheinlich hätte Torrix deine Fähigkeiten ebenfalls erkannt, wenn er dich genauer angesehen hätte. Auf jeden Fall hast du welche, und die musst du jetzt unter Kontrolle bringen. Ich sage dir, wie es geht.«

Das klang ein wenig überheblich, denn Mera musste sich erst jeden einzelnen Schritt von ihrer unbekannten Helferin erklären lassen, bevor sie die Anweisungen an Girdhan weitergeben konnte. Es gelang ihr jedoch besser, als sie erwartet hatte, und schon nach kurzer Zeit war der Junge in der Lage, seinen Geist so zu beherrschen, dass keine störenden Schwingungen mehr nach außen drangen.

Hekendialondilan nahm es lächelnd zur Kenntnis. Eine gewisse Lernfähigkeit konnte man diesen Menschen nicht absprechen. Nun fiel es ihr leichter, den Kontakt mit Mera zu halten und ihre Kräfte über das Mädchen wirken zu lassen. Auf diese Weise vermochte sie Sianderilnehs Zauber mit viel weniger Anstrengung aufzulösen, als wenn sie es allein versucht hätte. Sie fühlte, wie der Fels seine Gefangenen unter protestierendem Ächzen freigab, so als passte es ihm nicht, dass ein junges Mädchen ohne jeden Rang das Werk einer Höheren zunichtemachte. Doch er vermochte sich dem Willen dieser Runi nicht lange zu widersetzen und gab die Gefangenen frei. Auch der Hügel öffnete sich und bildete einen Stollen, der in die Höhle führte. Hekendialondilan schritt vorsichtig hinein, denn sie wusste nicht, ob die Cousine der Königin Überraschungen für ungebetene Neugiersnasen hineingepflanzt hatte. Ihre scharfen Augen benötigten keine Fackel oder Laterne, und so erreichte sie mühelos die Stelle, an der die vier jungen Menschen lagen. Die, die Mera genannt wurde, hatte ein Salasa bei sich. Das war ein weiteres Zeichen dafür, dass sie über große Kräfte verfügte, denn diese Tiere schlossen sich nur stark magisch Begabten an. Das

Salasa war noch bewusstlos, begann sich aber zu entsteinern, und Hekendialondilan, die sich schon lange ein eigenes Tier gewünscht hatte, nutzte die Gelegenheit, um über sein seidenweiches Fell zu streicheln.

Dann aber richtete sie ihre Gedanken auf ihre Aufgabe. Sie musterte die vier starren Gestalten, die mehr Statuen glichen als lebenden Wesen, und überlegte, wen sie als Erstes hinaustragen sollte. Die Mera-Hexe musste bis zuletzt bleiben, denn sie brauchte deren Kraft, damit der Hügel sich nicht vorzeitig schloss. Auch den Schwarzen durfte sie nicht sofort wegbringen, da Sianderilnehs Zauber ihn als Feind ansehen konnte. Die junge Runierin ergriff mit der einen Hand Kip und mit der anderen Careela und zerrte sie ins Freie.

Der Hügel protestierte, wagte aber nicht, sich wieder zu schließen, während sie selbst sich in seinem Innern befand. Sie legte die beiden Befreiten rasch ab und drang wieder in den Stollen ein. Die Wände rückten ein wenig zusammen, wichen jedoch wieder zurück, als sie magische Kräfte dagegenwarf. Kaum aber hatte sie Mera und Girdhan gepackt und wollte mit ihnen die Höhle verlassen, ging ein Ruck durch den Hügel, und er versuchte ihr, einer Runi, den Weg zu verstellen.

Hekendialondilan war so empört, dass sie beinahe die beiden Menschen fallen gelassen und mit bloßen Händen auf die sich immer enger schließenden Felswände eingeschlagen hätte. Ihr Verstand behielt jedoch die Oberhand. Sie hastete weiter und hechtete schließlich samt ihrer Last ins Freie. Im selben Augenblick schloss sich der Hügel hinter ihr und klemmte ihren rechten Fuß ein. Zu ihrem Glück handelte es sich aber nicht um Gestein, sondern nur noch um mit Steinen durchsetzte Erde, und so konnte sie ihn einfach herausziehen. Ihr Stolz war stärker verletzt als ihr Knöchel, und daher nahm sie sich sogleich vor, Sianderilneh vor dem versammelten Rat zur Rede zu stellen. Soweit sie wusste, hatte noch nie eine Runi einen Zauber gewirkt, der sich gegen andere ihres

Volkes richtete. Damit hatte die Cousine der Königin bereits zum zweiten Mal gegen die Gesetze von Runia verstoßen. Das war ein böses Vorzeichen, und Hekendialondilan fragte sich, ob in ihrer Heimat Probleme bestanden, von denen sie nichts mitbekommen hatte.

Kochend vor Zorn, aber auch mit einem mulmigen Gefühl im Magen humpelte sie weiter zur Quelle, um ihren Durst zu löschen. Die Befreiten ließ sie derweil am Fuß des Hügels liegen. Als sie zu ihnen zurückkehrte, kauerte die blaue Hexe bereits am Boden und würgte.

»Das sind die Folgen des Versteinerungszaubers. Warte, ich helfe dir.« Hekendialondilan kniete neben Mera nieder, nahm deren Hände in die ihren und blickte ihr in die Augen, die leuchtend blaue Funken sprühten. Sie hatte bereits gehört, dass magisch begabte Menschen Feueraugen in den Farben ihrer Götter besaßen. Aber sie hatte es sich nie so recht vorstellen können. Als sie das Mädchen näher betrachtete, musste sie sich eingestehen, dass sie so gut wie nichts über die Menschen wusste. Sie kannte nicht einmal die Namen ihrer Inseln und Reiche und hatte keine Ahnung, wie sie lebten. Eines aber merkte sie rasch: Die junge blaue Hexe war fast am Verdursten, aber ihre Übelkeit hinderte sie daran, zur Quelle zu gehen.

Hekendialondilan beruhigte Meras rebellische Eingeweide mit einem Heilzauber und half ihr auf die Beine. »Dort vorne ist Wasser!« Sie sprach es nur in Gedanken aus, so wie sie es bei ihrem Volk gewöhnt war, doch in ihrem schlechten Zustand schien das Mädchen Schwierigkeiten zu haben, sie zu verstehen. Erst als sie es in Richtung der Quelle zog, begriff es, was sie wollte.

Mera war zu aufgeregt und zu erschöpft gewesen, um sich für ihre Retterin zu interessieren. Als sie jedoch ihren ersten Durst gestillt hatte, sah sie neugierig zu Hekendialondilan auf. Wieder erschrak sie, denn dieses Wesen sah genauso aus wie die Leute, die sie gefangen und in den Hügel eingesperrt hatten. Dann bemerkte sie aber einige Unterschiede. Diese Runierin war kleiner als die anderen und hatte ihre weißen Haare zu einem langen Zopf geflochten, in dem Blüten steckten. Ihr Gewand bestand aus eng anliegenden Hosen, die knapp unter dem Knie endeten, sowie einer ärmellosen Tunika. Dazu trug sie Schuhe, die sich wie eine zweite Haut um ihre Füße schmiegten und die Zehen einzeln umhüllten.

Auch war die Farbe der Kleidung kein reines Weiß, sondern flimmerte je nach Lichteinfall in anderen Schattierungen. Die Hosen färbten sich an den Stellen, an denen die Sonne sie traf, grün. Die Tunika funkelte gelb in der Sonne. Von Blau, Violett oder gar Schwarz fand sich jedoch keine Spur. Das Gesicht des Runiermädchens, das Mera noch etwas jünger schätzte als sich selbst, war sehr schmal, und es besaß fein gezeichnete, lange Ohren, die sie wie eine Katze aufstellen und bewegen konnte. Die silbernen Augen wirkten neugierig, aber ihr Blick war frei von der Abneigung und dem Hass, den sie bei den sechs anderen festgestellt hatte.

Mit einem schüchternen Lächeln sprach sie das Runiermädchen an. »Herzlichen Dank, dass du uns da herausgeholt hast.«

»Es war nicht recht von Sianderilneh, euch dort einzusperren. Sie hätte euch nach Runia bringen und dem Rat übergeben müssen.« Jetzt, da sie die Fremden befreit hatte, quälten Hekendialondilan Zweifel, ob sie richtig gehandelt hatte. Die Cousine der Königin hatte gewiss einen triftigen Grund, die Gefangenen hier zu verbergen. Vielleicht war Sianderilneh bereits dabei, dem Großen Rat Bericht zu erstatten, und würde bald zurückkommen, um die Fremden zu holen.

Der Gedanke, die Mera-Hexe und deren Begleiter gegen ein Mitglied des eigenen Volkes unterstützt zu haben, wog schwer. Vielleicht war es ein Fehler gewesen? Aber sie hatte die Sache nun einmal begonnen und musste sie bis zum Ende durchstehen. Daher straffte Hekendialondilan ihre Schultern und nickte Mera zu.

»Komm mit! Wir müssen nach deinen Freunden sehen. Sie werden sicher bald aufwachen.«

8

Kip und Careela lagen noch in tiefster Bewusstlosigkeit, Girdhan aber versuchte schon, sich aufzurichten. Da ihm seine Arme und Beine nicht so gehorchten, wie sie sollten, kippte er immer wieder um.

Mera eilte zu ihm hin und hielt ihn fest. »Hör auf zu strampeln! Du musst erst wieder richtig zu dir kommen.«

»Mir ist so schlecht!«, jammerte er.

»Sieh zu, dass du das Zeug aus dem Magen bringst. Danach wird es dir besser gehen!«

Mera hielt ihn so, dass er erbrechen konnte, und wunderte sich, als er kleine Steine mit hervorwürgte.

»Sag mal, was hast du gegessen?«, fragte sie verdattert.

Hekendialondilan lachte silberhell auf. »Das ist eine Folge des Versteinerungszaubers, den Sianderilneh über euch geworfen hat. Du konntest ihn ganz auflösen, doch bei den anderen sind Teile des Mageninhalts versteinert geblieben. Deine beiden anderen Gefährten werden dies auch durchmachen müssen.«

»Ihre Sonstwashoheit auch?«, fragte Girdhan mit einem Seitenblick auf Careela.

Als Hekendialondilan nickte, konnte er sogar lachen. »Das gönne ich ihr. Für diesen Anblick kotze ich sogar gerne.« Er setzte seinen Ausspruch auch gleich in die Tat um, doch schon bald hörten seine Würgekrämpfe auf, und er vermochte aufzustehen.

Das Runiermädchen sah ihn kopfschüttelnd an. Die Menschen waren an sich schon seltsam, doch dieser Junge ihrer Gegenfarbe übertraf alles, was sie bisher erlebt hatte. Anscheinend waren die Anhänger des schwarzen Gottes tatsächlich jene Barbaren, von denen die Lieder ihres Volkes kündeten. Daher nahm sie sich vor, bei ihm auf der Hut zu sein. Obwohl er von einem weißen Zauber getroffen worden war, erholte er sich rasch davon und wirkte schon jetzt frischer als Mera, die doch vor ihm erwacht war und zudem jene heilenden Kräfte besaß, die ihm fehlten.

Seine Worte lenkten Hekendialondilans Interesse auf das zweite Mädchen der Gruppe, das Careela genannt wurde. Ihre Götterfarbe war violett, und daher wunderte sie sich über die Abneigung des Schwarzen. Nach den heiligen Lehren galten die beiden Farben doch als eng befreundet. Mit dem Gefühl, dass die Menschen noch wunderlicher waren, als sie gedacht hatte, kümmerte sie sich nun um die Violette und den blauen Jungen. Beide besaßen kaum magische Kräfte und konnten daher auch nicht gegen die Entsteinerungskrämpfe ankämpfen. Sie krümmten sich am Boden und würgten sich schier die Seele aus dem Leib.

Hekendialondilan bedeutete Mera, sich des Jungen anzunehmen, und nahm das Mädchen in die Arme. Sanft redete sie auf sie ein und ließ sehr vorsichtig Heilmagie in sie hineinfließen. So gelang es ihr, die Violette so weit zu beruhigen, dass sie den versteinerten Mageninhalt von sich geben konnte, ohne Gefahr zu laufen, daran zu ersticken. Gerade als sie glaubte, das Schlimmste überstanden zu haben, schlug das Mädchen die Augen auf und sah sie an.

Careelas Pupillen weiteten sich, und sie öffnete den Mund zu einem durchdringenden Schrei. Gleichzeitig schlug sie mit allen vieren um sich und versuchte, von der Fremden wegzukrabbeln.

»Was hast du?«, fragte Hekendialondilan verwundert.

»Ein Dämon! Hilfe, er wird mich fressen! Er wird uns alle fressen!« Careela kreischte so durchdringend, dass Kip wach wurde. Er setzte sich erschrocken auf, presste den Arm auf den Magen und sah das Runiermädchen mit zusammengekniffenen Augen an. Er verspürte ebenfalls ein gewisses Grauen, aber sein Stolz ließ es nicht zu, das zu zeigen.

»Sieh dir deinen Dämon doch genau an. Er ist weiß! Wenn er gelb wäre, müsstest du wahrscheinlich vor Angst in die Hose machen. Der hier scheint mir jedoch harmlos zu sein.«

»Ich bin kein Dämon«, erklärte Hekendialondilan, die den

abwertenden Ausdruck übel nahm, und setzte hochmütig hinzu: »Ich bin eine Runi!«

»Eine Runierin? Aber das waren die, die uns gefangen haben, auch«, antwortete Kip zwischen zwei Brechanfällen.

»Meine Verwandten haben schlecht an euch gehandelt.« Es tat Hekendialondilan weh, dies vor den Menschen bekennen zu müssen, doch Recht musste Recht bleiben.

»Ich heiße Hekendialondilan!«, setzte sie freundlicher hinzu.

»Heken... was?« Kip sah sie zweifelnd an. »Das kann sich doch keiner merken! Weißt du was? Wir werden dich Heke nennen.«

Wieder ärgerte Hekendialondilan sich über diese Menschen. Was dachte dieser Knirps sich dabei, so unhöflich zu sein?

Mera spürte den Unmut ihrer Retterin. »Du darfst Kip nicht böse sein. Er kann sich einen so langen Namen einfach nicht merken.«

Der blaue Junge hieß also Kip. Der Name erschien Hekendialondilan so kurz, dass es kaum der Mühe wert war, ihn auszusprechen.

»Mein ältester Freund heißt Girdhan, das dort ist Careela. Sie behauptet, eine Prinzessin zu sein.«

»Ich bin eine Prinzessin«, fauchte Careela Mera an. Da der fremde Dämon keine Anstalten machte, einen von ihnen zu fressen, kehrte der gewohnte Hochmut rasch zurück.

»Ich bin Mera, Tochter der Meraneh und Enkelin der großen Heilerin Merala«, fuhr Mera fort, ohne sich von Careela aus dem Konzept bringen zu lassen.

Hekendialondilan kniff die Augenlider zusammen. Merala war doch, soweit sie sich erinnern konnte, der Name der entführten Hexe gewesen. Also hatte ihr Gespür für magische Schwingungen sie nicht getrogen.

»Dies hier ist Timpo«, stellte Mera nun das Fellknäuel vor und sah sich dann suchend um. »Wo ist eigentlich Fleckchen?«

Jetzt erinnerte sich Hekendialondilan daran, dass noch ein Tier im Hügel eingesperrt gewesen war. Sie hatte es in ihrem Ärger über den Zauber, der sich auch gegen sie hatte wenden wollen, ganz vergessen. Jetzt trat sie erneut vor die Hügelflanke, streckte ihre beiden Arme gen Himmel und sammelte ihre ganze Kraft.

»Gib das Tier frei!« Ihr magischer Befehl peitschte so hart gegen den Hügel, dass Meras Kopf zu platzen schien und Girdhan sich vor Schmerz wand. Der Hügel zitterte und bebte. Gleichzeitig erklang ein Ächzen, als würde der Felsen von einem Foltermeister geschunden. Etliche Augenblicke tat sich sonst nichts, dann riss die Hügelflanke auf und spuckte Fleckchen aus. Die Hündin war in der Höhle erwacht und taumelte nun Mera entgegen, die sie ungeachtet Timpos eifersüchtiger Proteste in die Arme schloss.

»Da bist du ja, meine Gute! Ich bin so froh, dich wiederzuhaben.«

Kip stieß ein kurzes Schnauben aus. »Am Anfang hast du über den Köter geschimpft, weil er dir nachgelaufen ist.«

Für diese Anschuldigung fing er sich einen zornigen Blick ein, denn Mera wollte Fleckchen nicht mehr missen. Girdhan streichelte nun auch den Hund und grinste dabei so, dass die Spitzen seiner unteren Eckzähne über die Lippe ragten.

Hekendialondilan musterte ihn kritisch. Der Junge besaß gurrländisches Blut. Da war es kein Wunder, dass er sich so rasch erholt hatte. Ihr war zwar noch nie ein echter Gurrländer begegnet, aber sie kannte die Bilder der erwachsenen Runi, die mit diesem Volk zu tun gehabt hatten. Daher schätzte sie, dass Girdhan zu drei Viertel menschliche und zu einem Viertel gurrländische Vorfahren hatte. Diese Mischlinge waren zu einem eigenen Volk geworden, das sich nach seinem Gott Giringar genannt hatte.

»Bist du ein Girdanier?«, fragte sie ihn.

Girdhan nickte. »Meine Eltern stammen von dort. Ich selbst bin auf Ilyndhir geboren.«

Der Name Ilyndhir sagte Hekendialondilan nichts, doch sie vermutete, dass damit die Heimat der blauen Menschen gemeint war, deren Göttin Ilyna genannt wurde. Von dort stammten wohl auch Mera und Kip.

Mera stemmte die Hände in die Hüften. »Und was machen wir jetzt?«

Die Frage der jungen Hexe erinnerte Hekendialondilan daran, dass Menschen weitaus hastigere Geschöpfe waren als die Vertreter ihres eigenen Volkes. Sie hätte noch tagelang hier sitzen und sich mit den vieren unterhalten können. Auch schienen die Leute schneller Hunger zu bekommen, das verriet ihr die Art, wie Kip mit den Zähnen klackte und sich umschaute. Zuerst mussten er, Girdhan und das violette Mädchen jedoch viel trinken, sonst würde ihnen wieder übel werden.

»Kommt mit zur Quelle!« Hekendialondilan erhob sich und schritt voraus. Als Erste folgte ihr Mera mit Timpo und Fleckchen, dann schlossen Girdhan und Kip sich an, während Careela sich nach kurzem Zögern ebenfalls in Bewegung setzte, aber immer etwas Abstand hielt.

Mera hatte zwar schon viel getrunken, fühlte sich aber dennoch so stark ausgetrocknet, dass sie dicht an den kleinen Wasserfall herantrat, das kühle Nass mit ihren Händen auffing und es genüsslich die Kehle hinabrinnen ließ. Kip hielt direkt den Kopf unter den Strahl und schlürfte begeistert, während Girdhan Probleme hatte, das von seiner Gegenfarbe erfüllte Wasser über die Lippen zu bringen. Er überwand sich jedoch und schluckte genug Flüssigkeit, um bei Kräften zu bleiben.

Fleckchen und Timpo waren zwischen den Beinen der drei hindurchgeschlüpft und schlabberten dort, wo das Wasser in ein kleines Becken rann, wurden aber kurz darauf von Careela rüde weggescheucht. Timpo fiepte empört, während die Hündin die Zähne fletschte und so aussah, als wolle sie die Prinzessin beißen.

Mera zog Fleckchen zurück, bevor diese zuschnappen konnte, und rieb sich über den Bauch. »Etwas zu essen wäre nicht schlecht.«

»Im Wald gibt es Beeren«, erklärte Hekendialondilan.

»Aber was ist mit den Pfeilbüschen?«, wandte Mera ein. »Vorhin haben sie auf uns geschossen!«

Dieses Vorhin lag zwar schon etliche Tage zurück, aber Hekendialondilan sah keinen Grund, die Menschen darüber aufzuklären.

Einladend wies sie auf den Wald. »Solange ich bei euch bin, wird der Wald freundlich sein!«

Hekendialondilans Überzeugung, der Wald verhielte sich ihr gegenüber so, wie sie es gewohnt war, hielt allerdings nur so lange an, bis sie unter den ersten Bäumen standen. Die mächtigen Stämme knarzten, und Zweige fuhren wie Peitschenschnüre durch die Luft. Die Pfeilbüsche, die sich über das Wurzelwerk des Waldes zu schieben vermochten, sammelten sich um die Beerenbüsche und richteten ihre Dornen auf die Menschen, die sich diesen nähern wollten.

»Verschwindet!«, befahl Hekendialondilan, deren Zorn über die magischen Veränderungen, die Sianderilneh hier auf der Insel angerichtet hatte, mehr und mehr stieg. Als die Büsche trotz ihres Befehls nicht weichen wollten, trat sie auf eine Gruppe von ihnen zu und versuchte, sie beiseitezuschieben.

Im selben Augenblick erfolgte ein schnalzender Laut. Ein Pfeildorn sauste auf sie zu und traf sie an der Brust. Hekendialondilan schrie auf vor Schmerz. Der Wald erbebte unter diesem Laut. Einige der Bäume hieben nun mit ihren Zweigen auf die Pfeilbüsche ein, während ein Beerenstrauch sich zwischen diesen hindurchdrängen und die verletzte Runi trösten wollte. Mehrere Pfeilbüsche schossen ihre Dornen auf ihn ab, andere trafen die Baumstämme in der Nähe.

Mera sah dem Ganzen ein paar Augenblicke lang fassungslos zu, spürte dann aber, dass sie handeln musste, und rannte zu Hekendialondilan hinüber, die steif wie ein Stück Holz auf dem Boden lag.

»Was ist mit dir?«, fragte sie entsetzt und empfing einen Gedanken, der wie aus weiter Entfernung zu ihr drang.

»Ich habe mich in Heilstarre versetzt. Du wirst mich tragen müssen!«

Mera bückte sich und richtete das Runimädchen auf, merkte dann aber, dass sie es allein nicht weiter von der Stelle brachte. Sie wollte schon Girdhan rufen, erinnerte sich jedoch früh genug daran, dass seine Farbe die Pflanzen noch mehr aufbringen würde, und winkte Kip zu sich.

»Komm und hilf mir!« Dann wandte sie sich an Hekendialondilan. »Wohin können wir gehen?«

»Bringt mich zu meinem Boot. So verläuft der Weg!« Sie ließ Bilder in Meras Kopf entstehen.

Diese winkte ihren Freunden zu und zeigte in die beschriebene Richtung. »Lasst uns hier verschwinden! Oder wollt ihr warten, bis die Pfeilbüsche Igel aus euch machen?«

Der Vergleich erschien Hekendialondilan so lustig, dass sie in Gedanken lachte. Kip zog jedoch eine säuerliche Miene. »Spiel dich nicht so auf, Mera. Ich bin hier der Kapitän und gebe die Befehle.«

»Und wo ist dein Schiff, Herr Kapitän?«, fragte Girdhan, der sich ebenfalls genähert hatte und zwischen Mera und die Pfeilbüsche getreten war. Zu seinem Glück aber raschelten die Pflanzen nur erregt.

Er nahm Mera Timpo ab und forderte Fleckchen auf, ihm zu folgen. Trotz ihrer Abneigung gegen Girdhan rannte auch Careela sofort hinter ihm her. Der unheimliche Wald machte ihr Angst, und sie kreischte bei jeder Bewegung der Bäume und Büsche auf.

Kip packte die Runierin an den Füßen, während Mera die Schultern anhob, und gemeinsam schleppten sie sie über einen waldlosen Ausläufer der Hügel zur Küste. Dort wartete bereits Hekendialondilans Boot auf sie, das von den Gedanken seiner Herrin zu dieser Stelle gerufen worden war.

Zum Glück reagierte es auf die gesendeten Befehle seiner Herrin und fuhr von selbst in die gewünschte Richtung. Kip, der von sich behauptete, jedes Schiff beherrschen zu können, auf das man ihn stellte, starrte das fremdartige Boot ungläubig an. Es gab keine

Seile und Rollen, um das Segel aufzuziehen. Auch die gewohnte Ruderpinne fehlte, ebenso eine Kajüte. Stattdessen gab es ein Zelt, das sich von selbst aufstellte und ein Bett freigab, auf das sie Hekendialondilan legten. Ihnen schien es ein Wunder, dass das Mädchen noch lebte, denn der Pfeildorn steckte tief in seinem Brustkorb.

Mera überlegte, wie sie ihrer Retterin helfen konnte. Immerhin war ihre Großmutter eine starke Heilerin gewesen, und sie selbst hatte es geschafft, zwei solcher Dornen aus sich hinauswachsen zu lassen. Doch das hatte sie instinktiv gemacht, und so hatte sie keine Ahnung, wie sie diese Gabe bei Hekendialondilan anwenden konnte.

Die Runi spürte ihre Unsicherheit und schüttelte in Gedanken den Kopf über die Ahnungslosigkeit der blauen Hexe. »Lege deine Hand auf meine Schultern und stell dir vor, wie dieser Dorn zurückweicht und das verletzte Fleisch um ihn herum wieder gesund wird.«

Die Anweisung war kurz und enthielt keinen Hinweis auf all jene Schwierigkeiten, die eine magische Heilung behindern konnten. Doch Hekendialondilan war klar, dass sie die Auffassungsgabe des Menschenmädchens nicht überfordern durfte. Als Mera ihr die Hände auf die Schultern legte und ihre Heilerfähigkeiten instinktiv auf sie übergehen ließ, lenkte sie die magischen Ströme selbst und war erleichtert, dass sie stark genug waren, mit ihrer Wunde fertig zu werden.

Dennoch dauerte es mehrere Stunden, in denen das Boot wie von Geisterhand gelenkt die Wellen durchschnitt, bis der Pfeildorn mit einem metallisch klingenden Laut zu Boden fiel und neue, noch rosa schimmernde Haut die Wundstelle verschloss. Obwohl Hekendialondilan sich nun besser fühlte, war sie noch immer sehr schwach und hätte am liebsten geschlafen, um frische Kräfte zu sammeln. Doch noch waren sie nicht am Ziel, und sie wollte nicht, dass Sianderilneh zu früh erfuhr, dass sie ihre Gefangenen entdeckt und befreit hatte.

9

Schon am Morgen des Tages, an dem die junge Runi Mera befreite, spürte ein anderes Mitglied dieses Volkes eine Unruhe in sich, wie sie sie seit Jahrhunderten nicht mehr empfunden hatte. Die Frau nannte sich Hekerenandil und war Hekendialondilans Mutter. Sie empfing beunruhigende Schwingungen, die der Wind ihr zutrug; doch sie konnte sie nicht entschlüsseln. Schließlich setzte sie sich an den Stamm ihres Baumes, dessen weitverzweigtes Ast- und Wurzelwerk ihr ebenfalls magische Informationen zutrug, und konzentrierte sich ganz auf den Einsatz ihrer wahrnehmenden Sinne. Obwohl sie auf diese Weise weit blicken konnte und ihr ganzes Können anwandte, endete ihr magisches Tasten im Nichts. Nur das Gefühl, ihre Tochter sei in Gefahr, wurde immer stärker.

Andererseits konnte sie sich nicht vorstellen, dass Hekendialondilan etwas passieren sollte. Das Kind war sehr selbstständig für sein Alter, und es bestand auch kein Anlass zur Sorge, wenn das Mädchen allein mit seinem Boot das Meer befuhr und die Inseln aufsuchte, die Runia wie ein Ring umgaben. Denn dabei befand es sich stets im Schutz eines günstigen Zaubers. Hekendialondilan vermochte das Seegebiet von Runia nicht zu verlassen, dafür sorgten die Befehle, die sie dem Boot ihrer Tochter gegeben hatte. Noch war ihre Kleine nicht so stark oder so geübt, diesen Zauber zu umgehen oder aufzulösen.

Dennoch empfand Hekerenandil Angst um ihr Kind, und sie beschloss, zur Küste zu gehen und das Meer zu befragen, wo Hekendialondilan sich gerade aufhielt. Von dort aus konnte sie notfalls auch dem Boot den Befehl senden, zu seinem Liegeplatz zurückzukehren.

Die Runi verließ ihr Baumhaus, in dem sie mit ihrer Tochter lebte, und blickte hinaus auf den weiß blühenden Wald mit seinen silbernen Blättern. Büsche mit jenen Beeren, die Hekendialondilan besonders gerne aß, standen in lockeren Gruppen um den mächtigen Stamm herum. Die Äste des Baumes hatten sich zu einer luftigen Kugel vereinigt und umschlossen so ihre Behausung. Im Vorbeigehen pflückte sie ein paar der Früchte und fütterte damit ihr Salasa, das es sich auf ihrer Schulter bequem gemacht hatte. Das Schmatzen des Tierchens entlockte ihr ein Lächeln, denn es drückte Freude und Zuneigung aus. Mit einem Mal aber fiepte das Salasa empört und starrte nach vorne.

Da Hekerenandil gelernt hatte, den Reaktionen des Tieres zu vertrauen, begann sie zu laufen. Nach kurzer Zeit erreichte sie das Ufer einer fast kreisrunden, sandigen Bucht, die zum Meer hin von bizarren Felsen eingerahmt wurde. Nur eine Stelle von vielleicht zwanzig Schrittlängen Breite war zum Meer hin offen, und dort segelte soeben das Boot ihrer Tochter herein. Sofort nahm die Runi eine starke blaue und eine schwächere schwarze Präsenz wahr, die sich neben ihrer Tochter auf dem Boot befanden, dazu zwei fast unmagische Wesen, die Hekerenandil als Menschen einstufte. Dann gab es da noch ein normales Tier und ein Salasa, dessen magische Farbe zu ihrem Erstaunen nicht weiß war, sondern ein recht kräftiges Blau.

Ihr Gefühl hatte sie also nicht getrogen. Es gab Schwierigkeiten. Hekerenandil tadelte ihre Tochter in Gedanken, ohne ihren Ärger jedoch auszusenden. Es war streng verboten, Fremde nach Runia zu bringen, und sie konnte sich daher nur vorstellen, dass das Mädchen Schiffbrüchige aufgefischt und es nicht übers Herz gebracht hatte, sie ihrem Schicksal zu überlassen.

Regungslos wie eine Statue wartete sie, bis das Boot mit einer eleganten Schleife angelegt hatte und ihre Tochter von Bord ging. In dem Augenblick, in dem Hekendialondilan das Ufer betrat, zuckten ihre Ohren beinahe schmerzhaft, so stark waren die Empfindungen, die zu ihr herüberströmten. Ihre Tochter wirkte erschöpft und so schwach wie nach einer schweren Verletzung. Hatte das Mädchen in seinem jugendlichen Leichtsinn zu viel riskiert und war von den Fremden krank aufgefunden worden? Sie ertastete Spuren blauer Heilmagie an ihr, die von dem Mädchen mit Hexenblut stammte, welches Hekendialondilan nun stützte.

Wie es aussah, musste sie der Fremden dankbar sein für die Hilfe, die sie ihrer Tochter geleistet hatte, und daher entbot sie dem Menschenmädchen einen lautlosen, aber freundlichen Gruß.

Die blaue Hexe schüttelte irritiert den Kopf, deutete dann aber eine Verbeugung an und begann zu sprechen. Es war für Hekerenandil ungewohnt, Laute zu hören, die nicht die Natur hervorgebracht hatte, sondern ein anderes intelligentes Wesen. Sie konnte sich nicht erinnern, wann sie selbst zuletzt mit dem Mund gesprochen hatte. Es musste zu einer Zeit gewesen sein, in der Hekendialondilan noch ein winziges Bündel Leben gewesen war und sie sich mit ihr zusammen eingesponnen hatte, um ihre Tochter auf ihr Leben als Runi vorzubereiten. Es dauerte einige Augenblicke, bis sie sich daran erinnerte, dass Menschen nicht die Gabe des lautlosen Gesprächs besaßen und sich auch deren Magier und Hexen durch Laute miteinander verständigten.

Dennoch sah sie keinen Grund, von ihren eigenen Gewohnheiten Abstand zu nehmen. Sie nickte den drei Menschen kurz zu, dem schwarzen Jungen etwas knapper als den beiden anderen, und fasste dann Hekendialondilans Hände.

»Was ist geschehen?«, fragte sie und erhielt Bilder zur Antwort, die sie zornig auffahren ließen.

Sie hatte sich schon mehrmals mit Sianderilneh gestritten und auch Königin Menanderah Vorhaltungen gemacht, weil die beiden den von Gurrland bedrängten Menschen keine Hilfe zukommen lassen wollten. Leider dachten nur wenige so wie sie, denn der größte Teil des Volkes war mit Menanderahs Entscheidungen einverstanden. Hekerenandil kannte zwar die Gründe dafür, teilte sie aber nicht. Doch selbst ihre Opposition zur Königin und deren Getreuen durfte ihre Tochter nicht dazu bringen, gegen das Gesetz zu handeln.

»Es war unbedacht von dir, diese Insel aufzusuchen und Sianderilnehs Spuren zu folgen. Sie wird behaupten, du hättest es auf meine Anweisung hin getan, und damit meinen Einfluss im Rat noch mehr mindern«, schalt sie ihre Tochter, allerdings so, dass das blaue Hexenmädchen nichts davon mitbekommen konnte.

»Sianderilneh hat gegen das Gesetz verstoßen. Ich wollte dir den Beweis bringen, damit du ihn gegen sie verwenden kannst«, verteidigte Hekendialondilan sich verärgert, weil sie Verständnis anstatt eines Tadels erwartet hatte.

»Das mag sein! Aber du hättest zurückkommen und es mir berichten müssen, anstatt selbst die Regeln unserer Gemeinschaft zu brechen.« Hekerenandil musterte die kleine Gruppe, die ihre Tochter mitgebracht hatte, und seufzte. Es gab immer Schwierigkeiten, wenn ein Runi sich mit den Mitgliedern anderer Völker einließ. Der tiefe Riss, welcher ihr Volk spaltete, war aus einer solchen Situation entstanden.

»Ich werde eure Ankunft melden müssen, doch vorerst seid ihr meine Gäste!« Dies war in Hekerenandils Augen ein guter Kompromiss.

Sie wusste nicht, ob sie etwas für die Fremden bewirken konnte oder ob die Königin sie erneut in eine Zauberstarre versetzen lassen würde. Doch sie musste Sianderilneh Paroli bieten. Den Schutzzauber Runias so zu verändern, dass er auch vor einer Runi nicht haltmachte, war eine ungeheuerliche Tat, wie sie noch nie zuvor begangen worden war.

10

Mera spürte, dass sie Hekendialondilans Mutter nicht willkommen waren. Aber es gab im Moment keine andere Möglichkeit, als auf die Hilfe dieser Frau zu hoffen. Sie trat auf die Dame zu, die sie um mehr als die doppelte Haupteslänge überragte, dabei aber dünner war als sie selbst, und verneigte sich tief.

»Verzeiht, Herrin, dass wir Euch stören, doch wir sind auf der Suche nach meiner Großmutter. Sie ist eine blaue Hexe und heißt Merala.« Noch während sie es sagte, stellte Mera fest, dass sie den Faden wieder spürte, der von Timpo ausging. Er wies nicht mehr nach Süden, sondern eher nach Westen und schien weitaus kräftiger zu sein als sonst. Das konnte nur eines bedeuten: Ihre Großmutter hielt sich nicht allzu weit entfernt auf.

Hekerenandil hatte diese zusätzliche Verwicklung befürchtet, seit sie das Blau des Mädchens gespürt hatte. Auch bei dieser Angelegenheit hatte Sianderilneh vollendete Tatsachen geschaffen und den Magier samt der Hexe entführt, ohne vorher den Großen Rat um Erlaubnis gefragt zu haben. Die Cousine der Königin, aber auch Menanderah selbst hatten so getan, als wäre diese Tat die einzige Möglichkeit, das Schreckliche, unter dem ihr ganzes Volk litt, vor den Menschen geheim zu halten. Offensichtlich aber hatte Sianderilneh die Menschen unterschätzt oder vorschnell und wenig umsichtig gehandelt. Sonst wäre es den vieren, die nach menschlichen Verhältnissen noch Kinder waren, nicht gelungen, der Spur der Entführten mit Hilfe ihres Salasas bis hierher zu folgen. Vermutlich würden auch noch andere kommen, und wenn Sianderilneh auch diese verschwinden ließ, würden die Runi noch mehr Schande auf sich laden, und früher oder später würde die Kunde ihres Versagens in alle Länder gehen. Mit dieser bitteren Erkenntnis wandte sich die Runi an Mera.

»Sianderilneh hat falsch gehandelt. Das werde ich im Großen

Rat zur Sprache bringen. Meine Tochter wird mich dorthin begleiten. Ihr anderen bleibt in meinem Heim und ruht euch aus!«

Mera gab die Worte, die nur sie allein empfing, an ihre Freunde weiter und sah diese aufatmen. Dennoch wagte Girdhan es nicht, die von weißer Götterfarbe erfüllte Frau anzusehen. Careela empfand jedoch keine Dankbarkeit, denn sie vermochte es kaum zu überwinden, dass auch diese Dämonin einer so unbedeutenden Person wie Mera ihre Aufmerksamkeit schenkte und sie selbst völlig missachtete. Mit trotziger Miene schritt sie auf Hekerenandil zu und neigte ganz knapp den Kopf.

»Ich bin Careela, Prinzessin von Ardhenu und die einzige Schwester von Ardheela, der regierenden Fürstin meines Volkes!«

Wenn sie gehofft hatte, damit die Achtung der Runierin zu erringen, sah sie sich getäuscht. Hekerenandil wandte sich Mera zu und fragte auf ihre unhörbare Weise: »Wer ist das denn? Sie tut gerade so, als wäre sie eine Tochter der Linirias höchstpersönlich!«

Mera stellte fest, dass Hekendialondilans Mutter einen gewissen Sinn für Humor zu besitzen schien, und musste sich das Lachen verkneifen. Linirias war die Göttin der violetten Farbe und damit die oberste Gottheit der Ardhuvölker. Auch wenn diese Leute ein wenig eigenartig waren, so behauptete doch niemand von ihnen, von der Göttin selbst abzustammen. In ihrem eigenen Volk sah die Sache anders aus. Königin Ilna behauptete von sich, über viele Generationen eine Nachfahrin der großen Ilyna zu sein, ohne daraus jedoch den Anspruch auf göttliche Ehren abzuleiten.

Da Mera ihre Gedanken nicht verbergen konnte, bekam Hekerenandil ihre Überlegungen mit und lächelte. In den Adern der jungen Hexe floss wahrscheinlich mehr vom Blute der Blauen Göttin als im gesamten Adel ihres Heimatreiches. Ihre Kräfte stammten von Ilyna, aber auch noch aus einer anderen Quelle. Von einer Neugier getrieben, die sie ebenso überraschte wie erschreckte, legte sie vorsichtig ihre Hände um Meras Kopf und drang tief in ihr Innerstes ein.

Es wunderte sie nicht mehr, als sie unter Meras Blau auch eine winzige Spur Weiß entdeckte. Es war zwar seit Jahrhunderten nicht mehr vorgekommen, dass Runier sich mit Menschen gepaart und Nachkommen gezeugt hatten, doch in der Zeit des großen Krieges war dies ein- oder zweimal geschehen. Diese Mera war die Nachfahrin einer solchen Verbindung, und das würde es Hekerenandil noch schwerer machen, sich für die Menschenkinder einzusetzen. Ganz sicher würde Sianderilneh diese Abstammung zum Vorwand nehmen, sich des Mädchens zu bemächtigen, um auch diese Schande vor der Welt zu verbergen.

»Meine jungen Gäste, ihr bereitet mir einige Probleme. Doch lasst euch den Aufenthalt im Schatten meines Baums nicht verdrießen. Kommt mit mir. In meinem Heim seid ihr in Sicherheit.«

Hekerenandil ging mit müden Schritten voraus. Dennoch musste Kip, der die kürzesten Beine von allen besaß, immer wieder laufen, um Schritt zu halten. Careela schlenderte schmollend hinterher, während Fleckchen spielerisch nach einem Falter schnappte und dann aufjaulte, weil ein kleiner weißer Blitz ihre Schnauze getroffen hatte. Hekerenandil drehte sich zu ihr um und sprach einen leichten Zauber, der die Hündin dazu brachte, den Frieden ihres Waldes zu respektieren.

»Pflückt keine Blumen gegen ihren Willen«, warnte sie dann Mera, die diese Anweisung sofort an ihre Freunde weitergab.

»Ich rühre hier gewiss nichts an«, rief Girdhan, während Kip den mit Früchten beladenen Zweig, nach dem er gegriffen hatte, sofort wieder losließ.

Hekerenandil bekam es mit und wies Mera an: »Sag deinen Freunden, dass sie die Früchte und Beeren hier aber unbesorgt pflücken und essen dürfen.«

Als Mera Kip diese Erlaubnis weitergab, atmete der Junge auf. »Ilyna sei Dank! Ich habe so einen fürchterlichen Hunger, dass ich einen ganzen Schwarm Goldgarnelen essen könnte, und zwar roh und ungeputzt!«

»Goldgarnelen gibt es hier nicht, aber diese Früchte schmecken auch hervorragend«, sagte Hekendialondilan laut, pflückte lachend eine Beere und steckte sie Kip in den Mund.

Der kaute vorsichtig darauf herum, riss dann die Augen auf und schüttelte verwirrt den Kopf. »Aber die schmecken wie die Goldgarnelen bei Meras Mutter!«

»Es sind Wunschbeeren! Sie schmecken immer so, wie man es gerne möchte.« Hekendialondilan aß nun ebenfalls eine dieser Beeren und schmatzte dabei, wie sie es bei Kip vernommen hatte.

Ihre Mutter schüttelte tadelnd den Kopf. Wie es aussah, übte die Gesellschaft der Menschen bereits nach kurzer Zeit einen schlechten Einfluss auf ihre Tochter aus. »Solche Sitten sollte eine Runi sich nicht angewöhnen«, tadelte sie das Mädchen und umrahmte den Gedanken mit Symbolen, die Mera nicht verstand. Dann wies sie auf ihren Hausbaum. »Hier könnt ihr euch ausruhen, während Hekendialondilan und ich zum Großen Rat gehen.«

Mera gab die Worte weiter, und ihre Freunde starrten bestürzt zu dem großen Baum hoch, der mehr als sechzig Körperlängen in den Himmel wuchs. Auf halber Höhe bildeten die Zweige eine große Kugel, die mindestens zehnmal so breit war wie Girdhan hoch. Ein schmaler Steg führte hinauf und wand sich dabei mehrmals um den mächtigen Stamm. Ein Geländer oder etwas anderes zum Festhalten gab es jedoch nicht. Selbst Kip, der es gewohnt war, auf einen schwankenden Mast zu klettern, schüttelte es bei dem Gedanken, diesen Aufgang benutzen zu müssen.

Auch Mera zog eine zweifelnde Miene. »Besten Dank, aber ich glaube, wir bleiben lieber auf dem festen Boden.«

»Wie ihr wollt.« Hekerenandil machte eine Handbewegung, und sofort formten einige Büsche mit ihren Zweigen eine Art Zelt, das groß genug war, Mera mit ihren Freunden aufzunehmen.

»Esst von den Beeren und ruht euch aus. Frisches Wasser findet ihr dort drüben.« Die Runierin wies mit der Hand auf eine Quelle, die dort eben noch nicht gewesen war, und winkte dann ihrer

Tochter, mit ihr zu kommen. Für die Menschen war es, als lösten sich die beiden von einem Augenblick auf den anderen im Weiß und Silber des Waldes auf.

Während die anderen noch verblüfft auf die Stelle starrten, auf denen die beiden Runierinnen eben noch gestanden hatten, stopfte Kip Beeren in sich hinein. »Man merkt schon, dass es keine echten Goldgarnelen sind, aber schmecken tun sie!« Er stieß genussvoll auf und verputzte das nächste Dutzend.

Mera aber hatte es den Appetit verschlagen. Sie ging zur Quelle, wusch sich die Hände und stillte ihren Durst. Sie hatte bei der älteren Runierin eine starke Anspannung bemerkt, aber auch eine gewisse Angst, die ihr Sorgen machte. Sie fragte sich, welchem Geheimnis sie oder ihre Großmutter zu nahe gekommen waren?

11

Eine kreisrunde, von hohen, weißen Bäumen umgebene Lichtung, die gut dreihundert Schritt durchmaß, bildete den Versammlungsplatz des Volkes, das sich selbst Runi oder, nach dem weißen Gott Meandir, Meanruni nannte. Im Zentrum des Kreises erhob sich ein einzelner Baum, dessen mächtiger Stamm nicht einmal von zwanzig Leuten, die sich an den Händen hielten, umfasst werden konnte. Dieser Baum überragte den ihn umgebenden Wald um mehr als das Doppelte und bildete mit seinen silbernen Ästen und Zweigen ein mächtiges Dach, das selbst bei stärkstem Regen den Versammelten Schutz bot. Der Durchmesser der Krone mochte einhundertfünfzig Schritt betragen, und in ihr funkelten Millionen handtellergroße, weiße Blätter. Aber im Gegensatz zu allen anderen Bäumen stand dieser nicht in Blüte.

Als Hekerenandil das Rund betrat, hatten sich bereits mehrere hundert ihres Volkes dort versammelt, die aber nur gedämpft und zögernd ihre Gedanken austauschten. Am Fuß des heiligen Baumes saß die Königin auf einem schlichten Stuhl, und neben ihr stand Sianderilneh mit einer Miene, als sei sie diejenige, die hier zu bestimmen habe. Hekerenandil und ihre Tochter schritten über das weiche, weiße Gras der Lichtung und verneigten sich vor dem Baum, bevor sie sich der Königin zuwandten und diese mit einem ehrerbietigen Gruß bedachten. Ihrer Cousine, die ebenfalls zu erwarten schien, auf ähnliche Weise begrüßt zu werden, schenkten sie keine Beachtung.

Dieses Verhalten erregte allgemeine Aufmerksamkeit. Während Sianderilneh Mutter und Tochter grimmig, aber auch irritiert anstarrte, trat eine Runi, in deren silbernen Augen sich Jahrtausende widerspiegelten, auf Hekendialondilan zu und schloss sie in ihre Arme.

»Wie geht es dir, Liebes? Ich freue mich, dich zu sehen. Doch was muss ich fühlen? Schmerz und beinahe den Tod!« Die ältere Runi keuchte erschreckt auf und sah sich um, als erwarte sie, das Verhängnis auch auf sich zukommen zu sehen.

»Was ist geschehen?« Die Königin sprang auf, zog Hekendialondilan an sich und legte ihr die Hände auf die Schläfen. Als sie Mera und deren Freunde in der Erinnerung der jungen Runi entdeckte, zog sie tadelnd die Augenbrauen hoch. Dann sah sie, wie das Mädchen von einem Pfeilbusch beschossen wurde, und ihr Gesicht erstarrte in einer Mischung aus Zorn und Furcht.

»Greift der Feind bereits nach unseren Wäldern?«, fragte sie erregt.

»Es war nicht der, den du vermutest. Sieh genauer hin! Dann wirst du erkennen, wer diesen verderblichen Zauber geschaffen hat!«

Hekerenandils Gedankenstimme klang hart, und es lag ein Vorwurf darin, der alle erschütterte. Die Königin befolgte den Rat, konzentrierte sich und begann zu zittern.

»Sianderilneh, warum hast du das getan? Beinahe wäre die einzige unseres Volkes, die erst vor wenigen hundert Jahren geboren wurde, ein Opfer deines Zaubers geworden. Welche Schande hättest du damit über uns gebracht? Nur durch die Hilfe einer blauen Heilerin hat das jüngste Kind unseres Volkes überlebt!«

Tränen liefen ihr über die Wangen, und sie presste Hekendialondilan so fest an sich, dass das Mädchen kaum noch atmen konnte.

Sianderilneh fand sich im Zentrum empörter Blicke wieder, doch ihr Gesicht drückte nur Unverständnis und ein gewisses Gekränktsein aus. Mit einer aufgebrachten Geste trat sie nach vorne und streckte ihre Hände nach Hekendialondilan aus, um in der Erinnerung des Mädchens zu lesen. Doch ehe sie sie anfassen konnte, stieß Hekerenandil sie zurück. »Rühr meine Tochter nicht an!«

Dieser Ausbruch erschreckte die anderen.

»Seid friedlich!«, mahnte Reodhilan, die älteste der anwesenden Runi die beiden Frauen, denn die Cousine der Königin sah so aus, als wolle sie sich diese Zurückweisung nicht bieten lassen und handgreiflich werden. Doch Sianderilneh fasste sich schnell wieder, um den Unmut der anderen nicht noch mehr zu erregen.

Ein Runi nach dem anderen kamen nun herbei, umarmte Hekendialondilan und fühlte in ihrer Erinnerung die tobenden Schmerzen und den kurzen Moment der Todesangst. Wenn sie das Mädchen losließen, bedachten sie Sianderilneh mit kalten oder verächtlichen Blicken.

Schließlich erlöste Menanderah ihre Cousine, die mit geballten Fäusten dem Geschehen zusah, indem sie ihr den Teil der Gedanken, die sie bei dem Mädchen gespürt hatte, übertrug. Dennoch dauerte es noch eine Weile, bis das Wissen, das Sianderilneh tief in sich verborgen hatte, wieder zum Vorschein kam und sie das, was geschehen sein musste, Stück für Stück zusammensetzen konnte.

»Dieses neugierige kleine Stück hätte sich nicht in meine Angelegenheiten mischen dürfen!«, sendete sie in ihrer Wut, so dass alle es verstehen konnten. Die Worte kamen aus ehrlichem Herzen, wurden von den anderen jedoch nicht gut aufgenommen.

»Einen Zauber zu weben, der eine andere Runi gefährden oder gar töten kann, ist ein Frevel gegen unsere Gemeinschaft. Du wirst dich verteidigen müssen«, erklärte Reodhilan, deren Recht es war, ihre Stimme noch vor der Königin im Rat zu erheben.

»Es muss mit diesen Menschen zu tun haben. Sie haben den Schutzzauber verändert. Ich selbst hätte ihn nie so gewoben, dass er gegen eine von uns wirkt«, verteidigte sich Sianderilneh.

Einige ihrer Gefolgsleute nickten und sendeten Zustimmung.

Hekerenandil winkte verächtlich ab. »Du warst schon immer gut darin, deine eigenen Fehler anderen in die Schuhe zu schieben, und wenn es nach dir ginge, dürften wir alle nur noch deiner Meinung sein. Du allein hast die Vision unserer Königin so ausgelegt, als ob der Hofmagier von Ilyndhir und die Hexe Merala eine Gefahr für uns darstellten, und du hast die Menschen entführt, ohne den Großen Rat zu befragen. Beide werden ihrem Volk im Krieg gegen Gurrland fehlen, und das wird den Ilyndhirern daher mehr Opfer abverlangen, als sonst nötig gewesen wären!«

»Es sind doch nur Menschen!«, antwortete Sianderilneh achselzuckend.

»Menschen, denen wir helfen und die wir beschützen sollten!«

»Sollen wir vielleicht in unsere Rüstungen steigen und die Schwerter für sie schwingen? Die Zeiten sind vorbei! Unser Volk hat einmal für dieses Lumpenpack gekämpft und beinahe mit seiner Existenz dafür bezahlt. Unsere Zahl ist geschmolzen wie Schnee im Frühling, und viele Runi mussten in der Blüte ihres Lebens den Weg zu Meandirs Seelendom antreten. Heutzutage können wir keinen Krieg mehr mit Schwertern gewinnen!«

Für diese Rede erhielt Sianderilneh viel Beifall. Auch wenn ihr die meisten im Rat Hekendialondilans Verletzung übel nahmen, so sprach sie ihnen doch aus der Seele.

»Wir haben damals nicht die Schwerter geschwungen, um die

Menschen zu retten, sondern unser eigenes Volk!« Hekerenandils Gedankenstimme schwang klar und eindringlich über den Versammlungsplatz. Bisher hatte sie nur wenige Runi überzeugen können, dass Sianderilnehs Weg falsch war. Nun hoffte sie auf einen Umschwung. Sie trat in den Kreis, hob die Hand und wob einen Zauber, der ihre Gedanken zu Bildern werden ließ, die alle sehen konnten.

»Vor mehr als tausend Jahren lebten Runi zweier Farben in diesem Archipel: die Meanruni auf dieser Insel, und die Talruni, deren Farbe Gelb war und die Talien als ihren Herrn ansahen, auf jenem Eiland, das heute Gurrland genannt wird. Beide Völker beschützten die Menschen auf den übrigen Inseln.« Die Bilder wechselten in rascher Folge, und bis auf Hekendialondilan und einige wenige weitere Runi, die zu jung waren, um jene Zeiten erlebt zu haben, seufzten alle bei der Erinnerung an jene glückliche Zeit.

Nun aber verdüsterte sich Hekerenandils Stimme, und die Bilder zeigten schwarze Schiffe, darunter ein Monster aus Stahl, erbaut und angetrieben durch giftige Magie. Breite, wuchtige Gestalten in schwarzen Rüstungen verließen die Schiffe und stürmten ein mit gelben Blüten übersätes Eiland.

Die unter ihrem heiligen Baum versammelten Runi weinten, als sie sahen, wie die Feinde ihre Verwandten dort erschlugen, den heiligen Baum zerstörten und an der gleichen Stelle Hallen und Kavernen errichteten, in die sie jenes schwarze Artefakt hineinschafften, das als Feuerthron bekannt wurde.

»Erinnert euch: Unser südliches Brudervolk wurde überrannt und bis auf wenige Verbleibende, die sich uns angeschlossen haben, vernichtet.« Hekerenandil neigte ihr Haupt vor Reodhilan und mehreren anderen Runi, unter deren Weiß noch Spuren von gelber Magie zu spüren waren.

»Der Anführer unserer Feinde war Wassuram, ein gewaltiger Magier der Schwärze, und sein Ziel war es, diese Inseln zu erobern, uns Runi auszurotten und die Menschen, die auf unseren Schutz vertrauten, zu versklaven. Es hätte ihm gelingen können, wäre da nicht Meravane gewesen, ein Hexentalent unter den blauen Sklaven, die er selbst mitgebracht hatte. Sie hat ihr Volk zum Aufstand bewegt und sich uns angeschlossen. Der Krieg hatte seinen Höhepunkt noch nicht erreicht, als sie etliche von uns vor Wassurams Kriegszauber rettete und das schwarze Stahlschiff sprengte, auf dem sich Wassurams Kampfartefakte und seine Helfershelfer befanden! Dabei kam sie selbst ums Leben.«

»Dafür hat sie unsere Kräfte benutzt, und die giftige Magie des Artefaktschiffes, die bei der Sprengung frei wurde, hat noch viele von uns das Leben gekostet«, warf ein älterer Runi ein, der trotz aller Fähigkeiten seines Volkes immer noch von Narben gezeichnet war, in denen sich Reste jenes Giftes befanden.

»Das ist kein Grund, Meravane undankbar zu sein! Das schwarze Schiff hatte bereits Kurs auf unsere Heimat genommen und hätte sie ebenso zerstört wie Talrunia. Also stehen wir tief in der Schuld jener blauen Hexe. Doch anstatt diese zu begleichen, habt ihr ihre Nachfahrin entführt und in ewiger Dunkelheit eingesperrt.«

Diese Anklage traf hart, denn etlichen Runi, die die Schrecken jenes großen Krieges tief in sich verborgen hatten, um nicht immer wieder daran erinnert zu werden, wurde nun klar, dass Merala die Urenkelin jener Meravane war, die ihnen das Leben gerettet hatte.

Sianderilneh, die ihre Wut bisher in sich hineingefressen hatte, zerstörte nun die Bilder mit einem Gedankenblitz und stieß Hekerenandil zurück.

»Was soll das Gerede von alten Zeiten? Unser Volk hat nicht mehr die Kraft, in den Krieg zu ziehen. Wir müssen hier auf Runia bleiben und unsere Magie für den entscheidenden Schlag sammeln. Wenn der, der jetzt auf Gurrland herrscht, es wagt, Runia anzugreifen, müssen wir vorbereitet sein. Uns jetzt zu verzetteln wäre unser Untergang.«

Der Beifall, den sie für ihre Worte erhielt, war weitaus größer als die Zustimmung zu Hekerenandils Mahnung. Daher wandte diese sich zutiefst verletzt an die Königin. »Menanderah, bitte habe du ein Einsehen. Wenn wir die Menschen schon nicht unterstützen, dann sollten wir sie wenigstens nicht behindern. Also lasst die Hexe und den Magier frei.«

»Damit die beiden unsere Schande erkennen und in die Welt hinaustragen?«, fuhr Sianderilneh auf.

»Es ist genau diese Schande, die uns dazu bringen sollte, für die Menschen einzustehen!«, antwortete Hekerenandil gelassen. »Ihr wisst, von was ich spreche. Ihr kennt den, der jetzt auf dem Feuerthron sitzt und die Inseln der Menschen mit Krieg und Verderben überzieht.«

Betretenes Schweigen war ihre Antwort. Die Königin sank auf die Knie und bedeckte ihre Augen, während Sianderilneh so aussah, als wolle sie nicht nur Hekerenandil, sondern die gesamte Welt erwürgen. Die Cousine der Königin mäßigte ihren Zorn, bis er nicht mehr ihre Worte verzerrte, und trat so vor die Königin, als wolle sie Menanderah schützen.

»Der Kummer um unsere Schande sitzt tief in uns allen. Doch wir sind zu wenige, um uns noch an den Kämpfen der Menschen beteiligen zu können. Ich sage es noch einmal: Wir müssen hier auf Runia bleiben und unsere Kräfte bündeln, so dass wir ihn, den wir alle kennen, mit einem Schlag besiegen können. Dann erst wird es uns möglich sein, die Menschen zu befreien, so wie wir es vor tausend Jahren getan haben. Oder wollt ihr euch vor diese kurzlebigen und kurzsichtigen Leute stellen und ihnen sagen, es sei unsere Schuld, dass der Feind erneut über sie gekommen ist? Sie würden alle Achtung vor uns verlieren und Forderungen an uns stellen, die wir erfüllen müssten, um unser Gesicht zu wahren!

Sollen wir, die wir den Göttern so viel näher stehen, vor unverständigen Wesen im Staub kriechen, die bereits wieder vergehen, wenn unsere Kinder die ersten selbstständigen Schritte tun? Nein, sage ich! Wir retten sie auf die Weise, die wir beschlossen haben, und bewahren uns so ihre Ehrfurcht vor uns.«

Die aufbrandende Zustimmung spiegelte sich in Sianderilnehs Augen als Triumph.

Nun sprang Menanderah ihrer Cousine bei. »Sianderilneh hat recht. Unsere Schande darf niemals offenbar werden. Wir werden die Menschen nach dem Sieg über den Feind befreien und ihnen helfen, ihre Städte wieder aufzubauen. Was die Hexe Merala und diesen Magier betrifft: Sie dürfen nicht zurückkehren, denn meine Vision besagte, dass eine Hexe aus Meravanes Blut unsere Schande erkennen würde. Dies haben wir verhindert.«

Nun setzte Sianderilneh alles auf eine Karte. »Aus diesem Grund habe ich auch diese junge Hexe gefangen genommen und in den Felsen eingeschlossen. Ich weiß, ich hätte sie hierherbringen müssen, doch ich wollte unser Volk nicht noch mehr beunruhigen.«

Hekerenandil bebte vor Zorn. Die Cousine der Königin hatte sie geschickt ausmanövriert, indem sie ihren Verstoß gegen die Gesetze zugab und ihn gleichzeitig als Opfer darstellte, das sie der Allgemeinheit gebracht hatte. Prompt schwenkten diejenigen, die sie gewonnen zu haben glaubte, wieder auf Sianderilnehs Seite. Die Erinnerung an die Schrecken des großen Krieges und die fürchterlichen Verluste, die ihr Volk in ihm erlitten hatte, saß einfach zu tief, und beinahe jeder Runi, der die Jahre zählte wie die Menschen ihre Tage, fürchtete sich seitdem vor einem viel zu frühen Tod.

Mit einer müden Bewegung wies sie auf den mächtigen Stamm, der hinter ihr in den Himmel ragte. »Den Heiligen Baum unseres gelben Brudervolkes hat Wassuram vernichten können, und auch unser eigener Zentrumsbaum ist durch seinen Zauber schwer erkrankt und hat sich niemals mehr erholt. Seit tausend Jahren hat er weniger Blüten getragen, als in unserem Volk Kinder geboren worden sind.«

»Es waren genauso viele Blüten wie Kinder, nämlich drei«, korrigierte Reodhilan sie.

»Zwei davon wurden kurz nach dem Krieg geboren und das dritte erst nach unendlich langer Zeit!« Die Königin nahm Hekendialondilan, die dem Ganzen fassungslos gefolgt war, tröstend in die Arme.

Die junge Runi wagte es nicht, sich zu befreien, verschloss aber ihre Gedanken so tief wie möglich in sich selbst. Das meiste von dem, was sie hier erfahren hatte, war ihr bislang unbekannt gewesen. Wenn ihre Mutter oder andere von dem großen Krieg gesprochen hatten, dann nur in Umschreibungen und ohne auf Einzelheiten einzugehen, und sie hatte noch nie von der Schande ihres Volkes gehört. Ältere Runi hätten vielleicht taktvoll geschwiegen, doch als Menanderah, die ihre Verwirrung spürte, sie losließ, stellte Hekendialondilan die Frage, die wie ein Donnerschlag über den Versammlungsplatz hallte.

»Wer, bei Meandir, ist denn der jetzige Herrscher auf dem Feuerthron?«

»Schweigt!«, rief Sianderilneh sofort. Dieser Befehl galt einigen Freunden von Hekerenandil, die ganz so aussahen, als wollten sie das Mädchen ins Vertrauen ziehen.

Doch zum ersten Mal seit Langem hielt die Königin ihre Cousine zurück. »Schweigen solltest du! Hekendialondilan ist eine Runi und hat ein Recht darauf, alles zu erfahren.«

Ihr Gesicht verzog sich wie unter einem schwarzmagischen Angriff. »Nach dem Sieg über Wassuram und der Kapitulation seiner Gurrims – oder Gurrländer, wie sie jetzt genannt werden – glaubten wir, alles überstanden zu haben. Der Feuerthron war in seine Einzelteile zerschlagen worden und diese für uns leider unzerstörbaren Teile in alle Welt verstreut. Nach dem Sieg haben wir Ordnung unter den verschiedenen Menschenvölkern geschaffen und sind dann nach Runia zurückgekehrt, in der Hoffnung, nun wieder in friedlichen Zeiten leben zu können. Doch die Wunden des Krieges saßen tief.

Unser Heiliger Baum hat durch Wassurams Zauber schweren Schaden genommen und sich bis heute nicht davon erholt, denn er treibt keine Blüten mehr. Und solange er das nicht tut, ist unser Volk dem Tod geweiht. Bis auf die zwei Kinder, die kurz nach dem Ende des Krieges zur Welt kamen, wurden sechs Jahrhunderte lang keine Runi mehr geboren. Lange Zeit haben wir uns gefragt, welcher Zauber an diesem Verhängnis schuld wäre, und es gab einen unter uns, der überzeugt war, der unheilvolle Einfluss unseres Feindes Wassuram sei nicht mit dessen Tod erloschen, sondern wirke durch die Bruchstücke des Feuerthrons weiter. Aus diesem Grund hat sich ein Runi aufgemacht, die einzelnen Teile wieder einzusammeln, um sie zu studieren und einen Weg zu finden, wie der feindliche Zauber gebrochen werden könne.

Eine Weile schien es, als würde ihm dies gelingen. Du, Hekendialondilan, wurdest empfangen und geboren, und wir schöpften Hoffnung. Dann aber nahm das Verhängnis seinen Lauf. Der, der den Zauber bekämpfen wollte, war einer unserer fähigsten jungen Männer – und doch zu schwach. Er erlag dem schwarzen Zauber und setzte den Feuerthron wieder zusammen. Bevor wir begriffen, was geschah, hatte er sich zum Herrn von Gurrland aufgeschwungen und begann so zu handeln, als sei Wassuram selbst zurückgekehrt. Er unterwarf die Gurrländer auf magischem Weg, formte aus ihnen eine unbezwingbare Armee und machte sich daran, die Nachbarinseln zu erobern. Inzwischen stehen seine Heere auf Gelonda und bereiten sich auf die entscheidende Schlacht vor. Zwar sind die noch freien Menschen ein Bündnis gegen ihn eingegangen, doch sie werden unterliegen.«

Menanderah verströmte Trauer und steckte alle mit ihrer Verzweiflung an. Selbst Hekendialondilan fühlte das Grauen, welches in den meisten Runi wühlte, aber ihr Gemüt wallte rebellisch auf. »Wenn einer von uns die Menschen bekämpft, ist es unsere Pflicht, uns gegen ihn zu stellen und die anderen Völker zu beschützen!«

Sianderilneh warf abwehrend ihre Hände hoch. »Ich sagte doch, dass wir dazu nicht in der Lage sind. Nur hier auf Runia, geschützt vom Zauber unserer eigenen Insel können wir die gurrländischen

Heere abwehren und den entscheidenden Schlag gegen den Verräter führen!«

»Aber …«, begann Hekendialondilan, doch die Königin schnitt ihren Gedanken ab. »Meine Cousine hat recht. Nur hier können wir uns dem Herrn des Feuerthrons mit Aussicht auf Erfolg stellen. Für die Menschen mag es schmerzhaft sein, doch hinterher werden sie die Freiheit umso mehr zu schätzen wissen.«

»Dann lasst wenigstens Meras Großmutter frei«, bat das Mädchen.

»Nein! Sie würde wissen, wer sie entführt hat, und sich danach genau die Frage stellen, deren Antwort niemand außerhalb von Runia erfahren darf. Die blaue Hexe würde uns an dem einen messen, der uns verraten hat, und unseren Worten misstrauen. Es tut mir leid!« Die Königin senkte den Kopf, während um die Lippen ihrer Cousine ein harter Zug erschien.

»Aus diesem Grund müssen die vier Menschenkinder, die ich bereits gefangen und eingesperrt hatte, ebenfalls in das magische Gefängnis gesperrt werden, das schon die beiden anderen beherbergt. Entkommen sie, wird unser Geheimnis ebenfalls offenkundig.«

»Das könnt ihr nicht tun!«, rief Hekendialondilan empört.

»Es ist notwendig«, beharrte Sianderilneh und blickte ihre Cousine herausfordernd an.

Menanderah stand mit gesenktem Kopf vor dem Mädchen und streichelte ihr Gesicht. »Du musst mich verstehen, Kleines. Der, der uns verraten hat, ist mein Bruder, ein Spross des edelsten Stammes unseres Volkes. Erführen die Menschen, dass einer von uns dieses Elend über sie gebracht hat, wäre es mein Tod.«

Hekendialondilan wollte sagen, dass eine Runi wie sie zu mächtig sei, um so lange vor ihrer Zeit den Weg zu Meandirs Seelendom anzutreten, doch als sie in Menanderahs Augen blickte, wurde ihr klar, dass die Königin die Wahrheit sagte. Die Scham würde Menanderah die besonderen Kräfte rauben, die sie benötigte, um den

Heiligen Baum am Leben zu halten und mit dem Volk der Runi zu verbinden. Das aber wäre nicht nur ihr Ende. Da es keine andere Runi mit ihren Kräften gab, würde nach Menanderahs Tod nicht nur der Heilige Baum, sondern auch das Volk der Runi dahinsiechen und sterben.

Ihre Mutter legte ihr die Hand auf die Schulter. »Lass es gut sein, Tochter. Es gibt Dinge, die man nicht ändern kann. Ich habe meine Gründe genannt, die für eine Freilassung der Hexe und des Magiers sprechen, und sie wurden verworfen. Wir können nichts mehr für sie erreichen.«

Es klang resignierend, und doch horchte Hekendialondilan auf. Aber sie behielt ihre Gefühle und Gedanken sorgsam für sich und verneigte sich vor der Königin und der ältesten ihres Volkes. Nur Sianderilneh schenkte sie nicht die ihrem Rang gebührende Beachtung, sondern schritt Hand in Hand mit ihrer Mutter davon.

12

Nachdem Hekerenandil und ihre Tochter das Rund verlassen hatten, ballte Sianderilneh die Rechte zur Faust. »Wir sollten uns so rasch wie möglich der fremden Kinder bemächtigen!«

Die Königin blickte sie erstaunt an. »Du kannst nicht den Frieden von Hekerenandils Heim brechen, um sie dort gefangen zu nehmen!«

In ihren Worten schwang eine Warnung mit, die Gesetze des Volkes nicht weiter zu verletzen.

Da auch einige andere Runi ihren Unmut äußerten, hob Sianderilneh beschwichtigend die Hände, verabschiedete sich dann und verließ ebenfalls die Versammlung. Sie wusste, was sie zu tun hatte, aber das durfte niemand hier erfahren, auch die Königin nicht. Der

Schutz des Geheimnisses stand über allem, auch über den Regeln und Gesetzen von Runia, denn es war ihre vornehmste Pflicht, Menanderah und den Heiligen Baum und damit auch ihr Volk zu beschützen.

Während Sianderilneh neue Pläne schmiedete, schritten Hekerenandil und ihre Tochter, tief in ihre nach außen abgeschirmten Gedanken verstrickt, durch den Wald. Hekendialondilan war so empört über das Gehörte, dass sie nicht einmal die Beeren pflückte, die ihr von den Büschen so einladend hingehalten wurden. Als sie ihren Zorn nicht mehr beherrschen konnte und den Mund auftun wollte, um etwas zu sagen, zischte die Mutter sie leise an.

»Sei still! Hier hören andere mit.« Es war sehr ungewöhnlich, dass sie ihren Mund zum Sprechen benutzte, anstatt zu senden.

Hekendialondilan sah sie erstaunt an. Um die Lippen der Mutter spielte ein eigenartiges Lächeln, und in ihren Augen lag ein Glanz, der einem Feind gewiss Angst eingeflößt hätte.

Hekerenandil entspannte sich ein wenig, als sie ihr eigenes Heim erreichte, und blickte als Erstes in das Blätterzelt, das sie Mera und ihren Freunden zur Verfügung gestellt hatte. Die Menschenkinder schliefen fest. Offensichtlich hatten die Aufregung und die Beeren, die jeden Essenswunsch erfüllten, die jungen Leute müde gemacht. Hekerenandil streichelte das Salasa der jungen Blauen. Es sah genauso aus wie ihr eigenes, doch seine magische Farbe war tatsächlich Blau ohne jeden weißen Funken. Also musste es in dem großen Archipel noch eine andere Insel geben, auf der diese Tiere lebten. Ihr eigenes Salasa hatte sich auf einen Strauch in der Nähe des Eingangs gesetzt, beäugte das fremde misstrauisch und schien nicht so recht zu wissen, was es von ihm halten sollte.

Die Runi hielt sich nicht lange mit ihren Gästen auf, sondern winkte ihrer Tochter, ihr ins Haus zu folgen. Sie stieg leichtfüßig den schwindelerregend steilen Steg empor, öffnete den Eingang mit einem Gedankenbefehl und verschloss ihn sorgfältig hinter sich und Hekendialondilan. Dann prüfte sie ihre Schutzzauber und verstärkte sie, damit niemand ohne ihr Wissen eindringen oder sie belauschen konnte.

Als sie sich sicher fühlte, fasste sie ihre Tochter mit beiden Händen an den Schultern und sah ihr in die Augen. »Du wirst mir jetzt schwören, dass du niemandem, weder Mensch noch Runi noch sonst jemand etwas von dem erzählen wirst, was du heute erfahren hast!«

Hekendialondilan begriff nicht so recht, worauf ihre Mutter hinauswollte. Sie konnte jedoch keine Frage stellen, da Hekerenandil sofort weitersprach. »Wenn es allgemein bekannt wird, dass der neue Herr auf dem Feuerthron ein Runi und noch dazu der Bruder unserer Königin ist, gerät unser Volk tatsächlich in Gefahr. Ein erfahrener Magier wie Torrix oder die Hexe Merala hätten dieses Geheimnis für sich behalten, doch deine Freunde sind Kinder und daher noch unbedacht. Einer von ihnen könnte es anderen erzählen, und dann wäre das Verhängnis da. Unsere Königin wäre vor aller Welt bloßgestellt und hätte keine andere Wahl, als ihre Würde niederzulegen und sich auf den Weg zu Meandirs Seelendom zu begeben, um vielleicht irgendwann einmal in ferner Zukunft wiedergeboren zu werden. Unser Volk aber hätte dann keine Königin mehr. In einer Zeit, in der unser Heiliger Baum noch immer unter den Folgen eines schrecklichen Zaubers leidet, wäre dies unser Ende. Nur die Magie der Königin hält ihn noch am Leben, und wir besitzen keine zweite Frau mit ihren Fähigkeiten.«

»Das habe ich bereits begriffen«, sendete Hekendialondilan, »und ich verstehe auch gut, warum Sianderilneh das Geheimnis mit allen Mitteln hüten will.«

Hekerenandil spürte, dass die Last dieses Wissens beinahe zu groß für ihre Tochter war, aber sie konnte sie ihr nicht nehmen. »Nur sind wir allein nicht in der Lage, dieses Geheimnis zu hüten, denn es gibt noch jemand, der es kennt!«

»Aber wer soll das sein?«, fragte Hekendialondilan verblüfft.

Ihre Mutter lächelte bitter. »Er, der auf dem Feuerthron sitzt!

Sianderilneh hat Angst, er würde das Geheimnis offenbaren, wenn wir den Menschen zu Hilfe eilen. Doch gerade diese Angst macht uns verwundbar. Der Herr des Feuerthrons wird sich zuerst die Menschen unterwerfen und dann gegen uns wenden. Anders als Sianderilneh glaubt, können wir ihm nicht standhalten. Ich habe lange versucht, die Königin dazu zu bringen, das Unvermeidliche hinzunehmen und dennoch die Hüterin unseres Leben spendenden Baumes zu bleiben. Doch viel zu viele haben Sianderilnehs Einflüsterungen geglaubt und Menanderah in ihrer Haltung bestärkt. Nun stirbt sie schon jetzt halb vor Angst um die Ehre unseres Volkes und quält sich in der Furcht, ihr Bruder würde auch Runia unterwerfen und unserem Volk ein Ende bereiten.«

»Es muss schwer für sie sein, mit diesem Wissen zu leben«, sagte Hekendialondilan voller Mitleid.

»Sie ist schwächer als ihre Mutter und steht zu stark unter dem Einfluss ihrer Cousine. Die beiden werden unser Volk zugrunde richten, bevor der Verräter es vermag!« Hekerenandil merkte, dass ihre Worte zu düster klangen, und versuchte sie durch eine Geste und ein Lächeln zu entschärfen.

»Deine blaue Freundin könnte unsere letzte Hoffnung sein, um doch noch alles ins Gleichgewicht zu bringen. Zumindest deutet die Prophezeiung der Königin meiner Meinung nach darauf hin. Menanderah und Sianderilneh versteifen sich zu sehr auf den ersten Teil und vermögen nicht, dem Rest einen Sinn zuzumessen.«

Die Runi schwieg einen Augenblick, um ihre Gedanken zu sammeln, und sprach dann jene Worte, welche die Königin und mit ihr das gesamte Volk von Runia so erschreckt hatten.

»Die blaue Hexe wird die Schmach der Runi erkennen
und ihre Lügen durchschauen!
Vor ihr werden die Runi das Gesicht verlieren
und sich mit Schande bedecken.
Ihr Schwert ist das Feuer,

das heißer brennt als der Schmiedeherd.
Sie wird dem Runi die Maske entreißen
und tiefer sehen, als je ein anderer es tat.«

»Das verstehe ich nicht«, erklärte Hekendialondilan.

»Ich glaube kaum, dass irgendjemand diese Verse ganz versteht. Ich tue es auch nicht«, bekannte ihre Mutter. »Vielleicht setze ich auch nur zu viel Hoffnung hinein, und die Königin und Sianderilneh haben recht, darin unser Verhängnis zu sehen. Ich klammere mich jedoch an das Feuerschwert, das heißer sein soll als das eines Schmiedes, und daran, dass ›dem Runi‹ die Maske entrissen werden soll. Wären diese Worte auf unser Volk bezogen, hätte es ›den Runi‹ heißen müssen. Es gibt aber nur einen männlichen Runi, der bedeutend genug ist, in einer Vision genannt zu werden, und der sitzt in Gurrland auf dem Feuerthron.«

»Aber was hat das mit dem Feuerschwert zu tun, von dem du sprichst?« Hekendialondilan wirkte verwirrt. Sie hatte an diesem Tag schon zu viel Wissen aufnehmen müssen, um sich jetzt noch mit Rätseln herumzuschlagen.

Ihre Mutter zog sie ganz nahe zu sich heran, als hätte sie Angst, der Wind könnte sie belauschen. »Als wir damals den schwarzen Magier Wassuram niedergerungen haben, stritt ein Geschöpf auf unserer Seite, das Arghan genannt wurde. Es war eines jener riesigen vierfüßigen Wesen, die Feuer speien und Felsen schmelzen konnten. Es gab nie viele von ihnen, und heutzutage berichten nur noch Lieder von ihrer Existenz. Sie waren sehr klug und gaben oft weisen Rat.

Der Arghan hat das Tor der feindlichen Festung aufgebrochen und den Feind in hartem Kampf getötet. Dabei wurde er jedoch schwer verletzt und hat uns verlassen, um seine Wunden an einem besonders magischen Ort heilen zu lassen. Zu unserem Unglück ist er nie zurückgekommen. Erst nach seinem Verschwinden haben wir zu unserem Entsetzen festgestellt, dass die Kristalle, aus denen der Feuerthron besteht, nur durch die Flammen eines Arghan zerstört werden können. Wir selbst vermochten den Thron nur in seine Einzelteile zu zerschlagen – schwarze Stücke von nicht einmal Faustgröße – und diese in alle Winde zu verstreuen. Jetzt, tausend Jahre später, ist der Feuerthron wieder hergestellt, und der Kampf beginnt aufs Neue. Nur sind wir viel schwächer als damals, und der Feind weiß genau, wie wir denken und handeln. Daher kennt er unsere Schwächen und wird seine Pläne danach ausrichten.«

»Du meinst, Mera könnte diesen Arghan finden und mit ihm zusammen den Herrn des Feuerthrons stürzen?« Hekendialondilan klammerte sich für einen Augenblick an diese Hoffnung, sah ihre Mutter dann aber niedergeschlagen an. »Sianderilneh wird verhindern, dass Mera Runia verlassen kann.«

»Nicht, wenn wir rasch handeln. Deshalb will ich dir auch diesen Schwur abnehmen. Ich möchte nicht, dass es einmal heißt, meine Tochter habe das Geheimnis der Runi enthüllt. Mera muss es selbst herausfinden. Du darfst ihr dabei nicht helfen. Allerdings wirst du sie und ihre Freunde von Runia fortbringen und dafür sorgen, dass das Hexenmädchen unbeschadet zu seinen Leuten gelangt. Dort werden ihre Fähigkeiten derzeit dringend gebraucht.«

Hekendialondilan nickte. »Also gut, ich schaffe sie von der Insel. Aber es muss noch heute geschehen. Ich glaube nicht, dass Sianderilneh lange zögern wird.«

»Das glaube ich auch nicht. Dein Boot liegt bereit, und deine Freunde hatten ein wenig Zeit, sich auszuruhen. Geh jetzt und wecke sie. Fahrt mit Meandirs Segen und auch mit dem der Blauen Göttin Ilyna!«

Die Mutter umarmte Hekendialondilan noch einmal, schob sie auf den Ausgang zu und verschloss diesen wieder hinter ihr. Während das Mädchen den schmalen Steg hinuntereilte, setzte Hekerenandil sich auf einen Stuhl, der sich aus Zweigen bildete, und verbarg ihr Gesicht mit den Händen. Sie wusste, dass sie das Richtige getan hatte, doch sie hatte Angst vor den Folgen, die ihre Handlungsweise nach sich ziehen würde.

13

Hannez umklammerte den Spieß, den man ihm in die Hand gedrückt hatte, und starrte auf den Feind. Angesichts der massigen Gestalten in ihren schwarzen Rüstungen und Visieren, die Fratzen aus schlimmen Albträumen glichen, kroch die Angst wie lähmendes Gift in ihm hoch. Die Piken der Gurrländer maßen mehr als zwei Manneslängen. Ein Ilyndhirer wie er hätte eine dieser Waffen gerade mal mit beiden Händen festhalten, aber niemals damit kämpfen können. Die Gurrländer hingegen hantierten mit ihnen, als bestünden die Schäfte aus Schilfrohr. Andere Gurrländer hielten große Doppeläxte in den Händen und drohten damit zu den eigenen Reihen herüber, und zwischen den Nahkämpfern standen Pulks von schwarz gewappneten Armbrustschützen, von denen jeder kräftig genug war, die Waffe mit der Hand spannen zu können.

»Es wird mehr Bolzen hageln, als wir uns vorstellen können!« Der Soldat links von Hannez, ein graubärtiger Bauer aus Gelonda, den man zum letzten Aufgebot des Reiches geholt hatte, spie aus und sah sich dann um, als suche er nach einem Fluchtweg.

Hannez ertappte sich dabei, dass er ebenfalls an Flucht dachte. Dabei standen er und sein gelondanischer Kamerad nicht in den vorderen Reihen, sondern gehörten zur Reserve, die erst dann eingreifen sollte, wenn der Feind die eigenen Linien an einer Stelle durchbrochen hatte.

Er versuchte sich Mut zu machen, indem er die Krieger betrachtete, welche die Könige und Königinnen der Menschen hier versammelt hatten. Da gab es große, schlanke Malvoner mit leuchtend grünen Helmbüschen und Schilden, die mit gezogenen Schwertern auf den Ansturm des Feindes warteten, und die noch größer und wuchtiger wirkenden Gelondaner, die ihre Rüstungen zu Ehren ihres Gottes gelb bemalt hatten. Neben ihnen stand am linken Flügel das Aufgebot der Girdanier, die noch immer davon träumten, ihre Heimat befreien zu können.

Bei ihrem Anblick musste Hannez an Girdhan denken. Er fragte sich, wie es ihm und Mera wohl gehen würde. Er hatte schon so lange nichts mehr von ihnen gehört, dass er sie für tot halten musste. Vermutlich ruhten ihre Leiber bereits auf dem Grund des Meeres. Es mochte auch sein, dass die Gurrländer sie aufgespürt und gefangen genommen hatten: Dann erwartete sie ein Schicksal, das noch schlimmer war als der Tod.

Hannez erinnerte sich an Girdhans Vater, der vor vierzehn Jahren mit seiner schwangeren Frau nach Ilynrah gekommen war und die Insel noch vor der Geburt seines Sohnes wieder verlassen hatte. Jetzt ärgerte er sich, dass er nicht die Gelegenheit wahrgenommen hatte, zu den Girdaniern zu gehen und sich nach ihm zu erkundigen. Er schüttelte diesen Gedanken jedoch rasch wieder ab und setzte die Musterung der eigenen Truppen fort. Rechts von den Malvonern stand das Aufgebot Herzog Lenghils von Teren. Jeder der Männer war mindestens einen Kopf kleiner als die Leute von Malvone, aber sie galten als zäh und beharrlich, und sie waren die geschworenen Todfeinde der Gurrländer. Sie würden gewiss als Letzte vom Schlachtfeld weichen. An die Leute von Teren schlossen sich die eigenen Leute an, Ilyndhirer und Wardanier mit ihren wehenden blauen Fahnen, jeder mit Wurfspeeren und einem armlangen Schwert bewaffnet.

Hannez fand es bedauerlich, dass die Königin kein Amazonenkorps mitgeschickt hatte. Die Langbögen der Ilyndhirerinnen hätten hier viel bewirken können. Die Rüstungen der Gurrländer sahen zwar fest aus, doch ein ilyndhirischer Pfeil würde auch sie durchschlagen, und die Bögen reichten mehr als doppelt so weit wie die gurrländischen Armbrüste.

Ein schallender Hornstoß auf der anderen Seite, dem etliche wuchtige Trommelschläge folgten, riss Hannez aus seinen Gedanken. Er starrte schaudernd zu den Gurrländern hinüber, doch die rückten noch nicht vor. Stattdessen schlugen sie mit ihren Waffen gegeneinander und erzeugten einen Höllenlärm.

»Die Kerle verstehen es, einem Angst zu machen!«, überschrie der Gelondaner den Krach und sah dabei aus, als hätte er mit diesem Leben abgeschlossen. »Übrigens, ich heiße Thalan!«

»Und ich Hannez!«

Beide waren froh, den Namen des anderen zu kennen, denn es gab ihnen ein gewisses Gefühl der Kameradschaft.

Hannez wies zum rechten Flügel hinüber, der von den drei Stämmen der Ardhun gebildet wurde. Diese besaßen die einzige Reitereinheit der eigenen Seite, und die drei Fürstinnen führten ihre Truppen selbst an. Sie hatten ebenso wie die Kriegerinnen in ihren Reihen ein violettes Tuch vor das Gesicht gebunden, so dass nur die Augen frei blieben. Außerdem trugen sie wehende Umhänge in gleicher Farbe und hielten lange, gebogene Schwerter in der Faust. Für sie musste dieser Krieg noch schrecklicher sein, denn sie würden auch gegen ihre eigenen Landsleute kämpfen müssen; jenen, die sich Gurrland angeschlossen hatten. Zwar gab es auch Girdanier in den Reihen des schwarzen Heeres, doch deren Zahl war im Vergleich zu den Violetten sehr gering.

»Von der Zahl her sind wir dem Feind überlegen!«, stellte Hannez fest, aber er zog nur wenig Optimismus aus seinen Worten. Ein ausgewachsener Gurrländer wog im Krieg drei Gegner auf, und damit war ihr eigenes Heer um die Hälfte schwächer als der Feind. Nur die Kunst ihrer Magier konnte das Blatt noch zugunsten der Menschen wenden.

Hannez blickte zu den beiden aus Holz errichteten Türmen hinüber, auf denen sich die Hexen und Zauberer befanden, die die einzelnen Völker hatten aufbringen können. Die Türme waren weit hinter den eigenen Linien errichtet worden, damit der Feind sie auch mit seinen weitreichenden Waffen nicht gleich zu Beginn der Schlacht beschießen konnte. Auf dem der Reservetruppe am nächsten gelegenen Turm befand sich auch die Hexe, die Yanga als

Ersatz für die auf dem Meer umgekommene Mirzah geschickt hatte. Hannez hätte sich gewünscht, die Zweite Hexe selbst an deren Stelle zu sehen oder noch besser den Hofmagier Torrix. Dann hätte er sich sicherer gefühlt. Doch Torrix war verschwunden, und die Königin hatte nicht auf Yangas Rat verzichten wollen.

»Wir müssen zusehen, dass wir auch so durchkommen!«

»Was hast du gesagt?« Thalan musste schreien, damit Hannez ihn trotz des Lärmens der Gurrländer verstand.

»Es geht um unsere Hexe. Sie ist nicht sehr erfahren«, gab Hannez zurück.

»Keine Sorge! Wenn sie nicht umkommen will, wird sie sehr schnell lernen. Im Vergleich zu unseren Adepten und Hexen ist sie sehr stark. Die meisten Magier haben wir in diesem Krieg bereits verloren.«

»Wir haben keinen einzigen richtigen Hofmagier dabei«, gab Hannez zu bedenken.

»Die da drüben aber auch nicht. Den Gurrländern wurde von ihrem Kaiser ein Schutzzauber verpasst, und damit hat es sich. Sobald unsere Magier den durchbrochen haben, sind es auch nur noch einfache Kerle, die man mit einem guten Spieß durchbohren kann.«

Der Gelondaner versuchte mutig zu klingen, doch Hannez merkte, wie es wirklich um ihn stand. Der Mann war kurz davor, sich vor Angst in die Hose zu machen.

»Wenn sie nur dieses Schlagen und Trommeln endlich beenden würden!« Hannez lehnte seinen Spieß seufzend gegen seine Schulter und presste beide Hände gegen die Ohren. Doch er hätte genauso gut versuchen können, ein brennendes Schiff mit einem Becher Wasser zu löschen. Das Wumm, Wumm, Wumm der Trommeln und der im Rhythmus gegeneinandergeschlagenen Waffen drang durch jede Pore in seinen Körper, und er spürte die Vibrationen sogar durch den Boden, auf dem er stand.

Er fragte sich, wie die Männer, die weniger als dreihundert

Schritt vor den Gurrländern standen, diesen Krach aushalten konnten, wenn es schon ihm auf die doppelte Entfernung so ging, als schlügen Hämmer auf seinen Kopf.

»Die da sollten etwas gegen dieses Getöse tun!« Er streifte die beiden Holztürme mit den Magiern und Hexen mit einem anklagenden Blick und starrte dann auf ein etwas erhöhtes Podest in seiner Nähe. Auf diesem hatten die kommandierenden Offiziere Platz genommen, die nicht mit dem Schwert in der Hand ihren Scharen vorangingen. Violette gab es dort keine, auch keine Girdanier, dafür aber die Regentin von Gelonda mit ihrem gerade mal zweijährigen Sohn, der die Krone nach dem Schlachtentod seines Vaters geerbt hatte, dazu mehrere erfahrene Anführer, die zu alt waren, um noch mitkämpfen zu können, ein paar Abgesandte des malvonischen Königs sowie der Geheime Staatsrat Hemor als Vertreter Königin Ilnas.

Hannez konnte das Gesicht des Edelmannes erkennen und las darin dieselbe Furcht, die auch ihn erfüllte.

»Ich glaube, es geht bald los!« Thalans Bemerkung riss Hannez herum. Der Spieß entglitt ihm und fiel klappernd zu Boden.

Ein malvonischer Matrose, der ebenso wie er zur Reserve eingeteilt worden war, schüttelte den Kopf. »Blaue, sage ich nur!« Dabei sah er genauso verängstigt und mutlos aus wie alle anderen.

Hannez kümmerte sich nicht um den Mann, sondern raffte seinen Spieß wieder an sich und starrte zum Feind hinüber. Die Gurrländer hatten das Schlagen und Trommeln eingestellt, doch die Stille danach wirkte umso bedrückender.

Noch standen die vordersten Reihen wie eine Mauer, doch vor ihnen wurden bereits die Feuerschleudern gespannt und die magischen Fackeln entzündet, mit denen die Geschosse in Brand gesetzt werden sollten.

Auch die Mannschaften auf der eigenen Seite machten die Geschütze fertig. Ihre Zahl war jedoch weit geringer als die des Feindes, und so konnte Hannez nur hoffen, dass die Zauber der eigenen Hexen die Wirkung der Waffen verstärken und so das zahlenmäßige Ungleichgewicht ersetzen würden.

Thalan stieß Hannez an und zeigte zum nächstgelegenen Magierturm. »Eure Hexe scheint zu beginnen!«

Jetzt sah Hannez es auch. Die junge Hexe hatte von Yanga den Auftrag erhalten, eine gewisse Spruchrolle gleich zu Beginn der Schlacht anzuwenden. Jetzt trat sie einen Schritt vor, hob die Hand mit dieser Rolle und brach das Siegel mit einer theatralischen Geste.

Einige Herzschläge lang herrschte eine lähmende Stille. Bei den Gurrländern brandete höhnisches Gelächter auf. Doch dann zuckten Feuerblitze aus heiterem Himmel herab, trafen den Turm, auf dem die Hexe stand, und schlugen auch in den zweiten Magierturm ein. Sie zerfetzten die Holzkonstruktionen und ließen die Reste so hoch auflodern, dass die Flammen von einem Ende der Insel bis zum anderen zu sehen sein mussten. Dieses Inferno konnte niemand überleben, selbst die Hexen und Magier nicht.

Hannez schüttelte ein glühendes Holzstück, das seine Schulter getroffen hatte, ab, bevor es sich durch das dünne Leder seines Wamses fressen konnte. Panikerfüllt starrte er auf die beiden Feuersäulen. »Bei der Großen Blauen Göttin, was war das?«

Ihm blieb jedoch keine Zeit, darüber nachzudenken, denn nun setzten die Gurrländer sich in Bewegung und marschierten mit gesenkten Piken auf die eigenen Reihen zu.

Noch halb betäubt vom Krach der Trommeln und wie gelähmt vor Entsetzen über den Tod der Hexen und Magier, auf deren Unterstützung sie gebaut hatten, vermochten die vordersten Linien der Menschenheere den Gurrländern nicht standzuhalten.

Hannez sah, wie die Angriffsreihen der Feinde die eigenen Leute immer weiter zurückdrängten. Gleichzeitig schossen ihre Feuerschleudern eine Vielzahl brennender Kugeln ab, die so genau gezielt waren, dass sie kurz vor den vordringenden Gurrländern einschlugen und diesen den Weg bahnten.

»Das ist also das Ende. Wenn diese Schlacht verloren geht, können wir uns auf Gelonda nicht mehr halten.« Thalan schüttelte sich und ignorierte ebenso wie die meisten anderen der zusammengewürfelten Reserveschar den Befehl zum Vorrücken.

Auch Hannez blieb stehen. Was hätte ihr Häuflein noch ausrichten können? Die meisten Krieger der eigenen Seite hatten dem Feind bereits den Rücken zugekehrt und rannten, so schnell sie konnten. Aus den Augenwinkeln sah er, wie mehrere Gardisten die Regentin von Gelonda und deren Sohn von der Plattform führten. Auch Hemor stieg herab, wurde dann aber durch einen breiten Strom von fliehenden Soldaten von der Regentin getrennt und trieb wie ein steuerloses Schiff auf Hannez zu.

Dieser sah, wie immer mehr Männer der Reserve die Beine in die Hand nahmen, und wusste, dass die meisten zum großen Hafen eilen würden, um dort ein Schiff zu finden, das sie nach Malvone bringen konnte.

Für Hannez war es nur eine Frage der Zeit, bis die Gurrländer auch dort einmarschieren würden. Selbst Ilyndhir schien ihm nach dieser Niederlage nicht mehr sicher zu sein.

»Wir sollten uns auch davonmachen«, riet Thalan und warf seinen Spieß fort. Hannez wollte es ihm schon gleichtun, sagte sich dann aber, dass die Waffe noch nützlich sein konnte, und winkte dem anderen, ihm zu folgen.

»Wo willst du denn hin?«, fragte Thalan, als Hannez sich nicht dem allgemeinen Flüchtlingsstrom anschloss.

»Glaubst du, man lässt jemand wie uns auf eines der großen Schiffe? Die sind für die höheren Herrschaften bestimmt und für die richtigen Soldaten, nicht für Fischer- und Bauerngesindel.«

»Aber wenn wir hierbleiben, bringen die Gurrländer uns um!« Thalans Stimme überschlug sich vor Angst.

Hannez wies nach hinten, auf die Gurrländer, die eben die ersten Gefangenen zusammentrieben und entwaffneten, und schüttelte den Kopf.

»Diesmal sind sie auf Sklaven aus! Aber nicht mit mir, sage ich.«

»Aber …«

»Kein Aber! Wir schlagen uns zum Fischerhafen durch und nehmen uns dort einen Kahn. Wir müssen nur schnell sein, denn wenn die Schiffe im großen Hafen voll sind, werden die Leute sich an die Boote der Fischer erinnern.«

Das leuchtete Thalan ein. Er folgte Hannez, prallte dabei gegen Hemor und wollte ihn einfach beiseitestoßen. Da griff Hannez ein. »Halt! Den Mann können wir brauchen! Euer Exzellenz, wollt Ihr uns bitte folgen!«

Er packte Hemor am Ärmel und zerrte ihn mit sich. Thalan tippte sich gegen die Stirn. »Was willst du denn mit dem?«

»Staatsrat Hemor ist immerhin der Vertreter unserer Königin, und damit eine wichtige Person, die es zu retten gilt. Wir beide sind seine Leibwächter, die ihn nicht verlassen dürfen!« Hannez grinste breit und wunderte sich über sich selbst. Eigentlich hätte er entsetzt und verzweifelt sein müssen, weil die Gurrländer einen so leichten Sieg davongetragen hatten. Doch zum ersten Mal, seit die Büttel der Königin ihn geholt und als Schiffer zur Flotte gesteckt hatten, war er wieder sein eigener Herr.

14

Als sie den Fischerhafen erreichten, herrschte dort das Chaos. Viele der Boote segelten bereits mit ihren Besitzern, deren Familien und Freunden davon, und der Rest wurde von den Flüchtlingen aus der Stadt förmlich überrannt. Bei vielen Booten sahen die Leute an der Pinne nicht so aus, als seien sie erfahrene Seeleute, und Hannez schätzte, dass die meisten der überladenen Boote keine zehn Meilen weit kommen würden.

Das löste jedoch nicht sein eigenes Problem. Er sah sich um, ob er ein noch leeres Boot entdeckte, doch die wenigen, die es noch gab, waren bereits das Ziel anderer Flüchtlinge. Hannez reihte sich dennoch in den Strom ein und verschaffte sich durch mehrere Schläge mit dem Schaft seines Spießes etwas Platz. Hemor trug ein Schwert, das ihm die Königin verliehen hatte. Obwohl es mit seinem juwelengeschmückten Griff eher für einen Galaempfang als für den Kampf taugte, konnte er sich damit gegen die körperlich größeren und stärkeren Gelondaner behaupten.

Urplötzlich tauchte ein Boot vor ihnen auf. Es sah bereits voll aus, und ein junger Bursche versuchte gerade, die Leinen zu lösen. Hannez winkte seinen beiden Begleitern, mit ihm zu kommen, und sprang an Bord. Gleichzeitig richtete er die Spitze seines Spießes gegen die ihm folgenden Flüchtlinge und hielt sie für einige Augenblicke auf Abstand.

»Kapp die Leinen«, herrschte er Hemor an, als wäre dieser sein Hilfsmatrose.

Der Edelmann schwang sein Schwert und durchtrennte die Seile mit zwei schnellen Schwerthieben. Kaum war dies geschehen, stieß Hannez das Boot mit Hilfe seines Spießes vom Ufer ab und sah entsetzt, wie die Leute dort von den Nachdrängenden einfach ins Wasser geschoben wurden. Er hörte das Schreien und Kreischen der Menschen und streckte die Hand aus, um eine junge Frau an Bord zu holen. Doch da klammerte sich jemand anders an sie und beide versanken vor seinen Augen.

Mit einem bitteren Gefühl im Herzen wandte Hannez dem Geschehen am Ufer den Rücken zu und nahm die Ruderpinne in die Hand. »Hat einer von euch eine Ahnung, wie man das Segel hisst?«, fragte er.

Ein Junge von vielleicht zehn Jahren hob die Hand. »Ich!«

»Damit bist du mein Erster Offizier. Such dir drei Leute aus, die dir helfen. Ihr anderen setzt euch gefälligst so hin, wie ich es euch sage. Oder wollt ihr, dass der Kahn absäuft?«

»Bist du ein Schiffer?«, fragte eine grauhaarige Matrone mit einem Funken Hoffnung in der Stimme.

Hannez nickte. »Das bin ich, werte Frau, ein Fischer von Ilynrah, wenn ihr es genau wissen wollt. Ich habe die See mehr als fünfundzwanzig Jahre befahren und werde uns im großen Archipel hinbringen, wohin du wünschst, mit Ausnahme von Runia. Gurrland sollten wir derzeit allerdings meiden.«

Einigen an Bord gelang es sogar, über diesen bösen Witz zu lachen. Unterdessen hatte der Junge mit Hilfe einiger beherzter Flüchtlinge das Segel gesetzt, und das Boot nahm Fahrt auf. Das Ufer mit dem von Menschen überquellenden Fischerhafen blieb hinter ihnen zurück. Für einige Zeit hatte Hannez keine Muße mehr zum Reden, sondern musste alles tun, um sein Schifflein unbeschadet zwischen den anderen Booten hindurchzumanövrieren und den größeren Segelschiffen und Halbgaleeren auszuweichen, die den Handelshafen verließen. Da die Kapitäne der größeren Schiffe keine Rücksicht auf die Flüchtlingsboote nahmen, kamen diese Hannez' Boot so nahe, dass man von dem höheren Deck aus auf sie hätte herunterspucken können. Unweit von Hannez wurde eine mit Flüchtlingen überladene Schaluppe von einem Kriegsschiff einfach überfahren und unter Wasser gedrückt. Für Augenblicke gellten die Schreie verzweifelter Menschen zu ihnen herauf, dann hatten auch sie diese Stelle passiert, und Hannez richtete seine Aufmerksamkeit nach vorne, um zu verhindern, dass ihnen dasselbe passierte.

Schließlich weitete sich die Bucht zum offenen Meer, und die Schiffe zerstreuten sich. Hannez hielt das Boot aus einem Gefühl heraus näher an Land als die anderen und sah sich kurz darauf bestätigt. Mehrere gurrländische Galeeren und etliche kleinere Schiffe, darunter auch schnittige ardhunische Piratenschiffe, erschienen am Horizont und machten Jagd auf die Flüchtlinge.

»Ihr braucht keine Angst zu haben«, beschwichtigte Hannez seine jammernden und zitternden Passagiere. »Die haben es erst einmal auf die großen Schiffe abgesehen und lassen kleine Kähne wie diesen hier vorerst in Ruhe. Bis sie Muße finden, sich auch um unsereinen zu kümmern, ist die Nacht hereingebrochen, und dann möchte ich den sehen, der uns aussegeln kann.« Es klang ein wenig großsprecherisch, denn der Kasten, den er fuhr, zählte nicht gerade zu den jüngsten und schnellsten und war zudem stark überladen. Hannez hoffte jedoch, den Kordon der feindlichen Schiffe unter Land passieren und während der Nacht ein schönes Stück See zwischen sich und die Angreifer legen zu können.

Bei seinen Überlegungen störte ihn jedoch das gelbe Segel des gelondanischen Bootes, denn mit einem blauen Tuch, wie es auf Ilyndhir gebräuchlich war, wären sie nach Einbruch der Dämmerung so gut wie unsichtbar gewesen. Er wollte jedoch nicht klagen. Immerhin hatte er Schiffsboden unter den Füßen. Tausende andere hatten es nicht geschafft und würden nun zu Gefangenen der Gurrländer und damit zu deren Sklaven werden. Nach dem, was an diesem Tag geschehen war, war er überzeugt davon, dass dieses Schicksal früher oder später auch Ilyndhir treffen würde, und schmiedete Pläne, wie er schnell nach Hause kommen konnte, um Meraneh dort herauszuholen und mit ihr auf eine kleine, abseits gelegene Insel zu fliehen. Dabei musste er an das gute Bier und das Essen im »Blauen Fisch« denken, und verfluchte im Geiste die Gurrländer, die einem nicht einmal mehr diese kleinen Freuden gönnten.

VIERTER TEIL

DIE INSEL DER MAGISCHEN STÜRME

1

Mera konnte nicht sagen, ob sie traurig sein sollte, dass die Ufer Runias hinter ihnen zurückblieben, oder sich freuen, weil sie noch mal glimpflich davongekommen waren. Bei Hekendialondilans Mutter hatte sie sich sicher gefühlt, doch das war eine Auswirkung des Schutzzaubers von Runia gewesen, der alles Böse und die Unruhe der Menschenwelt fernhalten sollte. Ob dieser Zauber die Macht besaß, die Gurrländer abzuwehren, wagte sie zu bezweifeln. Dennoch hielt sie die Runier für sehr mächtige Wesen. Dem Kaiser von Gurrland würde es gewiss nicht leichtfallen, sie zu unterwerfen. Daher blieb die Hoffnung, den Runiern könnte es diesmal ebenso wie vor tausend Jahren gelingen, den Herrn des Feuerthrons zu stürzen und das unheimliche Ding für immer zu vernichten.

Zum anderen aber war sie traurig und bestürzt, weil es ihr nicht gelungen war, die Spur ihrer Großmutter weiter zu verfolgen. Dabei war sie fest davon überzeugt gewesen, dass sie sich auf Runia befand. Ein wenig hoffte sie, die Runier hätten Merala und Torrix zu sich geholt, um mit ihnen zu beraten, wie sie Gurrland am besten besiegen konnten. Doch nach den Erfahrungen mit jener anderen Runi, die sie und ihre Freunde eingesperrt und versteinert hatte, musste sie annehmen, dass diese ihrer Großmutter ein ähnliches Schicksal bereitet hatte.

»So in Gedanken, Mera?« Im Gegensatz zu seiner Freundin war Girdhan erleichtert, dass sie sich von dieser schrecklichen Insel entfernten. Bis zu dem Augenblick, an dem sie in die Gewässer um

Runia eingedrungen waren, hatte er nicht einmal gewusst, dass seine magische Farbe schwarz war, sondern sich für ebenso blau gehalten wie die übrigen Bewohner Ilyndhirs. Nun aber wühlte noch immer der Schmerz in ihm, den er in dem dicht gewobenen magischen Weiß auf der Insel empfunden hatte. Auch hier draußen auf dem Meer konnte er die Ausstrahlung dieser Magie spüren, und das Kristalldeck unter seinen Füßen strömte ebenfalls die ihm feindliche Farbe aus. Doch mit diesen beiden Quellen weißer Magie kam er zurecht. Er vermochte sogar Hekendialondilan ohne Abscheu anzusehen. Die Runi, wie sie sich selbst bezeichnete, saß mit seltsam entrückter Miene am Heck des kleinen Schiffes und sah so aus, als wolle sie in den nächsten Stunden nicht angesprochen werden.

In seine eigenen Überlegungen verstrickt, fiel Girdhan erst nach einer Weile auf, dass er Meras Antwort überhört haben musste, und grinste jämmerlich. »Also, das war ein Abenteuer, wie man es nur selten erlebt. Trotzdem wäre ich glücklicher, wenn wir noch im ›Blauen Fisch‹ Bier ausschenken und Mama Meraneh helfen könnten. Aber dazu müsste Gurrland eine friedliche Insel unter vielen sein.«

»Wäre Gurrland eine friedliche Insel, wärst du – oder besser gesagt: wäre deine Mutter – niemals nach Ilynrah gekommen. Vergiss nicht: Sie war auf der Flucht vor den Truppen des Kaisers!« In Meras Worten schwang eine gewisse Bitterkeit mit. Auch Girdhan und sie befanden sich auf der Flucht. Doch anders als in Ilynrah und dem Hexenwald konnten sie ihr Schicksal nicht mehr in die eigenen Hände nehmen, sondern mussten abwarten, wohin Hekendialondilan sie bringen würde. Still für sich betete sie, dass es kein Ort sein möge, an dem sie sofort aufgegriffen und an die Zweite Hexe der Königin Ilna V. ausgeliefert wurden.

Bei dem Gedanken an Yanga stellten sich Meras Haare auf. Die Frau hatte nicht so gehandelt, wie man es von einer blauen Hexe hätte erwarten können. Wäre Torrix noch da gewesen, hätte man die Flüchtlinge aus dem Süden nicht aus ihren Hütten vertrieben und ins Binnenland geschafft. Der Hofmagier war ein kluger Mann, und ihre Großmutter hatte immer mit großer Achtung von ihm gesprochen.

Girdhan schenkte ihr ein Lächeln, auch wenn seine Gesichtszüge ebenfalls Bitterkeit verrieten. »Ich bin froh, dass ich bei euch aufgewachsen bin. Ihr habt mich alle gut behandelt, und du bist sogar mit mir geflohen, damit die Büttel der Hexe mich nicht erwischen konnten.«

Mera fiel auf, dass ihr Freund nicht die Königin, sondern die Hexe als ihre Feindin bezeichnet hatte. »Ich frage mich, welchen Grund sie dafür gehabt haben mag?«

»Wer?«, fragte Girdhan verständnislos.

»Die Zweite Hexe. Yanga. Ich mag sie nicht!«

»Ich auch nicht. Die Frau war geradezu fanatisch, als sie dich gesucht hat. So, als wärest du eine gurrländische Spionin!« Girdhan seufzte und ließ seinen Blick über den Horizont wandern. Hinter ihnen wurde Runia immer kleiner, und vor ihnen lag eine hellblaue, von einem leichten weißen Strahlen erfüllte See.

»Wohin fahren wir eigentlich?«, wollte er wissen.

Mera zuckte die Achseln. »Nicht nach Gurrland hoffe ich. Mehr kann ich nicht sagen. Für seemännische Dinge ist Kip zuständig.« Sie streckte ihren Fuß aus und tippte den Fischerjungen mit den Zehenspitzen an.

»He, Kip, kannst du mir sagen, welchen Kurs wir nehmen?«

Kip hatte sich gerade mehrere Wunschbeeren in den Mund gesteckt und sich vorgestellt, es wären Pfannkuchen, so wie seine Mutter sie machte. Diese Freude wollte er sich auch von Mera nicht nehmen lassen und kaute erst einmal mit vollen Backen, bevor er Antwort gab.

»Also, im Augenblick segeln wir nach Südosten. Würde die da« – er zeigte mit dem Daumen auf Hekendialondilan – »diesen Kurs beibehalten, kämen wir mindestens tausend Meilen östlich an Gurrland vorbei, und das ist die östlichste Insel, die ich kenne.«

»Vielleicht sind den Runi weitere Inseln bekannt, von denen wir nichts wissen«, gab Girdhan zu bedenken.

»Möglich wäre es. Die Schiffe dazu besitzen sie.« Kip bedachte das Boot, aber auch seine Besitzerin mit einem scheelen Blick. Ein Schiff hatte in seinen Augen Taue und Leinen zu besitzen, mit denen man das Segel aufziehen oder reffen konnte, dazu eine Steuerpinne und mindestens eine Kajüte mit einer kleinen Kombüse. Auf diesem Boot gab es jedoch nichts dergleichen. Wenn es Hekendialondilan gefiel, steuerte das Schiffchen sich selbst und wich dabei geschickt allen Hindernissen aus. Die Segel stellten sich so, wie der Kurs und der Wind es nötig machten, und was die Verpflegung anging, so standen zwei Bastkörbe mit Wunschbeeren im Boot und ein mit dem Rumpf verwachsener Kasten, in dem sich in Blätter gehülltes Backwerk befand. Das erhitzte sich von selbst, wenn man sich eine warme Mahlzeit wünschte.

Das Wichtigste fehlte seiner Ansicht nach jedoch, und das war Trinkwasser. Er blickte sich suchend um und erregte damit Hekendialondilans Aufmerksamkeit.

»Was sucht dein Freund?«, fragte diese Mera mit ihrer Gedankenstimme. Da sie meistens getadelt worden war, wenn sie laut gesprochen hatte, schämte sie sich mit einem Mal, in Gegenwart von Fremden Töne aus ihrem Mund hervorzubringen.

»Hekendialondilan will wissen, was du möchtest?«, trug Mera die Frage weiter.

»Ich habe Durst!«

»Ich auch«, meldete sich Careela zu Wort. Sie hatte sich in sich selbst zurückgezogen und ihren verletzten Stolz gepflegt, denn sie konnte nicht begreifen, warum Mera von der jungen Runierin und deren Mutter beachtet worden war und sie nicht.

Hekendialondilan wies lächelnd auf einen kleinen Eimer aus Kristall, der in einer Art Lade neben den Körben mit den Beeren stand. »Sag deinen Freunden, sie sollen damit Wasser schöpfen und einen Augenblick warten!«

Als Mera diese Anweisung an Kip weitergab, streckte er abwehrend die Arme aus. »Ich trinke kein Salzwasser! Das können vielleicht Runier tun, aber wir nicht!«

Mera hatte keine Lust, sich mit ihm zu streiten. Daher nahm sie den Eimer, tauchte ihn ins Meer und stellte ihn dann halb gefüllt neben sich ins Boot. Dabei beobachtete sie, was damit geschah. Bereits nach kurzer Zeit bildeten sich im Wasser Kristalle, die von der Wand und dem Boden angezogen und von dort aufgesaugt wurden. Als Mera den Finger in das Wasser steckte und prüfend daran leckte, schmeckte sie kein Salz mehr.

»Warte noch ein wenig, bis der Zauber des Eimers auch noch das letzte Salz und andere schädliche Stoffe ausgefällt hat. Bald kannst du unbesorgt davon trinken.«

Hekendialondilan amüsierte sich ein wenig über die Menschenkinder, die dem, was für sie alltäglich war, so fassungslos gegenüberstanden. Selbst Mera, die doch selbst eine Hexe war, zeigte deutliches Erstaunen. Als die Runi sah, dass die Außenseite des Eimers den trüben Glanz von Salzkristallen annahm, wies sie erneut auf die Lade. Dort lagen jetzt fünf Becher, die sich wie von selbst gebildet hatten.

»Nun könnt ihr trinken!« Sie hatte sich überwunden, nicht zu senden, sondern sprach die Worte aus, damit die drei anderen sie ebenfalls verstehen konnten. Dennoch wagte es niemand, einen der Becher zu nehmen und damit Wasser aus dem Eimer zu schöpfen.

Hekendialondilans Lachen erfüllte das Boot. »Ihr seid wirklich seltsame Geschöpfe! Erst behauptet ihr, durstig zu sein, und dann wollt ihr nicht trinken!«

Mera bekam vor Verlegenheit einen roten Kopf und griff nach einem der Becher, die ähnlich wie das Schiff und der Eimer aus Kristall bestanden. Mit zusammengebissenen Zähnen tauchte sie das Gefäß ins Wasser, wartete, bis es voll war, und führte es dann zum Mund. Als sie trank, starrten die anderen sie mit großen Augen an.

»Kann man das wirklich trinken?«, fragte Kip.

Mera leerte den Becher und wollte ihn erneut füllen. Da aber erinnerte sie sich an ihre Retterin, nahm einen zweiten Becher, schöpfte Wasser hinein und trug dieses zu Hekendialondilan.

»Hier! Du willst doch sicher auch trinken, sonst hättest du nur vier Becher gemacht.«

»Das war nicht ich, sondern der Versorgungszauber meines Bootes. Ich danke dir trotzdem.« Die junge Runi nahm den Becher entgegen und trank.

Inzwischen waren die drei anderen zu der Überzeugung gekommen, dass das Wasser nicht schädlich sein konnte. Kip schnappte sich einen Becher und wollte ihn füllen, doch Careela stieß ihn zurück. Da er sein Boot verloren hatte, besaß er in ihren Augen keinen Anspruch mehr auf Respekt. Rasch steckte sie ihren Becher in das Wasser und tauchte dabei ihre Hände mit hinein.

»Bei der Blauen Göttin, wie kann man nur so dumm sein. Du verschmutzt das ganze Wasser«, schimpfte Kip.

Hekendialondilan kicherte jetzt beinahe wie ein Menschenkind. »Der Zauber des Eimers verhindert auch das. Du könntest dich darin waschen und das Wasser hinterher unbesorgt trinken!« Allmählich fand sie Gefallen daran, sich mit ihren Passagieren auf menschliche Weise mit dem Mund zu unterhalten.

»Für uns Seeleute ist Wasser etwas sehr Wertvolles. Wer es verschmutzt, wird sehr schwer bestraft«, erklärte Kip mit einem bösen Blick auf Careela.

Die musterte ihn jedoch spöttisch. »Gib doch nicht so an. Nur weil du von Zeit zu Zeit mit einem Fischer aufs Meer hinausfahren durftest, bist du noch lange kein richtiger Seemann.«

»Ich war Kapitän auf meinem eigenen Schiff, bis die böse Runierfrau es zerstört hat. Eigentlich müsste ich eine Entschädigung dafür verlangen!« Kip kamen die Tränen, als er an seine »Seeschäumer« dachte, die von Sianderilneh versenkt worden war.

Girdhan legte seinen Arm um ihn und grinste. »Lass nur, mein

Guter! Mera und ich wissen, dass du ein guter Seemann bist. Wir werden alles tun, damit du ein neues Boot bekommst.«

»Wirklich?« Kips Augen leuchteten auf. Obwohl das Versprechen im Augenblick völlig wertlos war, da weder Girdhan noch Mera die Möglichkeiten hatten, es zu erfüllen, tat es ihm gut, ihre Freundschaft zu spüren.

»Du kriegst dein Boot, und wenn ich dafür in die Dienste der Hexe Yanga treten muss. Vorher aber müssen wir einen sicheren Ort finden, an dem wir Girdhan zurücklassen können.«

»Diese … äh … Runierin sollte uns nach Gelonda bringen. Dort hält meine Schwester als Fürstin unseres Volkes auch im Exil Hof.« Careela sah so aus, als könne sie es kaum noch erwarten, endlich wieder unter Leuten zu sein, die ihr als Prinzessin huldigten. Dennoch hielt auch Mera diesen Rat für gut. Auf Gelonda sollten dem Vernehmen nach auch Girdanier Zuflucht gefunden haben, und bei seinen eigenen Leuten würde Girdhan wohl in Sicherheit sein.

2

Hannez atmete erleichtert auf, als die Küste von Ilyndhir vor ihnen auftauchte. Die Überfahrt war hart gewesen, vor allem, da die Flüchtlinge in ihrer Panik weder an Vorräte noch an Trinkwasser gedacht hatten. Am zweiten Tag war ihnen nichts anderes übrig geblieben, als heimlich an der Nordostküste Gelondas anzulegen und bei einem einsam gelegenen Bauernhof ein paar Nahrungsmittel zu besorgen. Als Bezahlung hatten die Leute gefordert, mitgenommen zu werden. Obwohl das Boot bereits überladen war, war Hannez darauf eingegangen, und sie hatten ihre Fahrt mit weniger Freibord fortgesetzt, als es mancher Flusskahn besaß. Zum Glück hatten aber ein paar der Flüchtlinge das Boot in Malvone verlassen, weil sie hofften, König Tendels Truppen wären in der Lage, die Gurrländer aufzuhalten.

Dieser Ansicht war Hannez nicht. Nach der verheerenden Niederlage auf Gelonda gab es in seinen Augen keine Chance mehr, den Feind an der Eroberung der restlichen Inseln zu hindern.

»Wie lange wird es dauern, bis wir zu Hause sind?«, wollte Hemor wissen.

Die gemeinsam durchgestandene Gefahr hatte aus den beiden Männern zwar noch keine Freunde gemacht, dafür aber Kameraden, die wussten, dass sie sich aufeinander verlassen konnten.

Hannez maß den Sonnenstand. »Wenn der Wind günstig weht, erreichen wir die Hauptstadt morgen um dieselbe Zeit. Müssen wir gegen den Wind ankreuzen, können es drei Tage werden.«

»Dann hoffen wir, dass der Wind so günstig bleibt. Ich möchte Ihrer Majestät so rasch wie möglich Bericht erstatten und Ihr meine Vorschläge für die Verteidigung unserer Insel unterbreiten.«

»Glaubt Ihr, dass eine Verteidigung überhaupt noch möglich ist?«, fragte Hannez.

Hemor zuckte mit den Schultern. »Ich weiß es nicht. Hätten wir eine Schlacht gegen Malvone verloren, wäre mein Vorschlag, auf Teren zu verzichten und etliche Jahre Tribut zu zahlen. Würde Gurrland sich mit einer Oberherrschaft begnügen, würde ich ebenfalls zur Unterwerfung raten. Aber der Kaiser will aus unserem Volk Sklaven machen und alles zerstören, was uns lieb und teuer ist. Wir haben keine andere Wahl, als uns bis zum letzten Blutstropfen zu verteidigen!«

Optimismus klingt anders, dachte Hannez. Er verstand den Höfling jedoch. Wenn sie nicht die Achtung vor sich selbst verlieren wollten, hatten sie keine andere Wahl, als sich zur Wehr zu setzen. Während er sich fragte, was in dieser Situation aus ihm und Meraneh werden sollte, korrigierte er den Kurs seines Schiffes um ein paar Strich und hielt Ausschau nach den Wachschiffen der heimatlichen Kriegsflotte, die jeden Moment am Horizont auftauchen mussten.

Mit einem Mal stieß die alte Matrone aus Gelonda ihn an. »Meine Enkelin will mit dir reden!«

Bislang hatte Hannez sich nicht um das Mädchen gekümmert. Es war nur wenig älter als Mera, würde aber bereits jede erwachsene Frau aus Ilyndhir überragen. Als er sie jetzt ansah, blickte er in ein vor Angst verzerrtes Gesicht.

»Wir dürfen nicht nach Ilynrah fahren! Eine Stimme sagt mir, dass wir so bald wie möglich anlanden und in einen Wald gehen sollen, der südlich eurer Hauptstadt liegt. Nur dort wären wir sicher!«

»Der Hexenwald? Dort gehe ich nicht freiwillig hin!« Hannez schüttelte es bei dem Gedanken an die leuchtenden Bäume und die Büsche, die eisenharte Dornen verschießen konnten.

»Aber wir müssen dorthin! In der Hauptstadt erwartet uns eine heimtückische Gefahr«, beschwor ihn die junge Hexe, die sich Talei nannte. Ihre Augen leuchteten dabei in einem hellen Gelb, aber als Hannez genauer hinsah, glaubte er auch eine Spur Blau darin schimmern zu sehen.

Als er nicht reagierte, stand das Mädchen auf, packte mit einem für sie ungewöhnlich harten Griff seinen Kopf und zog ihn so zu sich heran, dass ihre Stirn die seine berührte.

»Hörst du mich, Fischer?«, vernahm er eine ferne Stimme.

»Ja«, antwortete er unwillkürlich.

»Du wirst jetzt das tun, was ich dir sage, und das ohne Widerspruch, verstanden! Das arme Mädchen ist bereits am Ende seiner Kraft.«

»Aber …«, begann Hannez, um sofort unterbrochen zu werden.

»Du sollst mir zuhören! In der Hauptstadt herrscht finsterster Verrat. Weder du noch Hemor könnt dort etwas bewirken. Man würde euch sofort einsperren oder gar umbringen. Nur im Hexenwald seid ihr sicher. So gefährlich, wie du ihn dir vorstellst, ist er nicht. Denke nur an Mera und Girdhan, denen er Schutz vor ihren Verfolgern geboten hat. Dasselbe wird er auch für euch tun. Ihr müsst euch aber beeilen. Versteckt euer Boot in jener kleinen Bucht, die fast ganz von Felsen umschlossen ist, und dann kommt zu mir. Ich warte auf euch!«

»Wer bist du?«, fragte Hannez noch.

»Du willst doch Meraneh retten! Dann tu, was ich dir gesagt habe«, bekam er zur Antwort. Dann brach die Verbindung ab. Die kleine Gelondanerin sackte in sich zusammen, während die restlichen Leute an Bord sie beide verwundert anstarrten.

»Sie hat magische Fähigkeiten. Es kommt wohl von Seiten ihrer Mutter. In meiner Familie gab es so etwas nicht«, erklärte die Alte.

Hemor, der Erfahrungen mit Hexen besaß, öffnete den Wasserschlauch und flößte der Bewusstlosen einige Tropfen ein. »Sie wird bald wieder aufwachen«, beruhigte er ihre Großmutter und setzte sich so, dass er das Mädchen bequem halten konnte. Danach sah er zu Hannez auf. »Was war das eben?«

»Jemand will, dass wir nicht nach Ilynrah fahren, sondern uns in den Hexenwald begeben.« Hannez' Miene zeigte, dass er nicht viel davon hielt. Andererseits traute er dieser Yanga nicht, die ihn und Meraneh verhört und auch die Jagd auf Mera und Girdhan befohlen hatte.

Anders als er wusste Hemor mehr über die Hintergründe des Kriegszuges und hatte sich bereits seine Gedanken über das zweimalige Versagen der ilyndhirischen Hexen gemacht. »Der Gurrlandspion hat sich doch in diesen Wald geflüchtet«, sagte er nachdenklich.

Hannez fuhr auf. »Girdhan war kein Spion, sondern ein armer Flüchtlingsjunge aus Girdania, dessen Mutter an Verletzungen gestorben ist, die ihr die Gurrländer beigebracht hatten.«

Auf Gelonda hatte Hemor Girdanier getroffen und sogar mit den Anführern der dortigen Flüchtlinge gesprochen. Die Männer waren Todfeinde Gurrlands und nicht bereit, Nachsicht zu zeigen oder für sich zu fordern. »Ein Girdanier also!«

Er erinnerte sich, dass die Wirtin vom »Blauen Fisch« den Jungen als solchen bezeichnet hatte. »Eigenartig! Das hätte Yanga doch auch wissen müssen. Stattdessen hat sie so getan, als wären alle Flüchtlinge von Gurrland geschickt worden, um Ilyndhir auszuspionieren. In diesem Sinne hat sie auch die Königin und ihre Berater beeinflusst. Ich glaube, es ist tatsächlich besser, wenn wir uns diesen Wald anschauen. Nach Ilynrah können wir immer noch gehen.«

Diese Entscheidung fiel Hemor nicht leicht, denn ihm graute es ebenfalls vor dem verwunschenen Wald. Dennoch erschien es ihm besser, die seltsame Warnung ernst zu nehmen, als blindlings in eine Falle hineinzustolpern, die in der Hauptstadt auf sie warten mochte.

3

Hannez kannte die Küste des Golfs von Ilynrah wie seine Westentasche und fand daher problemlos jene versteckte kleine Bucht, in der sie landen und ihr Boot zurücklassen sollten. Als er die Felsen hochstieg, stellte er fest, dass der Hexenwald viel näher an dieser Stelle lag, als er erwartet hatte. Der verzauberte Forst musste sich weit nach Süden und Westen ausbreiten, denn sie hatten keine zehn Meilen bis zu seinem Rand zu gehen.

Unterwegs durchwanderten sie mehrere Dörfer, die wohl in aller Eile verlassen worden waren. Irgendwo lief noch eine verstörte Ziege herum, die ihre Besitzer vermisste. Hannez beachtete das Tier nicht, doch Thalan erklärte, die Ziege würde zugrunde gehen, wenn sich keiner um sie kümmerte, und fing sie ein.

Als sie weiterzogen, führte er das Tier grinsend an einem Strick mit sich. »Sieh es positiv!«, sagte er lachend zu Hannez. »So haben wir ein wenig Milch für die Kinder!«

Die alte Matrone stimmte ihm sofort zu. »Der Mann hat recht. Hartes Brot und Trockenfleisch sind kein geeignetes Essen für die Kleinen. Wir sollten für diese Ziege dankbar sein.«

Hannez brummte ein wenig. »Dann schaut zu, dass ihr auch einen Eimer findet, damit ihr das Tier melken könnt. Aber haltet euch nicht lange auf, denn wir müssen weiter.«

Ein paar jüngere Flüchtlinge aus Gelonda sahen seine Worte als Aufforderung an, zum nächsten Bauernhof zu laufen und diesen zu untersuchen. Sie brachten gleich mehrere Eimer, Töpfe und Pfannen mit und dazu einige Käselaibe, die von den Besitzern zurückgelassen worden waren.

»Fangt jetzt nicht an zu plündern!«, schimpfte Hannez. Die jungen Leute grinsten nur und reihten sich wieder ein. Einer von ihnen zerteilte einen der Käse mit seinem Messer und reichte Hannez ein großes Stück.

»Hier, Schiffer! Wenn wir den Käse nicht mitnehmen, wird er doch nur in den Mägen der Gurrländer landen.«

»Wenn die Kerle überhaupt bis hierher kommen!« Hannez klang noch immer knurrig, aber er biss herzhaft in den Käse. Es schmeckte ihm so gut, dass ihm die Tränen kamen. Unter der Herrschaft der Gurrländer würde er niemals mehr so etwas Leckeres zu essen bekommen.

Thalan legte ihm die Hand auf die Schulter. »Bist du traurig, Fischer? Keine Angst, auch wenn die Lage noch so … äh … aussichtslos scheinen mag, werden wir diese verdammten Gurrländer eines Tages wieder von unseren Inseln vertreiben. Euer Käse ist wirklich gut. Ich sollte mal mit einem eurer Bauern reden und ihn fragen, welche Kräuter ihr dafür verwendet. Auch wenn das hier blaues Zeug ist, so gibt es bei uns gewiss etwas Ähnliches.«

Obwohl Hannez sich eben noch zutiefst betrübt gefühlt hatte, musste er nun lachen. Der kernige Gelondaner strahlte so viel Lebenswillen aus, dass es ansteckend wirkte. »Wenn dir der Käse schon so gut schmeckt, müsstest du mal die Goldgarnelen probieren, die Meraneh macht. Selbst auf den Tisch unserer Königin kommen sie nicht besser!«

Thalan hakte sich bei ihm ein und grinste. »Weißt du was, Kleiner? Wenn das alles hinter uns liegt, treffen wir uns bei dir oder bei mir und probieren alles aus, was dem anderen schmeckt, abgemacht?«

»Abgemacht!« Hannez schlug in die dargereichte Hand ein und fühlte sich um einiges besser. Als er wieder nach vorne blickte und feststellte, dass der Saum des Hexenwaldes keine tausend Schritt vor ihnen lag, fühlte er zwar eine gewisse Beklemmung, aber die große Angst, die er vor ein paar Wochen empfunden hatte, war verschwunden.

»Sie wartet auf uns!«, sagte das gelbmagische Mädchen und deutete nach vorne. Dort war jedoch nur ein etwas stärkeres, blaues Schimmern zu sehen. Ein paar Malvoner, die bei ihrer Gruppe geblieben waren, bekamen bei dem Anblick Panik.

»Da gehe ich nicht hinein!«, rief einer entsetzt aus und blieb stehen.

Hannez drehte sich zu ihm um, langte zu ihm hoch und klopfte ihm auf die Schulter. »Du bist doch auch mit mir mitgefahren, ohne dass ich dich gefressen habe, und ich bin ein Blauer.«

»Das schon, aber …«

Talei trat auf ihn zu. »Du brauchst wirklich keine Angst zu haben. Über dich und deine Leute wird ein Schutzzauber gelegt, der euch vor der blauen Ausstrahlung schützen wird.«

Dem Mädchen war es offensichtlich gelungen, wieder Kontakt mit dem Wesen aufzunehmen, das sie hierhergerufen hatte. Auch Hannez spürte die Berührung eines fremden Geistes in seinem Kopf und schüttelte sich.

Daraufhin vernahm er ein lautloses Lachen und einen Gruß.

»Möge die Große Ilyna mit euch sein und auch die anderen Götter, zu denen deine Gefährten beten. Wir werden ihre Hilfe dringend brauchen.«

Zögernd und doch weitaus ruhiger als vorher ging Hannez weiter und erreichte den Saum des Hexenwaldes. Ein Teil von ihm wollte sich umdrehen und davonlaufen. Doch er holte tief Luft, biss die Zähne zusammen und überschritt die unsichtbare Grenze.

»So ist es brav!«, hörte er die Stimme in seinem Kopf. »Geht einfach weiter! Unter diesen Bäumen seid ihr fürs Erste in Sicherheit. Hinter den Büschen da drüben warten Früchte und ein frischer Quell auf euch. Dort können deine Freunde sich ausruhen. Du aber, Hannez, wirst dich nur kurz stärken und dann ins Fischersechstel von Ilynrah gehen. Bring Meraneh her. Bei uns ist sie besser aufgehoben als in der Stadt!«

4

Sie wurden verfolgt. Jedenfalls behauptete das Boot am Morgen des zweiten Tages, die Nähe eines anderen Schiffes zu spüren, welches hinter ihnen in die gleiche Richtung fuhr.

Hekendialondilan bat Kip, der gerade mit misstönender Stimme das Lied der ilyndhirischen Seeleute sang, still zu sein, und konzentrierte sich auf das, was die Wellen und der Wind ihr zutrugen. Selbst nach dem anderen Boot zu greifen wagte sie nicht, um dessen Besatzung nicht auf sich aufmerksam zu machen. Doch sie fand heraus, dass es sogar mehrere Schiffe waren, die in breiter Front fuhren und untereinander Kontakt hielten. War dies allein schon ein Zeichen von Gefahr, so verriet ihr Sianderilnehs Anwesenheit auf einem dieser Schiffe, dass man sie und ihre Menschenfreunde jagte.

Hekendialondilan überlegte, ob sie Mera und den anderen etwas davon sagen sollte, verschob es aber auf später. Jetzt galt es erst einmal, die Verfolger durch einige überraschende Kursänderungen in die Irre zu führen. Allerdings würde das alleine auf Dauer nicht helfen, ihnen zu entgehen. Sianderilneh zählte zu den magisch stärksten Runi, und sie war keine, die auf halbem Weg aufgab. Sie würde ihnen so lange folgen, bis sie die vier Menschenkinder eingefangen und nach Runia zurückgebracht hatte.

Doch so leicht wollte Hekendialondilan sich nicht fangen lassen. Sie beschloss, das Ganze erst einmal als spannendes Spiel anzusehen, in dem sie Sianderilneh überlisten musste. Sianderilneh war zwar weitaus erfahrener als sie, dachte aber in gewohnten Bahnen. Möglicherweise konnte sich Hekendialondilans Jugend als Vorteil herausstellen und vielleicht auch die Anwesenheit der vier Menschen, deren Gedanken so schwirrten wie Zikaden beim Paarungstanz.

»Haltet euch fest!«, warnte sie die vier und befahl ihrem Boot, den Kurs abrupt zu wechseln.

»Gibt es Probleme?«, fragte Mera lautlos, die einen Teil der Überlegungen des Runimädchens mitbekommen hatte.

»Wir müssen ein wenig mit Sianderilneh Fangen spielen!«, sendete ihr Hekendialondilan, um die anderen nicht zu beunruhigen. »Sie will euch in die Hände bekommen, aber das werde ich nicht zulassen.«

Mera sog erschrocken die Luft ein. Wenn die Runifrau, die sie schon einmal eingesperrt hatte, sie erneut verfolgte, würden sie es wohl kaum bis zu den von Menschen besiedelten Inseln schaffen. Schließlich war Hekendialondilan nur ein Kind und nach den Maßstäben der Runier jünger als sie selbst. Dann aber dachte sie daran, wie Kip die Kapitäne der königlich-ilyndhirischen Flotte ausgesegelt hatte, und schöpfte Mut.

»Wir müssen es schaffen!«

»Was?«, fragte Girdhan.

Zuerst glaubte Mera, sie habe laut gesprochen, doch da Kip

und Careela nicht aufmerksam geworden waren, begriff sie, dass Girdhan dabei war, die Grundzüge der lautlosen Verständigung zu lernen. Darüber war sie froh, denn sie wollte vor allem Careela nicht in alles einweihen.

»Was ist los?«, wiederholte Girdhan seine Frage. Nun blickten Kip und die Prinzessin zu ihnen herüber.

»Das möchte ich auch wissen!«, sagte Kip, der die Manöver des Bootes kritisch beäugte.

»Nichts. Wir machen nur ein paar Kursänderungen«, sagte Mera so gleichmütig, wie sie es vermochte.

Wie zur Bestätigung ihrer Worte schlug das Boot einen weiteren Haken. Gleichzeitig bildeten sich neue Segel am Mast, die hungrig den Wind einfingen, und das Boot verdoppelte seine Geschwindigkeit. Der Wechsel war so heftig, dass Kip sich auf den Hosenboden setzte und vor Überraschung schnaufte.

»Das gibt's doch nicht! Das sind mindestens zwanzig bis fünfundzwanzig Knoten. So schnell ist nicht einmal ein ardhunischer Piratensegler.«

Hekendialondilan hätte ihn korrigieren können, denn sie machten nach menschlichen Berechnungen mindestens dreißig Knoten Fahrt. Aber leider bedeutete dies nicht die Rettung, denn die Schiffe der Verfolger waren mindestens ebenso schnell und Sianderilneh eine Meisterin darin, lokalen Wind zu schaffen. Sie selbst war dazu nicht in der Lage, sondern musste sich mehr auf ihr Gespür für die Strömungen des Meeres und die herrschenden Windverhältnisse verlassen.

Zunächst schienen sie dennoch im Vorteil zu sein. Sie umrundeten die Südostspitze Runias bei raumem Wind und hielten dann nach Westen, um die Verfolger glauben zu machen, sie wollten auf die nächstgelegene menschliche Inseln zuhalten. Gegen Mittag aber bockte das Boot und änderte eigenmächtig seine Fahrtrichtung. Noch bevor jemand fragen konnte, verzog Hekendialondilan ärgerlich ihr Gesicht.

»Da ist ein weiteres Schiff vor uns. Sianderilneh hat es wohl vorausgeschickt, damit es uns abfangen soll.« In ihrer Erregung sprach sie die Worte aus, statt sie zu senden, und informierte so auch Girdhan und die beiden anderen über ihre Verfolger.

»Was können wir tun?«, fragte Mera.

»Jetzt halten wir erst einmal nach Süden, bis wir den Schirm von Runia hinter uns gebracht haben. Was dann kommt, werden wir sehen. Das Meer ist jedenfalls groß genug, um mit unseren Verfolgern – wie nanntet ihr das? – Katz und Maus spielen zu können.«

Hekendialondilan hörte sich mutiger an, als sie sich fühlte. In diese Richtung ging es nach Girdania und zu den Ardhu-Inseln, aber um dorthin zu kommen, mussten sie etwa tausend Meilen offenen Wassers überwinden, in dem es nur hie und da kleine und kleinste Inseln gab. Zudem befand sich ziemlich genau vor ihnen, gleich am Rand des Schirmes von Runia eine der unangenehmsten Stellen des Ozeans, der jedes Lebewesen besser in weitem Bogen auswich. Wenn sie versuchten, dieses Gebiet östlich zu umgehen, würden sie in den Bereich des gurrländischen Kaiserreiches geraten. Hielten sie sich jedoch eher westlich, mussten sie damit rechnen, dass ihre Verfolger entsprechende Vorkehrungen trafen, weil sie genau das erwarteten.

»Also auf nach Südosten!«, sagte Hekendialondilan mit einem innerlichen Schaudern, welches auch das Boot ins Wanken brachte. Aber ein scharfer Befehl von ihr brachte es wieder dazu, seinen Kurs aufzunehmen und einen Strich weiter nach backbord zu segeln.

5

Sianderilneh glühte vor Zorn. Doch der galt weniger dem Mädchen, das sie verfolgte oder dessen Mutter, sondern sich selbst. Sie hätte damit rechnen müssen, dass Hekerenandil rasch handeln würde. Statt selbst sofort etwas zu unternehmen und die Menschen noch auf Runia gefangen zu nehmen, hatte sie wertvolle Zeit vergeudet und es diesem lästigen Balg Hekendialondilan ermöglicht, mit den Menschenkindern in See zu stechen. Wenn dem kleinen Biest auf dieser gefahrvollen Fahrt etwas zustieß, würden die anderen Runi sie dafür verantwortlich machen. Sie ballte die Fäuste und streckte ihre unsichtbaren Fäden aus, um nach dem Boot der Flüchtlinge zu greifen.

»Wir müssen es schaffen!«, erklärte sie ihren Begleitern etwa im selben Moment, in dem Hekendialondilan das Gleiche zu Mera und den anderen sagte.

Ein Runi, der kurz vor dem großen Krieg geboren worden war, versuchte, seine Anführerin zu beruhigen. »Hekendialondilan kann uns doch nicht entkommen. Der Zauber ihres Bootes erlaubt ihr nicht, sich über den Schirm von Runia hinauszubewegen.«

»Narr!«, fuhr Sianderilneh ihn an. »Ich schmecke es bereits hier im Wasser, dass Hekerenandil diesen Einschränkungszauber von dem Boot genommen hat. Wenn das Mädchen will, kann es bis nach Gurrland fahren.«

Sie ärgerte sich nun auch über ihre Gefährten, die diese Jagd als amüsante Abwechslung anzusehen schienen. Dabei war die Sache viel zu ernst. Hekendialondilan wusste einfach zu viel. Wenn sie menschlichen Magiern in die Hände fiel, würden diese ihr das Geheimnis mit Hilfe ihrer Zaubertränke entreißen.

»Ich werde das kleine Biest verprügeln und anschließend einen Erstarrungszauber über ihr weben, an dem ihre Mutter etliche Jahre zu knabbern hat!«

Ihr Ausbruch entlockte ihren sechs Begleitern ein Lächeln. Ihnen war bewusst, dass ihre Anführerin für jedes Haar, das sie der Kleinen krümmte, dem Rat würde Rede und Antwort stehen müssen. Das war auch Sianderilneh klar, und daher schwor sie, sich stattdessen die vier anderen besonders vorzunehmen.

»Ich werde diese Menschenbrut erstarren lassen und an der tiefsten Stelle des Ozeans über Bord werfen!«, sendete sie in ihrer Erregung.

Diesmal lächelte keiner mehr. Die sechs jungen Männer sahen sich betreten an und versuchten, sich gegen die tobenden Gedanken ihrer Anführerin abzuschirmen. Da auch sie das Geheimnis von Runia bewahren wollten, waren sie bereit, alles zu tun, um der Flüchtlinge habhaft zu werden.

Sianderilneh nahm Kontakt zu den anderen Schiffen auf, die sie jenseits des Horizonts begleiteten, erfuhr aber, dass diese bislang nur eine sehr schwache Spur der Verfolgten entdeckt hatten. Wie es aussah, hielt Hekendialondilan sich östlicher als erwartet. Auch Sianderilneh korrigierte den Kurs ihres Schiffes in südöstliche Richtung und suchte dabei nach den winzigen magischen Spuren, die das Boot der Verfolgten hinterlassen hatte. Das Ergebnis war verwirrend, denn einmal schien das Mädchen sich nach Westen zu halten, eine andere Spur besagte jedoch, dass es weiterhin nach Südosten segelte.

Es dauerte einige Augenblicke, bis Sianderilneh begriff, dass ihre Beute Haken schlug wie ein Kaninchen. Die geschickte Art, mit der Hekendialondilan vorging, nötigte ihr Achtung ab. Aber es bestand für sie kein Zweifel, dass sie das Boot einholen und die Kinder darauf gefangen nehmen würde.

Sie änderte den Kurs und gab gleichzeitig ihren Gefolgsleuten auf den anderen Schiffen neue Befehle. Sie mussten das ganze Seegebiet fächerförmig durchfahren und das verfolgte Boot in die Zange nehmen. Sianderilnehs Zuversicht hielt jedoch nicht lange an, denn Hekendialondilan schlug erneut einen Haken und konnte der seitlichen Linie, welche die Verfolger bildeten, entkommen. Sianderilneh musste ihre Schiffe umgruppieren und die eigene Geschwindigkeit durch einen Windzauber erhöhen.

»Wir erreichen bald den Rand des Schirmes von Runia«, meldete einer ihrer Gefährten.

»Das hat keine Bedeutung. Wir fahren weiter, wenn es sein muss, bis Gurrland!« Sianderilneh betete zu ihrem Weißen Gott Meandir, er möge verhüten, dass es dazu käme, denn sie fürchtete sich vor dem, was sie dort erwarten würde. Leider gab es keinen Zauber, mit dem sie die Flüchtenden auf diese große Entfernung hätte einfangen können. Um Hekendialondilan geistig beeinflussen oder erstarren zu lassen, musste sie ganz nahe an sie herankommen, und auch zwei der Menschenkinder waren mit Zaubern, die aus weiterer Ferne wirkten, nicht zu fassen. Also musste sie dieses kleine Biest überlisten, das sie an der Nase herumführen wollte.

»Ich habe weniger Angst vor Gurrland als vor dem, was direkt vor uns liegt«, sagte einer der Männer an Bord.

»Weshalb?«, wollte ein anderer wissen.

Sianderilneh presste die Lippen zusammen. Ihr bereitete der Kurs, den Hekendialondilan einschlug, ebenfalls Sorge. »Das Kind hält genau auf den Geburtsort der magischen Stürme zu. Das ist kein guter Platz, weder für Menschen noch für Runi. Sogar die Gurrländer meiden ihn, und das sagt viel über die Gefahren dort aus.«

»Ich habe davon gehört, aber ich weiß nicht, was es mit diesem Ort auf sich hat. Magische Stürme gibt es von Zeit zu Zeit überall. Sie erschüttern sogar die Gebiete innerhalb unseres Schutzschirms.«

»Die magischen Stürme, die sogar uns zu schaffen machen, entstehen genau an der Stelle, die dieses kleine Biest ansteuert, und ziehen von dort aus über die Welt.«

»Sind sie wirklich so gefährlich, wie man sagt?«, fragte der junge Mann leicht spöttisch.

»Ein normaler magischer Sturm kann uns Runi nichts anhaben. Unsere Kraft reicht aus, die Magie zu beeinflussen und das Toben der Elemente um uns zu dämpfen, zumindest dann, wenn es kein durch schwarze Magie hervorgerufener Orkan ist. In dieser Hexenküche vor uns entstehen jedoch laufend magische Stürme aller Farben, und was passiert, wenn zwei Stürme der Gegenfarbe aufeinandertreffen, könnt ihr euch selbst ausrechnen.« Sianderilneh war deutlich anzuhören, wie lästig es ihr war, Belehrungen abgeben zu müssen, während sie danach fieberte, Hekendialondilan einzuholen, bevor das Mädchen in dieses gefährliche Seegebiet geriet.

Noch während sie überlegte, wie sie ihre fünf Schiffe am besten einsetzen konnte, vernahm sie aus weiter Ferne das Gedankensignal einer anderen Runi. »Hört mich jemand? Wenn ja, soll er antworten. Ich habe Neuigkeiten zu berichten, die auch die Königin interessieren dürften.«

Zunächst wollte Sianderilneh die magischen Wellen abblocken, dann aber sagte sie sich, dass in dieser Situation alles wichtig sein konnte. »Ich höre dich. Was gibt es?«

Sie spürte selbst, dass sie kurz angebunden und leicht verärgert klang, doch der Zwischenfall kam ihr ganz und gar nicht gelegen.

»Bist du es, Sianderilneh?«

Enttäuschung und Ablehnung schwangen in dieser Frage mit. Die Frau musste dem kleinen Kreis um Hekerenandil angehören, da andere Runi nicht so weit in Richtung der Menschenländer fuhren und dabei den magischen Schirm verließen. Hoffentlich war die Frau vorsichtig genug gewesen, sich nicht sehen zu lassen.

»Sei unbesorgt! Die Befehle der Königin sind mir heilig!«

Sianderilneh zuckte zusammen. In ihrer Erregung hatte sie den Kontakt aufrechterhalten und dabei die andere in ihre Gedanken blicken lassen. Sie schluckte ihren Ärger hinunter und fragte die Frau, was sie denn zu berichten hätte. »Mach schnell, ich bin auf der Suche nach dem entflohenen Kind und muss es zurückholen, bevor es in die See der magischen Stürme gerät!« Das hätte sie besser nicht sagen sollen, denn nun ergossen sich die Gedanken der anderen wie ein Wasserfall über sie.

»Hekendialondilan? Bei Meandir, wie schrecklich! Kann ich euch bei der Suche helfen?«

»Dafür bist du zu weit weg. Und jetzt sprich! Ich brauche meine Konzentration für die Suche.« Sianderilneh vernahm den Schreck, der ihrer Gesprächspartnerin in die Glieder gefahren war, wie einen Aufschrei.

Dennoch erstattete die ältere Runi ihr kurz und präzise Bericht. »Gurrland hat die entscheidende Schlacht auf Gelonda gewonnen und die gesamte Insel besetzt. Ihre Vorhut steht nun vor Malvone. Es ist zu erwarten, dass sie dort in Kürze landen werden. Nun wünsche ich dir Glück bei der Suche nach unserer Kleinen.«

Die Verbindung riss ab, und Sianderilneh blieb mit ihren Gedanken allein. Gelonda war gefallen. Das hatte sie schon länger erwartet, doch es erschien ihr wie ein böses Omen, dass es gerade jetzt geschehen war. Mit weiß aufflammenden Augen wandte sie sich an ihre Gefolgsleute und nahm auch Kontakt zu ihren anderen Schiffen auf.

»Jetzt ist es noch wichtiger, Hekendialondilan aufzuhalten und zurückzubringen. Ich nehme an, dass sie die Menschen nach Gelonda bringen will. Doch diese Insel ist gefallen. Erreicht sie sie, fällt sie den Gurrländern in die Hände.«

6

Die Cousine der Königin ist hartnäckiger, als ich es mir vorgestellt habe!« Hekendialondilan wirkte ratlos. Mehr als zwei Tage lang hatte sie alles getan, was ihr möglich war, um die Verfolger abzuschütteln. Doch fünf Schiffe waren einfach zu viel für ihr Boot.

Während der letzten Stunden hatten Sianderilneh und ihre Leute stark aufgeholt und hielten jetzt eine bogenartige Formation ein, die es ihr unmöglich machte, seitlich zu entkommen.

Sie rieb sich die Arme, als friere sie trotz der vom Himmel brennenden Sonne. »Uns bleibt nur noch ein Weg. Wir müssen den Kurs beibehalten, den wir jetzt fahren, und noch schneller werden.«

»Du siehst sehr besorgt aus, Heke!« Mera hatte sich ebenso wie die anderen angewöhnt, den Namen des Runimädchens abzukürzen. Hekendialondilan nahm keinen Anstoß mehr daran, denn sie hatte begriffen, dass sie die Menschen mit anderen Maßstäben messen musste als die Angehörigen ihres Volkes.

»Ich bin auch besorgt«, antwortete sie. »Die See vor uns ist der Geburtsort der magischen Stürme. Betet zu euren Göttern und Göttinnen, dass sie uns gnädig sind. Wenn wir in einen Zusammenprall von Gegenfarben geraten, dürfte es unser Ende sein.«

»Sollten wir dann nicht lieber aufgeben und darauf hoffen, dass die Königin uns gnädig ist? Wenn sie erfährt, dass ich die Schwester der regierenden Fürstin von Ardhenu bin, wird sie …«

»Einen grünen Dämon wird sie tun!«, unterbrach Kip Careela rüde. »Du hast doch diese Sianderwasweißich gesehen! Für die sind wir nur Ungeziefer, das man bedenkenlos beseitigen kann. Ich will nicht noch einmal in eine Höhle eingesperrt werden und fürchten müssen, dort bis zum Ende meiner Tage als Stein zu liegen!«

Hekendialondilan schüttelte den Kopf. »Sie würde euch nicht mehr in eine Höhle einsperren, sondern versteinern und im Meer versenken. Das hat sie ihren Begleitern mit so viel Energie mitgeteilt, dass ich es dem Wasser entnehmen konnte. Sie sucht ganz verzweifelt nach uns und verliert dabei immer wieder einen Gedanken, den ich lesen kann.«

Die Vorstellung, eine Runierin verlöre Gedanken wie andere Münzen, ließ Kip in ein mädchenhaftes Kichern ausbrechen. Aber er wurde schnell wieder ernst. »Ich will nicht im Meer versenkt werden!«

»Ich auch nicht! Aber ich will Heke nicht in Gefahr bringen. Wenn die magischen Stürme so gefährlich sind, dann …« Mera brach ab und wischte sich mit dem Handrücken über die Augen. Im Grunde war ihre Flucht völlig sinnlos. Sie hatte ihr ursprüngliches Ziel, ihre Großmutter zu finden und zu befreien, nicht erreicht, und sie sehnte sich wirklich nicht danach, unter die Fuchtel der Hexe Yanga zu geraten. Das Einzige, was sie noch hätte tun können, war, den gelben Hexen auf Gelonda zu helfen, gegen die Gurrländer zu kämpfen.

»Aber ist es das wert, Hekes Leben zu riskieren?« Sie sprach ihren Gedanken unbewusst aus und wurde durch Kips gekünsteltes Lachen aus ihren Überlegungen gerissen.

»Jetzt hast du einen Gedanken verloren. Wenn es aber irgendeine Chance gibt, dieser wild gewordenen Runierin da hinten zu entkommen, würde ich sie gerne nützen. Aber ich möchte natürlich auch nicht, dass Heke dabei umkommt. Ich glaube, dann würden die Runier durchdrehen und keinen Finger mehr für uns rühren.«

»Du meinst: für unsere Völker! Das dürfen wir auf keinen Fall riskieren. Gibt es denn nicht noch eine andere Möglichkeit, Heke? Eine Insel zum Beispiel, auf der du uns zurücklassen und allein weiterfahren kannst?« Girdhan sah Hekendialondilan fragend an.

Die Runi hob ratlos die Hände. »Ich kenne die See hier nicht gut genug, um zu wissen, ob es in der Nähe eine Insel gibt. Das Wasser kann ich auch nicht danach fragen, denn das würde Sianderilneh erfahren und wüsste dann ganz genau, wo wir sind.«

»Tu es trotzdem. Wenigstens zum Schein. Vielleicht fällt diese Sianderwasauchimmer darauf herein, und wir flutschen davon wie ein Stück Seife im Bad!«, schlug Girdhan vor und grinste bei dieser Vorstellung. Kip begleitete seine Worte mit einem heftigen Nicken.

Mera beteiligte sich nicht an der Diskussion, sondern setzte sich an den Bug, kraulte Fleckchen und Timpo, die sich an sie schmiegten, und schaute nach vorne. Noch war die See ruhig, und kein Wölkchen trübte den Himmel. Sie spürte jedoch, dass sich in der Ferne etwas zusammenbraute. Alles in ihr schrie danach, dieses Seegebiet so schnell wie möglich zu verlassen. Doch da die Alternative hieß, in ewige Gefangenschaft zu geraten, wollte sie lieber hoffen, dass sie das Unwetter lebend überstanden. Die Entscheidung darüber lag nicht bei ihr.

Von Zweifeln gequält, kehrte sie zu den anderen zurück. »Da vorne braut sich ein fürchterlicher Sturm zusammen. Nun muss Heke tun, was sie für richtig erachtet. Wir anderen sollten uns heraushalten.«

»Ich will nicht versteinert werden! Ich bin …«, begann Careela.

Kip unterbrach sie mit einem Grinsen, das eher einem Zähnefletschen glich. »… eine Prinzessin aus dem fürstlichen Haus von Ardhenu! Das hast du uns oft genug vorgebetet. Doch hier geht es um andere Dinge als um Herkunft und Rang. Ich habe von der See der magischen Stürme gehört; reicht es, wenn ich sage, ich würde mein Schiff lieber in den Haupthafen von Gurrland steuern als dort hinein? Kaum eines unserer ilyndhirischen Boote hat bisher einen magischen Sturm überstanden. Zum Glück fegen sie nur selten über die Gewässer, die wir Fischer befahren. Nur im letzten Jahr gelangten sie bis in unsere Fanggründe.«

»Der Kaiser von Gurrland hat genug Macht angesammelt, um die Stürme lenken und als Waffe verwenden zu können«, erklärte Hekendialondilan.

»… und er wird sie bald gegen Runia schicken!« Mera hörte sich selbst sprechen und konnte nicht sagen, woher sie dieses Wissen nahm. Aber sie war sicher, dass ihre Vorhersage richtig war, und schüttelte sich vor Grauen wie ein nasser Hund.

Girdhan reichte ihr einen Becher Wasser. »Du hattest wieder eine Vision. Hier, trink!«

»Danke!« Mera merkte selbst, dass sie durstig war, und schluckte gierig. Dabei spürte sie, wie Hekendialondilans Blick sinnend auf ihr ruhte.

»Ich habe Angst«, bekannte das Runimädchen. »Angst vor den magischen Stürmen, Angst vor unseren Verfolgern, aber auch Angst, jetzt das Falsche zu tun. Unsere Königin hatte eine Vision. Sie und Sianderilneh handeln danach, doch ich glaube, dass sie sie falsch auslegen. Da heißt es …« Im letzten Augenblick erinnerte Hekendialondilan sich an das Versprechen, das sie ihrer Mutter gegeben hatte, niemals das Geheimnis um den neuen Kaiser von Gurrland preiszugeben, und beschränkte sich auf die letzten Zeilen der Prophezeiung, die sie leicht umänderte.

»Ihr Schwert ist das Feuer,
das heißer brennt als der Schmiedeherd.
Sie wird ihm die Maske entreißen
und tiefer sehen, als je ein Runi es tat!«

»Was soll das bedeuten?«, fragte Mera.

»Ich verstehe es auch nicht«, stimmte Girdhan mit ein, während Kip und Careela Heke fragend anstarrten.

Hekendialondilan wirkte so ernst, wie die anderen sie noch nicht erlebt hatten. »Es hat mit dem Herrscher von Gurrland zu tun. Die Königin und Sianderilneh haben Angst vor ihm und glauben, ihm und seinen Heeren im offenen Kampf nicht gewachsen zu sein. Deswegen wollen sie warten, bis er uns angreift, und ihn mit dem Zauber unserer eigenen Insel besiegen. Sie wissen auch nicht, wer das Schwert aus Feuer tragen und tiefer sehen soll als wir Runi. Ich glaube aber, damit bist du gemeint, Mera. Denn in dieser Prophezeiung war auch von einer Hexe vom Blute Meravanes die Rede, die dies vollbringen kann.«

»Meravane? Wer ist das?«, fragte Mera.

»Die Ahnfrau deiner Großmutter und damit auch die deine. Sie war eine sehr starke Hexe und eine wertvolle Verbündete im großen Krieg. Aber wie so viele andere fiel sie kurz vor dem Ende des Kampfes.«

»Aber wenn diese Prophezeiung stimmt, müsste die Frau, die da gemeint ist, meine Großmutter sein. Sie war ebenfalls eine starke Hexe!«

»Du sagst genau die richtigen Worte: Sie war es. Doch sie ist es nicht mehr. Du aber stehst am Anfang deines Weges. Daher halte ich es für möglich, dass Menanderahs Vision sich auf dich bezieht!«

Während Mera an Hekendialondilans Überlegung sichtlich zu kauen hatte, erklärte Girdhan, er sei ebenfalls davon überzeugt, dass Mera mit den Worten der Runikönigin gemeint sei. In der Prophezeiung lag seiner Meinung nach zumindest dann, wenn Mera damit gemeint war, ein Funken Hoffnung, dass Menschen und Runi sich gegen Gurrland behaupten könnten.

Das sah Hekendialondilan ebenso, und sie beschwor Mera, den Kampf aufzunehmen. »Was haben wir schon zu verlieren? Fängt Sianderilneh uns ein, könntet ihr ebenso gut tot sein, und ich werde über kurz oder lang von den Gurrländern umgebracht werden. Da ist es besser, wenn wir unser Schicksal in die eigenen Hände nehmen. Aber wenn wir entkommen wollen, müssen wir durch die See der magischen Stürme fahren, und das tun wir jetzt. Mögen alle Götter mit uns sein!«

Ohne die Proteste ihres Bootes zu beachten, richtete sie den Kurs genau auf das Zentrum des berüchtigten Gebiets aus und ließ noch einige Zusatzsegel entstehen. Das Boot legte sich unter dem Winddruck so weit über, dass es auf der Backbordseite fast ganz in die Wellen tauchte, und lief mit einer für die Menschen unvorstellbaren Geschwindigkeit dahin. Kip klammerte sich im ersten Augenblick vor Angst an den Kasten mit dem Gebäck, der ein Teil des Schiffsrumpfs war. Aber als er feststellte, dass das Boot nicht umzukippen drohte, reckte er sein Gesicht in die hereinstiebende Gischt und juchzte übermütig. Hekendialondilan erwiderte sein Lachen und dachte dabei an ihre Verfolgerin, deren Hoffnung auf einen raschen Erfolg nun zerrann.

7

Sianderilneh wollte nicht glauben, was ihr das Meerwasser mitteilte. Das kleine Biest hielt genau auf das gefährliche Meeresgebiet zu, ohne sich im Geringsten um die magischen Turbulenzen zu kümmern, die dort herrschten. Dabei musste Hekendialondilan doch spüren, dass sich dort wieder ein Sturm zusammenbraute.

»Halt an, du Närrin! Du segelst in eine schreckliche Gefahr hinein!« Sianderilneh sendete mit aller Kraft, und ihr scharfer Ruf musste das Mädchen trotz der zunehmenden Spannung in der Luft erreichen. Für ein paar Augenblicke hoffte sie, Hekendialondilan würde ein Einsehen haben und kehrtmachen. Doch es kam weder eine Antwort, noch änderte das verfolgte Boot den Kurs.

Verzweifelt überlegte Sianderilneh, ob eines ihrer Schiffe schnell genug sein könnte, das Mädchen vor dem Erreichen des Geburtsortes der magischen Stürme abzufangen, und stellte fest, dass ihr eigenes den Flüchtlingen am dichtesten auf den Fersen war. Von einem mörderischen Hass auf die Menschen erfüllt, die der jüngsten Runi den Kopf verdreht und das Mädchen zum Ungehorsam getrieben hatten, setzte sie all ihre Kräfte frei, machte das Schiff leichter und zwang den Wind, ihr zu gehorchen. Nun flog der Rumpf, der halb von den riesigen Segeln und halb von ihren Kräften getragen wurde, mit einer Geschwindigkeit über die Wellen, die der der Seevögel glich. Auf diese Weise hoffte sie, die Flüchtlinge früh genug einzuholen.

Dennoch verspürte Sianderilneh zum ersten Mal in ihrem Leben Angst. Selbst der verräterische Kaiser von Gurrland hatte ihr bislang nicht annähernd so viel Furcht einjagen können wie diese vielleicht zweihundert Meilen durchmessende Meeresfläche, die nur noch wenige Stunden entfernt lag und in der Kräfte walteten, die sich auch von einer Runi nicht beherrschen ließen.

8

Meraneh weinte, als der Soldat eine Fackel in den »Blauen Fisch« warf und den Haufen aus Decken, Holzkrügen und anderem brennbaren Material in Brand setzte, den sie dort hatte anhäufen müssen. Solange sie zurückdenken konnte, war das Gasthaus ihr Leben gewesen, und sie hatte sich dort sicher und glücklich gefühlt. In letzter Zeit aber war ihre kleine Welt in Stücke gebrochen. Zuerst war ihre Mutter entführt worden, und dann hatten Mera und Girdhan fliehen müssen. Kurz darauf war Hannez einberufen worden und hatte im Heer der Königin Ilyndhir verlassen müssen. Nicht lange danach hatte Meraneh von der schrecklichen Niederlage gegen die Gurrländer gehört und davon, dass die Flotte und das Heer vernichtet worden waren. Dabei hatten Tausende aus Ilyndhir den Tod gefunden oder waren in die Gefangenschaft der schrecklichen Gurrländer geraten.

Meraneh starrte in die Flammen, die sich langsam ausbreiteten, und betete stumm zu der Großen Blauen Göttin, dass Hannez die Schlacht überlebt hatte und den Weg zu ihr zurückfand. In dieses Gebet schloss sie auch Mera, Girdhan und Kip mit ein, deren Spur sich in den Weiten des Meeres verloren hatte. In ihren trübsten Stunden hatte sie sie alle tot gesehen und sich nichts stärker gewünscht, als ebenfalls zu sterben. Aber jedes Mal war plötzlich eine durch nichts zu erklärende Zuversicht in ihr hochgestiegen, die ihr sagte, dass ihre Tochter Mera noch lebte und Hannez dem grausamen Feind entronnen sei. Dann hoffte sie für eine Weile, es würde doch noch alles gut werden.

Im Augenblick aber glaubte sie nicht daran, dass es noch irgendeine Hoffnung gab. Erkundungsschiffe hatten berichtet, dass sich eine Flotte aus dem Süden näherte, die von mehreren Schwarzen Galeeren angeführt wurde. Das war kein Kommandounternehmen mehr, sondern der Beginn einer Invasion. Da die Gurrländer in der offenen Schlacht schier unbesiegbar waren, hatte die Königin bestimmt, nur Ilynrah und die anderen, stark befestigten Städte zu verteidigen. An die Leute in der Fischervorstadt war der Befehl ergangen, sich in die ummauerte Stadt zurückzuziehen und ihr Sechstel niederzubrennen, damit die Gurrländer sich dort weder verschanzen noch Material finden konnten, das für den Bau von Kriegsmaschinen und Ähnlichem geeignet war.

Das Feuer im »Blauen Fisch« loderte nun heftiger auf und erreichte die hölzerne Wandtäfelung und die Schanktheke. Meraneh schüttelte alle störenden Gedanken ab und wischte sich die Tränen aus den Augen, denn sie wollte das Ende ihres Gasthofes bewusst mit ansehen.

»He, Weib, tritt beiseite, sonst erwischt das Feuer dich noch!« Ein Büttel wollte Meraneh fortscheuchen, doch sie blieb stehen. Schließlich packte er sie und zog sie mit sich.

»Geh endlich über die Brücke! Oder willst du noch hier sein, wenn die gurrländischen Schweine kommen?«

»Redest du auch noch so mutig, wenn sie da sind?«, fragte Meraneh bitter. »Mann, ich habe alles verloren, was ich je besessen habe. Ob jetzt die Gurrländer kommen oder nicht, fällt auch nicht mehr ins Gewicht.«

»Deine Rede ist Hochverrat!«, fuhr der Büttel auf.

Meraneh zuckte mit den Schultern. »Melde mich doch! Wenn man mich einsperrt, habe ich wenigstens wieder ein Dach über dem Kopf.«

»Du bist doch die Frau, die diesen gurrländischen Spion großgezogen hat. Deinesgleichen sollte man am besten gleich erschlagen und den Kadaver in den Fluss werfen!« Der Büttel versetzte ihr einen Schlag mit seinem Stock und ging weiter. Meraneh spürte seine Angst und noch etwas anderes, das sich irgendwie fremd anfühlte. Ein düsterer Schatten hing wie Rauch an dem Mann. Er war ein Teil jener bedrückenden, schwarzen, für normale Augen jedoch unsichtbaren Wolke, die die Hauptstadt einhüllte.

Während sie weiterging, wunderte sie sich über sich selbst. Wieso nahm sie etwas wahr, das so stark auf Magie hindeutete? Ihre Mutter verstand etwas davon, aber sie selbst war ihr Leben lang magisch unbegabt gewesen. Beunruhigt schritt sie auf die Brücke zu, obwohl sie am liebsten davongelaufen wäre, anstatt sich in den Dunstkreis der Stadt zu begeben. Als sie sich in die Schlange derjenigen einreihte, die darauf warteten, sich in der Hauptstadt in Sicherheit bringen zu dürfen, war sie zunächst einmal froh, dass es nicht weiterging. Es durfte immer nur eine Handvoll Leute gleichzeitig das wacklige, morsche Ding betreten. Früher war dieser Engpass kein Problem gewesen, da die Fischer meist direkt mit ihren Booten zur Stadt gefahren waren, um die bestellten Teile ihres Fangs drüben abzuliefern. Aber nun waren alle Boote beschlagnahmt worden und die meisten im Krieg verloren gegangen. Daher ballten sich nun mehrere hundert Leute am Ufer, die zumeist große Bündel mit dem Rest ihrer Habe schleppten, und warteten darauf, die Brücke betreten zu dürfen, denn die Stadtmauern jenseits des Flusses versprachen Sicherheit. Angst hatte die Menschen erfasst, so als sei der Feind schon in der Bucht aufgetaucht. Alle schrien durcheinander, Kinder weinten, und weiter vorne prügelten sich sogar einige darum, wer als Nächster hinübergehen durfte.

Meraneh hatte nicht viel mitgenommen, nur das wenige Geld, das sie noch besaß, ein Kleid zum Wechseln und ihr Essbesteck sowie den schönsten Krug aus ihrer Gastwirtschaft. Diesen hatten die Fischer ihr in glücklicheren Zeiten zur Hochzeit geschenkt, und daher wollte sie ihn behalten.

»Lasst doch die Leute hinüber!«, brüllten die Büttel und versuchten, ein wenig Ordnung zu schaffen.

Doch es schien, als hätte ein böser Geist die Leute gepackt. Etliche durchbrachen den Kordon der Büttel und stürmten den Steg, der bereits bedenklich wackelte. Eine alte Frau klammerte sich in ihrer Angst an dem Seil fest, das als Handlauf diente, und wagte nicht mehr weiterzugehen.

Daraufhin begann der Mann hinter ihr zu schimpfen. »Mach, dass du weiterkommst, du alte Vettel. Andere Leute wollen auch hinüber.«

Als die Alte nicht reagierte, riss er ihre Hände von dem Seil und wollte sie weiterschieben. Dabei verlor die Frau den Halt und stürzte mit einem gellenden Schrei in den Fluss.

Ein paar Jungen sprangen hinterher und brachten sie schließlich ans andere Ufer. Unterdessen hatten weitere Flüchtlinge den Kordon der Büttel durchbrochen und strömten unkontrolliert die Brücke. Ihre Schreie übertönten das Knirschen der überbeanspruchten Halteseile und splitternden Bretter. Dann kam es, wie es kommen musste. Mit einem Donnerschlag rissen die großen Taue, die den Steg trugen, und es hagelte Trümmer. Die Leute, die sich auf der Brücke befunden hatten, stürzten in den Fluss, und nicht jeder von ihnen konnte rechtzeitig geborgen werden.

Meraneh wandte ihr Gesicht ab und fragte sich, welcher Wahnsinn ihre Landsleute ergriffen hatte, sich so aufzuführen. Plötzlich packte jemand sie an der Schulter und zog sie herum. Sie wollte sich unwillig losmachen, sah dann aber, wer vor ihr stand.

»Hannez?« Bevor sie ihrer Freude Ausdruck geben konnte, legte ihr der Fischer die Hand auf den Mund.

»Sei bitte still. Es darf niemand bemerken, dass ich zurückgekehrt bin. Komm mit!«

»Wohin?«, quetschte sie zwischen seinen Fingern hervor.

»Erst einmal in den Hexenwald. Dann sehen wir weiter.« Ohne auf weitere Fragen einzugehen, hakte Hannez sie unter und zog sie zwischen den brennenden Häusern hindurch. Niemand achtete auf sie, denn alles drängte hinunter zum Fluss, um auf die andere Seite zu schwimmen oder einen Platz auf einem der Boote zu bekommen, die sich nun an der Evakuierungsaktion beteiligten.

9

Zuerst hatte Meraneh sich keine Gedanken gemacht, wohin Hannez sie bringen wollte. Sie war viel zu froh gewesen, ihn gesund und munter vor sich zu sehen. Als er jedoch den Weg nach Süden einschlug und sie bald darauf in der Ferne das blaue Glimmen des Hexenwaldes vor sich sah, blieb sie stocksteif stehen.

»Nein! Nein! Nein! Dorthin bringen mich keine sechs Pferde!«

Hannez streichelte sie und versuchte, aufmunternd zu lächeln. »Die Zeiten haben sich verändert, Meraneh. Glaube mir, der Wald ist unser Freund. Eigentlich war er nie wirklich feindselig, sondern wollte nur seine Ruhe haben. Doch jetzt braucht er uns genauso dringend, wie wir ihn brauchen.«

»Nein, danke! Ich habe genug über ihn gehört und daher nicht vor, ihn zu betreten.« Meras Mutter wand sich aus Hannez' Armen und wollte umkehren.

Hannez versperrte ihr den Weg und sah sie flehend an. »Du kannst mir vertrauen. Der Wald ist auf unserer Seite.«

»Aber du hast doch selbst so viel Angst vor dem Wald gehabt, dass du nicht einmal mit Mera hineingehen wolltest!«

»Das ist richtig. Als ich die Kinder dorthin gebracht habe, konnte ich ihn nicht betreten. Ich habe mich vor den beiden geschämt, aber ich war wie gelähmt. Aber als wir gestern von Gelonda zurückkamen, rief der Wald uns und warnte uns davor, in Ilynrah anzulegen. Daraufhin haben wir das Boot ein Stück außerhalb in einer Bucht versteckt und sind dann zu Fuß zum Wald gegangen. Die Bäume haben uns wie alte Freunde begrüßt und uns mit Nahrung und sogar mit Arzneimitteln versorgt. Einige von uns waren wirklich schlecht dran, weil wir auf unserer Flucht kaum Essen und Wasser bei uns hatten.«

Hannez wollte noch mehr erzählen, doch Meraneh unterbrach ihn. »Du sagst immer wir! Wer ist denn noch bei dir?«

»Das wirst du gleich sehen.« Hannez sah ein wenig betreten drein, denn er hatte Angst, ihr würde die Gruppe Ausländer, die er mitgebracht hatte, nicht gefallen. »Der Geheime Staatsrat Hemor ist auch bei uns«, setzte er hinzu, um ihre Besorgnis ein wenig zu dämpfen.

»Graf Hemor? Aber warum ist er nicht sofort in die Stadt zur Königin geeilt? Gerade in der jetzigen Zeit ist sie auf seinen Rat angewiesen.« Meraneh ließ keinen Zweifel daran, dass sie wenig von solchen Versteckspielen hielt, wie Hannez und seine Begleiter sie betrieben.

»Der Hexenwald hat uns davor gewarnt, uns zu zeigen. Ich durfte ihn nur verlassen, um dich zu holen.« Hannez' Erklärung war jedoch wenig geeignet, Meranehs Befürchtungen zu zerstreuen.

»Aber wenn ihr den Wald nicht verlassen dürft, seid ihr doch seine Gefangenen!«

»Eher seine Gäste. Der Wald schützt uns, und er hofft, dass wir ihm später helfen können.«

»Bei was helfen?«, fragte Meraneh scharf.

Hannez hob hilflos die Hände. »Das hat er nicht gesagt. Aber ich vertraue ihm, und das solltest du auch tun. Der Hexenwald ist ganz sicher kein Freund unserer Feinde. Und jetzt komm!«

Seiner Entschlossenheit hatte Meraneh nichts mehr entgegenzusetzen. Ihr blieb auch nichts anderes übrig, als ihm zu folgen, denn es gab keinen Ort, an dem sie Unterschlupf finden konnte. In der Stadt hätte sie um eine Unterkunft betteln müssen, und da Ilynrah voller Flüchtlinge war, die aus allen Teilen der Insel stammten, hätte sie wohl unter einem Vordach auf der Straße nächtigen müssen. Da war es besser, ein Bett aus Farn oder Moos unter einem Baum zu bekommen – und schließlich war es angesichts der bevorstehenden gurrländischen Invasion unwichtig, an welchem Ort sie ihr Ende fand.

In der Ferne sahen sie Leute, die aus dem Umland in die Hauptstadt flohen, doch auf der Straße, die zum Hexenwald führte, kam ihnen niemand entgegen. Daher wunderte Meraneh sich über den guten Zustand des Weges, der in ihren Augen ins Nichts führte, und sie begann zu schimpfen.

»Für den Weg hier hatten die königlichen Beamten Zeit und Geld, aber um die Gassen im Fischersechstel zu pflastern oder gar eine neue Brücke zu bauen, war nichts da.«

»Seltsam ist es schon«, stimmte Hannez ihr zu. Doch als er sich umdrehte, sah er, dass die Straße, die zur Stadt führte, einem Tierpfad glich und nur in der Nähe des Hexenwaldes so wirkte, als wäre sie extra für einen Besuch Ihrer Majestät, Königin Ilna V. erneuert worden.

»Das soll einer verstehen!«, rief er verdattert aus und erschrak im selben Augenblick ebenso wie Meraneh, denn es drang ein Lachen an ihr Ohr, welches von den Bäumen zu kommen schien. Trotz des Gefühls, in etwas Unheimliches hineingeraten zu sein, beeilten sie sich, den wie mit dem Messer geschnittenen Saum des Hexenwaldes zu erreichen. In dem Augenblick, in dem sie die Grenze überschritten, sahen sie eine in ein weites, blaues Gewand gehüllte Frau im Schatten eines Baumstammes stehen, die ihnen interessiert entgegenblickte.

Als sie direkt vor der Fremden standen, schluckten beide, denn die Gestalt sah nicht richtig stofflich aus, sondern war durchscheinend und leuchtete von innen heraus in einem sanften Blau. Sie wirkte jünger als Meraneh, sah ihr aber so ähnlich, dass man sie für deren Schwester hätte halten können. Sie lächelte Hannez freundlich zu, legte dann aber ihre Arme um seine Begleiterin und küsste sie.

Die Berührung war seltsam, aber nicht unangenehm, fand Meraneh. Der Körper der Frau war nicht so fest wie der eines Menschen, sondern noch weicher und nachgiebiger als ein Federkissen, aber sie strahlte Wärme und Zärtlichkeit aus.

»Wer bist du?«, fragte sie.

»Das wirst du später erfahren. Kommt jetzt! Ich spüre, dass sich die Krallen der falschen Hexe nähern. Sie darf uns nicht hier antreffen!« Sie führte die beiden über das weiche, schimmernde Moos immer tiefer in den Wald hinein.

Meraneh war bisher nicht einmal in die Nähe des Waldes gekommen, daher konnte ihr nicht auffallen, dass auch er sich für den Krieg rüstete. Aber Hannez bemerkte die Pfeilbüsche, die schier aus der Erde zu wachsen schienen, Stück für Stück vorrückten und einen Ring aus Dornen um den Hexenwald legten. Zu ihnen gesellten sich auch jene schlanken Bäume, deren tentakelartige Äste wie in unterdrückter Erregung die Luft peitschten. Es sah ganz so aus, als würde der Wald sich auf einen baldigen Angriff vorbereiten.

Hannez fragte sich, ob die Bäume die Äxte der Gurrländer fürchteten oder etwas noch viel Schlimmeres, doch er wagte nicht, ihre geisterhafte Führerin danach zu fragen.

Nach einer Weile erreichten sie das Lager, das seine Begleiter errichtet hatten. Diese wurden nun auf Hannez aufmerksam und kamen erleichtert auf Meraneh und ihn zu. Die blaue Geisterfrau aber schien für die meisten unsichtbar zu sein. Nur ein junges, hochgewachsenes Mädchen mit quittengelben Haaren und gelb leuchtenden Augen deutete eine Verbeugung in Richtung des Geistes an und blickte dann mit sichtlicher Neugier auf Meraneh herab.

»Du bist also die blaue Hexe, die Hannez holen wollte. Ich bin froh, dass er es geschafft hat. Mir fällt es nämlich nicht leicht, die Verständigung mit den Geistern dieses Waldes aufrechtzuerhalten. Im Grunde bin ich nur eine Wetterfühlerin und habe mich nie mit echter Magie befasst.«

»Ich bin keine Hexe!«, rief Meraneh abwehrend. »Meine Mutter war eine, und meine Tochter wird vielleicht einmal eine werden – wenn sie lange genug lebt, heißt das. Aber ich …«

Das gedankliche Lachen der Geisterfrau unterbrach ihre Rede. »Du solltest dich nicht kleiner machen, als du bist. In vielen Menschen schlummert eine Gabe, und es braucht meistens einen besonderen Anlass, sie zu wecken. Bei dir ist es nun geschehen.

Du hast doch die verderblichen schwarzen Wolken über Ilynrah gesehen, nicht wahr?«

Meraneh zuckte zusammen. Wie es schien, hatte die Geisterfrau ihre Gedanken gelesen. Bisher hatte Meraneh sich nur wenig für die unangenehme Erscheinung über der Stadt interessiert. Dafür tobte der Schmerz über den Verlust des »Blauen Fischs« viel zu stark in ihrer Brust. Aber nun stieg die Erinnerung daran wieder in ihr auf, und sie ekelte sich noch nachträglich davor. Diese Dunstwolke hatte sich für sie angefühlt wie ein lähmendes Gift.

»Du bist auf dem richtigen Weg, mein Kind. Das Zeug ist ein magisches Gift, das den Mut der Leute untergräbt und sie, wenn die Gurrländer erscheinen, zu greinenden Kindern werden lässt. Wäre Torrix nicht verschwunden, hätte er es erkannt und bekämpft. Doch nun gibt es niemanden mehr, der diesen Verrat verhindern kann.« Die Geisterfrau klang zornig und verbittert.

Skeptisch betrachtete sie das kleine Grüppchen, das sich hier versammelt hatte und derzeit ihre gesamte Streitmacht darstellte. Dann blies sie in einer sehr menschlichen Geste die Backen auf und wies auf mehrere Büsche in der Nähe, die vor Beeren überquollen.

»Iss, Kind! Ich spüre, dass du Hunger hast. Dort ist auch Wasser.«

Meraneh hatte Hunger, hielt aber Blaubeeren nicht unbedingt für eine sättigende Mahlzeit. Außerdem wollte sie zuerst eine Frage beantwortet wissen. »Sag mir erst, wer du bist!«

Die Geisterfrau strich ihr in einer sanften Geste über die Stirn. »Man nennt mich Meravane, und ich bin die Erste in der Reihe der Mera-Hexen. Meine Eltern kenne ich nicht, denn man hat mich ihnen gleich nach meiner Geburt weggenommen. Sie dürften Sklaven des verderbten Magiers Wassuram gewesen sein. Lange Jahre war ich gezwungen, ihm zu dienen, doch im Großen Krieg gelang es mir, die Wardan zur Rebellion aufzurufen und mich mit den anderen Völkern und den Runi zu verbünden. Gemeinsam ist es uns gelungen, den Magier zu besiegen.

Ich selbst durfte Wassurams Ende nicht mehr miterleben, denn ich habe mich zu weit vorgewagt und bin bei einem Himmelfahrtskommando gefallen. Zum Glück ist meine Seele heil geblieben, und ich wollte zu Ilynas Seelendom gehen, um dort auf eine mögliche Wiedergeburt zu warten. Doch auf dem Weg dorthin zeigte mir eine Vision, dass ich bleiben müsse, weil meine Aufgabe noch nicht erfüllt sei. Da es nicht leicht ist, als Geist in der Menschenwelt zu bleiben, habe ich mich in diesem Wald eingenistet und ihn allmählich nach meinen Bedürfnissen gestaltet. Später haben sich die Geister anderer magisch Begabter zu mir gesellt, darunter auch die meiner Tochter und meiner Enkelin.«

Für einige Augenblicke konnte Meraneh mehrere schattenhafte Gestalten erkennen, die sich bald wieder auflösten.

»Sie vermögen sich nicht so zu manifestieren wie ich«, entschuldigte die Geisterfrau sie. »Wir haben hier in diesem Wald die Zeit abgewartet und uns dabei von der Welt der Lebenden abgeschottet, weil wir durch die Begegnungen mit ihnen an unseren eigenen Tod erinnert wurden. Zu Beginn war es recht einfach. Der Hexenwald wurde mit einem Tabu belegt und den Menschen untersagt hierherzukommen. Später hielten sich manche nicht mehr daran, weil sie hofften, hier Schätze zu finden oder Ähnliches. Daher erprobten wir die Wirksamkeit unserer Pfeilbüsche und Schlangenbäume an ihnen. Nur mit dem jeweiligen Hofmagier haben wir einen gewissen Kontakt gehalten. Daher war es für uns sehr bedauerlich, dass Merala dieses Amt nicht übernommen hat. Torrix bekam nie den Zugang zu uns, den sie hätte haben können. Mit Merala als Hofmagierin wäre es nicht zu jener Entführung gekommen, der sie und Torrix zum Opfer gefallen sind.«

Meravane verstummte erschöpft, und Meraneh schüttelte verwirrt den Kopf. »Du willst meine Ahnfrau sein?«

»Das bin ich.« Meravane seufzte und lehnte sich gegen einen Baum, achtete aber nicht darauf, dass sie ja ein Geist war, und sank halb in ihn hinein.

»Wir stehen an einer Zeitenwende, und die Hoffnung auf Erfolg wird nur durch wenige kleine Grüppchen am Leben erhalten. Betet zu allen Göttern, dass sie uns helfen. Wenn der Herr des Feuerthrons siegt, verfallen hier alle der Sklaverei oder dem Tod. Das habe ich einmal mitgemacht und möchte es nicht wieder erleben.«

10

Die See glühte. Dämpfe in allen sechs magischen Farben stiegen von der Meeresoberfläche auf, wurden davongewirbelt und formten sich zu Wolken, aus denen Blitze zuckten. Gewaltige Donnerschläge rasten über das Meer und ließen das Boot erzittern. Kip und Careela standen wie festgewachsen am Bug, klammerten sich an der Reling fest und starrten dieses Schauspiel gebannt an. Währenddessen korrigierte Girdhan immer wieder das Segel mit der Hand, weil das Boot nicht mehr dazu in der Lage war. Fleckchen und Timpo aber hatten sich in dem Zelt hinter dem Mast verkrochen, das im Augenblick kaum größer war als eine Hundehütte.

Hekendialondilan saß mit geschlossenen Augen auf der Bank im Heck und hielt Mera fest umschlungen. Wie schon bei der Befreiung aus der Höhle und später bei der Heilung des Runimädchens waren ihre Geister beinahe zu einem verschmolzen, und so nahmen ihre magischen Sinne viel mehr wahr als ihre Augen. Sie ertasteten die Wirbel, die das Meer durchfurchten und die mächtigen Stürme entzündeten, die wie der Schnitt einer Sense über die See zogen und jedes Schiff auf ihrem Weg zerschmetterten.

Hier an der Stätte ihrer Geburt fehlte den Stürmen zwar noch die volle Wucht, und auch die Regenmassen, die sonst daraus niederstürzten, waren noch recht harmlos. Dennoch erschütterten die

Donnerschläge die Menschen bis ins Mark, und das Boot zitterte jedes Mal, als wolle es zerspringen. Wenn es besonders laut krachte, fegte danach ein heißer, wie verbrannt schmeckender Dunst über sie hinweg.

»Das sind Gegenfarbenexplosionen! Wenn uns eine davon trifft, sind wir schneller versenkt, als wir denken können!« Hekendialondilan wusste, dass ihre Worte sich nicht gerade aufmunternd anhörten, aber sie starb beinahe vor Angst. Nie zuvor hatte sie wirklich aggressive schwarze Magie erlebt. Nun aber spürte sie geballte Wolken von dieser Farbe und kämpfte gegen Panikanfälle an. Ohne Meras Unterstützung hätte sie schon längst den Bug gewendet und dieses entsetzliche Gebiet verlassen.

»Vorsicht! Genau vor uns rollen eine gelbe und eine violette Welle auf uns zu!«, warnte Mera. Sie hatte nicht weniger Angst als die junge Runi, war aber in ihrem Leben schon öfter mit unangenehmen Situationen konfrontiert worden und kam daher besser mit der Anspannung zurecht.

»Steuere nach links!«, sagte sie. Da das Schiff zu schwerfällig reagierte, versetzte sie Girdhan einen leichten magischen Schlag.

»Das Segel herum, wir müssen mehr nach backbord!«

Girdhan packte das Segel und zog es mit aller Kraft in die gewünschte Richtung.

»Ihr beide könntet mir eigentlich helfen!«, blaffte er Kip und Careela an, die mit Grausen, aber auch kindlichem Staunen das Schauspiel um sie herum betrachteten. Die Prinzessin schien seine Worte nicht einmal vernommen zu haben, denn sie starrte regungslos in das Chaos, so als sei sie von der tobenden Magie gebannt worden.

Aber Kip erinnerte sich daran, dass er ja der Seemann der Gruppe war, und drehte sich zu Girdhan um. »Ich sagte doch, dass dieser Kahn nicht richtig durchdacht ist! Jetzt könnten wir die Leinen, mit denen auf einem richtigen Schiff die Segel getrimmt werden, gut gebrauchen.«

»Quatsch nicht, sondern greif zu!«, knurrte Girdhan ihn an. Da sich der Weg der magischen Strömungen geändert hatte, musste er wieder an dem Segel zerren, um es in die andere Richtung zu drehen.

»Vorsicht, ein Sog!« Mera schrie die Worte hinaus, noch während sie das Wirbeln der Magie erkannte, die nicht weit vor ihnen durch einen Mahlstrom in die Tiefe gerissen wurde. Gegenfarben vermischten sich und explodierten in der Tiefe. Prompt stieg eine Wassersäule auf, die zehnmal höher war als ihr Mast, und stürzte als Wasserfall herunter, der so breit war wie der Fluss bei Ilynrah. Hekendialondilans Boot war zum Glück noch weit genug entfernt, um nicht von den Hauptmassen des Wassers in die Tiefe gedrückt zu werden. Dennoch füllte sich der Rumpf im Bruchteil eines Augenblicks so stark, dass die Reling bis auf die Wasseroberfläche herabsank.

Panikerfüllt befahl Hekendialondilan ihrem Boot, das Wasser auszuspucken, doch es schien den Sinn des Befehls nicht mehr zu begreifen.

»Nimm den Trinkwassereimer und schöpfe«, schrie Mera Careela zu.

Die Prinzessin stand bis den Hüften im Wasser und kreischte. »Gleich kentern wir!«

Kip warf ihr einen wütenden Blick zu, ließ das Segel los und begann hastig, das Wasser aus dem Boot zu schaufeln. Zunächst sah es aus, als würde er den Kampf verlieren, doch dann begriff Careela, dass sie lieber eine lebendige Prinzessin sein wollte als eine tote, und versuchte zunächst, das Wasser mit den Händen über die Bordwand zu befördern. Kip reichte ihr den Eimer und nahm selbst einen der dicht geflochtenen Körbe für die Wunschbeeren. Es tat ihm in der Seele weh, die Früchte ausschütten zu müssen, aber das leere Gefäß war ihm wichtiger.

Gemeinsam und mit einer gewissen Hilfe durch das Boot, das einen Teil des Wassers durch die Bordwand nach draußen drückte, gelang es ihnen, ein Kentern zu verhindern. Fleckchen, die den Boden unter den Pfoten verloren hatte und im Boot herumgepaddelt war, konnte nun wieder auf den Kristallplanken stehen. Erleichtert bellte sie und sah sich nach Timpo um. Das Salasa hatte sich auf ihren Rücken gerettet und saß dort wie ein Reiter. Nun kletterte es auf den Hals der Hündin und leckte ihr dankbar das Ohr, denn ohne Fleckchen wäre es wahrscheinlich ertrunken.

Mera wunderte sich über die Verbundenheit der beiden Tiere, die sich zu Beginn ihrer langen Reise angegiftet hatten, war aber froh darüber. Im Augenblick konnte sie sich nicht um die beiden kümmern, denn sie sah bereits die nächste magische Welle auf das Boot zurasen.

»Scharf rechts«, befahl sie Girdhan und dem Boot. Augenblicke später schwang der Rumpf herum, und eine schäumende Woge Schwarzmagie schoss so knapp an ihnen vorbei, dass Hekendialondilan sich unter ihrer Ausstrahlung krümmte. Ohne Mera wäre sie hier verloren gewesen, doch ihrer blauen Freundin gelang es immer wieder, die Auswirkung ihrer Gegenfarbe abzumildern. Dafür schützte sie Mera vor den grünen Wirbeln, die sie stark beeinträchtigt hätten.

»Zusammen schaffen wir es!«, sagte sie in Gedanken zu Mera.

»Hoffentlich! Was ist den nun mit unseren Verfolgern? Haben die endlich aufgegeben, damit wir aus dieser Hexensuppe herauskommen, bevor wir gar gekocht werden?«

Hekendialondilan zuckte mit den Schultern. »Ich weiß es nicht. In dieser Hexensuppe, wie du es nennst, geht jede Spur unserer Verfolger unter. Das Letzte, was ich gespürt habe, ist, dass Sianderilneh die übrigen Schiffe angewiesen hat, den Geburtsort der magischen Stürme zu umkreisen, um uns abfangen zu können, wenn wir es wider Erwarten schaffen sollten, hier herauszukommen. Sie selbst ist uns mit ihrem eigenen Schiff gefolgt. Doch sie könnte zehn oder hundert Meilen von uns entfernt sein, ich würde sie selbst dann nicht spüren, wenn ich sie schon sehen würde.«

Das Runimädchen richtete seine Aufmerksamkeit wieder auf die freie Magie, die um sie herum tobte. Seitlich von ihnen flossen blaue und grüne Kräfte zusammen und explodierten. Dabei wölbte sich das Meer zu einer Kuppel von beträchtlicher Höhe auf und sank wieder in sich zusammen.

»Der Göttin sei Dank! Wir waren weit genug weg«, murmelte Mera, obwohl das Schiff durch die Querwellen stark hin und her geworfen wurde. Ihre Erleichterung hielt jedoch nicht lange an, denn plötzlich begann Kip zu schreien, als steckte er am Spieß.

»Klippen direkt voraus!«

»Ich spüre nichts«, schrie Hekendialondilan entsetzt.

»Mera, kannst du die Verbindung mit Heke auch dann aufrechterhalten, wenn du auf den Mast kletterst und Ausschau hältst?«, fragte Girdhan, während er am Segel zerrte, um das Boot zu einer Richtungsänderung zu bewegen.

»Wir müssten es versuchen.« Mera löste sich aus Hekendialondilans Armen und eilte zum Mast. Doch als sie versuchte, an dem glatten Kristall hochzuklettern, aus dem er bestand, rutschte sie ab.

»Kip, komm her und steig auf meine Schultern!« Girdhan packte seinen Freund schwang ihn hoch. »Jetzt drück Mera nach oben. Vielleicht schafft sie es dann!«

Der Mast war höher, als Kip Mera hochschieben konnte, doch mit einem Mal erschien auf dem Segel eine Schlaufe, die ihr Halt bot. Also schien Hekendialondilan die Kontrolle über ihr Schiff nicht ganz verloren zu haben.

Kurz darauf hockte Mera ganz oben auf der Rah, klammerte sich an den kugelförmigen Abschluss des Mastes und starrte entgeistert auf das Gewirr von Klippen und kleinen Inseln, die zum Teil vom Meer überspült wurden und so schroff wirkten, dass die Drachenzähne ihrer Heimat dagegen harmlos anmuteten. Verzweifelt überlegte sie, wie sie die Klippen umgehen konnten. Als sie sich einen Überblick verschaffen wollte, sah sie, wie sich weniger als tausend

Schritte entfernt ein größeres Schiff mit weißen Segeln durch die aufgewühlte See kämpfte. Eine auf die Entfernung winzig erscheinende Gestalt stand am Bug und blickte herüber.

»Sianderilneh!«

Die größere magische Kraft des anderen Schiffes hatte ausgereicht, sie auf dem letzten Stück beinahe einzuholen, und jeder Versuch, die Klippen zu umgehen, würde sie in die Hände der feindlichen Runi treiben.

»Wir müssen hindurchfahren!«, sendete sie Hekendialondilan zu und fühlte erleichtert, dass sie sich noch mit ihr verständigen konnte.

Das Runimädchen nickte und lenkte sein Boot in einen Spalt zwischen zwei Klippen, den Mera eben ausgemacht hatte. Die Angst, die Hekendialondilan eben noch beherrscht hatte, wich nun einer grimmigen Entschlossenheit, sich nicht fangen zu lassen. Die Chancen dafür standen nicht einmal so schlecht, denn ihr eigenes Boot war kleiner und wendiger als Sianderilnehs Schiff, und es hatte einen viel geringeren Tiefgang. In diesem Gewirr von Felsen und Wasser konnte das von entscheidendem Vorteil sein.

11

Sianderilneh bemerkte die Klippen beinahe zu spät. Erst im letzten Augenblick gelang es ihr, das Schiff herumzureißen und in die schmale Einfahrt zu lenken, durch die Hekendialondilans Boot geschlüpft war. Die Bordwand schrammte am blanken Fels entlang, und zwei ihrer Begleiter stürzten, konnten sich aber festhalten. Das Schiff winselte wie ein verletzter Hund, und Sianderilneh musste ihre gesamte Konzentration aufwenden, um es unter Kontrolle zu halten. Barsch befahl sie zwei ihrer Gefährten, sich um die Schäden an Bord zu kümmern, und richtete ihre Augen wieder auf das verfolgte Boot.

Hekendialondilan steuerte gut, doch ohne die Hilfe der blauen Hexe wäre sie nicht so weit gekommen. Sianderilneh sah Mera oben auf dem Mast sitzen und spürte das geistige Band zwischen den beiden Mädchen. Sie versuchte, diese Verbindung zu zerstören, doch die magischen Wirbel, die hier zwischen den Klippen noch wilder tobten als über der offenen See, begrenzten die Reichweite ihre Fähigkeiten auf eine schon lächerlich zu nennende Entfernung.

»Wir müssen näher heran!« Einen Augenblick erwog Sianderilneh, ihren Bogen zur Hand zu nehmen und dieses blaue Ärgernis durch einen schnellen Pfeil zu beseitigen. Da sie jedoch nicht mit Sicherheit sagen konnte, ob der Geist der blauen Hexe sich umgehend in Ilynas Seelendom begeben würde oder vom Sammelplatz der Seelen blauer Magier auf Ilynrah angezogen werden würde, ließ sie es sein. Diese Seelen mochten nur noch Schatten derer sein, die sie im Leben einmal gewesen waren, doch sie waren immer noch in der Lage, ein Geheimnis weiterzutragen und auch in begrenztem Maß zu handeln.

Das kleine Boot vor ihnen bog erneut in eine schmale Rinne zwischen zwei vom Wasser überspülte Felsen ein. Sianderilneh folgte ihnen mit ebensolcher Entschlossenheit. So einfach könnt ihr kleinen Biester mich nicht abhängen, dachte die erfahrene Runi. Ihr Gefährt war immer noch schneller als Hekendialondilans Nussschale und würde diese bald eingeholt haben.

Ein Gegenfarbenblitz in der Nähe riss sie aus ihrer Konzentration, und der Rumpf ihres Schiffes schrammte an einem scharf geschliffenen Felsen vorbei. Erneut schrie der künstlich geschaffene magische Geist des Schiffes vor Schmerz auf. Jetzt mussten sich schon vier ihrer Begleiter darum kümmern, das Schiff mit ihren geistigen Fähigkeiten zu beruhigen und die Schäden, die es erlitten hatte, zu beseitigen. Daher blieben nur noch zwei, die die Segel bewegen konnten.

Eine Wolke schwarzer Magie zog über das Boot weg. Jetzt schrie auch Sianderilneh vor Schmerz auf, und ein Teil ihrer selbst fragte sich, wie der Verräter es aushalten konnte, auf einem schwarzen Thron zu sitzen. Sie selbst würde dabei innerlich verbrennen.

Sianderilneh schob diesen Gedanken wieder beiseite und richtete ihr ganzes Augenmerk auf die Fahrrinne. Es hätte für ihr Schiff bessere Durchlässe gegeben als die, die Hekendialondilan nahm. Aber da sie nicht wusste, wohin die anderen führten, blieb sie im Kielwasser des kleineren Bootes.

Nun kam eine etwas größere Insel in Sicht, die von einer ringförmigen Lagune umgeben war. Um Sianderilnehs Lippen spielte ein zufriedenes Lächeln. »Dort bekommen wir sie!«, dachte sie triumphierend, ließ ihr Schiff herumschwingen und fuhr im flotten Tempo auf den etwas breiteren Durchlass zu, den das andere Boot eben passierte. In ihrem Jagdeifer achtete sie nicht darauf, dass dessen Rumpf kurz durchgeschüttelt wurde und einen Herzschlag lang festsaß. In dem Mahlstrom der Magie fiel ihr auch der magische Stoß nicht auf, der Hekendialondilans Boot über das Hindernis trieb, denn sie hatte genug damit zu tun, ihr eigenes Schiff auf Kurs zu halten.

An Bord des verfolgten Bootes erschlaffte Mera, die ihre Kräfte verausgabt hatte, sie verlor den Halt und stürzte vom Mast. Girdhan konnte sie gerade noch auffangen und legte sie vorsichtig auf die Planken. Dann drehten sich die drei Menschen und die junge Runi entsetzt um, denn die Verfolger tauchten nun so dicht hinter ihnen auf, dass sie Sianderilnehs triumphierende Miene erkennen konnten. Ihr Schiff fuhr genau auf die Einfahrt der Lagune zu und schien geradezu einen Sprung nach vorne zu machen.

Hekendialondilan und die anderen glaubten sich schon eingeholt, da richtete sich der Bug des Verfolgerbootes steil auf. Gleichzeitig vernahmen sie ein nervenzerfetzendes Reißen und Knirschen. Dann sackte Sianderilnehs Schiff zurück und blieb stehen, als wäre es gegen eine Wand geprallt. Einen Herzschlag später spülte eine größere Welle es wieder hinaus in das Gewirr der kleinen Schären und Klippen. Der Schiffskörper prallte seitlich gegen einen scharfen Felskamm, und diesmal erklang der magische Schmerzensschrei so durchdringend, dass sogar Kip und Careela ihn mitbekamen.

Sianderilneh begriff zunächst nicht, dass sie gescheitert war. Ihre Blicke suchten noch eine andere, tiefere Durchfahrt zur Lagune, als sie bereits bis zu den Knien im Wasser stand. Keiner ihrer Begleiter kümmerte sich noch um die Segel oder um ihre Befehle, denn jeder von ihnen setzte seine gesamte magische Kraft ein, um das Schiff am Sinken zu hindern. Doch die magischen Wirbel behinderten sie, und sie spürten zu allem Überfluss einen Zaubersturm in giftigem Schwarz, der offensichtlich von seiner Gegenfarbe angezogen wurde.

»Wir müssen fliehen!«, schrie einer der Runi Sianderilneh an, da seine geistige Verbindung zu ihr in dem dichter werdenden Schwarz zusammengebrochen war.

»Fliehen? Wo wir diese Bande gleich erwischt haben?« Sianderilneh wollte das Schiff erneut auf die letzte Barriere um die Insel zutreiben, doch diesmal versagte es ihr den Gehorsam.

»Ich bin beschädigt und werde den magischen Sturm, der da auf uns zukommt, nicht überstehen! Führ mich gefälligst heraus aus diesem Chaos der magischen Farben und mach mich heil!« Dabei sendete das Schiff Bilder, die seinen Wunsch unterstrichen, nach Hause zu fahren und geschickte Hände zu spüren, die es reparierten.

Sianderilneh empfand den Ungehorsam des Kunstgeschöpfs wie einen Schlag ins Gesicht. Empört sah sie ihre Gefährten an, doch auch deren Gedanken verrieten ihr, dass die jungen Männer keine Seemeile weiterfahren würden. Einer von ihnen kam auf sie zu, fasste ihre Hand und sendete über den Hautkontakt, damit Sianderilneh seine Worte trotz des aufkommenden Sturms verstehen konnte.

»Herrin, wenn wir bleiben, sind wir verloren! Das Schwarz wird uns lähmen, und wir werden hilflos auf den Grund des Meeres sinken und nie wiederkehren.«

Über Sianderilnehs Wangen perlten weiß leuchtende Tränen. Seit ihr Volk den schwarzen Magier Wassuram niedergerungen hatte, war keiner mehr von ihnen vor seiner Zeit umgekommen, und wenn sie hier starben, würden sie wohl nicht einmal den Weg zu Meandirs Seelendom finden, sondern auf ewig als Geister an diese Klippen gefesselt sein.

Diese Erkenntnis gab den Ausschlag. Sianderilneh warf der Barriere, die sie wie eine Mauer aus Erz von ihrem Triumph fernhielt, einen letzten, hasserfüllten Blick zu, dann verschmolz ihr Geist mit dem ihres Schiffes, und sie begann einen verzweifelten Kampf gegen das Wasser, das durch die Lecks in den Rumpf strömte, und gegen den Hexensturm, der sie vor sich hertrieb wie ein Blatt im Wind.

12

Kip sah, wie das andere Schiff wendete und im dunkler werdenden Dunst verschwand. »Juhu, wir haben es geschafft!«, rief er und reckte die Arme in die Höhe.

»Nein, noch nicht! Wir müssen sofort an Land gehen und einen Unterschlupf finden, am besten eine tiefe Höhle!« Mera war wieder zu sich gekommen und zeigte in Panik auf das steile Ufer, das nicht gerade einladend aussah. Ihre Worte galten Hekendialondilan, doch die saß mit bleichem Gesicht und zitternden Lippen auf ihrem Platz und war wegen der starken Ausstrahlung des schwarzen Sturms nicht mehr in der Lage, etwas Sinnvolles zu tun.

»Ihr müsst das Boot ganz schnell anlanden!«, beschwor Mera Girdhan und Kip.

Die beiden Jungen packten das Segel und zogen es herum. Eine andere Möglichkeit, den Kurs des Bootes zu beeinflussen, gab es nicht mehr.

»Da ist eine Höhle! Wenn wir hineinkommen, haben wir es geschafft!« Kips scharfe Augen hatten ein großes Loch in der Küste entdeckt. Nun zerrte er aufgeregt am Segel, um sie dorthin zu manövrieren. Jetzt halfen auch Mera und Careela mit. Die Prinzessin wimmerte vor Angst, obwohl ihr als Violetter die schwarze Ausstrahlung nichts anhaben konnte. Doch die Sturmwand, die bereits den halben Himmel bedeckte, flößte ihr Todesangst ein.

Hinter ihnen bildeten sich Windhosen, die wie Mäuler das Wasser aufsogen und groß genug waren, das Boot mit allem, was darauf war, zu verschlucken. Doch als einer dieser Rüssel nach ihnen griff, glitt das Boot in die Höhle und erhielt von den aufgewühlten Wellen sogar noch einen Stoß, der es weiter in die Dunkelheit trieb. Irgendwo scharrte der Bug an einem Hindernis entlang.

Kip stöhnte auf, als würde er den Schmerz des Bootes fühlen. »Wir müssen irgendwie Licht machen – oder wir bräuchten eine Stange, um den Grund vor uns abzutasten.«

Es war, als hätte das Boot ihn verstanden, denn am Bug begannen zwei Stellen zu leuchten, und sie sahen, dass die Höhle sich rasch verengte und dann in mehrere Gänge verzweigte.

»Welchen Kurs sollen wir steuern, Mera?« Kip schien längst vergessen zu haben, dass er sich selbst einmal als Kapitän und das Mädchen als Schiffsjungen bezeichnet hatte, denn er akzeptierte sie zumindest in dieser Situation als Anführerin.

Mera schnupperte wie Fleckchen und wies dann auf die linke der drei Öffnungen. »Von dort strömt uns frische Luft entgegen, als gäbe es einen Ausgang. Vielleicht gelangen wir auf diesem Weg auf festes Land.«

Da die Felsen die draußen tobende Magie zurückhielten, gehorchte das Boot Mera wie ein gut abgerichteter Hund und fuhr in den von ihr gewiesenen Gang hinein. Drinnen kam es nur langsam voran, denn ohne Wind war es auf einen Rest magischer Kraft angewiesen, die es vorwärtstrieb. Zudem hatte es kaum noch eine Handbreit Wasser unter dem Kiel, und die Wände schlossen sich eng um seinen Rumpf. Wenig später senkte sich die Decke so tief, dass es den Mast umlegen musste. Schließlich streckte es seinen Kristallrumpf, um noch schlanker zu werden.

Da die Kraft des Bootes erlahmte, mussten Kip und Girdhan ihm helfen weiterzukommen. Sie stemmten sich gegen die Reling, hangelten sich mit den Händen an den Wänden entlang und schoben es auf diese Weise weiter. Es ging nur langsam voran, und alle befürchteten, jeden Augenblick stecken zu bleiben. Daher atmeten sie auf, als sie ein größeres Becken erreichten, an dessen Ende sich der Höhlenboden über die Wasseroberfläche erhob.

Mera befahl dem Boot anzulegen und ließ ein wenig von ihrer Magie in es hineinfließen. Sie spürte, wie das Blau gierig aufgenommen wurde und der Geist des Schiffes sofort an ihr sog, um mehr zu bekommen. Erschrocken brach sie die Verbindung ab und sah zu, wie der Rumpf sich an die Felskante lehnte, die das Becken halbmondförmig säumte.

Ein Zittern ging durch das Boot, und dann war ein tiefer Seufzer zu vernehmen. Es war, als sei das Kristallgeschöpf, das während der letzten Stunden mehr geleistet hatte als in vielen Jahren zuvor, froh, endlich zur Ruhe zu kommen.

Im Gegensatz zu dem Boot, das sich erschöpft und erleichtert hängen ließ, befand sich Mera in Aufruhr; sie fühlte sich alles andere als sicher. Zuerst prüfte sie das Wasser in der Höhle und fand es seltsamerweise fast frei von Magie. Erleichtert, weil auch Hekendialondilan es würde trinken können, füllte sie den Zaubereimer und wartete, bis das Salz ausgeschieden war. Dann nahm sie einen Becher und flößte dem krank wirkenden Runimädchen vorsichtig Wasser ein.

Sie hatte ebenfalls Durst, und ihre Freunde starrten das Wasser an, als würden sie am liebsten das Gefäß auslecken. Als Hekendialondilan genug getrunken hatte, war der Eimer leer, und so setzte Mera seine Magie ein zweites Mal und drittes Mal ein, um den Durst aller zu löschen. Inzwischen kam auch die Runi wieder zu sich. Noch halb betäubt steckte sie sich eine Handvoll Wunschbeeren in den Mund, ohne sich vorzustellen, wonach sie schmecken sollten. Nun spürte auch Mera, dass sie essen musste, denn ihr Körper war nach den Anstrengungen der riskanten Flucht völlig ausgepumpt.

Als sie halbwegs satt und wieder ein wenig zu Kräften gekommen war, sah sie die anderen fragend an. »Sianderilneh haben wir fürs Erste abgehängt. Doch was machen wir jetzt?«

Hekendialondilan spürte die Wucht des schwarzen Sturms trotz der dicken Felswände und schüttelte sich. »Vorerst gar nichts! Wir bleiben am besten alle hier, bis sich das Wetter beruhigt hat.«

»Hoffentlich dauert das nicht zu lange, denn unsere Vorräte sind arg geschrumpft!« Kip trauerte um die Wunschbeeren, die er ausgeschüttet hatte, um den Korb zum Schöpfen zu benutzen. Sie waren längst über Bord geschwemmt worden.

Girdhan winkte ab. »Hier drinnen gibt es genug Fische und anderes Meeresgetier! Da müssen wir nicht hungern.«

Da er die weißen Beeren nur mit Mühe hatte essen können, freute er sich darauf, etwas Nahrhafteres zwischen die Zähne zu bekommen. Kip, der als Fischer eher auf diese Idee hätte kommen müssen, wurde vor Verlegenheit rot, rettete sich aber in einen forschen Spruch. »Ich wollte nur mal ausprobieren, ob außer mir noch jemand anderes mitdenkt.«

»Morgen fange ich wieder an zu denken. Aber jetzt bin ich müde und muss schlafen!« Mera nahm eine Decke, die von selbst wieder trocken geworden war, und wickelte sich darin ein. Hekendialondilan machte es ihr nach und schmiegte sich an sie. Sie hatten sich kaum ausgestreckt, da schliefen sie schon ein. Beide hatten all ihre Kraft eingesetzt, um ihrer hartnäckigen Verfolgerin zu entkommen, und nun kamen Körper und Geist zu ihrem Recht.

Girdhan fühlte sich ebenfalls müde und gähnte, so dass seine unteren Eckzähne im Licht der Bootslampen glänzten. Doch er legte sich nicht hin, sondern stupste Kip an. »Wir beide sollten abwechselnd Wache halten. Ich glaube zwar nicht, dass während dieses magischen Sturmes etwas passiert, aber man sollte nicht leichtsinnig werden.«

»Übernimm du die erste Wache und wecke mich, wenn der Weißmond am Himmel steht«, murmelte Kip, dem ebenfalls die Augen zufielen.

Girdhan wollte ihn noch fragen, wie er den Stand der Monde hier in der Höhle erkennen sollte, doch da war sein Freund bereits eingeschlafen und gab leise Schnarchtöne von sich.

13

Der Sturm hielt länger an und schien auch stärker zu sein als jeder andere vor ihm. In ihren Träumen sah Mera, wie ein Wesen, das sie nur als schwarzen Umriss vor einem grellen Leuchten wahrnahm, die tobenden Gewalten mit Magie anheizte, um sie dann wie einen Rammbock gegen den Zauberschirm von Runia anrennen zu lassen. Sie zitterte beim Erwachen und war fest davon überzeugt, den Herrn des Feuerthrons gesehen zu haben. Doch das war alles, was sie und die drei anderen in der Höhle mitbekamen. Sie schliefen, wachten auf, aßen Wunschbeeren und die Krebse, die Kip und Girdhan mit der Hand fingen, und schliefen wieder ein, froh, nichts mehr von Sianderilneh zu hören und zu sehen.

Nach ein paar Tagen zog Hekendialondilan sich Kips Zorn zu, als sie mehr aus Neugier eines der Seetiere probierte, das der Fischerjunge ihr anbot. Sie verzog den Mund und meinte, es würde nach gar nichts schmecken außer nach Salz.

»Ein solcher Krebs wird auf dem Fischmarkt in Ilynrah mit zehn Silberringen bezahlt«, erklärte Kip beleidigt und widmete sich wieder seiner eigenen Mahlzeit.

Mera blickte mit Bedauern in den Korb mit den Wunschbeeren, die sie den ungekochten Krebsen ebenfalls vorzog, und stellte fest, dass ihre Vorräte sichtlich abnahmen. Es wurde Zeit, nach draußen zu kommen und sich umzusehen.

Als sie den Kopf hob und lauschte, hatte das magische Tosen nachgelassen, und der Wind heulte ebenfalls nicht mehr in den Höhleneingängen. »Ich glaube, der Sturm hat sich gelegt. Die Wolken schwarzer Magie scheinen sich aufgelöst zu haben.«

»Das heißt, wir können diesen Ort hier endlich verlassen!« Girdhan war es müde geworden, in einer winzigen, nur vom Schein weißmagischer Lichter erhellten Höhle ein paar Schritte auf und ab zu gehen oder auf dem Boot zu hocken.

Er schluckte den Rest seines Essens hinunter, stand auf und stieg über Bord. »He! Der Meeresspiegel ist gesunken, und das Boot liegt auf dem Trockenen!«

»Kriegen wir es wieder ins Wasser?«, fragte Kip.

Hekendialondilan lächelte sanft. »Das Boot kann sich so leicht machen, dass ich es über eine gewisse Strecke tragen kann. Wir bringen es gewiss wieder ins Meer.«

»Dann bin ich ja beruhigt!« Kip sagte sich, dass er als alter Seebär Girdhan nicht den Vortritt lassen durfte, und sprang deshalb dicht neben ihm herab. Anders als sein Freund aber schritt er landeinwärts auf der Suche nach einem trockenen Ausgang. Zu seiner Überraschung stellte sich heraus, dass das, was sie die ganze Zeit für eine feste Wand gehalten hatten, ein Felsvorsprung war, der einen Spalt im Gestein verdeckte. Kip trat hindurch und stieß im nächsten Augenblick einen begeisterten Ruf aus.

»He, Leute! Hier liegt noch ein Boot. Aber es muss schon vor sehr langer Zeit hier gestrandet sein, denn es ist fast ganz mit Sand bedeckt.«

Diese Nachricht machte auch die anderen neugierig. Hekendialondilan hatte eine der beiden Lampen aus dem Bootskörper gelöst und brachte sie mit. Als das Licht direkt auf das fremde Schiff fiel, schluckten alle. Es war wohl viermal so lang wie ihr eigenes und mindestens fünfmal so breit.

»Das Ding kann niemals auf normalem Weg hier hereingekommen sein. Hinten ist die Fahrrinne zu schmal, und durch den Riss da konnte es sich gewiss nicht quetschen«, erklärte Kip kopfschüttelnd.

Hekendialondilan kniete neben dem Schiffsrumpf nieder und legte ihre Hände dagegen. »Du hast recht. Es hängt noch ein Rest Versetzungszauber daran, der ausgereicht hat, um dieses Schiff vom Eingang der Höhle hierher zu versetzen. Aber der muss vor vielen hundert Jahren gewoben worden sein. Es handelt sich übrigens um ein Runischiff, aber sein Geist ist erloschen. Das ist schade, denn sonst hätte es uns etwas über seine Besitzer erzählen können.«

Sie strich über den stumpf gewordenen Kristall der Bordwand und fragte sich, wen dieses Schiff einmal befördert hatte. »Wahrscheinlich stammt es noch aus der Zeit des Großen Krieges und wurde hier versteckt, aber nie mehr abgeholt.« Eine Träne glitzerte im warmen Schein der Lampe auf Hekendialondilans Wange, denn sie dachte an all jene ihres Volkes, die damals lange vor ihrer Zeit den Gang zu Meandirs Seelendom hatten antreten müssen. Dabei fragte sie sich, ob sie eine wiedergeborene Seele war. Doch als sie in sich hineinhorchte, fand sie keine Erinnerung an ein früheres Leben.

»Dort vorne ist ein Ausgang!« Mera war ein paar Schritte weitergegangen, um hinter eine Krümmung der sich zu einem Gang verengenden Höhle zu schauen, und hatte dabei eine Öffnung entdeckt, durch die Licht hereindrang. Draußen war es also Tag. Erleichtert ging sie weiter und trat, ohne an mögliche Gefahren zu denken, ins Freie.

Die Insel war weitaus größer, als es den Anschein gehabt hatte, ragte aber an der höchsten Stelle kaum mehr als zwanzig Schritt über den Wasserspiegel hinaus. Wind und Wellen hatten den Fels blank geschliffen, und er schimmerte in allen sechs magischen Farben und auch in einigen anderen, in denen Mera jedoch keine Magie zu spüren glaubte. Um sie herum war alles kahl. Hier wuchs nicht einmal ein Grashalm, und das einzige Wasser, das in einigen flachen Mulden zu finden war, hatte der Sturm vom Meer dorthin getrieben.

Mera stand an dem unwirtlichsten Ort, den sie je gesehen hatte, und doch fühlte sie eine Anspannung in sich, die sie zittern ließ. Vorsichtig ging sie ein paar Schritte weiter und wartete dann, bis Girdhan und die anderen zu ihr aufschlossen. Für einen Augenblick überlegte sie, ob es nicht besser wäre, wenn einer beim Boot zurückblieb. Aber dann sagte sie sich, dass es auf dieser einsamen Insel inmitten der See der magischen Stürme wohl kaum jemanden gab, der ihnen das Boot wegnehmen wollte. Außerdem gehorchte es Hekendialondilans Willen und würde sich nicht so einfach entführen lassen.

»Was ist denn das dort?« Kip deutete auf eine Felsgruppe, die alles andere überragte und auf die Entfernung wie das Skelett eines riesigen Tieres aussah.

Dieser Eindruck verlor sich etwas, als sie sich der Stelle näherten, und sie nahmen an, nur vom Wind geformte Felsen zu sehen.

Doch als Mera die Formation erreichte, zuckte sie zurück. Vor ihr lag tatsächlich ein Skelett, aber es war so riesig, dass es zu keinem Lebewesen auf dieser Welt gehören konnte. Hilflos blickte sie Hekendialondilan an, doch die Runi wirkte nicht weniger verwirrt als sie.

»Kann es ein Tier aus dem Meer sein? Gibt es da so große Lebewesen?«, fragte Girdhan Kip.

Der Fischerjunge wollte schon erzählen, dass es in der See noch ganz andere Ungeheuer gebe, besann sich dann aber und blieb bei der Wahrheit. »Also, von so einem so großen Tier habe ich noch nie gehört. Die Fischer erzählen zwar von sagenhaften Seemonstern, aber das sind nur Geschichten. Keiner, den ich kenne, hat jemals so ein Biest gesehen.«

Girdhan begann das Skelett genauer zu untersuchen und schauderte sichtlich. »Allein der Kopf misst mehr als eine Manneslänge; insgesamt dürfte dieses Vieh um die dreißig Doppelschritte lang sein. Aber die Hälfte davon geht für Hals und Schwanz drauf.«

»In den Überlieferungen unseres Volkes ist von gewaltigen Wesen die Rede. Man nennt sie die großen Würmer oder auch Lin«, meldete sich Careela zu Wort.

Kip musterte die Gebeine und schüttelte den Kopf. »Wie ein Wurm sieht das Ding nicht gerade aus, eher wie eine Art riesige Eidechse mit dickem Leib, langen Beinen, Krallenfüßen und ziemlich kräftigem Schädel.«

Nun riss es Hekendialondilan herum, die sich misstrauisch von den Knochen ferngehalten hatte. »Was sagst du da?« Sie wartete Kips Antwort nicht ab, sondern lief einmal um das Gerippe herum. Danach wirkte sie so niedergeschlagen, wie ihre Freunde sie noch nicht erlebt hatten.

»Das ist entsetzlich! Oh großer Meandir, warum hast du das zugelassen?«

Kip musterte sie verdattert. »Was ist denn jetzt los, Heke?«

»Begreift ihr denn nicht? Das Wesen, das hier liegt, muss ein Arghan gewesen sein, eines jener sagenumwobenen Wesen, die Feuer speien konnten. Die Flammen eines Arghan sind heiß genug, den Feuerthron schmelzen zu lassen wie Eis in der Sommerhitze. Wahrscheinlich ist das hier sogar derjenige, der im Großen Krieg auf der Seite meiner Ahnen gekämpft und ihnen den Sieg ermöglicht hat. Ihm ist es gelungen, den schwarzen Magier Wassuram zu töten, aber er wurde so stark verletzt, dass er den Feuerthron nicht mehr zerstören konnte. Es hieß, der Arghan habe sich in die Einsamkeit zurückgezogen, um Heilung zu finden. Stattdessen ist er hier gestorben!«

Die Tränen liefen Hekendialondilan in breiten Bächen über die Wangen. Auch die anderen waren erschüttert. Zwar kannten ihre eigenen Sagen keine Feuer speienden Wesen, doch sie wussten, dass die Runier das alte Wissen besser bewahrten als die Menschen.

»Damit sitzen wir wohl ziemlich in der … äh … Fischsuppe«, stöhnte Kip.

Hekendialondilan setzte sich auf den felsigen Boden und starrte trübsinnig vor sich hin. »Der Arghan war meine einzige Hoffnung – und auch die meiner Mutter und ihrer Freunde –, den Herrn des Feuerthrons aufhalten zu können, denn sein Feuer löst Zauber auf und hätte die Macht unseres Feindes zerstört. Aufgrund der Prophezeiung war ich mir ganz sicher, dass Mera ihn finden würde.«

»Gefunden hat sie ihn ja! Allerdings bezweifle ich, dass er noch mal aufstehen wird, um den Kaiser von Gurrland zu grillen!«, sagte Kip und versetzte dem mächtigen Schädel einen Fußtritt.

In dem Augenblick klappte das bislang geschlossene Maul auf, der Unterkiefer klatschte zu Boden, und ein rollendes Geräusch wie von einer großen Murmel ertönte.

Kip sprang erschrocken zurück und rief die Blaue Göttin um Hilfe an. Die anderen zuckten zunächst ebenfalls zusammen, entdeckten dann aber eine glitzernde Kugel von ansehnlicher Größe, die nun zwischen den langen Zähnen des Arghan hing. Der Kristall schimmerte in allen magischen Farben, war aber so gestaltet, dass die Gegenfarben sich nicht direkt berührten. Dennoch fühlte er sich für Mera sehr unmagisch an, obwohl der Boden und die Luft darüber beinahe vor Magie kochten. Als sie genauer hinsah, bemerkte sie, dass magische Wellen von überallher auf die Kugel zuströmten und von ihr verschlungen wurden.

»Seid bloß vorsichtig mit dem Ding!«, rief sie Kip zu, der seine Überraschung überwunden hatte und die Hände nach dem Kristall ausstreckte.

Der Fund schien Careela ebenfalls zu faszinieren, denn sie kroch in das weit aufgesperrte Maul das Arghanschädels hinein, um an die Kugel zu kommen.

»Wenn jetzt der restliche Schädel herabsaust, brauchst du keinen Arzt mehr«, spottete Kip und schob sich selbst halb in das Maul hinein. »Komm, lass das! Ich habe den Kristall freigesetzt und damit den ersten Anspruch«, schimpfte er, weil die Prinzessin sich an die Kristallkugel schmiegte und sie so mit ihrem Körper schützte, dass er das Ding nicht anfassen konnte.

»Sie gehört mir! Ich habe sie als Erste berührt«, fauchte sie, und als Kip zu ihr hinkroch, versuchte sie ihn wegzuschieben.

»Wie die kleinen Kinder«, murmelte Girdhan, obwohl seine Augen ebenfalls begehrlich funkelten. »Was mag dieses Ding wert sein?«

»Im Augenblick gar nichts, weil wir nichts damit anfangen können. Oder willst du es an die Gurrländer verkaufen?« Mera ärgerte sich über ihre Freunde und packte Kip und Careela, um diese aus dem Arghanmaul zu ziehen.

»Wenn ihr so weitermacht, passiert noch ein Unglück!«

Kip gehorchte mit säuerlicher Miene. »Das Ding ist verdammt schwer. Das muss Girdhan herausheben. Er hat die Kraft dazu.«

»Bevor ich den Kristall diesem schwarzen Halbtier überlasse, hebe ich mir lieber einen Bruch«, keuchte die Prinzessin. Mit aller Kraft, die sie besaß, zerrte sie an dem Kristall und wuchtete ihn über die Zähne, bis er im Freien lag. Dann schlang sie die Arme wieder um die Kugel, als hätte sie Angst, ihre Begleiter könnten sie ihr wegnehmen wollen.

»Ich hab ein ganz komisches Gefühl«, murmelte Mera und sah Hekendialondilan fragend an.

»Kann der Kristall die Ursache für den Tod des Arghan gewesen sein?«

Die Runi hob unsicher die Hände. »Ich weiß es nicht. Mich irritieren die vielen Farben. Es heißt zwar, dass Magier versucht haben, mit Gegenfarben zu experimentieren, aber von Wassuram wird nur berichtet, er sei ein mächtiger, grausamer Magier der Schwärze gewesen, der für alle anderen magischen Farben nur Verachtung übrighatte.«

Mera fühlte sich ebenso hilflos wie Hekendialondilan. »Wir sollten das Ding hier liegen lassen.«

Noch während sie es sagte, wünschte Mera sich, der Kristall wäre ein Drachenei und es würde ein neuer Arghan daraus schlüpfen. Sie kniete nieder, strich trotz Careelas missbilligender Miene über den Kristall und zuckte zurück, als hätte er sie gebissen. Das Ding sog an ihr. Sie hatte den blauen Strom, der aus ihren Fingern in die Kugel überging, deutlich sehen können.

Auch Girdhans erste Begeisterung für den Kristall hatte einem mulmigen Gefühl Platz gemacht, und Hekendialondilan, die den Sog ebenfalls spürte, sah bereits so aus, als wolle sie die Kugel am liebsten ins Meer werfen. Kip aber merkte nichts, sondern stritt sich mit Careela und verlangte seinen – wie er sagte – gerechten Anteil an diesem Kristall.

»Wenn es gerecht sein soll, müsste er durch fünf geteilt werden«, wies Mera ihn zurecht. »Oder willst du uns ausschließen? Aber die Kugel kann mit unseren Mitteln weder zerteilt werden, noch haben wir eine Aussicht, sie zu Geld machen zu können.«

»Wenn wir den nach Hause bringen, kriegen wir sicher viel Geld dafür. Dein Anteil wäre gewiss groß genug, dass deine Mutter den ›Blauen Fisch‹ davon renovieren und umbauen lassen könnte, und ich – ich wäre in der Lage, mir eine zweite ›Seeschäumer‹ zu kaufen.« Kips Stimme klang giftig. Er hatte seinen Freunden uneigennützig geholfen und war dabei von einem gefährlichen Abenteuer ins nächste gestürzt. Nun aber schienen die anderen ihm die erste, wirklich reiche Beute zu neiden.

»Ich teile nicht mit Gesindel!«, schrie Careela auf. Sie wuchtete den Kristall unter viel Mühen hoch und schleppte ihn Richtung Höhle.

Mera wollte die Prinzessin daran hindern, denn sie mochte

dieses unheimliche Ding nicht einmal in die Nähe von Hekendialondilans Boot bringen lassen. Da bemerkte sie, dass der Kristall Risse bekam und zu bröckeln begann. »Vorsicht!«, rief sie noch, doch dann ging alles blitzschnell.

Die Kugel löste sich in Careelas Händen in leuchtenden Staub auf, den der Seewind mit sich trug, und an ihrer Stelle hielt die Prinzessin einen etwa zweijährigen Jungen in den Armen.

Während Careela mit weit aufgerissenen Augen auf das Kind starrte, begann Kip schallend zu lachen. »Das geschieht dir recht, Euer Raffgierigkeit! Du wolltest nicht mit uns teilen und hast dafür diesen Balg am Hals.«

Da Careela aussah, als wollte sie den Kleinen, der eben seine Augen aufschlug und sich verwundert umblickte, in die nächste Pfütze werfen, schritt Mera ein. »Nun hast du wenigstens eine sinnvolle Aufgabe: Du wirst dich um den Jungen kümmern!«

»Ich will aber nicht!«, kreischte Careela empört auf.

»Oh doch! Du wirst es tun, sonst lassen wir dich hier auf dieser Insel zurück!« Meras Drohung war nicht ganz ernst gemeint, aber dennoch schüchterte sie die Prinzessin so ein, dass diese das Kind erschrocken an sich drückte.

Mera wandte sich Hekendialondilan zu. »Hast du eine Ahnung, wie Arghan zur Welt kommen?«

»Du meinst, es könnte ein Arghan-Ei gewesen sein? Den Bildern nach, die ich von anderen meines Volkes erhalten habe, sehen die ganz anders aus. Sie sind viel größer und eher länglich. Dazu besitzen sie keine harte Schale, sondern einen festen, lederartigen Überzug, den keine Klinge ritzen kann. Wahrscheinlich ist das hier nur ein übler Trick dieses Wassuram, mit dem er unseren Arghan ausschalten wollte.«

»Wenn das so ist, dann kann ich den Bengel ja irgendwo ablegen, und wir vergessen ihn«, sagte Careela hoffnungsvoll.

Mera fuhr ihr über den Mund. »Du tust nichts dergleichen! Wir haben dieses Kind gefunden und sind dafür verantwortlich. Also wirst du für ihn sorgen, als wärest du seine Mutter! Welche magische Farbe hat er eigentlich?«

Mera legte ihre Hand auf die Stirn des Kleinen und schloss die Augen. Sie hatte in den letzten Wochen gelernt, magische Farben zu erkennen und auseinanderzuhalten. Doch hier vermochte sie es nicht genau zu sagen. Das Blau, das sie in dem Jungen spürte, schmeckte auch ein wenig nach ihr selbst und das Weiß nach Hekendialondilan – oder zumindest nach Runi. Auch dünne Spuren anderer Farben kreisten in ihm, so als hätte er keine eigene Zugehörigkeit zu einem Gott. Als sie ihre Hand zurückzog, zuckte sie mit den Achseln.

»Vielleicht weiß man bei Kindern noch nicht genau, in welche Richtung sie gehen. Oder der Junge hatte ein weiß-blaues Elternpaar. Gemischtfarbige Beziehungen werden zwar nicht gern gesehen, aber es hat meines Wissens welche gegeben.«

Careela lachte spöttisch auf. »Aber wie ist der Bengel dann in diesen Kristall gekommen, Hexe Sechsmalklug?«

»Hast du vergessen, was Sianderilneh mit uns gemacht hat?«, erinnerte Mera sie. »Wahrscheinlich hat dieser unsägliche Wasuram das Kind versteinert und in diesen Kristall eingeschlossen. Der Zauber ist mit der Zeit mürbe geworden und zum Glück für den Kleinen in dem Augenblick erloschen, als wir die Hülle berührt haben. Wäre das arme Würmchen allein herausgepurzelt, hätte es hier elend verenden müssen.«

»So muss es gewesen sein«, stimmte Hekendialondilan ihr erleichtert zu. Sie verlor nun ihre Scheu vor dem Kleinen und strich ihm sogar zärtlich über die Stirn.

Der Kleine sah sie mit strahlend blauen Augen an, in denen winzige weiße Sterne glitzerten. Gerade das Weiß machte es ihr leichter, sich mit seinem überraschenden Auftauchen abzufinden. Sie betrachtete ihn genauer und entdeckte, dass er zusätzlich zu seinem menschlichen Aussehen auch Merkmale ihres eigenen Volkes aufwies. Ihrer Schätzung nach war er ein Mischling mit etwa einem achtel Anteil Runiblut. In der heutigen Zeit, in der ihre Leute sich von den Menscheninseln fernhielten, würde so ein Wesen bei ihrem Volk wohl nicht mehr gut aufgenommen. Aber der Junge stammte aus einer anderen Epoche, in der die heutigen Gesetze noch nicht gegolten hatten.

»Er ist hübsch!«, sagte die junge Runi, ohne jedoch Careelas stummer Aufforderung nachzukommen, den Kleinen an sich zu nehmen.

»Hier auf dieser Insel gibt es rein gar nichts. Am besten kehren wir zu unserem Boot zurück. Ich habe nämlich Hunger.« Mit den Händen in den Hosentaschen stiefelte Kip davon. Mit Kindern hatte er wenig am Hut. Er würde ein paar Krebse und Fische fürs Abendessen fangen, auch wenn sie sie zu seinem Leidwesen roh verspeisen mussten. Auf dieser Insel gab es leider nichts, was sich als Brennstoff verwenden ließ. Selbst als er hoffnungsvoll am Strand entlanglief, fand er kein einziges Stückchen Treibholz.

»Na ja, wenigstens schmecken diese Fische auch ungebraten«, meinte er zu Girdhan, der sich ihm angeschlossen hatte, und stieß ihn in die Seite. »Hättest du gedacht, dass Mädchen sich wegen eines kleinen Bengels so aufführen können?«

Sein Freund zuckte mit den Schultern. »Das liegt wohl in ihrer Natur, so wie bei dir das Meer. Du, schau! Was hältst du von dem Brocken da drüben?« Girdhan zeigte dabei auf einen Riesenkrebs, der für mehrere Mahlzeiten reichen mochte.

»Den müssen wir erwischen!« Sofort hatte Kip den kleinen Jungen vergessen und rannte hinter dem Krebs her, der mit gefährlich knackenden Scheren dem offenen Meer zustrebte.

14

Mera, Hekendialondilan und Careela kümmerten sich nicht um Kip und Girdhan, sondern trugen den kleinen Jungen zu ihrem Boot und stopften ihm ein paar Wunschbeeren in den Mund. Der Kleine kaute munter darauf herum, und seinem Gesichtsausdruck nach schien es ihm zu schmecken. Mera filterte neues Trinkwasser, füllte einen der Becher und hielt ihn dem Kleinen an den Mund. Der Junge schluckte so gierig, dass das Gefäß im Nu leer war und sie es noch einmal in den Eimer tauchen musste.

»Jetzt stehen wir vor zwei Problemen«, sagte sie zu ihren Freundinnen. »Zum einen brauchen wir dringend Kleidung für den Kleinen und dann auch einen Namen.«

Ihr Blick streifte dabei Fleckchen und Timpo, die in der Nähe standen und noch nicht so recht zu wissen schienen, was sie von dem unverhofften Zuwachs halten sollten. Die Hündin kam schließlich näher und beschnupperte den Jungen. Der hatte keine Angst vor dem Tier, sondern versuchte es zu streicheln.

»Guter Hund!«, sagte er. Es waren die ersten Worte, die er von sich gab.

»Der Kleine kann ja sprechen!«, rief Careela verdattert.

»In seinem Alter ist das kaum ein Wunder. Da plappern die Kleinen schon viel herum.« Mera erinnerte sich an die Fischerfrauen, die ihre Mutter besucht und dabei ihre Kinder mitgebracht hatten. Die Kleinen waren keinen Augenblick still gewesen, und so hatte man sie ihr aufgehalst, damit die Frauen ungestört miteinander reden konnten. Schon aus diesen Erfahrungen heraus wollte sie die Pflege des Jungen nicht übernehmen. Sie war eine Hexe und musste jeden Augenblick darauf gefasst sein, ihre Kräfte einzusetzen. Careela aber hatte sich bisher vor jeder Pflicht gedrückt, und da war es ganz gut, wenn sie endlich beschäftigt wurde.

»Deine Überlegungen gefallen mir«, sendete Hekendialondilan

zu Mera. Die Runi schien sich jetzt, nachdem sie ihren ersten Schreck überwunden hatte, sogar ein wenig zu amüsieren. Selbst konnte sie mit dem Jungen nichts anfangen, denn in ihrem Volk gab es außer ihr keine Kinder, und menschlicher Nachwuchs dieser Größe war ihr bisher noch nie begegnet.

»Also ist es beschlossen! Careela wird seine Ersatzmutter. Jetzt bekommt er einen Namen.« Mera wollte gerade etwas vorschlagen, als der Kleine sie anlächelte und »Argo!« sagte.

»Wie es aussieht, hat er bereits einen Namen!« Careela gefiel es, Mera, die sich ihrer Ansicht nach zu sehr aufspielte, einen kleinen Dämpfer zu verpassen.

»Heißt du Argo?«, fragte Mera den Kleinen.

Dieser nickte. »Ich heiße Argo, und wie heißt du?«

»Mera. Das hier ist Hekendialondilan. Sie ist etwas ganz Besonderes, nämlich ein Mädchen aus Runia, und das hier ist …«

»Auch etwas Besonderes!«, schnitt Careela ihr das Wort ab. »Ich bin Careela, die Schwester der regierenden Fürstin des Volkes von Ardhunar, und damit eine Hoheit und Prinzessin!«

»Als wenn der Kleine diese Spitzfindigkeiten begreifen würde«, spottete Mera und tippte ungeduldig mit den Zehen aufs Deck. »Wir brauchen etwas zum Anziehen für den Jungen; wir können ihn doch nicht wie einen Säugling einwickeln.«

»Uns wird wohl nichts anderes übrig bleiben! Oder siehst du hier einen Kleiderladen oder einen Stoffhändler? Außerdem habe ich kein Nähzeug bei mir. Sonst könnte ich ihm etwas Hübsches nähen!« Careela hatte eigentlich nur mit ihren Fertigkeiten mit Nadel und Faden angeben wollen, doch Hekendialondilan hob interessiert den Kopf.

»Wenn es nichts weiter ist!« Sie nahm Kontakt zu ihrem Boot auf und forderte es auf, für ein ausreichend großes Stück weichen Segeltuchs und auch für Nähzeug zu sorgen. Da das Boot Genaueres wissen wollte, musste sie Mera bitten, ihr in Bildern zu zeigen, wie die Sachen bei den Menschen aussahen.

Der Bootsgeist jammerte ein wenig, weil er sich müde fühlte und noch unter etlichen Schrammen und sogar ein paar angebrochenen Kristallplanken litt, die er noch ausheilen lassen musste, stellte dann aber das Verlangte zur Verfügung. Daher blieb Careela nichts anderes übrig, als Schere, Nadel und Faden zur Hand zu nehmen.

Anders als sonst beschwerte sich die Prinzessin aber nicht, sondern begann eifrig zu arbeiten. Dabei blickte sie immer wieder das Kind an, so als könne sie nicht genug von dem strahlenden Blick und dem Lächeln bekommen, mit dem der Kleine sie nun anhimmelte.

Mera sorgte sich unterdessen um Kip und Girdhan, die noch nicht zurückgekommen waren, und wollte die Höhle wieder verlassen. Als sie sich noch einmal umdrehte, sah sie, dass Argos Haare im Licht der Bootslampe in allen Farben des magischen Sechsecks schimmerten, und fragte sich besorgt, was sie sich da eingefangen hatten.

15

Kip und Girdhan kämpften immer noch mit dem Krebs. Es war ihnen gelungen, das Tier in eine Ecke zu treiben, aus der es ihnen nicht mehr entkommen konnte. Doch der Krebs setzte sich verbissen zur Wehr und hatte Kip bereits mit der Spitze einer Schere erwischt. Nun zog sich eine lange, stark blutende Wunde über den Arm des Fischerjungen. Doch die Verletzung hatte Kips Willen noch gesteigert, dieses gepanzerte Geschöpf zu erlegen.

»Wir müssen ihn mit einem Stein erschlagen«, rief er Girdhan zu.

Dieser verdrehte die Augen, denn genau wie sein Freund hatte er bisher noch keinen einzigen losen Steinbrocken gesehen.

Dann sah Kip Mera kommen und grinste. »Kannst du dieses Viehzeug mit deinen Hexenkräften festhalten?«

»Nein! So gezielt kann ich die Magie noch nicht einsetzen.«

Das stimmte nicht so ganz, denn Hekendialondilan hatte ihr gezeigt, wie sie einfachere magische Dinge aus eigenem Willen vollbringen konnte. Deshalb war es ihr auch möglich gewesen, das Boot anzuheben und über die Barriere zu bringen, die die Insel von den Außenklippen trennte. Aber das war etwas anderes, als ein Lebewesen unter ihren Willen zu zwingen oder magisch festzunageln. Als Tochter einer Wirtin hatte sie zwar schon Fische und Krebse zum Kochen vorbereiten müssen, aber der Riesenbursche, der mit unterarmlangen Zangen sein Leben verteidigte, nötigte ihr Respekt ab.

»Lasst ihn in Frieden! Ihr findet doch genug leichtere Beute.«

Girdhan schnaufte erleichtert auf, während Kip dem Krebs, dessen Panzer ebenfalls in den Farben des magischen Sechsecks schillerte, einen bedauernden Blick zuwarf, bevor er ihm den Rücken zuwandte und davonschlenderte. Der Krebs schien eine Falle zu vermuten, denn er spreizte noch einmal angriffslustig die Scheren, schoss dann aber schneller, als ein Mensch laufen konnte, auf die Lagune zu und tauchte unter.

»Den Panzer und die Scheren hätte ich mir gern an die Wand gehängt. Eine solche Trophäe hat gewiss kein anderer Fischer in Ilynrah!« Kip setzte sich schmollend auf einen Felsbuckel und zeigte auf seinen blutenden Arm.

»Kannst du dich darum kümmern, Mera? Die paar Fische und Krebse, die wir zum Abendessen brauchen, kann Girdhan allein fangen.«

Girdhan nickte und lief zu einer Kuhle am Ufer, in die alle paar Wellenschläge Wasser strömte. Dort entdeckte er rasch lohnende Beute und fing sie ein. Unterdessen half Mera Kip aus seiner Jacke und riss sein Hemd am Ärmel auf.

»He, was soll das? Es ist mein einziges Hemd, es sei denn, du gibst mir mein Ersatzhemd wieder!«

»Jetzt stell dich nicht so an. Careela kann es dir nachher wieder zusammennähen. Hekendialondilan hat ihr Nadel und Faden gegeben.« Ungeachtet seiner Proteste legte Mera die Wunde frei und wusch sie mit Meerwasser aus. Dabei stellte sie erleichtert fest, dass kein Muskel verletzt war.

»In ein paar Tagen spürst du nichts mehr«, sagte sie und drückte die Wundränder mit den flachen Händen zusammen.

»He, was machst du?«, rief Kip erschrocken. »Deine Finger sind plötzlich ganz heiß!«

Dann sah er blaues Licht aus ihren Händen schlagen und schluckte, als seine Verletzung aufhörte zu bluten und sich zu schließen begann. Kurze Zeit später kündete nur noch ein rötlicher Strich davon, dass ihn eine monströs große Krebsschere erwischt hatte.

»Du bist verdammt gut! Wenn wir wieder in Ilynrah sind, wirst du mit diesen Fähigkeiten ein Vermögen machen!«, lobte Kip sie.

Mera schüttelte sich. Ihr schien es, als würde sie Ilyndhir niemals mehr betreten. Andererseits hatte sie gar keine andere Wahl. Sobald Girdhan in Sicherheit war, musste sie nach Hause zurückkehren und sich im Magierturm von Ilynrah ausbilden lassen. Sie versuchte sich vorzustellen, wie es sein würde, wenn sie nicht mehr in dem einfachen Kleid eines Fischermädchens durch die obere Stadt spazieren würde, sondern mit dem blauen Umhang und dem Federbüschel einer Junghexe. Doch es gelang ihr nicht einmal, sich den Anblick ihrer Heimatstadt ins Gedächtnis zu rufen. Ilynrah schien ihr auf einmal so fern zu sein wie die sechs Monde in den Farben der Götter.

Mit Tränen in den Augen wandte sie sich ab. »Wir sollten in die Höhle zurückkehren. Die anderen warten sicher schon auf uns. Außerdem wird es bald dunkel!«

Kip wollte ihr schon sagen, dass es mindestens noch zwei Stunden hell sein würde, doch ihm blieben die Worte im Hals stecken.

»Das gibt es doch nicht!«, rief er, als er sich wieder gefasst hatte.

»Was?«, fragte Mera verständnislos. Dann sah sie es selbst.

Knapp über dem östlichen Horizont stand der Weißmond als bleiche Scheibe am Himmel, und sein kaum sichtbares Licht ließ die Felsen der Insel aufglimmen. Feurigen Spuren gleich zogen sich die magischen Farben über das Gestein, sammelten sich hier und dort zu größeren Flecken und verschwanden dann in der Tiefe, um an anderer Stelle wieder aufzutauchen. Selbst Schwarz, das Mera nur mit ihren magischen Sinnen erkennen konnte, war dabei. Kip sah nur einen Teil dessen, was sie selbst wahrnahm, doch das Schauspiel war auch für ihn erschreckend und faszinierend zugleich.

»Ich glaube, wir sollten besser von hier verschwinden.« Girdhan war mit seinem Fischzug fertig geworden und gesellte sich gerade wieder zu ihnen. Im Licht des weißen Mondes begannen seine Augen zu tränen und ihm war, als brenne heißer Sommerwind auf seiner Haut. Nicht zum ersten Mal, aber wohl am heftigsten wünschte er sich, wieder der Schankbursche im »Blauen Fisch« zu sein und keine magischen Fähigkeiten zu besitzen, die ihm doch nur Schmerzen und Ärger bereiteten.

»Das dürfte das Beste sein!« Mera folgte Girdhan, der bereits weitergegangen war.

Kip aber blieb auf seinem Felsen sitzen und blickte sich mit kindlich staunenden Augen um. Der nächste Mond stieg über dem Horizont hoch und leuchtete in sattem Blau. Das Farbenspiel auf der Insel wurde noch stärker, und das Licht formte an einigen Stellen so etwas wie eine lebendige Landschaft. Kip glaubte größere Hügel zu sehen, auf denen hohe Bäume wuchsen, und als er zur Höhle zurücklaufen wollte, um seine Freunde zu rufen, strömte ein stattlicher Fluss über die Stelle, an der sich der Eingang befand.

Erschrocken sah Kip sich um. Die Bucht, in die sie gefahren waren, gab es nicht mehr, und vom Meer war ebenfalls nichts zu sehen. Das Land reichte von Horizont zu Horizont, und nicht weit von ihm entfernt ragte ein kleines Gebirge in den Himmel.

Kip schüttelte sich vor Entsetzen. Er konnte nur annehmen, dass ein böser Zauber ihn von seinen Freunden getrennt und in ein fernes Land versetzt hatte, das von einem unheilvollen, sechsfarbigen Licht erfüllt war. Die Erinnerung an das riesige Skelett stieg in ihm auf, und er erwartete, jeden Augenblick ein Ungeheuer vor sich auftauchen zu sehen, das ihn fressen würde. Nun geriet er in Panik und begann gellend zu schreien.

16

Mera vernahm Kips Hilferufe, stürzte aus der Höhle und schwamm mit einem Mal im Wasser. Im ersten Moment glaubte sie, die Insel würde überschwemmt, doch da sah sie die leuchtenden Farben um sich und die von grünem Licht erfüllten Bäume. Sie war so verblüfft, dass sie vergaß, Arme und Beine zu bewegen, und unterging.

Hustend und prustend kam sie wieder an die Oberfläche und drehte sich um die eigene Achse. Das, was sie geschluckt hatte, war Süßwasser gewesen. Verwirrt schwamm sie auf das ihr nächstgelegene Ufer zu und kletterte an Land. Oben auf dem Hochufer merkte sie, dass sie an einem Fluss aus magisch schimmerndem Wasser stand. Das Gewässer war kleiner als der Blaue Fluss bei Ilyndhir, aber breit genug, um mit Booten befahren werden zu können. Aber das war jetzt nicht wichtig. Kip brauchte ihre Hilfe. Daher schob sie ihre Betrachtungen beiseite und hielt nach ihrem Freund Ausschau.

Sie fand ihn starr und steif auf einer Anhöhe sitzen, so als hätte ihn ein Runizauber gestreift. Er schrie nicht mehr, aber sein Gesicht war grau vor Angst. Als er Mera auf sich zukommen sah, sprang er auf, lief ihr entgegen und klammerte sich so erleichtert an sie, dass sie kaum noch Luft bekam.

»Der großen Ilyna sei Dank! Du hast mich gefunden. Ich hatte schon Angst, allein in eine fremde Welt verschlagen worden zu sein.«

»Jetzt beruhige dich erst einmal! Hexenkunst und Zauberei können einen zwar erschrecken, aber man darf darüber nicht den Verstand verlieren. Du bist nirgendwohin verschlagen worden, sondern befindest dich immer noch auf dieser kahlen Insel. Die Landschaft um uns herum ist nicht wirklich, verstehst du? Sie ist nur eine Illusion!«

Kip schüttelte den Kopf. »Aber der Boden ist echt!« Zur Bekräftigung stampfte er ein paarmal darauf und sprang schließlich wie ein übermütiger Ziegenbock herum.

»Lass das lieber! Illusionen haben die Angewohnheit, echt zu wirken. Du darfst dir dabei nichts denken!« Ganz wohl war Mera bei diesen Worten nicht, denn auch für sie sah die vielfarbige Umgebung immer mehr so aus, als sei sie die Wirklichkeit.

»Wir sollten in die Höhle zurückkehren. Dort sind wir in Sicherheit.« Sie fasste Kip bei der Hand und wollte ihn mit sich ziehen.

Er aber stemmte sich gegen ihr Zerren. »Die Höhle liegt doch jetzt unter Wasser. Wir würden ertrinken!«

»Wenn das so wäre, hätten unsere Freunde sie längst verlassen.« Langsam begann Mera die Geduld mit dem Fischerjungen zu verlieren.

»Vielleicht sind sie schon ertrunken!« Kip schüttelte sich und versuchte sich dann loszureißen. Um seinen bereits zerrissenen Ärmel nicht ganz abzutrennen, ließ Mera ihn los.

»Ich hätte nie gedacht, dass du so ein Feigling bist!« Der Vorwurf war ungerecht, denn sie ängstigte sich ebenfalls, obwohl ihr die Auswirkungen magischer Künste nicht so fremd waren wie ihm.

Kip wollte ihr eine patzige Antwort geben, sagte sich dann aber, dass er sich von einem Mädchen nicht einen Feigling nennen lassen wollte. »Also gut! Probieren wir, ob wir die anderen finden. Beschwer dich aber nicht, wenn es nicht klappt!«

Er wollte auf den Fluss zugehen, als plötzlich drei Köpfe aus dem

Wasser auftauchten und sich Richtung Ufer bewegten. Mera und Kip atmeten erleichtert auf, als sie ihre Freunde erkannten. Careela hatte den kleinen Argo auf dem Arm, schaffte es aber nicht, ihn über Wasser zu halten und gleichzeitig zu schwimmen. Girdhan bemerkte ihre Schwierigkeiten gerade noch rechtzeitig, packte die beiden und zerrte sie aufs Trockene.

Dann grinste er Mera an, als wäre das alles um sie herum nur ein Spaß. »Wir wollten mal nachsehen, wo ihr bleibt! Da hat Heke diesen Zauber hier bemerkt und uns vor dem Wasser gewarnt. Sonst hätte es knapp werden können.«

Bei diesen Worten drehte er sich einmal um seine Achse. »Wo sind wir denn jetzt hingeraten?«

»Das würde ich auch gerne wissen«, erklärte Kip.

Hekendialondilan schloss die Augen und tastete die Umgebung mit ihren magischen Sinnen ab. Als sie die anderen wieder anblickte, weinte sie.

»Dies war einmal eine Insel wie Runia und wurde von Runi der grünen Farbe bewohnt. Aber lange vor dem Auftauchen von Wassuram ist hier ein gewaltiges Unglück geschehen. Die Insel wurde wie mit einem riesigen Hammer in Stücke geschlagen und der Heilige Baum des Volkes zerstört. Viele Runi sind dabei umgekommen, und die Überlebenden haben die Insel für immer verlassen. Doch im Kern des Eilands steckt noch die Erinnerung an jene glücklichen Zeiten, und der magisch aufgeladene Fels versucht den ursprünglichen Zustand wiederherzustellen. Das gelingt ihm aber nur teilweise, und irgendwann wird auch der letzte Funke der Erinnerung verlöschen. Dann gibt es hier nur noch die kahlen Klippen und den Geburtsort der magischen Stürme.«

»Schade! So, wie sie jetzt aussieht, könnte die Insel mir gefallen. Sie wäre groß genug, einen Teil meines Volkes hier aufzunehmen, und ich …« Careela brach ab, um sich nicht dem Spott ihrer Begleiter auszusetzen, denn sie hatte sagen wollen, dass sie als Entdeckerin der Insel auch das Recht hätte, hier als Königin zu herrschen.

Die anderen begriffen dennoch, was sie meinte, und Kip kicherte gehässig. »Das würde dir wohl so passen, Hoheit! Aber daraus wird nichts. Als Kapitän steht …«

»… Hekendialondilan das Recht zu, über diese Insel zu bestimmen, wolltest du sagen«, unterbrach Mera ihn lachend.

»Macht es dir denn nichts, dass es hier so viel magisches Grün gibt?«

Girdhans Frage holte Mera in die raue Wirklichkeit zurück. Sie ließ die Umgebung mit geschlossenen Augen auf sich wirken und zuckte dann mit den Achseln. »Es ist ein wenig störend, aber auszuhalten. Allerdings weichen mir die Ströme grüner Magie eher aus.«

»So, wie mir die schwarzen und Girdhan die weißen Ströme! Es liegt ein seltsamer Zauber über diesem Ort, der den Farben ihre Schärfe nimmt. Schau her, ich kann in dieses Schwarz hineingreifen, ohne dass es mir etwas tut!« Hekendialondilan streckte ihre Hand aus und tauchte sie in eine in der Nähe schwebende schwarze Wolke. Zur Verwunderung der anderen geschah nichts.

»Dieses Schwarz fühlt sich anders an als das, unter dem mein Volk gelitten hat. Es ist ganz weich. Hätte ich nur dieses Schwarz kennengelernt, würde ich sehr bezweifeln, dass es eine feindliche Gegenfarbe für mich darstellen soll!«

Hekendialondilans Beispiel steckte Mera und Girdhan an. Beide berührten Schwaden ihrer eigenen Gegenfarbe und waren genauso verblüfft wie die junge Runi.

Girdhan brachte die allgemeine Verwunderung auf den Punkt: »Das gibt es doch gar nicht!«

»Das ist ein ganz sonderbarer Ort!«, rief Mera aus.

»Damit hast du vollkommen recht«, antwortete jemand aus dem Nichts.

Mera schnellte herum und sah eine Gestalt aus dem dunkelgrünen Wald heraustreten, der in der Nähe entstanden war und Blüten in hellen Grüntönen trug.

Es handelte sich um einen Runi. Doch er wirkte durchscheinend wie ein Geist, und seine magische Farbe war gelb. Auch seine Kleidung unterschied sich von der der weißen Runi, die Mera und ihre Freunde kennengelernt hatten. Er trug eine eng anliegende Tunika und ebensolche Hosen, dazu eine Art Brustpanzer und einen Gürtel, an dem links ein langes Schwert und rechts ein Dolch hing. Über den Rücken hatte er einen gut gefüllten Köcher mit Pfeilen geschnallt, sowie einen Bogen, dessen Sehne jedoch nicht gespannt war.

Der geisterhaft wirkende Runi neigte den Kopf kurz vor Hekendialondilan und sah dann die anderen an. »Seid mir willkommen auf der Insel des Todes!«

Ein kalter Schauer lief Mera bei diesen Worten über den Rücken. »Wer seid Ihr?«

»Mein Name lautet Reodhendhor. Ich bin ein Heimatloser, der zusehen musste, wie die Insel seines Volkes überfallen und zerstört wurde. Der Feind hat meine Heimat nach seinem Willen umgeformt, und ich habe lange gegen diesen schier übermächtigen Gegner gekämpft. Als wir glaubten, den Sieg bereits errungen zu haben, ereilte mich das Verhängnis.« Der Runi wischte sich über das Gesicht, als würde er Tränen wegwischen.

»Also stammst du von der Insel, die jetzt Gurrland heißt! Die Reste deines Volkes haben sich uns angeschlossen. Das kannst du auch tun!« Hekendialondilan empfand tiefes Mitleid mit dem einsam gestrandeten Runi, und ihre Worte zauberten ein Lächeln auf seine Lippen.

Zwar war es ein trauriges Lächeln, aber es minderte die Anspannung, die alle erfasst hatte. »Ich kann nicht nach Meanrunia gehen, wie eure Insel zu meiner Zeit hieß, mein Kind, denn ich bin der Geist eines Toten. Ich bin hier gestorben, doch die tobende Magie um diese Insel verhindert, dass ich sie verlassen kann, um mich in Taliens Seelendom zu begeben.

Doch lass mich weitererzählen. Vielleicht kann mein Wissen

diesen Ort mit euch verlassen. Wie ich schon sagte, glaubten wir dicht vor dem endgültigen Sieg über Wassuram zu stehen, nachdem dessen Artefaktschiff mit seinen Hilfsmagiern in die Luft geflogen war und wir ihn auf seiner eigenen Insel gestellt hatten. Da wurde mein Arghanfreund im Kampf mit ihm schwer verwundet und wollte sich hierher in dieses magisch stark strahlende Gebiet zurückziehen, weil er hoffte, an diesem Ort Heilung zu finden. Ich habe ihn mit meinem Schiff hierhergebracht.«

»War das das Wrack, das wir in der Höhle gefunden haben? Aber wie hast du es geschafft, es durch diese enge Röhre zu ziehen?« Kip sprach wie ein Fischer, direkt und ohne die höflichen Floskeln, die einem ranghöheren Wesen angemessen gewesen wären.

Der Runi nahm es ihm nicht übel, sondern nickte ihm freundlich zu. »Ich habe das Schiff durch Zauber dorthin geschafft. Als wir uns einen Weg durch die Klippen gesucht haben, gerieten wir in einen gewaltigen magischen Sturm, der es beinahe zerstört hätte. Doch mein verletzter Freund nahm die Höhle wahr und half mir, uns dorthin zu versetzen. Als der Sturm sich gelegt hatte, gelang es mir, ihn an jene Stelle zu bringen, die er hatte erreichen wollen. Doch anstatt dort zu gesunden, starb er und ließ mich allein zurück.«

Reodhendhors Lächeln wich einem Ausdruck tiefster Verzweiflung. »Ich hätte sofort nach seinem Ende das Schiff nehmen und einen Weg aus diesem Inferno suchen müssen. Doch ich vermochte mich nicht so schnell von meinem Freund zu trennen. Dann zog ein magischer Orkan so überraschend schnell auf, dass ich mich nicht mehr in der Höhle in Sicherheit bringen konnte. Das war mein Ende. Mein Körper wurde zerstört, doch mein Geist fand den Weg in diese magische Welt. Irgendwann einmal werde ich mit ihr vergehen, und es wird nichts mehr von mir bleiben als eine ferne Erinnerung, die frühere Freunde von Zeit zu Zeit befallen wird.«

»Was für ein schreckliches Ende!« Hekendialondilan weinte vor Mitleid, denn sterben zu müssen ohne jede Hoffnung auf eine

Wiedergeburt, erschien ihr als das schlimmste Schicksal, das einen ihres Volkes treffen konnte.

»Es ist das Schicksal eines Kriegers. Hätte mich einer von Wassurams schwarzen Zaubern getötet, wäre mein Geist so zerstört worden, dass ich den Weg zu Talien ebenfalls nicht hätte finden können. Ich bedauere daher weniger mein Ende als vielmehr die Tatsache, dass ich meinem Freund nicht habe helfen können. Er hätte auch Wassurams schlimmstem Werk ein Ende bereiten können.«

Bei Reodhendhors letzten Worten musterte Mera Argo und rieb sich über die Stirn. Eine Idee keimte in ihr auf. »Was weißt du über diesen Jungen dort?«

Reodhendhor schüttelte den Kopf. »Nichts! Ich habe ihn noch nie gesehen.«

»Er ist aus einem großen Halbedelstein herausgekommen, der im Maul des Arghan lag. Daher dachte ich, er könnte etwas mit deinem Freund zu tun haben.«

»Ein Halbedelstein?«, fragte der Geisterruni verwundert. »Davon habe ich nichts gewusst. Die Existenz dieses Knaben ist mir verborgen geblieben. Mein Freund hat viele seltsame Dinge gesammelt. Vielleicht gehörte der Stein mit dem Kind dazu.«

Es klang so entschuldigend, dass Mera beruhigend die Hand hob. »Schon gut! Vielleicht entdecken wir das Geheimnis von Argos Herkunft noch. Kannst du uns denn etwas über die seltsame Landschaft um uns herum erzählen?«

Reodhendhor wies auf den Wald und die Berge dahinter. »Das, was ihr hier seht, stammt aus einer glücklicheren Zeit, in der die verschiedenen Völker mit ihren magischen Farben noch in Frieden lebten. Deshalb ist die Magie der Erinnerung weich und angenehm. Erst später begannen die magischen Farben einander zu widerstreben, weil ihre Träger einander bekriegten, und die Welt wurde so, wie sie jetzt ist. Für mich war diese Illusion jedoch der einzige Weg, um nicht von den magischen Stürmen der richtigen

Welt in Stücke gerissen zu werden. Auf diese Weise habe ich hier all die Jahre überstanden und hoffe, dass sie nicht ganz so nutzlos gewesen sind, wie ich es lange Zeit befürchtet habe. Ich lese in euren Gedanken, dass der Feuerthron zwar zerstört, aber inzwischen wieder errichtet wurde, so dass seine Macht erneut unsere Inselwelt bedroht. Kommt mit! Ich weiß eine Stelle, an der der alte Frieden noch stärker herrscht als hier. Dort werde ich euch einiges aus jener Zeit vor eintausend Jahren berichten.«

Er machte eine einladende Geste und schritt voran. Mera und Hekendialondilan folgten ihm sofort, während Kip einige Herzschläge lang zögerte. Careela stand wie festgewachsen, und Girdhan schien zunächst nicht bemerkt zu haben, dass sich einige aus ihrer Gruppe entfernten, denn er sah sich verblüfft um und hielt sich dabei abwechselnd das rechte und das linke Auge zu. Erst, als Argo in den Armen der Prinzessin zu zappeln begann und kundtat, dass er mit Mera und Reodhendhor gehen wollte, fiel Girdhan auf, dass sie allein herumstanden. Kurz entschlossen stiefelte er los und zog Careela einfach mit sich.

17

Der Ort, an den Reodhendhor die Gruppe führte, glich in Hekendialondilans Augen einem Spiegelbild des Versammlungsplatzes ihrer Heimatinsel. In der Mitte des weiten Runds erhob sich ein grün schillernder Heiliger Baum, weiches Moos lud zum Sitzen ein, und es gab sogar Büsche mit Wunschbeeren. Als sie aus Neugier eine davon pflückte und in den Mund steckte, spürte sie zwar einen angenehmen Geschmack auf der Zunge, aber erkannte sofort, dass dies nur der magische Nachhall der echten Beeren war und man von ihnen nicht satt werden konnte.

Dies begriff auch Kip, der gleich eine ganze Handvoll der Beeren gepflückt hatte. »Die sind gar nicht richtig da!«, rief er enttäuscht.

Der Runi seufzte. »Es sind nur Schatten in der Erinnerung dieser Insel, die von ihrem verwehenden Geist festgehalten werden. Hier ist nichts wirklich, auch wenn es so scheint.«

»Das stimmt«, warf Girdhan ein. »Wenn ich beide Augen offen halte, vermischt sich alles – die kahle Insel, die wir kennengelernt haben, und dieses friedliche Land. Halte ich aber eines der Augen zu, sehe ich mit dem linken die sturmumtoste Klippe mit dem Arghanskelett und mit dem rechten das hier!« Er zeigte dabei auf den mächtigen Baum, der, wie Hekendialondilan staunend feststellte, noch höher in den Himmel ragte als der in ihrer Heimat.

»Also, ich sehe nur die Bäume und das schöne Land! Das würde mir aber noch besser gefallen, wenn das Essen nahrhaft wäre.« Kip nickte, als wollte er sich selbst bestätigen, und pflückte die nächsten Beeren.

»Wenigstens schmecken sie«, meinte er noch und begann zu kauen.

»Ich sehe auch nur das, was Kip sieht«, meldete Careela sich ungewohnt zaghaft.

»Wenn ich mich scharf konzentrierte, vermag ich unter dem Schein die Wirklichkeit erkennen, aber es fällt mir nicht leicht.« Mera versuchte ebenfalls, sich jeweils ein Auge zuzuhalten, aber bei ihr hatte es nicht denselben Effekt wie bei Girdhan. Da sie aber nicht an Dingen herumrätseln wollte, die ihr von Grund auf unverständlich waren, blickte sie den gelben Runi fragend an.

»Ihr wolltet uns doch noch einiges über diesen Schwarzmagier berichten!«

»Über Wassuram.« Der Geist nickte und starrte in die Ferne, so als würde er in eine ganz andere Zeit zurückblicken. »Wir hätten dem Schrecken damals ein Ende bereiten können, wenn mein Freund nicht verletzt worden wäre. Der Feuerthron ist nichts anderes als ein ungeheuer starkes Artefakt, eine Art mächtige Waffe, die dem, der sie beherrscht, schier übermächtige Kräfte verleiht. Aber er wird, soviel ich weiß, nicht von einem eigenen Willen beseelt. Das Feuer eines Arghan ist in der Lage, Magie aufzulösen, aber auch Fels und Kristall zum Schmelzen zu bringen. Daher wäre mein Freund in der Lage gewesen, jenes Ding gründlich zu zerstören. Er kam jedoch nicht dazu, und so existierten die Teile weiter, von denen auch jedes für sich von großer Kraft erfüllt ist. Der, der den Feuerthron geschaffen hat, hat vermutlich seinen Teilen den Befehl eingegeben, zusammenzufinden und dafür zu sorgen, dass der Thron wiederhergestellt wird. Das geschah dann auch, als jemand die Splitter suchte und an jenen Ort brachte, an dem Wassuram einst den Thron aufgestellt hatte. Möglicherweise zwangen die Teile jenes Wesen, das sie eingesammelt hatte, den Feuerthron wieder zusammenzusetzen – oder sie haben selbst zueinandergefunden. Jedenfalls gab es in den Stunden, in denen der Feuerthron sozusagen wiedergeboren wurde, so starke Entladungen, dass der Wind magische Wolken weit getragen hat. Da ich als Geist diese Botschaften zu lesen vermag, konnte ich miterleben, wie das ungeheuerliche Ding zusammengewachsen ist.

Daher weiß ich auch, dass ein neuer Herrscher auf dem Feuerthron sitzt. Er ist kaum weniger stark als Wassuram, aber seine Herrschaft ist nicht unumschränkt, denn bei ihm handelt es sich um ein Wesen, das sich eigentlich von diesem schwarzmagischen Artefakt hätte fernhalten müssen. Doch es ist ihm auf eine für mich rätselhafte Weise verfallen und hat das Reich von Gurrland neu errichtet.«

Während Reodhendhor sprach, rutschte Hekendialondilan unruhig auf dem Moospolster hin und her, denn sie fürchtete, dass das Geheimnis ihres Volkes jeden Augenblick offenbar werden könne. Doch der Geist verriet nicht, dass ein Runi sich zum neuen Herrn des Thrones aufgeschwungen hatte, sondern versuchte, seinen Zuhörern Hoffnung zu machen.

»Der neue Herr von Gurrland kann leicht gestürzt werden. Es

muss nur einer kommen, der von seiner Farbe und Herkunft mehr Anspruch auf den Thron besitzt, um ihm diesen streitig zu machen. Allerdings weiß der, der nun darauf sitzt, dies ganz genau und hat daher alle magisch Begabten, deren er habhaft werden konnte, fangen und einsperren oder töten lassen. Er wird auch vor den magischen Schulen auf deiner Insel nicht haltmachen, Mera! Bereits jetzt besitzt er dort mehr Macht, als du dir vorstellen kannst.«

Für jemanden, der in dieser verwirrenden Traumwelt gefangen war, wusste der Runi sehr viel. Daher stieg Misstrauen in Mera hoch. Dann aber erinnerte sie sich daran, dass Reodhendhor jahrein, jahraus nichts anderes zu tun hatte, als dem Wind zu lauschen und die magischen Bilder und Gedanken zu ordnen, die dieser ihm zutrug. Da war es wohl nicht schwer, ein großes Wissen anzusammeln.

»Wenn ich Euch recht verstehe, müssten wir nach Gurrland gehen und dort Anspruch auf den Feuerthron erheben«, sagte sie nachdenklich.

»So leicht geht das nun auch wieder nicht. Der Kaiser von Gurrland hat gründlich dafür gesorgt, dass niemand die Insel gegen seinen Willen betritt, und wer es dennoch versucht, braucht den Segen aller Göttinnen und Götter.« Reodhendhor berichtete von Vorkehrungen, die der neue Herrscher getroffen hatte, aber auch von den Verteidigungsmaßnahmen, die aus seiner eigenen Zeit stammten.

»Anders als damals«, schloss er, »hilft das Schwert weniger als der Kopf. Vielleicht hätten wir auch vor tausend Jahren mehr nachdenken und unseren Arghanfreund davon abhalten sollen, auf Wassuram loszugehen. Zwar hat sein Eingreifen etlichen von uns das Leben gerettet, aber dafür sterben nun andere, die sonst nicht vor ihrer Zeit zu den Göttern hätten gehen müssen.«

Mera begriff, dass Reodhendhor damit nicht nur Runi, sondern auch Menschen meinte, und rechnete ihm dies hoch an. Zwar wusste sie nicht, wie alt Leute seines Volkes werden konnten, aber es musste für diese langlebigen Wesen noch schlimmer sein als für Menschen, im Krieg zu sterben und durch feindliche Magie auch noch um die Möglichkeit einer Wiedergeburt gebracht zu werden.

Neugierig zupfte sie Hekendialondilan an der Tunika. »Wie alt mag dieser Mann dort geworden sein? Einen Menschen seines Aussehens würde man zwischen dreißig und vierzig Jahre schätzen.«

»Das kann ich dir nicht sagen, denn ab einer gewissen Reifestufe sehen alle Runi so aus. Nur jenen, die kurz vor ihrer Wanderung zu Meandirs Seelendom stehen, und ganz jungen wie mir kann man das wirkliche Alter ansehen.«

»Und wie alt bist du?«, wollte Kip wissen.

Hekendialondilan lächelte sanft. »Ich bin erst dreihundert Jahre alt und damit eigentlich noch viel zu jung, um eine so große Reise ohne meine Mutter antreten zu dürfen.«

»Dreihundert Jahre?« Kip schnappte nach Luft. »Und da sagst du, du wärst noch zu jung, um allein vor die Tür zu gehen? Bei der Blauen Göttin! Die alte Rinah ist mit einhundertelf Jahren gestorben, und sie galt etliche Zeit als die älteste unseres Volkes!«

»Was nicht stimmen kann, da meine Großmutter noch um viele Jahrzehnte älter ist«, wandte Mera ein.

»Merala ist ja auch eine Hexe, und Hexen halten sich gut, heißt es im Volksmund.«

»Großmutter hat bereits gelebt, als Hekendialondilan zur Welt gekommen ist.« Bis jetzt hatte Mera geglaubt, das Runimädchen sei etwa so alt wie sie selbst, und begriff nun, dass sie dieses Volk nicht mit menschlichen Maßstäben messen durfte.

Kip versuchte auszurechnen, um wie viele Jahre Hekendialondilan älter war als er, und kam auf zweihundertsiebenundachtzig. Das war eine Zahl, die er gerade noch buchstabieren konnte.

Auch Careela, die bislang versucht hatte, auch dem Runimädchen gegenüber ihren Rang herauszustreichen, war sichtlich beeindruckt. Dennoch musste sie auch diesmal das letzte Wort haben.

»Am Hofe ihrer violetten Göttlichkeit, der Herrin Linirias, leben Wesen, die noch viel älter werden als diese Runier.«

Kip sah sie mit einem listigen Ausdruck in den Augen an. »Du warst sicher schon dort und hast mit eurer Göttin heißen Vla getrunken! Oder hat sie dir trotz deiner Jugend bereits Wein eingeschenkt?«

Careelas Gesicht, das mangels violetter Schminke so aussah wie das jedes anderen normalen Mädchens auch, färbte sich vor Verlegenheit blutrot. »Das ist Blasphemie!«

»Aber sie kam von dir!«, erinnerte Kip sie und legte sich grinsend ins Moos zurück.

Mera kümmerte sich nicht um das Wortgefecht, sondern sah den Runi bittend an. »Wer soll den Herrn des Feuerthrons stürzen? Das muss doch gewiss eine mächtige Hexe oder ein großer Magier sein.«

»Der Kaiser von Gurrland kennt alle Hexen und Magier, die ihm gefährlich werden können. Sein Arm reicht weiter, als ihr es euch vorzustellen vermögt. Selbst die Entführung eures Hofmagiers Torrix und deiner Großmutter geschah nicht ganz ohne sein Einwirken, und sie nützt ihm am meisten. Trotzdem hat er sich geirrt. Nicht Merala aus Meravanes Blut war in der Vision gemeint, sondern Mera.«

»Du meinst, ich soll den Kaiser herausfordern?« Mera hob abwehrend die Arme.

»Die Weissagung der Runikönigin Menanderah deutet darauf hin.«

»Woher weißt du das? Der Wind kann dir das doch nicht alles gesagt haben?« Hekendialondilan fürchtete plötzlich, sie und ihre Freunde könnten in eine Falle des Feindes geraten sein, und sie suchte nervös nach einem Ausweg.

Reodhendhor begann zu lachen. »Ich weiß es von dir. Ich bin ein Geist, und Geister können starke Gedanken empfangen. Du, meine Kleine, denkst sehr intensiv. Wenn ich dein Wissen mit dem von Mera und den anderen vereinige, fügt sich vieles zusammen, das euch jetzt noch unerklärlich erscheint.«

»Aber …«, begann Mera, doch der Runi hob die Hand.

»Kein Aber! Die Zeichen sind deutlich. Entweder es gelingt dir, den Herrn von Gurrland von seinem Thron zu stürzen, oder keinem. Du wirst jedoch klug und im Verborgenen vorgehen müssen und darfst auf keinen Fall den geraden Weg nach Gurrland nehmen. Oder vielleicht doch?« Reodhendhor zögerte kurz und musterte Mera und Hekendialondilan.

»Euer Schiff ist weiß, das mag den Herrn des Feuerthrons täuschen. Es erfordert jedoch viel Kühnheit von euch, diesen Weg zu beschreiten. Doch wenn ihr es wagt, werden die Spielleute noch in tausend Jahren von euren Taten singen.«

Kip kicherte. »Tausend Jahre! Das sind ja noch mehr als die dreihundert, die Heke uns bereits voraushat. Aber sie könnte es ja noch erleben.«

Niemand ging auf seine Bemerkung ein. Mera fühlte sich wie mit siedendem Wasser übergossen. Ihre Haut brannte, und ihr Gehirn rang verzweifelt nach einem vernünftigen Gedanken. »Ich kann doch nicht so einfach nach Gurrland gehen und den Kaiser auffordern, mir seinen Thron zu überlassen. Und selbst wenn es mir gelänge: Wer sagt, dass ich unter dem Einfluss des Thrones nicht genauso schrecklich regieren würde wie jener, der jetzt darauf sitzt?«

Reodhendhor sah sie so durchdringend an, als könne er ihr ins Herz schauen. »Ich! Das verrät mir die Lauterkeit deines Wesens. Du wirst Gurrland streng, aber gerecht führen und den anderen Inseln die Freiheiten lassen, die sie benötigen.«

»Möge die Blaue Göttin geben, dass du recht hast.« Irgendetwas in Mera sagte ihr, dass die Entscheidung gefallen war. Als Reodhendhor dann noch berichtete, dass die Gurrländer die Schlacht um Gelonda gewonnen hätten und auf Malvone einmarschierten, wusste sie, dass auch für Ilyndhir die Tage des Friedens und der Freiheit gezählt waren.

»Also fahren wir nach Gurrland! Das heißt, wenn Hekendialondilan uns ihr Boot zur Verfügung stellt.« Sie blickte ihre Freundin fragend an.

Die junge Runi starrte unschlüssig auf ihre Hände und schien nicht zu wissen, was sie sagen sollte.

Reodhendhor legte ihr die Hand auf die Schulter. »Hekendialondilan, du wirst tun müssen, was keine andere Runi dieser Zeit wagen würde, und diese Kinder begleiten. Du bist das Licht, das den Kaiser des Südens täuschen kann!«

»Dann ist es so bestimmt!« Hekendialondilan atmete erleichtert auf, weil der Geist des gelben Runi ihr die Entscheidung abgenommen hatte.

Girdhan lachte hart auf. »Was ihr plant, ist ja alles schön und gut! Aber bevor wir nach Gurrland aufbrechen, müssen wir zuerst Sianderilnehs Bluthunden entgehen. Ich sehe ihre Schiffe am Rande des Geburtsortes der Stürme kreisen und auf uns lauern.« Seine Bemerkung riss sogar Reodhendhor wieder in die Gegenwart zurück.

Der gelbe Runi musterte Girdhan verwundert. »Wie ist es dir möglich, die Schiffe durch all die magischen Gewalten zu erkennen, die hier toben?«

Mera hob den Kopf und versuchte, die unwirkliche Landschaft um sie herum zu durchdringen, um zu erkennen, was Girdhan sah. Es gelang ihr leichter als zu Anfang. »Es ist auf einmal so still um uns herum, so als würden die magischen Kräfte schlafen. Das verlockt unsere Verfolger, sich den Klippen zu nähern und den Ring enger zu schließen!«

»Hoffentlich ist diese Siandersonstwas mit ihrem Kahn abgesoffen«, warf Kip hoffnungsvoll ein.

Hekendialondilan, die nun auch weit aufs Meer hinausschauen konnte, schüttelte sich. »Sie ist entkommen und befindet sich jetzt auf einem anderen Boot. Ich spüre ihren Zorn. Der Frau sollten wir lieber nicht begegnen!«

Da es im Augenblick keine magischen Stürme gab, vermochte die junge Runi Sianderilnehs Gefühle und Gedanken wahrzunehmen – und schauderte. Die Cousine der Königin hatte eine unerwartet große Schlappe erlitten und nur mit Glück überlebt. Nun sann sie auf Rache und würde nicht eher aufgeben, bis sie die Gejagten in den Händen hatte.

»Heißt das, wir kommen nicht weg?« Careela sprach aus, was alle dachten, und drückte dabei den kleinen Argo an sich, der sich bislang unauffällig und brav verhalten hatte. Nun aber fühlte der Kleine sich zu fest gepackt und begann zu quengeln.

Mera schüttelte verzweifelt den Kopf. »Wenn wir hierbleiben, werden wir sterben und zu ebensolchen Geistern wie Herr Reodhendhor.«

»Wenigstens hätten wir einander zur Gesellschaft und müssten nicht so allein hier leben wie er.« Kips Hang zu schlechten Scherzen machte auch vor dieser Situation nicht halt. Careela fauchte ihn an, endlich still zu sein, während Mera und die anderen nach einer Lösung suchten.

»Ist es nicht seltsam, dass wir unsere Verfolger sehen können, aber sie uns nicht?«, fragte Girdhan nach einer Weile.

Reodhendhor lauschte in den Wind, der wieder auffrischte. »Der Zauber der Erinnerung wirkt nur hier auf der Kerninsel. Da wir von ihm erfüllt sind, stellt die Illusion für uns die Wirklichkeit dar. Deshalb sehen wir auch keine magischen Stürme, obwohl sich gerade wieder welche zusammenbrauen. Sianderilneh und ihre Leute hingegen sehen diese Gegend so, wie sie wirklich ist, mit all ihren Klippen, Riffen und den vom Meer abgeschliffenen Felsen.«

Girdhan hielt sich das Auge zu, das ihm die Insel der Jetztzeit zeigte, und betrachtete mit dem anderen den Fluss, der in der Illusion weit über jene Stelle hinausfloss, an denen Sianderilnehs Schiffe patrouillierten. »Vielleicht kann der Fluss uns helfen!«

»Aber der ist doch nicht wirklich«, rief Kip aus.

»Ich bin aber recht wirklich darin geschwommen und die anderen auch.« Mera hatte begriffen, worauf Girdhan hinauswollte, und wandte sich an den Runigeist. »Die aus der Erinnerung dieser Insel geborene Illusion wirkt im Augenblick wie echt. Doch wie weit reicht sie? So weit wir sehen können?«

Reodhendhor zog seine schmale Stirn in nachdenkliche Falten. »Ich weiß es nicht. Nach außen hin wird der Zauber auf jeden Fall schwächer. Ich habe aber nie versucht, die Insel zu verlassen, um das Ende des Zaubers zu erkunden. Die magischen Stürme hätten mich sonst sicher gepackt und zerrissen.«

Girdhan gab sich nicht so schnell geschlagen. »Wenn wir unser Schiff nehmen und auf diesem Fluss hier fahren, müssten wir an Sianderilneh vorbeikommen, ohne dass sie uns bemerkt.«

Kip fand jedoch einen Haken an der Sache. »Unser Boot ist unten in der Höhle. Wie willst du es hier heraufbringen? Durch den Felsspalt passt es selbst dann nicht, wenn es sich noch schlanker macht.«

Mera wies auf Reodhendhor. »Erinnere dich daran, dass unser neuer Freund ein weitaus größeres Schiff in diese Höhle hat versetzen können. Vielleicht kann Hekendialondilan das mit ihrem Schiff auch machen.«

Das Runimädchen schüttelte den Kopf. »Ich besitze zwar einige Fähigkeiten, aber das traue ich mir nicht zu. Unsere Kräfte entwickeln sich erst im Lauf der Zeit, und ich bin, wie ihr wisst, für mein Volk noch sehr jung.«

»Du bist ja auch erst dreihundert Jahre alt«, brummte Kip, der immer noch an dieser Tatsache zu knabbern hatte.

»Herr Reodhendhor, könnt Ihr unser Boot versetzen?«, fragte Mera hoffnungsvoll.

Er lächelte entschuldigend. »Ich bin nur eine herumirrende Seele und vermag kaum etwas in der Welt der Lebenden zu bewirken.«

Ein Leuchten ging über Hekendialondilans Gesicht. »Aber du weißt, wie es geht! Vielleicht kann Mera dir helfen. Sie besitzt die Gabe, die Kräfte anderer zu verstärken!«

Dieser Vorschlag erschreckte ihre blaue Freundin. Zwar unterhielt sie sich gerne mit Reodhendhor, aber es graute ihr davor, eine so enge Verbindung mit dem Geist eines Toten einzugehen. Da es aber keine andere Möglichkeit zu geben schien, musste sie sich wohl überwinden. Sie schnaufte tief durch, bevor sie auf den Runi zutrat.

Als sie ihre Hände ausstreckte, um ihn zu berühren, traf sie auf nur leichten Widerstand und sah bestürzt, wie ihre Finger in seinem Körper eindrangen.

Schnell zog sie ihre Hände zurück. »Verzeiht! Das wollte ich nicht!«

Reodhendhor wirkte ein wenig enttäuscht. »Du hast seltsame Kräfte, und deine Berührung hat mich sogar etwas gestärkt. Wenn du noch einmal Verbindung mit mir aufnimmst, versuche ich, euer Boot an dieses Ufer zu versetzen.«

Mera grinste entschuldigend und streckte beide Hände aus. Dabei achtete sie darauf, sie diesmal nur auf seine Haut zu legen. Dennoch drang sie einen Fingerbreit ein und spürte sofort seine tastenden Sinne in ihrem Kopf.

»Wirklich erstaunlich!«, rief er aus. »Du stammst nicht nur von blauen Hexen, sondern auch von weißen Runi ab. Das macht es mir leicht, mit deinen Fähigkeiten zu arbeiten.«

Für einen Augenblick hatte Mera das Gefühl, als würde ihr Gehirn explodieren, und sie wäre haltlos zusammengesunken, hätte Girdhan sie nicht aufgefangen. Als sie wieder bei Bewusstsein war, sah sie Hekendialondilans Schiff vor sich liegen. Es maulte ein wenig, weil es der Ansicht war, noch etwas mehr Ruhe zu brauchen, um sich richtig erholen und reparieren zu können.

Reodhendhor drängte jedoch zum Aufbruch und erklärte ihnen, der Zauber wirke in dieser Nacht mit am stärksten. Das müsse an der Stellung der Monde liegen, und bis zu einer ähnlichen Konstellation würden viele Wochen oder gar Monate vergehen. In den nächsten Nächten, versicherte er ihnen, würde der Zauber zu früh erlöschen, so dass sie noch vor ihren Verfolgern in die reale Welt stürzen würden.

Diese Worte gaben den Ausschlag. Mera bedankte sich bei dem Runigeist und stieg an Bord. Hekendialondilan und Careela, die es in dieser Umgebung immer mehr grauste, folgten ihr auf dem Fuß. Kip aber blieb mit einem halb entschuldigenden, halb neugierig wirkenden Grinsen vor Reodhendhor stehen.

»Verzeiht, Herr, aber in den Sagen der Völker wird erzählt, dass die Helden, die ausziehen, um Abenteuer zu bestehen, auf freundliche Wesen treffen, die ihnen Geschenke geben, mit denen sie ihre Aufgaben erfüllen können.«

»Kip, was soll das?«, rief Mera empört.

Der Runigeist lachte jedoch nur und wies auf die Stelle, an der unter dem Fluss noch schemenhaft der Höhleneingang zu sehen war. »Auf meinem Schiff gibt es noch ein paar Sachen, die euch vielleicht helfen können. Ihr müsst sie nur holen.«

Kip blickte Girdhan an, sah diesen nicken und sprang ins Wasser. Sein Freund folgte ihm und tauchte ebenfalls in die Tiefe und in die reale Welt hinein.

Die Jungen blieben für Meras Gefühl viel zu lange aus. Sie sah den Zauber der Nacht schon genau in dem Moment zusammenfallen, in dem sie an dem Schiff ihrer Feindin vorbeifuhren. Als die beiden wieder im Wasser schwammen und prustend ans Ufer krochen, war sie jedoch so erleichtert, dass sie ihnen keines der Schimpfworte an den Kopf warf, die ihr eben noch durch den Kopf geschossen waren.

»Viel war nicht mehr auf dem Kahn, aber ein paar Sachen haben wir gefunden«, krähte Kip triumphierend und schwenkte ein großes Bündel.

»Kommt an Bord! Wir müssen ablegen!« Mera winkte den beiden, sich zu beeilen, und sah dann Reodhendhor an. »Es tut mir leid, dass wir Euch allein hier zurücklassen müssen.«

»Fahrt mit dem Segen aller Göttinnen und Götter.« Der Runigeist hob die Hand zum Gruß und trat ein Stück zurück, während Hekendialondilans Boot von selbst in das Wasser glitt und sich darüber beschwerte, dass dieses Wasser nicht das Wasser wäre, das es gewöhnt sei.

»Du wirst schon darauf fahren können, mein Gutes«, versuchte Hekendialondilan das Boot zu beruhigen und befahl ihm dann, in die Mitte des Flusses zu steuern.

Reodhendhor sah zu, wie das Boot Fahrt aufnahm, und wollte sich gerade umdrehen. Dann aber huschte ein beinahe übermütiger Ausdruck über sein Gesicht, und er eilte mit einer Geschwindigkeit hinter den Davonfahrenden her, die kein lebendes Wesen erreichen konnte. Er holte das Boot ein, fasste das Heck und schwang sich an Bord. Seine Geisteraugen glühten dabei so gelb wie in seiner besten Zeit.

»Ich komme mit euch!«

»Aber werden die magischen Stürme Euch nicht zerfetzen?«, fragte Mera besorgt.

»Du hast mir sehr viel Kraft gegeben! Vielleicht reicht sie aus, um dieses Gebiet endlich unbeschadet durchqueren zu können.« Reodhendhor ließ keinen Zweifel daran, dass er diese Inselwelt verlassen wollte, auch wenn die Illusion des Felsens ihm eine Heimat geboten hatte.

Mera aber machte sich Sorgen, er könne seine neu gewonnene Kraft überschätzen, und umschloss ihn mit den Armen, um ihn zu beschützen.

18

Hekendialondilan wollte ihrem Boot befehlen, so schnell zu schwimmen, wie es ging, doch Reodhendhor riet ihr, sich einfach der Strömung des Flusses zu überlassen.

»Eure Verfolger würden dich bemerken, wenn du Kraft aufwendest, um dein Schiffchen zu beschleunigen. Begnüge dich damit, es sanft zu steuern, und behalte deine Gedanken für dich. Das gilt übrigens für alle!«

Mera fand den Rat gut, aber sie wusste nicht, wie sie ihre Gedanken so im Zaum halten konnte, dass Sianderilneh, die Meisterin im Aufspüren, es nicht bemerkte. Reodhendhor erklärte ihr in wenigen Sätzen, wie sie sich am besten abschirmen konnte, und klammerte sich dann an ihren Geist, bis dieser beinah wie eine Fortsetzung seines eigenen wirkte. Er spürte das Zerren und Reißen der magischen Winde, die jenseits der Illusion um diese Inseln strichen, und bekam Todesangst. Als er jedoch merkte, dass er Mera damit ansteckte, begnügte er sich damit, seine Sinne so weit abzuschotten, dass er die Außenwelt nur mehr wie ein fernes Echo wahrnahm. Die Verbindung mit Mera hielt er jedoch aufrecht, so dass diese wie erstarrt im Boot saß und auf keine Fragen ihrer Freunde mehr Antwort gab.

»Immer wenn wir sie brauchen, ist sie weggetreten«, schimpfte Kip.

»Sie schützt Reodhendhor vor den Zauberwinden«, wies Hekendialondilan ihn zurecht. Ihr Blick war dabei starr nach vorne gerichtet. Die Kerninsel lag bereits hinter ihnen, und sie hatten auch schon den inneren Ring der Riffe und Klippen passiert. Die Macht der Illusion wurde nun schwächer, und in das Bild eines sanft fließenden Flusses mischten sich schroffe, vom Wasser überspülte Felsen, die nur darauf zu warten schienen, das Boot kentern zu lassen. Dabei lagen Sianderilnehs Schiffe noch ein ganzes Stück weiter vorne.

»Achtung!« Careela schrie entsetzt auf, als sie geradewegs auf eine scharfkantige Klippe zurasten. Für Augenblicke fühlten sie einen harten Schlag, dann lag die gefährliche Stelle hinter ihnen, und während sie sich selbst fassungslos ansahen, beschwerte sich das Boot. »Das hat wehgetan!«

»Bist du noch in Ordnung?«, wollte Hekendialondilan wissen.

»Na ja, halbwegs! Ein Leck habe ich noch nicht«, kam es griesgrämig zurück. Das Boot setzte hinzu, dass es für kindliche Lustfahrten gebaut worden sei und nicht für solche Verrücktheiten, zu denen diese Menschen seine Herrin verführten.

Kip war der Schrecken in alle Glieder gefahren, und er starrte Hekendialondilan fassungslos an. »Was war das eben?«

»Hier existieren zwei verschiedene Wirklichkeiten nebeneinander, und im Moment hängen wir irgendwo zwischen beiden fest. Wir sehen sowohl den Fluss, wie er früher einmal war, aber auch die Klippen, die jetzt seine Stelle einnehmen. Zum Glück sind diese wegen des Zaubers ebenfalls nicht wirklich vorhanden, sondern nur eine Illusion. Aus diesem Grund konnten wir eben durch diese Felsnadel hindurchfahren.«

Girdhans Erklärungsversuch prallte an Kip ab. »Pah! Klippe ist Klippe!«

»Vorsicht, da ist die nächste«, warnte Careela.

Hekendialondilan wollte das Boot noch herumziehen, schaffte es aber nicht mehr ganz. Sie prallten erneut gegen einen Felsen, und diesmal war der Aufprall stärker als vorhin. Auch fuhren sie nicht mehr durch das Gestein hindurch, sondern rutschten irgendwie darüber.

»Langsam wird es gefährlich!« Kips Ausspruch reizte die anderen trotz der schwierigen Situation zum Lachen.

»Merkst du das auch schon?«, spottete Careela, die mit Argo zusammen vorne am Bug kauerte.

Kip wollte darauf antworten, doch Girdhans leiser Ruf hielt ihn davon ab.

»Seid still! Ich fühle Sianderilnehs Anwesenheit!« Er bückte sich, als wolle er sich hinter der Bordwand verstecken, und spähte über deren Rand hinaus. Das Schiff der Jägerin lag etwa zwei Pfeilschusslängen vom Fluss entfernt im Windschatten einer bogenförmigen Schäre, so als wolle es sich verstecken.

Sianderilneh spürte, dass sich hier Dinge abspielten, die sich ihr nicht ganz erschlossen, und lief erregt zwischen Heck und Bug ihres Schiffes hin und her. Als sie ihre magischen Fühler ausstreckte, spürte sie die Reste uralter Magie. Doch als sie diese verschiedenfarbigen Ballungen genauer untersuchen wollte, insbesondere jene, die seltsam vertrautes Weiß ausströmte, legte einer ihrer Begleiter seine Hand auf ihren Arm, um sich besser verständlich zu machen.

»Verzeiht, Herrin. Es zieht ein neuer magischer Sturm auf, und er scheint noch heftiger zu werden als die letzten. Wenn wir hierbleiben, geraten wir in Gefahr, zu kentern oder gegen die Klippen geschleudert zu werden. Wir haben bereits ein Schiff verloren!«

»Sperr deine Gedanken ein und störe mich nicht! Hier geschieht etwas, das ich erkunden muss!« Sianderilneh verweigerte dem Schiff die Erlaubnis, sich zurückzuziehen, und steuerte es stattdessen auf die Stelle zu, in der in der anderen Wirklichkeit der Fluss strömte. Sie spürte sein magisches Band und wollte ihm folgen. Zunächst umschiffte sie noch die Klippen. Dann aber merkte sie, dass diese ihr Boot gar nicht mehr aufhalten konnten, und hielt genau auf die Kerninsel zu. Bevor sie diese jedoch erreichte, brach der magische Sturm los, und die Klippen wurden wieder zu den reißenden Zähnen des Meeres, denen sich kein Schiff widersetzen konnte.

Weit hinter Sianderilneh erreichte unterdessen das Boot mit Mera und den anderen die offene See und schlug einen neuen Kurs ein, der sie von den mörderischen Gewalten des Zaubersturmes wegführte.

FÜNFTER TEIL

DIE MACHT DES KAISERS

1

Die See war so ruhig, als hätte ein Zauber den Sturm und die hohen Wellen gebannt. Es wehte nur noch eine leichte Brise, die gerade stark genug war, das Segel des Runibootes zu füllen, das gemächlich gen Süden zog. Der Schrecken der Geburtsstätte der magischen Stürme war verblasst, und während Careela den kleinen Argo mit Wunschbeeren fütterte, hockte Kip auf der Bordwand, beide Beine nach draußen geschwungen, und hielt seine selbst gebastelte Angel in der Hand.

»Es wird Zeit, dass etwas anbeißt! So wie dieser Bengel die Beeren vertilgt, haben wir bald nichts mehr zu essen!«

Mera musste Kip recht geben. Argo begnügte sich nicht mit zwei, drei Beeren, wie sie und die anderen es taten, sondern wollte immer mehr haben, und wenn er keine bekam, schrie er, bis der Mast wackelte.

Damit nervte er Kip so, dass dieser vorschlug, das lästige kleine Ungeheuer über Bord zu werfen.

Mit diesem Ausruf wiederum zog er sich Careelas Zorn zu. Die Prinzessin schien über Nacht eine andere Person geworden zu sein, denn sie bemutterte den Kleinen und beschützte ihn wie eine Glucke. Da sie annahm, der Vorschlag sei todernst gemeint, setzte sie sich so vehement für den Kleinen ein, dass es Kip eine Weile die Sprache verschlug.

Mera konnte sich nicht genug über Careelas Wandlung wundern. Bis zu Argos Auftauchen war die Prinzessin aus Ardhenu alles andere als eine angenehme Reisegefährtin gewesen, und sie nervte auch jetzt noch manchmal. Aber wenn es um den Jungen ging, stellte sie sogar ihre eigenen Bedürfnisse zurück.

Der Kleine sah aber auch allerliebst aus. Er besaß ein hübsches Gesicht und bezauberte alle mit seinem Lächeln – wenn er nicht gerade Beeren haben wollte. Seine Augen leuchteten hell, fast weiß, wenn er Hekendialondilan oder Reodhendhor anblickte, und blau, wenn er zu den anderen aufsah. Nur seine Haare fand Mera gewöhnungsbedürftig, denn sie schimmerten immer noch in sämtlichen Farben des magischen Spektrums, auch wenn Weiß und Blau am stärksten vertreten waren.

Irgendetwas stimmte mit dem Jungen nicht, da war Mera sich sicher. Sonst wäre er nicht in diesen Kristall eingesperrt gewesen. Doch auch Hekendialondilan konnte ihr nicht sagen, was es mit dem kleinen Burschen auf sich hatte, obwohl sie in magischen Dingen weitaus erfahrener war als sie. Auf jeden Fall sah der Junge nicht wie ein Ilyndhirer oder Wardanier aus, auch wenn er gewisse Züge dieser Völker trug. Aber wenn man wollte, konnte man auch sagen, er sei mit den Terenern, den Malvonern oder den Gelondanern verwandt. Careela glaubte allerdings, er habe am meisten von einem Ardhun an sich, und Hekendialondilan hatte auf seine Ohren hingewiesen, die schmäler, länger und spitzer waren als die eines Menschen. Argo konnte sie sogar bewegen wie ein Runi.

Mera versuchte, von Reodhendhor eine Erklärung zu bekommen, doch der konnte ihr auch nicht helfen. Den Kristall, aus dem der Junge herausgekommen war, hatte er niemals zu Gesicht bekommen, obwohl er gut tausend Jahre bei dem Skelett des Arghans verbracht hatte. Zuerst wunderte Mera sich darüber, doch dann begriff sie, wie es wirklich gewesen war. Der Geisterruni hatte sich schon bald nach seinem Tod in den Illusionszauber hinübergerettet und das Skelett des Arghan nie so gesehen wie sie und ihre Freunde.

»Woran denkst du?« Girdhan setzte sich neben sie. In der Hand hielt er das Paket, das er und Kip aus dem Wrack des Schiffes geholt hatten, mit dem Reodhendhor zur Insel gekommen war. Als Mera nur lächelnd auf Argo zeigte, grinste er. »Über den Kleinen zerbreche ich mir nicht mehr den Kopf. Schau mal her! Interessiert es dich nicht, was wir auf dem alten Runischiff gefunden haben? Leider hatten wir viel zu wenig Zeit zu suchen, und das meiste war von Sand bedeckt.«

Unterdessen hatte Kip es aufgegeben, nach Fischen zu angeln, die doch nicht anbeißen wollten, und wickelte seine Angelschnur um ein Stöckchen. Als er sah, dass Girdhan Mera die Fundstücke aus Reodhendhors Schiff zeigen wollte, trat er zu ihnen und zog das Bündel zu sich heran. »Es ist das Recht des Kapitäns, die Beute zu teilen!«

Mera fand diesen Anspruch sehr unpassend, denn noch gehörten die Gegenstände dem Geisterruni, und der war ihr Freund.

Reodhendhor bemerkte, dass sie Kip harsch zurechtweisen wollte, und hob begütigend die Hände. »Lass ihn! Wenn diese Sachen ihm Mut verleihen, ist es das wert«, sendete er so, dass nur sie es verstand.

Trotz dieses Rates wollte sie Kip nicht so leicht davonkommen lassen. »Wenn der Kapitän die Sachen aufteilen soll, muss Hekendialondilan es machen. Schließlich gehört dieses Schiff ihr!«

»Sie ist der Eigner, aber der einzig richtige Hochseekapitän an Bord bin ich!«, konterte Kip gelassen und schlug das Tuch auf, das Girdhan und er um ihre Beutestücke gewickelt hatten.

»Was haben wir denn da Schönes?« Er zog den ersten Gegenstand heraus, der noch mit verkrustetem Sand bedeckt war. Als Kip ihn abrieb, kam ein Dolch zum Vorschein, dessen Griff und Scheide aus einem glänzenden gelben Material bestanden, das kein Metall war, aber auch kein Horn oder Holz und das trotz der vielen Jahre, die das Ding in dem Wrack gelegen hatte, wie neu wirkte. Auch als Kip die Klinge aus der Scheide zog, war keine Spur von Rost auf dem Stahl zu sehen.

»Der könnte mir gefallen«, meinte Kip und legte den Dolch

neben sich. Als Nächstes holte er einen mit achtzehn Pfeilen gefüllten Köcher und die Einzelteile eines Bogens heraus. Da sie ihm nicht sonderlich zusagten, reichte er die Teile an Girdhan weiter.

Dieser hielt Bogen und Köcher einige Augenblicke in der Hand und blickte Mera an. »Wäre das nichts für dich? Auf Ilyndhir sind doch die Frauen die Bogenschützen.«

»Die von Wardania sollen noch besser sein«, sagte Mera, die nicht so recht wusste, was sie mit einem Bogen anfangen sollte, den sie nicht einmal zusammenbauen konnte.

Hekendialondilan nahm ihr die Waffe aus der Hand und steckte sie so zusammen, wie es sich gehörte. Sie zog auch die Sehne auf und zeigte Mera den Befehl, wie sie diese durch einen kleinen Zauber spannen konnte.

Unterdessen hatte Kip das Paket weiter durchsucht und sah nun staunend auf ein Schwert, das fast so lang war wie er selbst. »Bei der Blauen Göttin, um so eine Waffe zu führen, muss man wirklich so ein langes Elend sein wie unser Freund Reodhendhor.«

»Es waren ja auch mal seine Sachen«, wies Girdhan ihn zurecht. Er nahm das Schwert, reinigte es und hielt dann die blitzende Klinge in die Sonne. Die Waffe war im Grunde auch für ihn zu lang, aber im Gegensatz zu Kip war er kräftig genug, sie zu führen. Da Kip sie nicht wollte und auch keiner der anderen das Schwert für sich forderte, behielt Girdhan es bei sich.

Kips nächster Fund war ein Spiegel, dessen Fassung aus dem gleichen gelben Material bestand wie der Dolchgriff. Der Spiegel selbst war aus Kristall und so gut, dass er die Poren in seinem Gesicht erkennen konnte.

»Das ist eher etwas für Mädchen«, erklärte er und wollte den Spiegel an Careela weiterreichen.

Die Prinzessin schlug jedoch seine Hand weg. »Das Ding ist magisch, du Narr, und aus meiner Gegenfarbe!«

»Entschuldigung!« Kip streckte den Spiegel jetzt Hekendialondilan hin, die ihn nach kurzem Zögern ergriff. Sie blickte jedoch nicht hinein, sondern betrachtete die fein ziselierte Rückseite, die einen hohen Baum mit einer weit ausgreifenden Krone zeigte.

»War das euer Heiliger Baum?«, fragte sie Reodhendhor.

Dieser nickte mit trauriger Miene. »Das war der Heilige Baum von Talrunia. Er war damals um ein Viertel höher als der eure auf Meanrunia. Doch Wassuram zerstörte ihn und nahm uns dadurch die Heimat.« Er verwendete die Namen der Inseln, wie sie in seiner Zeit üblich gewesen waren. Mera und ihre Freunde von den Mencheninseln hatten nicht einmal gewusst, dass es früher zwei Runi-Inseln im Archipel gegeben hatte. Eigentlich sogar drei, fuhr es Mera durch den Kopf, denn der Geburtsort der magischen Stürme war einst eine schöne, sanfte Insel gewesen, auf der grüne Runi gelebt hatten. Obwohl Grün ihre eigene Gegenfarbe war, bedauerte sie diese Leute. Gleichzeitig war sie ihnen dankbar, weil ihr Zauber nach so langer Zeit noch gewirkt und ihnen geholfen hatte, Sianderilneh zu entkommen.

Wenn sie es genau nahm, hatten ihr bis jetzt Kräfte fast aller Farben geholfen, ihren Weg fortzusetzen. In dieser Stunde glaubte sie selbst, auserwählt zu sein, den Kaiser auf dem Feuerthron zu stürzen, so wie Reodhendhor es ihr prophezeit hatte.

Argos wütendes Schreien riss Mera aus ihrem Sinnieren. Der Kleine strampelte wild in Careelas Armen und streckte seine Hände nach einem goldenen Schmuckstück aus, das Kip eben aus dem Tuch geholt und mit dem Ärmel abgeputzt hatte.

»Argo will haben!«, krähte der Junge mit beträchtlicher Lautstärke.

Kip, der das Gold am liebsten in die eigene Tasche gesteckt hätte, zog ein schiefes Gesicht. »Du kleines Ungeheuer, sei still!«

Der Erfolg war, dass Argo noch lauter zu brüllen begann und sich von Careela frei machte. Flinker, als man es ihm zugetraut hätte, war er bei Kip und riss ihm den an einer Kette hängenden Anhänger aus den Händen.

»Es ist wirklich kein Wunder, dass jemand dieses Balg in den

Kristall hineingezaubert hat«, sagte Kip mürrisch und schüttete den Rest des Pakets auf den Schiffsboden.

Unterdessen kehrte Argo mit seiner Beute zu Careela zurück und kletterte auf ihren Schoß. Dabei leuchteten seine Augen vor Freude. Obwohl er ihr ein paar herzhafte Püffe versetzt hatte, war die Prinzessin ihm nicht böse, sondern erwiderte sein Lächeln mit einer fast verliebten Miene und half ihm, die Kette umzulegen.

»So, jetzt bist du ein stolzer, kleiner Mann!«, lobte sie ihn.

Argo schmiegte sich an sie und küsste sie auf die Wange. Selig lächelnd erwiderte sie den Kuss.

»Bäh«, sagte Kip, dem der Gedanke, von einem Mädchen geküsst zu werden, einen Schauder über den Rücken jagte, und nahm ein weiteres glitzerndes Ding in die Hand, das er und Girdhan in ein Tuch eingewickelt hatten, welches sich jetzt als weiter Umhang entpuppte. Bei diesem Schmuckstück handelte es sich um ein schmales Diadem, in das sechs verschiedenfarbige Steine eingearbeitet waren, die aber nichts mit den magischen Farben zu tun hatten.

»Ein Spielzeug, weiter nichts«, erklärte Reodhendhor. »Mein Arghanfreund hat solche Dinge gesammelt. Er war ganz verrückt nach Glitzerzeug, und er mochte es, andere mit solchen Scherzen wie einem Sechsfarbenamulett zu schockieren.«

Die Stimme des Geisterruni klang betrübt, so als hätte dieses Schmuckstück unangenehme Erinnerungen in ihm aufgewühlt.

»Das behalte ich!«, sagte Kip, der seinen Vorrang als Kapitän herausstreichen wollte.

»Careela hat noch nichts! Gib es ihr!« Die meiste Zeit begnügte Argo sich mit kurzen Worten und teilweise unverständlichen Lauten, aber wenn er wollte, konnte er besser sprechen, als es für sein Alter normal gewesen wäre.

Kip wollte nicht auf das Schmuckstück verzichten, denn für seinen Erlös würde er sich ein neues Boot kaufen können. »Careela kann ja den Mantel nehmen!«

Das war kein gutes Angebot, denn der Umhang war verschmiert

und sandverkrustet. Careela protestierte auch prompt, aber nicht wegen des Drecks. »Wie stellst du dir das vor? Der Umhang ist doch auch voller gelber Magie. Wenn ich das Ding umlege, krümme ich mich vor Schmerzen und werde darin verbrennen.«

»Ganz so schlimm wird es nicht sein, denn dazu hast du zu wenig magische Substanz. Aber es dürfte sich unangenehm anfühlen, und vielleicht wird dir bei der Farbe sogar übel. Also los, Kip! Gib das Diadem her. Du hast schon den Dolch und kannst den Mantel nehmen!« Mera nahm Kip das Schmuckstück aus der Hand und reichte es Careela.

Die Prinzessin wusste zunächst nichts damit anzufangen, setzte es aber auf Argos Betteln hin auf. Es stand ihr gut, stellte Mera fest, und der Junge schien der gleichen Meinung zu sein. Er schmiegte sich an Careela und griff mit seinen Patschhänden nach dem Schmuck, als wolle er ihn herunterreißen. Stattdessen aber rückte er das Diadem ein wenig gerade, so dass es noch besser saß. Danach gluckste er zufrieden und machte Careela klar, dass er wieder mit Beeren gefüttert werden wollte.

»Vielfraß«, schnaubte Kip und hielt Mera den dreckigen Umhang unter die Nase. »Kannst du mir sagen, was ich damit anfangen soll? In den passe ich zweimal hinein, und zwar der Länge nach!«

»Ich würde ihn erst einmal mit Meerwasser waschen. Vielleicht geht er dann ein«, spottete Girdhan.

Reodhendhors Augen leuchteten bei diesen Worten auf, und um seine Lippen spielte ein Lächeln. Brummend schwang Kip den Umhang über Bord und schien zu überlegen, ob er ihn ganz den Wellen überlassen sollte oder nicht. Die Sparsamkeit des armen Fischerjungen siegte schließlich. Auch wenn ihm das Kleidungsstück zu groß war, so konnte er es doch als Decke benutzen und sich des Nachts darin einhüllen.

Doch als er den Umhang ein paarmal im Wasser geschwenkt hatte und wieder an Bord holte, erlebte er eine Überraschung. Der Mantel war geschrumpft und gerade noch so groß, dass er ihm passte.

»Aber das ist ...«, begann Kip.

Girdhan unterbrach ihn lachend. »... Zauberei, mein Guter! Das ist ein Runimantel, und damit ein magisches Kleidungsstück. Ich weiß nicht, ob er sonst noch etwas kann, außer sich seinem Träger anzupassen, aber auf jeden Fall sieht er jetzt wieder aus wie neu.«

Das sah Kip ebenso, und er bemerkte noch etwas anderes. »Der Umhang ist ganz trocken. Dabei habe ich ihn doch eben erst gewaschen!«

»Wie dein Freund schon sagte: Es ist ein Zauberumhang. Wenn du ihn trägst, wirst du niemals nass werden, auch wenn es noch so sehr regnet«, erklärte Reodhendhor.

Nach dieser Auskunft wuchs der Wert des Kleidungsstückes in Kips Augen ungemein. »Ich glaube, dieser Umhang wird mir noch wertvolle Dienste leisten, wenn ich an Bord meines Schiffes durch Regen und Sturm zu den besten Fanggründen für Goldgarnelen fahre!«

»Dann sollten wir erst einmal dafür sorgen, dass du wieder zu den Garnelenbänken fahren kannst!« Mera hatte diese Worte nur vor sich hin gesagt, aber ihre Freunde vernahmen sie und sahen so aus, als hätte man sie mit Eiswasser übergossen. Ihre Augen richteten sich nach Süden, nach Girdania, das bald am Horizont auftauchen musste. Dahinter lag ihr Ziel – Gurrland!

2

König Tendel von Malvone stand an der Reling seines Flaggschiffes und starrte mit trüben Augen aufs Meer hinaus. Er befand sich auf der Flucht. Während der Feind mehr als fünf Jahre gebraucht hatte, um Gelonda zu unterwerfen, war Malvone in nicht einmal zwei Wochen gefallen. Nun schämte er sich, weil sein Volk sich als weniger zäh erwiesen hatte als die mit ihm verwandten Gelondaner. Mehr als das kränkte ihn aber noch sein eigenes Versagen. Als die Niederlage seines Heeres abzusehen gewesen war, hatte er nicht den Mut aufgebracht, bis zum Letzten auszuharren und in der Schlacht zu fallen. Stattdessen war er mit seinen Offizieren gegangen, die ihn vom Schlachtfeld weggeführt und auf das vorbereitete Schiff gebracht hatten.

Nun fragte er sich, welcher Ausweg ihm noch blieb. Teren, auf dem Menschen einer ihm zugewandten Farbe lebten, würde das nächste Opfer der Gurrländer werden, und dahinter gab es nur noch das Doppelreich Ilyndhir-Wardania mit seiner blauen Bevölkerung. All die Jahre hatten er und seine Getreuen über ihre Farbfeinde gespottet und sich geschworen, Teren aus deren Herrschaft zu befreien. Nun würde er Ilyndhirs Boden als Flüchtling betreten, und ihm war klar, dass die Gurrländer nicht viel später dort auftauchen würden als er selbst.

Mit verbitterter Miene drehte er sich zu seinem Hofmagier um, der erschöpft auf einem Hocker neben dem Mast saß und noch zu begreifen versuchte, was geschehen war.

»Warum fliehen wir überhaupt noch?«, fragte er Ethrul. »Wäre es nicht besser, das Schiff zu wenden und den Tod im ehrlichen Kampf zu suchen?«

Ethrul erhob sich so schwerfällig wie ein Greis und trat neben seinen König. »Wir fliehen, weil in all der Dunkelheit, die uns umgibt, noch ein Funken Hoffnung existiert, Majestät. Die Macht unseres Feindes scheint unüberwindlich, und er bedient sich aller Mittel, um sie noch zu vergrößern. Er will sich zum Herrn aller Inseln aufschwingen, so wie es einst Wassuram getan hat. Doch selbst dieser schier übermächtige Schwarzland-Magier ist zuletzt aufgehalten und besiegt worden. Alten Berichten konnte ich entnehmen, dass die Chancen damals noch schlechter standen als heute.«

»Chancen?« Der König lachte kurz auf. »Welche Chancen sollten wir denn noch haben? Da gibt es nichts mehr! Du willst mich wegen eines Hirngespinstes, das du Hoffnung nennst, zwingen, mein Knie vor der blauen Herrscherin des Nordens zu beugen und wie ein Bettler um ein Stück Brot und Obdach zu flehen!«

»Der Plan unseres Feindes weist einen Fehler auf! Bis jetzt sieht es zwar so aus, als würde für ihn alles ausgezeichnet laufen, auch auf den Nördlichen Inseln. Torrix und die alte Merala, auf deren Wissen auch ich große Hoffnungen gesetzt habe, sind verschwunden, und die meisten nachrangigen Hexen Ilyndhirs sind durch fehlgeleitete Zauber umgekommen. Nun ziehen die schwarzen Heere unaufhaltsam nach Norden, um auch noch den Rest unseres Archipels zu unterwerfen. Aber einen Punkt gibt es, den der Herr des Feuerthrons nicht beachtet hat.«

»Und auf diesen sollen wir bauen?«, fragte der König mit ätzendem Spott.

»Ich sah Euch in einer Vision, Euer Majestät, um etliches älter als jetzt, aber auf Eurem Thron in Malvonrah sitzend. Deshalb fliehen wir. Wenn die Gurrländer Euch töten, wird die Zukunft anders verlaufen, und alle Inseln auf ewig unter der Herrschaft des Feuerthrons stehen.«

»Was für ein Irrsinn, sein Leben nach einem Traumgebilde auszurichten! Ich werde als Feigling in die Geschichte Malvones eingehen, als einer, der der Krone seiner Ahnen nicht würdig war.« Tendel wandte sich abrupt ab, und sein Hofmagier befürchtete für einige Augenblicke, der König würde befehlen, zu wenden und wieder nach Süden zu steuern, um sein Ende in einem aussichtslosen Kampf zu suchen.

Tendel aber kehrte nur dem Meer den Rücken zu und ließ seinen Blick über das überfüllte Schiff schweifen. Dabei fühlte er die Verantwortung für die Menschen, die mit ihm geflohen waren, aber auch für sein Volk, das nun unter der Knute der Gurrländer ächzte.

»Bete zu Tenelin, Magier, dass deine Träume nicht wie Seifenblasen zerplatzen. Ich will mich nicht vor diesem blauen Weibsbild demütigen, um mir hinterher sagen zu müssen, dass es vergeblich gewesen sei.«

Er erhielt keine Antwort. In seinen Visionen hatte Ethrul eine blaue Flamme gesehen, die den Feuerthron überdeckt hatte, und er klammerte sich an die Hoffnung, dass es einer der Hexen aus Ilyndhir gelingen würde, das Blatt zu wenden. Aber auch er zweifelte daran, denn es waren zu viele blaue Magier umgekommen, und Yanga, die Zweite Hexe, hatte nach Torrix' Verschwinden Fehler über Fehler gemacht.

»Dort ist die Küste!« Der Ausruf brachte die Leute an Bord dazu, sich gen Backbord zu drängen und hinüberzustarren. Obwohl das Schiff groß war, geriet es durch die Masse der Menschen in Schieflage.

Der Kapitän fluchte unflätig und brüllte sie an. »Macht, dass ihr wieder auf eure Plätze kommt! Oder wollt ihr, dass wir hier vor Ilynrah absaufen? Dafür hätten wir nicht zu diesen verdammten Blauschädeln segeln müssen! Äh... Ihr seid natürlich nicht damit gemeint, Euer Majestät, und der Magier auch nicht. Der Rest aber verschwindet von der Reling.«

Die meisten zogen sich nur langsam zurück, und einige, denen es ihr Rang erlaubte, blieben in der Nähe des Königs und blickten mit angstvoll aufgerissenen Augen auf die ilyndhirische Küste. Für viele an Bord waren die Anhänger der Blauen Göttin schlimmere Feinde als die Gurrländer, und sie erwarteten, von den Blauen gefangen genommen und versklavt zu werden.

Tendel und sein Hofmagier wussten, wie es in ihren Leuten aussah, konnten aber nicht mehr tun, als sie zur Vernunft zu rufen. Der König fand es bedauerlich, dass sein Land so rasch überrannt worden war. Auf Gelonda hatte die lange Zeit des Krieges ausgereicht, um aus den Einheimischen und den zu ihnen geflohenen Ardhu-Völkern echte Verbündete zu machen. Dort hatten die einstigen Farbfeinde Schulter an Schulter gekämpft. Doch der Graben zwischen Blau und Grün, zwischen den Völkern Tenelins und

Ilynas, war zu tief. Noch hatte keine der beiden Seiten vergessen, wie erbittert ihre Reiche um die Oberherrschaft über das Herzogtum Teren gekämpft hatten.

Mehrere ilyndhirische Schiffe kreuzten ihren Kurs, und prompt griffen einige der Soldaten und Edelleute an Bord zu den Waffen.

Ethrul fuhr wütend auf. »Was soll dieser Unsinn? Wir kommen als Hilfesuchende und nicht als Feinde!«

Widerwillig lösten die Männer die Hände von den Schwertgriffen und Bogensehnen, während die Frauen, die sich mit an Bord befanden, die Hände vors Gesicht legten und inbrünstig zu dem Grünen Gott Tenelin beteten, auf dass er ihnen in dieser schweren Stunde beistehen möge.

Der größte der ilyndhirischen Segler, ein Kriegsschiff, das nicht einmal halb so lang war wie das malvonische Flaggschiff, fuhr nun auf Rufweite neben ihnen her. Mehrere Matrosen stellten ein Podest neben die Reling, und der Kapitän, der seine blaustrotzende Uniform mit einem grauen Mantel bedeckt hatte, stieg hinauf.

»Unseren Göttinnen und Göttern zum Gruß! Ich heiße Euch im Namen Ihrer allererhabensten Majestät, Ilna V., Königin von Ilyndhir und Herrscherin der vereinigten Nördlichen Inseln, willkommen.«

Die meisten Flüchtlinge atmeten auf, und nur ein alter Edelmann, der noch in den letzten Kriegen um Teren mitgefochten hatte, murmelte ein verächtliches »Blaukopf!«, allerdings so leise, dass kaum einer es mitbekam.

Tendel erwiderte nun den Gruß und bat den ilyndhirischen Kapitän, ihn mit seinem Schiff in den Hafen von Ilynrah zu eskortieren.

3

Der Empfang in Ilynrah war herzlicher, als die Malvoner es erwartet hatten. Man brachte sie in den Palast und setzte ihnen dort Speisen aus Teren vor, gegen die sie im Gegensatz zu den ilyndhirischen Gerichten keinen Widerwillen empfanden.

König Tendel selbst, sein Hofmagier und mehrere Männer aus seiner nächsten Umgebung wurden nach einer kurzen Stärkung in den Thronsaal geführt, in dem Ilna V. bereits auf sie wartete. Die Königin war einst eine recht stattliche Person gewesen, zumindest für ihre in Tendels Augen geringe Größe. Aber nun wirkte sie abgemagert und so bedrückt, als stünde der Feind bereits vor den Mauern ihrer Hauptstadt.

Neben dem Thron stand Yanga, die die Eintretenden mit höhnischen Blicken maß. »So sieht man sich wieder, Ethrul«, begann sie und verletzte damit das Anrecht der Königin, als Erste das Wort zu ergreifen. Sie trat einen Schritt auf den Magier zu und strahlte dabei in einem blauen, aber unnatürlich dunklen magischen Licht. Ethrul musste die Augen abwenden, weil die Gegenfarbe ihm Schmerzen bereitete. Dennoch fühlte er in Yangas Ausstrahlung Schwingungen, die nicht so recht zu einer blauen Hexe passen wollten.

Sollte sie doch diejenige sein, die fähig war, den Herrn des Feuerthrons zu stürzen?, fragte er sich und klammerte sich an diese Vorstellung, die seinen eigenen Visionen neues Leben einhauchte.

Aus diesem Grund verbeugte er sich weitaus tiefer vor Ilna V. und ihrer Hexe, als er es sonst getan hätte. Im Gegensatz zu Yanga vergaß er jedoch nicht, was er dem Zeremoniell schuldete, und überließ es seinem Herrn, als Erster das Wort zu ergreifen. Doch auch sein Herr wusste, was er der Höflichkeit schuldete, und wartete ab, bis die Königin ihn ansprach.

Sie bedachte ihn mit einem Lächeln. »Seid willkommen, König

Tendel, und auch Ihr, Hofmagier Ethrul. Mein Gruß gilt auch den wenigen, die mit Euch diesen entsetzlichen Schlächtern aus Gurrland entkommen sind.«

»Ich danke Euch, Majestät. Doch so wenige sind es nicht. Mein Flaggschiff war voll von Menschen, und ich hoffe, dass auch noch anderen Schiffen die Flucht geglückt ist.«

»Davon haben wir noch nichts erfahren!« Yanga machte deutlich, dass sie nicht im Schatten der Königin stehen wollte. In diesen Tagen galten Magie und Hexenkunst mehr als eine Krone, und sie spottete in Gedanken über Ethrul, der noch immer Achtung vor einem König zeigte, der längst jedes Recht darauf verloren hatte.

Ilna V. räusperte sich verärgert. Die Art, in der ihre Hexe sich vordrängte und das Wort an sich riss, war mehr als ungehörig. In einer Zeit, in der die Sorge um ihr Reich und ihre Krone, aber auch um ihr Volk, das ihr von der Göttin Ilyna anvertraut worden war, schwer auf ihren Schultern lastete, wäre es Yangas Pflicht gewesen, ihr diese Last tragen zu helfen. Doch stattdessen erschwerte die Hexe ihr das Regieren und behinderte sie sogar noch.

»Ich trauere mit Euch, König Tendel, um die Toten Eures Volkes. Leider hat der Feind so überraschend zugeschlagen, dass wir Euch nicht mit mehr Truppen zu Hilfe kommen konnten!« Ilna V. wurde unter der blauen Schminke rot, so schämte sie sich. Nach der Katastrophe, die die verbündeten Heere auf Gelonda getroffen hatte, hatte weder sie noch sonst jemand in ihrem näheren Umkreis daran gedacht, Truppen nach Malvone zu schicken.

Allerdings hatte auch niemand damit gerechnet, dass der Feind seinen Sieg so schnell dazu nutzen würde, weiter vorzustoßen. Nun war es zu spät, eine gemeinsame Abwehrfront mit ihren ehemaligen Gegnern zu bilden. Die Königin wusste nicht einmal, ob sie Soldaten nach Teren schicken sollte, welches das nächste Opfer des schwarzen Feindes werden würde. Zwar hatte das Herzogtum Anrecht auf ihren Schutz, und sie war es ihrer Stellung als Königin der Nördlichen Inseln schuldig, es nicht im Stich zu lassen. Aber die großen Verluste auf Gelonda hatten ihre Streitkräfte geschwächt, und wenn sie auf Teren eine ähnlich verheerende Niederlage erlitt, würde Ilyndhir sich selbst nicht mehr verteidigen können, sondern den Gurrländern wie eine reife Frucht in die Hände fallen.

König Tendel bemerkte, dass die Gedanken seiner Gastgeberin abschweiften, und wartete mit seiner Antwort, bis Ilna V. sich ihm wieder zuwandte.

»Wir werden Gurrland hier auf Ilyndhir besiegen müssen oder untergehen. Meine Männer werden an der Seite der Euren kämpfen und dabei den Tod nicht fürchten. Wenn Ihr erlaubt, werde ich Euch beratend zur Seite stehen und – wenn es möglich ist – auch einen Flügel Eures Heeres führen.«

»Das ist nicht möglich!«, erklärte Yanga, bevor die Königin antworten konnte. »Es wurde beschlossen, alle wichtigen Personen des Reiches und auch die Flüchtlinge, die hierhergelangt sind, nach Wardania zu evakuieren. Die Festung Wardanstein ist der sicherste Platz im Reich. Dort werdet Ihr ausharren, bis der Feind besiegt worden ist.«

So hatte Tendel sich den Kampf gegen Gurrland nicht vorgestellt und wollte daher auffahren. Doch die Königin hob abwehrend die Hand. »Es ist so, wie Yanga sagt. Ich selbst werde Ilynrah schweren Herzens verlassen, um die Verteidigung von Wardanstein zu leiten. Ich würde mich freuen, wenn Ihr mir dabei helfen könntet. Euer Magier und meine Hexe sind weitaus geeigneter, die weiten Fluren Ilyndhirs zu schützen und dem Feind jene Verluste beizubringen, die es uns ermöglichen werden, mit der Rückeroberung der Inseln zu beginnen.«

»Aber das geht doch nicht! Wollt Ihr Euer Volk in dieser schweren Zeit im Stich lassen und Euch im hintersten Eck Eures Reiches hinter den Mauern einer Festung verkriechen?« Tendel war so schockiert, dass er jede Höflichkeit fallen ließ.

Sein Magier legte ihm die Hand auf den Arm. »Lasst es gut sein. Wir sind nur Gäste in diesem Land und müssen uns den

Entscheidungen Ihrer Majestät beugen. Vielleicht ist es wirklich das Beste, wenn die Hexe und ich die Verteidigung dieser Stadt übernehmen. Die Mauern sind stark, und der Hafen wird gut bewacht. Wenn die Gurrländer hier angreifen, werden sie sich etliche Zähne ausbeißen.«

»Wir sind zwar selten einer Meinung, doch in dieser Sache sind wir uns einig.« Yanga lächelte mit schiefem Mund und erklärte, dass die Schiffe, die für Wardania bestimmt waren, noch vor Einbruch der Dunkelheit auslaufen sollten.

»So bald schon?«, fragte Ilna erschrocken.

»Wollt Ihr warten, bis die Schwarzen Galeeren die Bucht abriegeln?« Yangas Stimme klang so, als könne sie es nicht erwarten, das Kommando zu übernehmen.

Die Königin nickte widerwillig. »Also gut! Lass alles vorbereiten. Du selbst haftest mir mit deinem Leben dafür, dass der Feind Ilynrah nicht überrennt!«

»Ich werde tun, was ich kann, Euer Majestät!« Yanga verbeugte sich geradezu unterwürfig, aber ihr Gesichtsausdruck verriet blanken Hohn.

Ethrul begriff, dass seine Zusammenarbeit mit der Hexe von Ilyndhir schwierig werden würde. Doch wenn Yanga den Inseln die Freiheit erhalten konnte und es Hoffnung gab, die bereits verlorenen Reiche zurückzuerobern, würde er der Blauen von ganzem Herzen dienen.

Der König, der nichts von den Überlegungen seines Hofmagiers ahnte, verabschiedete sich gerade noch so höflich von Ilna V., wie es notwendig war, verweigerte der Hexe jedoch jeden Gruß.

»Komm, Ethrul, wir müssen entscheiden, wer bei dir hier in Ilynrah zurückbleiben wird«, sagte er laut genug, dass es seine Gastgeberin mitbekam. Ihm selbst war anzumerken, dass er an diesem Ort bleiben und kämpfen wollte. Doch da er die Ilyndhirer nicht verärgern durfte, musste er die Anweisungen ihrer Königin befolgen.

Yanga wartete, bis das Tor hinter den Malvonern geschlossen worden war, und drehte sich dann mit überheblicher Miene zu Ilna V. um. »Was denkt dieser gewesene König sich eigentlich? Wie kann er sich einbilden, Ihr würdet auch nur einen einzigen Soldaten seinem Kommando unterstellen? Die Gurrländer haben sein Reich in wenigen Tagen erobert. Das ist nicht gerade ein Ruhmesblatt!«

»Dennoch hättest du höflicher sein können. König Tendel ist unser letzter Verbündeter. Außerdem hat er seine Truppen auf Gelonda in mehr als einer Schlacht gegen die Gurrländer geführt und den Feind dadurch einige Jahre lang aufhalten können. Seine Erfahrung hätte Uns wertvoll sein können!«

»Ihr müsst ja nicht auf seine Erfahrung verzichten, Majestät, denn Ihr habt beide das gleiche Ziel!«

»Die letzte Festung am Rande der bekannten Welt, ich weiß!« Die Königin seufzte und tupfte sich einige Tränen aus dem Gesicht.

»Macht Euch jetzt für die Reise fertig! Die Schiffe warten, und den Berichten zufolge, die ich vorhin erhalten habe, wurden gurrländische Galeeren vor der Südküste Ilyndhirs gesichtet.«

»Wieso habe ich nichts davon erfahren?« Für ein paar Augenblicke sah es so aus, als wolle die Königin ihre Entscheidung, Yanga das Kommando über Ilyndhir und die Hauptstadt zu übergeben, zurücknehmen. Da flammten die Augen der Hexe kurz auf, und Ilna sank schwer atmend auf ihren Thron zurück.

»Es lastet so viel auf mir! Weshalb muss ich ausgerechnet in dieser schlimmen Zeit Königin sein? Keine meiner Vorfahrinnen musste eine solche Verantwortung tragen oder war solchem Schrecken ausgesetzt!«

»Ich helfe Euch nach Kräften, Majestät! Die Sichtung der gurrländischen Schiffe habe ich Euch nur verschwiegen, damit Ihr nicht mit einer zusätzlichen Belastung diesem Grünling gegenübertreten musstet. Nun seht Ihr sicher selbst ein, dass Ihr Ilynrah schnellstmöglich verlassen müsst!«

»Das tue ich ja! Aber wird mein Volk es verstehen?« Die Königin brach in Tränen aus.

Yanga winkte mehrere Dienerinnen herbei und wies sie an, Ilna V. in ihre Gemächer zu geleiten und auf die Reise vorzubereiten. Dann verließ sie mit wehendem Federmantel den Audienzsaal und schritt durch den Garten zu jenem Teil des Palastes, in dem der Magierturm stand.

Von den anderen Hexen und den Adepten ließ sich niemand sehen, denn keiner hatte Lust, von Yanga zu einem jener Himmelfahrtskommandos eingeteilt zu werden, die bereits ihren besten Magiern das Leben gekostet hatten. Unter ihnen waren zwei Hexen gewesen, die Yanga eines Tages übertroffen hätten.

Die Zweite Hexe kümmerte sich nicht um die Untergebenen, sondern suchte ihre Gemächer auf, verschloss diese so sorgfältig, dass man sie auch durch Magie nicht belauschen konnte, und trat in ihre Schlafkammer. Der Raum sah noch unordentlicher aus als früher. Magische Artefakte, die sie begonnen, aber nicht fertiggestellt hatte, lagen zwischen uralten Folianten, aus denen teilweise Blätter herausgerissen worden waren, und anderen Dingen. Sogar ein angebissener Apfel lag herum, den ein flüchtig gesprochener Erhaltungszauber gegen Fäulnis schützen sollte.

Yanga nahm das Chaos um sie herum wahr und ärgerte sich über ihre eigene Nachlässigkeit. Das Gefühl schwand aber sofort wieder, als habe es jemand weggewischt. Sie schüttelte sich kurz, als würde sie frieren, räumte einige Sachen beiseite und holte das Silbergefäß hervor, in dem sie ihren Talisman verwahrte.

Das Sechseck aus schwarzem Kristall glühte auf, als sie es berührte. Ihr Atem ging stoßweise, und für einige Augenblicke schien es, als sauge das Ding alle Magie aus ihr heraus, anstatt ihr weitere zu schenken. Dann aber floss neue Kraft in einem so mächtigen Strom zu ihr hinüber, dass sie sich unter schier unerträglichen Schmerzen krümmte. Es war, als brenne die dunkle Magie wie Feuer in ihren Adern.

Als sie wieder Luft bekam, klang ihre Stimme so leblos wie die einer magischen Puppe. »Es ist alles bereit, mein Gebieter. Die Evakuierungsschiffe verlassen noch heute Ilynrah. Der König von Malvone wird mit ihnen fahren. Die Stadt erwartet die Ankunft Eurer Truppen!«

Sie wollte noch etwas sagen, doch sie verlor die Konzentration und stammelte nur noch wie eine Schwachsinnige. Sogleich zuckte ein schwarzer Blitz aus dem Kristall und schlug in ihre Stirn ein. Sie sah erstaunt auf und wischte sich mit dem Handrücken über die Augenbrauen. Dann legte sie den Talisman mit bedächtigen Bewegungen in sein Silbergefäß, ließ sich auf ihr Bett fallen und schlief sofort ein. Als sie Stunden später wieder erwachte, waren die Schiffe mit der Königin und ihrem Gefolge bereits auf See. Yanga dachte jedoch nicht an die Flüchtlinge, sondern an ihren letzten visionären Traum, der ihr gezeigt hatte, dass jeder Widerstand gegen Gurrlands Macht Wahnsinn wäre.

4

Trotz der Bedenken seines Gefolges fuhr Tendel von Malvone auf Königin Ilnas Flaggschiff mit. Er musste mit ihr reden, denn er kannte den Feind besser als sie und wusste, was von ihm zu halten war. In diesen Stunden, in denen die kleine Flotte die Bucht von Ilynrah verließ, begriff er, wie falsch es gewesen war, in den Ilyndhirern nur Farbfeinde zu sehen. Als Gurrland seinen Eroberungszug begonnen und Girdania eingenommen hatte, wäre es an der Zeit gewesen, ein Bündnis zu schließen und geschlossen gegen den Feind vorzugehen. Doch diese Einsicht kam zu spät.

Obwohl er keine Hoffnung mehr hatte, wandte er sich zu Königin Ilna um, die mit zusammengepressten Lippen auf einem Stuhl auf dem Achterdeck saß. »Wir werden zurückkommen, Euer Majestät, und diesen Abschaum ins Meer kehren.«

Ilna war klar, dass Tendel nicht meinen konnte, was er sagte. Der König glaubte nicht mehr an einen Sieg, sondern wollte vor ihr und vor sich selbst nicht als Feigling dastehen. Sie selbst fühlte sich ebenso mutlos und bedauerte, nicht mit einer einfachen Frau aus ihrem Volk tauschen zu können. Die Last, die auf ihren Schultern ruhte, wollte sie schier erdrücken.

»Kann es noch einen Sieg geben, Tendel? Im großen Krieg, von dem unsere Sagen erzählen, stand das Volk der Runier auf unserer Seite. Ich habe mehrfach Schiffe ausgeschickt, die meine Bitte der Königin von Runia übergeben sollten. Aber keines von ihnen vermochte den magischen Schirm, der um diese Insel liegt, zu überwinden.«

»Bei uns war das nicht anders. Immer wieder habe ich Schiffe ausgesandt, um Runia um Hilfe zu bitten. Aber keinem Kapitän ist es gelungen, die Insel auch nur zu Gesicht zu bekommen. In höchster Not hat Ethrul unsere letzten Hexen und Adepten zusammengerufen und einen verzweifelten magischen Ruf gesendet. Doch auch dieser blieb unbeantwortet. Runia hat uns vergessen.« Tränen rannen dem harten Krieger über die Wangen, und er krampfte seine Fäuste um das Holz der Reling.

»Wir sind verloren! Alle, die wir leben!« Die Königin seufzte tief und starrte dann besorgt auf das Meer hinaus. Noch hatten sie die Drachenzähne nicht passiert. Schon bei Tag war dieses Meeresgebiet nicht ungefährlich, doch in der Nacht brauchte man einen Ausguck mit scharfen Augen und einen Steuermann, der sein Handwerk verstand. Nach den herben Verlusten, welche die ilyndhirische Flotte in letzter Zeit erlitten hatte, befürchtete die Königin, dass nicht alle Rudergänger der kleinen Flotte ihrer Aufgabe gewachsen waren.

Sie hätte sich in dieser Sache keine Sorgen machen müssen, denn an den Steuerrädern und Pinnen standen Fischer aus dem niedergebrannten Sechstel südlich des Flusses, und die kannten die schroffen Klippen besser als jeder königliche Matrose.

Als der Morgen graute und Ilna bereits zu hoffen begann, sie würden auch den Rest dieser Fahrt unbeschadet überstehen, gellte ein Schreckensruf vom Ausguck herab.

»Schwarze Galeeren voraus!«

Tendel rannte zum Bug. Auch Ilna vergaß, was sie ihrer Stellung schuldete, und zwängte sich durch die Leute, die nach vorne strömten, um zu schauen.

Der Anblick war entsetzlich. Sechs große Galeeren versperrten ihnen den Weg, und sie wurden von mehr als einem Dutzend kleinerer Segler begleitet, von denen die meisten unter dem violetten Banner der ardhunischen Inseln fuhren.

»Verfluchte Verräter!«, rief Ardheela von Ardhunar, der es wie König Tendel gelungen war, sich bis Ilynrah durchzuschlagen.

Die Königin wandte sich mit bleichem Gesicht an den Kapitän, der sich neben sie gestellt hatte.

»Können wir ihnen entkommen?«

Der Mann zog seinen prachtvollen Hut mit dem Besatz aus blauen Federn vom Kopf und warf ihn auf das Deck. »Der Wind steht zu schlecht. Wir müssten dagegen ankreuzen, und da sind sowohl die Galeeren wie auch das ardhunische Piratengesindel schneller als wir. Mit dem Wind könnten wir nur in Richtung der Drachenzähne segeln, aber dorthin zu steuern ist gleichbedeutend mit Selbstmord.«

»Tu es trotzdem. Ich will diesen Ungeheuern nicht lebend in die Hände fallen!«

Die Königin erwartete, dass der Kapitän den entsprechenden Befehl geben würde, doch weder ihm noch dem Großteil seiner Besatzung und Passagiere lag etwas daran, bereits an diesem Tag zu sterben. Mit einer müden Bewegung trat er auf seinen Stellvertreter zu und wies nach oben auf den Mast, auf dem das blaue ilyndhirische Königsbanner mit drei rot-silbernen Blumen flatterte.

»Streicht die Flagge! Aber rasch, sonst bohren sie uns in den Grund.«

»Ich verbiete es!«, rief die Königin.

Doch niemand hörte auf sie. Alle schienen zu hoffen, dass der Albtraum, der sie so lange Zeit gequält hatte, nun zu Ende gehen würde und sie einfach unter einer anderen Herrschaft weiterleben konnten.

Mit von Tränen verschleierten Augen sah die Königin, wie ihre Fahne eingeholt wurde. Der Mann, der es tat, wollte sie nicht in die Hände der Feinde fallen lassen. Deswegen wickelte er sie um einen schweren Gegenstand, wand ein Seil darum und warf sie ins Wasser. Ilna V. eilte zur Bordwand und schaute hinter dem Stoffbündel her. Es sank innerhalb von drei Herzschlägen so tief, dass es nicht mehr zu erkennen war. Das erschien ihr wie ein Symbol. Ebenso wie ihre Fahne war auch ihr Königreich untergegangen.

Die großen Galeeren hielten sich außerhalb der Reichweite der ilyndhirischen Schiffsgeschütze, aber mehrere kleinere Schiffe kamen schnell näher. Drei von ihnen steuerten das Flaggschiff an. Zerlumpt aussehende ardhunische Piraten drohten mit ihren Schwertern, und es flogen sogar einige Pfeile, die jedoch keinen Schaden anrichteten. Dann erklangen mehrere scharfe Kommandos, und die Ardhunier wurden still. Auf dem Achterdeck der Schiffe tauchten nun breite, massige Gestalten in schwarzer Rüstung auf, deren eiserne Masken gefährliche oder hässlich verzerrte Tierfratzen darstellten. Auf einen Befehl hin legte das vorderste Schiff an dem Segler aus Ilyndhir an, und gut ein Dutzend Ardhunier sprangen an Bord. Sie drohten mit ihren Waffen, wurden aber nicht handgreiflich, obwohl Fürstin Ardheela sie als Verräter und Schurken beschimpfte. Kurz nach ihnen betraten drei der schwarz gerüsteten Krieger das Deck.

Es waren die ersten Gurrländer, die Königin Ilna sah, und sie wirkten auf sie so erschreckend, dass sie sich hinter ihren Hofdamen verbarg.

Der Anführer der Gurrländer unterschied sich von seinen Kameraden durch einen daumennagelgroßen Kristall auf seinem Helm. Dieser glühte nun schwarz auf, und der Mann schritt genau auf Ilna V. zu. Da alle, die ihm im Weg standen, sich rasch beiseitedrängten, stand die Königin plötzlich allein da.

»Im Namen seiner glorreichen Herrlichkeit, des Kaisers des Groß-Gurrländischen Reiches, bist du meine Gefangene, ebenso wie alle, die sich auf diesem Schiff befinden. Liefert eure Waffen ab und kommt einzeln von Bord. Wenn einer versuchen sollte, eine magische Waffe einzusetzen, werdet ihr alle dafür büßen!«

Die Stimme des Gurrländers dröhnte so laut über das Deck, dass sie auf den nächstgelegenen Schiffen zu hören sein musste. Dabei sah der Mann sich so misstrauisch um, als erwarte er, einer der Ilyndhirer oder Malvoner könne versuchen, sich selbst und den eng zusammenliegenden Pulk der Schiffe durch eine magisch herbeigeführte Explosion zu vernichten.

Doch es geschah nichts. Die meisten Hexen und Magier waren bei Yanga in der Hauptstadt zurückgeblieben, und die wenigen magisch Begabten, die im Gefolge der Königin reisten, waren Heiler und ähnlich friedliche Bedienstete. Wenige Augenblicke später wehten von den sechs großen Galeeren dunkle Wolken herüber, die sich wie erstickender Dampf über die ilyndhirischen und malvonischen Schiffe legten und die Gedanken und Bewegungen der Passagiere und Besatzungen lähmten. Ilna, Tendel, Ardheela und ihre gesamte Begleitung vermochten nur noch den Befehlen zu gehorchen, die ihnen die Gurrländer gaben. Auf deren Anweisung legten sie ihre Kleidung ab und schlüpften in derbe Kittel, die ihnen die spottenden Ardhunier reichten. Noch bevor die Sonne sich zur Gänze vom Horizont gelöst hatte, um ihren Weg über das Himmelszelt anzutreten, waren eine Königin, ein König, eine Fürstin und deren gesamtes Gefolge versklavt worden.

5

In der See von Runia hatte Hekendialondilan sicher navigieren können, denn dort konnte sie sich an den mit weißer Magie erfüllten Meeresströmungen orientieren. Als ihre Heimatinsel immer weiter hinter ihr zurückblieb, wurde sie unsicher. Zwar kannte sie die Sterne, die über ihnen am Himmelszelt standen, und vermochte auch zu sagen, wie viele Meilen offener See zwischen ihrem Schiff und Runia lagen. Doch von den Inseln, die bald vor ihnen auftauchen mussten, wusste sie nichts als die Namen und die Richtung, in der sie liegen sollten. So waren wieder Kips Fähigkeiten gefragt, und er bildete sich nicht wenig darauf ein. Zwar kannte auch er die Gewässer, die sie befuhren, nicht aus eigener Erfahrung, aber er hatte aufmerksam den Fischern und Seehändlern zugehört, wenn sie über ihre Fahrten sprachen. Derzeit steuerte Hekendialondilan nach seinen Anweisungen Girdania an, Gurrlands kleinere, nördlich gelegene Nachbarinsel.

»Die Küste müsste bald in Sicht kommen!«, sagte Kip und warf einen prüfenden Blick auf die drei Monde, die an diesem Abend am Himmel standen. Zu seiner Erleichterung befand sich der blaue Mond unter ihnen, der ihnen Ilynas Segen spenden konnte. Auf dieser Fahrt, das erklärte er den anderen, hatten sie den Schutz der Großen Blauen Göttin nötiger als jemals zuvor.

»Ist es nicht riskanter, zuerst Girdania anzulaufen?«, fragte Mera ihn.

Kip winkte lachend ab. »Unsere gesamte Reise ist ein Risiko. Aber wir können mit diesem Boot nicht bis Gurrland fahren, ohne dabei entdeckt und abgefangen zu werden. Auf Girdania soll es noch immer Widerstand geben. Wenn wir diese Leute finden, könnten sie uns helfen, ungesehen nach Gurrland hinüberzukommen.«

»Und woher willst du das so genau wissen?«

»Glaubst du, wir Fischer hätten immer nur über die besten Fanggründe von Goldgarnelen oder Blaubarschen geredet? Wir wussten über das, was im Süden passiert, wahrscheinlich besser Bescheid als Ihre Allergnädigste Majestät und ihr ganzer Hexenschwarm. Es ist doch ganz einfach: Die Ardhunier haben es den Gelondanern erzählt, von denen haben es die Malvoner erfahren, und die haben es den Fischern von Teren erzählt. Die haben schließlich die Berichte an uns Ilyndhirer weitergegeben. Wir hätten der Königin und ihren Leuten so manches erklären können, an dem sie herumgerätselt haben, aber uns hat ja niemand gefragt.« Kip war stolz auf sein Wissen, obwohl ihm selbst klar war, dass das meiste nur aus Gerüchten bestand, deren Wahrheitsgehalt niemand hatte nachprüfen können.

»Du glaubst, es gibt immer noch Girdanier, die sich den Gurrländern widersetzen?« Girdhans Gesicht hellte sich auf, als ob er sich an dieses kleine Fünkchen Hoffnung klammern wolle.

Kip nickte. »Zumindest war das noch so, als wir von Ilynrah losgefahren sind.«

»Dann könnten die Girdanier inzwischen längst zur Gänze unterworfen sein. Du hast doch selbst erzählt, auf welch umständlichem Weg die Nachrichten bis zu dir gelangt sind«, sagte Mera.

Zu ihrer Verwunderung mischte sich jetzt Careela ein. »Kip hat recht. Die Girdanier haben noch gekämpft, als unser Schiff nach Norden aufbrach. Dort hätte ich im Auftrag meiner Schwester, der hochwürdigen Fürstin Ardheela, mit eurer Königin verhandeln sollen.« Die Prinzessin log ein bisschen, denn im Grunde hatte ihre Schwester sie nur aus der Gefahrenzone bringen wollen. Daher ging sie nicht weiter auf dieses Thema ein, sondern berichtete von den Rebellen, die sich in den Bergen Girdanias dem Zugriff der Gurrländer entziehen wollten.

»Natürlich können sie der kaiserlichen Armee kaum mehr als Nadelstiche versetzen, und auch das auch nur, weil die Haupttruppen Gurrlands weitergezogen sind, um die anderen Inseln niederzuwerfen und zu besetzen. Sobald der ganze Archipel erobert ist, werden die Gurrländer auch die letzten lokalen Widerstandsnester ausmerzen.«

Kip lächelte Careela dankbar zu. »Wenn das so ist, sollten wir uns beeilen. Wie unser Freund Reodhendhor berichtet, sind die Gurrländer bereits über Gelonda hinaus vorgestoßen.«

Der Geisterruni seufzte. »Wenn ich dem Wind Glauben schenken kann, haben die Gurrländer auch bereits Malvone erobert und richten nun ihre Kräfte gegen Teren und Ilyndhir.«

»Dann hoffen wir, dass der Wind dich falsch unterrichtet hat. Die Malvoner sind tapfere Krieger und werden den Gurrländern sicher einige harte Nüsse zu knacken geben!« Vor zwei Monaten hätte Kip sich eher die Zunge abgebissen, als die Farbfeinde zu loben, doch jetzt setzte er seine ganze Hoffnung in deren Kriegskunst.

Reodhendhor schüttelte jedoch den Kopf. »Malvone ist gefallen. König Tendel konnte seine Soldaten, die er auf Gelonda verloren hat, nicht rasch genug ersetzen. Dazu kam der Feind zu schnell und zu geballt. Sie hatten nicht die geringste Chance.«

»Wie wird es dann Ilyndhir ergehen?« Mera dachte an ihre Mutter und Hannez, und sie wünschte sich, bei ihnen zu sein. Dabei war ihr klar, dass sie ihnen weder raten noch helfen konnte.

»Ilyndhir wird fallen wie eine reife Frucht. Der Wind flüstert das Wort Verrat. Doch mehr vermag ich ihm nicht zu entlocken!« Reodhendhor schüttelte sich und beendete die Befragung des luftigen Elements, das ihm nur noch schlechte Nachrichten zu überbringen schien.

Die anderen blieben eine Weile still und fragten sich, was sie selbst ausrichten konnten, wenn die großen Reiche nicht in der Lage waren, Gurrland aufzuhalten.

Girdhan fasste sich als Erster und wies nach Süden. »Ich sehe bereits die Küste. Wir müssen schauen, ob wir eine versteckte Bucht finden, in der wir anlanden können.«

»Wenn du eine weißt, wäre ich dir dankbar. Ich kenne nämlich keine. Du aber bist hier ja so gut wie zu Hause!« Kip wollte einen Witz machen, fing sich aber eine verärgerte Geste seines Freundes ein.

»Idiot!«, setzte Girdhan hinzu, blickte nach vorne und spürte auf einmal, wie das Blut schneller durch seine Adern floss. Diese Insel, die er jetzt in der Nacht nur wegen des weißen Schaums der gegen die Küste brandenden Wellen erkennen konnte, war seine wahre Heimat. Hier hatten seine Mutter und sein Vater gelebt und wohl auch eine lange Reihe von Vorfahren. Obwohl er selbst nie hier gewesen war, spürte er eine Verbundenheit mit diesem Land. Es war, als sprächen die Felsen zu ihm, die das Ufer säumten, doch was er hörte, gefiel ihm nicht. Er empfing Bilder von Sklaverei und Elend, aber auch von Aufruhr und Tod.

Mit einem Mal zeigte er nach Südosten. »Dort hinten, in diesen Bergen müssten meine Leute zu finden sein!«

»Welche Berge?«, fragte Kip.

Jetzt erst bemerkte Girdhan, dass er die Berge nur als Schatten gesehen hatte, die ihm von den Küstenfelsen übermittelt worden waren.

»Es ist egal, ob wir sie sehen. Die Richtung stimmt!« Er bat Hekendialondilan, dorthin zu steuern.

Gleichzeitig aber erhob sich Mera und trat unruhig von einem Bein auf das andere. »Irgendetwas geht hier vor!«

»Ich hasse es, wenn du so etwas sagst!« Kip hangelte sich den Mast hoch, aus dem sofort fingerlange Kletterhilfen wuchsen, und sah sich um. Gleich darauf stieß er einen jammernden Laut aus.

Aus dem Dunkel der Nacht löste sich ein Umriss, der wegen seiner Schwärze nur gegen das Licht des blauen Mondes erkennbar war und rasch näher kam. Zunächst nahm Kip an, eine der Schwarzen Galeeren vor sich zu sehen. Doch dafür war das Ding zu klein, für ein ardhunisches Schiff aber wirkte es zu dunkel, und seine Segel besaßen keine Dreiecksform. Zudem strahlte das Schiff etwas aus, das ihm kalte Schauer über den Rücken jagte.

Gegen dieses Ding ist Widerstand zwecklos, fuhr es ihm durch den Kopf.

Leise fluchend stieg er vom Mast und blieb mit hängenden Schultern vor Mera stehen. »Das war es wohl! Wie es aussieht, sind wir einem gurrländischen Patrouillenboot voll vor den Bug gesegelt.«

»Was sagst du?« Hekendialondilan ergriff Meras Bogen und erteilte ihm den Befehl, die Sehne zu spannen. Ihre scharfen Augen entdeckten nun ebenfalls das Schiff. Während sie einen Pfeil aus dem Köcher nahm, schätzte sie die Zahl der Krieger an Bord und kam auf etwa zehn bis zwanzig Mann, alles Gurrländer und gut gerüstet. Sie würde sehr gut zielen müssen und mit Sicherheit nur ein paar von ihnen ausschalten können, bevor die Angreifer ihr Boot geentert hatten. Und die restlichen Krieger würden sicher genügen, um ihnen allen den Garaus zu machen. Die Angst vor dem Tod, der für sie viel zu früh kommen würde, machte sie mit einem Mal unfähig, weiter an Widerstand oder Flucht zu denken.

Mera nahm ihr die Waffe aus der Hand, entspannte sie und legte sie vor sich auf den Boden, denn sie wusste ebenfalls, dass sie gegen die Gurrländer nicht die geringste Chance hatten. »Deine Winde, Reodhendhor, haben dich schlecht informiert. Es gibt keine Hoffnung mehr. Wir waren vermessen, hierherzukommen und so zu tun, als könnten wir das Schicksal unserer Länder wenden.«

»Oh gütige Linirias! Der arme Junge. Er ist ja noch so klein.« Careela drückte Argo so fest an sich, dass dieser protestierend schrie.

Die Gurrländer hörten es und lachten. Einer, der am Bug stand, zeigte auf Hekendialondilans Schiff. »Was haben wir denn da? Leute, die sich aus Klein-Gurrland fortschleichen wollen? Das werden wir ihnen heimzahlen, nicht wahr, Kameraden!«

»Beidrehen, Gesindel! Sonst bohren wir euch in die See!«, brüllte ein anderer. Eine Feuerkugel stieg hoch, überquerte das Runiboot und tauchte es für Augenblicke in helles Licht. Als die Gurrländer die schlanken Körper sahen, begriffen sie, dass sie es nicht mit Flüchtlingen aus ihrem Machtbereich zu tun hatten.

»Was haben wir denn da? Spitzohren? Wackelohren? Die haben hier nichts verloren! Eure Insel ist weit im Norden. Wer hierherkommt, muss gefangen werden. Ergebt euch, Gesindel, sonst ...« Der Gurrländer sprach die Drohung nicht aus, machte aber die Geste des Halsabschneidens.

Mera, Hekendialondilan und die anderen sahen Reodhendhor verzweifelt an. »Was sollen wir jetzt tun?«

»Ich kann nichts machen. Ich bin nur ein Geist.« Um nicht entdeckt zu werden, verschmolz der Runi mit dem Boot und hoffte, dass den Gurrländern die gelbe Stelle im weißen Rumpf nicht auffallen würde.

»Kann man mit den Kerlen verhandeln?«, fragte Mera.

»Mit einem Corhan-Raubfisch kannst du auch nicht verhandeln. Wenn du den siehst, bist du entweder auf einem sicheren Deck, oder du wirst gefressen. In Sicherheit sind wir hier leider nicht.« Kip spuckte über Bord und dachte an die Erzählungen über Kapitäne aus alter Zeit, die der Sage nach mit einem Dutzend Gurrländern fertig geworden waren. Für ihn aber war selbst ein halber zu viel. Dennoch griff er zu seinem Dolch und überlegte, ob er sich nicht wenigstens symbolisch zur Wehr setzen sollte. Da ihn die Gurrländer dafür aber nicht nur symbolisch, sondern echt umbringen würden, ließ er es sein.

Das fremde Schiff kam näher und legte sich neben Hekendialondilans Boot, das inzwischen sämtliche Segel gestrichen hatte. Drei Männer stiegen an Bord und drohten mit ihren Schwertern und Kampfbeilen. Angesichts der seltsam zusammengewürfelten Schar sahen sie sich verwundert an.

»Was haben wir denn da? Kindlinge! Wie kommen die in diese Gegend?«, brummte der eine.

»Ein Runierkindling ist auch dabei! Noch seltsamer«, sagte ein anderer. Der Dritte drehte sich um und erstattete dem Kapitän des Schiffes Rapport.

»Bringt sie herüber! Gefesselt!«, befahl dieser.

»Ihr habt gehört. Also schön her mit euren Patschhändchen!« Er packte Kip, schleuderte ihn zu Boden und wickelte ein Seil um seine Handgelenke, das sich von selbst zuzog.

»Jetzt das Spitzöhrchen. Es wird ein wenig brennen, weil es ein gutes schwarzmagisches Seil ist, aber ein wenig Schmerz ist gut. Er verhindert dumme Gedanken!« Der Gurrländer trug eine schwarze Rüstung, hatte aber seine Maske hochgeschoben, und so konnte man im Licht der Bordlaterne seines Schiffes sein Gesicht erkennen. Seine Züge wirkten kantiger als die eines Menschen, die Nase war breit und flach, und der untere Teil seines Gesichtes bildete eine leicht vorspringende Schnauze. Die Eckzähne seines Unterkiefers standen schräg nach vorne und ragten fast bis zu den Nasenflügeln hoch. Dennoch wirkte er auf Mera nicht wie ein Tier oder ein Ungeheuer. Er sah auch nicht wie jemand aus, der Freude daran hatte, andere Lebewesen zu quälen.

Ihre magischen Sinne teilten ihr mit, dass der Gurrländer ebenso wie seine Kameraden von einer Art schwarzer Dunstwolke umgeben war, die ihn vollkommen einhüllte, und sie spürte die Art der Magie, die in dieser Wolke steckte. Sie war stark und böse.

Unterdessen war Hekendialondilan bis ans Heck ihres Bootes zurückgewichen. Mera und die anderen taten dies unwillkürlich auch. Das Boot jammerte, weil es die ungleiche Gewichtsbelastung ausgleichen musste. Diese wurde noch schlimmer, als die drei Gurrländer auf die Gruppe zutraten.

»Gebt auf, sonst werden wir grantig!« Der Sprecher griff zu, erwischte Careela und zerrte sie nach vorne. Die Prinzessin kreischte vor Angst. Prompt versetzte der Gurrländer ihr eine schallende Ohrfeige und befahl ihr, still zu sein.

Careela verstummte, doch dafür rannen ihr die Tränen in breiten Bächen über die Wangen. Sie krümmte sich wie ein Wurm und rollte sich zusammen. Als sie nach einem heftigen Fußtritt noch immer nicht die Arme ausstreckte, um sich fesseln zu lassen, zog der Gurrländer seinen Dolch und schlug ihr den Knauf gegen den

Schädel, so dass sie mit einem leisen Laut zurücksank und bewusstlos liegen blieb.

»So geht es allen, die nicht gehorchen«, erklärte der Gurrländer und bückte sich, um die Wehrlose zu fesseln. Da sah er sich auf einmal Argo gegenüber. Der Kleine rannte mit zornig glühenden Augen auf den Gurrländer zu und hieb mit seinen winzigen Fäusten auf ihn ein.

Der Gurrländer griff ihn mit der Linken am Genick, hob ihn hoch und holte mit der anderen Hand aus.

»Nein, nicht!«, rief Mera und versuchte, ihm in den Arm zu fallen. Ein anderer Gurrländer stieß sie mit dem Schaft seiner Doppelaxt zurück. Fast gleichzeitig klatschte es, und der Schlag riss Argo beinahe den Kopf von den Schultern. Ein anderer Junge seines Alters wäre nach diesem Schlag bewusstlos gewesen oder gar tot. Argo hingegen schüttelte sich nur und fauchte wie eine gereizte Katze, während seine Augen in rascher Folge die Farben wechselten. Auch seine Haare strahlten wieder in allen sechs Farben, und Mera sah, wie nur für sie und die Runi erkennbare Wolken magischer Energie auf ihn zuströmten. Ihr eigenes Blau war ebenso dabei wie das Weiß Hekendialondilans oder das Schwarz, das die Gurrländer umgab.

Die gesamte Magie ballte sich in Argo, drehte sich in sich selbst, und für einige Augenblicke befürchtete sie, der Junge würde eine magische Explosion erzeugen, die sie alle vom Meer fegen würde. Doch dann konnte sie eine in allen Farben schimmernde Substanz in ihm erkennen, die wild pulsierte und Magie ansog. Das Ding dehnte sich aus, so als bewege sich etwas darin, wie ein Küken, das schlüpfen wollte. Dann ging alles so schnell, dass Mera erst später in den Bildern ihrer Erinnerung verfolgen konnte, was geschehen war.

Der Junge begann von innen heraus zu leuchten. Gleichzeitig streckten sich seine Glieder und veränderten sich. Aus seinem Kopf wurde ein keilförmiger, spitz zulaufender Schädel mit kleinen, scharfen Zähnen und großen Augen. Das Hemdchen, das Careela ihm genäht hatte, glitt wie Wasser von seinem Leib, den auf einmal schillernde Schuppen bedeckten. Seine Arme formten sich zu Vorderbeinen mit langen Zehen und scharfen Krallen, seine Beine verwandelten sich ebenso, und aus seinem Hintern wuchs ein Schuppenschwanz, der mehr als ein Drittel der Körperlänge einnahm.

Insgesamt war Argo in dieser Gestalt etwas länger als ein Mann hoch, wirkte aber dennoch zierlich. Die Gurrländer, die seiner Verwandlung zunächst wie erstarrt zugesehen hatten, hoben nun ihre Waffen, um dieses Wesen zu erschlagen. Der vierfüßige Argo war jedoch schneller als sie. Er wich ihren Hieben aus, krallte sich mit seinen scharfen Klauen an einem von ihnen fest und schlug seine Zähne in das gepanzerte Bein eines Kriegers. Er merkte jedoch rasch, dass er die Eisenschienen nicht durchbeißen konnte, und ließ den Gurrländer los. Flink wie ein Wiesel wich er zurück und riss sein Maul auf.

»Damit machst du uns keine Angst«, rief einer der Gurrländer höhnisch. Doch ehe er ausholen und erneut zuschlagen konnte, sprühten Funken aus Argos Maul.

Einen Augenblick später brüllten die Gurrländer, als würden sie aufgespießt, warfen ihre Waffen weg und sprangen so schnell an Bord ihres eigenen Schiffes zurück, dass sie einige ihrer Kameraden, die ebenfalls an Bord des kleinen Runischiffes steigen wollten, einfach niederstießen.

»Was soll das?«, brüllte der Kapitän sie an.

Er bekam eine sehr unerwartete Antwort. Argo war flink wie eine Katze auf das Gurrlandschiff geklettert und übergoss die Besatzung mit einem Funkenregen. Einige der Rüstungen bekamen Brandflecken, andere sogar Löcher. Die sechzehn Männer, die sich auf dem Patrouillenschiff befanden, kreischten vor Schmerz und Angst, und keiner dachte daran, sich gegen den kleinen Quälgeist zur Wehr zu setzen. Sie warfen die Schwerter und Äxte von sich, rissen sich die Rüstungen vom Leib und sprangen ins Wasser.

Das Ganze ging so schnell, dass Mera und ihre Freunde es kaum mitbekamen. Während die anderen nur fassungslos dastanden, bemerkte Mera, dass die Magie, die die Gurrländer wie giftiger, schwarzer Dampf eingehüllt hatte, durch Argos Funken aufgelöst worden war. Mit seinem eher kraftlos wirkenden Feuer hatte der Kleine die unerschütterlichen Kriegsknechte des Kaisers auf dem Feuerthron in ängstliche und durch den Schmerz von Panik erfüllte Leute verwandelt, die nicht wussten, wie sie auf dieses Schiff geraten waren und was sie hier tun sollten.

Erst langsam wurde Mera klar, dass der Kaiser sich die Treue seiner Männer durch beeinflussende Magie sicherte und Argo diese auf seine seltsame Art beseitigen konnte. Mit einem Mal taten ihr die Männer leid. »Ich möchte nicht, dass sie ertrinken!«

»Wegen mir könnten sie absaufen wie Ratten!« Kip, dem Girdhan eben die Fesseln zerschnitten hatte, verschränkte die Arme vor der Brust und machte ein Gesicht, als hätte er die Gurrländer ganz allein in die Flucht geschlagen.

Unterdessen schätzte Hekendialondilan die Entfernung zur nächstgelegenen kleinen Insel ab. »Die Gurrländer sind zäh. Sie werden es bis zu diesem Eiland dort schaffen.«

»Hoffentlich«, entfuhr es Mera.

Kip sah seine Freunde fragend an. »Was machen wir mit ihrem Schiff? Vielleicht sollten wir hinübersteigen und damit weiterfahren. Es fällt sicher weniger auf als Hekes Kahn.«

Girdhan schüttelte den Kopf. »Darauf würde ich nicht wetten. Das Ding ist ein Kriegsschiff und soll sicher seine vorgeschriebene Route fahren. Verlässt es diese, werden wahrscheinlich andere Schiffe kommen, um nachzusehen, was da los ist. Außerdem ist es zu groß für uns. Zu fünft können wir den Kahn gar nicht fahren.«

»Außerdem ist irgendetwas Magisches an Bord, das mir nicht gefällt. Lasst uns lieber rasch von hier verschwinden.« Mera wandte den Kopf ab, denn für Augenblicke hatte sie das Gefühl gehabt, jemand würde nach ihren Gedanken greifen.

»Mera hat recht! Komm, Argo, drüben ist nichts mehr, mit dem du fertig werden musst!« Heke wollte das Wesen, in das Argo sich verwandelt hatte, anlocken, doch da sprang es von selbst an Bord und ringelte sich mit klagenden Lauten um Careela, die noch immer bewusstlos am Boden lag. Aus einer Platzwunde auf ihrer Stirn floss Blut und färbte das kristallene Weiß des Bootskörpers an der Stelle rot.

Hekendialondilan stieß Mera an. »Du bist doch eine Heilerin. Vielleicht kannst du ihr helfen.«

Argo hob seinen Kopf, der auf einem langen, sehr beweglichen Hals saß. »Ja! Bitte tu das. Careela ist lieb!«

Zwar war er der Einzige an Bord, der so freundliche Worte für Careela fand, aber die anderen interessierte es mehr, dass er auch in dieser tierhaften Gestalt klar sprechen konnte.

Als Kip trotzdem ein paar ätzende Worte über die Prinzessin verlor, musste Hekendialondilan Argos mit vielen spitzen Zähnen bewehrtes Maul zuhalten, damit er nicht nach dem Jungen schnappte. Währenddessen kniete Mera neben Careela nieder und legte ihre Hände um deren Kopf. Sie spürte, wie ihre Heilerfähigkeiten erwachten und ein dünner, aber steter blauer Strom an Magie in die Prinzessin hineinfloss. Die Platzwunde auf ihrer Stirn hörte auf zu bluten und schloss sich langsam, bis nur noch eine feine, kaum mehr sichtbare Linie über der rechten Augenbraue übrig blieb. Auch die Schrammen, die Careela sich sonst noch zugezogen hatte, waren verschwunden.

»Mera ist auch lieb«, erklärte Argo und rieb seinen schuppigen Kopf an ihrem rechten Oberarm. Mera nutzte die Chance und drehte seine Augen so, dass sie hineinsehen konnte. »Wie hast du das eben gemacht?«

»Was gemacht?«, fragte Argo.

»Ich meine, diese Verwandlung, deine Feuerfunken, eigentlich alles. Wer oder was bist du überhaupt?«

Argo klapperte mit den Lidern, so dass deren feine Schuppen

rasselten. »Es ist einfach so gekommen. Ich habe keine Ahnung, warum.«

»Er weiß es wirklich nicht!« Hekendialondilan glaubte Wahrheit und Lüge auseinanderhalten zu können, und für ihr Gefühl hatte Argo nicht gelogen. Der Kleine schien eher selbst erschrocken zu sein und seine Verwandlung kaum fassen zu können.

»Wahrscheinlich liegt es in seiner Natur, das zu tun. Ich habe zwar noch nie davon gehört, doch in alten Liedern heißt es, es gebe noch viele Inseln jenseits des Horizonts. Da mögen Wesen wie Argo leben.«

»Gut gedacht, und doch ist es falsch!« Reodhendhor hatte sich wieder aus dem Bootskörper gelöst und stand mit einer Miene vor den Kindern, die sie nicht zu deuten wussten. Er weinte Geistertränen, aber nicht aus Trauer. Seine Blicke streichelten Argo, und zuletzt beugte er sich über ihn und küsste seine Stirn. Dann wandte er sich mit leuchtenden Augen an die anderen.

»Wir haben ein Wunder erlebt! Dem großen Talien und allen anderen Göttern sei Dank. Jetzt gibt es wieder Hoffnung für uns.«

»Ich wäre dir dankbar, wenn du so reden könntest, dass auch wir etwas verstehen!« Kip klang knurrig. Wie es aussah, war nun auch dieser kleine Knirps etwas Besonderes, während er selbst immer nur der einfache Fischerjunge bleiben würde.

Reodhendhor lächelte entschuldigend. »Verzeih mir, Kapitän Kip. Doch die Freude hat mich übermannt. Das hier« – er zeigte auf Argo – »ist ein Arghan. Zugegeben ein noch sehr junger Arghan, aber er wird einmal sehr groß und mächtig werden. Wenn er erwachsen ist, wird ihm auch der schwarze Kristall des Feuerthrons nichts mehr anhaben können. Das allein wäre schon ein Wunder.«

»Ist es ein Kind deines Arghanfreundes?«, fragte Mera.

Der Geisterruni schüttelte den Kopf. »Nein! Mein Freund war ein männlicher Arghan und konnte daher keine Kinder gebären. In alten Liedern heißt es jedoch, dass einem Arghan die Fähigkeit gegeben sei, seine Seele bei seinem Tod in einen Kristall reiner

Magie zu betten und nach einer bestimmten Zeit wiedergeboren zu werden. Ich habe tausend Jahre lang die Absichten meines Freundes missverstanden und glaubte, er wäre zu jener Insel gefahren, um dort Heilung zu finden. Dabei war es für ihn der Ort, an dem seine Seele genug Magie in sich aufnehmen konnte, um den Kreislauf des Lebens neu beginnen zu können. Er wusste, dass Wassurams magisches Gift zu stark für ihn war, wollte uns aber nicht ohne Hoffnung zurücklassen. Ich habe nicht daran gedacht, sonst hätte ich mich nicht in die Zauberwelt zurückgezogen, sondern wäre beim Skelett meines Freundes geblieben, um über seine Seele zu wachen.«

»Und wärst dabei vom ersten stärkeren magischen Sturm zerrissen worden. Nein, Freund Reodhendhor, so war es besser. Jetzt kannst du sowohl Argo als auch uns mit deiner Erfahrung nützlich sein!«

»Mera hat recht«, setzte Girdhan hinzu. »Irgendwie scheint das alles Bestimmung gewesen zu sein. Was mich nur interessieren würde: Hat dein Freund sich damals auch aus einem Menschen in einen Arghan verwandelt? Geht das auch umgekehrt, oder bleibt er jetzt so?«

Reodhendhor breitete hilflos die Hände aus. »Mein Freund hat sich nie verwandelt. Zumindest habe ich ihn nur als Arghan gekannt, und er hat nie etwas verlauten lassen, dass er auch eine andere Gestalt annehmen könne.«

In dem Augenblick regte Careela sich. Sie öffnete die Augen, sah den schmalen Arghanschädel mit den großen, in allen sechs Farben glänzenden Augen vor sich und wich mit einem Aufschrei zurück. Sie merkte jedoch rasch, dass sie sich noch auf Hekendialondilans Boot befand und keiner ihrer Freunde mehr gefesselt war.

»Was ist geschehen?«, fragte sie mit dünner Stimme.

Girdhan wies auf den kleinen Arghan. »Argo hat sich verwandelt und die Feinde vertrieben. Du hättest sehen sollen, wie sie ins Wasser gesprungen und in aller Eile davongeschwommen sind.«

»Argo hat uns gerettet? Ich wusste doch gleich, dass er etwas Besonderes ist!« Careela nahm die neue Gestalt ihres Schützlings hin, so als habe sie es jeden Tag mit Wundern zu tun. Aufatmend begann sie ihn zu streicheln und erklärte, dass seine Schuppen hart seien, sich aber angenehm anfühlten.

»Er ist wunderschön«, flüsterte sie. Argo legte seinen Kopf auf ihren Oberschenkel und blickte glücklich zu ihr auf.

Während die beiden beschäftigt waren, deutete Hekendialondilan auf das Gurrlandschiff, das langsam von ihnen wegtrieb.

»Wir sollten es versenken. Mir macht Sorge, dass Mera etwas Magisches an Bord entdeckt hat. Es könnte sein, dass andere Gurrländer durch das Schiff erkennen werden, was hier geschehen ist.«

»Und wie willst du den Kasten versenken? Sollen Girdhan und ich vielleicht hinüberschwimmen und Löcher in den Rumpf hacken?«, fragte Kip.

»Das würde zu lange dauern. Die Nacht ist bald zu Ende, und wir müssen vor Tagesanbruch an Land sein und ein gutes Versteck für mein Boot gefunden haben.« Hekendialondilan nahm den Bogen wieder zur Hand, zog einen Pfeil aus dem Köcher und musterte seine Spitze.

»Er ist anders als die Pfeile, die mein Volk sonst verwendet. Es steckt viel Kriegsmagie darin. Seht!« Sie zog den Bogen aus, zielte kurz und ließ den Pfeil von der Sehne schnellen. Er zuckte wie ein gelber Blitz zu dem Gurrlandschiff hinüber und traf es knapp über der Wasserlinie. Ein Donnerschlag rollte über das Wasser, dann riss die Bordwand auf der ganzen Seite auf, und das Wasser ergoss sich ins Innere des Schiffes. Es dauerte nur wenige Augenblicke, dann versank es über den Bug im Meer.

Mit einem zufriedenen Lächeln wandte Hekendialondilan sich an ihre Freunde. »Mit einem Kriegspfeil meines eigenen Volkes hätte ich das nicht tun dürfen. Eine solche Gegenfarbenexplosion hätte selbst der gurrländische Kaiser in seinen dunklen Hallen gespürt! Der gelbe Pfeil hat jedoch genau das getan, was er sollte, und uns von diesem Schiff befreit. Wenn ein Gurrländer es bergen will, muss er tief tauchen.«

»Trotzdem wird es wahrscheinlich nicht lange dauern, bis jemand nachschauen kommt. Wir sollten schnellstens von hier verschwinden!« Girdhan rieb sich heftig über das Gesicht und deutete nach vorne auf die langsam sichtbar werdende Küste.

»Dort hinten müsste es eine felsige Bucht geben, die vom Meer nicht einzusehen ist.«

Kip stieß ihn an. »Woher willst du das wissen?«

»Ich weiß es einfach. Keine Ahnung, woher.«

»Ich spüre etwas! Jemand hat uns bemerkt und will uns dorthin lotsen. Es ist kein Feind!« Hekendialondilan kostete es etwas Mühe, dies zu sagen, denn der Absender der Botschaft war schwarz wie Girdhan, aber im Gegensatz zu diesem magisch ausgebildet, und sein Senden bereitete ihr Kopfschmerzen.

Mera bekam die Nachricht ebenfalls mit, obwohl sie durch den Einsatz ihrer Heilkräfte erschöpft war, und stimmte Girdhan und Hekendialondilan zu. »Wir segeln dorthin!«

6

Sie erreichten die kleine, kaum dreißig Schritt durchmessende Bucht im Licht der aufgehenden Sonne. Hinter den Felsen, welche den natürlichen Hafen gen Osten abschirmten, herrschte noch Dämmerung. Dem Boot gefiel die Stelle nicht, denn es lag zu viel schwarze Magie in der Luft, und es hatte Angst, Schaden zu nehmen.

»Den einen Tag wirst du wohl überstehen«, schimpfte Hekendialondilan. »Sobald es Nacht wird, kannst du wieder aufs Meer hinausfahren und dort warten, bis ich dich rufe.«

»Du willst doch nicht etwa hierbleiben?«

»Sicher will ich das!«

Das Boot war entsetzt, aber auch in seiner Ehre gekränkt. Wenn seine Herrin Girdanias schwarze Ausstrahlung ertragen wollte, würde es dies auch tun.

»Wo soll ich mich verstecken?«, fragte es.

Hekendialondilan sah sich um und deutete auf eine überhängende Felswand, die das Boot sowohl vom Land wie von der See aus vor Blicken verbergen würde.

»Dort müsste es gehen! Schmiege dich eng an den Felsen, damit dich niemand sieht.«

Allein der Gedanke, sich gegen den schwarzen Stein lehnen zu müssen, der so unangenehm brannte, empfand der Geist des Bootes als abstoßend. Er wagte jedoch keinen Widerspruch mehr, sondern legte an einer Stelle an, an der seine Passagiere aussteigen konnten. Mera, Hekendialondilan und die anderen sprangen von Bord, nicht ohne die Sachen aus Reodhendhors altem Schiff mitzunehmen, und sahen sich erst einmal um.

»Nun, großer Held? Wie müssen wir jetzt gehen?«, fragte Kip Girdhan, der seltsam verwirrt am Ufer stand.

Careela seufzte. »Wenn das nur keine Falle ist.«

»Dann blase ich alle hinweg, die sich uns in den Weg stellen wollen!« Argo öffnete das Maul, um Funken zu sprühen. Da hörte er leise Schritte, die sich von oben dem felsigen Ufer näherten, und verwandelte sich auf einen Schlag wieder in einen Jungen.

»He, was soll das?«, protestierte Kip. »Wenn wir dich brauchen …«

»… wird er sich gewiss wieder verwandeln. Aber vorerst ist es gut, wenn keiner sieht, was in ihm steckt«, wies Girdhan ihn zurecht.

Careela hob den kleinen Nackedei auf und wickelte ihn kurzerhand in Kips neuen Umhang. Dabei strahlte sie trotz des gelben Tuchs so, als halte sie das schönste Geschenk der Welt in Händen. Seit sie sich um Argo kümmern durfte, fühlte sie sich als

Teilhaberin eines großen Geheimnisses, und sie freute sich, dass sie von den anderen nun als vollwertige Gefährtin anerkannt wurde. Sie küsste den Jungen, der sich die Zärtlichkeit kichernd gefallen ließ, und blickte dann wie die anderen die Felsen hoch, um zu sehen, wer sich ihnen näherte.

Es handelte sich um eine junge Frau, beinahe noch ein Mädchen. Mera schätzte sie auf vielleicht siebzehn bis neunzehn Jahre. Sie war groß, ohne jedoch die Länge der Runi-Frauen zu erreichen, die Mera gesehen hatte, und wirkte auch nicht ganz so schmal. Allerdings war sie schlanker als die meisten anderen Menschenfrauen ihres Alters. Ihr Gesicht war länglich, ebenso die Nase, und sie hatte ein spitzes Kinn. Als sie die letzten Schritte vom Felsen herabkletterte und vor der Gruppe stehen blieb, bemerkte Mera ihre tiefschwarzen Augen, die sie an Girdhan erinnerten. Es wunderte sie nicht, dass die junge Frau pechschwarze Kleidung anhatte, die sich eng an ihren Körper schmiegte, um ihre Beweglichkeit nicht zu beeinträchtigen.

Auf dem Rücken trug die Fremde einen Bogen, dessen Köcher allerdings nur noch zu einem Teil gefüllt war. An ihrer rechten Seite hing ein Dolch und an der linken ein kurzes, breites Schwert. Sie blieb hoch aufgerichtet im Schatten der Felsen stehen und betrachtete die Ankömmlinge.

»Ein Runierbalg! Das hat mir gerade noch gefehlt.« Die Schwarze spie aus. »Ich habe euch bemerkt, als ihr auf die Insel zugehalten habt. Hätte ich nicht jemand bei euch gespürt, der zu uns gehört, hätte ich euch wahrscheinlich den Gurrköpfen überlassen. So aber wollte ich doch sehen, wer ihr seid.«

Freundlichkeit hört sich anders an, fand Mera. Die Frau wirkte beinahe so arrogant wie Careela zu Beginn ihrer Reise. Da sie jedoch auf Hilfe angewiesen waren, beschloss sie, verbindlich zu sein. »Ich danke Euch, werte Dame, dass Ihr Euch unser annehmen wollt.«

»Das habe ich nicht gesagt! Ich wollte mir nur ansehen, wer da so einfach in den Rachen der Gurrlandmonster schwimmt. Aber ich will nicht unhöflich sein: Ich bin Girdhala, die Anführerin der freien Girdanier in diesen Bergen.«

Kip zupfte Girdhan am Ärmel. »Kann das eine Verwandte von dir sein? Ich meine, weil ihr Name mit Girdh beginnt? Bei uns auf Ilyndhir tragen die Mitglieder einer Familie über viele Generationen Namen mit dem gleichen Wortstamm. Ich erinnere da nur an Ilna und Ilnor, aber auch Merala, Meraneh und Mera.«

Girdhan winkte ab. »Sei still! Ich möchte hören, was sie sagt.« Er spürte, wie Girdhala ihn magisch abtastete, und verschloss sich unwillkürlich vor ihr.

Nun trat sie einen Schritt auf ihn zu, betrachtete ihn kurz und schüttelte dann den Kopf. »Ich dachte, ich hätte einen Kriegeradepten gespürt, der für uns von Wert sein könnte. Doch du bist nur ein grüner Junge. Und die anderen – alles nur Kinder! Ihr seid wohl von zu Hause ausgerissen! Aber da seid ihr an den falschen Ort geraten. Hier herrscht Krieg, und es überleben nur diejenigen, die kämpfen können oder besondere Fähigkeiten besitzen. Ich zum Beispiel bin eine Kriegeradeptin und vermag drei Gurrköpfe gleichzeitig zu besiegen.«

Girdhalas Überheblichkeit ärgerte Girdhan. »Vielleicht sind wir nicht so schwach, wie du denkst! Mera zum Beispiel ist eine gute Heilerin, und was Runier können, berichten die alten Sagen.«

»Um das zu vollbringen, was darin berichtet wird, muss die da noch um einiges wachsen. Aber eine Heilerin könnten wir brauchen. Zwei meiner Leute wurden beim letzten Kampf gegen die Gurrköpfe verletzt. Um eine Frau steht es sehr schlecht. Willst du uns helfen?« Sie sah Mera dabei forschend an.

Diese schluckte ihren Ärger über das Auftreten der Girdanierin hinunter und bemühte sich, so ruhig wie möglich zu antworten. »Ich wäre bereit, deine Leute zu heilen, soweit es in meiner Macht liegt. Doch umsonst ist der Tod. Wir sind auf der Flucht vor den Gurrländern und brauchen ein sicheres Versteck.«

»Unser Versteck ist sicher. Sonst hätten die Gurrköpfe uns schon längst ausgeräuchert. Kommt mit! Allerdings warne ich euch. Wenn ihr falsch spielt und uns an die Gurrköpfe verraten wollt, seid ihr geliefert. Habt ihr verstanden?«

»Klar und deutlich!«, sagte Girdhan.

Als sie seine Stimme hörte, kniff Girdhala die Augen zusammen. »Von dir wüsste ich gerne, wer du bist. Es gibt Verräter in unserem Volk, die sich dem Feuerthron angedient haben und jetzt die Aufsicht über diejenigen führen, die versklavt worden sind.«

»So einer bin ich mit Sicherheit nicht. Ich bin hierhergekommen, um gegen den Herrn des Feuerthrons zu kämpfen und für unser Volk die Freiheit zu erringen.«

»Pah, die Träume eines Kindes! Es gibt niemanden, der die Macht des Kaisers brechen kann.«

»Warum kämpft ihr dann noch?«, fragte Girdhan.

»Weil wir keine Schlappschwänze sind, sondern nach unserem Tod stolz vor Giringar treten und sagen wollen, dass wir als tapfere Krieger gestorben sind und nicht als Sklaven eines übergeschnappten Magierkönigs. Aber jetzt kommt! Oder wollt ihr warten, bis eine Gurrkopfpatrouille vorbeikommt und euch mitnimmt?«

Girdhala wandte sich ab und stieg wieder die Felsen hoch, die das Ufer säumten. Mera und ihre Freunde wechselten einen kurzen Blick. Auch wenn die Schwarze ihnen nicht gerade sympathisch war, mussten sie mit ihr auskommen. Außer Girdhala würde wohl so schnell niemand bereit sein, ihnen zu helfen.

»Wir folgen ihr!«, sagte Girdhan und kletterte als Erster hinter der Girdanierin her. Careela trug Argo, während Timpo den Weg auf Meras Schulter zurücklegte. Fleckchen suchte sich selbst einen Weg, um nach oben zu kommen. Auf der Höhe angekommen, drängte sie sich an Mera, winselte leise und schnappte nach ihrer Hand.

»Was soll das?«, schimpfte sie, da sah sie plötzlich eine Gruppe Gurrländer den Höhenweg entlangmarschieren. Es dauerte einen

Augenblick, bis sie begriff, dass nicht sie, sondern Fleckchen die Kerle zuerst bemerkt hatte.

»Gibt es hier ein Versteck? Wir kriegen gleich unangenehmen Besuch!«, flüsterte sie Girdhala zu.

Diese konzentrierte sich kurz und nickte. »Gurrköpfe! Rasch, hinter die Felsen!« Kaum hatte sie es gesagt, da verschwand sie schneller, als es ein normaler Mensch vermocht hätte. Mera und die anderen schlüpften ebenfalls durch die Spalten zwischen einigen Felsblöcken und hatten sich kaum hinter den größten versteckt, als die Gurrländer um die Ecke bogen. Es waren sechs Kerle in schwarzen Rüstungen, die allerdings hauptsächlich aus Leder und nur zu einem geringen Teil aus Metall bestanden. An ihren Hüften hingen lange Schwerter, dazu hielt jeder eine Armbrust in der Hand. Zwei von ihnen hatten zudem noch aufgerollte Peitschen am Gürtel hängen.

Gefährlicher als die Krieger waren jedoch die beiden Hunde, die sie mit sich führten. Es handelte sich um riesige, schwarzfellige Biester mit scharfen Zähnen und breiten Nasen, mit denen sie ständig herumschnüffelten.

Girdhala stieß einen unanständigen Ausdruck aus und griff zu ihrem Bogen. »Das wird nicht ohne Kampf abgehen!«

Girdhan stieß Mera an. »Du hast es doch schon einmal geschafft! Kannst du diese Hunde nicht ebenfalls von unserer Spur abbringen?«

»Das war bei Fleckchen, und das ist ein braver Hund«, flüsterte Mera. Sie hatte sowohl vor den wuchtigen Kriegern Angst als auch vor deren Hunden, die ihrem Aussehen nach jemanden wie sie zum Frühstück verspeisten.

Die beiden Tiere blieben stehen und gaben Laut.

Sofort bildeten die Gurrländer einen Kreis, um die gesamte Umgebung in Augenschein zu nehmen. »Da ist wer!«, sagte einer und hob seine Armbrust.

Mera sah, dass die Hunde in ihre Richtung drängten, und schloss die Augen. »Nicht hierher! Geht woandershin«, flehte sie in Gedanken.

Die Hunde begannen zu bellen.

Ich kann es nicht, durchfuhr es Mera. »Verschwindet! Am besten dorthin, wo ihr hergekommen seid!«, rief sie halblaut und fuhr mit geballten Fäusten durch die Luft.

Ihre Freunde sahen, wie das blaue Licht ihrer Augen durch die geschlossenen Lider drang und sie selbst für ein paar Augenblicke in dieser Farbe leuchtete.

Die Hunde, die eben noch in Richtung des Verstecks gedrängt hatten, führten sich auf einmal so wild auf, als hätten sie Blut geleckt.

»Lasst sie frei!«, befahl der Anführer. Seine Untergebenen lösten die Leinen, und sofort schossen die Hunde wie von der Peitsche getrieben davon.

»Hinterher! Diesmal kriegen wir das Gesindel, das sich hier herumtreibt!«, brüllte der gleiche Gurrländer triumphierend und rannte mit seinen Männern hinter den beiden Tieren her.

»Puh, das war knapp!« Girdhala schnaufte erst einmal tief durch und sah dann Mera an. »Ich habe ja schon einiges über die Kräfte von blauen Hexen gehört, aber dass eine von euch die Bluthunde der Gurrköpfe beeinflussen kann, hätte ich nicht geglaubt.«

Mera taumelte und wäre gefallen, hätte Girdhan sie nicht festgehalten. »Gibt es hier Wasser? Sie braucht dringend etwas zu trinken und am besten auch gleich etwas zu essen.«

Girdhala grinste. »Ich weiß! Zaubern macht hungrig. Deshalb habe ich immer meine Notration dabei.« Sie öffnete die kleine Tasche, die sie am Gürtel trug, und holte ein winziges Fläschchen und ein Stück Brot heraus, das in Girdhans Augen nicht einmal für einen kleinen Jungen reichen würde, der nicht so verfressen war wie Argo.

»Ein kleiner Zaubertrick! Alles sieht nur ein Zehntel so groß aus, wie es in Wirklichkeit ist. Also sei vorsichtig, sonst platzt dir der

Magen.« Girdhala setzte die Flasche an Meras Lippen und träufelte ihr mehrere Tropfen der Flüssigkeit in den Mund.

Mera schluckte gehorsam, schnappte dann keuchend nach Luft und hustete sich schier die Lunge aus dem Leib. »Was ist denn das für ein Tenelinszeug?«, fragte sie.

»Wir nennen es Starkwasser. Es ist magisch gebraut und gibt Kraft, ohne den Kopf zu verwirren wie Schnaps oder Wein.«

»Ich glaube, mir ist schwaches Wasser lieber.« Gewitzt durch diese Erfahrung, nahm Mera nur ein kleines Bröckchen von dem Brot und steckte es in den Mund. Es quoll darin sofort auf, und sie musste rasch kauen, um damit fertig zu werden.

Girdhala warf ihr einen spöttischen Seitenblick zu, reichte die Flasche weiter und gab jedem ein Stück Brot.

Hekendialondilan lehnte dankend ab. Ihr schmeckten die Sachen zu sehr nach ihrer Gegenfarbe. Die anderen aßen und tranken, mussten aber bis auf Girdhan und Argo ebenfalls husten und niesen. Der Kleine verschlang das Brot, das Girdhala ihm gab, mit einem Biss und bettelte nach mehr.

»Das reicht!«, erklärte die schwarze Adeptin, doch der Junge behauptete leise, aber unüberhörbar, er sei am Verhungern. Da Girdhala sich nicht erweichen ließ, teilte Careela ihr Brotstückchen und steckte Argo das größere in den Mund. »Hier, nimm! Damit du groß und stark wirst«, sagte sie.

»So ein Vielfraß! Beschwere dich aber nicht bei mir, wenn er Magenschmerzen bekommt!« Girdhala verzog ihr Gesicht, denn Argos Portion hätte selbst für einen erwachsenen Mann ausreichen müssen. Dann strich sie den Jungen aus ihren Gedanken und winkte den anderen, ihr zu folgen.

7

Der Weg führte durch unwegsames Gelände tiefer in die Berge hinein. Die Gruppe musste etliche Abhänge hinauf- und hinunterklettern, von denen jeder schroffer wirkte als der vorherige. Girdhala, die sich mit traumwandlerischer Sicherheit bewegte, blickte immer wieder zurück, um zu sehen, wie gut ihre neuen Schützlinge zurechtkamen, aber sie hätte sich keine Sorgen zu machen brauchen. Hekendialondilan lief so leichtfüßig über die Felsen, als tanze sie über eine Wiese auf Runia. Dabei trug sie noch Argo, damit Careela beide Arme zum Klettern frei hatte. Mera hatte mit Kip und Girdhan an der felsigen Küste ihrer Heimat herumgetobt, und die beiden Jungen wetteiferten, wer der schnellere von ihnen war. Timpo hatte sich in Meras Schulter verkrallt, und Fleckchen machte Umwege, auf denen sie der Gruppe auf ihre Art leichter folgen konnte. Hinter ihnen kam Reodhendhor, der nur als leichtes Flirren in der Sonne zu erkennen war und sich Girdhala bisher noch nicht gezeigt hatte.

Nach einer Weile erreichten sie eine Höhle. Girdhala schritt hinein und hob, als das Licht von draußen die Umgebung nicht mehr zu erhellen vermochte, ihre Hand, aus der nun kaltes, grau wirkendes Licht schlug, das mehrere Schritte weit reichte. Dabei grinste sie, als würde ihr das alles einen Heidenspaß machen.

»Bis hierher haben die Gurrköpfe unseren Spuren folgen können, glaubten dann aber, auf ein Täuschungsmanöver hereingefallen zu sein, und haben an anderer Stelle weitergesucht. Passt jetzt auf, vor allem du, Spitzohr. Ich spreche jetzt einen Zauber, der unsere Spuren verwischen wird. Vorher müsst ihr eng zu mir aufschließen, denn wenn auch nur einer von euch außerhalb des Wirkungskreises des Zaubers bleibt, kann der Feind uns folgen. Und du hältst deinen Hund gut fest.« Das Letzte galt Mera, die keine Leine benötigte, um Fleckchen an ihrer Seite verharren zu lassen.

Die Höhle besaß mehrere Seitengänge, durch die Girdhala die Gruppe scheinbar ziellos hindurchführte, denn sie kamen mehrmals an Stellen vorbei, die sie bereits passiert zu haben glaubten.

Nach einer Weile sahen sie Tageslicht durch eine Öffnung scheinen, da bog Girdhala in einen blinden Seitenstollen ein, der nur wenige Schritte lang war, und blieb vor dem Höhlenende stehen.

»So, jetzt sind wir am Ziel. Eigentlich hätte ich euch ja die Augen verbinden müssen, aber da die magisch Begabten von euch den Weg trotzdem finden würden, habe ich darauf verzichtet. Bleibt weiterhin eng zusammen. Ich muss vorausgehen und euch ankündigen, sonst halten meine Freunde euch für Feinde. Ihr zählt bis zehn, dann folgt mir der Erste. Und noch etwas: Ihr kommt alle mit. Ich kehre sonst mit einigen Freunden zurück, um euch zu holen. Aber dann werde ich arg grantig sein.«

»Keine Sorge, ich passe schon auf!« Mera wusste zwar nicht, auf welche Weise sie weitergehen konnten, aber sie vertraute ihrer Führerin. Die girdanischen Rebellen hätten sich niemals mehr als ein Jahrzehnt halten können, ohne ein ausgezeichnetes Versteck zu besitzen.

»Also, es geht so!« Girdhala streckte die Hand aus, berührte den Felsen und war verschwunden.

Kip sog erschrocken die Luft ein und wich einen Schritt zurück. »Bei der Blauen Göttin, was war das?«

»Ein Zauber! An so etwas müsstest du dich langsam gewöhnt haben.« Girdhan hielt seinen Freund fest, damit dieser nicht aus dem magischen Kreis geriet, den Girdhala um sie gelegt hatte, und schob ihn nach vorne.

»Du schaffst es schon!«

Da Kip stocksteif dastand, ohne etwas zu tun, packte er dessen Hand und presste sie gegen den Felsen. Im selben Augenblick waren beide verschwunden.

»Puh, das wird ja lustig!« Careela drückte Argo mit dem rechten Arm an sich und berührte mit der linken Hand zögerlich den

Felsen. Im gleichen Augenblick war die Stelle leer, an der sie eben noch gestanden hatte.

Mera wechselte jetzt einen kurzen Blick mit Hekendialondilan, die so aussah, als würde sie lieber am helllichten Tag durch die Hauptstadt Gurrlands schlendern, als sich diesem Zauber auszusetzen.

»Du kannst es ruhig tun«, erklärte ihr Reodhendhor und trat selbst als kaum merklicher Schatten durch das magische Tor. Das ermutigte die junge Runi, und sie berührte den Felsen.

Nun stand nur noch Mera mit Fleckchen und Timpo in der Höhle. Ihr war klar, dass Girdhalas Schutzzauber nicht mehr lange anhalten würde, daher fasste sie Fleckchen am Nackenfell, damit die Hündin ihr nicht im letzten Augenblick entwischte, und streckte die andere Hand aus.

Im gleichen Augenblick befand sie sich in einer völlig anderen Welt. Die Umgebung strahlte nicht mehr jenes dumpfe Schwarz der Gurrländer aus und auch nicht das satte Schwarz Girdhalas, sondern eher ein mattes Gelb, das sie auch bei Reodhendhor wahrgenommen hatte. Mera kam aber nicht dazu, sich darüber Gedanken zu machen, denn sie sah sich einer Gruppe von Girdaniern gegenüber, die sie und ihre Freunde mit ihren Waffen in Schach hielten. Ein Stück weiter vorne stritt Girdhala sich mit einer älteren Frau, die über den unerwarteten Besuch gar nicht begeistert zu sein schien.

»Das hättest du nicht tun dürfen! Gewiss sind es Spione des Kaisers von Gurrland, die unser Lager ausspionieren sollen. Wenn jetzt der Nächste von uns hinausgeht, werden die Gurrländer ihn draußen sicher schon erwarten.«

»Mein Schutzzauber hat bis jetzt immer gewirkt«, antwortete Girdhala ärgerlich. »Außerdem hat die blaue Hexe mehrere Bluthunde der Gurrköpfe verscheucht, die uns bereits aufgestöbert hatten.«

»Du hättest uns vorher fragen müssen«, keifte die Alte.

»Wie denn? Ich konnte die Leute doch nicht draußen stehen lassen. Die blaue Hexe ist übrigens eine Heilerin, und die können wir gut gebrauchen. Oder willst du, dass unsere Freunde sterben, obwohl sie hätten gerettet werden können?«

»Dieses spirrige Mädchen da soll eine Heilerin sein?« Die Alte schlurfte auf Mera zu und blieb direkt vor ihr stehen.

»Bist du eine Heilerin?« In ihrer Stimme lag eine Macht, die sich bis in Meras Gedanken fraß und ihr befehlen wollte, diese Frage zu verneinen.

Das Mädchen kniff die Augen zusammen und atmete mehrmals tief durch. »Ich besitze heilende Kräfte. Meine Großmutter war die Leibheilerin der Königinnen!«

Als sie die Augen wieder aufschlug, sah sie, wie die Alte sie anstarrte. »Das Mädchen ist wirklich stark!«, rief sie verblüfft, fand aber trotzdem noch etwas auszusetzen.

»War es nötig, dieses junge Spitzohr mitzubringen? Ich mag keine Weißen!«

»Dafür aber liebst du das Schwarz von Gurrland heiß und innig«, spottete Girdhala.

»Früher glichen sich das gurrländische Schwarz und unsere Farbe bis auf gewisse magische Abweichungen. Doch seit der neue Kaiser auf dem Feuerthron sitzt, schwingt es anders. Fast würde ich sagen, es entspricht nicht mehr der Farbe unseres Gottes. Ich …« Die Alte brach ab und machte eine wegwerfende Geste. »Das ist nicht mehr von Belang. Wir werden uns hier so lange halten, wie wir können, und was dann kommt, wissen allein die Götter.«

»Was ist mit den Verletzten?« Mera hatte keine Lust, sich irgendein Geschwätz anzuhören, sondern wollte beweisen, dass Girdhala keine Feinde mitgebracht hatte.

»Komm mit!« Girdhala scheuchte die Männer beiseite, die noch immer ihre Waffen auf Mera und ihre Freunde richteten, und schritt voran. Jetzt fand Mera die Gelegenheit, ihre Umgebung ein bisschen genauer in Augenschein zu nehmen. Zuerst hatte sie geglaubt, in ein verborgenes Tal versetzt worden zu sein, aber nun sah sie, dass es nicht die Sonne war, die diese Gegend erleuchtete, sondern eine gelblich schimmernde Decke, die sich hoch über ihnen spannte. An einigen Stellen entdeckte sie auch gelbe Wände, die diese Decke trugen, und etliche Durchgänge, die in andere Hallen zu führen schienen.

»Imposant, nicht wahr?«, sagte Girdhala. »Wir sind durch Zufall auf dieses Labyrinth gestoßen. «Damals wollte mein Vater eigentlich mit mir und meiner Mutter diese Insel verlassen. Doch ich hatte eine Vision von diesem Ort und bin aus unserem Versteck in den Bergen weggelaufen, um das hier zu untersuchen. Wie du siehst, hat es sich gelohnt!» Girdhala hörte sich sehr stolz an, denn damals war sie, wie sie erklärte, erst fünf Jahre alt gewesen, hatte aber schon als großes magisches Talent gegolten.

Mera achtete weniger auf das, was ihre Begleiterin über das Versteck gesagt hatte, als auf ihre Bemerkung über Vater und Mutter. Ihr Blick streifte Girdhan, der mit unbewegter Miene hinter ihnen herstapfte. Konnte es sein, dass er und die junge Frau Geschwister waren?, fragte sie sich. Die Namensähnlichkeit deutete darauf hin. Allerdings sah Girdhan nicht so aus, als würde er sich besonders dafür interessieren. Nahm er es seinen Verwandten übel, dass er ganz allein unter Fremden in Ilynrah hatte aufwachsen müssen? Dieser Gedanke stimmte sie traurig. Ihre Großmutter, die Mutter und sie hatten doch alles getan, damit er sich bei ihnen hatte heimisch fühlen können.

Gleichzeitig wunderte sie sich, wie unterschiedlich die beiden aussahen. Oberflächlich betrachtet schienen sie nicht einmal dem gleichen Volk anzugehören. Girdhala war groß, schlank und sehr feingliedrig, während Girdhan trotz seiner dreizehn Jahre bereits kräftig war und eher untersetzt wirkte. Er war jetzt schon stärker als ein ausgewachsener ilyndhirischer Mann und würde noch an Größe und Kraft zulegen.

Als Mera sich nach den anderen Frauen und Männern umsah,

die sie begleiteten, fiel ihr auf, wie stark sich die Geschlechter unterschieden. Zwar erinnerte sie sich daran, dass sich Männer und Frauen bei den girdanischen Flüchtlingen nicht so ähnlich gewesen waren wie die gebürtigen Ilyndhirer, doch so stark war der Unterschied ihr nie vorgekommen. Vermutlich gehörten diese äußeren Unterschiede zu den Merkmalen der magisch begabten Girdanier oder jener aus höherstehenden Familien. Alle Männer wirkten wuchtig, ja fast ungeschlacht, und besaßen mächtige Muskelpakete, waren aber mindestens um einen halben Kopf kleiner als die Frauen, die trotz ihrer Körpergröße höchstens halb so schwer sein konnten wie die Männer. Dabei wirkten die Frauen alles andere als schwach oder zerbrechlich, und die Augen der meisten glühten so schwarz wie Girdhans. Sie erinnerten Mera an elegante, geschmeidige Katzen. Die Älteren trugen schwarze Tätowierungen im Gesicht, die nur bei einem Teil von ihnen künstlichen Ursprungs waren.

In diesem Augenblick wünschte Mera sich einen Spiegel, um nachsehen zu können, ob sie sich ebenfalls verändert hatte. Ihre Großmutter hatte oft blaue Farbe auf Gesicht und Hände aufgetragen, insbesondere wenn sie das Haus verlassen hatte. Damals hatte Mera geglaubt, dies geschähe aus Achtung vor der Göttin. Jetzt begriff sie, dass Merala damit die in der Sonne stärker hervortretende magische Zeichnung ihrer Haut hatte verbergen wollen.

»Dort sind die Verletzten! Meiner Freundin Salintah geht es, wie ich schon gesagt habe, sehr schlecht!«

Girdhalas Stimme holte Mera in die Gegenwart zurück. Sie blieb stehen und betrachtete die beiden Gestalten auf den primitiven Betten. Es handelte sich um einen Mann, dessen rechter Arm und die Schulter dick verbunden waren, und um ein Mädchen in Girdhalas Alter. Dieses lag so starr und mit offenen Augen da, dass Mera erschrak, weil sie glaubte, eine Tote vor sich zu sehen. Erst auf den zweiten Blick stellte sie fest, dass der Brustkorb der Frau sich ganz langsam hob und senkte.

»Wir haben Salintah in ein Erstarrungsfeld gehüllt, damit das Leben langsamer aus ihr fließt, als es sonst geschähe.« Bei diesen Worten zog Girdhala die Decke weg, welche die Verletzte bedeckte, und Mera starrte auf ein schwärzlich verbranntes Loch im Bauch der jungen Frau, unter dem die beschädigten Organe zu erkennen waren.

»Ein Schuss aus einer Flammenlanze! Andere wären sofort gestorben, doch Salintah hat sich gegen den Tod gewehrt. Vielleicht hat sie gespürt, dass bald eine Heilerin kommt, die ihr helfen kann«, erklärte Girdhala.

Die alte Frau, die ihnen gefolgt war, stieß einen verächtlichen Laut aus. »Ihr Geist hätte gleich nach Osten zu Giringars Seelendom gehen sollen, anstatt sich an ihren Leib zu klammern und langsam zu verwehen.«

»Schweig!«, fuhr Girdhala sie an. »Salintah ist eine unserer besten Kampfadeptinnen, und sie hat noch keine Töchter, an die sie ihre Gaben hätte weitergeben können. Zudem ist sie die Einzige außer mir, die den Schutzzauber sprechen kann, der unser Versteck verbirgt. Wenn mir etwas zustoßen sollte, wärt ihr auf ewig in dieser Welt ohne Sonne und Sterne eingesperrt!«

Mit einer verzweifelten Geste wandte sie sich an Mera. »Kannst du ihr helfen?«

Mera starrte auf die fürchterliche Verletzung, schluckte erst einmal und schüttelte dann den Kopf. »So eine schlimme Verletzung habe ich noch nie behandelt.«

»Versuche es wenigstens! Salintah darf nicht sterben.« Girdhala begann zu weinen, und dies erschreckte Mera mehr, als wenn sie geflucht oder sie beschimpft hätte. Sie spürte, dass die Frau, die sie für Girdhans Schwester hielt, nicht nur die Anführerin, sondern auch der gute Geist dieser Gruppe war. Wenn sie schwach wurde und Fehler machte, würde es das Ende für alle bedeuten.

»Große Blaue Ilyna, hilf!«, betete sie und legte die Hände auf die Schwerverletzte. Diese bäumte sich auf, als hätte ein Peitschenhieb sie getroffen, keuchte und stöhnte, und gleichzeitig begannen ihre Wunden wieder zu bluten.

Die Alte schrie auf. »Sie hat den Erstarrungszauber gebrochen! Jetzt wird Salintah hier sterben, und aus dieser gelbmagischen Höhle wird ihr Geist niemals den Weg zu Giringar finden!«

In ihrer Panik presste Mera die Hände auf die klaffende Wunde. Ihr Kopf war wie leer gefegt, und sie wusste nicht einmal mehr, wie sie Careelas Platzwunde geschlossen hatte. Verzweifelt betete sie, dass ihre Kräfte wiederkehren sollten, und kämpfte gegen die Dunkelheit des Todes an, die sie zu verschlingen drohte.

Die anderen sahen, wie aus Meras Augen helle blaue Flammen schlugen und sie selbst und die Verletzte in ein strahlendes blaues Licht gehüllt wurden. Salintah sank jetzt wieder zurück, doch ihr Brustkorb hob und senkte sich heftig. Gleichzeitig glühten die Ränder ihrer Wunde auf und begannen sich ganz langsam zu schließen.

Nach kurzer Zeit wankte Mera und vermochte sich kaum mehr auf den Beinen zu halten. Girdhan eilte zu ihr und hielt sie fest. Dabei floss ein dünner, aber steter Strom Schwarzmagie von ihm zu seiner blauen Freundin und weiter zu der Verletzten.

Girdhala sah es, umarmte die Heilerin und lieh ihr, so gut es ging, auch ihre Kräfte.

Da Mera nun über weitere Magie verfügte, ging alles sehr rasch. Die Wunde der Verletzten schloss sich, gleichzeitig erlosch das blaue Licht, und Mera sackte in den Armen ihrer beiden Helfer zusammen. Ihr Gesicht war bleich, und nun traten fein verästelte, blaue Linien darauf hervor. Obwohl sie bewusstlos war, öffnete sie ihren Mund, so als würde sie schlucken.

Girdhala war geübt genug, um den Kräfteverschleiß zu erkennen, den Mera eben erlitten hatte, und befahl der Alten, eine Flasche Starkwasser zu bringen.

»Wird sie nicht daran ersticken?«, fragte Girdhan besorgt.

Girdhala schüttelte den Kopf. »Nicht wenn wir es ihr vorsichtig einflößen. Aber dazu brauche ich deine Hilfe. Du bist doch einer von uns, nicht wahr? Wie heißt du eigentlich?«

»Dhan«, antwortete Girdhan und unterschlug dabei die erste Silbe seines Namens.

»Also gut, Dhan.« Girdhala wirkte enttäuscht.

Die Alte aber ließ beinahe die Flasche fallen, die sie aus einer Art kristallenem Kasten genommen hatte. »Heißt deine Mutter Dhana?«

Ohne ihr zu antworten, nahm Girdhan ihr das Fläschchen aus der Hand und reichte es Girdhala. »Sieh zu, dass du Mera wieder auf die Beine bringst. Wir brauchen sie dringend.«

Girdhala entkorkte das Gefäß und träufelte mehrere Tropfen auf Meras Zunge. Erleichtert sah Girdhan, wie das Gesicht seiner Freundin wieder etwas Farbe annahm.

»Sie kommt wieder auf die Beine«, sagte Girdhala und sah dabei Salintah an, auf deren Bauch sich eine durchscheinende Haut über frischem, rosigem Fleisch spannte. Auch sie würde wieder auf die Beine kommen, und das erschien ihr im Augenblick als das größte Wunder.

8

Hannez saß auf einem der höchsten Bäume am Rande des Hexenwaldes von Ilyndhir und hatte die Zweige beiseitegeschoben, um das, was an der Küste geschah, besser beobachten zu können.

Neben ihm saß Meraneh und weinte. »Dass ich das erleben muss!«

Hannez knurrte unwirsch, um sein eigenes Entsetzen nicht zu verraten.

Ungehindert marschierten lange Kolonnen aus Gurrland die

Küstenstraße entlang und würden in wenigen Stunden am Südufer des Flusses stehen. Kein einziger ilyndhirischer Soldat stellte sich ihnen in den Weg. Wer eine Waffe tragen konnte, hockte hinter den Mauern der Hauptstadt und bemühte sich, nicht allzu stark zu zittern. Hannez war noch zweimal in Ilynrah gewesen, um Neuigkeiten zu erfahren, und beim letzten Mal wäre er beinahe erwischt worden. Berrell, der ehemalige Steuerschätzer im Fischersechstel, war zum Stadtkommandanten aufgestiegen und befragte nun jeden, der die Stadt verlassen wollte. Auch ließ er die, die nicht schnell genug antworteten, bis aufs Hemd ausziehen und ihre Sachen von den Bütteln durchsuchen. Nur wenigen wurde gestattet, die Stadt zu verlassen. Daher hatte Hannez bis in die Nacht warten, durch einen Abwasserkanal zum Fluss waten und das Absperrgitter abschrauben müssen, um aus Ilynrah herauszukommen.

Seit diesem Erlebnis wagte er sich nicht mehr in die Stadt hinein. Es schüttelte ihn immer noch, wenn er an die Zustände dort drinnen dachte. Die Menschen waren mit eingezogenen Köpfen und leblosen Gesichtern herumgeschlichen, und über der Stadt hatten Hoffnungslosigkeit und Angst wie eine dunkle, schwere Wolke gehangen, die auch ihn erfasst hatte. Ihm war so elend zumute gewesen, dass er sich am liebsten ins tiefste Loch verkrochen hätte. Die Niedergeschlagenheit war erst gewichen, als er die Grenze des verzauberten Wald überschritten hatte.

Unter dem Kronendach der auf seltsame Art lebendigen Bäume schützte ihn die Magie der Geister vor den Auswirkungen der düsteren Wolke, die von Ilynrah ausging und sich immer weiter über das Land legte. Ihm war klar geworden, dass die Angst, die die Ilyndhirer in der Stadt beherrschte, der Grund war, weshalb niemand versuchte, die Gurrländer aufzuhalten. Dabei wäre es durchaus möglich gewesen, die Angreifer zurückzuschlagen. Was da kam, war nicht das riesige, mit schrecklichen Waffen ausgestattete Heer, das auf Gelonda die Entscheidung erzwungen hatte, und auch nicht jene Massen an Kriegern, die über Malvone hergefallen waren.

Hemor, der einst Geheimer Staatsrat gewesen war und nun für die Menschen in der Stadt als tot galt, hockte ebenfalls auf dem Baum und fasste sich ein ums andere Mal an den Kopf. »Das sind höchstens zweitausend Gurrländer! Vor einem halben Jahr hätten wir diese Truppe allein mit der Garnison von Ilynrah und der Volksmiliz aus der Hauptstadtprovinz vertrieben. Jetzt aber marschieren die Kerle ohne Probleme bis zum Fluss, und der hält sie auch nicht lange auf.«

Er wies auf mehrere Wagen, die die Nachhut des Feindes mit sich führte und die mit Teilen für eine Pontonbrücke beladen waren. »Welcher Wahnsinn kann die Königin dazu gebracht haben, diesen Narren Berrell zum Stadtkommandanten zu ernennen? Der Kerl ist doch unfähig bis zum Gehtnichtmehr!«

Meraneh fuhr auf. »Trotzdem habt ihr ihn uns als Steuerschätzer auf den Hals gehetzt!«

Auch wenn der »Blaue Fisch« längst zu Asche verbrannt war und ihr die alte Zeit nur noch wie ein ferner Traum erschien, hatte sie den Ärger, den Berrell ihr bereitet hatte, nicht vergessen.

Hemor grinste entschuldigend. »Da der Mann aus einer hochadeligen Familie stammt, mussten wir ihm einen angemessenen Posten geben. Deshalb erhielt er das Gebiet der Fischervorstadt.«

»Dort hat er sich wie ein kleiner König aufgeführt und uns tyrannisiert.« Meraneh fauchte wie eine Katze, der man auf den Schwanz getreten hatte, blickte dann aber wieder zu den feindlichen Truppen hinüber, die rasch vorwärtskamen. Ihre magischen Fähigkeiten waren nicht besonders ausgeprägt, aber nach einer kurzen Schulung durch den Geist ihrer Ahnin Meravane nahm sie die Wolke schwarzer Magie wahr, welche das Heer umgab und allen, denen es sich näherte, den Mut und den Willen austrieb, sich zu verteidigen.

»Jetzt könnten wir Torrix und die Hexen und Adepten, die bei den letzten Schlachten umgekommen sind, gut gebrauchen!«, sagte sie zu Hannez.

»Ob die uns jetzt noch helfen könnten? Ich bezweifle es. In der Hauptstadt stinkt es nach Verrat. Das spüre sogar ich, obwohl ich keiner von den Magischen bin.«

Um Meranehs Lippen spielte ein Lächeln. Ganz so unmagisch, wie Hannez glaubte, war er nicht. Zwar würde er es nie zur untersten Stufe eines Adepten bringen, aber er nahm vieles wahr, das anderen verborgen blieb. Das war auch bei Hemor der Fall. Genau wie ihr hatte der Aufenthalt im Hexenwald den beiden die Sinne geschärft.

Sie bemerkte, dass Hannez auf eine Antwort wartete, und machte eine bejahende Geste. »Über Ilynrah liegt ein Zauber, der die Menschen dort lähmt und sie erstarren lässt wie das Kaninchen vor der Schlange. So etwas kann nur durch einen Verräter gesponnen worden sein. Wahrscheinlich hat man Torrix entführt, weil er dies hätte verhindern können. Meine arme Mutter war zufällig dabei und wurde ebenfalls weggeschleppt.«

»Deine Ahnin glaubt aber, der Schlag hätte Merala gegolten.«

»Auch das ist möglich, selbst wenn es uns unwahrscheinlich erscheint. Aber lass uns zurückkehren. Der Feind ist vorübergezogen, und ich habe wenig Lust, auf die Staubfahnen zu starren, die er aufgewirbelt hat.« Meraneh stieg vom Baum, ohne eine Zustimmung abzuwarten.

Hannez, Hemor und zwei andere, die mit ihnen die Gurrländer beobachtet hatten, folgten ihr. Schweigend schritten sie über das leuchtende Moos des Waldes zu dem Versteck, das Meravane ihnen eingerichtet hatte. Geschickt hingesetzte Buschreihen verhinderten, dass das Lager auf mehr als zwanzig Schritt gesehen werden konnte. Außerdem lag der Ort rund zwei Wegstunden vom Rand des Hexenwaldes entfernt, und so tief hatten sich in den letzten paar hundert Jahren außer ihnen nur Mera und Girdhan hineingetraut.

Inzwischen war die Gruppe auf über fünfzig Leute angewachsen. Etliche magisch Begabte aus den umliegenden Dörfern waren dem

Ruf der Geister gefolgt oder von Hannez und dessen Freunden hierhergeholt worden. Auch sie hielten Frieden mit den Menschen von den anderen Inseln, die mit Hannez zusammen von Gelonda geflohen waren, obwohl sich unter diesen Flüchtlingen sogar zwei leicht grünmagisch begabte Mädchen aus Malvone befanden, die als Dienerinnen der dortigen Hexen mit auf die südliche Nachbarinsel gekommen waren.

Als Meraneh, Hannez und ihre Begleiter das Lager betraten, verstummten die Gespräche, und die Hände, die eben noch nach den immer nachwachsenden blauen Beeren gegriffen hatten, verharrten in der Luft.

»Na, was war?«, fragte Thalan aus Gelonda, der als Hannez' Unteranführer galt.

»Die Gurrländer sind weiter im Westen gelandet und ziehen Richtung Hauptstadt, ohne auf Widerstand zu treffen. So, wie es aussieht, wird Ilynrah sich nicht lange halten können.«

Thalan spürte Hannez' Enttäuschung und schlug ihm auf die Schulter. »Wir werden es diesen Kerlen schon zeigen. Dieser Wald hier ist der ideale Ort für Angriffe aus dem Hinterhalt. Wir brauchen ihn immer nur für wenige Stunden verlassen, schlagen zu und kehren wieder zurück. Die Gurrländer werden sich noch verfluchen, hierhergekommen zu sein.«

»Das tun wir!« Hemor gesellte sich ebenfalls zu Hannez und lächelte grimmig. »Die Kerle werden dafür bezahlen, uns überfallen zu haben. Immerhin haben wir Meraneh und einige andere Hexen, die uns gegen den Zauber der Feinde schützen können. Wir werden nicht vor Angst erstarren, wenn sich so ein Ungetüm auf uns zubewegt.«

Meraneh wechselte einen kurzen Blick mit dem gelbmagischen Fischermädchen, das Hannez mitgebracht hatte. So gut, wie der ehemalige Staatsrat behauptete, waren sie bei Weitem nicht. Doch sie würden das Ihre tun, um dem Feind Verluste beizubringen.

Da wurde Meravane sichtbar. »Hier auf Ilyndhir zu kämpfen ist sinnlos. Der Feind würde euch gnadenlos jagen und irgendwann zur Strecke bringen. Das Schicksal des gesamten Archipels wird auf Gurrland entschieden!«

Die anderen starrten die blau pulsierende Erscheinung überrascht an, während Hannez sich bei der Erinnerung an die Ausstrahlung der Gurrländer schüttelte. »Wenn die Magie des Kaisers schon auf Ilyndhir so stark wirkt, wie sollen wir uns dann dort dagegen schützen? Hier haben wir ein ideales Versteck.«

»Das ist nur so lange ideal, bis die Gurrländer im Schutz ihrer Zauber anrücken und mit ihren Äxten die Bäume fällen. Der Wald kann ihnen zwar Verluste beibringen, sie aber nicht aufhalten. Meine Visionen sagen deutlich, dass wir nach Gurrland fahren müssen. Nur dort kann es uns gelingen, den Herrn des Feuerthrons zu stürzen.«

»Das ist Wahnsinn, Weib!«, fuhr Hemor auf. »Selbst wenn wir ein Schiff hätten, das groß genug wäre, uns alle aufzunehmen, würden die Gurrländer uns auf halbem Weg abfangen und auf den Meeresgrund schicken.«

»Ich habe Meraneh und den anderen nicht umsonst beigebracht, Schutzzauber zu weben. Sie werden uns helfen, ungesehen nach Gurrland zu kommen. Außerdem brauchen wir kein größeres Schiff als das, mit dem ihr gekommen seid. Ich will nur wenige von euch mitnehmen. Der Rest muss hierbleiben und abwarten.« Die Geisterfrau ließ keinen Zweifel daran, dass alles so zu erfolgen hatte, wie sie es befahl.

Hemor wollte ihr heftig widersprechen, erinnerte sich dann aber daran, dass er jener großen blauen Hexe gegenüberstand, die einst die Anführerin des Volkes gewesen war. Ihr Wort wog vielleicht schwerer als das der jetzigen Königin, und Torrix hätte sich wahrscheinlich, ohne zu zögern, ihrem Willen gebeugt. Aus diesem Grund schluckte er das, was er hatte sagen wollen, wieder hinunter und begnügte sich mit zweifelnden Blicken.

Um Meravanes Lippen spielte ein verständnisvolles Lächeln.

»Ich überlasse dir die Wahl, ob du uns begleiten oder hierbleiben willst, Hemor.«

»Ich komme mit. Oder glaubst du, ich will hier in diesem Wald versauern, während die Gurrländer unsere Landsleute knechten?«

»Ich will auch mit!«

»Ich ebenfalls!«

Die meisten Flüchtlinge, Männer wie Frauen, waren bereit, diese gefährliche Reise anzutreten. Meravanes Worte hatten ihnen klargemacht, dass ein Krieg aus dem Hinterhalt, wie Hannez und Hemor ihn vorgeschlagen hatten, nur ins Verderben führen würde. Da erschien es ihnen verlockender zu versuchen, dem Kaiser von Gurrland auf seiner eigenen Insel einen Stachel ins Fleisch zu stoßen, auch wenn sie dies ebenfalls mit ihrem Leben bezahlen mussten.

»Wir werden achtzehn sein, siebzehn Lebende und eine Tote, nämlich ich. Alle anderen bleiben hier. Thalan wird die Zurückbleibenden anführen. Er ist ein Fremder und wird sich daher weniger von seinen Gefühlen leiten lassen als jene, die ihre Verwandten und Freunde in der Hand des Feindes wissen.«

Einige Ilyndhirer protestierten, doch ein Blick in die aufflammenden Augen der Geisterfrau ließ sie verstummen. »Wenn der Tag sich neigt«, sagte sie, »werden wir den Wald verlassen und uns zu der versteckten Bucht begeben, in der das Boot liegt. Für das, was danach kommt, brauchen wir den Segen aller Göttinnen und Götter. Also betet, damit wir ihn bekommen!«

9

Das gurrländische Heer erreichte das Südufer des Flusses bereits am Nachmittag desselben Tages. Mit einem beherzten Einsatz der Hexen und Adepten sowie den vorhandenen Schleudergeschützen wäre es noch möglich gewesen, den Feind daran zu hindern, auf der Fläche des einstigen Fischersechstels einzumarschieren und dort sein Lager aufzubauen.

Obwohl die Soldaten und Stadtgarden sich vor Angst beinahe in die Hosen machten, wären sie bereit gewesen, Ilynrah zu verteidigen, doch der Befehl, den Feind unter Beschuss zu nehmen, unterblieb. Es tauchte auch keine Hexe und kein Adept auf, um Schutzzauber zu sprechen oder ihnen auf eine andere Art und Weise zu helfen. Den Leuten, die zum Magierturm im Palastsechstel in der Hoffnung hochblickten, dort täte sich etwas, erschien es, als sei das Gebäude, dessen Fenster bei Vorbereitungen auf größere Ereignisse sonst blau geleuchtet hatten, völlig verwaist.

Dabei hätte es für die Hexen und Adepten viel zu tun gegeben. Die Gurrländer stellten eine magische Waffe nach der anderen auf und begannen noch in der Nacht, die Stadt mit Feuerkugeln zu beschießen. Nur Augenblicke später brannten die ersten Häuser, und die Einwohner hatten alle Hände voll zu tun, die Feuersbrunst einzudämmen.

Berrell, der einstige Steuerschätzer im Fischersechstel, den ein unerklärlicher Zufall auf den Posten des Stadtkommandanten manövriert hatte, ließ sich zwar in voller Rüstung und mit dem Schwert in der Hand auf dem Balkon des Palastes sehen, tat aber nichts, um die Ordnung in Ilynrah aufrechtzuerhalten.

Viele Städter und die meisten Bewohner des Umlandes, die sich von der Stadt Sicherheit versprochen hatten, verließen Ilynrah, und so ergossen sich drei Flüchtlingsströme durch das Nord-, das Ost- und das Hafentor. Die einen versuchten, ins Hinterland zu gelangen, und die anderen hofften, auf einem der Schiffe die Insel verlassen zu können. Daraufhin nahmen die Gurrländer nun auch den Hafen unter Beschuss und setzten mit ihren magischen Feuerkugeln die Schiffe in Brand.

In der Stadt selbst herrschte das Chaos. Einige Offiziere bedrängten Berrell und verlangten von ihm, dass er Befehle gebe; andere forderten lautstark den Einsatz der Hexen. Der Stadtkommandant saß jedoch starr auf dem Sessel, den er neben den verwaisten Thron der Königin gestellt hatte, und jammerte, dass alles verloren sei.

»Wenn wir verloren sind, dann ist es deine Schuld!«, schrie ihn ein bereits greiser Verwandter der Königin an, der sich geweigert hatte, die Flucht anzutreten. Nun pochte er mit brüchiger Stimme auf seinen hohen Rang und kritisierte den ehemaligen Steuerschätzer heftig. Seine Anklage gipfelte darin, dass er das größere Recht habe, den Posten des Stadtkommandanten einzunehmen, da der jetzige sich als völlig unfähig erwiesen hätte.

Berrell stampfte mit dem Fuß auf. »Ich habe uns die Gurrländer nicht auf den Hals gehetzt! Das war ganz allein die Königin, die unbedingt auf Gelonda Partei ergreifen musste. Da ist es kein Wunder, dass Gurrland jetzt uns angreift. Wir können ihnen nichts entgegensetzen, denn sie sind viel stärker als wir. Ich werde einen Parlamentär hinüberschicken und die Übergabe der Stadt anbieten.«

»Was willst du tun?« Dem Verwandten der Königin fielen beinahe die Augen aus dem Kopf. »Verdammter Narr! Gib endlich den Befehl, zurückschießen zu lassen. Noch ist nichts verloren. Unsere Truppen können die Stadt halten.«

»Dann wird sie vom Feuer verzehrt und jeder, der sich noch darin aufhält, ebenfalls. Nein! Nein! Nur die bedingungslose Kapitulation kann uns noch retten!« Berrell brach in Tränen aus und zitterte, als würde er die Flammen bereits am eigenen Leib spüren.

Der alte Edelmann, der trotz der kritischen Lage höfische Kleidung angelegt hatte und dazu Perücke und Schönheitspflästerchen trug, wandte sich mit einer verächtlichen Handbewegung ab. »Ab jetzt übernehme ich das Kommando. Ich sage, wir schießen zurück!«

Er wollte den Thronsaal verlassen, als ihm Yanga entgegenkam. Ihr Gesicht war verzerrt, und aus ihren Augen schlugen schwarze Flammen. »Du wirst gar nichts übernehmen! Wachen, schafft den Mann in den Kerker!«

Die Männer schwankten zwischen ihrer Angst vor der Zweiten Hexe und ihrer Empörung, denn sie standen innerlich auf Seiten des Edelmannes und wünschten trotz aller Beeinflussung durch die schwarze Kraft, ihre Stadt zu verteidigen. Ein magischer Stoß aus den schwarz leuchtenden Augen der Hexe brach schließlich ihren Willen, und sie zogen die Waffen gegen den Alten. »Ihr habt gehört, was Yanga befohlen hat, Hoheit. Bitte folgt uns ohne Widerstand!«

Der Edelmann schien nicht fassen zu können, was ihm widerfuhr, und schrie mit überschnappender Stimme, dass dies übelster Verrat sei und die Große Blaue Göttin sie dafür bestrafen würde.

»Hinaus mit ihm!«, befahl Yanga, trat dann ans Fenster und blickte auf die brennende Stadt hinab. Eigentlich hätte sie dieses Bild als Niederlage empfinden müssen, doch ihr war, als sei sie auf dem Weg zu ihrem größten Triumph. Zum ersten Mal trug sie ihren Talisman offen und genoss die Macht, die er ihr verlieh. Nun war sie stärker als jemals zuvor. Ihre Kräfte übertrafen Torrix' bei Weitem und auch die jener sagenhaften Hexe, die einst Ilyndhir gegründet haben soll.

Als sie dem Geschehen in der Stadt den Rücken kehrte, überzog ein höhnischer Ausdruck ihr Gesicht. Sie trat auf Berrell zu, der sich ehrerbietig vor ihr verneigte. »Wolltest du nicht den Gurrländern die Kapitulation anbieten? Warum zögerst du, es zu tun?«

»Glaubt Ihr, das sei richtig, Herrin?«

»Ich kenne die Macht Gurrlands besser als du, denn ich habe sie lange erforscht. Sich dem Kaiser zu widersetzen ist sinnlos und würde nur harte Strafen nach sich ziehen. Geh jetzt! Ich befehle es dir!«

Eine schwarze Flamme schoss auf Berrell zu und hüllte ihn für einen Augenblick ein. Als das Licht wieder erlosch, schlurfte der Stadtkommandant mit müden Schritten davon.

»Etwas schneller, wenn ich bitten darf!«, rief ihm die Hexe nach. Dann trat sie erneut ans Fenster. Was sie sah, gefiel ihr. Die Stadt sollte niederbrennen, damit die unmöglichen Fachwerkhäuser und mit ihnen die schmalen, krummen Gassen verschwanden. All das würde durch gerade Straßen, Kasernen und Sklavenquartiere ersetzt werden. Diesen würden Manufakturen folgen, in denen die Arbeitskraft der Bevölkerung so gut ausgenutzt werden konnte, wie es nur ging. Auch der Palast würde abgerissen werden, denn er war nutzlos geworden. Der Magierturm hingegen musste bis auf den untersten Keller abgetragen und alle Hexen und Adepten vernichtet werden.

Irgendetwas in Yanga wunderte sich über diese Gedanken und kämpfte dagegen an. Das Leuchten in ihren Augen wurde wieder heller, und der schwarze Schein darin erlosch. Verwirrt schaute sie sich um. Die Feuer in der Stadt zeichneten flackernde Schatten an die Wände, und während sie aus dem Fenster starrte, stiegen vom jenseitigen Flussufer erneut Feuerkugeln auf und stürzten auf die Dächer der noch unversehrten Häuser.

Mit einem Mal fror Yanga, und sie versuchte zu begreifen, was hier geschah. Es gelang ihr jedoch nur mühsam, sich zu erinnern. Torrix war entführt worden. War das gestern passiert oder schon länger her? Nun fielen ihr die Zauberspruchrollen ein, die sie für die Hexen geschrieben hatte, die mit dem Heer nach Gelonda gezogen waren. Sie erinnerte sich an die Schriftzeichen, die sie dafür verwendet hatte, und sie erschrak. Es waren keine Kriegszauber, sondern Spruchrollen des Todes gewesen.

Die Königin hatte ihr die Stadt anvertraut. Aber sie hatte ihre Einwohner wehrlos gemacht und dem Feind ausgeliefert. Yangas Blick fiel auf ihren Talisman. Seine Kraft durchströmte sie und hatte ihr Macht verliehen. Nun spürte sie auch die Bosheit, die dem Kristall innewohnte. Vor ihrem inneren Auge tauchte nun eine schwarz gekleidete Gestalt auf einem brennenden Thron auf, und sie vernahm ein höhnisches Lachen.

»Du hast mir gut gedient, Närrin. Jetzt brauche ich dich nicht mehr. Ilyndhir ist mein!« Ein schwarzer Blitz zuckte aus dem Kristall. Wie von einem heftigen Schlag getroffen, wurde Yanga gegen die Wand geschleudert und blieb wie eine zerbrochene Puppe liegen.

Es dauerte eine ganze Weile, bis die Hexe wieder zu sich kam. Ihre Heilfähigkeiten waren gering, doch sie reichten aus, um die Schmerzen zu mildern, die sie durchzogen. Als sie ihren Körper in Gedanken abtastete, stellte sie fest, dass fünf Rippen und ihr rechter Arm gebrochen waren. Außerdem hatte sie sich die Hüfte so stark geprellt, dass sie nur mit Mühe aufstehen konnte.

Sie rief nach der Dienerschaft. Da niemand antwortete oder erschien, humpelte sie zur Tür. Ihr Blick fiel durch eines der Fenster, und sie sah, dass die Gurrländer den Palast unter Beschuss genommen hatten. Teile der Anlage brannten bereits, und es würde nicht lange dauern, bis das Feuer auch den Audienzsaal erreichte. Normales Feuer hätte sie selbst in ihrem angeschlagenen Zustand nicht gefürchtet, doch dieses hier wurde durch Magie erzeugt und genährt.

Nun packte sie die Angst vor einem viel zu frühen Tod, und das verlieh ihr einen Funken Kraft. So rasch sie es vermochte, verließ sie den Palast und quälte sich zum Magierturm. Als sie ihn betreten hatte, rief sie nach den noch übrig gebliebenen Bewohnern. Doch auch hier antwortete ihr niemand.

Hinter der nächsten Tür fand sie Ethrul, den Hofmagier von Malvone. Er lag wie in einer Bewegung erstarrt auf dem Boden, und in seinen Augen war noch das Erstaunen über den Zauber zu erkennen, der ihn überraschend getroffen hatte. Auch die anderen Hexen und Adepten lagen zu Stein erstarrt in den Aufenthaltsräumen oder ihren Kammern und würden, wie ihr eine hämische

Stimme verriet, ihr Ende unter den Hämmern und Äxten der Gurrländer finden. In ihrem eigenen Zimmer entdeckte sie die Überreste einer Spruchrolle mit einem Versteinerungszauber, den sie selbst niedergeschrieben und mit dem sie alle anderen Hexen und Magier ausgeschaltet hatte.

Langsam begriff Yanga, dass ihr geliebter Talisman nicht mehr gewesen war als ein Artefakt, mit dem der Kaiser auf dem Feuerthron sie beeinflusst und sich ihrer bedient hatte, als wäre sie eine seiner versklavten Hexen.

»Nein! Nein! Nein! Ilyna, hilf mir, das wieder gutzumachen!«, schrie sie und zerrte in aller Eile einen Bogen magischen Papiers aus einem Stapel. Dann nahm sie ihre Feder in die Linke und begann zu schreiben. Sie würde die anderen Magier wieder aufwecken, damit sie gemeinsam versuchen konnten, zu retten, was noch zu retten war. Aber bevor sie die erste Schriftrolle versiegeln konnte, erklangen schwere Schritte im Korridor. Trotz ihres Schutzzaubers wurde die Tür aufgebrochen, und drei Gurrländer stampften herein.

Derjenige, den seine Abzeichen als Offizier auswiesen, deutete auf sie. »Nehmt die Hexe gefangen!«

Yanga ließ die Schriftrolle fallen und griff mit der Linken zu dem Messer, mit dem sie ihre Schreibstifte zurechtschnitt. Eine andere Waffe besaß sie nicht. Gleichzeitig schleuderte sie einen Fluch gegen die Männer, der sie eigentlich hätte verwirren müssen. Doch die Gurrländer trugen Schutzamulette, gegen die ihre gesprochenen Zauber nicht wirkten, und so hing sie im nächsten Augenblick hilflos in den Fäusten der beiden Soldaten. Die Männer bogen ihr die Arme auf den Rücken und fesselten sie mit silbernen Handschellen. Gleichzeitig streifte der Offizier ihr eine Art Sack aus Silbergeflecht über den Kopf und band ihn sorgfältig fest. Das kapuzenähnliche Ding besaß keine Augenschlitze, sondern nur ein Loch in Höhe des Mundes, durch das sie atmen konnte. Da Silber als einziges Material Magie abschirmen konnte, war Yanga auch magisch blind und hörte außerdem kaum noch etwas. Wie aus weiter Ferne vernahm sie, wie der Offizier den Soldaten befahl, sie auf ein Schiff zu bringen und dort in einen sicheren Raum einzusperren.

Dann versetzte der Gurrländer ihr einen Fußtritt und lachte höhnisch. »Bald wirst du Seiner glorreichen Majestät gegenüberstehen und den dir gebührenden Dank für deine Hilfe erhalten!«

10

Hekerenandil haderte mit ihrem Gewissen. Es gehörte sich einfach nicht, das Heim einer anderen Runi während deren Abwesenheit zu betreten. Zu einer anderen Zeit hätte sie niemals in Erwägung gezogen, in Sianderilnehs Baumhaus einzudringen, doch die Sorge um ihre Tochter machte sie so krank, dass keine Heilmagie ihr half.

Sie war von der Königin harsch getadelt worden, weil sie Hekendialondilan mit den fremden Kindern fortgeschickt hatte. Keiner der Runi, der Zeuge dieses Gesprächs geworden war, konnte sich erinnern, dass zwischen zwei Angehörigen ihres Volkes jemals solch harte Worte gefallen waren. Etliche, die bis dahin auf der Seite der Königin und ihrer Cousine gestanden hatten, waren daraufhin umgeschwenkt und zählten nun zu Hekerenandils Anhängern. Dennoch wusste Hekerenandil, dass keiner von ihnen gutheißen würde, was sie jetzt tat.

Am Rande von Sianderilnehs privatem Wald blieb sie kurz stehen und sah sich um. Die Bäume und Büsche sahen aus wie immer, und doch lag über allem ein düsterer Hauch, der ihr nicht gefiel. Einer der Sträucher, der eigentlich voller Beeren hätte hängen müsste, wirkte, als wäre er eben bis auf ein paar wie vergessen wirkende Früchte abgeerntet worden. Da stimmte etwas nicht, denn seit Sianderilneh die Insel verlassen hatte, war niemand mehr hier gewesen. Verwunderlich war auch, wie viele Pfeilbüsche sich auf diesem Stück Land befanden. So, wie sie sich aufgestellt hatten und sich langsam bewegten, schienen sie etwas zu bewachen.

Hekerenandil legte die Stirn in Falten. Auf Runia gab es keine Diebe, und Fremde konnten die Insel nicht unbemerkt betreten. Zudem hatte es seit fast einem Jahrtausend keine Besucher mehr gegeben, wenn man von den Kindern und den beiden entführten Menschen absah. Dennoch zeigten Sianderilnehs Pflanzen dieses ungewöhnliche Verhalten. Auch wirkte das gesamte Waldstück so, als läge es unter dem Einfluss eines fremden Willens. Das betraf insbesondere den großen, einzeln stehenden Baum in der Mitte, dessen Zweige Sianderilnehs Wohnstätte schützend umhüllten.

Hekerenandil war es, als spüre sie einen Hauch schwarzer Magie, der von diesem Baum ausging. Aber das war völlig unmöglich. Sie schüttelte den Gedanken ab und ging auf den Wohnbaum zu. Sofort versperrten ihr mehrere Pfeilbüsche den Weg und raschelten warnend mit ihren Zweigen.

Verblüfft hielt Hekerenandil inne, hob gebieterisch die rechte Hand und gab den Büschen den Gedankenbefehl, ihr den Weg frei zu machen. Die Pflanzen wichen ein Stück zurück, und die Runi ging weiter. Aus den Augenwinkeln sah sie jedoch, wie drei der Pfeilbüsche Dornen auf sie richteten, und sie vernahm den schnalzenden Laut, mit dem diese abgeschossen wurden. Sie wollte noch einen Schutzzauber weben. Doch ehe sie ihre Kräfte gesammelt hatte, traf der erste Pfeildorn sie in den linken Oberschenkel, der zweite in die rechte Schulter, während der dritte ihren rechten Unterarm durchschlug.

Hekerenandil schrie vor Schmerz auf und stürzte. Noch im Fallen versteifte sie sich, um die Pfeilbüsche nicht durch eine Bewegung weiter zu reizen. Gleichzeitig sendete sie Hilferufe aus und auch den Schmerz, der in ihr wühlte.

Eine Weile lag sie starr wie eine Tote am Boden, während die Pfeilbüsche um sie herumwanderten und sich nicht im Klaren zu sein schienen, ob sie den Eindringling bereits erlegt hatten, oder weiter auf ihn schießen sollten.

Ein seit tausend Jahren nicht mehr gekanntes Gefühl von Hass stieg in Hekerenandil auf, und sie wünschte sich die Kraft, diese Büsche mit Stumpf und Stiel auszureißen und ins nahe Meer zu schleudern. Die Erinnerung an Hekendialondilan brannte in ihr auf. Sie war ebenfalls von Pfeilbüschen beschossen worden, die unter Sianderilnehs Zauber gestanden hatten. Damals hatte die Cousine der Königin es so hingedreht, als wäre es ein unglücklicher Zufall gewesen. Jetzt aber steckte der Beweis in ihrem Fleisch, dass Sianderilneh ihre Büsche auch gegen andere Runi einsetzte, und sie fragte sich, wie die Königin auf diese Tatsache reagieren würde.

Gedankenwellen, die nach ihr tasteten, meldeten ihr die Ankunft von Freunden. »Gebt acht! Die Büsche schießen auf euch!«, warnte sie sie und spürte, wie die anderen überrascht stehen blieben.

»Hekerenandil, was ist mit dir?«, fragte Reodhilan, die alte Runi, die während der letzten Ratsversammlung mehr auf ihrer Seite als auf der der Königin gestanden hatte.

Hekerenandil öffnete ihren Geist, damit die anderen in sie hineinschauen und ihre Verletzungen sehen konnten. Die Antwort war ein tröstender Strom schmerzstillender Magie, in dem aber auch das Entsetzen über diesen Zwischenfall mitschwang.

»Das muss die Königin sehen«, erklärte Reodhilan und sandte einen Ruf aus, um Menanderah herbeizuholen und möglichst viele andere Runi an diesem Ort zu versammeln. Mehrere junge männliche Runi wollten zu Hekerenandil vordringen, um ihr zu helfen, sahen aber, wie die Pfeildornen sich drohend auf sie richteten, und blieben stocksteif stehen.

»Das darf doch nicht wahr sein!«, sendete Reodhilan höchst verärgert.

»Sianderilnehs Heim strahlt etwas Böses aus, deshalb wollte ich es untersuchen!« Hekerenandil wusste, dass sie sich mit dieser Aussage bloßstellte. In jedem anderen Fall wäre sie für die Absicht, die Behausung einer anderen Runi während deren Abwesenheit betreten zu wollen, scharf gerügt worden. Nun aber überwog bei den meisten das Entsetzen über Wachbüsche, die eine der ihren verletzt hatten und sich nun auch gegen andere wandten.

Reodhilan richtete ihre Sinne auf den Baum mit Sianderilnehs Behausung und tastete ihn ab. »Du hast recht! Da drinnen ist etwas, das mir einen Schauder über den Rücken jagt. Wir werden nachsehen müssen!«

Hekerenandil fiel ein Stein vom Herzen. Wenn die Älteste ihres Volkes dies anordnete, würde es auch geschehen. Unterdessen befahl Reodhilan den zahlreich herbeiströmenden Runi, einen Zauberschirm um die Verletzte zu weben, um das Blut zu stillen, das aus ihren Wunden sickerte. Einige stellten bereits Pläne auf, wie man Hekerenandil herausholen konnte. Da meldete ein Runi die Ankunft der Königin.

Menanderah blickte die Versammelten verwirrt an. »Warum habt ihr mich gerufen? Was ist geschehen?«

Als Antwort sendete Reodhilan ihr die Bilder, die sie von Hekerenandil empfangen hatte. »Sianderilneh hat die Pfeilbüsche nicht nur auf den Außeninseln verändert, sondern auch auf Runia. Sie schießen ohne Warnung auf jeden, der sich ihnen nähert.«

»Unsinn!«, tat die Königin diese Auskunft ab und trat auf Sianderilnehs Haus zu. Gebieterisch hob sie die Hand und befahl den Büschen zu gehorchen. Diese raschelten mit den Zweigen und wichen zurück. Aber als die Königin weiterging, schnellten die ersten ihre Pfeile ab.

Den anderen Runi gelang es gerade noch rechtzeitig, einen Schutzzauber um ihre Königin zu legen und damit die meisten Pfeildornen abzuhalten. Einer drang jedoch durch und ritzte die Wange der Königin. Tiefrotes Blut, das dennoch magisch weiß schimmerte, lief in einem dünnen Faden zum Kinn herab und tränkte ihr Kleid.

Während die Königin mit ihrer Fassung rang und kaum begreifen konnte, dass sie auf ihrer eigenen Insel durch einen magischen Busch verletzt worden war, erfüllte die anderen kalter Zorn.

»Vernichtet die Büsche!«, befahl Reodhilan und setzte ihre Fähigkeiten ein. Sofort schlossen sich andere Runi ihr an, so dass ihre Geister beinahe zu einem wurden. Dann stieß eine unsichtbare Faust auf jene Büsche nieder, die es gewagt hatten, die oberste Herrin der Insel anzugreifen. Zweige barsten und Dornen zersplitterten. Aber Sianderilnehs Pflanzen wehrten sich heftig. Pfeildornen schossen durch die Luft, Tentakelbäume hieben mit ihren schlangenartigen Zweigen nach den Runi, und für einige Zeit sah es so aus, als würden die Pflanzen die Oberhand behalten.

»Setz deine Kraft ein, Menanderah, und zeig ihnen, dass du die magische Herrin der Insel bist«, rief Reodhilan, die gerade von einem Dorn am Arm verletzt worden war, der Königin zu.

Menanderah schüttelte sich, als könne sie das alles nicht begreifen, befahl aber dann den anderen Runi, ihre Kräfte nur auf sie zu richten. Kurz darauf begann die Königin zu wachsen. Strahlend weißes Licht drang aus ihrem Körper und hüllte Sianderilnehs Garten ein. Die rebellischen Büsche und Bäume wanden sich wie unter Schmerzen und zerfielen dann zu weißem Staub, den ein magisch erzeugter Wind davontrug und über dem Meer verstreute.

Nun konnten die Runi Hekerenandil erreichen und deren Wunden versorgen. Reodhilan ließ die Dornen aus dem Fleisch der Verletzten wachsen, und zwei andere Runifrauen, die für ihre starken Heilfähigkeiten berühmt waren, schlossen Hekerenandils Wunden und regten ihren Körper an, das verlorene Blut rasch zu ersetzen.

Gleichzeitig wandten sich mehrere ältere Runi an die Königin. »Deine Verwandte hat schlecht gehandelt, Menanderah! Wir waren bereits zornig, als Hekerenandils Tochter durch Sianderilnehs Büsche verletzt wurde, doch du hast sie verteidigt und ihr Tun für gut gehalten. Jetzt aber sagen wir dir, dass unsere Geduld am Ende ist. Ruf deine Cousine zurück, damit sie sich vor dem Großen Rat verantwortet!«

»Sie jagt meine Tochter wie ein wildes Tier. Wenn Hekendialondilan durch Sianderilnehs Schuld etwas geschieht, werde ich diese Frau töten!« Hekerenandils Gedanken schlugen wie Peitschenhiebe in die Gehirne der anderen ein, und sie spürte, dass es ihnen bei der Vorstellung grauste. Noch nie in der Geschichte von Runia war ein Mitglied des Volkes durch ein anderes verletzt, geschweige denn getötet worden. Doch bevor irgendjemand Hekerenandil widersprechen oder sie gar tadeln konnte, stimmte Reodhilan ihr zu.

»Wenn Hekendialondilan stirbt, hat Sianderilneh dies zu verantworten und muss wie für einen heimtückischen Mord bestraft werden.«

Die alte Frau war einst die Königin der gelben Runi gewesen und hatte über Talrunia geherrscht, das nun Gurrland hieß. Hier auf Runia, das in jener Zeit Meanrunia genannt worden war, galt sie als die höchste Autorität nach Menanderah, und ihr Wort wog schwer. Das wusste auch die Königin, die ihre Augen nicht mehr vor dem verantwortungslosen Handeln ihrer Cousine verschließen konnte.

»Ich sehe mir jetzt das Haus an!« Die ehemalige Gelbruni trat auf den Wohnbaum zu und befahl ihm, ihr den Eingang zu öffnen. Er weigerte sich.

Erst als Menanderah hinzutrat und ihre Kräfte mit Reodhilan vereinigte, ging ein Zittern durch den Baum. Die Kristallhülle des Hauses platzte an einer Stelle auf, als wäre dort eine riesige Keule eingeschlagen. Die alte Runi stieg hoch und nahm in demselben Moment, in dem sie eintrat, die schwarze Ausstrahlung wahr, die aus dem innersten Raum des Hauses drang.

Eine letzte Tür musste bezwungen werden, bis der Weg endlich frei war. Dann stand Reodhilan in einem unordentlich aussehenden Zimmer. Zauberwerk aller möglichen Farben lag herum, und die Runi spürte erst grüne Magie, dann gelbe und blaue, schließlich violette und sogar schwarze. Die giftigste Magie drang aus einem kleinen Silberkasten, dessen Deckel verrutscht war. Als sie ihn öffnete, lag ein harmlos wirkendes, nur ganz leicht schwarz strahlendes Sechseck aus Kristall darin, kaum größer als ein Fingernagel.

Reodhilan griff vorsichtig danach, um sich das Ding genauer anzusehen. Sie hatte es jedoch noch nicht berührt, da stach ein schwarzer Strahl aus ihm heraus, schlug in ihren Kopf ein und überschüttete sie mit Bildern und magischen Befehlen. Sie sah eine große Höhle, an deren höchster Stelle sich ein Thron aus schwarzem Kristall befand, der von schwarzen Flammen umspielt wurde. Auf dem Thron saß eine verkrümmte Gestalt, die sich in weite Gewänder gehüllt und das Gesicht hinter einer silbernen Maske verborgen hatte. Die alte Runi begriff, dass sie den Kaiser sah, jenen, den die Königin und Sianderilneh den Verräter nannten, und spürte gleichzeitig, wie er nach ihrem Geist griff, um sie zu unterjochen.

Sie setzte sich heftig zur Wehr, und es gelang ihr, sich abzuwenden. Dabei verlor sie das Gleichgewicht und fiel hin. Die Spitze eines schwarzen Pfeils, den Sianderilneh achtlos auf einen Haufen anderer Dinge geworfen hatte, drang durch ihre Haut und erzeugte einen heftigen Schmerz. Genau dieser half ihr aber, sich vollends aus dem Griff des Feuerthrons und seines Herrn zu befreien.

Schnaufend kam sie auf die Beine, zog die Pfeilspitze aus ihrem Fleisch und präsentierte sie lächelnd den nachdrängenden Runi.

»Nie zuvor habe ich eine Verletzung durch eine Gegenfarbenwaffe so begrüßt wie jetzt. Der Schmerz hat mir geholfen, wieder zu mir selbst zu finden.« Dann warf sie der Königin den Pfeil zu und sah, wie diese ihn auffing und dann mit einem spitzen Schrei fallen ließ. Gleichzeitig schirmte sie ihre Augen mit der linken Hand ab und schob mit der anderen den Deckel auf das Silbergefäß, so dass es richtig schloss.

»Ich weiß nicht, ob ihr es selbst erleben wollt oder ob euch meine Erfahrung genügt«, sagte sie zu den fassungslos in ihre Richtung starrenden Runi. »Doch wenn ihr es tut, solltet ihr euch in Acht nehmen.«

Die Königin schwankte, ob sie selbst nachsehen sollte, was in dem Kästchen lag, und ließ ihren Blick unentschlossen zwischen dem Ding und Reodhilan hin- und herwandern. Das Schwarz, das die Luft schwängerte wie eine üble Ausdünstung, ließ sie schaudern. »Was befindet sich in der Schatulle?«

»Wenn mich nicht alles täuscht, ein Teil des Feuerthrons. Ich glaube nicht, dass der, dessen Namen ihr vergessen wollt, ihn absichtlich hiergelassen hat. Als er nach Gurrland abgereist ist, um zu erkunden, weshalb die alten, gegen uns gerichteten Zauber noch wirken, hat er alle inzwischen aufgetauchten Bruchstücke mitgenommen. Wahrscheinlich hat Sianderilneh dieses Ding irgendwann einmal gefunden und für sich behalten.«

»Mir hat sie nie etwas davon gesagt.« Die Königin, die sich nicht nur für die nächste Verwandte, sondern auch für die beste Freundin ihrer Cousine gehalten hatte, klang enttäuscht.

Der alten Runi wurde klar, dass die Ausstrahlung der Gegenfarbe Menanderah lähmte. Die Königin wirkte verwirrt und konnte die Tragweite der Entdeckung noch nicht so recht begreifen. Also musste Reodhilan die Initiative ergreifen.

Sie nahm das Kästchen an sich und zeigte es den Runi, die sich im Haus versammelt hatten. »Was ihr hier erlebt, ist die Aufdeckung des schlimmsten Verrats, der unser Volk je getroffen hat. Sianderilneh, die selbsternannte Wächterin all unserer Geheimnisse, hat dieses Ding hier vor uns verborgen und dadurch mehr Schaden angerichtet, als alle Gurrlandheere ihn hätten verursachen können. Mit Hilfe des Kristalls, der hier drinnen liegt, ist es dem Kaiser auf dem Feuerthron gelungen, Sianderilneh unsere geheimsten Pläne und Gedanken zu entreißen. Auch hat er unser eigenes Handeln beeinflusst und dafür gesorgt, dass Sianderilneh den Lebenswillen und die Kraft unserer Königin untergraben hat. Wir werden unsere gesamte Insel und auch die kleinen Schären und Eilande darum herum durchsuchen müssen, um all die Zauber zu entdecken und auszuschalten, die gegen uns gerichtet sind. Hütet euch jedoch davor, allein zu gehen und auf eigene Faust zu handeln. Ihr habt Hekerenandils Verletzungen gesehen und die ihrer Tochter gespürt. Ich will nicht, dass einem von euch das Gleiche passiert.«

»Es ist alles so schrecklich«, flüsterte Menanderah.

Reodhilan winkte zwei jüngere Runifrauen zu sich. »Bringt die Königin zu unserem Heiligen Baum, damit sie dort neue Kraft schöpft. Sie ist zu lange von ihrer Cousine beeinflusst worden, und es wird viel Zeit verstreichen, bis ihre Gedanken wieder frei sind.«

Unterdessen hatte Hekerenandil sich an den anderen vorbeigezwängt und fasste Reodhilan am Ärmel. »Wenn ich dich recht verstehe, hat der Herr des Feuerthrons sich Sianderilnehs bedient, um unserem Volk zu schaden. Also ist meine Tochter in höchster Gefahr!«

Panik durchflutete sie, doch sie kämpfte heftig dagegen an. »Was ist mit der Weissagung der Königin? Ist sie echt oder auch nur eine List unseres Feindes?«

»Die Prophezeiung ist echt. Aber ihre Auslegung scheint eher die Vorstellungen des Verräter im Süden zu unterstützen, als unser Volk und das Inselreich zu schützen«, erklärte Reodhilan.

»Es war Sianderilnehs Idee, den Magier und die Hexe von Ilyndhir zu entführen, und damit wohl die des Kaisers! Wir haben das blaue Volk seiner besten Kräfte beraubt und dem Herrn des Feuerthrons freie Hand gegeben, die Nördlichen Inseln zu erobern.«

Hekerenandils Anklagen prasselten wie Hagelkörner auf die anderen Runi herab. Die meisten hatten sich Sianderilnehs Meinung angeschlossen und darauf gedrängt, das Geheimnis von Runia vor den Menschen zu bewahren. Nun mussten sie erkennen, dass sie damit nur dem Feind geholfen hatten.

»Es ist viel unschuldiges Blut vergossen worden, weil wir die Augen abgewandt und uns in falschen Stolz geflüchtet haben«, ergänzte Reodhilan Hekerenandils Worte. Dann sendete sie

Menanderah die Bitte, die beiden Gefangenen freizugeben, und sandte ein Stoßgebet zu Meandir und Talien, dass die Königin und magische Herrin von Runia anders als Sianderilneh nicht völlig unter den Bann des Feindes geraten war, sondern noch einen klaren Gedanken fassen konnte.

11

So viele Runi wie diesmal hatten sich seit Jahrhunderten nicht auf dem Versammlungsplatz um den Heiligen Baum eingefunden. Auch die Königin erschien und setzte sich wie gewohnt auf ihren Stuhl, der direkt an dem weißsilbernen Stamm stand. Sie wirkte blass, beinahe durchscheinend, war aber nun gewillt, sich der Verantwortung für ihr Volk zu stellen. Alle spürten, dass sie die Angst vor der Wahrheit, die ihre Cousine ihr eingeredet hatte, abgelegt hatte.

Zwei ihrer Begleiter trugen den Hofmagier von Ilyndhir und Meras Großmutter. Die beiden Menschen waren noch versteinert, und ihre Geister lagen im tiefen Schlaf. Menanderah ließ die beiden vor sich ins Gras legen und wandte sich an ihr Volk. »Vor kurzer Zeit haben wir hier an dieser Stelle beschlossen, diese beiden Menschen auf ewig gefangen zu halten, auf dass unsere Schande nicht offenbar werde. Ohne dass wir es wussten, wurden wir zum Opfer unseres eigenen Stolzes, den der Feind geschickt auszunutzen wusste. Mit dieser Handlung haben wir den Menschen des Archipels geschadet und weitaus mehr Schande über uns gebracht als die, die wir zu verbergen trachteten. Wenn ihr nicht dagegensprecht, werde ich die Hexe und den Magier wecken.«

»Dagegen hat niemand etwas einzuwenden, mit Ausnahme des einen auf Gurrland«, antwortete Reodhilan mit einem bitteren Auflachen.

Die Königin schloss die Augen und streckte ihre Arme aus. Weiße Strahlen schossen aus ihren Händen und hüllten die beiden Versteinerten ein. Die anderen sahen, wie sich die Starre auf den Gesichtern der Menschen verlor. Als Erste öffnete Merala die Augen und blickte sich verwundert um.

»Das ist ein seltsamer Traum. Jetzt bin ich darin sogar bis Runia gekommen!«

»Es ist kein Traum«, antwortete die Königin. »Wir bedauern sehr, was geschehen ist, doch auch wir sind gegen das Wirken des Bösen zuweilen machtlos.«

Nun wachte auch Torrix auf. Im Gegensatz zu Merala blieb er jedoch stumm. Zwei junge Runifrauen reichten ihm und Meras Großmutter je einen Becher und baten sie, den Inhalt zu trinken. »Es wird euch helfen, die Krämpfe zu überwinden, die eine Entsteinerung mit sich bringt.«

Die beiden schluckten gehorsam die nach Blüten duftende Flüssigkeit und horchten in sich hinein.

Der blaue Magier seufzte und sah sich so vorsichtig um, als sei er in ein Nest von menschenfressenden Ungeheuern geraten. »Ich weiß nicht, was ich denken soll. Eben haben wir den ›Blauen Fisch‹ verlassen und die Barke betreten, die uns über den Fluss bringen sollte – und jetzt befinden wir uns in einem Runiwald!«

»Wir sind entführt und versteinert worden!« Merala beäugte die Runi, die um sie herumstanden, ebenfalls misstrauisch. In den Träumen, an die sie sich erinnerte, waren diese Wesen nicht gerade freundlich zu ihr gewesen. Und zu Mera?, fragte sie sich, denn sie spürte das Band, das sie mit Timpo verband, und das führte schnurstracks nach Süden. Seltsame Gestalten geisterten durch ihre Gedanken, und sie begriff, dass einiges von dem, was sie für Träume gehalten hatte, die Erlebnisse ihrer Enkelin sein mussten.

»Ich spüre Mera! Sie scheint unterwegs nach Gurrland zu sein. Weiß der Tenelin, wie das Mädel auf die Idee kommt.«

Reodhilan stieß Hekerenandil an. »Die alte Hexe ist stark. Sogar während ihrer Versteinerung hat sie noch einiges mitbekommen!«

»Das hat das blaue Salasa bewirkt. Sie ist mit ihm verbunden und hat durch das Tierchen Bilder empfangen. Wenn mir ein paar andere helfen, werde ich durch diese Frau vielleicht erkennen können, wo meine Tochter sich befindet. Zumindest hoffe ich das.«

Hekerenandil verließ die Ratssitzung mit hastigen Schritten, während die Königin Merala und Torrix erklärte, dass sie auf Betreiben des Herrn auf dem Feuerthron entführt und in ein magisches Gefängnis gesteckt worden waren. Gerade als sie sich mit beklommener Stimme dafür entschuldigte, kehrte Hekerenandil mit einem weißen Pelzknäuel auf der Schulter zurück.

Anscheinend hatte sie das Tierchen aus dem Schlaf gerissen, denn es gähnte ausgiebig und sah aus, als wolle es die Augen wieder schließen. Zitternd vor Erregung, drückte Hekerenandil das Salasa Merala in die Arme.

»Kannst du mir helfen? Ich will eine Verbindung zu meiner Tochter aufbauen. Sie hat deine Enkelin und deren Freunde von hier weggebracht, und nun schweben die Kinder in großer Gefahr.«

Merala nahm das Tierchen auf den Schoß und begann es zu streicheln. Ihre Augen leuchteten in einem sanften Blau, und sie murmelte leise vor sich hin, wie es die Gewohnheit alter Frauen ist.

»Warum lässt Hekerenandil sich von dieser Menschenfrau helfen und nicht von uns, die wir doch um so viel stärker sind?«, fragte eine noch recht junge Runi.

Reodhilan drehte sich zu ihr um und blickte tadelnd auf sie herab. »Die blaue Hexe ist eine weitaus bessere Tierbeeinflusserin und Spürerin als du. In ihren großen Zeiten war sie eine der besten Hexen der Menschen, und mir wäre wohler, sie stünde im Vollbesitz ihrer Kräfte an unserer Seite. Aber jetzt schirme deine Gedanken ab! Du störst ihre Konzentration.«

Die junge Runi senkte beschämt den Kopf und wich etliche Schritte zurück. Um Reodhilans Lippen legte sich ein harter Zug.

Das Mädchen war zu jung gewesen, um am Großen Krieg teilzunehmen, und hatte daher nie gelernt, wie zäh und opferbereit Menschen sein konnten. Auch jetzt gab die alte Hexe trotz ihrer körperlichen Schwäche all ihre Kraft, die sie aufbringen konnte. Der blaue Faden, der von Merala ausging, wurde kräftiger und zuletzt mischte runisches Weiß hinein.

»Hekendialondilan lebt, doch sie ist sehr weit im Süden!« Reodhilan wollte Hekerenandil mit dieser Auskunft beruhigen, doch die Mutter der jüngsten Runi sah aus, als sähe sie den schwarzen Gott persönlich auf sich zukommen.

»Ihr Ziel ist Gurrland – die Hallen des Kaisers! Aber der wird sie töten und alle, die bei ihr sind.«

»Nicht, solange wir es verhindern können.« Reodhilan warf Menanderah einen fragenden Blick zu. »Er hat geglaubt, uns unter seiner Kontrolle zu haben, und kann sich wohl nicht vorstellen, dass wir in der Lage sind, das Schwert gegen ihn zu ziehen. Seine Gurrimheere sind über den ganzen Archipel verstreut. Also ist die Gelegenheit günstig, in das Herz seines Reiches einzudringen und ihn zu stürzen.«

Die Königin barg den Kopf in den Händen, zog sich geistig in sich selbst zurück und überlegte eine Weile. Schließlich richtete sie sich auf und nickte. »So sei es. Von diesem Augenblick an befinden wir uns im Krieg!«

12

Mera fühlte sich noch immer ein wenig schwach, denn Salintahs Heilung und die des anderen Verletzten hatte ihre Kräfte bis zum Äußersten beansprucht. Sie begriff jedoch, dass ihr nicht viel Zeit blieb, sich zu erholen. Immer wieder wanderten ihre Gedanken nach Süden, in die Richtung, in der sie Gurrland und die große Thronhalle des Kaisers wusste.

»Wir müssen bald aufbrechen«, sagte sie zu Girdhan, der zu ihren Füßen lag und die Hände hinter dem Nacken verschränkt hatte.

»Ich hätte auch nichts dagegen, wenn wir von hier fortkämen!«

Girdhan hörte sich so negativ an, dass Mera ihn erstaunt ansah. »Wieso sagst du das? Es sind doch deine Leute!«

Der Junge stieß Luft zwischen den Zähnen aus. »Das mag sein, aber sie sind so anders als ich, verstehst du? Der Kampf gegen Gurrland hat sie geformt. Da ich bei euch aufgewachsen bin, bereitet es mir bereits Mühe, mir vorzustellen, dass mein richtiger Farbengott Giringar ist und nicht die Blaue Ilyna. Wenn ich bete, bete ich unwillkürlich zu ihr. Mit diesen Leuten hier teile ich nur mein Aussehen. In meinem Herzen aber bin ich Ilyndhirer.«

Mera beugte sich zu ihm nieder und fasste seine rechte Hand. »Das tut mir leid!«

»Das muss es nicht. Es war eben mein Schicksal. Aber wir sollten wirklich bald aufbrechen. Hoffentlich können uns die Leute hier helfen, nach Gurrland zu kommen. Zum Schwimmen ist es etwas zu weit.«

Das klang so trocken, dass Mera lachen musste. Unterdessen hatte sich auch Reodhendhor zu ihnen gesellt. Er war nur als kaum merklicher Schatten zu erkennen, doch sie konnten sehen, dass er sich in dieser Umgebung wohlfühlte.

»Wir befinden uns in einem Zauberwerk meines Volkes. Ich hätte nicht gedacht, dass es so lange ein guter Schutzraum sein könnte. Es sollte nach Wassurams erstem Angriff ein sicherer Hort für unser Volk sein, doch wir kamen nicht mehr dazu, unsere Leute hierherzubringen. Auch wenn die Girdanier einer anderen Farbe angehören, macht es mich stolz, dass dieses Kristallgebilde noch nach tausend Jahren seinen Zweck erfüllt.«

Reodhendhor klang zufrieden und sogar ein wenig stolz. Anders als die Reste seines Volkes, die sich den weißen Runi angeschlossen hatten und mit ihnen verschmolzen waren, sah er sich als gelben Runi, dessen Gott Talien und nicht Meandir war. Daher freute er sich, dass dieses gelbmagische Werk noch immer eine Rolle im Kampf gegen den Feuerthron spielte.

»Girdhan und ich haben uns darüber unterhalten, wann wir aufbrechen sollen. Je länger wir zaudern, umso stärker wird der Kaiser.«

»Ich kenne den Schlüssel. Wenn die Schwarzen euch nicht gehen lassen wollen, öffne ich euch die Tür und sorge auch dafür, dass sie euch nicht so rasch verfolgen können.«

Reodhendhors Hilfsangebot ließ sie erleichtert aufatmen. Dennoch war sie nicht ganz zufrieden. »Wir benötigen Hilfe, um nach Gurrland zu kommen, und ich hoffe, wir kriegen sie hier.«

»Mit wem redest du?« Girdhala und ihre Freundin Salintah waren unbemerkt näher getreten und hatten einen Teil der lautlosen Unterhaltung mit angehört.

Mera sah keinen Sinn darin, Reodhendhors Existenz weiterhin vor den anderen zu verbergen. »Darf ich vorstellen? Dies ist Reodhendhor, ein gelber Runi und einer von denen, die dieses Versteck einst geschaffen haben! Reodhendhor, dies ist Girdhala, die Anführerin dieses Volkes, und das ist die Hexe Salintah!«

Reodhendhor bemühte sich, etwas mehr Substanz anzunehmen, und deutete eine knappe Verbeugung an. Die beiden schwarzmagischen Frauen starrten ihn mit großen Augen an.

»Ein toter Runi!«, rief Girdhala entsetzt aus.

»Der Geist eines toten Runi«, korrigierte Reodhendhor sie.

»Wir müssen weiter – nach Gurrland«, erklärte Mera ihr.

»Das habe ich mir gedacht!« Girdhala sah auf einmal erschöpft aus, und aus ihren Augenwinkeln perlten ein paar Tränen. »Ich habe es befürchtet, seit ich euch begegnet bin. Eine Gruppe wie die eure fährt nicht einfach in dieser Gegend spazieren. Ihr habt ein Ziel, und das ist der Feuerthron.«

Mera wollte ihr nicht berichten, dass Reodhendhor der Ansicht war, sie könne den Kaiser stürzen und dessen Platz einnehmen, bis ein Mittel gefunden war, den Feuerthron zu zerstören. Die Girdanier hatten bereits zu viel mitgemacht, um Verständnis für einen schlichten Machtwechsel auf Gurrland entwickeln zu können. Jeder, der dort herrschte, war ihr Feind.

Da Mera schwieg, übernahm Girdhan es, seiner Schwester zu antworten. »Wir folgen einer alten Prophezeiung, die uns nach Gurrland weist. Seid ihr in der Lage, uns dabei zu helfen?«

»Das könnt ihr nicht tun! Ihr würdet alle umkommen«, platzte Salintah heraus.

»Wenn der Herr des Feuerthrons nicht aufgehalten wird, werden wir sowieso sterben!« Girdhans Stimme klang ungewohnt hart.

Girdhala starrte ihn an und wischte sich über die Stirn. »Du hast recht! Schon bald wird der Kaiser so mächtig sein, dass ihn niemand mehr bedrohen kann. Dann dürften wir nicht mehr in der Lage sein, dieses Versteck zu verlassen, und wie lange wir uns hier werden halten können, wage ich nicht vorherzusagen. Da der Kaiser weiß, dass wir ein schier unauffindbares Versteck besitzen, wird er mit allen Mitteln danach suchen lassen, und wenn es gefunden wird, sind wir entweder Sklaven wie unser restliches Volk – oder tot.«

»Ihr helft uns also!« Mera atmete auf.

Girdhala nickte bedrückt. »Wir haben Freunde unter den Sklaven, die euch helfen können, nach Gurrland zu gelangen. Das muss jedoch rasch geschehen, bevor der Kaiser seine Herrschaft durch weitere magische Mittel festigen kann. Er beginnt, die Leute auch geistig zu versklaven. Das macht sie zu stumpfen Befehlsempfängern, für die Freiheit nicht einmal mehr ein Wort ist, geschweige denn etwas, das sie zu erringen hoffen.«

»Wir können jederzeit aufbrechen«, sagte Mera.

Girdhan stand auf, streckte sich und griff nach seinem Schwert, so als wolle er das Versteck auf der Stelle verlassen. Da trat Girdhala auf ihn zu und legte ihm die Hand auf die Schulter. Da sie magisch gut geschult war, hatte sie erkannt, dass seine Schwingungen den ihren sehr stark ähnelten.

»Ich will mit dir reden. Es dauert nicht lange.«

»Wenn es sein muss!«, antwortete er abwehrend.

Auf Girdhalas Bitte verließen Mera und Reodhendhor die beiden und gesellten sich zu Hekendialondilan und Careela, die mit Argo spielten. Kip stand daneben und schien nicht so recht zu wissen, ob er mitmachen oder den harten Seemann herauskehren sollte. Er entschied sich schließlich dafür, Fleckchen Gassi zu führen, und verschwand mit ihr in einem Teil des Verstecks, der ihnen dafür zur Verfügung gestellt worden war.

»Wir brechen bald auf«, verkündete Mera den beiden anderen Mädchen.

Careela wurde blass. Sie fürchtete sich vor Gurrland und all dem, was ihnen dort passieren könnte. »Wir sollten Argo hierlassen. Er ist doch noch so klein«, sagte sie.

Mera sah ihr an, dass sie am liebsten ebenfalls hierbleiben würde, doch bevor sie antworten konnte, krähte der Kleine dazwischen. »Argo will mitkommen!«

»Aber ja doch, mein Schätzchen!«, stimmte Careela ihm zu und seufzte, denn natürlich durfte sie den Kleinen nicht im Stich lassen. Der Junge wirkte sehr entschlossen, und seine Augen schleuderten kleine Blitze. Es war, als wüsste er genau, was ihn und seine Freunde auf Gurrland erwartete. Mera und Careela waren sichtlich erleichtert, denn sie hätten nur ungern ein ahnungsloses Kind mitgenommen, auch wenn dieses in der Lage war, sich in einen kleinen Arghan zu verwandeln und magieauflösende Funken zu schleudern.

13

An einer anderen Stelle des Verstecks starrte Girdhala zu Boden, weil sie nicht wusste, wie sie beginnen sollte. Schließlich schaute sie Girdhan ins Gesicht.

»Du musst mein Bruder sein! Das lässt sich nicht verleugnen. Ich erkenne es an deiner Ausstrahlung. Zwar habe ich die magischen Schwingungen unserer Mutter nur als Kind gespürt, weiß aber, dass sie fast genauso strahlte wie ich – und du tust es auch.«

»Ich weiß nichts über meine Mutter. Sie starb bei meiner Geburt. Andere Leute haben mich aufgezogen; gute Leute! Es waren Meras Mutter und ihre Großmutter. Mein Vater hat meine Mutter nach Ilynrah gebracht und ist wieder abgereist. Was aus ihm geworden ist, weiß ich nicht.« Girdhan ließ sich seinen Unmut deutlich anmerken. Er wusste, dass die Zeiten hart gewesen waren, aber dennoch schmerzte es ihn, allein in einem fremden Land zurückgelassen worden zu sein.

»Hier hat niemand verstanden, weshalb Mutter ins ferne Ilyndhir gebracht werden wollte. Sie hat Vater dazu gezwungen, sie dorthin zu schaffen. Später ist er hierher zurückgekehrt, aber nicht lange geblieben, denn er hat den Oberbefehl über unsere Leute übernommen, die nach Gelonda geflohen waren.« Girdhala schluckte, und ihr Bruder begriff, dass sie ähnlich wie er von fremden Leuten aufgezogen worden war. Im Gegensatz zu ihm besaß sie jedoch Erinnerungen an Vater und Mutter, und um diese beneidete er sie. Dann aber schüttelte er den Kopf. Gewiss war sie nie so liebevoll behandelt worden wie er, und sie hatte stets in der Gefahr geschwebt, dem Feind in die Hände zu fallen.

»Ich bin froh, dass es ausgesprochen ist«, sagte er aufatmend.

»Was?«

»Dass wir Schwester und Bruder sind. Eine innere Stimme hat es mir in dem Augenblick verraten, als ich dich auf uns zukommen sah, aber ich wollte es für mich behalten. Nun weiß ich, dass es besser ist, zu dieser Tatsache zu stehen.«

»Du könntest hierbleiben und mit uns gegen die Gurrländer kämpfen«, schlug Girdhala vor.

Girdhan schüttelte lächelnd den Kopf. »Ich lasse Mera nicht im Stich.«

»Sie ist eine starke, aber auch noch unausgebildete Hexe. Sie kann den Herrn des Feuerthrons nicht besiegen!«

»Allein vielleicht nicht, aber sie hat Freunde!«, sagte Girdhan mit aufleuchtenden Augen.

Seine Schwester zuckte mit den Schultern. »Tut, was ihr nicht lassen könnt. Wenn ihr gefangen werdet und unter der Folter unser Versteck verratet, wird uns der Tod nur ein paar Jahre früher ereilen.«

Sie klang sehr bitter, und Girdhan spürte, dass sie dieses Leben in den Kristallhöhlen der Runi, in denen es keine Sonne und keinen Regen gab, gründlich satt hatte.

»Sicherheit ist nicht alles im Leben. Man braucht Freiheit!«, sagte er.

Girdhala stieß einen zustimmenden Laut aus. »Das ist richtig! Und am liebsten würde ich mit euch kommen und dem Kaiser ins Gesicht spucken. Aber meine Leute brauchen mich. Salintah und ich sind die Einzigen, die verhindern können, dass die Gurrköpfe unser Versteck ausräuchern. Würde ich mit dir gehen und meiner Freundin etwas zustoßen, wären all diese Leute hier hilflos eingesperrt. Du darfst mich nicht für feige halten!«

»Das tue ich gewiss nicht. Dein Leben ist hart, und du musst es so führen, wie es dir richtig erscheint. Ich werde weiterziehen und in den Hallen von Gurrland mein Schicksal suchen.«

»Ich bin gespannt, was du dort finden wirst, kleiner Bruder. Komm, umarme mich! Für einen Augenblick wollen wir vergessen, dass uns viel zu wenig Zeit gelassen wurde, um uns richtig kennenzulernen.« Girdhala liefen die Tränen über die Wangen, und

Girdhan begann ebenfalls zu weinen. Seine Schwester schloss ihn in die Arme und hielt ihn für kurze Zeit fest.

Dann ließ sie ihn los und lachte mit nassen Augen. »So, Bruder, nun wollen wir sehen, was das Schicksal für uns bereithält. Möge Giringar mit dir sein – und auch mit mir!«

»Mögen alle Göttinnen und Götter uns beschützen«, antwortete Girdhan leise und hoffte, dass die sechs erhabenen Gottheiten die Menschen nicht vergessen hatten.

SECHSTER TEIL

DER FEUERTHRON

1

Als ein gurrländischer Soldat sich näherte, nahm das Gesicht der Sklavin von einem Augenblick zum nächsten einen geradezu einfältigen Ausdruck an. Mit gesenktem Kopf hob sie die Kiste auf und wuchtete sie auf eine Schubkarre. Mera, die in einer anderen Kiste kauerte und den Vorgang durch ein offenes Astloch verfolgte, begann still zu beten. In dem Kasten, den die Sklavin eben hinausfuhr, befanden sich Careela und Argo. Sie hatten die beiden nicht getrennt, aus Angst, der Kleine könnte sich sonst durch Geschrei oder Strampeln verraten. Die anderen Mitglieder der Gruppe waren einzeln in Kisten gesteckt worden, deren Astlöcher gerade genug Luft hereinließen, dass sie nicht erstickten.

Auf diesem Abschnitt ihrer Reise waren sie nicht einmal mehr Passagiere, sondern Frachtgut, das von Girdania nach Gurrland und weiter zur Hauptstadt gebracht werden sollte. Das hörte sich recht einfach an, aber Mera fürchtete die vielen Unwägbarkeiten. Das begann mit der Sklavin, die sie beobachtete. Girdhala hatte behauptet, die Frau sei eine ausgezeichnete Selbstabschirmerin, die auch jene Spürartefakte überlisten konnte, mit denen die Männer des Kaisers Jagd auf magisch Begabte machten. Doch hier, an der Südostspitze Girdanias, von der aus man jenseits des Meeres die Berggipfel des Nordkaps von Gurrland erkennen konnte, lag eine dunstige, schwarze Wolke über dem Land, deren Ausstrahlung tief in die Köpfe der Menschen hineinreichte und sie zu willenlosen Handlangern des Herrn auf dem Feuerthron machte.

Auch Mera spürte die Auswirkungen der Beeinflussungsmagie

und musste sich geistig gegen sie stemmen, um ihr nicht zu verfallen. Hekendialondilan und Girdhan waren ebenfalls in der Lage, sich gegen die magischen Befehle zu wehren, und Careela, die selbst keine Chance hatte, wurde von Argo geschützt. Der Kleine war gegen diese Art von Magie völlig immun, zog sie sogar an, wandelte sie um und nutzte sie für sich selbst, um den seltsamen Arghankern in seinem Innern zu füttern.

Der wehrloseste von ihnen war Kip. Daher hatten sie ihn in einen magischen Schlaf versetzt, in dem er die viertägige Reise ins Herz des gurrländischen Reiches unbeschadet überstehen konnte. Auch Fleckchen, die sich in Meras Kiste befand, lag im Zauberschlaf, während Timpo sich an sie kuschelte und mit seiner Zunge an ihrem Ohr leckte.

Nachdem, was die Sklavin, die zu Girdhalas Spionen gehörte, behauptet hatte, würden die Kisten bis in die Hallen des Kaisers gebracht werden. Die Güter, die sie hätten enthalten sollen, lagen in irgendeinem Schuppen und würden beim nächsten Mal mitgenommen werden.

Gerade kam die Sklavin zurück und lud die Kiste mit Girdhan auf. Ihre Miene wirkte so stupid, dass Mera sich nicht vorstellen konnte, dass sie noch Herrin ihres Willens war. Der gurrländische Soldat, der das Einladen überwachte, sah der Frau zu, rührte aber keinen Finger, obwohl sie sich mit der schweren Kiste abmühte. Stattdessen klopfte er gegen seinen Brustpanzer und fuhr sie an, schneller zu machen.

»Sehr wohl, hochedler Herr«, murmelte sie und packte die Griffe des Schubkarrens. Sie hatte keine zwei Schritte zurückgelegt, als der Soldat herumfuhr und ihr einen Peitschenhieb versetzte. Sie zuckte zusammen, doch es kam kein Laut über ihre Lippen. So als sei nichts gewesen, setzte sie ihren Weg fort und schob die Karre die Planke hoch, die auf das Schiff führte.

Als der Hieb erfolgte, presste Mera die Hände vor den Mund, um ihre Empörung nicht laut hinauszuschreien. Dann begriff sie die Absicht, die hinter dieser Grausamkeit steckte. Der Soldat hatte die Frau nicht aus Gemeinheit geschlagen, sondern um zu prüfen, ob sie tatsächlich unter dem Bann der Beeinflussungsmagie stand. Wie es aussah, wussten die Gurrländer, dass es Spione unter den Sklaven gab, und versuchten, ihrer habhaft zu werden. Mera konnte die Selbstbeherrschung der Sklavin nur bewundern. Der Hieb hatte wehgetan, und dennoch war es ihr gelungen, ihn ohne stärkere Regung hinzunehmen.

Der Soldat schien überzeugt zu sein, dass mit dieser Frau alles in Ordnung war, denn er ging weiter und wiederholte das Spiel mit anderen Girdaniern, die hier im Hafengebiet arbeiteten.

Girdhalas Spionin erschien nach kurzer Zeit wieder und hob die Kiste mit Hekendialondilan auf ihre Karre. Die weiße Runi war ein Schwachpunkt in ihrem Plan. Zwar verstand sie sich abzuschirmen, aber ein gutes Farbspürgerät würde ihre weiße Ausstrahlung dennoch bemerken. Die Sklavin hatte deshalb eine Kiste genommen, in der bereits Ware aus Teren transportiert worden war. Doch Mera bezweifelte, dass das die Leute des Kaisers täuschen konnte.

Als Nächster war Kip an der Reihe. Der würde erst aus seinem magischen Schlaf erwachen, wenn jemand das Schlüsselwort gedanklich sendete oder aussprach. Mera hoffte, dass nicht einer der Gurrländer zufällig das Wort in Kips Nähe fallen ließ, denn dann würde Kip sich noch in seiner Kiste in einen ergebenen Sklaven des Kaisers verwandeln. Drüben auf Gurrland würden sie gut auf ihn aufpassen müssen, denn wie Girdhala ihnen berichtet hatte, war der Zeitraum, in dem ein normaler Mensch seinen freien Willen verlor, sehr kurz. Also mussten sie sich beeilen, wenn sie ihr Ziel erreichen wollten.

Während Mera sich fragte, auf welche Weise es ihnen gelingen könnte, unauffällig in die Thronhalle des Kaisers zu gelangen, bemerkte sie, wie ihre Kiste angehoben und auf den Schubkarren geladen wurde. Für einen Augenblick erschien das Gesicht der Sklavin im Blickfeld des Astlochs, und sie zwinkerte Mera zu.

»Fahrt mit dem Segen Giringars!« Die Frau sprach, ohne die Lippen zu bewegen, eine Kunst, die sie lange geübt haben musste.

Mera wagte nicht, Antwort zu geben, aus Angst, jemand anderes könnte es bemerken. Sie kratzte nur leise am Holz der Kiste und wartete auf das, was nun geschehen würde.

2

Das Schiff, das die Fracht nach Gurrland bringen sollte, war nicht viel größer als die Schaluppen der Kaufleute aus Ilyndhir. Die Besatzung bestand aus einem Dutzend Girdaniern und Ardhuniern, die freiwillig in die Dienste des Kaisers getreten waren, einem Kapitän, einem Steuermann und sechs Soldaten aus Gurrland, die offensichtlich die Matrosen bewachten. Wie es aussah, traute der Herr des Feuerthrons den Überläufern nicht.

Mera konnte das Treiben auf dem Schiff gut beobachten, denn die Sklavin hatte die Kiste, in der sie steckte, so hingestellt, dass sie das gesamte Deck durch ihr Astloch überblicken konnte. Zwar hätte sie auch gerne in die Richtung geschaut, in die sie fuhren, doch auf dieser Seite wiesen die Bretter der Kiste keine Lücke auf, und sie wagte nicht, mit ihrem Messer ein Loch hineinzuschneiden, obwohl das Gefühl, eine Fahrt ins Ungewisse anzutreten, ihr beinahe die Luft abschnürte.

Während das Schiff den Hafen verließ, hoffte sie, dass ihre Freunde mit der beengten Situation zurechtkamen. Liebend gerne hätte sie geistigen Kontakt zu Girdhan und Hekendialondilan aufgenommen, aber sie fürchtete, dass die dazu notwendige Magie von den Artefakten an Bord aufgefangen werden würde. Einer dieser magischen Kristalle befand sich ganz in ihrer Nähe und schien nur darauf zu lauern, unvorsichtige Gedanken aufzuspüren.

Mera brauchte lange, bis sie sich beruhigt hatte und nicht mehr jeden Augenblick erwartete, von den Gurrländern oder deren Hilfsmatrosen entdeckt zu werden. Zum Glück kümmerten die Kerle sich nicht um ihre Fracht, sondern segelten geradewegs nach Süden. Ihr Ziel war der große Hafen in der Nordbucht, in die einer der gurrländischen Flüsse sein Wasser ergoss. Von dort aus würde es stromaufwärts bis zur Hauptstadt Gurrdhirdon gehen, die im Schatten hoher Berge lag.

Die Fahrt würde mindestens vier Tage dauern, und Mera fragte sich, wie sie die Zeit überstehen sollte. Mit einem Mal zwickte ihre Blase, obwohl Girdhala ihr wie auch ihren menschlichen Freunden ein Mittel gegeben hatte, das dieses Bedürfnis für die nächsten Tage hätte verhindern sollen. Als Mera in sich hineinhorchte, wurde ihr klar, dass ihre eigenen Heilkräfte die Wirkung des Pulvers aufgehoben hatten. Nun blieb ihr nichts anderes übrig, als mit denselben Kräften zu versuchen, ein Malheur abzuwenden.

Nicht zum ersten Mal bedauerte sie, sich auf dieses Abenteuer eingelassen zu haben. Allerdings wusste sie inzwischen, dass es keinen anderen Weg gab, denn Girdhalas Spionin hatte ihr berichtet, Ilyndhir sei mittlerweile von den Gurrländern erobert worden und deren Vorhut habe Kurs auf Wardania genommen.

Mera dachte an ihre Mutter und Hannez, die nun entweder Sklaven der Gurrländer waren – oder tot. Bei der Vorstellung schüttelte es sie, denn sie vermisste ihre Mutter sehr – und sogar Hannez. Der Fischer war ihr sympathisch gewesen, und sie schämte sich für ihre Eifersucht. Gleichzeitig packte sie eine fürchterliche Wut auf den Kaiser von Gurrland, und sie konnte es kaum erwarten, ihm von Angesicht zu Angesicht gegenüberzustehen.

Bis dahin musste sie sich aber noch einige Zeit gedulden, und das fiel ihr schwer, weil die Fahrt ausgesprochen langweilig war. Es gab keine Zwischenfälle, und die See war so ruhig, dass das Schiff kaum schwankte. Unter der strengen Aufsicht ihrer gurrländischen Offiziere taten die Matrosen ihre Pflicht, ohne aufzubegehren oder hinter dem Rücken ihrer Herren freche Bemerkungen zu machen. Mera fand es widerwärtig, dass der Herr von Gurrland sogar seine Verbündeten betrog, indem er selbst die, die zu ihm hielten, geistig fesselte. Nun quälte sie die Vorstellung, was geschehen würde, wenn sie und ihre Freunde versagten. Der Kaiser würde den gesamten Archipel in eine Ödnis verwandeln, in dem nur noch körperlich und geistig Versklavte vegetierten. Alles, was das Leben ausmachte, gutes Essen, Freunde, Lieder, Kleider und andere schöne Dinge – und natürlich auch die Liebe –, all das würde es nicht mehr geben oder niemanden mehr interessieren. Mera schauderte bei dem Gedanken, und sie versuchte sich abzulenken, indem sie herauszufinden versuchte, wie weit sie schon gekommen waren.

Schon bald segelten sie in die große Meeresbucht im Norden Gurrlands hinein, und dort trieb ein magischer Wind sie flussaufwärts in den Hafen, der ein Stück von der Meeresküste entfernt lag. Das Schiff legte an einem festen Steg an und wurde gut vertäut.

Mera erwartete, dass die Kisten nun auf ein kleineres Flussboot umgeladen würden. Doch der Kapitän ging allein von Bord und kehrte mit einem Hafenbeamten zurück. Der warf einen flüchtigen Blick auf die Ladung, stellte eine Bescheinigung aus und verschwand dann wieder.

Das Schiff warf die Leinen los und segelte, von einer magischen Brise angetrieben, den Fluss hinauf. Der Wind wechselte mit jeder Flussschleife und schlief niemals ein. Wie es aussah, beherrschte der Kaiser hier auf seiner Hauptinsel selbst die Natur. Mera fühlte, wie die Furcht vor der ungeheuren Machtfülle dieses Mannes ihr das Herz zusammenpresste. Gegen solch ein Wesen konnten sie und ihre Freunde einfach nichts ausrichten. Es wäre das Beste, wenn sie sich im nächsten Flusshafen den Behörden stellten und die Strafe auf sich nahmen, die sie für ihr unbotmäßiges Verhalten zu erwarten hatten.

Es dauerte eine Weile, bis Mera durchschaute, dass die Beeinflussungsmagie offensichtlich stärker geworden war und kräftig an ihrem Geist zerrte. Sie bekam Angst, ihre Freunde könnten diesem Zauber erliegen, und streckte ganz vorsichtig ihre geistigen Fühler aus. Als sie Girdhan spürte, sprach sie ihn trotz des an Bord lauernden Artefaktes an. »Wie geht es dir?«

»Sehr bescheiden. Die Zauber sind hier sehr stark. Mich packt immer wieder das Gefühl, ich müsste mit den Fäusten gegen die Kiste schlagen, um die Matrosen auf mich aufmerksam zu machen. Aber ich halte schon durch.«

»Ilyna sei Dank! Du bist so tapfer!« Mera zog sich zurück, um ihn nicht mit ihren Zweifeln zu belasten. Wie mochte es erst sein, wenn sie das Zentrum der gurrländischen Macht erreichten? War der Zauber dort so stark, dass ihre Freunde und sie ihm nicht mehr widerstehen konnten?

Im gleichen Augenblick nahm sie wahr, wie Girdhan einen leichten, weißmagischen Schlag erhielt, und empfing von Hekendialondilan ein beinahe übermütiges Lächeln. »Girdhan braucht von Zeit zu Zeit eine kleine Aufmunterung, damit er die Beeinflussungsmagie übersteht!«

Der Junge grummelte, doch Mera merkte, dass es ihm besser ging. Der leichte Schmerz, den die Runimagie bei ihm auslöste, stachelte seine magische Abwehr an, die Beeinflussung aus seinem Kopf zu vertreiben.

»Weißt du, wie es Careela, Argo und Kip geht?«, fragte sie Hekendialondilan.

»Kip schläft, wie eigentlich nur ein Salasa schlafen kann, nämlich sehr lang und sehr tief. Careela schläft ebenfalls sehr viel, aber ihr Kopf ist völlig frei. Argo saugt die Beeinflussungsmagie auf, bevor diese sie erreicht.«

»Er ist ein sehr gefräßiger kleiner Junge!« Nun musste Mera grinsen. Nach dem kurzen, magischen Gespräch ging es ihr wieder besser.

3

Der Kaiser blickte auf seine engsten Vertrauten herab und war zufriedener denn je, seit er den Feuerthron wieder zusammengesetzt und sich dessen Kraft zu eigen gemacht hatte. Zwar entzogen sich noch drei Menscheninseln im Norden des Archipels seiner Herrschaft, doch seine Truppen waren dabei, dies zu ändern. Nur noch wenige Tage, dann waren alle Menschen seine Sklaven, angefangen von den Ardhun bis hoch zu den Wardaniern. Dann konnte er sich seinem eigentlichen Ziel zuwenden, die Runi zu vernichten.

Dort hatte er vor Kurzem einen kleinen Rückschlag hinnehmen müssen, doch der fiel nun nicht mehr ins Gewicht. Die Runi hatten zu lange gezögert, und seine Macht war nun zu groß geworden, als dass er die Spitzohren noch fürchten müsste.

Mit einer Geste, die seinen Triumph zum Ausdruck brachte, wandte er sich an den Großadmiral seiner Flotte. »Ist alles bereit?«

Der Mann warf sich vor dem Thron zu Boden. »Jawohl, Euer Kaiserliche Glorifizienz! Wir werden die Runiflotte vom Meer fegen!«

»Die paar Boote kann man keine Flotte nennen!«

Die Stimme des Kaisers drückte Spott, aber auch Verwunderung aus. Anstatt alle ihre Untertanen zu bewaffnen und auf Schiffe zu laden, hatte diese Närrin Menanderah nur drei Boote ausgesandt.

Er krallte seine Finger in die Lehnen des brennenden Thrones. Sein Körper zuckte dabei wie unter heftigen Stromstößen, doch er achtete nicht darauf, sondern richtete seinen Blick weit gen Norden. Es dauerte ein bisschen, bis er die drei Runischiffe auf dem weiten Meer entdeckt hatte. Sie segelten auf östlichem Kurs um den Geburtsort der magischen Stürme herum. Dies deutete darauf hin, dass sie in der Ostbucht anlegen wollten. Von dort war es nur ein kurzer Marsch bis zu seiner Halle.

Er überlegte, ob er sie bis vor seinen Thron kommen lassen und ihnen dann seine Macht beweisen sollte. Dann aber entdeckte er die Präsenz zweier Blauer auf dem Schiff und entschied sich anders. »Lasst die Schiffe an Land kommen und nehmt dann alle gefangen. Kümmert euch vor allem um die beiden Blauen! Sie dürfen nur in Silberfesseln und mit Silberhauben zu mir gebracht werden!«

Dieser Befehl galt nicht dem Großadmiral, der noch immer ehrfürchtig vor dem Thron lag, sondern dem Großmarschall des Reiches. Die Gestalt dieses Mannes wurde fast vollständig von einer Rüstung aus schwarzem Stahl verhüllt. Dennoch kniete er leichtfüßig vor seinem Herrn nieder. »Es geschieht so, wie Ihr es befehlt, Eure Herrlichkeit!«

»Dann mach dich an die Arbeit! Setz genug Soldaten ein, damit keiner entkommt!« Der Kaiser machte eine Handbewegung, als wolle er ein Insekt verscheuchen, und die beiden Männer eilten davon. Eine Weile machte ihr Herr sich den Spaß, sie über die Kristalle an ihren Helmen zu beobachten. Die kleinen Artefakte waren keine Teilstücke des Feuerthrons, sondern mit dessen Hilfe geschaffen worden, und boten ihm die Möglichkeit, seine Offiziere jederzeit überwachen und ihnen neue Anweisungen geben zu können.

Nun kontrollierte er die Gouverneure der einzelnen Inseln und spottete über die Menschen, diese schwächlichen Geschöpfe, die sich mit ein wenig Beeinflussungsmagie beherrschen ließen. Bei den Runi würde er stärkere Mittel brauchen, um sie unter Kontrolle zu halten. Dennoch schwankte er, ob er sie ebenfalls seinem Willen unterwerfen oder auslöschen und ihre Insel mit Gurrims besiedeln sollte. Sianderilneh hatte er zu seiner willfährigen Dienerin machen können. Also würden ihm auch die anderen aus der Hand fressen, wenn er die richtigen Mittel einsetzte. Allerdings vermochte sein magischer Blick Menanderahs Cousine seit ein paar Tagen nicht mehr aufzuspüren, und das Bruchstück vom Feuerthron, das sie damals vor ihm verborgen gehalten hatte, war inzwischen so stark abgeschirmt worden, dass er es nicht mehr erreichen konnte.

Aber das würde den Runi nichts nützen, denn er kannte sie besser als sie sich selbst, und so konnte er jeden ihrer Versuche, ihm Widerstand zu leisten, mit Leichtigkeit zunichtemachen. Kriechen würden sie vor ihm!

Als der Kaiser seinen Blick in die Halle zurückwandern ließ, nahm er einen Schatten wahr, der aus dem Feuerthron aufstieg und ihn völlig einhüllte. Die magische Präsenz fühlte sich seltsam an, und die Berührung brannte in seinem Innern wie Säure. Angeekelt schüttelte er sich und erhob sich halb, um dem Ding auszuweichen. Dabei stützte er sich auf die Lehnen, spürte, wie die Kraft des Feuerthrons in ihn hineinfloss, und wunderte sich mit einem Mal über sich selbst. Nicht der Schatten ekelte ihn und auch nicht der Feuerthron, sondern dieses weiße Gewürm auf Runia, das er zertreten und ausrotten musste, um der unumschränkte Herrscher des Archipels zu werden.

Mit diesem Entschluss setzte der Kaiser die Inspektion seiner Gouverneure fort und blickte dabei auch nach Ilyndhir. Dort nahm der vom Statthalter eingesetzte Meister des Volkes gerade seine Befehle entgegen, um sie an seine eigenen Leute weiterzugeben.

Auf jeder Insel fanden sich Männer oder Frauen, die sich den Eroberern andienten, um in deren Schatten Macht ausüben zu können. Die nützliche Kreatur auf Ilyndhir hieß Berrell und war besonders eifrig. Der Kaiser empfand für seinesgleichen nur Verachtung, doch er brauchte diese Leute, um seine eigenen Männer vor dem letzten großen Schlag zu entlasten. Später würde er überall loyale Gurrländer als Anführer und Sklavenmeister einsetzen und das gesamte Menschengesindel arbeiten lassen, bis es vor Erschöpfung zusammenbrach.

Im Gefühl des nahen Triumphes übersah der Kaiser vier Kinder und zwei Tiere, die in Kisten verpackt waren, sowie ein kleines Fischerboot, das, von Ilyndhir kommend, einen weiten Bogen um die anderen Inseln geschlagen hatte und nur noch wenige Tage brauchte, um die Südwestküste Gurrlands zu erreichen.

4

Hannez' Achtung vor Meravane stieg. Meranehs Ahnfrau mochte nur noch ein Geist sein, aber sie verstand mehr von der Seefahrt als er selbst. Vor allem kannte sie die Inseln sehr genau und wusste ihm einen Kurs anzugeben, auf dem sie nach achtzehn Tagen das westliche Vorgebirge Gurrlands zu Gesicht bekamen, ohne unterwegs auch nur einem einzigen Schiff, geschweige denn einer Schwarzen Galeere begegnet zu sein. Weder er noch Meravane konnten wissen, dass der Großadmiral des Kaisers den größten Teil seiner Schiffe nach Osten und Norden verlegt hatte, um für einen möglichen Angriff der Runi gerüstet zu sein.

Eben warf Meravane Hannez einen Blick zu, als würde sie fragen: »Na, wie war ich?«

Der Fischer schüttelte fassungslos den Kopf. »Ist das wirklich Gurrland? Nach achtzehn Tagen auf See, ohne eine einzige Landmarke zu sehen, wäre das ein Wunder. Soviel ich gehört habe, soll die Westküste von Ardhu ähnlich aussehen.«

»Spürst du dort vorne etwa Violett?«, fragte die Geisterfrau spöttisch.

Hannez war, wie er mittlerweile erfahren hatte, etwas magisch begabt, doch magische Farben konnte er nicht erkennen. Daher sah er zu Meraneh hinüber, die die Küste scharf musterte.

Sie schauderte sichtlich. »Das Land ist tiefschwarz, und es herrscht eine Beeinflussungsmagie, die auch den Fall von Ilynrah bewirkt hat.«

»Es ist Gurrland, die Insel des Kaisers. Das sagte ich doch!« Meravane klang zufrieden. Obwohl sie das letzte Mal vor über tausend Jahren hier gewesen war, hatte ihr Gedächtnis sie nicht getrogen.

»Wir segeln noch ein Stück die Küste entlang und suchen uns eine abgelegene Bucht. Von dort sind es keine zweihundert Meilen mehr bis zur Höhlenfestung des Kaisers. Ich habe sie damals mit erbaut, und es müsste mit dem Tenelin zugehen, wenn ich nicht den Weg hinein finde.«

»Was ist mit der Beeinflussungsmagie? Ich spüre sie jetzt schon, obwohl wir gerade mal die Küste ausmachen können«, wandte Hemor ein.

»Das ist Meranehs und Taleis Aufgabe. Sie werden unter meiner Aufsicht einen Schutzzauber weben, der euch vor der Beeinflussung schützt. Danach müsst ihr jedoch eng zusammenbleiben und dürft euch nicht mehr als fünfzig Schritte von den beiden Hexen entfernen.«

Während die Geisterfrau so klang, als wäre das alles ein Kinderspiel, sahen Meraneh und die junge gelbmagische Gelondanerin sich erschrocken an. Sie waren keine erfahrenen Hexen und hatten Angst, Fehler zu machen.

»Keine Sorge, ihr schafft das schon!« Meravane kannte die Fähigkeiten der beiden Frauen, und sie besaß genug Erfahrung, um sie anleiten zu können. Dennoch bedauerte sie es, dass sie selbst außerhalb des Hexenwaldes nur ein Geist mit sehr beschränkten Wirkungsmöglichkeiten war.

Sie lauschte dem Wind, der immer Neuigkeiten mit sich brachte, und lächelte, als sie vernahm, dass die letzten großen Galeeren, die sich in diesen Gewässern befanden, auf Ostkurs liefen.

»Es läuft alles gut, Kinder. Wir werden die Sache schon meistern.«

»Was genau wollen wir erreichen?«, fragte Hemor, der das Ganze für ein Kommandounternehmen mit nur minimaler Aussicht auf Erfolg hielt. Anstatt ihm zu antworten, sang Meravane die ersten Strophen eines Kampfliedes aus alter Zeit. Damit irritierte sie die magisch Begabten einschließlich Hannez, der sich über die Härte des Textes und die Inbrunst wunderte, mit der der Geist die Worte sendete. So viel mörderische Wut und Entschlossenheit passten eigentlich nicht zu einer blauen Hexe.

Sie hätte ihnen erzählen können, dass sie in ihrer Jugend nach den Regeln schwarzer Kampfmagier ausgebildet worden war und weniger mit den Formen der Magie anfangen konnte, die die Hexen und Adepten von Ilyndhir und Wardania pflegten.

»Es ist jetzt gut sechsunddreißig mal sechsunddreißig Jahre her, dass ich als blutjunges Ding Wassuram zugeteilt worden bin. Nicht lange danach hat der verderbte Magier sich entschieden, mit seinen Untergebenen, den Adepten und dem gesamten Stab, den ein Kriegsmagier um sich scharrt, hierherzukommen, angeblich um eine neue Waffe – den Feuerthron – zu testen. In Wahrheit aber wollte er sich der Kontrolle der höchsten Magier des Schwarzen Landes entziehen und sein eigenes Reich gründen.«

»Es gibt also noch andere Länder als unsere?«, fragte Hannez atemlos. Wie die meisten Bewohner der Inseln war er überzeugt gewesen, um den Archipel herum gebe es nichts anderes als das endlose Meer. Allerdings berichteten die Sagen seines Volkes, dass Ilna I. und Ward I. übers Meer gekommen seien, um die Inseln des Nordens zu besiedeln. Obwohl er inzwischen wusste, dass es sich dabei nur um ein Märchen handelte und die Ahnen der Bewohner Ilyndhirs und Wardanias als Wassurams Sklaven hierhergebracht worden waren, lag doch ein Körnchen Wahrheit darin.

»Wie war dieses Land? Gab es dort Inseln wie bei uns?«, fragte er.

Die Geisterfrau zuckte mit den Schultern. »Ich habe kaum noch Erinnerungen daran. Wassuram hat unsere Gedanken daran ausgelöscht; wir sollten niemals die Möglichkeit haben, dorthin zurückzukehren. Nur ein Unterschied ist mir im Gedächtnis geblieben: In jenem Land steht die Sonne zu Mittag im Süden und nicht, wie wir es hier gewohnt sind, im Norden.«

»Das gibt es nicht!«, platzte Talei heraus. Auch die anderen schüttelten die Köpfe, denn das konnten sie sich nicht vorstellen. Die Bahn der Sonne musste doch überall gleich sein. Doch sie wagten nicht, der Geisterfrau zu widersprechen.

»Sehnst du dich in jenes Land zurück?«, wollte Meraneh von ihrer Ahnfrau wissen.

Meravane lachte hell auf. »Als Geist? Natürlich nicht! Ich will nur noch meine Aufgabe erfüllen. Dann trete ich den Weg zu Ilynas Seelendom an. Selbst als Lebende würde ich nicht freiwillig in Giringars Land zurückkehren, denn dort war ich nur eine Sklavin der Schwarzmagier.«

»In ein solches Land würde ich auch nicht gehen wollen!« Hannez' Bemerkung beendete den Ausflug in die Vergangenheit, und alle an Bord richteten ihre Aufmerksamkeit wieder auf die Insel, deren gebirgige Küste im Nordosten über die Kimm ragte. Die Berge wirkten abweisend und bedrohlich, doch das lag Meravanes Worten zufolge weniger an ihrem Aussehen als an der Ausstrahlung, die das Land einhüllte.

»Der Kaiser regiert mit Angst und geistiger Unterwerfung. Das ist unsere Chance. Unsere Gedanken sind schneller als die seiner Untertanen und auch nicht durch Befehle und Vorschriften eingeengt. Wir sind wie Füchse, die ein Rudel Wölfe überlisten wollen.«

»Ich hätte nichts dagegen!« Hemor klopfte gegen das Schwert, das er umgeschnallt hatte. Es handelte sich nicht mehr um jenes juwelenbesetzte Schmuckstück, mit dem er nach Gelonda gefahren war, sondern um die einfache Klinge eines Soldaten, die Hannez ihm aus Ilynrah mitgebracht hatte. Aus dem blasierten Höfling war ein Kämpfer geworden, der sein Brot mit einfachen Leuten teilte und mit ihnen über ihre Scherze lachte. Derzeit war ihm weniger zum Lachen zumute, aber der Gedanke, in die große Grotte einzudringen, in der der Feuerthron stand, und den Kaiser von Gurrland am Bart zu ziehen, faszinierte ihn, je näher sie dessen Reich kamen.

Er grinste und versetzte der Geisterfrau einen Rippenstoß, der seine Wirkung jedoch verfehlte, da ihr Leib seinem Ellbogen keinen Widerstand bot. »Das wird ein Spaß, über den die Leute noch in hundert und vielleicht sogar noch in tausend Jahren sprechen werden.«

»Aber nur, wenn wir erfolgreich sind. Die Sklaven des Feuerthrons werden sich kaum dafür interessieren.« Hannez bleckte die Zähne in Richtung der Küste und änderte dann den Kurs des Bootes um ein paar Strich, um nicht zu nahe unter Land zu geraten.

In Meraneh wühlte der Anblick alle Ängste und Sorgen auf, und daher wandte sie sich an ihre Ahnin. »Berichten die Winde etwas über meine Tochter?«

Meravane wirkte einen Augenblick, als hielte sie ihr Gesicht so in den Wind, dass er ihr über die Wangen strich. »Er erzählt so einiges von ihr. Doch lass es mein Geheimnis bleiben. Sollten die Knechte des Kaisers einen von euch gefangen nehmen, würden sie ihm dieses Wissen rasch entreißen. Einen Geist wie mich kann man jedoch nicht so leicht einfangen und foltern.«

Die Geisterfrau lächelte zufrieden. Daher nahm Meraneh an, es ginge Mera gut, und atmete erleichtert auf.

5

Der letzte Tag der Flussfahrt wurde für Mera zur Geduldsprobe. Der Zauber des Kaisers war inzwischen so stark geworden, dass das gesamte Land unter einem dichten schwarzen Schleier aus bösartiger Magie lag, die jede andere Farbe erstickte. Selbst in den Sklaven, die ihrem Aussehen nach von den Ardhunischen Inseln oder aus Gelonda stammten, war ihre natürliche Farbe wie ausgelöscht. Für Meras magische Sinne wirkten sie so schwarz, als seien sie Anhänger Giringars.

Der Gedanke, dass Menschen gezwungen wurden, eine andere Farbe anzunehmen als die, die ihnen ihre Götter bei der Geburt verliehen hatten, entsetzte Mera. Diese Leute vergaßen, wer einst ihr Gott oder ihre Göttin gewesen war; ihre Geister würden nach ihrem Tod hilflos herumirren, ohne den Weg zu dem Seelendom zu finden, in den sie gehörten, und sich stattdessen einfach auflösen. Damit waren sie so tot wie eine zerquetschte Fliege, ohne Hoffnung auf eine glückliche Existenz in der Obhut ihres Gottes oder eine Wiedergeburt. Das war das Schlimmste, was man einem beseelten Lebewesen antun konnte. Bei dieser Erkenntnis schwor Mera sich, den Kaiser zu stürzen, selbst auf die Gefahr hin, selbst eine gnadenlose Herrscherin auf dem Feuerthron zu werden. Eines würde sie auch dann niemals tun, nämlich Menschen ihrer natürlichen Farbe entreißen.

»Denk nicht so zornig! Hier sind überall Wachartefakte.« Hekendialondilans Warnung kam gerade noch rechtzeitig. Mera atmete tief durch und sandte ihrer Runifreundin ein Symbol, dass sie sich wieder beruhigt hätte.

Ein Zauber staute das Wasser unter dem Kiel der Schaluppe, so dass sie bis in das Zentrum des Reiches hochfahren konnte, und ein magischer Wind sorgte dafür, dass sie mit guter Geschwindigkeit vorankam. Als das Boot die Hauptstadt Gurrlands erreichte, schüttelte es Mera bei dem Anblick der kunstlos errichteten Bauten, die sich, soweit sie es erkennen konnte, schachbrettartig aneinanderreihten. Tempel, Paläste und die Villen der Wohlhabenden, die sonst an den Stellen mit der schönsten Aussicht errichtet wurden, schienen völlig zu fehlen. Der Markt der Stadt, der sich direkt am Hafen befand, sah schmutzig aus und wirkte erbärmlich. Das wunderte Mera, denn es wurden ja Waren von fast allen Inseln des Archipels hierhergebracht. Auf dem Hauptmarkt in Ilynrah und sogar auf dem Fischmarkt in dem Sechstel, in dem sie aufgewachsen war, herrschte weitaus mehr Leben.

In dieser Stadt schienen die Leute nicht aus Freude an schönen oder nahrhaften Dingen auf den Markt zu gehen, sondern weil die Not sie trieb. Es wurde nicht gefeilscht oder gestritten. Die Käufer kamen, wiesen auf das, was sie wollten, und zahlten den Preis, der ihnen genannt wurde. Danach verschwanden sie wieder wie

Schatten, und nichts deutete mehr darauf hin, dass sie hier gewesen waren. Sie eilten so hastig herbei, als würde ihnen die Zeit unter den Fingernägeln brennen, machten kaum den Mund auf und rannten schnell wieder davon. Auch konnte Mera keinen fröhlichen Ausruf vernehmen oder einen kurzen Schwatz beobachten.

»Wie geht es nun weiter?«, meldete Girdhan sich. Auch er wurde ungeduldig, denn seit ihr Schiff angelegt hatte, tat sich nichts.

»Wir warten erst einmal ab. Girdhalas Gewährsfrau war sich sicher, dass die Kisten in die Hallen des Kaisers gebracht würden. Wenn es Nacht wird und noch immer nichts geschehen ist, werden wir sie öffnen und uns auf eigene Faust durchschlagen!«

»Mit öffnen geht bei mir nichts. Meine Kiste ist zwischen anderen eingekeilt, und deine steht genau darauf. Ich muss warten, bis du freikommst und mir helfen kannst«, antwortete er missmutig.

Girdhan war der stärkste von ihnen, und es gefiel Mera nicht, dass ausgerechnet er sich nicht von selbst befreien konnte. Dennoch versuchte sie, ihn zu beruhigen. »Keine Sorge! Sobald ich draußen bin, hole ich dich da raus.«

»Seid still, es kommt jemand!«

Hekendialondilans Warnung ließ sie verstummen. Mera blickte wieder durch ihr Astloch und sah einen stämmigen Mann auf das Schiff zukommen. Es war der erste Gurrländer, den sie ohne eine Rüstung sah. Er trug einen langen, schwarzen Talar und eine eng anliegende Mütze in der gleichen Farbe, und nach seiner Miene zu urteilen, schien er sich sehr wichtig zu nehmen.

Er stieg an Bord, ließ seinen Blick über die Kisten schweifen und winkte den Kapitän mit einer herrischen Handbewegung zu sich. »Was soll das? Da ist ja alles durcheinander. Die Vorschrift besagt, dass nur Fracht von einer Farbe auf ein Schiff geladen werden darf. Was ist, wenn Gegenfarben zusammenkommen? Dann geht alles hoch, und das Schiff ist samt der Ladung verloren!«

Der Kapitän verzog abwehrend das Gesicht, holte aber seine Bescheinigungen hervor und hielt sie dem anderen vor die Nase.

»Hier, sieh! Die gesamte Fracht gehört zur Gefahrenstufe null und ist daher harmlos. Außerdem habe nicht ich das Schiff beladen, sondern die Sklaven auf Girdania, und die hatten ihre Befehle.«

»Girdanier? Ha! Die sind nicht richtig im Kopf und machen alles falsch. Ganz sicher ist dein Schiff völlig unvorschriftsmäßig beladen worden. Schau her, da ist eine Kiste aus Teren! Was hat die auf Girdania zu suchen? Man dürfte sie auch nicht hierherbringen. Zu gefährlich, sage ich dir!«

»Laut meiner Frachtliste ist alles doppelt und dreifach geprüft worden. Es handelt sich um einfaches Zeug, bessere Spielsachen, Trophäen, die für den Palast Seiner Herrlichkeit gedacht sind. Jetzt starr mich nicht so an! Ich habe diese Ladung nicht zusammengestellt, sondern nur hierhergebracht.« Der Kapitän ließ sich von dem Wichtigtuer nicht einschüchtern, sondern hielt ihm erneut seine Frachtzettel hin.

»Hier steht alles! Geh jetzt und hole Sklaven, damit mein Schiff entladen wird. Ich muss heute noch zurückkehren, um die nächste Fracht abzuholen.«

Der andere bewegte sein massiges Kinn, als würde er auf etwas Festem herumkauen. Schließlich wandte er sich ab und brüllte einen Aufseher an, dessen Sklaven teilnahmslos hinter ihm standen.

»Abladen, aber schnell! Die, die und die Kiste kommen in Magazin vier, die dort in drei und der Rest in Magazin sieben. Und jetzt mach deinen Kerlen Beine, sonst hole ich die Peitschenschwinger, und du bekommst ebenfalls Prügel!«

Mera fand die Drohung lächerlich. Die menschlichen Sklaven arbeiteten unter der magischen Beeinflussung so eifrig, als würden sie bereits von Peitschen angetrieben, und der Aufseher musste ihnen nur die Kisten weisen, die sie wegzubringen hatten. Allerdings hatte die allgegenwärtige schwarze Wolke ihren gesunden Menschenverstand ausgeschaltet. Je zwei von ihnen packten eine Kiste und schleppten diese durch die ganze Stadt, anstatt einen Wagen oder wenigstens eine Schubkarre zu verwenden. Nach längerem Marsch durch das wie eine Ansammlung rechteckiger Riesenschachteln wirkende Gurrdhirdon erreichten die Sklaven einen Berg, der sich direkt hinter der Stadt erhob, und trugen die Kisten zu einem eisernen Tor, das in eine glatte Felswand eingelassen war.

Jemand öffnete von innen eine kleine Pforte in einem der Torflügel, die gerade groß genug war, um die Sklaven mit ihrer Last passieren zu lassen. Dann ging es schier meilenweit durch Kavernen und Stollen, die von magischen Laternen in ein graues Dämmerlicht getaucht wurden. Immer wieder trafen sie dabei auf massive Eisenwände, in die ebenso dickwandige Tore eingebaut waren. Mera konnte sich diese Vorrichtungen anfangs nicht erklären, doch nach einer Weile erschien Reodhendhors Gesicht vor dem ihren.

Der Geisterruni hatte den Weg hierher auf eigene Faust zurückgelegt, da ihn, wie er drüben auf Girdania erklärt hatte, weder Fels noch Wasser aufhalten konnten und die meisten Zauber auf Gurrland auf ihn keine Wirkung hatten.

»Der Kaiser muss die alten Aufzeichnungen über meinen Arghanfreund kennen, sonst hätte er keine eisernen Wände einbauen lassen. Doch das wird ihm auch nicht viel helfen. Das Feuer eines Arghan verflüssigt Felsen, und ihm kann auch der beste Stahl nicht lange standhalten.«

Mera dachte an Argo und die Funken, die dieser sprühen konnte. Sie hatten Löcher in gurrländische Panzer gebrannt. Doch gegen die massiven Wände hier hätte er wohl nichts ausrichten können.

»Gut, dass Argo so klein ist, sonst könnten wir ihn nicht in den Palast des Kaisers schmuggeln«, sagte sie augenzwinkernd.

In der Kiste war es zwar ziemlich dunkel, doch Reodhendhor nahm die Geste wahr, und zwinkerte zurück. »Bald werden wir dem Kaiser Auge in Auge gegenüberstehen. Du weißt, was du tun musst?«

Mera nickte. Während ihre Freunde den Kaiser und seine Wachen ablenken sollten, musste sie auf den Thron zulaufen und diesen berühren. Sie fragte sich zwar, wieso sie als blaue Hexe ein stärkeres Anrecht auf dieses übermächtige Artefakt besitzen sollte als der Kaiser, doch sie vertraute dem Geisterruni.

»Ich werde es schaffen!« Noch während sie es sagte, begriff sie, dass Girdhan, Hekendialondilan und ihre anderen Freunde bei dieser Aktion sterben konnten. Der Gedanke, danach zwar die neue Kaiserin zu sein, aber auf die toten Leiber ihrer Freunde blicken zu müssen, erschien ihr so schrecklich, dass sie die Sache am liebsten abgeblasen hätte.

»Wenn du jetzt zögerst, werden alle Menschen auf dem Archipel auf ewig Sklaven sein. Nur du kannst dies verhindern!«, beschwor Reodhendhor sie.

Gleichzeitig bedauerte er es, dass nur die drei menschlichen Kinder, ein Runimädchen und ein sehr junger Arghan den entscheidenden Schlag gegen den Kaiser führen konnten. Zu seiner Zeit hätten in den Kisten kampfbereite Gelbruni und ausgezeichnete Hexen und Magier aller Farben gesteckt. Dann aber erinnerte er sich an all die Überwachungsartefakte, die es damals noch nicht gegeben hatte, und sagte sich, dass es so besser war. Magisch ausgebildete Kriegerruni und Hexen wären den Leuten des Kaisers längst aufgefallen und von ihnen gefangen genommen worden.

»Hast du etwas dagegen, wenn ich mich zu dir geselle? Hier in den großen Kavernen fühle ich mich im Schutz deiner Abschirmung wohler als draußen. Nicht, dass mir noch etwas passieren könnte, aber ich will die Knechte dieses Verräters nicht durch einen magischen Reflex auf mich aufmerksam machen.«

Mera wich ein wenig zur Seite und schob die schlafende Fleckchen gegen die Kistenwand, um ihm Platz zu machen. Das war eigentlich unnötig, da er nur noch aus seiner Seele und einem Rest an magischer Energie bestand. Aber sie fühlte sich wohler, wenn sie den Geist neben sich wusste und nicht halb in sich drin.

»Wo bringen sie uns hin?«, fragte sie, weil sie hoffte, ein kurzes

Gespräch würde ihre quälende Anspannung lindern. Zu intensiv durfte sie dabei jedoch nicht denken, sonst würden die Wachartefakte, vor denen der Geisterruni sie gewarnt hatte, es mitbekommen.

Aus dem gleichen Grund zögerte Reodhendhor zunächst mit einer Antwort. Als er feststellte, dass Mera sich und ihre Magie unter Kontrolle hatte, ging er auf ihre Frage ein. »Wenn sich in den letzten tausend Jahren nichts geändert hat, sind die Magazine Stollen, die ein Stück oberhalb des Thronsaals in den Berg getrieben wurden. Wie welcher nun bezeichnet wird, kann ich dir natürlich nicht sagen. Wahrscheinlich werden sie nach den Stockwerken benannt. Das Magazin eins dürfte am weitesten oben liegen, während Magazin sieben sich ziemlich weit unten befinden müsste. Aber nagle mich nicht darauf fest. Es kann genauso gut andersherum sein.«

»Möglich wäre wohl beides. Ich fürchte ja nur, dass wir über verschiedene Magazine verteilt werden.«

»Das dürfte das geringste Problem sein«, beruhigte sie der Geisterruni. »Gemeinsam finden wir die anderen schon – wenn Fleckchen uns hilft. Ihre Nase ist jetzt wertvoller als jeder magische Spürsinn. Wenn du mit deinen Sinnen versuchst, deine Freunde zu finden, fangen die Wachartefakte deine Schwingungen auf, und dann wissen die Leute des Kaisers, dass sich Eindringlinge in den Stollen befinden.«

Da Reodhendhor jetzt etwas heller strahlte, konnte Mera ihn grinsen sehen. Auch sie war froh, Fleckchen bei sich zu haben, war sich aber sicher, dass auch Timpo helfen konnte, die Freunde zu finden. Das Fellknäuel regte sich gerade, stieß ein leises Fiepen aus und steckte seinen Kopf in ihre Hosentasche, so als hoffe er, dort etwas Essbares zu finden.

»Keine Sorge, mein Schatz. Sobald das alles vorbei ist, bekommst du das beste Essen, das du dir wünschen kannst«, tröstete Mera ihn. Dann starrte sie wieder durch das Astloch hinaus.

Es ging immer noch in den Berg hinein. Inzwischen waren die Trennwände aus Eisen solchen aus gemauerten Steinen gewichen. Soldaten in schwarzen Rüstungen mit einem verschlungenen roten Symbol auf der Brust hielten bei jedem Durchgang Wache. Sie kümmerten sich allerdings nicht um die Sklaven, die inzwischen unter ihrer Last ächzten.

Ein Stück weiter bogen die Sklaven in einen Seiteneingang ab und betraten kurz darauf eine sechseckige Höhle mit glatter Decke und einem ebenen Boden, die fast doppelt so groß war wie die Gaststube des »Blauen Fischs«. Für ein Magazin erschien Mera der Raum jedoch zu klein. Im nächsten Augenblick sackte der Boden unter ihnen weg, und es ging in schnellem, aber gleichmäßigem Tempo in die Tiefe.

»Das ist eine Levitationsplatte. Halt dich gut fest, denn sie wird gleich mit einem scharfen Ruck anhalten!« Reodhendhors Warnung kam keinen Augenblick zu früh, denn die Fahrt wurde schon langsamer. Dann erfolgte ein heftiger Schlag, so als sei sie gegen etwas geprallt. Mera flog wie von einer riesigen Hand geworfen gegen den Deckel der Kiste und prellte sich die Schulter. Die Sklaven schienen diese Art der Bewegung gewohnt zu sein, denn sie gingen nur kurz in die Knie, und eine Gruppe verließ mit ihren Kisten die Schwebeplatte.

Da Mera nicht magisch herumtasten wollte, konnte sie nicht sagen, ob die Kisten mit ihren Freunden noch in ihrer Nähe waren oder ob einige von ihnen gerade hinausgetragen wurden. Kaum war ein Teil der Sklaven mit seiner Last davongeeilt, setzte sich die Platte wieder in Bewegung und sank ein Stück tiefer. Erneut wurden Kisten davongetragen. Die Plattform hielt noch mehrmals, dann setzten sich auch die beiden Sklaven in Bewegung, die Meras Kiste trugen, und gingen einen Korridor entlang, der breit und hoch genug war, dass selbst ein mit Pferden bespannter Wagen hätte hindurchfahren können. Große Türen, auf denen Schriftzeichen Auskunft gaben, was darin gelagert wurde, gingen rechts und links davon ab, doch die Sklaven liefen weiter. Beinahe am Ende des Ganges blieben sie vor einem Tor stehen.

»Wir haben Fracht, die hier gelagert werden soll«, sagte einer mit leiernder Stimme.

Ein Stab, auf dem ein magisches Auge saß, schoss auf den Sprecher zu. »Fracht! Welche?« Noch während diese Frage schier aus dem Nichts erklang, bewegte sich der Stab, und das Auge fuhr so knapp an Meras Kiste vorbei, dass diese sich drinnen ganz klein machte.

»Was habt ihr denn da? Ach, nur Zeugs aus den Menschenländern! Keine Ahnung, was das hier zu suchen hat. Bringt es herein!«

Mit einem Schlag sprang die Tür auf. Der Stab verschwand wieder, und die Sklaven schleppten die Kisten ins Innere. Mera betete, dass sie die Kiste, in der sie steckte, nicht zwischen anderen einkeilten, denn dann hätte sie keine Möglichkeit, ihr hölzernes Gefängnis zu verlassen.

Das Magazin erwies sich als überraschend leer. Nur an der hinteren Wand standen einige Kästen und Truhen. Die Sklaven stellten ihre Last dazu und verließen den Raum wieder. Gleichzeitig erlosch das Licht der magischen Laternen, welches das Magazin erleuchtet hatte, und Mera fand sich in einer Dunkelheit wieder, die alles einhüllte. Sie konnte ihre eigene Hand erst wieder vor Augen sehen, als diese magisch blau aufleuchteten.

»Vorsicht«, warnte Reodhendhor sie. »Auch wenn dies nur ein zweitrangiges Magazin ist, gibt es hier Warnartefakte. Lass mich erst einmal nachschauen, was dir gefährlich werden kann.«

Mera nickte, obwohl selbst ein Geist die Geste bei dieser Dunkelheit kaum sehen konnte. Die magische Ausstrahlung, die sie damit verursachte, kam bei Reodhendhor an, und er sandte ihr noch ein beruhigendes Signal zu, bevor er verschwand.

6

Reodhilan sah die flache Ostküste Gurrlands am Horizont auftauchen und nickte zufrieden. Bis jetzt war alles wie geplant gelaufen. Sie spürte zwar schwarze Schiffe in der Nähe, doch diese griffen nicht an. Stattdessen versuchten sie in ihren Rücken zu gelangen, um ihnen den Fluchtweg abzuschneiden. Das Manöver entlockte ihr nur ein Lächeln, und sie blickte zu Merala hinüber. Sie fühlte sich dieser blauen Hexe auf seltsame Weise verbunden. Wie sie selbst stand Merala im Herbst ihres Lebens, doch bevor sie beide zu ihren Göttern gingen, würden sie noch einmal ihre ganze Kraft einsetzen, um denen, die sie liebten, eine lebenswerte Zukunft zu sichern.

Dann musterte sie Torrix, der als Magier erst die Lebensmitte erreicht hatte. Ihm ging es wohl darum, seinem Rang als Hofmagier von Ilyndhir gerecht zu werden und mitzuhelfen, sein Land zu befreien. Die restlichen Runi, die sie auf diese Fahrt mitgenommen hatte, waren erfahrene Veteranen des Großen Krieges, deren Existenz ebenfalls in absehbarer Zeit erlöschen würde und die all das, für was sie vor tausend Jahren gekämpft hatten, nicht widerstandslos einem bösartigen Feind überlassen wollten. Für ihre Begriffe konnten sie den Weg zu Meandirs Seelendom erst dann mit gutem Gewissen antreten, wenn der Kaiser gestürzt war.

Die einzige jüngere Runi, die mit ihnen fuhr, war Hekerenandil, die von der Sorge um ihre Tochter getrieben wurde. Inzwischen hatten sie von einigen Runi, die mit Sianderilneh die Flüchtlinge gejagt hatten, erfahren, dass die Cousine der Königin und sechs ihrer Begleiter beim Geburtsort der magischen Stürme verloren gegangen waren. Von Hekendialondilan und den Menschenkindern hatten Sianderilnehs Freunde jedoch nichts berichten können. Es war, als hätten sich die jungen Leute in Luft aufgelöst oder wären dem Wüten der Elemente zum Opfer gefallen.

Dies war jedoch nicht der Fall, das zeigte schon der weiß-blau verschlungene Faden, der von Hekerenandils Salasa ausging und nun nach Westen zeigte, genau in die Richtung, in der die Thronhalle des Kaisers stand, wie Reodhilan wusste.

Besorgt wandte sie sich an Merala. »Die Kinder sind weit gekommen!«

Die alte Hexe schnaufte nervös. »Ich weiß nicht, was Mera treibt. Sie muss doch wissen, dass dieser Weg in einer Katastrophe enden muss!«

»Sie hätte Hekendialondilan nicht mitnehmen dürfen«, warf Hekerenandil ein, die sich an all die Schreckensbilder erinnerte, die noch von dem damaligen Krieg auf ihrer Seele lasteten.

Reodhilan wies sie zurecht. »Deine Tochter ist freiwillig mitgegangen! Also gib nicht dem blauen Mädchen die Schuld. Du hast das Boot deiner Tochter doch selbst verhört.«

Sie waren unterwegs auf Hekendialondilans Boot gestoßen, das allein auf dem Weg nach Runia gewesen war, und hatten überraschende Neuigkeiten von ihm erfahren. Ein gelber Geisterruni begleitete die Kinder, und er war es wohl auch gewesen, der ihnen eingeredet hatte, nach Gurrland zu ziehen.

Reodhilan konnte sich nicht vorstellen, was diesen Mann antrieb. Die Geister von Toten, die nicht zu den Seelendomen der Götter gingen, waren zumeist auf eine seltsame Weise mit der Welt verbunden, welche ein lebender Runi oder Mensch nicht begriff, und dieser Mann schien ein besonderes Wissen um den Feuerthron zu besitzen. Das irritierte Reodhilan weniger als die Tatsache, dass das Boot den Fremden als Hüter des Arghan bezeichnet hatte. Das machte sie neugierig, denn im Großen Krieg war ihr Sohn der beste Freund eines riesigen Arghan namens Argutano gewesen. Er hatte den schwer verletzten Arghan auf seiner Reise zu einer Quelle begleitet, an der dieser hatte genesen wollen. Seit jener Zeit hatte sie nichts mehr von Reodhendhor gehört und auch nichts von Argutano. Daher nahm sie an, dass beide umgekommen waren. Auch schien es kein anderes dieser mächtigen, Feuer speienden Wesen mehr zu geben.

Letzteres sagte sie auch zu Merala. Deren Wissen war jedoch weitaus geringer als das ihre. Die alte Heilerin kannte Arghan nur als Sagenfiguren und zuckte hilflos mit den Schultern.

»Wir Menschen haben in diesen tausend Jahren zu viel verlernt und uns zu sehr nach unseren magischen Farben ausgerichtet. Wir haben uns auf Farbfeindschaften konzentriert, anstatt im Gedächtnis zu behalten, was wirklich wichtig ist.«

»Ich nehme an, dass dies ebenfalls eine Auswirkung des Feuerthrons ist. Wir hatten ihn zwar in seine Einzelteile zerlegt, doch die einzelnen Kristalle besaßen immer noch sehr viel Macht und vermochten den Lauf der Dinge im Geheimen zu lenken. Obwohl behauptet wurde, dieses mächtige Artefakt besäße keine eigene Persönlichkeit, vermute ich doch, dass dem Feuerthron ein künstlich geschaffener Geist innewohnt, der dessen Zerstörung überstanden hat.« Reodhilan seufzte und maß dann erneut die Entfernung zur Küste.

Einer ihrer Begleiter, der als guter Fernspürer bekannt war, wies auf das Land. »Dort versammelt sich bereits ein vielköpfiges Heer, um uns in Empfang zu nehmen.«

Reodhilan lächelte amüsiert. »Die armen Kerle. Fast könnten sie mir leidtun, denn sie werden umsonst auf uns warten.«

Sie winkte den anderen Schiffen zu und befahl den Besatzungen, so nah nebeneinander zu fahren, dass die Bordwände sich berührten.

»Wir müssen uns an den Händen fassen können, vergesst das nicht! Wer das versäumt, wird sich bald sehr vielen Gurrims gegenübersehen!« Mit einem zufriedenen Lächeln reichte sie Merala die Rechte und fasste mit der Linken Hekerenandils Hand.

»Gebe Meandir, dass wir deine Tochter bald wiedersehen und auch deine Enkelin, blaue Hexe. Ich habe mit deiner Urgroßmutter zusammen gegen Wassurams Heere gekämpft, bis sie ihr Leben gegeben hat, um viele von uns zu retten. Sie war eine große Kriegerin, und ich wünschte, sie stünde auch jetzt an unserer Seite.«

»Du wirst dich mit mir und Torrix begnügen müssen!« Meralas Anspannung war so groß, dass sie zu zittern begann. Sie hatte nicht weniger Angst um Mera als Hekerenandil um ihre Tochter. Diese war immerhin eine Runi, und damit kräftiger und ausdauernder als ein normales Menschenkind.

Ein scharfer Ruf Reodhilans unterbrach Meralas Überlegungen, und sie fragte sich, was jetzt kommen würde.

»Öffne deinen Geist und tu genau das, was ich tue. Das gilt auch für dich, Magier. Und ihr, meine Freunde, singt jetzt, als ob ihr Cayri wärt!«

»Was sind Cayri?«, fragte Merala verwirrt.

»Verwandte von uns, in deren Liedern mehr Magie steckt, als du und alle hier euch vorstellen könnt. Und jetzt sei still. Wir kommen sonst zu nahe an die Gurrims und deren Dämpfungsartefakte heran. Ich will denen nicht vor die Füße fallen!« Nach diesen Worten stimmte Reodhilan ein Lied an, in das die anderen Runi einfielen. Merala ertappte sich dabei, wie sie die Melodie mitsummte, und auch Torrix, dessen Talent im Singen eher gering war, machte mit, als hinge sein Leben davon ab.

Eine Weile tat sich gar nichts. Die Küste kam immer näher, und jetzt konnten alle die Gurrlandtruppen sehen, die dort Stellung bezogen hatten. Auf See schlossen die Schwarzen Galeeren den Halbkreis immer enger um die drei Runischiffe, und es sah so aus, als gäbe es keinen Ausweg für die kleine, verwegene Schar.

Gerade in dem Augenblick, in dem der Großmarschall des gurrländischen Reiches den Sieg bereits greifbar nahe wähnte, steigerte sich der Gesang zu einem Tosen, das weit über das Meer hallte. Dann verschwanden die Runi und ihre blauen Begleiter vor den Augen der überraschten Feinde, als hätte die Luft sie verschlungen.

7

Merala tauchte in völliger Dunkelheit wieder auf und glaubte sich im ersten Augenblick allein. Da spürte sie neben sich eine blaue Präsenz und atmete auf.

»Torrix, bist du es?«

»Wer soll ich denn sonst sein?« Die knurrige Stimme des Magiers verriet seine Erregung. »Hast du eine Ahnung, was mit uns passiert ist? Haben die verdammten Spitzohren uns vielleicht verraten?«

»Das mit den verdammten Spitzohren will ich überhört haben«, antwortete Reodhilan kichernd. »Wie es aussieht, ist unser Zauber gelungen. Das Gesicht der Gurrims hätte ich sehen mögen, als sie auf einmal nur noch leere Schiffe vor sich hatten.«

»Was war das für ein Zauber?«, wollte Torrix wissen.

»Ein Versetzungszauber. Sag bloß, das hast du nicht mitbekommen! Ihr Menschen habt viel verlernt, seit wir das letzte Mal Seite an Seite gekämpft haben.«

»Wir werden ja auch nicht so alt wie ihr. Obwohl ich mit meinen fast vierhundert Jahren sogar für eine menschliche Hexe recht alt bin«, gab Merala zurück.

»Ihr könntet viel länger leben, wenn ihr eure Kräfte entsprechend schulen würdet!«

»Mich interessiert nicht, wie lange wir theoretisch leben könnten, sondern wo wir uns gerade befinden«, brummte Torrix und sprach einen Lichtzauber. Eine kleine, blaue Flamme flackerte auf seiner Handfläche auf und erhellte die nächste Umgebung. Mehr als eine feuchte Felswand vermochte er jedoch nicht zu sehen.

Als er mehr Licht erzeugen wollte, legte Reodhilan ihm die Hand auf die Schulter. »Lass das! Oder willst du den Kaiser oder irgendeinen seiner Untertanen auf uns aufmerksam machen?«

Torrix' Flamme erlosch, und sie standen wieder im Dunkeln. Sonderbarerweise waren Merala und die Runi für seine magischen

Sinne nur noch kaum erkennbare Schatten. Also schien auch an diesem Ort eine Art Dämpfungsfeld zu herrschen. Verärgert wollte der Magier Reodhilan fragen, wohin sie sie gebracht hatte. Da sendete die alte Runi einen kurzen Gedankenbefehl. Mehrere Leuchtsteine flackerten auf und spendeten ein unangenehm graues Licht. Da es von schwarzer Magie gespeist wurde, stöhnten einige Runi angewidert auf.

Reodhilan fuhr herum. »Jetzt stellt euch nicht so an! Vor tausend Jahren haben wir ganz anderen magischen Gewalten gegenübergestanden.«

»Du warst damals noch gelb und hast es nicht so gespürt«, wandte eine der anderen Runifrauen ein.

»Es standen genug Meanruni auf unserer Seite, und sie haben nicht einmal geklagt, wenn schwarze Flammenlanzen in ihre Leiber eindrangen!«

»Das konnten sie auch nicht mehr, weil sie dann tot waren«, murmelte einer, doch Reodhilan ging auf diese Bemerkung nicht ein.

Sie zeigte in die Richtung, die ihnen die Leuchtsteine wiesen. »Das ist unser Weg. Und bevor mich jemand fragt: Dies hier ist ein geheimes Versteck in einer natürlichen Höhle, die zum größten Teil durch silberdurchsetztes Gestein führt, das unsere magischen Spuren verwirbelt. Also kann kein noch so starkes Artefakt uns hier aufspüren, es sei denn, es ist zufällig direkt auf die Stelle gerichtet, an der wir materialisiert sind. Wir haben diesen Stützpunkt im Großen Krieg eingerichtet, und da wir zu jener Zeit noch Taliens Gelb trugen, waren wir sogar in der Lage, erbeutete schwarzmagische Gegenstände zu verwenden. Heute könnte auch ich das nicht mehr tun. Aber diese alte Anlage wird uns helfen, den Feind zu überlisten.«

Diesmal gab es keine Einwände. Alle spürten die schwarze Magie, die trotz der Silberadern aus den Felswänden drang. Sie war stärker als an jedem anderen Ort, den sie bisher aufgesucht hatten. Also musste das Zentrum des schwarzen Reiches von Gurrland ganz nahe sein, und so mancher Runi fragte sich, wie er die nächsten Stunden in dieser Umgebung, in der die Luft zu brennen schien, überstehen sollte.

Die Höhle entpuppte sich als breiter, nicht allzu hoher Gang, der sich mehrere hundert Schritt durch den Berg zog und in einem blinden Stollen endete. Torrix tastete die Felswand ab und sah Reodhilan fragend an. »Wie willst du hier durchkommen? Oder habt ihr die Fähigkeit, Gestein zum Schmelzen zu bringen?«

»Ihr Menschen denkt immer so umständlich! Hier ist ein magisches Portal eingebaut, das uns nach draußen bringen wird. Leider mussten wir auch dafür schwarze Magie verwenden, und daher wird der Durchgang uns Runi starke Schmerzen zufügen. Ich hoffe, ihr könnt euch beherrschen! Es wäre fatal, wenn ein weißmagischer Aufschrei unsere Feinde auf uns aufmerksam machen würde.«

»Wir schaffen das schon!«, behauptete Hekerenandil. Aber trotz des düsteren Lichtes war ihr anzumerken, wie sehr sie sich vor dem magischen Portal fürchtete. Sie biss jedoch die Zähne zusammen und wollte als Erste hindurchgehen.

Reodhilan hielt sie auf. »Sei nicht so ungeduldig. Jetzt müssen unsere blauen Freunde ihren Wert beweisen. Ihre magische Ausstrahlung fällt in diesem fahlen Schwarz nicht so auf wie unsere. Sollte es draußen noch jene Warnartefakte geben, die auf die magische Farbe der Runi ansprechen, kann der Hofmagier von Ilyndhir sie abschalten oder manipulieren.«

»Du setzt viel Vertrauen in mich!« Torrix versuchte zu grinsen, doch es wurde nur eine Grimasse daraus. Im Magierturm von Ilyndhir hatte er zwar einfache Artefakte hergestellt. Aber dieses magische Portal überstieg seine Fähigkeiten bei Weitem, und die Wachartefakte würden wohl auch komplizierter sein als alles, was er kannte.

Sein Blick suchte Merala. »Kannst du mir helfen?«

»Ich versuche es. Jetzt komm!«

Aus einem ihr selbst unerklärlichen Grund wusste Merala besser über die Funktion magischer Portale Bescheid als er. Sie streckte die Hand aus und berührte den Fels. Reodhilan übermittelte ihr das Losungswort, und dann stand sie auf einmal in einer kleinen Grotte, die, wie hereinfallendes Licht zeigte, einen Ausgang ins Freie besaß.

Nur wenige Herzschläge später tauchte Torrix neben ihr auf und knurrte wie ein gereizter Hund. »Wenn mir jemand gesagt hätte, ich würde einmal die Vorhut für ein paar Runier spielen, hätte ich ihn für verrückt erklärt!«

Merala lachte leise auf. »Ich hatte auch gedacht, ich würde meinen Lebensabend gemütlich im ›Blauen Fisch‹ verbringen und dort in Frieden sterben. Zwar hatte ich immer wieder Träume von Kämpfen und großer Not, aber ich war der Meinung, sie stammten von Berührungen mit jenen Geistern der Toten, die nach dem Großen Krieg nicht ihren Weg zum Seelendom ihres Gottes hatten finden können.«

»Ich hatte ebenfalls Visionen, habe sie aber nicht ernst genommen, da meine Versuche, bewusst in die Zukunft zu blicken, nichts davon bestätigt haben. Ich hätte gescheiter sein müssen!« Torrix fluchte, während er sich in der Grotte umsah und sie auf Warnartefakte untersuchte.

Merala half ihm und spann dabei den Gesprächsfaden weiter. »Wahrscheinlich hängt unsere Blindheit mit dem Herrn des Feuerthrons zusammen. Er hat nicht zugelassen, dass wir in die Zukunft blicken konnten. Wie mächtig er ist, siehst du ja schon daran, dass es ihm sogar gelungen ist, die Runier zu manipulieren. Auf diese Weise hat er ein gemeinsames Vorgehen aller Völker gegen seinen Eroberungszug verhindert. Ich kann mir kaum vorstellen, dass wir jetzt noch Erfolg haben.«

Torrix schnaubte unwillig und zeigte in die Runde. »Also, ich habe nichts entdeckt. Wir können die anderen holen.« Er wollte zum magischen Portal zurückkehren, doch da hielt Merala ihn auf. »Sieh dort am Eingang!«

Jetzt bemerkte auch Torrix, was ihm eben noch entgangen war. »Ein Warnartefakt, so geschickt angebracht, dass es kaum auszumachen ist! Du hast immer noch feine Sinne.« Ein wenig Neid schwang in den Worten des Magiers mit, weil Merala ihn trotz ihres hohen Alters übertraf. Er überwand seine Verstimmung jedoch rasch und begann, das Artefakt zu untersuchen. Es hatte wohl seit Jahrhunderten hier gewartet, ohne je gebraucht worden zu sein. Gerade deshalb musste er sehr vorsichtig sein. Wenn das Ding Alarm auslöste, wusste jeder in Gurrland, dass etwas Unerwartetes geschehen war.

Torrix erkannte rasch, dass er magisch nichts ausrichten und das Ding auch nicht entfernen konnte. Hier waren Fingerfertigkeit und ein scharfer Blick gefragt. Er kramte in der Innentasche seines Umhangs, bis er ein Stück Silbergewebe gefunden hatte, und schnitt es mit seinem Messer zurecht.

»Jetzt bräuchte ich ein wenig Klebstoff«, sagte er zu Merala.

Die alte Frau spuckte in die Hände und veränderte die Flüssigkeit mit ihren Kräften, bis sie zu einem zähen Brei geworden war.

»Hier, das müsste gehen!«

Torrix verstrich die Masse auf der Rückseite des Silbergeflechts und klebte dieses dann auf das Spähauge des Artefaktes. »Beinahe fühle ich mich wieder jung. Solche Scherze haben wir uns als Adepten geleistet, wenn wir auf einen Krug Bier in die Stadt gehen wollten, aber keinen Ausgang hatten. Der damalige Hofmagier hat uns aber trotzdem einmal erwischt und zur Schnecke gemacht, aber erst beim elften oder zwölften Mal.«

»Der Mann ist auch einmal jung gewesen!« Merala lächelte versonnen. Bei dem Magier, von dem Torrix sprach, hatte es sich um ihren Vater gehandelt, der mit der Zweiten Hexe verheiratet gewesen war. Beide hatten sich schon vor mehr als zweihundert Jahren zu Ilynas Seelendom aufgemacht. Sie hätte die Nachfolgerin eines der beiden werden sollen, sich aber mit dem Posten der Hofheilerin begnügt. Vielleicht war das ein Fehler gewesen. Als Hofmagierin oder als Zweite Hexe hätte sie wahrscheinlich früher etwas über den verhängnisvollen Wandel im Land erfahren und etwas dagegen unternehmen können. Als sie jedoch an die Machtmittel dachte, die dem Kaiser auf dem Feuerthron zur Verfügung standen, wurde ihr klar, dass sie auch dann vermutlich keine Chance gegen ihn gehabt hätte.

»So, jetzt können wir die anderen holen!« Zufrieden mit seinem Werk kehrte Torrix zu der magischen Pforte zurück. Merala blieb am Ausgang der Grotte stehen und blickte von den Höhen des Berges auf die Hauptstadt von Gurrland hinab. Als junges Mädchen war sie schon einmal hier gewesen. Damals hatte es noch keinen Kaiser gegeben, und niemand hätte gedacht, dass die Gurrländer erneut ausziehen würden, um die anderen Inseln zu unterwerfen.

Seit jenen Tagen hatte die Stadt sich arg verändert. Zwar waren die Straßenzüge bereits zu jener Zeit schnurgerade verlaufen, doch damals hatte es anstelle der großen, kalt wirkenden Hallen gemütlich eingerichtete Häuser mit kunstvoll geschnitzten Fassaden gegeben, und im ehemaligen Stadtzentrum, in dem sich nun ein Exerzierplatz befand, hatte sich der große Markt befunden, der ebenso lebendig gewesen war wie der Hauptmarkt von Ilynrah. Der heutigen Stadt konnte man nicht ansehen, dass sie zum Zentrum eines großen, fast alle Inseln umfassenden Reiches geworden war. Sie wirkte ungepflegt und heruntergekommen. Staub wirbelte von den Straßen auf, und von dem einst prächtigen Giringartempel gab es nur noch Reste, so als sei er abgetragen worden, weil man seine Steine anderswo gebraucht hatte.

Anders als Reodhilan und die anderen Runier erinnerte Merala sich gerne an die Stadt, die es hier einmal gegeben hatte, und sie verfluchte den Kaiser, der aus braven, ehrlichen Gurrländern Monster gemacht hatte, die alle Welt das Fürchten lehrten.

Schritte in der Höhle ließen sie aufmerksam werden. Als sie sich umdrehte, sah sie Reodhilan auf sich zukommen. Torrix und die anderen Runi folgten der alten Gelbruni auf dem Fuß.

Reodhilan blieb vor dem Warnartefakt stehen und schüttelte

den Kopf, als sie sah, wie Torrix und Merala es ausgeschaltet hatten. »Das habt ihr wirklich auf Menschenart gemacht!« Es hätte spöttisch klingen sollen, doch im Grunde wusste die alte Runi, dass sie und ihre Gefährten erst gar nicht auf den Gedanken gekommen wären, das Ding auf diese Weise zu stören. Sie hätten versucht, das Artefakt mit ihren Kräften auszuschalten und damit erst recht Alarm ausgelöst.

8

Es gab bessere Wege, Gurrland zu durchqueren, als den, den Meravane gewählt hatte. Allerdings wurden die bequemen Straßen weitaus stärker begangen oder befahren. Hier oben in den Bergen traf die Gruppe zumeist nur auf verlassene Bauernhöfe, deren Bewohner weggeholt worden waren, um auf anderen Inseln als Soldaten oder Beamte eingesetzt zu werden. Nur hie und da wurde ein Gut mehr schlecht als recht von menschlichen Sklaven weitergeführt. Oft trafen sie auf verwildertes Vieh, und gelegentlich sahen sie Gurrländer, die zu alt für den Dienst im Heer oder der kaiserlichen Verwaltung waren und sich auf den kleinen Feldern und steilen Hangwiesen abmühten.

Meravane und ihre Begleiter gingen allen Leuten aus dem Weg, denn die Beeinflussung, die wie ein grauer Dampf über dem Land lag, zwang jeden dazu, unerwartete Begegnungen weiterzumelden. Aus diesem Grund hätte Hemor gerne einen Späher vorausgeschickt, aber Meravane lehnte seine Bitte rundweg ab.

»Wir sind von einer magischen Wolke umgeben, die jeden Mann und jede Frau binnen kurzer Zeit zu einem willfährigen Sklaven des Feuerthrons macht. Ihr seid nur so lange dagegen gefeit, wie ihr euch im Bereich des Schutzzaubers unserer beiden Hexen aufhaltet.« Die

Geisterfrau wies auf ihre Nachfahrin Meraneh, die Hand in Hand mit der Gelondanerin Talei inmitten der Gruppe ging. Die beiden Frauen waren so in ihrem gemeinsamen Zauber versunken, dass Hannez und ein weiterer Mann sie führen mussten.

Hemor verzog wütend das Gesicht. »Auf die Weise werden wir irgendwann einer Horde Gurrländer gegenüberstehen!«

»Du vergisst, dass ich als Geist von diesem Beeinflussungszauber nicht betroffen bin. Ich muss zwar auf unsere beiden Schätzchen aufpassen, damit sie alles richtig machen, aber mir bleibt genug Zeit, immer wieder ein kleines Stück vorauszueilen!« Um ihre Worte zu bekräftigen, schwebte Meravane davon und kehrte erst nach einer Weile zurück.

»Wir müssen einen kleinen Umweg machen. Weiter vorne ist die Straße schon vor längerer Zeit durch eine Mure verschüttet worden. Zu Wassurams Zeiten hätte es so eine Nachlässigkeit nicht gegeben. Die Gepflogenheiten im Land des Feuerthrons sind wirklich seltsam.« Sie griff sich an den Kopf und winkte dann den anderen, ihr zu folgen.

»Wie lange werden wir uns noch durch dieses Gebirge quälen müssen?«, fragte Hannez. Wie die meisten, die sich der Gruppe angeschlossen hatten, stammte er vom flachen Land und fühlte sich angesichts der hoch aufragenden Berge und engen Schluchten ziemlich unwohl. Die Geisterfrau antwortete ihm nicht, sondern führte die Gruppe nun über Pfade, die eher für eine Ziege gangbar waren als für einen Menschen. Hannez und die anderen stolperten ein ums andere Mal, und sie richteten in den nächsten Stunden mehr Stoßgebete an Ilyna, Talien oder die anderen Götter ihrer jeweiligen Farbe als sonst in einem Monat.

»Vorsicht!« Meravanes geistiger Warnruf traf Hemor wie ein Schlag zwischen die Schulterblätter und zwang ihn, sich auf der Stelle umzudrehen. Er sah, wie ein Gelondaner, der hinter ihm ging, das Gleichgewicht verlor und in die Tiefe zu stürzen drohte. Rasch griff er zu und hielt den Mann fest.

»Aufpassen, mein Junge! Das hier ist kein gutes Land, um fröhlich vor sich hin zu schlendern. Da heißt es gut schauen, wohin du deinen Fuß setzt.«

Der Gelondaner nickte mit bleicher Miene. »Ja, Herr! Talien … äh … Ilyna möge es dir danken.«

»Beide werden es tun!« Hemor zwinkerte dem anderen grinsend zu und ging weiter.

Als hochgestellter Höfling in Ilyndhir hatte er das Privileg besessen, in den dortigen Bergen zu jagen. Aus diesem Grund vermochte er sich hier recht leichtfüßig zu bewegen und konnte außerdem auf die anderen achtgeben. Wenig später musste er Hannez helfen, die beiden Hexen über eine gefährliche Stelle zu bringen, an der der Pfad gerade noch breit genug war, um einen Fuß vor den anderen zu setzen. Zur rechten Hand stieg die Felswand steil an, während sich links von ihnen eine schmale, aber sehr tiefe Schlucht erstreckte. Wie tief sie war, hörten sie an den Steinen, die sie lostraten und die schier endlos fielen, bis sie auf dem Grund aufschlugen.

»Davon werde ich noch meinen Enkeln erzählen«, entfuhr es Hannez. Gleich darauf wurde er ganz rot im Gesicht. Meraneh schien seine Worte trotz ihrer Trance vernommen zu haben, denn sie stieß ein kurzes Kichern aus, ehe ihre Miene wieder starr wurde.

Hannez seufzte. Mehr denn je wünschte er sich, Meraneh würde ihn heiraten. Aber dazu mussten sie erst einmal diesem Höllenschlund lebendig entkommen.

Meravane grinste ihn an. »Ein paar Kinder mehr mit meinem Hexenblut in den Adern würden Ilyndhir guttun. Also halt dich ran, mein Junge.«

»Wenn wir diese Sache hinter uns haben …«, murmelte Hannez, biss die Zähne zusammen und führte die beiden Hexen weiter. Bei Meraneh ging es ja ganz gut, doch trotz der Hilfe des Gelondaners tat er sich bei der Gelben schwer, denn das junge Mädchen überragte ihn bereits um einen halben Kopf. Da der Pfad meist nur für einen Platz bot, ging er voran und leitete Meraneh und die Gelondanerin so, dass die Frauen ihre Füße sicher setzen konnten. Doch als er ihnen über einen Spalt hinweghelfen musste, schwitzte er Blut und Wasser. Da die beiden sich an den Händen halten mussten, blieb ihm nichts anderes übrig, als die Gelbe aus den Armen seines Helfers entgegenzunehmen und auf den sicheren Grund zu stellen. Dabei hatte er das Gefühl, als würden die Knochen des Mädchens aus Blei bestehen. Ihm wurde ganz übel vor Angst, einen Fehler zu machen, der den Schutzzauber zerstörte, so dass sie zu willenlosen Sklaven des Kaisers wurden. Gleichzeitig fragte er sich, was ihr kleines Häuflein überhaupt ausrichten konnte. Hatten sie sich aus Verzweiflung auf ein aussichtsloses Unterfangen eingelassen, nur weil sie nicht wie Kaninchen auf die Schlange warten wollten, die sie zu verschlingen drohte?

9

Der Herr über Gurrland starrte fassungslos ins Nichts und versuchte zu verstehen, warum es seinen Männern nicht gelungen war, die Runi und deren blaue Begleiter gefangen zu nehmen. Zwar kannte er Versetzungszauber und hatte diese in früheren Zeiten ebenfalls eingesetzt, aber er hätte niemals erwartet, dass es einer Gruppe von der Größe gelingen könnte, sich auf diese Weise der Gefangennahme zu entziehen. Nun beschäftigte ihn die Frage, wohin diese Leute sich versetzt haben mochten. Sie mussten auf Gurrland selbst ein Versteck kennen, sonst hätten sie nicht Kurs auf die Insel genommen.

Oder hatten sie sich wieder in Richtung Heimat versetzt? Wollten sie ihn mit dieser Aktion nur reizen, damit er seinerseits Runia angriff, bevor alle Vorbereitungen dafür getroffen worden waren? In diesem Fall sollten sie sich getäuscht haben. Er würde seine Flotte erst in dem Augenblick in Bewegung setzen, in dem er sich seines Sieges sicher sein konnte.

Je mehr der Kaiser darüber nachdachte, umso wahrscheinlicher erschien es ihm, dass es sich nur um eine Provokation gehandelt hatte. Ein Trupp Runi von dieser Stärke konnte sich nicht auf Gurrland aufhalten, ohne in kürzester Zeit entdeckt zu werden. Dennoch durfte er die Möglichkeit ihres Eindringens nicht außer Acht lassen. Immerhin hatte er es mit Verzweifelten zu tun, die versuchen wollten, ihrem sicheren Schicksal zu entkommen. Vielleicht bildeten sie sich ein, ihn umbringen zu können! Nun, er würde sie eines Besseren belehren. Doch dazu musste er sie erst einmal ausfindig machen.

Der Kaiser legte seine Arme auf die Lehnen des schwarzen Throns und ließ seinen Geist in den schwarzen, brennenden Kristall einfließen. Sein Körper schüttelte sich vor Schmerz, als die Kraft des unglaublichen Artefakts ihn in voller Stärke erfasste. Im nächsten Moment wanderte sein Blick über sein bisheriges Reich, übersprang dessen Grenzen und drang bis nach Runia vor. Dort sah er Menanderah und den größten Teil ihres Volkes unter der mächtigen Krone des Heiligen Baumes stehen und Zauberlieder singen. Die Runi, die er auf den Schiffen entdeckt hatte, waren jedoch nicht unter ihnen.

Der Kaiser dehnte seine magische Suche aus und entdeckte die drei Schiffe, mit denen diese Gruppe bis vor die Küste Gurrlands gefahren war. Den Booten war es gelungen, seine Flotte mit raschen Manövern auszusegeln und zu fliehen. Aber es befand sich niemand mehr an Bord. Die Schiffe wurden nur durch ihre künstlichen Geister geführt und befanden sich auf dem Weg zurück nach Runia. Zum ersten Mal war ein Feind seinen Schwarzen Galeeren entkommen, obwohl seine Flotte diese Schiffchen schon in der Zange gehabt hatte. Das war so blamabel, dass er seinen Zorn nicht bändigen konnte. Er bündelte seine Kräfte, um einen schwarzen

Blitz auf die weißen Schiffe zu schleudern. Das vorderste zersplitterte unter seinem Schlag, und seine Einzelteile zerstreuten sich im Wasser. Die beiden anderen wurden zwar beschädigt, setzten ihre Fahrt jedoch fort.

Doch der Kaiser war nicht bereit, seine Beute entkommen lassen. Erneut sammelte er Magie und hieb das zweite Boot in Stücke. Das letzte schlug Haken wie ein vom Fuchs gejagtes Kaninchen, konnte aber seinem Zorn nicht entkommen. Ein drittes Mal schlugen schwarzmagische Blitze in die weißen Kristallplanken und erzeugten eine Gegenfarbenexplosion.

Eine Weile starrte der Kaiser noch auf die Stelle, an der drei Runischiffe ihr Ende gefunden hatten, und triumphierte innerlich. So würde es allen Runi und ihren Vorhaben ergehen. Das Gefühl des Sieges vertrieb sogar die Schmerzen, die ihn quälten, seit er auf dem schwarzen Thron Platz genommen hatte. Für ihn waren sie ein Zeichen, dass er mächtiger war als jeder andere Runi, denn kein anderer seines Volkes hätte die Qualen, die er zu Beginn durchlebt hatte, aushalten können. Nun verlieh ihm der Feuerthron die Macht, der unumschränkte Herrscher der gesamten Inselwelt zu werden.

Besessen von seinen Allmachtsfantasien hätte der Kaiser beinahe die Runi vergessen, nach denen er suchte. Als er sich wieder an sie erinnerte, ließ er seinen magischen Blick über jede Handbreit Boden auf Gurrland wandern. Doch er entdeckte keine Spur von ihnen. Stattdessen fiel ihm in den Bergen westlich der Hauptstadt blaue Abschirmmagie auf. Waren sie das? Die Eindringlinge hatten einen blauen Magier und eine Hexe mitgenommen, die ein solches Feld hätten erzeugen können. Glaubten die Runi, sie könnten ihn durch ein Bündnis verschiedener Farben stürzen? Der Gedanke säte Zweifel im Herzen des Kaisers, denn er wusste selbst, welch unnatürliche Beziehung er mit diesem mächtigen Artefakt eingegangen war. Es kostete ihn viel Mühe, den Thron zu beherrschen, und er zahlte für diese Macht in jeder Sekunde mit fast unerträglichen Schmerzen. Ein gut ausgebildeter Magier oder eine exzellente Hexe mit schwarzer oder einer anderen dem Feuerthron zugewandten Farbmagie konnte sich dies unter Umständen zunutze machen.

»Sie dürfen nicht bis hierher kommen!« Erst als er seine eigene Stimme hörte, begriff der Kaiser, dass er nach der Art der Menschen und Gurrims mit dem Mund gesprochen hatte. Einige Diener, die in seiner Nähe auf Anweisungen warteten, eilten auf ihn zu und warfen sich vor ihm zu Boden.

»Welche Befehle habt Ihr für uns, Euer Glorifizienz?«

»Lasst die Spitzohren und ihre blauen Freunde auf der gesamten Insel und den vorgelagerten Eilanden suchen. Kehrt das Unterste zuoberst, wenn es nötig sein sollte, aber findet sie. Sie dürfen diese Hallen niemals erreichen!«

»Sehr wohl, Euer Glorifizienz!« Die Diener rannten sofort los, um seine Befehle weiterzugeben. Der Kaiser sah ihnen nach, presste dann die Handflächen gegen den brennenden Kristall und griff nach den Geistern seiner hochrangigsten Offiziere auf Gurrland. Es ging schneller, seine Kommandos in deren Köpfe zu pflanzen, als zu warten, bis die Kuriere sie überbracht hatten.

Zufrieden sah er, wie seine Gurrim-Soldaten die Kasernen verließen und ausschwärmten. Ihre Zahl war allerdings geringer, als er angenommen hatte. Die meisten seiner Regimenter standen auf den eroberten Inseln, um dort jeden Widerstand auszumerzen. Da er die auf Gurrland geborenen Männer und Frauen benötigte, um Runia niederzuwerfen, würde er dafür sorgen müssen, dass die Menschen sich selbst bewachten. Dazu würde er die Farbfeindschaften der Leute ausnutzen, grüne Malvoner nach Ilyndhir schicken und blaue Ilyndhirer nach Malvone. Bei Gelonda würde das etwas schwieriger werden, weil die Gelben sich mit geflohenen Ardhuniern verbündet hatten. Nach Gelonda musste er seine violetten Piraten schicken und von diesen einen Keil zwischen die Unterworfenen treiben lassen.

Erneut ertappte er sich dabei, dass seine Gedanken zu weit in die Zukunft griffen. Dabei galt es erst einmal, die nun entstandene Situation zu meistern. Während er das Ausrücken seiner Truppen überwachte und den Kommandanten seine Befehle erteilte, wuchs in ihm die Überzeugung, dass nicht einmal eine Maus die Chance besaß, seinen Soldaten zu entkommen – und größer als eine Maus waren die Runi allemal.

10

Für Meras Empfinden blieb Reodhendhor eine halbe Ewigkeit aus, so dass sie bereits fürchtete, ihm sei etwas zugestoßen. Inzwischen wurde sie von fürchterlichem Durst geplagt, und ihr Magen knurrte auf eine Weise, dass Timpo sich ängstlich hinter Fleckchen verkroch.

»Keine Sorge, mein Kleiner. Für ein Frühstück bist du mir zu haarig«, flüsterte Mera ihm zu und wünschte sich, dass der Geisterruni endlich zurückkäme.

Als Reodhendhors Gesicht ohne Vorwarnung vor dem ihren auftauchte, erschrak sie so sehr, dass sie beinahe aufgeschrien hätte. Sie atmete ein paarmal tief durch und sah ihn dann fragend an. »Was hast du entdeckt?«

»Erst einmal Hekendialondilan, Girdhan, Careela und Argo. Wo Kip hingeschafft wurde, habe ich leider nicht herausfinden können. Dafür ist er einfach zu unmagisch.« Reodhendhor klang enttäuscht, denn er hatte etliche Magazine durchforstet und sich erst spät daran erinnert, dass er die anderen nicht ewig in ihren Kisten warten lassen konnte.

»Ist die Luft rein?«, fragte Mera.

»Sie ist ein wenig abgestanden, aber du kannst sie atmen«,

antwortete der Geisterruni und begriff dann erst, wie sie ihre Frage gemeint hatte. »Es gibt nur ein einziges Wachartefakt an der Tür, aber das kannst du überlisten.«

»Wie?«

»Du musst die Kiste vor dir herschieben und dahinter in Deckung bleiben. Die Tür selbst darfst du nicht öffnen, aber das ist kein Problem. Damals, vor tausend Jahren hat Wassuram unsere Grotten übernommen und ausgebaut. Ich habe eine unserer Versetzungspforten entdeckt, die den Gurrländern anscheinend entgangen ist. Die können wir nun benutzen.«

Reodhendhor grinste und zeigte Mera anschließend, wie sie ihre Kiste an der Seite öffnen konnte, so dass sie nicht von dem Artefakt entdeckt wurde.

»Fällt es denn nicht auf, wenn ich den großen Kasten bewege?«, fragte das Mädchen, als es sich befreit hatte.

Der Geist schüttelte den Kopf. »Wenn du ihn ganz langsam neben dir herschiebst und immer wieder Pausen einlegst, dürfte nichts passieren. Das Ding dort drüben ist nur ein einfaches Artefakt ohne eigenen Wächtergeist. In Richtung Thronhalle sind speziellere Wachartefakte installiert, da dürfen wir so etwas natürlich nicht probieren.«

»Hoffentlich hast du recht.« Mera schnaufte kurz durch und sah sich um. Da einige Leuchtsteine den Raum in ein graues, alle Farben auslöschendes Licht tauchten, konnte sie sehen, dass die Halle etwa dreißig Manneslängen im Quadrat maß, aber nur zu einem geringen Teil gefüllt war. Als Mera nach den Kisten mit ihren Freunden fragte, erklärte Reodhendhor ihr, dass sich diese in zwei anderen Magazinen befänden.

»Vielleicht ist Kip hierhergeschafft worden!« Meras Blick fiel auf Fleckchen, die seit ihrem Aufbruch aus Girdania schlief, und sie sprach den Gedankenbefehl, der den Zauberschlaf beendete.

Die Hündin zitterte auf einmal, hob dann den Kopf und begann zu winseln.

»Sei ruhig«, raunte Mera ihr zu.

Sofort wurde Fleckchen still, sprang dann aber wie ein Blitz aus der Kiste und verschwand.

»Verdammtes Viehzeug! Komm zurück!«, schimpfte Mera. Sie wollte schon geistig nach der Hündin greifen, doch da hatte Fleckchen schon ein verstecktes Eckchen hinter mehreren Kisten gefunden und erleichterte sich dort. Mera hätte es der Hündin gerne nachgemacht, wollte sich aber nicht einfach in eine Ecke hocken.

»Warum nicht? Ich passe derweil auf. Denke daran, ab jetzt musst du jeden Augenblick damit rechnen, vor dem Kaiser zu stehen. Da darfst du nicht durch einen körperlichen Drang beeinträchtigt werden.« Reodhendhor klang mahnend, und Mera begriff, dass er es ernst meinte.

Im Schutz der Kisten schlich sie zu einer Stelle, die ihr versteckt genug erschien. Reodhendhor wies sie noch auf eine bereits geöffnete Truhe hin, in der Stoffstücke transportiert worden waren, und zog sich dann höflicherweise bis zum Eingang zurück. Da er in diesem Licht weniger sichtbar war als eine Staubfluse, bemerkte das Artefakt ihn nicht.

Kurze Zeit später war Mera fertig und kehrte zu ihrer Kiste zurück. Auch Fleckchen war wieder da. Die Hündin hatte begriffen, dass sie vorsichtig sein mussten, und wich nicht mehr von Meras Seite. Diese bewegte nun ihre Kiste ganz langsam vorwärts und starrte dabei immer wieder angstvoll zu dem glänzenden magischen Auge hinüber, das den Raum unter Kontrolle hielt.

Es war, wie Reodhendhor gesagt hatte. Ihre langsamen, häufig unterbrochenen Bewegungen entgingen dem Artefakt, und so gelangte Mera unbemerkt bis zu der Stelle, an der sich das magische Portal befand.

»Wo führt es hin?«, fragte sie den Geist.

»In das Magazin, in dem sich Hekendialondilan und Girdhan befinden. Keine Sorge. Das dortige Artefakt hat Girdhan mit einem ganz einfachen Trick lahmgelegt. Er hat eine große Kiste, die in der

Nähe der Tür stand, einfach ein Stück weitergeschoben, so dass das Ding nur noch einen kleinen Teil des Magazins kontrolliert.«

»Fällt so etwas denn nicht auf?«

»Wahrscheinlich würde es erst bemerkt, wenn jemand das Magazin betritt. Wir werden uns etwas einfallen lassen müssen, wie wir das Ding überlisten, denn wir wollen ja hinaus.« Reodhendhor seufzte, grinste dann aber, um Mera aufzumuntern, und wies sie an, die Wand an einer gewissen Stelle zu berühren und dabei Fleckchen dicht bei sich zu behalten. Da Timpo wie meistens auf ihrer Schulter saß, kam er auf jeden Fall mit.

11

Hekendialondilan und Girdhan warteten bereits auf Mera. Während das Runimädchen ihre Freundin erleichtert in die Arme schloss, entblößte Girdhan sein Gebiss; in dem Dämmerlicht sah er mit seinen gewaltigen unteren Eckzähnen und seiner breiten Gestalt beinahe wie ein richtiger Gurrländer aus.

»Wie soll es jetzt weitergehen?«, fragte er den Runigeist.

»Wenn wir das Artefakt hier ausschalten, können wir die Tür öffnen. Aber dann muss alles sehr schnell gehen. Zuerst holen wir Careela und Argo und dann führe ich euch in den Thronsaal des Kaisers.«

»Und was ist mit Kip?«

»Den haben wir verloren. Vielleicht kann Fleckchen ihn finden.« Mera ärgerte sich, weil sie der Hündin nicht schon drüben den Befehl gegeben hatte, nach Kip zu suchen. Doch sie begriff, dass das Tier es ihr durch Schnüffeln und Kratzen schon kundtun würde, sobald es Kip in einem anderen Raum gewittert hatte.

»Wir müssen ihn finden!« Mera weinte fast. Dabei wusste sie

genauso gut wie ihre Freunde, dass sie nicht die Zeit hatten, die Magazine zu durchforsten. Sowie sie dieses Lager verließen, würde es nicht mehr lange dauern, bis Alarm gegeben wurde, und wenn sie dann gefasst wurden, war ihre Mission gescheitert.

Girdhan versuchte Mera zu beruhigen. »Wenn er Glück hat, verschläft Kip die ganze Angelegenheit und wacht erst wieder auf, wenn wir den Kaiser erledigt haben!«

»Aber wenn wir keinen Erfolg haben, bleibt er im magischen Schlaf, bis er tot ist!«, fauchte Mera ihren Freund an, obwohl sie wusste, dass Girdhan wirklich nichts für die Situation konnte. Zum Glück verzichtete der Junge auf jeden Kommentar, sonst wäre sie laut geworden.

Reodhendhor wies auf die Tür. »Seid doch still! Jetzt hat das Artefakt bemerkt, dass nicht alles stimmt. Gleich gibt es Alarm!«

In dem Augenblick schoss ein winziger weißer Strahl aus Hekendialondilans Händen, und alle konnten den schwarzen Kristall knacken hören. »Jetzt ist es defekt. Das gibt uns einen gewissen Vorsprung!«, sagte die Runi.

Reodhendhor sog scharf die Luft ein. »Aber keinen großen! Kommt, schnell! Oder wollt ihr warten, bis die Gurrländer kommen, um nachzusehen, warum ihr Artefakt ausgefallen ist?«

Mera stieß die Luft aus, die sie angehalten hatte, und ließ die Schultern sinken. Sie waren hierhergekommen, um eine große Aufgabe zu erfüllen, und nun würde es ein Wettlauf mit der Zeit werden. Da sie aber nicht wollte, dass Kip für immer schlief, sandte sie den Befehl aus, der ihn aufwecken würde, wenn er sich nicht allzu weit entfernt befand. Dann eilte sie zur Tür.

Reodhendhor war schneller als sie. »Lass Girdhan vorangehen. Ihn wird man auf den ersten Blick für einen jungen Gurrländer halten. Hast du deinen Bogen dabei und Girdhan sein Schwert?«

»Das muss ich holen!« Girdhan eilte zu der Kiste zurück, in der er gesteckt hatte, und zog das lange Schwert heraus. Mera wollte ebenfalls sagen, dass sie den Bogen vergessen hatte, doch da zerrte

Timpo an einem Gurt, den sie wie eine Schärpe über der Schulter trug. Als sie daran zog, kamen der Köcher und der Runibogen zum Vorschein. In ihrem jetzigen Zustand waren die Teile nicht größer als Spielzeug, nahmen aber auf ihren Befehl hin wieder ihre ursprüngliche Größe an, und der Bogen spannte sich von selbst.

»Ab jetzt müssen wir damit rechnen, auf Feinde zu stoßen. Ihr müsst sofort die Waffen einsetzen, verstanden? Es gilt nun: die oder ihr!«

Reodhendhor überlegte noch, ob er Mera bitten sollte, den Bogen und die Pfeile an Hekendialondilan weiterzureichen, die besser damit umzugehen wusste. Doch die junge Runi hielt schon ihren eigenen Dolch bereit. Dessen Kristallklinge gleißte von innen in weißem Licht und stellte in ihrer Hand eine starke Waffe dar. Der Runigeist drang durch die Tür, um nachzusehen, ob jemand im Gang war, und kehrte sofort wieder zu den Kindern zurück.

»Die Luft ist sauber, wie ihr zu sagen pflegt.«

»Du meinst: Sie ist rein«, korrigierte Girdhan ihn.

Der Geist ging mit einer Handbewegung über diesen Einwand hinweg. »Ob sauber oder rein, die Hauptsache ist, dass niemand draußen steht, der euch abfangen kann. Girdhan, gib du den Befehl zum Öffnen!«

»Gibt es auf dem Korridor denn keine Wachartefakte?«, fragte Hekendialondilan.

»Doch! Aber die solltest du genauso ausschalten wie das erste eben, damit sie uns nicht erfassen. Ich mache dich früh genug darauf aufmerksam. Das wird zwar bald auffallen, aber bis jemand nachsehen kommt, müssten wir schon in der großen Halle sein. Und jetzt folgt mir! Wir holen Argo.«

»Und Careela«, flüsterte Mera, obwohl sie nicht wusste, ob die fast vollkommen unmagische Prinzessin ihnen helfen konnte oder ein Klotz am Bein war.

12

Mera sah aus den Augenwinkeln eine Bewegung und riss den Bogen hoch. Der Pfeil vibrierte vor Freude, losschnellen zu dürfen, doch bevor es dazu kam, drückte Hekendialondilan Meras Arm herunter.

»Das ist Careela!«

Jetzt erkannte auch Mera die Prinzessin, die mit Argo auf dem Arm den Korridor entlangkam. Careela eilte sichtlich erleichtert auf sie zu.

»Endlich! Wir hatten solche Angst.«

»Argo hat keine Angst«, krähte der Kleine. »Careela braucht auch keine Angst zu haben. Argo beschützt sie.«

»Natürlich tust du das, mein Lieber.« Die Prinzessin gab dem Jungen einen Kuss und strahlte dann die anderen an. »Argo ist ein kluger Bursche. Er hat das Wachartefakt entdeckt, sich verwandelt und es mit seinem Feuer zerstört. Keiner hat es gesehen.«

Reodhendhor sah etwas besorgt drein. »Zwei zerstörte Wachartefakte sind ein bisschen viel. Jetzt dürften die Gurrländer wissen, dass jemand in das Herz ihres Reiches eingedrungen ist, und die Magazine durchsuchen. Ihr solltet die Beine in die Hand nehmen und von hier verschwinden.«

»Wohin?«, rief Mera.

Der Gelbruni drehte sich einmal um seine Achse und wies auf die nächste Tür. »Dort hinein!«

Mera wollte noch fragen, ob es dort sicher wäre, doch da öffnete Girdhan die Tür mit einem Gedankenbefehl. Hastig zogen sie sich in den Raum zurück und fanden sich auf einer metallisch glänzenden Fläche wieder, die Mera an die Schwebeplattform erinnerte, mit der ihre Kisten ins Magazin gebracht worden waren.

»Befiehl dem Ding abwärtszufahren«, forderte Reodhendhor Girdhan auf. Der tat es, und die Platte setzte sich in Bewegung.

»Was ist mit dem Wachartefakt hier drinnen?«, brachte Mera heraus und wies auf das magische Auge knapp unter der Decke.

Reodhendhor sah prüfend hoch. »Abgeschaltet! Anscheinend haben die Kerle schon den Ausfall der Artefakte bemerkt und fürchten, ein Zauber wäre in die Geräte hineingefahren. Nun wollen sie verhindern, dass noch weitere zerstören werden. Macht euch zum Kampf bereit, Kinder. Wenn die Platte stehen bleibt, werden sie auf uns warten!«

Mera legte einen Pfeil auf die Sehne, und Girdhan zog das Schwert blank. Da stoppte die Plattform, und eine Tür öffnete sich. »Aussteigen! Euer Anführer ist nicht autorisiert, in die heiligen Hallen weiterzufahren«, befahl ihnen eine Stimme aus dem Nichts.

»Was jetzt?«, fragte Girdhan den Runigeist.

Da Reodhendhor mit einem Mal hilflos wirkte, ergriff Mera die Initiative. »Los, raus! Sonst schließt sich das Tor wieder, und wir sind hier gefangen!« Sie eilte zur Tür und warf einen Blick in den Korridor. Dort war niemand zu sehen, und so winkte sie den anderen, ihr zu folgen. Sie wartete jedoch nicht, sondern lief auf Zehenspitzen den Gang entlang. Reodhendhor war trotzdem schneller als sie. Er sah sich um, blieb an einer Gabelung stehen und deutete auf eine Treppe, die in die Tiefe führte. Scharfe Befehle drangen von unten herauf, und man konnte das Trappeln vieler Füße vernehmen.

Mera lachte trotz ihrer Anspannung. »Es sieht so aus, als liefen die da unten zur Schwebeplattform, um uns in Empfang zu nehmen. Anscheinend weiß dort unten niemand, dass uns der magische Geist der Plattform die Weiterfahrt untersagt hat!«

»Künstlich geschaffene Wachtgeister sind oft sehr dumm«, erklärte Reodhendhor mit einem Auflachen und schwebte die Treppe hinab. Nach kurzem Zögern folgte Mera ihm. Sie spürte, dass sie dabei immer tiefer in den schwarzen Dunst eintauchte, der sich hier unten besonders dicht ballte. Ihre magischen Sinne fingen dabei ein seltsames, irgendwie verbrannt wirkendes Schwarz auf, das mit einer Spur Weiß unterlegt war, ohne dass es zu einer Gegenfarbenexplosion kam. Ihr wurde schlagartig klar, dass sie sich mit jeder Stufe, die sie hinabstieg, dem Kaiser näherte und damit der Entscheidung über ihr Schicksal, und sie fühlte eine Kälte in sich aufsteigen, die sie beinahe erstarren ließ.

13

Trotz aller Vorsicht liefen sie den Gurrländern direkt in die Arme. Noch bevor sie begriffen, was los war, starrten sie auf die Armbrüste und Schwertspitzen der Feinde. Hannez erschien jeder Widerstand sinnlos. Dennoch warf er Meravane einen fragenden Blick zu. Die Geisterfrau verblasste jedoch, um von den Feinden nicht bemerkt zu werden. Da er von ihr keine Anweisungen erhielt, wandte Hannez sich an Hemor.

Der einstige Höfling starrte auf sein Schwert und wünschte sich hundert Arme mit ebenso vielen Klingen. Aber ihm war klar, dass jeder Versuch, zur Waffe zu greifen, sinnlos war. Daher ließ er das Schwert fallen und hob die Hände. »Leute, es hat keinen Sinn mehr. Es ist vorbei!«

»Das denkst auch nur du«, flüsterte Meravane, deren Blick weiter reichte als der der Lebenden. Sie hoffte, dass der Feind in seiner Wachsamkeit nachließ, solange er sich auf ihre Begleiter konzentrieren musste. Dadurch wuchs die Chance für die andere Gruppe, jetzt vielleicht unbemerkt bis zum Feind vorzudringen.

Der Anführer der Gurrims betrachtete die Gruppe und grinste. »Das Gesindel gibt auf! So ist es brav. Wir bringen euch zum Kaiser. Er wird euch für eure Aufmüpfigkeit bestrafen. Ihr werdet ins Gegenfarbenland kommen und dort als Sklaven dienen!« Trotz aller Beeinflussung besaß der Mann noch Ehrgeiz und hoffte, wegen der gelungenen Aktion befördert zu werden. Auf seinen Befehl hin fesselten seine Leute die beiden Hexen mit silbernen Handschellen und stülpten ihnen Kapuzen aus Silbergeflecht über den Kopf. Das würde die Frauen hindern, ihre magischen Kräfte einzusetzen.

Den Männern und den übrigen Frauen wurden die Hände auf den Rücken gebunden. Dann wählte der Offizier ein Dutzend Männer aus, die ihm helfen sollten, die Gefangenen zu bewachen, und befahl ihnen, die Gruppe dicht zusammenzudrängen. Er war erst zufrieden, als Hannez und seine Begleiter so eingequetscht standen, dass sie nach Luft schnappten wie Fische auf dem Trockenen. Nach einem prüfenden Blick betätigte der Offizier das Versetzungsartefakt, mit dessen Hilfe er und seine Soldaten die Eindringlinge überrascht hatten.

Die Gruppe tauchte am Fuß eines mächtigen Berges auf. Ein Stück unter ihnen lag Gurrdhirdon, die Hauptstadt Gurrlands, in einem von den magischen Ausstrahlungen grau wirkenden Sonnenlicht. Direkt vor ihnen führte ein großes, weit offen stehendes Tor in den Berg.

»Vorwärts!«, befahl der Offizier seinen Gefangenen. Er selbst trat mit dem Gefühl in den Stollen, in Kürze der hochgeehrte Kommandeur eines ganzen Heeres zu sein.

14

Auf einer Anhöhe, die sich in der Nähe der Felswand mit dem großen Tor befand, durch welches man die unterirdischen Hallen des Kaisers betreten konnte, saßen Merala und Reodhilan in der Deckung eines Felsens und blickten auf die Gefangenen und ihre Wächter herab.

»Das ist doch Hannez! Und den daneben könnte man für den

Staatsrat Hemor halten, wenn er nicht so schlank wäre«, entfuhr es Merala.

Reodhilans magische Sinne erfassten die Ähnlichkeit der Ausstrahlung zwischen der gefangenen Hexe, deren Gesicht von einer Silberkapuze verhüllt war, und ihrer Begleiterin. Zuerst nahm sie an, es würde sich um Mera handeln. Doch nach den Bildern zu urteilen, die sie von Hekerenandil erhalten hatte, war das Mädchen kleiner und vor allem weitaus schlanker als die Frau da unten.

»Du sagtest doch, dass deine Tochter keine besonderen Kräfte aufweist. Gibt es vielleicht eine andere Frau in deiner Verwandtschaft, die magisch ist?«, fragte sie Merala.

Die schüttelte den Kopf. »Ich habe außer meiner Tochter und meiner Enkelin keine Verwandten mehr. Warum willst du das wissen?«

Merala nahm die Gefangene nun auch genauer ins Visier und spürte ebenfalls deren magische Ausstrahlung, die der ihren sehr ähnlich war.

»Sollte es Meraneh sein? Das gibt es doch nicht! Ich habe sie als Mädchen geprüft und mit Bedauern festgestellt, dass sie keine Fähigkeiten besitzt, die man hätte ausbilden können.«

»Bei manchen Menschen entwickelt sich das magische Erbe ziemlich spät oder wird erst durch einschneidende Ereignisse geweckt. Bei deiner Tochter mag das der Fall sein.« Reodhilan sah noch einmal zu den Gefangenen hinab und schüttelte verwundert den Kopf. An der zweiten Hexe glaubte sie die Farbe zu erkennen, die sie früher selbst einmal besessen hatte. Also musste es sich um eine Gelondanerin handeln. Für einen Augenblick empfand sie so etwas wie ein schlechtes Gewissen. Sie und die anderen Überlebenden der Talruni hätten sich um dieses Volk kümmern müssen, auch wenn sich ihre eigene magische Farbe durch die Kraft des Heiligen Baumes der Meanruni verändert hatte.

Merala starrte derweil auf ihre Tochter und empfand tiefe Verzweiflung. Alles in ihr trieb sie dazu, nach unten zu stürmen und

Meraneh zu befreien, bevor sie in den Kristalldom des Kaisers gebracht werden konnte.

Als sie aufspringen wollte, hielt Reodhilan sie fest. »Bleib hier! So läufst du nur dem Feind in die Arme. Ich kenne einen besseren Weg hinein.« Sie zog die widerstrebende Hexe mit sich und führte ihren Trupp auf verschlungenen Wegen talwärts, bis sie eine kleine Höhle erreichten, die sich nach wenigen Manneslängen so verengte, dass man gerade noch die Faust durch den sich verjüngenden Spalt stecken konnte.

Torrix, der sich bis jetzt im Hintergrund gehalten hatte, trat an Reodhilans Seite und wies auf die schmale Öffnung. »Hier willst du hindurch? Das ist doch ein Witz!«

»Wenn du meinst.« Die Runi nickte einem ihrer Begleiter zu. Der streckte seinen Arm in das Loch und wurde langsam hineingezogen. Merala und Torrix bekamen nicht mit, auf welche Weise dies geschah. Ihnen wurde jedoch bei dem Gedanken, dasselbe tun zu müssen, flau im Magen.

Ein Runi nach dem anderen verschwand nun im Fels, und jeder Durchgang benötigte viel Zeit – beinahe zu viel für Meralas Ängste. Die alte Hexe kämpfte gegen die Bilder an, die in ihr aufstiegen. Sicher war ihre Tochter inzwischen schon vor den Herrn des Feuerthrons gebracht worden und wurde von ihm gequält und von seiner widerwärtigen Magie vergiftet. Reodhilan ließ sich jedoch nicht von ihr aus der Ruhe bringen. Sie wartete, bis außer ihr und Hekerenandil nur noch die beiden Blauen vor der Öffnung standen, dann fasste sie Merala mit einem schmerzhaft harten Griff, während ihre jüngere Gefährtin Torrix mit den Armen umschloss.

»Ihr müsst euren Geist völlig in sich ruhen und eure Magie ganz in euch selbst kreisen lassen, sonst brecht ihr den Zauber, und das wäre für euch wie auch für uns verhängnisvoll. Es sei denn, ihr wollt in den Stein eingebacken werden und so auf das Ende aller Zeiten warten.« Reodhilans Worte klangen spöttisch, aber Merala und Torrix begriffen, welches Schicksal sie erwarten würde, wenn sie einen Fehler machten.

Die eigenen Gedanken zu klären und sich zu entspannen, bis man eins war mit der Magie, die einen umfloss, gehörte zu den wichtigsten Übungen, die ein Adept oder eine Junghexe lernen musste. Merala und Torrix hatten dies auch später oft genug getan, um sich auf stärkere Zauber vorzubereiten. Jetzt machte es ihnen jedoch ungewohnt große Mühe, ihre aufgeputschten Sinne zu beruhigen.

Hekerenandil war schon halb in der Öffnung verschwunden, bis Torrix sich endlich genügend unter Kontrolle hatte, um nicht unwillkürlich gegen den Fels zu prallen, der ihn in sich hineinzog. Der Magier zwang sich, an nichts mehr zu denken, und schaffte es sogar, sich in einen tranceähnlichen Schlaf zu versenken, aus dem er erst wieder erwachte, als er den Schmerz einer heftigen Ohrfeige verspürte. Er riss die Augen auf und sah Merala vor sich, die eben zum zweiten Schlag ausholte.

»He, ist ja schon gut!« Er erhob sich, klopfte sein Gewand aus und sah sich um.

Sie standen in einem langen Felsengang, durch den ein starker Luftzug fegte.

»Das ist einer der Abluftschächte des schwarzen Palastes. Vor tausend Jahren wollten wir auf diese Weise in Wassurams Festung eindringen, doch dann hat unser Arghanfreund das Tor mit seinen Flammen zerstört, und wir brauchten den Weg nicht mehr, den wir damals angelegt haben. Nun aber müssen wir ihn beschreiten. Passt auf! Hier dürfte es Fallen geben. Die müssen wir ausfindig machen, ehe sie ihre Wirkung entfalten können. Das ist Meralas Aufgabe. Sie ist eine gute Vorherseherin.«

»Das war ich einmal, doch jetzt …« Merala brach ab, denn sie spürte Kräfte in sich, die sie seit Jahrzehnten verloren zu haben glaubte. Sie schloss die Augen und »sah« nur noch mit ihren magischen Sinnen. Innerhalb weniger Augenblicke entdeckte sie das erste Warnartefakt.

Nun wurden Torrix' Fähigkeiten benötigt. Die Unsicherheit, die ihn bis jetzt gequält hatte, verschwand, als er das Artefakt mit etwas Silbergeflecht und Meralas Kleber erblinden ließ. Reodhilan lächelte ihm anerkennend zu, dann legte sie den Arm um Merala und führte sie weiter in den Gang hinein.

15

Als die Nachricht kam, seine Männer hätten die Eindringlinge nahe der Hauptstadt aufgegriffen, entspannten sich die Gedanken des Kaisers wieder. Er streifte die Gefangenen mit seinem magischen Blick, spürte an einer Hexe jenes Blau, das er bereits auf dem Meer bemerkt zu haben glaubte, und befahl dem Offizier, die Leute zu ihm zu bringen. Der Gedanke, es könnte sich um ganz andere Leute handeln als die Gesuchten, kam ihm nicht, daher versäumte er es, sich die Gruppe noch genauer anzusehen.

Mit einem Triumphgefühl, das all die Schmerzen aufwog, die er seit seiner Vereinigung mit dem Feuerthron hatte ertragen müssen, winkte er einen seiner Diener heran. »Bring mir die gefangene Hexe aus Ilyndhir und das Gesindel, das einst so hochmütig auf den Thronen der Menschen saß. Sie sollen mit ansehen, wie ihre letzte Hoffnung schwindet.«

»Sehr wohl, Euer Glorifizienz!« Der Gurrländer nahm ein paar andere Männer mit, die am Eingang der großen Thronhöhle gewartet hatten, und eilte mit ihnen davon. Für einige Zeit war der Kaiser mit wenigen Getreuen allein. Er blickte in die Halle, die auf der tiefsten Sohle seiner Festung lag und trotz aller Leuchtsteine düster und kahl wirkte. Wer bis hierhin vordringen wollte, musste zuerst die zuoberst liegende Gardekaserne und dann das Gewirr der Vorratshallen durchqueren und über die Treppen oder mit den

Schwebeplattformen weiter in die Tiefe vordringen. Die Wachtgeister der Plattformen aber hatten strikten Befehl, nur diejenigen auf die Ebene der großen Halle zu bringen, die dazu berechtigt waren, und die Treppen waren mit Wachartefakten gespickt und wurden überdies regelmäßig kontrolliert.

Mitten in diese Betrachtungen hinein bat jemand den Kaiser, Meldung machen zu dürfen. Der hob verärgert den Kopf. »Was gibt es denn?«

Einer seiner Wachoffiziere warf sich vor ihm auf den Boden und antwortete mit zitternder Stimme. »Verzeiht, Euer Glorifizienz, aber in den Magazinen sind mehrere Wachartefakte ausgefallen.«

»Dann repariert sie! Und stört mich nicht mit solchen Kleinigkeiten!«

Der Wachoffizier war erleichtert, nur gescholten und nicht bestraft worden zu sein, und verschwieg daher, wie viele Artefakte ausgefallen waren. Die Reparaturtrupps kamen nicht mehr nach, alle zu untersuchen und wieder in Gang zu setzen. Daher beeilte er sich, aus der Nähe des Kaisers zu kommen, und traf mehrere Stockwerke weiter oben auf einen seiner Männer, der mit einigen Bewaffneten den Korridor entlangstürmte.

»Was ist denn jetzt schon wieder los?«, fragte er empört.

»Zur Abwechslung mal kein kaputtes Artefakt, sondern ein echter Alarm. Im Magazin vier treibt sich jemand herum, der dort nichts zu suchen hat!«

»Ein verdammtes Spitzohr, was? Ich wusste doch, dass diese Runi uns Schwierigkeiten machen werden.«

»Es ist kein Spitzohr. Eher ein sehr dünner Zwerg«, berichtete der andere.

Der Anführer der Wache winkte spöttisch ab. »Unsinn! Zwerge gibt es in diesem Archipel nicht.«

»Dann kommt und schaut selbst!«

16

Als Kip erwachte, wusste er zuerst gar nicht, wo er sich befand. Um ihn herum herrschte völlige Dunkelheit, und als er sich aufrichten wollte, knallte er mit dem Kopf gegen ein Hindernis.

»Bei der Blauen Göttin, was ist denn da los?«, schimpfte er und begann, seine Umgebung abzutasten. Es dauerte eine Weile, bis ihm klar wurde, dass er sich in einer Holzkiste befand. Nach dem ersten Anfall von Panik begriff er, warum er in diesem sargähnlichen Kasten steckte, und schnaufte.

»Sag bloß, ich bin wirklich auf Gurrland gelandet?« Ihn schauderte bei dem Gedanken. Dann dachte er an seine Freunde und begann zu rufen. »Mera, Girdhan, wo seid ihr?«

Da niemand antwortete, wurde er lauter und dachte dann erst daran, dass er damit Leute auf sich aufmerksam machen konnte, denen er lieber nicht begegnen wollte. Er versuchte sich daran zu erinnern, wie er die Kiste von innen aufmachen konnte. Zwar hatte die Girdanierin, die ihn hier eingesperrt hatte, ihm erklärt, wie es ging, aber es war etwas anderes, die Handgriffe unter Anspannung und in völliger Dunkelheit zu machen, als unter Anleitung und im Hellen.

Dennoch schaffte er es, den Deckel zu lösen und beiseitezustoßen. Es knallte laut, als das Brett auf den Boden schlug, und Kip zog den Kopf zwischen die Schultern. Da sich aber nichts tat, wurde er mutiger und stieg aus der Kiste heraus. Draußen war es nicht ganz dunkel, denn ein paar seltsame Lampen, die stark verrußt wirkten, spendeten gerade so viel Licht, dass er die Konturen des Raumes und den Stapel erkennen konnte, auf dem seine Kiste stand. Aber anders, als er gehofft hatte, entdeckte er keinen seiner Freunde.

»Bei der Blauen Göttin! Mera und die anderen haben mich doch hoffentlich nicht allein zurückgelassen?« Er rief noch einmal, allerdings leiser als vorher, und schlich, als sich niemand meldete, auf das Tor des Magazins zu, das von ein paar stärkeren Lampen erhellt wurde. Das magische Auge, das über den Raum wachte, hielt er für einen Einschluss im Fels und beachtete es nicht weiter.

Das Tor besaß keinen Türdrücker und auch sonst nichts, mit dem er es öffnen konnte. Daher warf Kip sich dagegen. Doch das mit Stahlträgern verstärkte Blech gab nur einen dumpfen Ton von sich. Nun begriff Kip, dass er eingesperrt war! Er versuchte die Tränen zurückzuhalten, schaffte es aber nicht.

»Mera! Girdhan! Wo seid ihr?«, schrie er auf und ließ sich zu Boden sinken. Ihm war, als gäbe es nur noch ihn allein auf der Welt.

Wie lange er neben der Tür gekauert hatte, wusste er nicht zu sagen. Auf einmal hörte er draußen Geräusche und sprang auf. Im gleichen Moment wurde die Tür geöffnet, doch es waren nicht seine Freunde, die ihn holen kamen, sondern gepanzerte Gurrländer mit gezückten Klingen.

Bei Kips Anblick lachte der Wachoffizier verächtlich auf. »Das ist kein Zwerg, sondern ein Menschling. Hat wohl in einer Kiste geschlafen, und die anderen Sklaven haben nicht aufgepasst, sondern ihn einfach verschickt. Sind auch unendlich dumm, diese Sklaven!«

Bevor Kip auch nur eine Bewegung machen konnte, hatten zwei der Bewaffneten ihn gepackt und stießen ihn vor sich her. Jetzt sitze ich wirklich in der Fischsuppe, fuhr es ihm durch den Kopf. Gleichzeitig spürte er die hier herrschende Beeinflussung und empfand auf einmal den Wunsch, den Kaiser vor seinen Freunden zu warnen.

Ich werde Mera und die anderen nicht verraten, schwor er sich und biss sich auf die Lippen, um mit Hilfe des Schmerzes gegen die Wirkung der Artefakte anzugehen.

Unterwegs trafen sie auf eine andere Gruppe Gurrländer, die vor Schmutz starre Gefangene in sackähnlichen Kitteln vor sich hertrieben. Die Männer, die Kip mitschleppten, sahen eine Chance, den Jungen loszuwerden und sich wieder um ihre Artefakte kümmern zu können.

Der Offizier versperrte den anderen Wachen den Weg. »Ihr übernehmt auch das Bürschlein hier! Wir haben wichtigere Arbeit. Zu viele Artefakte ausgefallen. Müssen repariert werden!«

»Ich habe Befehl, die hier Seiner Glorifizienz vorzuführen«, erwiderte der Anführer abwehrend, der Ilna, Tendel und die anderen hochrangigen Gefangenen in den Thronsaal bringen sollte.

»Das hindert dich nicht, den Menschling mitzunehmen. Kannst ihn später mit den anderen einsperren. Wir müssen weiter!« Ohne auf die Proteste ihrer Kameraden zu achten, versetzte der Wachoffizier Kip einen Stoß, der ihn zwischen die anderen Gefangenen taumeln ließ, und winkte seinen Männern, ihm zu folgen.

Die Wachen maßen den Jungen mit missbilligenden Blicken und sagten sich, dass es nicht der Mühe wert sei, Leute abzustellen, die ihn zu den Zellen bringen konnten, und nahmen ihn mit.

17

Der Kaiser sah seinen Dienern entgegen, die mit der gefangenen Yanga und den hohen Herrschaften der eroberten Inseln zurückkehrten. Während die Hexe noch immer die Silberkappe und silberne Fesseln trug, waren Königin Ilnas Hände und die der anderen nur mit schmuddeligen Stricken zusammengebunden. Ihre Kittel strotzten vor Dreck, und sie stanken nach der entwürdigenden Arbeit in den Versitzgruben, zu der er sie hatte einteilen lassen.

Der Kaiser begrüßte die Gefangenen höhnisch. »Seid mir willkommen, Königin Ilna, König Tendel, Regentin Talena und ihr anderen stolzen, mächtigen Damen und Herren dieser Welt. Ich hoffe, meine Gastfreundschaft ist nach eurem Sinn!«

»Fahr in Tenelins Hölle!« Ilnas Worte stellten die schlimmste

Verwünschung dar, die ein Ilyndhirer einem Landsmann an den Kopf werfen konnte.

Der Kaiser lachte schallend. Er hatte die gefangenen Fürstinnen und Könige nur so weit beeinflussen lassen, dass sie den Befehlen, die ihnen gegeben wurden, gehorchen mussten, sich aber ihrer Lage bewusst waren. In seinen Augen waren sie nicht mehr als Tiere, die er zu seinem Vergnügen hielt und über die er sich amüsieren wollte.

Anders war es mit Yanga. Auch wenn sie verletzt und durch ihre Silberkappe magisch blind war, stellte schon ihre bloße Existenz eine Gefahr für ihn dar. Daher wandte er sich Ilna V. zu. »Dir gebe ich die Möglichkeit, einen angenehmen Lebensabend auf einem Landgut auf Ilyndhir zu verbringen. Dafür musst du nicht mehr tun, als diese Hexe zu erwürgen!«

Yanga richtete sich mühsam auf und drehte den Kopf in die Richtung, in der sie die Stimme ihrer Königin vernommen hatte. »Tut, was er verlangt, Euer Majestät. Mein Tod ist der letzte Dienst, den ich Euch noch erweisen kann, nachdem ich seinem Willen verfallen bin und Euch verraten habe. Mit diesem Versagen will ich nicht weiterleben.«

Kip war bisher mit sich und seinem Elend so beschäftigt gewesen, dass er nicht bemerkt hatte, in wessen Gesellschaft er sich befand. Er starrte Königin Ilna an, der er noch nie in seinem Leben so nahe gewesen war. Obwohl er wie andere aus Ilynrahs Fischersechstel oft über die hohen Steuern geschimpft hatte, empfand er nun Mitleid mit der schmutzigen, abgemagerten Frau. Ihm tat sogar Yanga leid, die mit verrenkten Gliedern gefesselt auf dem Boden lag.

Die Königin trat auf die Hexe zu. Ein gurrländischer Soldat zückte schon den Dolch, um ihr die Stricke durchzuschneiden, damit sie den Befehl des Kaisers ausführen konnte. Doch die Königin wandte ihm den Rücken zu und kniete mit Tränen in den Augen neben der Hexe nieder, so als wolle sie sie schützen.

»Es ist nicht deine Schuld, dass es so gekommen ist. Wir sind alle den Zauberkünsten dieses Ungeheuers erlegen.«

»Töte sie, oder ich werde dich langsam zu Tode rösten lassen!« Die Stimme des Kaisers überschlug sich bei diesen Worten.

Da klang eine kindlich helle Stimme auf. »Du wirst niemand mehr töten, Verräter!« Gleichzeitig schoss ein gelber Blitz auf ihn zu.

18

Girdhan spähte um die Ecke und zuckte enttäuscht zurück. »Da stehen drei Wachtposten! An denen kommen wir nicht vorbei.«

»Nicht ohne Kampf!« Hekendialondilan war nicht bereit, so kurz vor dem Ziel aufzugeben, und drehte sich dann zu Mera um.

»Jetzt muss der Bogen sprechen. Die drei Pfeile müssen fast wie einer fliegen, sonst schlagen die Kerle Alarm.«

»Das tun die Wachartefakte sowieso! Das sind zu viele. Die kannst du nicht alle ausschalten«, wandte Mera ein. Der Thronsaal lag dicht vor ihnen, und die schwarze Magie, die die Luft, die Felsen und sogar das Holz und Metall der Türen durchdrang, machte ihr trotz ihrer blauen Farbe jeden Schritt und auch das Denken zur Hölle.

»Bis jemand die Meldung dieser Wachartefakte weitergeben kann, sind wir längst in der großen Halle. Du hast Reodhendhor gehört. Uns trennt nur noch diese eine Treppe vom Eingang.« Hekendialondilan zupfte Mera ungeduldig am Ärmel.

Als das Mädchen sich nicht rührte, nahm sie ihm den Bogen ab, zog mehrere Pfeile aus dem Köcher und sprang mit einem großen Satz auf die Wachen zu. Noch in der Bewegung schoss sie den ersten Pfeil ab. Bevor die Gurrländer begriffen, was mit ihnen geschah, hatte Hekendialondilan auch den zweiten und den dritten Pfeil von der Sehne schnellen lassen.

Die Geschosse durchschlugen die Rüstungen der Krieger, und noch während diese zusammenbrachen, winkte die junge Runi ihren Freunden, ihr rasch zu folgen. »Wollt ihr den Erfolg durch euer Trödeln aus der Hand geben?«

Sie lief so leise, wie es nur eine Runi konnte, die Stufen hinab und vernahm eine verzerrte, beinahe kreischende Stimme.

»Töte sie, oder ich werde dich langsam zu Tode rösten lassen!«

In dem Moment erreichte Hekendialondilan die Halle und sprang über die Köpfe der gurrländischen Soldaten hinweg, die den Treppenaufgang bewachten. Bevor einer von ihnen reagieren konnte, gellte ihr Ruf durch den Raum, und ein magischer Pfeil raste auf den Kaiser zu.

Mehrere Herzschläge lang starrte der Herr des Feuerthrons auf den gelb gefiederten Schaft des Pfeils, der aus seiner Brust ragte. Zum ersten Mal seit den Tagen, in denen er unter jenen gewesen war, die die Macht Wassurams niedergekämpft hatten, verspürte er einen anderen Schmerz als das Brennen des schwarzen Feuers.

Kochend vor Zorn, nahm er sich vor, die Frevlerin dafür leiden zu lassen wie noch kein Wesen vor ihr. Mit einer energischen Geste riss er den Pfeil aus seiner Wunde, sah, dass die Spitze in seiner Brust geblieben war, und ließ diese kraft seines Willens aus dem Fleisch wachsen.

Als die Spitze zu Boden fiel und nur noch ein kleines Loch in seinem weiten Umhang von dem Treffer kündete, wandte er sich höhnisch an die noch kindliche Runi.

»Glaubst du wirklich, mich mit so einem Spielzeug besiegen zu können. Das vermag nicht einmal die gesammelte Kraft deines Volkes!« Er hob die Hand, um einen Feuerball auf Hekendialondilan zu schleudern.

Da brach in der Halle das Chaos aus.

Ein junger Bursche stürmte mit einem ungewöhnlich langen Schwert in der Hand auf die Wachen zu und schrie: »Für Girdania!«

Gleichzeitig öffnete sich einer der Abluftschlitze in der Decke, und eine Schar Runi schwebte von einem Levitationszauber getragen, nach unten. Zwei Frauen hielten einen blauen Magier und eine gleichfarbige Hexe fest, deren Magie ihn an die vor Kurzem gefangene Hexe erinnerte. Nun begriff der Kaiser, dass er einer List seiner Feinde erlegen war. In dem Glauben, die Runi würden sich draußen in den Bergen verstecken, hatte er den größten Teil seiner Wachen auf die Jagd geschickt, und die meisten waren noch nicht zurückgekehrt. Die wenigen Soldaten, die sich noch in der Halle befanden, hatten gegen die anstürmenden Runi keine Chance.

Der Kaiser hüllte sich in einen Schutzzauber, um vor den Pfeilen und Klingen der Angreifer sicher zu sein, und da seines Wissens die größte Gefahr für ihn von dem blauen Magierpaar ausging, setzte er die beiden als Erstes außer Gefecht.

Merala wurde wie von einem riesigen, unsichtbaren Hammer gegen die Wand geschleudert und blieb dort bewusstlos liegen. Auch Torrix halfen weder seine natürlichen Fähigkeiten noch sein angelerntes Wissen gegen die Macht, die dem Herrn auf dem Feuerthron zur Verfügung stand.

In einem Atemzug befahl der Kaiser dem Trupp, der Meraneh, Hannez und deren Freunde gefasst hatte, diese Gefangenen nicht in den Thronsaal zu bringen, und rief seine durch die Berge schweifenden Soldaten zurück, um den Eindringlingen jeden Fluchtweg zu verstellen. Auch ordnete er an, dass die Wachen, die noch nach defekten Artefakten suchten, sofort in den Thronsaal kommen sollten.

Bereits im nächsten Augenblick wandte der Kaiser sich wieder dem Geschehen in der Halle zu. Es wunderte ihn nicht, Reodhilan als Anführerin der Feinde zu sehen. Die einstige Gelbe war in ihrer Zeit eine gefürchtete Kämpferin gewesen, doch ihm war auch sie nicht gewachsen. Es kostete ihn nur eine Geste, sie wie einen Ball hochsteigen zu lassen und mit tödlicher Wucht gegen die Wand zu schleudern.

Doch Reodhilan überlebte. Obwohl sie viele Knochen gebrochen hatte, zwang sie ihren Körper durch den Einsatz ihrer gesamten magischen Kraft, ihr weiterhin zu gehorchen. Sie stand auf, warf den nutzlos gewordenen Bogen weg und zog ihr Schwert.

»Nicht aufgeben, Leute!«, rief sie ihren Gefährten zu und fällte den ersten Gurrländer, der ihr in die Quere kam, mit einem einzigen Hieb.

Widerwillig zollte der Kaiser der Zähigkeit der alten Runi Bewunderung. Doch ehe er ein Ende mit ihr machen konnte, fiel sein Blick auf ein sehr ungleiches Paar. Es handelte sich um eine erwachsene Runi, die wie verbissen kämpfte und gleichzeitig versuchte, das Kind an ihrer Seite zu schützen. Hekerenandil kannte er aus früheren Zeiten. Das Mädchen neben ihr musste ihre Tochter sein, die in Sianderilnehs Gedanken eine Rolle gespielt hatte. Bei ihrem Anblick erinnerte er sich daran, dass er einst hierhergekommen war, um den Fluch des Feuerthrons zu brechen, unter dem sein Volk litt, und wurde unsicher. Was tat er hier eigentlich? Bevor er sich jedoch selbst Rechenschaft ablegen konnte, stieg ein schwarz flirrender Dunst aus dem Thron auf und hüllte ihn vollständig ein. Im gleichen Moment hatte er seine Zweifel vergessen und fühlte nur noch unbändigen Hass auf die Runi und den Willen, sie alle zu vernichten.

Ein Feuerball schoss auf Hekendialondilan und deren Mutter zu. Hekerenandils Schutzzauber hielt dem glühenden Geschoss stand, aber sie verbrauchte so viel Kraft, dass sie auf die Knie sank und ihr Schwert fallen ließ. Hekendialondilan stellte sich breitbeinig und mit gezücktem Dolch vor sie, um sie gegen einen Gurrländer zu verteidigen, der die Schwäche der Runi ausnützen wollte. Doch sie war keine Gegnerin für den kräftig gebauten und in einer beinahe undurchdringlichen Rüstung steckenden Mann.

Girdhan sah, wie der Soldat seine Axt hob, um Hekerenandil wie einen Baumstamm zu spalten, und stürmte mit einem wütenden Schrei auf ihn zu. Bevor der andere begriff, welche Gefahr ihm drohte, fuhr die alte Runiklinge mit einem erwartungsvollen Zischen durch die Luft und traf.

Kurz darauf waren alle Gurrländer im Saal niedergekämpft, und die Runi, die noch auf ihren Beinen stehen konnten, wandten sich der hohen Gestalt zu, die, in einen weiten schwarzen Umhang gehüllt und mit einer silbernen Maske vor dem Gesicht, auf dem Feuerthron saß. Das Silber hinderte den Kaiser zwar nicht, sich der Kraft des schwarzen Riesenartefakts zu bedienen, dämpfte aber seine eigenen Fähigkeiten. Da er annahm, diese im Kampf zu benötigen, riss er die Maske mit einer heftigen Handbewegung herunter.

Beim Anblick seines aufgequollenen, von feindlicher Magie zerfressenen Gesichts packte die Runi das Grausen. Aus Augen, die einst silbern geleuchtet hatten, schlug ihnen todbringende schwarze Magie entgegen.

Während die Runi und auch ein Teil der Sklaven gellend aufschrien und sich in Schmerzen wanden, schienen drei Menschen in der Nähe des Throns gegen die schwarze Kriegsmagie immun zu sein. Einer von ihnen war Girdhan, der mit Erschrecken feststellte, dass er der Einzige in der Halle war, der noch aufrecht stand und eine Waffe führen konnte. Also schien die Entscheidung nun an ihm zu hängen. Er holte tief Luft, hob das Schwert und ging auf den Kaiser los.

Der Herr des Feuerthrons warf Careela und Argo, die wie vor Schrecken erstarrt inmitten der Toten und Verwundeten standen, nur einen kurzen Blick zu. Da er weder an dem Ardhu-Mädchen noch an dem Kind irgendeine Magie entdecken konnte, tat er sie als unwichtig ab und wandte sich Girdhan zu, den er erledigen wollte, bevor er die überlebenden Runi wie Läuse zerquetschen würde.

Während sein Blick sich auf Girdhan richtete und er zu einem todbringenden magischen Schlag ausholte, wand Argo sich aus Careelas Armen und stapfte auf seinen kurzen Beinen auf den Kaiser zu. »Tu es nicht!«

Der Herr des Feuerthrons sah den Jungen verblüfft an und wollte die Feuerkugel, die für Girdhan bestimmt war, mit einer verächtlichen Geste auf den kleinen Störenfried werfen. Doch die Magie, die aus seinen Fingern strömte, formte sich nicht zu einem schwarz glühenden Ball, sondern löste sich auf. Gleichzeitig streckte sich Argos Leib, und er wurde wieder zu dem kleinen Arghan. Funken stoben so dicht wie Regentropfen aus seinem Maul und trafen den Kaiser.

Einen Moment später wankten die Wände der Halle unter einem geistigen Schrei. Der Mann, der eben noch der schier allmächtige Kaiser des Groß-Gurrländischen Reiches gewesen war, kippte haltlos nach vorne, rollte die Stufen herunter und blieb schluchzend auf dem Boden liegen, während sich eine dichte schwarze Wolke aus seinem Leib löste und sich in den Feuerthron zurückzog.

Girdhan begriff, dass sich ihnen nun die Chance bot, auf die sie gehofft hatten. »Mera, wo bist du? Jetzt musst du handeln!« Er drehte sich um und sah Mera starr wie eine Statue auf der untersten Stufe der Treppe stehen. Ihr Gesicht war so weiß wie die Haare der Runi, und in ihren Augen las er die Angst vor der Verantwortung, die ihre Freunde und die Runi ihr aufbürden wollten. Nahm sie auf dem Feuerthron Platz, würde sie für immer hier unter dieser Decke aus schwarzem Kristallgestein bleiben müssen und nie mehr die Sonne und die Sterne sehen können.

Girdhan las ihre Gedanken, und er sagte sich, dass niemand ein solches Opfer von Mera verlangen konnte. Nicht sie, die blaue Hexe, war für diesen Platz bestimmt, sondern ein anderer. Der vom Feuer umspielte Thron zog ihn wie mit tausend Spinnfäden an. Wenn er ihn einnahm, würde seine Freundin wieder in die Heimat zurückkehren und im »Blauen Fisch« leben können. Da er dort ein Fremder war, würde ihn niemand wirklich vermissen, und er konnte sich noch aus der Ferne um Meras Wohlergehen kümmern. Er trat einen Schritt auf den Thron zu, dann einen zweiten und sagte sich, dass er ein Opfer brachte, um seine Freundin glücklich zu machen.

Zutiefst mit sich und der Welt zufrieden, stieg er die Stufen hinauf und nahm auf dem brennenden Kristall Platz. Schwarzes Feuer umloderte ihn, doch es versengte ihn nicht, sondern umschmeichelte ihn wie eine laue Sommerbrise. Dann spürte er, wie seine Kräfte wuchsen. Es war wie ein Rausch. Endlich konnte er wieder der sein, der er einmal gewesen war. Irgendwo, tief in sich selbst wunderte er sich über diesen Gedanken. Doch er kam nicht dazu, sich zu fragen, ob etwas nicht stimmte, denn schwarzer Dunst hüllte ihn ein wie feines Gespinst. Dann stieg wilder Zorn in ihm auf, Hass und der Wille, die Runi ebenso zu vernichten wie dieses kleine Ungeheuer, dessen Funken seine Magie angriffen.

»Sterbt!«, hörte Girdhan sich rufen und sah, wie sein rechter Arm hochfuhr. In seinen Händen ballte sich eine giftige Magie, die nicht die seine war.

Gleichzeitig war es ihm, als spalte sich sein Geist. Ein Teil von ihm war weiterhin auf Vernichtung aus, doch der andere kämpfte ebenso vehement dagegen an. Es war, als führten zwei Mächte, die einander hassten, in seinem Kopf Krieg, während er nur noch ein hilfloser Zuschauer war. Eines der beiden Wesen fühlte sich vertraut an, und einen Moment lang glaubte er jene Frau zu sehen, deren Bild oft in seinen Träumen erschienen war. Sie löste ihn aus dem Bann des bösartigen Geistes und flößte ihm Mut ein. Entschlossen, sich nicht zu einem willenlosen Opfer machen zu lassen, stemmte er sich gegen den Einfluss jenes Wesens, das ihn zwingen wollte, seine Freunde zu vernichten, doch ein Aufwallen von Magie, die aus dem Feuerthron strömte, trieb die helfende Macht zurück und lähmte Stück für Stück seinen Geist.

»Nein, nicht!«, dachte er verzweifelt und versuchte aufzuspringen. Doch der Thron hielt ihn wie mit eisernen Klammern fest. Einige Herzschläge lang kämpfte er noch gegen den Willen an, zu töten, und schaffte es sogar, seine rechte Hand mit der Linken herabzudrücken. Doch dann überwältigte ihn das Ding aus dem Thron, und seine Rechte hob sich langsam wieder.

19

Beim Anblick des Thrones und seines Herrn war Mera stehen geblieben, als hätte ein Versteinerungszauber sie getroffen. Dieses Ding war zu groß, zu mächtig und zu gefährlich für sie, und sie war nicht bereit, sich ihm nur einen Schritt zu nähern. Gefangen in panikerfüllter Faszination, hatte sie nur noch Augen für den brennenden Kristall und das Böse, das sie darin spürte, gehabt. Die Kämpfe und das Blutvergießen zogen an ihr vorbei, als fänden sie in einer anderen Welt statt. Erst als Argo Funken sprühte und der Kaiser fiel, löste ihr Geist sich aus dem Bann, und sie fand langsam zu sich.

Ehe sie wusste, was zu tun war, sah sie, dass Girdhan sich auf den Thron setzte, und sie fühlte, wie ihr eine schwere Last vom Herzen fiel. Das ist wohl die beste Lösung, dachte sie. Erleichtert trat sie in den Saal und wollte zu ihrer Großmutter hinüberlaufen, die wie eine zerbrochene Gliederpuppe an der Wand lag. Da bekam sie den Zweikampf mit, den Girdhan mit einem unsichtbaren Feind ausfocht, und begriff, dass etwas Schreckliches aus dem Feuerthron kroch und ihren Freund überwältigte. Nun würde alles noch schlimmer werden als vorher – wenn es ihr nicht im letzten Moment gelang, das Schicksal zu wenden.

»Schieß, Argo!«, schrie sie. »Hüll Girdhan mit deinen Funken ein! Sonst wird er versklavt!«

Der kleine Arghan schüttelte entsetzt den Kopf. »Girdhan ist mein Freund!« Da entdeckte auch er das gespenstische Etwas, das wie schwarzer Dunst aus dem Thron herauswaberte, richtete seine Schnauze darauf und blies Funken, bis ihm die Luft wegblieb.

Girdhan war es, als würde er bei lebendigem Leib zu Asche verbrannt. Gleichzeitig schrie jemand in seinem Innern auf und überschüttete ihn mit magischen Befehlen.

»Töte die Bestie! Bring sie um! Los!«

Doch er wusste, dass Argo sein Freund war, und setzte sich mit aller Kraft zur Wehr. Dabei stützte er sich unwillkürlich auf eine der Armlehnen des Thrones. Sogleich spürte er die ungeheure Kraft des Artefakts, aber auch den abgrundtief bösen Geist darin, der versuchte, in ihn hineinzukriechen und ihn mit Hilfe der Macht des Thrones zu seinem Sklaven zu machen. Ein paar Herzschläge lang erzitterte sein eigener Geist unter den Schlägen seines Feindes. Dann aber zeigte ihm das Wesen, das versucht hatte, ihn gegen das Böse zu verteidigen, wie er sich selbst die Kraft des Feuerthrons zunutze machen konnte.

Der Geist, der das Artefakt erfüllte und den Kaiser beherrscht hatte, schrie wütend auf und brandete wie eine Sturzflut gegen Girdhan an, um ihn wieder unter seinen Willen zu zwingen. Doch diesmal hielt dieser ihm stand.

Da änderte das schwarze Wesen seine Taktik. »Verbünde dich mit mir, Girdhan! Ich werde dir mehr Macht geben, als du dir vorstellen kannst. Du musst nur dieses kleine Biest dort erschlagen, das uns beiden solch schreckliche Schmerzen zufügt.«

»Das dir diese Schmerzen zufügt, meinst du wohl!« Girdhan bedurfte der Warnung nicht, die die Stimme in seinem Kopf ihm zurief. Mit einem innerlichen Ruck schüttelte er den letzten Rest der Beeinflussung ab und drehte sich zur Seite, so dass das gespenstische Ding sich nicht mehr hinter ihm verstecken konnte. Zwar saß er immer noch in einem Funkenregen, doch das Feuer brannte sich nicht mehr in seine Haut.

»So ist es gut, Argo! Treibe den Kerl aus dem Kristall heraus.« Reodhendhor, der sich bislang nicht hatte sehen lassen, tauchte neben dem jungen Arghan auf und zeigte ihm die Stellen, die er beschießen sollte.

Der wie giftiger Dunst wirkende schwarze Geist, der sich von Girdhan gelöst hatte, versuchte, in den Feuerthron zu flüchten, wurde aber von dem Funkenregen so heftig weggetrieben, dass sich auch seine Reste aus dem Kristall lösten. Das gespenstische

Wesen ballte sich schließlich zusammen und entpuppte sich als Totengeist wie Reodhendhor. Er kreischte und tobte, strebte dabei aber immer wieder auf das Artefakt zu, das er so lange beherrscht hatte. Schließlich wich es vor Argos Flammen zurück, die bereits die Oberfläche des Throns verlaufen ließen.

Zuletzt wirbelte der schwarze Geist herum und wollte aus der Halle fliehen. Doch die überlebenden Runi hatten inzwischen begriffen, was sich vor ihnen abspielte, und ein Geflecht aus weißer Magie gebildet, vor dem der schwarze Geist schaudernd zurückwich.

Nun wurde auch Meravane sichtbar, und neben ihr nahm noch ein weiterer Totengeist eine durchscheinende Gestalt an. Es war eine Frau, die Girdhala so ähnlich sah wie eine Schwester – oder Mutter.

Girdhan erkannte das Gesicht und spürte, dass sie das Wesen war, welches ihm gegen den Schwarzen geholfen hatte. Doch ehe er seine Überraschung ausdrücken konnte, ging Mera auf sie zu. »Du bist Dhana, nicht wahr?«

Die Geisterfrau nickte und schenkte ihrem Sohn, der sie all die Jahre, ohne es zu ahnen, in seinem Körper getragen hatte, ein aufmunterndes Lächeln. Dann schwebte sie zu dem Schattengeist hinüber, aus dem Argos Feuer fast alle Magie herausgelöst hatte.

Auch die anderen kamen näher und starrten das Zerrbild eines Wesens an, das einst ein mächtiger Magier der Schwärze gewesen war. Obwohl der Tote keinen Körper mehr besaß, wirkte er verbrannt und so verschrumpelt wie eine getrocknete Pflaume. Seine Kraft war erloschen, doch seine Augen glühten vor Hass.

Meravane flammte blau auf und stemmte die Arme in die Hüften. »Wassuram! Ich hatte schon lange das Gefühl, er sei nicht zu Giringars Seelendom gegangen! Stattdessen hat er sich an die Bruchstücke des Feuerthrons geklammert und deren Kräfte gelenkt, um einen magisch begabten Narren anzulocken, dessen Körper er sich aneignen konnte. Es war wohl sein ganz spezielles Pech, dass er dabei an einen weißen Runi geraten ist.«

Meras Ahnfrau hörte sich sehr zufrieden an. Sie blieb neben Wassuram stehen, streckte ihre Arme aus und packte ihn. So ungreifbar er für die Lebenden sein mochte – den Toten konnte er nicht entkommen. Auch Reodhendhor und Dhana griffen nach ihm. Gemeinsam zerrten sie ihn hoch und nahmen ihn in ihre Mitte.

»Es gäbe noch so viel zu sagen, doch wir wagen es nicht, Wassuram länger hierzulassen. Sollte es ihm gelingen, noch einmal in den Feuerthron zu schlüpfen, würden wir ihn wohl nicht mehr herausholen können, es sei denn mit dem Feuer eines Arghan, der dann um einiges größer sein müsste als unser Freund Argo.« Reodhendhor hob die Hand zum Abschied, dann krallte er seine Hände in den Geist des Schwarzlandmagiers und schwebte mit ihm und den beiden Frauen nach oben.

Zunächst sah es aus, als würde Wassuram alles widerstandslos mit sich geschehen lassen, doch als sie die Decke erreichten und die anderen Geister schon darin eintauchten, riss er sich plötzlich los und schoss auf den Feuerthron zu. Ein Funkenregen aus Argos Maul hinderte ihn jedoch daran, in den Kristall zu flüchten, und bevor er in eine andere Richtung entkommen konnte, waren Reodhendhor, Meravane und Dhana über ihm. Nun erhielten sie auch Hilfe von anderen Totengeistern. Meravanes Nachfahrinnen tauchten auf, und selbst die Runi, die an diesem Tag getötet worden waren, lösten sich von ihren Körpern. Sie waren noch nicht zu Meandirs Seelendom aufgebrochen, weil sie als Tote den wahren Feind erkannt hatten und ihn besiegt sehen wollten.

»Wir bringen ihn zu Meandir und sperren ihn in einen weißmagischen Käfig, aus dem er nicht mehr entkommen kann«, sendeten die Runi Reodhilan zu, die sich trotz ihrer schweren Verletzungen wieder auf die Beine gekämpft hatte.

Die magisch Begabten vernahmen noch Wassurams Entsetzensschrei. Danach herrschte Schweigen. Die Überlebenden mussten erst mal verarbeiten, was geschehen war. Doch plötzlich wurde die Stille vom Marschtritt gurrländischer Soldaten durchbrochen.

»Was soll ich tun?«, rief Girdhan erschrocken aus.

Mera starrte ihn an, als sei sie aus einem tiefen Schlaf erwacht. Mit einem Mal kam er ihr so klein und der Thron so groß vor, und ihr wurde klar, dass er allein niemals in der Lage sein würde, das monströse Artefakt und damit auch Gurrland zu beherrschen. Kurz entschlossen lief sie zu ihm und setzte sich neben ihn. Ihre linke Hand suchte seine rechte, und noch während sie ihm Mut zusprach, stürmten Bilder auf sie ein.

Es war, als dringe die gesamte Welt in ihren Kopf. Sie fühlte sich wie ein Blatt, das vom Sturm hochgerissen und davongetragen wurde. Immer höher stieg sie auf und sah nun Gurrland unter sich, eine verkommene, schlecht gepflegte Insel, deren Felder mühselig von stumpfsinnigen Sklaven bewirtschaftet wurden. Einzelne Bilder drängten sich ihr auf, so als müsse sie durch fremde Augen blicken. Mürrische Aufseher trieben die Sklavenarbeiter an, junge Gurrländer wurden einem beinahe unmenschlichen Drill unterworfen, um Kampfmaschinen aus ihnen zu machen. In einem Hafen im Nordwesten wurde ein neues Schiffsmonster aus Eisen gefertigt, weitaus größer als die Schwarzen Galeeren und mächtig genug, jedem Sturm trotzen zu können.

Lieber als das hätte Mera ihre Heimat gesehen. Sie hatte es kaum gedacht, da flog die Welt so schnell unter ihr vorbei, dass sie nicht einmal die Namen der Inseln nennen konnte, die sie überquerte. Plötzlich wurde sie langsamer und stieß wie ein Raubvogel auf Ilyndhir hinab. Für Augenblicke nahm sie das blaue Leuchten des Hexenwaldes wahr. Dann lag Ilynrah unter ihr.

Meras Herz verkrampfte sich vor Schreck, als sie die Verwüstungen sah, die die Feuerkugeln der Gurrländer angerichtet hatten. Die Stadt lag in Trümmern, und was noch von dem Feuer verschont worden war, wurde ebenfalls abgerissen.

»Mera, was soll ich tun?«

Girdhans verzweifelter Ruf erreichte sie, als sie sich eben voller Wut auf den einstigen Steuerschätzer Berrell stürzen wollte, der im Auftrag der neuen Herren den Abriss des alten Ilynrah überwachte, um dort ein Spiegelbild der öden, staubigen Hauptstadt Gurrlands zu errichten.

»Was ist los, Girdhan?« Nur mühsam gelang es Mera, ihre Gedanken von Ilyndhir zu lösen. Sie spürte den festen Druck von Girdhans Hand und sah für einen Moment durch seine Augen.

Kompanieweise drängten gurrländische Gardisten mit Speeren und Doppeläxten in den Fäusten durch sämtliche Zugänge in die Halle. Einige hielten sogar seltsame Stangen in den Händen, die Mera durch ein Wissen, das nicht von ihr selbst kam, als Flammenlanzen erkannte.

Reodhilan und die überlebenden Runi hatten sich vor dem Feuerthron zusammengeschart und warteten mit grimmiger Entschlossenheit auf den Angriff, der für sie alle das Ende bedeuten würde.

»Halt!« Mera erschrak vor der Macht ihrer Stimme, die wie ein Donnerschlag von den Wänden des Saales widerhallte.

Die Gurrländer blieben stehen, starrten verwirrt zu ihr hinauf und schienen nicht zu wissen, was sie tun sollten. Schließlich kniete ihr Anführer nieder und beugte sein Haupt. »Was befehlt Ihr, Euer Glorifizienz?«

Erst in dem Augenblick begriff Mera, dass sie die neue Herrin des Feuerthrons geworden war, und sie spürte die Macht, die er ihr verlieh. Wenn sie wollte, konnte sie die Gurrländer im Saal mit einer einzigen Handbewegung zerquetschen und dieses Volk, das im Lauf seiner Geschichte die anderen Inseln zweimal unterjocht hatte, für ewige Zeiten ausrotten. Sie würden ihr für jedes Haus bezahlen, das sie in Ilynrah zerstört hatten, und für jeden Menschen, der durch sie gestorben war. Meras Zorn brodelte wie überkochendes Wasser, und erst ein schmerzhafter Griff an ihrem Oberarm hielt sie davon ab, ihr Vorhaben in die Tat umzusetzen. Sie schüttelte sich und sah dann Girdhans besorgtes Gesicht vor sich.

»Geht es wieder?«, fragte er.

Mera schluckte und spürte, wie trocken ihr Mund war. Doch es war nicht die Zeit, etwas zu trinken. Daher hob sie den Kopf und sah dem massigen Gurrlandoffizier in die Augen. In ihnen las sie die Qual, einem anderen Willen unterworfen zu sein, und verstand, dass er und seine Landsleute im Grunde nur Wassurams erste Opfer geworden waren. Sie zu vernichten erschien ihr plötzlich als großes Unrecht.

Mit einem erleichterten Lächeln sprach sie den Mann an. »Ja, ich habe Befehle! Ich habe Durst und würde gerne eine Tasse heißen Vla trinken. Vorher sage deinen Leuten, sie können in ihre Quartiere zurückkehren. Dies hier« – damit wies sie auf das Häuflein Runier vor sich – »sind keine Feinde, sondern Gäste, die ich eingeladen habe.«

»Wie Ihr befehlt, Euer Glorifizienz!« Der Gurrländer war zu sehr beeinflusst, um sich über die seltsame Wandlung zu wundern. Er gab seinen Leuten den Befehl, die eigenen Verwundeten wegzubringen, doch da hob Mera die Hand.

»Halt! Zuerst will ich sehen, was ich für diese Männer tun kann!« Bis zu diesem Moment waren die Gurrländer für sie Feinde gewesen. Jetzt aber hatten Girdhan und sie den Platz auf dem Feuerthron eingenommen und waren für dieses Volk verantwortlich. Mera setzte ihre Heilerfähigkeiten ein und schöpfte dabei aus der Kraft, die ihr durch den Feuerthron zuströmte. Sie musste die Verletzten nicht einmal mehr selbst berühren. Es reichte, wenn sie sie anblickte und ihren Körpern den Befehl gab, die Wunden zu heilen.

Die Gurrländer begriffen im ersten Augenblick nicht, was mit ihnen geschah. Als sich jedoch immer mehr von ihnen erhoben und zuletzt nur noch die Toten liegen blieben, wirkten sie wie staunende Kinder. Trotzdem sie manipuliert worden waren, wussten sie, dass der Kaiser, dem sie bisher hatten gehorchen müssen, jeden noch so kleinen Fehler gnadenlos geahndet hatte. Das Handeln der neuen Herrin hingegen erfüllte sie mit Dankbarkeit.

Während sie den Raum verließen, verneigten sie sich immer wieder, und der Kommandant der Garde kehrte selbst mit einem großen Tablett zurück, auf dem zwei Tassen und ein Krug mit dampfendem Vla standen. Es sah zwar etwas seltsam aus, ihn in voller Rüstung den Lakaien spielen zu sehen, doch er schien diese Aufgabe nicht für unwürdig zu halten. Er schnupperte sogar genussvoll, als er den Vla in die Becher füllte. Girdhan sah es und befahl ihm, in die Küche zu gehen und selbst eine Tasse Vla zu trinken.

Der Mann salutierte und marschierte scheppernd davon. Mera sah ihm kopfschüttelnd nach und wandte sich dann an die Runi, die das Ganze mit großen Augen verfolgt hatten. »Wie kann ich euch danken?«

»So einen Zauber, der unsere Verletzten heilt, könnten wir gebrauchen. Aber die schwarze Magie, die dir der Thron verleiht, ist leider Gift für uns!« Reodhilan seufzte. Sie war vielfach verwundet worden, doch sie würde es überstehen. Etliche ihrer Gefährten aber würden ohne Hilfe den Weg zu Meandir antreten müssen.

Mera sah die Verwundeten an und sagte sich, dass ihre magische Farbe ja eigentlich Blau war, und die konnte sie vielleicht doch einsetzen. Vorsichtig nahm sie das Schwarz des Thrones in sich auf, um neue Kraft zu schöpfen, und merkte erleichtert, wie es von ihrem eigenen Blau überlagert wurde. Lächelnd winkte sie Hekendialondilan zu sich, die blutend neben ihrer schwer verletzten Mutter kauerte, und schloss sie in die Arme. Sofort schlossen sich die Wunden der jungen Runi, und das Fleisch wuchs wieder zusammen, bis nur noch kleine, rosige Flecken zu sehen waren.

Erleichtert ließ Mera ihre Freundin los und zeigte auf Hekerenandil. »Bring deine Mutter zu mir.«

Auch diese Heilung gelang, aber es war eine mühsame Arbeit. Anders als bei den Gurrländern musste sie jeden verletzten Runi einzeln berühren und heilen. Doch die Macht des Thrones verhinderte zum Glück, dass ihre eigene Kraft zu früh versiegte. Als Mera Reodhilan behandelt hatte, die freiwillig als Letzte an die Reihe gekommen war, schnaufte sie erleichtert durch und trank nun erst den kalt gewordenen Vla.

Reodhilan musterte sie mit unsicherer Miene und wies dann auf einen Runi, der reglos am Boden lag und wie tot wirkte. »Wirst du auch ihm helfen? Die Schwärze, die noch in ihm ist, wird verhindern, dass er den Weg zu Meandirs Seelendom findet. Daher wird er als Totengeist dahinvegetieren müssen, bis er schließlich erlischt.«

Mera starrte die verkrümmte Gestalt an, die unter einem schwarzen, von Argos Funken stark durchlöcherten Umhang auf dem Boden lag. Für einige Augenblicke überwog in ihr der Hass auf den Mann, der nach Gurrland gekommen war, um seinem Volk zu helfen, aber der Verlockung des Thrones nicht hatte widerstehen können. Am liebsten hätte sie den Rest seiner Lebensflamme ausgelöscht. Sollte der, der so viel Unglück über die Inseln gebracht hatte, doch restlos zugrunde gehen!

Hekerenandil legte ihr die Hand auf den Arm. »Menandhol war nicht wirklich der Kaiser, sondern Wassuram. Sein Geist hat Menandhol unterjocht und zu diesen furchtbaren Taten gezwungen. Bitte, hilf ihm! Mein Volk wird es dir ewig danken!«

Der verzweifelte Appell rührte Mera. Gleichzeitig aber verspürte sie ein Gefühl in sich, das ihr bislang fremd gewesen war, nämlich Stolz. Sie allein vermochte etwas zu tun, das sogar die schier übermächtigen Runi nicht vollbringen konnten. Sie nickte Hekerenandil zu und sah den Leuten entgegen, die den einstigen Kaiser zu ihr brachten.

Der Mann lag im Sterben. Sein Geist flackerte nur noch, und sein Körper war durch die Schwarzmagie, die ihn so lange beherrscht hatte, beinahe vollkommen zerstört. Während Mera begann, die schlimmsten Schäden zu heilen, musste sie daran denken, dass das Band zwischen Wassuram und Menanderahs Bruder dem Geist des verderbten schwarzen Magiers ebenso viele Schmerzen bereitet hatte, wie Menandhol selbst durchlitten haben musste. Der Magier hatte die Verbindung mit dem weißen Runi wahrscheinlich nur deshalb eingehen können, weil er selbst bereits körperlos gewesen war.

Nach einer Weile drückte sie den noch immer bewusstlosen Menandhol Reodhilan in die Arme und sah sich durch einen dankbaren Blick belohnt.

»Hätte mir jemand vorher erzählt, was hier geschehen ist, hätte ich es nicht glauben wollen«, sagte die alte Runi und blickte über ihre Schar, von der in diesem Kampf fast jeder Dritte zu Meandir gegangen war. Einer ihrer alten Gefährten aus Talrunia trat neben sie und schloss sie in die Arme.

»Wir werden die ehren, die mit uns gezogen sind und sterben mussten – auch Reodhendhor, deinen Sohn. Tausend Jahre hat sich sein Schicksal unserem Wissen entzogen, während er darauf wartete, als Geist zurückzukehren und Wassurams üblem Treiben ein Ende zu setzen!«

»Zukünftige Generationen der Runi werden von Reodhendhor singen und von Hekendialondilan, die bereits als Kind die Welt klarer gesehen hat als unsere Königin.« Reodhilan kniete vor dem Mädchen nieder. Die anderen ihres Volkes folgten diesem Beispiel, während Hekendialondilan sie erschrocken ansah.

»Aber ich habe doch gar nichts getan!«

Ihre Mutter zog sie an sich und küsste sie. »Du hast unserem Volk gezeigt, dass Runi sein auch heißt, Verantwortung zu übernehmen. Ohne dich, ohne Mera, ohne Girdhan, ohne Argo und die anderen hätte Wassuram noch als Geist den Sieg davongetragen und auch Meanrunia zerstört.«

»Da du gerade von unseren Freunden sprichst: Wir sollten mal nachsehen, wo Kip abgeblieben ist.« Mera wollte einen der Diener, die ein ganzes Stück von den weiß strahlenden Runi entfernt auf Befehle warteten, zu sich rufen, als ihre Großmutter auf sie zuhumpelte.

»Bevor du nach diesem frechen Bengel suchst, solltest du dich erst einmal um Torrix und mich kümmern und diesen Ungeheuern dort befehlen, dass sie Hannez und deine Mutter freilassen.«

»Mama ist hier?« Mera wollte aufspringen, doch ihre Großmutter hielt sie zurück. »Deine Leute können Meraneh holen. Kümmere dich erst um mich, denn ich hätte gerne ein paar gebrochene Knochen weniger im Leib.«

»Entschuldige, Großmutter.« Mera umarmte ihre Großmutter und setzte ihre Heilerfähigkeiten ein. Da Merala als Blaue die schwarze Magie des Thrones ziemlich gut vertragen konnte, dauerte es nur wenige Augenblicke, bis sie sich verwundert aufrichtete und an sich herabsah. »Es scheint wieder alles heil zu sein, und ich fühle mich so gut wie schon lange nicht mehr.«

»Ich sagte dir doch, dass deine Enkelin großartige Fähigkeiten hat!« Torrix schob die alte Hexe zur Seite und verneigte sich ächzend vor Mera. »Ich würde mich freuen, wenn Ihr diese Fähigkeiten auch auf mich anwenden könntet, Euer Glorifizienz!«

Für diese ehrerbietige Anrede erntete der blaue Magier Meras verwunderten Blick. Es dauerte noch etwas, bis alle begriffen hatten, dass mit dem Sturz des Kaisers nicht der ganze Zauber vorüber war. Der Feuerthron existierte noch immer. Auch wenn er nicht mehr von Wassurams Geist beherrscht wurde, so war er doch ein mächtiges Ding, dessen Kraft schwache Geister unterliegen konnten. Torrix hatte Meras aufflammenden Zorn sogleich bemerkt und sich bang gefragt, wie sie reagieren würde.

Sie ging jedoch nicht auf seine Äußerung ein, sondern ließ ihre Hand auf seiner Schulter ruhen und heilte ihn. Er kam nicht einmal mehr dazu, sich zu bedanken, denn da stürmten Meraneh und Hannez an der Spitze ihrer Freunde in den Saal.

»Mera! Bist du es wirklich!« Meraneh eilte auf ihre Tochter zu und umarmte sie, während sie gleichzeitig lachte und weinte.

»Ja, Mama! Schau, es ist alles gut geworden!« Mera streichelte das Haar ihrer Mutter, als Hannez interessiert zu Girdhan aufsah.

»Und? Sitzt es sich gut da oben?«

»Du kannst es ja ausprobieren«, bot Girdhan ihm an.

Hannez hob abwehrend die Hände. »Nein, danke! Lass mich

bloß mit diesem Ding in Frieden! Mit diesem Monster will ich nichts zu tun haben.«

Girdhan lachte erleichtert. Obwohl er Hannez mochte, wäre es ihm schwergefallen, ihm den Thron auch nur für einen Augenblick zu überlassen.

Kip, Königin Ilna und Yanga hatten sich während des Kampfes in einer Ecke verkrochen. Auch jetzt wagten sie es noch nicht, sich zu rühren. Erst als Hemor neugierig näher trat, blickte die Königin von Ilyndhir auf.

»Seid Ihr es wirklich?«, fragte sie.

Hemor sank in die Knie. »Euer Diener, Majestät!«

Ilna lachte bitter auf. »Majestät? Das war ich einmal. Jetzt bin ich weniger als der Staub unter den Sandalen eines Gurrländers.«

»Ja, vielleicht seid Ihr das jetzt nicht mehr.« Hemor warf Mera und Girdhan einen zweifelnden Blick zu. Er wusste, dass die beiden unter der Ungerechtigkeit des korrupten Steuereinnehmers Berrell gelitten hatten, und fragte sich, ob sie nun, da sie so viel Macht besaßen, zulassen würden, dass in Ilyndhir wieder die alten Verhältnisse einkehrten.

»Bekundet dem neuen Kaiserpaar Eure Ergebenheit, Majestät. Vielleicht erweist es sich als gnädig.« Hemor wollte Ilna aufhelfen, doch die wies auf Yanga. Die Hexe hatte sich noch nicht erholt und dämmerte in tiefer Bewusstlosigkeit ihrem Ende entgegen, obwohl man sie von dem Silber befreit hatte. Das bekam auch Torrix mit, der hinzugetreten war, um ebenfalls nach seiner Königin zu schauen. Er hob Yanga auf und trug sie zusammen mit Hemor vor den Thron.

»Hier ist noch jemand, der Eurer Hilfe bedarf, hohe Herrin. Auch wenn Euer Zorn auf sie sehr groß sein sollte, so verzeiht ihr. Auch sie war nur ein Opfer desjenigen, der hier besiegt worden ist.«

Mera blickte auf Yanga nieder und empfand weniger Zorn als Mitleid. Der Kaiser – oder besser gesagt, Wassuram – hatte ein übles Spiel mit der Hexe getrieben. Mera streckte die Hand aus, berührte Yangas Stirn und ließ ihre Kräfte in sie überströmen.

Yangas Gesichtszüge belebten sich wieder. Nach einer Weile öffnete sie ihre Lider und blickte Mera ohne ein Zeichen des Erkennens an. Sie schien nicht zu begreifen, dass jenes junge Mädchen vor ihr saß, welches sie vor etlichen Wochen mit allem Nachdruck hatte verfolgen lassen, sondern starrte mit respektvoller Miene in deren blau strahlende Augen.

»Es ist vorbei, Yanga.« Erst Torrix' Worte riefen die Zweite Hexe von Ilyndhir wieder in die Gegenwart zurück, und sie verbeugte sich so ehrerbietig vor dem Magier wie noch niemals zuvor. »Ihr seid zurück, Herr? Ich fürchte, ich habe Euch sehr enttäuscht!«

»Darüber möchte ich jetzt nicht urteilen. Ich bin froh, dass Ihr lebt!« Torrix klopfte der Hexe auf die Schulter und sah anschließend zu Mera auf.

»Wie wollt Ihr die Situation auf den einzelnen Inseln entscheiden? Hier sind die Königinnen und Könige versammelt, denen der Kaiser die Krone genommen hat.«

»Ich bin zu müde, um heute noch wichtige Entscheidungen treffen zu können. Seht zu, dass die Leute sich waschen können und angemessene Kleider bekommen. Vorerst sind sie Gäste in diesen Mauern.«

Torrix begriff, dass er im Moment nichts für Königin Ilna erreichen konnte, und trat unter etlichen Bücklingen zurück.

Unterdessen hatte Careela ihre Schwester unter den Gefangenen entdeckt und drängte sich zu ihr hin. Dabei trug sie Argo, der sich wieder in einen kleinen Jungen verwandelt hatte, auf dem Arm und stellte ihn Ardheela mit glückstrahlenden Augen vor.

Mera sah ihr lächelnd zu. Die Prinzessin hatte während der Fahrt gelernt, nicht nur ihren eigenen Launen zu folgen, sondern auch Verantwortung für sich und andere zu übernehmen, auch wenn man ihre Wandlung zum größten Teil Argos Einfluss zuschreiben musste. Der kleine Arghan hatte ein sehr gewinnendes Wesen und schien jeden, den er mochte, um den Finger wickeln zu können. Mera beschloss kurzerhand, sich Careelas geläuterten Charakter zunutze zu machen, und bat sie, sich um die gekrönten Häupter zu kümmern. Da sie aber nicht wusste, ob die Gurrländer Careela gehorchen würden, rief sie einen der Diener zu sich und befahl ihm, dafür zu sorgen, dass Careela alles bekam, was sie für sich und ihre Schützlinge benötigte.

Gerade als der Gurrländer die Anweisung bestätigte und sich auch vor Careela verbeugte, sah Girdhan inmitten der hohen Herrschaften einen Jungen stehen, der wie verloren ins Nichts starrte, so als wisse er nicht, wohin er eigentlich geraten war. »Da ist Kip! Der Blauen Göttin sei Dank, ihm ist nichts passiert!«

»Wo?« Meras Blick folgte dem Fingerzeig ihres Freundes. Als sie Kip entdeckte, atmete sie erleichtert auf und befahl einem der Gurrländer, den Jungen zu ihnen zu bringen.

Kip war während des Kampfes völlig unter die Beeinflussung durch die Artefakte geraten. Daher begriff er nicht, dass es seine Freunde waren, die auf dem Feuerthron saßen, sondern war nur von dem Wunsch beseelt, den Herren des Thrones mit aller Kraft zu dienen. Als die Soldaten ihn losließen, warf er sich ehrfürchtig zu Boden.

»Was befehlt Ihr dem geringsten Eurer Knechte, Glorifizienzen?«

Zuerst glaubte Mera, Kip würde sich einen Scherz mit ihnen erlauben, doch da sah sie seine glasigen Augen und wusste, was mit ihm geschehen war. Mit einem nachsichtigen Kopfschütteln rief sie ihn zu sich und begann, die beeinflussende Magie in seinem Kopf aufzulösen.

20

Seit dem Ende der Herrschaft Wassurams waren nur wenige Tage vergangen, und doch wirkte die große Halle, in der der Feuerthron stand, mit einem Mal freundlich, ja sogar anheimelnd. Gobelins, die jahrhundertelang in den Magazinen der Festung gelagert worden waren, schmückten nun die Wände, und mehrere Reihen Tische und Bänke füllten den Raum. Von den Gurrländern trugen nur noch die Gardisten eine Rüstung. Die anderen hatten auf Meras Befehl hin zivile Kleidung angezogen. Sie bedienten die Gäste so rasch und geschickt, als hätten sie nie etwas anderes getan. Sie konnten, wie Merala anerkennend zugeben musste, sogar recht passabel kochen.

Da Mera und Girdhan den Feuerthron nicht gemeinsam verlassen und auch dann nur kurze Zeit ausbleiben durften, hatten sie sich so gemütlich darauf eingerichtet, wie es nur ging. Den schwarzen Kristall und seine magischen Flammen verhüllte ein schönes samtblaues Tuch, und da Mera nicht so hart sitzen wollte, hatte sie sich ein Kissen besorgen lassen. Dazu kam ein Tischchen, das ein gurrländischer Schreiner für sie angefertigt hatte. Dieses konnten Girdhan und sie zwischen sich stellen, um sich ihre Mahlzeiten darauf servieren zu lassen.

Zwei junge Gurrländerinnen, die ebenso wie die Männer vorspringende Kinnpartien und starke Eckzähne in den Unterkiefern besaßen, bedienten die beiden, und man konnte den Frauen ansehen, dass diese Arbeit ihnen mehr zusagte, als in den großen Manufakturhallen der Stadt tagaus, tagein Uniformen zu nähen. Vor ihnen an den Tischen saßen jene, die geholfen hatten, den Kaiser zu stürzen, Seite an Seite mit den ehemaligen Königen und Fürsten der Inseln. Auch ein paar Einheimische waren dabei, die sich das Mittagsmahl schmecken ließen, als seien sie halb verhungert. Bei diesen handelte es sich um die früheren Anführer der Gurrländer, die Wassuram abgesetzt hatte, nachdem es ihm gelungen war, den Runi Menandhol zu beherrschen und mit dessen Hilfe beinahe so gut über den Feuerthron zu verfügen wie zu seinen Lebzeiten. Mera und Girdhan hofften, die Männer und Frauen, die sie aus der Sklaverei befreit hatten, würden ihnen helfen, aus Gurrland wieder eine Insel zu machen, auf der es sich frei leben ließ. Bis jetzt hatten sie noch keine Entscheidungen getroffen, was mit den anderen Reichen des Archipels geschehen sollte. Königin Ilna, König Tendel, die Regentin Talena und die anderen gekrönten Häupter wurden langsam ungeduldig, doch sie wagten nicht, Mera und Girdhan direkt anzusprechen. Allerdings hatte Ilna mit Merala gesprochen und sie gebeten, sich bei ihrer Enkelin für sie einzusetzen.

»Na, Hannez, schmeckt das Bier?«, fragte Meras Großmutter, um das Gespräch in Gang zu setzen.

Hannez trank seinen Krug aus und stellte ihn hin. »Nicht übel, das Gebräu, aber mit Meranehs Bier kommt es nicht mit. Bei Ilyna, was würde ich darum geben, wenn wir jetzt alle im ›Blauen Fisch‹ zusammensitzen und es uns gut gehen lassen könnten.«

»Ich hätte auch nichts dagegen!«, warf Mera wehmütig ein. Ihr war ebenso klar wie Girdhan, dass sie auf Gurrland bleiben mussten. Wenn sie den Feuerthron verwaist zurückließen, würde das monströse Artefakt nur zum Ziel ehrgeiziger Magier und Hexen werden, die sich von ihm Macht und Größe erhofften.

»Leider gibt es den ›Blauen Fisch‹ nicht mehr. Wie ich gehört habe, wurde er von den Gurrländern zerstört«, antwortete Merala traurig.

»Das waren nicht die Gurrländer, sondern die Büttel der Königin«, korrigierte ihre Tochter sie in bissigem Tonfall.

»Das bleibt sich gleich! Ohne die Bedrohung durch Gurrland wäre es nicht geschehen. Mera sollte endlich sagen, was aus den Inseln werden soll! Eigentlich war ja Wassuram an allem schuld und nicht dieser runische Narr, der geglaubt hat, er könnte den Zauber des Feuerthrons brechen.«

Reodhilan fuhr auf. »Das wäre ihm wohl auch gelungen, hätte nicht Wassurams Geist den Feuerthron belebt und ihn unter seine Macht gezwungen!«

Auch wenn inzwischen bekannt war, dass einer ihres Volkes das Schicksal der Inseln zu verantworten hatte, sollte es nicht heißen, er habe sich nur aus Ehrgeiz und Eigennutz auf den Thron gesetzt. Nicht nur die Runi, auch die Menschen sollten begreifen, dass Menanderahs Bruder nach Gurrland gegangen war, um den Fluch zu brechen, der sein Volk bedrängte.

Mera begriff die Absicht der alten Runi und legte eine etwas überzeugende Magie in deren Worte. Dabei sah sie Menandhol an, der neben Reodhilan saß und sich so still verhielt, als wäre er lieber unsichtbar. Sie hatte ihn so gut geheilt, wie es ging, und auch seinen Geist geklärt. Aber die Lebenskraft, die er durch den Kontakt mit der schwarzen Magie verloren hatte, konnte sie nicht ersetzen. Er war der erste Runi, der wie ein uralter Mensch aussah. Die erzwungene Vereinigung mit Wassuram und die Kraft des Feuerthrons hatten ihn innerlich ausgebrannt, und er würde bald den Weg zu Meandirs Seelendom antreten. Im Grunde tat er Mera leid, denn er hatte Gutes tun wollen und war dabei in die Fänge des Bösen geraten. Wahrscheinlich, sagte sie sich, war es bereits Wassurams Wirken durch die Bruchstücke des Feuerthrons gewesen, das den Runi so geschadet hatte. Der Bruder der Königin hatte dies nicht erkannt und war deswegen dem Geist des Schwarzlandmagiers zum Opfer gefallen. Ihr Problem war jedoch nicht dieser Runi, der sich bald mit seinen Landsleuten auf den Weg in die Heimat machen würde, um seine letzten Jahre unter deren Heiligem Baum zu verbringen, sondern die Inseln der Menschen. Dort würden sie eingreifen müssen, um dauerhaften Frieden zu schaffen.

Zuerst hatte Mera angenommen, es würde genügen, auf allen Inseln die dort herrschende Beeinflussungsmagie aufzulösen, so dass die Menschen wieder frei über ihr Schicksal entscheiden konnten, doch Reodhilan hatte ihr davon abgeraten.

Auch jetzt sendete die alte Runi ihr einen warnenden Gedanken, sie solle sich vor scheinbar einfachen Wegen und Lösungen hüten. »Wenn du die Menschen einfach freigibst, wird das Chaos ausbrechen. Sie werden rebellieren und versuchen, die auf ihren Inseln stationierten Gurrländer umzubringen. Doch die sind schwer bewaffnet und würden sich zur Wehr setzen. Es gäbe ein Blutbad, und das könnte neuen Hass schüren, der das Schicksal vieler Generationen bestimmen würde!«

Reodhilans Gedankenstimme war laut genug, dass alle magisch Begabten sie verstehen konnten. Torrix, der inzwischen gemerkt hatte, dass er vor den neuen Herrschern auf dem Feuerthron ein offenes Wort fallen lassen konnte, funkelte die alte Runi empört an.

»Mische du dich nicht in die Angelegenheiten der Menschen, so wie wir uns nicht in die Angelegenheiten der Runier mischen. Oder willst du, dass unsere Inseln auf Dauer versklavt bleiben?«

»Reodhilan hat nichts dergleichen gesagt«, tadelte ihn Mera. »Sie warnt uns nur davor, die Dinge zu überstürzen. Es gilt, eine gerechte Lösung zu finden, die die Eroberer und ihre Unterstützer einschließt und einen Vergeltungsfeldzug gegen Gurrland verhindert. Die Gurrländer sind nicht von selbst oder gar freiwillig auf eure Inseln gekommen, um diese zu erobern, sondern unter dem Zwang eines bösen Geistes, der die Zeit um tausend Jahre zurückdrehen wollte.«

Die Warnung war deutlich. Etliche der hohen Herrschaften, an der Spitze Herzog Lenghil von Teren, sahen in den Gurrländern noch immer Feinde, die es niederzukämpfen galt. Diese Leute mussten erst begreifen, dass der Feuerthron nach Wassurams endgültigem Sturz nicht verwaist war und die beiden jungen Menschen auf dem Thron über die gesamte Macht verfügten, mit denen Gurrland ihre Inseln unterworfen hatte.

»Frieden können wir nur in Absprache mit Gurrland gewinnen, aber niemals gegen dieses Reich!« Fürstin Ardheela sprach aus, was die Besonneneren unter den anwesenden Edelleuten und Fürsten dachten. Ihre Insel war als eine der ersten von Gurrland unterworfen worden, und sie hatte seit ihrer Kindheit nur Krieg erlebt. Jetzt hoffte sie auf friedliche Zeiten.

Reodhilan blickte Mera und Girdhan an und las deren Gedanken. »Ihr seid auf dem richtigen Weg. Lasst euch nur nicht beirren!«

»Das tun wir gewiss nicht!« Mera fasste Girdhans Hand und lächelte. Sie wussten jetzt, welche Entscheidungen sie treffen mussten. Die Macht des Feuerthrons hatte die Inseln in Krieg gestürzt und viel zerstört. Nun galt es, eine neue Ordnung herzustellen und dafür zu sorgen, dass die Wunden sich schlossen.

»Wir werden bald aufbrechen müssen. Auf die Dauer ist das Schwarz dieser Insel für uns nicht zu ertragen. Dabei war sie einmal so wunderschön gelb.« Reodhilan seufzte, lachte dann über sich selbst. Es half nichts, vergangenen Dingen nachzutrauern. Meanrunia war ihre Heimat geworden, und sie freute sich darauf, die weißen Wälder wiederzusehen.

Meraneh wechselte einen kurzen Blick mit ihrer Mutter und Hannez. »Wir möchten auch bald nach Hause. Es gibt dort so viel zu tun.«

Ihre Worte schmerzten Mera. Doch sie begriff, dass ihre Welt jetzt nicht mehr die ihrer Mutter und ihrer alten Freunde war. »Schade«, antwortete sie daher. »Ich hätte mich gefreut, wenn ihr länger geblieben wärt. Wir haben keinen einzigen Freund auf der Insel.«

Torrix nickte nachdenklich. »Es wäre wirklich besser, wenn jemand bei euch bleibt, den ihr kennt. Dann seid ihr nicht allein unter lauter Gurrländern.«

Sein Blick streifte Merala und Meraneh, doch in deren Augen las er die Sehnsucht nach Ilynrah und gab den Gedanken auf, eine von beiden doch noch überreden zu können, bei Mera zu bleiben. Nun fiel ihm Yanga ein, die scheu am äußersten Ende der Tafel saß und von den anwesenden Ilyndhirern sichtlich gemieden wurde. Kurz entschlossen erhob er sich und trat vor den Thron.

»Wenn ich einen Vorschlag machen darf: Behaltet Yanga hier. Nach Ilyndhir kann sie nicht zurück. Auch wenn sie an ihrem Verrat im Grunde schuldlos war, werden die Leute nicht vergessen, dass sie unsere Insel den Gurrländern in die Hände gespielt hat.«

»Ich war nicht schuldlos«, antwortete die Hexe müde. »Hätte ich den Splitter des Feuerthrons nicht vor dir verborgen, wäre das alles nicht passiert.«

»Gurrland wäre trotzdem einmarschiert, und die Verluste auf beiden Seiten wären vermutlich noch größer ausgefallen.« Girdhan sah Mera an, als erhoffe er von ihr Zustimmung für seine Worte.

Ihr Blick drang tief in Yangas Herz, und sie nahm die Verzweiflung der Hexe über ihr Versagen wahr, ebenso wie Yangas Angst vor der Macht des Feuerthrons. Diese Frau würde nie danach streben, sich zur Herrin des mächtigen Artefakts aufzuschwingen.

Mit einem zufriedenen Lächeln nickte sie. »Girdhan hat recht. Vom jetzigen Standpunkt aus gesehen, war es besser, dass Ilyndhir kampflos in die Hände der Schwarzen fiel, und es zeigt sich nun auch, wie gut es war, dass die Runi nicht mit großer Heeresmacht eingegriffen haben. In dem Fall hätte es ein Gemetzel gegeben, dessen Ausmaß wir nicht ermessen können. Obwohl Fürst Menandhol unter dem Bann des verderbten Magiers Wassuram stand, hat er alles getan, um die Verluste Gurrlands und der Menschen so gering wie möglich zu halten.«

Mera neigte kurz den Kopf in Richtung des Bruders der Runikönigin und bemerkte dabei, wie es in Reodhilans Augen zufrieden aufblitzte. Diese Version der Geschichte würde dem Bild, das sich die anderen Völker von den Runi machten, aber auch ihrem eigenem Selbstverständnis guttun.

Mera schenkte Girdhan, der weitaus selbstsicherer wirkte als früher und trotzdem viel zu ernst war, ein aufmunterndes Lächeln. »Was meinst du? Sollen wir Yanga behalten?«

Auf seinem Gesicht erschien ein Grinsen. »Du hast dich doch schon entschieden! Wir machen sie zu unserer Haushofmeisterin.«

»Das wollt Ihr wirklich tun?«, fragte Yanga so ungläubig, als fürchte sie, das Ganze sei ein schlechter Scherz auf ihre Kosten. Sie starrte auf den wuchtigen Kristallthron und die darin eher klein und noch sehr jung aussehenden Menschen. Mera und Girdhan schienen von einer Reife erfüllt zu sein, die nur sehr langlebige Wesen besaßen. Nein, die beiden erlaubten sich keinen Spaß mit ihr.

Erleichtert beugte Yanga ihre Knie. »Ich werde Euren Majestäten mit aller Kraft dienen.«

»Glorifizienzen bitte. Majestäten sind die geringeren Könige«, rief Kip, der heimlich ein paar Becher von dem starken gurrländischen Bier getrunken hatte. Auf wackeligen Beinen und mit einem Schluckauf kämpfend, trat er auf Mera und Girdhan zu.

»Wenn ihr wollt, bleibe ich auch. Ihr braucht doch sicher einen Admiral für eure Flotte, und ich wollte schon immer einmal auf einer Schwarzen Galeere mitfahren!«

Wohl zum ersten Mal seit unzähligen Zeiten erklang ein Lachen in dieser Halle. Hannez klopfte dem Jungen auf die Schulter, während Merala und Meraneh nur den Kopf schüttelten.

Mera lächelte Kip zu. »Ich freue mich, dass du vorerst bleibst. Aber sobald dein Herz sich nach Ilyndhir zurücksehnt, solltest du ihm folgen.«

Dann gab sie ihren Dienerinnen den Befehl, ihn zu Bett zu bringen. Kip protestierte hicksend, denn er fühlte sich noch gar nicht müde. Ein leichter Zauber sorgte jedoch dafür, dass ihm plötzlich die Augen zufielen, und die beiden kräftigen Gurrlandfrauen trugen ihn kurzerhand hinaus.

Während Mera und Girdhan ihnen lächelnd nachblickten, trat Hekendialondilan auf sie zu. »Wir werden uns morgen auf den Weg zur Küste machen. Unsere Schiffe warten dort bereits auf uns. Es ist schade, dass ich nicht länger bleiben kann, doch gurrländisches Schwarz ist nun einmal meine Gegenfarbe, und es bereitet mir Schmerzen. Ich freue mich, euch kennengelernt und mit euch zusammen dieses Abenteuer erlebt zu haben.« Sie umarmte Mera und dann auch Girdhan, obwohl die Berührung auf ihrer Haut brannte. Dann tänzelte sie fröhlich lachend davon, wie ein glückliches Runimädchen auf den weiß blühenden Wiesen von Meanrunia.

»Es wird bald einsam um uns werden«, seufzte Girdhan, der Hekendialondilan trotz des Farbgegensatzes lieb gewonnen hatte. Ebenso wie Mera hatte er sich auch an Careela gewöhnt, die mit Argo auf dem Arm vor dem Thron stehen blieb. Sie verbeugte sich, wie es vor gekrönten Häuptern üblich war, und wirkte dabei sonderbar unsicher und verlegen.

»Verzeiht mir, aber auch ich würde gerne in meine Heimat zurückkehren. Ich bin schon als kleines Kind von dort weggebracht worden und kann mich kaum noch an sie erinnern.«

»Argo will bei Careela bleiben«, rief der Kleine und begleitete seine Worte mit einem so schmelzenden Lächeln, dass Careela ihn noch fester in den Arm nahm. Sie sah aus, als würde sie jedem, der ihr den Jungen wegnehmen wollte, mit den Fingernägeln das Gesicht zerkratzen.

»Du sollst auch bei Careela bleiben, Kleiner. Sie hat die Aufgabe, für dich zu sorgen, bis du einmal groß und stark genug bist, den Feuerthron mit deiner Flamme zu zerstören. Dieses Ding ist zu mächtig für unsere Inseln.«

Careela wirkte erleichtert und verbeugte sich erneut. »Danke, Mera! Äh … ich meine, Eure Glorifizienz!«

»Für dich und alle Freunde werde ich immer Mera bleiben. Doch bevor du gehst, solltest du dir etwas überlegen. Du wolltest doch selbst auf einem Thron sitzen. Von deiner Schwester habe ich erfahren, dass das Herrscherhaus von Ardhu während des Krieges erloschen ist. Ich könnte mir keine bessere Fürstin für diese Insel wünschen als dich.«

»Wirklich?« Careela sah Mera an, als könnte sie es nicht fassen. Dann sprang sie mit einem Jubelruf auf sie zu und umarmte zuerst Mera und dann Girdhan.

Mera sah ihren Mitkaiser lächelnd an. »Ich hoffe, es war dir recht?«

»Ohne Careela hätten wir es ebenso wenig geschafft, Wassuram zu besiegen, wie ohne Kip, Hekendialondilan, Timpo und Fleckchen.« Girdhan streichelte die Hündin, die es sich auf seinem Schoß bequem gemacht hatte. Sie stupste Mera unter dem Tischchen hindurch mit der Pfote an, um ihr klarzumachen, dass etwas von dem vielen Fleisch, das auf den Tellern lag, für sie abfallen könnte.

21

Die Verhältnisse auf den Inseln wandelten sich innerhalb kürzester Zeit. Die Gurrländer, die bislang als Unterdrücker aufgetreten waren, begannen nun, die Schäden zu beseitigen, die sie angerichtet hatten, und bauten die niedergebrannten Städte wieder auf. Die Einheimischen waren im ersten Moment verwirrt, griffen dann aber mit Begeisterung zu. Dabei sorgte eine sanfte Beeinflussung, die Mera und Girdhan aufrechterhielten, dafür, dass alle friedlich blieben.

In Ilynrah wunderten sich die Leute, weil die Wiederaufbauarbeiten ausgerechnet im niedergerissenen Fischersechstel begannen. Als erstes Gebäude der Stadt wurde der »Blaue Fisch« neu errichtet, viel größer und stattlicher als zuvor. Diejenigen, die sich darüber den Mund zerrissen, fanden es jedoch völlig in Ordnung, dass die Königin nach ihrer Rückkehr dort Quartier nahm. Ilna V. gefiel es im »Blauen Fisch« so gut, dass sie den Palast als letztes Bauwerk der Stadt zur Wiederherstellung in Angriff nehmen ließ.

Die Gradlinigkeit der Gurrländer brachte einen nicht zu übersehenden Vorteil für Ilynrah. Nach dem Wiederaufbau waren die

Straßen nicht mehr ganz so verschlungen und schmal wie vorher und die Häuser größer und luftiger. Dazu bauten die ehemaligen Soldaten, die jetzt als Arbeiter tätig waren, auch eine breite, sehr stabile Brücke anstelle der zerstörten Seilkonstruktion, die das Hafensechstel mit dem Fischersechstel verband. Die drei Märkte der Stadt erhielten ein neues Pflaster, und als die Gurrländer sich schließlich aus Ilynrah zurückzogen, sagten sich die Bewohner, dass sie es eigentlich schon immer so hatten haben wollen.

Wie auf Ilyndhir wurde auch auf den anderen Inseln kräftig gearbeitet. Teren, Malvone, Gelonda und die drei ardhunischen Fürstentümer blühten wieder auf. Auch auf Girdania wurden die Reste der Besatzungszeit beseitigt und neue Straßen und Städte angelegt.

Fünf Jahre später hatten sich die Gurrländer von allen anderen Inseln zurückgezogen und begannen nun, ihre eigenen Dörfer und Städte wieder aufzubauen. Die Erfahrungen, die sie bis dahin gemacht hatten, kamen ihnen nun zugute, und Girdhan, der sich jeden Baufortschritt über die magischen Augen des Feuerthrons ansah, nickte Mera anerkennend zu.

»Eines kann man wirklich sagen: Gurrländer sind nicht dumm!«

»Das wusste ich schon immer! Immerhin bist du ja selbst ein Halber«, neckte Mera ihn lachend.

»Und du eine blaue Hexe, wie es keine zweite gibt!«

Sie reichten einander die Hände und ließen ihre Gedanken über die Inseln fliegen. Es war vielleicht nicht alles so, wie es hätte sein können, aber gut genug, um damit zufrieden zu sein. Nach einer Weile sah Mera Girdhan an.

»Wollen wir ausprobieren, ob es uns gelingt, zu sehen, wie es vielleicht in fünf, sechs oder sieben Jahren aussieht?«

»Du bist die Hexe. Versuche es. Ich helfe dir, so gut ich kann!« Girdhan schmiegte sich an sie und spürte, wie ihre Geister sich verbanden. Die Magie des Feuerthrons war so stark, dass sie auf

Zaubersäfte und dergleichen verzichten konnten. Wohl trübte sich ihr Blick ein wenig, und sie sahen vieles nur undeutlich, doch wenn ihre Gedanken an einer Stelle verharrten, war es ihnen, als würden sie selbst dort stehen.

Als Erstes sahen sie Careela auf ihrem Thron sitzen. Neben ihr hatte Argo Platz genommen. Er war schneller gewachsen als ein Mensch gleichen Alters und glich bereits einem schlaksigen Jungen von zwölf bis vierzehn Jahren. Sein Lächeln war jedoch noch immer so bezaubernd wie früher, und Careela betete ihn förmlich an.

»Wie lange wird es dauern, bis er stark genug ist, den Feuerthron zerstören zu können?«, fragte Girdhan nachdenklich.

»Leider noch sehr viele Jahre! Die Fähigkeiten zum Feuerspeien wachsen mit der Körperlänge des Arghan, und die entwickelt sich leider viel langsamer als die menschliche Gestalt.«

Zuerst nahm Girdhan an, Mera hätte ihm geantwortet, doch da sah Careela fragend zu Argo auf.

»Was hast du gesagt, mein Guter?«

»Meine Worte galten nur zwei lieben Freunden.« Der junge Arghan sah kurz hoch und winkte. Careela wirkte zunächst ein wenig irritiert, folgte dann aber seinem Beispiel.

Während der Palast von Ardhunarah hinter ihnen zurückblieb, seufzte Girdhan ein wenig enttäuscht. »Du hast es gehört. Es wird noch lange dauern, bis wir dieses Sitzmöbel endlich verlassen können.«

»Oh, ich sitze ganz bequem darauf«, sagte Mera und lachte, als sie sein erschrockenes Gesicht sah.

»Keine Sorge, mein Lieber, ich bin nicht dem Thron verfallen. Du hilfst mir, bei klarem Verstand zu bleiben, und dafür bin ich dir dankbar. Allein, fürchte ich, würde ich der Verlockung der Macht wohl erliegen.«

»Allein wäre es mir auch kaum möglich, dem unheilvollen Zauber der Macht zu widerstehen. Zu zweit aber sind wir stark genug.« Girdhan drückte Meras Hand und richtete dann ihren gemeinsamen Blick nach Norden. Die Inseln sausten unter ihnen vorbei, und dann sahen sie für kurze Zeit den Hexenwald von Ilyndhir unter sich. Auch wenn Meravane und ihre Geister ihn verlassen hatten, war sein Zauber noch nicht geschwunden. Mera und Girdhan interessierten sich jedoch weniger für die blau strahlenden Bäume, sondern wanderten in Gedanken weiter nach Ilynrah und dort zum »Blauen Fisch«.

Die Wirtsstube war voll, aber es herrschte eine fast andächtige Stille. Mera und Girdhan sahen auch sofort, warum. Königin Ilna war anwesend und sprach mit Meraneh, während Merala auf einem Stuhl saß und mit der einen Hand Timpo streichelte und mit der anderen eine Wiege schaukelte. Der stolze Gesichtsausdruck von Hannez, der sich gerade mit Hemor und dem Gelondaner Thalan unterhielt, verriet Mera, dass es in ein paar Jahren ein Geschwisterchen für sie geben würde. Darüber freute sie sich, denn nun brauchte sie sich keine Sorgen mehr zu machen, dass ihre Mutter den Gasthof eines Tages in fremde Hände würde geben müssen.

Als sie den Blick über die Leute in der Gaststube wandern ließ, wirkten alle zufrieden. Nur ihre Mutter seufzte leise. »Schade, dass Mera so weit weg ist. Ich hätte ihr so gerne die Kleine gezeigt.«

»Sie sieht sie«, warf Merala lächelnd ein. Sie hatte die geistige Präsenz ihrer Enkelin bereits gespürt, während Meraneh sie erst auf ihre Worte hin wahrnahm. Beide winkten und brachten auch die anderen einschließlich der Königin dazu, dasselbe zu tun.

Nun drehte sich auch der Schankbursche um. Mera erkannte ihn und schluckte, denn es handelte sich um den früheren Steuerschätzer Berrell, der sich während der gurrländischen Besetzung der Insel dem neuen Herrn angedient hatte. Nicht wenige hatten ihn nach der Befreiung hängen sehen wollen. Doch die Königin hatte ihre Rückkehr nicht mit Blutvergießen beginnen wollen und den Mann zu Zwangsarbeit begnadigt. Hemor war schließlich auf den Gedanken gekommen, ihn Meraneh und Hannez als Schankburschen zu überlassen. Zu Beginn hatten die Fischer ihn verspottet, und er hatte so manchen derben Rempler hinnehmen müssen. Inzwischen aber hatten sich alle an ihn gewöhnt, und er erhielt sogar Trinkgeld. Auch jetzt gerade kassierte er wieder und nahm die Ringe, die Meraneh ihm reichte, mit einem zufriedenen Grinsen entgegen.

Mera und Girdhan konnten seine Gedanken lesen und sahen sich kopfschüttelnd an. In einigen Jahren würde ihn die Königin im Rahmen einer allgemeinen Amnestie begnadigen, und bis dahin hatte er genug gespart, um auf einer der kleineren Inseln eine Schänke aufmachen zu können.

»So einer fällt wohl auch immer auf die Beine«, stellte Girdhan fest.

»Er hat Mama eben um zwei Kupferringe betrogen!« Mera hörte sich genauso empört an wie früher, als sie die Krüge im alten »Blauen Fisch« noch selbst ausgewaschen und gefüllt hatte. Am liebsten hätte sie Berrell mit den Kräften des Feuerthrons gepackt und kräftig gebeutelt. Girdhans Hand, die sich mit festem Griff um ihre Rechte schloss, verhinderte es jedoch.

»Lass ihn! So schlimm ist diese Sünde nicht. Denke immer daran, dass der Thron deine eigenen Gefühle verstärkt. Wenn du heute Berrell wegen ein paar Ringen bestrafst, wirst du es morgen bei anderen Leuten in weitaus größerem Maße tun.«

»Du hast recht. Aber ganz ungeschoren lasse ich ihn nicht davonkommen.« Mera stellte Berrell geistig ein Bein und sah zufrieden zu, wie er unter dem Gelächter der anderen stolperte und zu Boden fiel.

Mera war traurig, weil sie selbst nicht dort sein konnte, setzte nach kurzem Zögern aber die geistige Reise mit Girdhan fort. Sie sahen Kip, der tatsächlich Admiral geworden war, wenn auch nicht in der gurrländischen, sondern in der ilyndhirischen Flotte. Er stand auf dem Achterdeck seines Flaggschiffs und trieb seine Offiziere und Matrosen mit den kernigen Ausdrücken an, die er während seiner Jahre auf Gurrland gelernt hatte.

Weiter führte ihr Weg nach Südosten, und schon bald lag Runia unter ihnen. Der weißmagische Schirm schützte die Insel noch immer, und Girdhan wollte diesen Frieden nicht stören. Mera hüllte ihn und sich jedoch in blaue Abschirmmagie und sank tiefer. Sie sahen den Heiligen Baum der Runi in voller Blüte stehen und dachten, dass sich in den nächsten Jahren wohl etliche Runifrauen mit ihren Neugeborenen in ihren Bäumen einspinnen würden, um die ersten Jahre mit ihnen allein zu verbringen und sie auf das Leben in der Gemeinschaft vorzubereiten.

»Hekendialondilan wird ihre Einmaligkeit verlieren, doch ich glaube, es wird ihr gefallen, Spielkameraden zu bekommen.« Noch während sie es sagte, entdeckte Mera ihre Runifreundin und winkte ihr geistig zu. Hekendialondilan drehte sich überrascht um und grüßte dann zurück.

»Sie sieht um keinen Tag älter aus als damals. Na ja, bei jemand, der dreihundert Jahre alt werden musste, um wie eine Zehnjährige auszusehen, ist das kein Wunder.« Girdhan lachte darüber wie früher über einen der schlechten Witze von Kip und wollte den geistigen Ausflug über die Inseln damit beenden.

»Willst du nicht nach deiner Schwester schauen?«, fragte Mera.

»Oh nein! Mir reicht es, dass sie vor drei Wochen da war und mir erklärt hat, was ich ihrer Ansicht nach alles falsch mache!«

Mera lachte bei der Erinnerung. »Sie ist schon sehr bestimmend! Aber deswegen darfst du ihr nicht böse sein. Ohne sie würde der Wiederaufbau von Girdania nicht so gut vorankommen. Oh, schau! Da ist der Geburtsort der magischen Stürme. Ich möchte mir die Insel doch noch einmal ansehen.«

Mera ließ ihren Geist vorsichtig niedersinken und spürte sofort, wie die magischen Winde an ihr und Girdhan zerrten. Als sie beide sich mit der Kraft des Feuerthrons gegen die aufgewühlten Magien stemmten, gelang es ihnen, tiefer zu gehen und zuletzt sogar in die Höhle zu schlüpfen, in die sie sich damals geflüchtet hatten.

Zu ihrer Verwunderung hatte der Platz, an dem sie Schutz gesucht hatten, Bewohner. Es handelte sich um sieben ausgemergelte Gestalten, die erst auf den zweiten Blick als Runi zu erkennen waren.

»Sianderilneh! Bei Ilyna, die haben wir total vergessen. Wir sollten sie und ihre Leute dort herausholen. Schließlich waren sie auch nur hilflose Opfer Wassurams.« Mera wollte ihren Worten Taten folgen lassen, da hob Girdhan warnend die Hand.

»Vorsicht! Wir haben sie in der Zukunft entdeckt. Wenn du sie jetzt wegholst, sind sie zu dem Zeitpunkt nicht mehr dort und wir sehen sie nicht. Dann könntest du sie nicht holen, und das Ganze würde zu einem dieser Zeitparadoxien, vor denen jeder Magier gewarnt wird.«

»Du hast erneut recht, mein Lieber. Warten wir eben so lange, wie es sein muss. Aber was meinst du, hast du Lust zu sehen, ob wir in fünf oder zehn Jahren noch auf dem Feuerthron sitzen?«

Bei dem Gedanken schüttelte es Girdhan. »Besser nicht. Davon lasse ich mich lieber überraschen.«

Mera beendete ihren Ausflug in die Zukunft, winkte einer ihrer Dienerinnen, ihr einen großen Krug frisches Wasser zu bringen, und sah dann Girdhan an.

»Interessieren würde es mich schon, ob wir irgendwann einmal von diesem Thron herabsteigen und wieder wie ganz normale Leute leben können. Doch wie du schon gesagt hast: Davon sollten wir uns besser überraschen lassen.«

GLOSSAR

Adept Schüler, der in eine Geheimlehre eingeweiht wird (Magierlehrling)
Ausguck hochgelegener Beobachtungspunkt auf einem Schiff (Plattform oder Mastkorb hoch oben am Mast); Bezeichnung für Seeleute, die als Späher (Ausguckposten) im Mastkorb stehen
Bader Barbier (Herrenfrisör); Heilgehilfe, der selbstständig leichte Wunden und Knochenbrüche versorgen kann
Barke kleines Boot; auch größeres Boot ohne Mast
Blaumond einer der sechs Monde der Welt – er strahlt blau und wird der Göttin Ilyna zugesprochen; für die Ilyndhirer ist er der Glücksmond
Bolzen Stift, mit dem Gegenstände oder Werkstücke miteinander verbunden werden können
Büttel Ordnungshüter, Polizist; auch: Gerichtsdiener
Farbfeindschaft Gegensatz zwischen zwei bestimmten magischen Farben, der je nach Stärke von bloßer Unverträglichkeit bis hin zu magischen Explosionen führen kann
Feldmarschall höchster Offiziersrang für den Oberbefehlshaber des Heeres
Feuerstein Kieselgestein, mit dem sich aus Stahl leicht Funken schlagen lässt
Fidibus gefalteter Papierstreifen oder Holzspan – der mit Hilfe einer Zündbüchse entzündet wird, um damit z. B. das Holz in einem Ofen anzuzünden
Freibord Höhe des Schiffskörpers über der Wasserlinie
Galeere größeres Schiff, das keine Segel besitzt, sondern durch Ruder fortbewegt wird
Gelbmond einer der sechs Monde der Welt – er leuchtet gelb und gilt daher als der Mond des Gottes/Dämons Talien
Gestade Ufer des Meeres oder eines Flusses
Grünmond einer der sechs Monde der Welt – er leuchtet grün und wird mit dem Gott/Dämon Tenelin in Verbindung gebracht; für die Ilyndhirer ist er der Teufelsmond

Harnisch (Brust-)Panzer

Hellebarde Hieb- und Stoßwaffe, Stangenwaffe des Fußvolks (Paradewaffe der königlichen Garde)

Hexe Bezeichnung für weiblichen Magier

Hexenschülerin Bezeichnung für weiblichen Adepten

Höfling Mitglied des Hofstaates der Königin

Insignien Zeichen staatlicher, ständischer oder religiöser Würde und Macht

Invasoren Angreifer, Eroberer

Kaverne natürlich entstandener oder künstlich geschaffener Hohlraum

Kiel zentraler Längsbalken, sozusagen das »Rückgrat« im Boden eines Schiffes

Kimm Horizontlinie auf dem Meer

Köcher Behälter zum Aufbewahren von Pfeilen

Kombüse Schiffsküche

Kordon Postenkette

Krähennest geschützter Stand oben am Mast für den Ausguck, auch Mastkorb genannt

Lefzen Bezeichnung für die Lippen eines Tieres

Levitation Heben und Bewegen eines Gegenstandes durch magische Kräfte

Levitationsplatte Aufzug, der durch Magie angetrieben wird

Magier ausgebildeter Zauberer, der die Kraft seiner magischen Farbe für übersinnliche Dinge verwenden kann

Magische Farbe, Götterfarbe magische Kraft, die Erde, Pflanzen, Tiere und Menschen gleichermaßen erfüllt; wird von normalen Menschen nur instinktiv wahrgenommen, während magisch begabte Personen sie geistig fühlen (sehen) und für ihre Zauber verwenden können

Magische Stürme heftige Unwetter, die durch magische Überladung und Gegenfarbenexplosionen entstehen

Mure Schlamm- oder Steinlawine

Ornat feierliche Amtstracht

Pike langer Spieß

Pinne siehe Ruderpinne

Rah Teil der Takelage; Querstange, an der die Segel befestigt sind

Raume Brise idealer, kräftiger Segelwind seitlich von hinten

Rocken Stab, um den geschorene Schafwolle so gewickelt wird, dass man sie mit Fingern herausziehen und zu einem Faden drehen kann

Ruderpinne Waagerechter Hebel, mit der das Steuerruder eines kleinen Schiffes bewegt werden kann

Rudergänger Mann, der das Steuerruder eines Schiffes bedient

Schaluppe kleines Segelschiff mit einem einzigen Mast

Schären kleine, flache Felseninseln

Schärpe Rangabzeichen in Form eines breiten Stoffstreifens, der von der rechten Schulter zur linken Hüfte getragen wird

Schwärende Wunde anderer Ausdruck für eiternde, stark entzündete Wunde

Schwarzmond einer der sechs Monde der Welt – aufgrund seiner Schwärze ist er nur für magisch begabte Wesen zu erkennen und gilt als der Mond des Gottes/Dämons Giringar

Spielleute Musikanten

Spindel kurzer Stab, an dem die zu einem Faden gesponnene Wolle aufgewickelt wird

Spruchrolle, magische auf Papier geschriebener Zauberspruch, der beim Abreißen des Siegels wirkt

Spürartefakt magisches Gerät, das die Annäherung von magisch begabten Wesen erkennen und Alarm schlagen kann

Stadtbüttel städtischer Ordnungshüter, Stadtpolizei

Stadtgarden/Stadtgardist Soldaten der Königlichen Garnison, sowie der Leibwache der Königin

Stadtpräfekt höchster Beamter der Stadtverwaltung

Stenge Verlängerung eines Schiffsmastes

Takelage Bezeichnung für alle Segel und das gesamte Tauwerk eines Segelschiffes

Versitzgruben auch Klärgruben; Auffangbecken für menschliche Ausscheidungen, die von Zeit zu Zeit geleert werden müssen

Vettel verächtlicher Ausdruck für alte Frau

Violettmond einer der sechs Monde der Welt – aufgrund seines violetten Leuchtens gilt er als der Mond der Göttin Linirias

Vla heißes Getränk (eine Art Kakao)

Wanten das Tauwerk, mit dem die Masten an den Schiffsseiten verspannt sind, damit diese nicht durch den Winddruck brechen

Weißmond einer der sechs Monde der Welt – sein Licht ist strahlend weiß, daher gilt er als der Mond des Gottes Meandir

Zündbüchse Metallbüchse mit brennbarem Inhalt, der durch die Funken eines Feuersteins oder durch Magie entzündet werden kann, eine Art Feuerzeug

PERSONENREGISTER

Die Sucher

Argo ein etwa zwei Jahre alter Junge
Careela 15 Jahre alt, Prinzessin aus Ardhenu
Fleckchen gescheckte Hündin
Girdhan 13 Jahre alt, Schankbursche im »Blauen Fisch«, stammt aber aus Girdania
Hekendialondilan Mädchen aus Runia
Kip 13 Jahre alt, Fischerjunge
Mera 14 Jahre alt, Tochter der Wirtin des »Blauen Fischs«
Timpo das Salasa, ein meerschweinchenartiges Tier

Die Bewohner Ilyndhirs und der Nördlichen Inseln

Berrell Steuerschätzer des Fischersechstels
Hannez Fischer aus Ilynrah
Hemor Graf und Geheimer Staatsrat in Ilyndhir
Ilna V. Königin der Nördlichen Inseln
Lenghil Herzog von Teren
Merala Meranehs Mutter
Meraneh Meras Mutter, Wirtin des »Blauen Fischs« in Ilynrah
Meravane Meras Ahnfrau
Mirzah Hexe aus Ilyndhir
Torrix Hofmagier in Ilyndrah
Yanga Zweite Hexe von Ilyndhir

Die Herrscher und Magier der Südlichen Inseln

Ardheela Fürstin der Ardhenu, Careelas Schwester
Ethrul Hofmagier von Malvone
Talena Regentin von Gelonda
Tendel König von Malvone

Die Girdanier

Dhana Girdhalas Mutter
Girdhala Anführerin der freien Girdanier
Salintah junge Girdanierin

Die Gelondaner

Talei junge gelbmagisch Begabte
Thalan Mann aus Gelonda, der mit Hannez zusammen flieht

Die Runi

Hekerenandil Hekendialondilans Mutter
Menanderah Königin von Runia
Menandhol Menanderahs Bruder
Reodhendhor Reodhilans Sohn
Reodhilan frühere Königin von Talrunia
Sianderilneh Menanderahs Kusine

Die Götter

Giringar Gott der Schwärze
Ilyna Göttin der blauen Farbe
Linirias Göttin der violetten Farbe
Meandir Gott der weißen Farbe
Talien Gott der gelben Farbe
Tenelin Gott der grünen Farbe

Weitere Wesen

Argutano der Arghan
Wassuram Schwarzmagier

DER ARCHIPEL

Menschenreiche

1. Das vereinigte Königreich der Nördlichen Inseln, Hauptstadt Ilynrah
   a) Herzogtum Wardania, bestehend aus den Inseln Wardania, Trymai und Teglir.
   b) Königreich Ilyndhir, bestehend aus den Inseln Ilyndhir und Evorda
   c) Herzogtum Teren, bestehend aus den Inseln Teren und Terila
   Die Bewohner des vereinigten Königreiches des Nordens gehören einem Volksschlag an, der etwa um einen Kopf kleiner ist als ihre südlichen Nachbarn. Die Wardanier und Ilyndhirer beten die Große Blaue Göttin Ilyna an.
   Die Terener hingegen sind Gläubige Meandirs, des Gottes der weißen Farbe. Da die Terener vom Aussehen her den Ilyndhirern ähneln, werden sie von diesen als Brudervolk angesehen, das es gegen die hünenhaften Malvoner zu beschützen gilt.
2. Das Königreich Malvone, bestehend aus den Inseln Malvone, Malan und Malanar, Hauptstadt Malvonrah
   Die Malvoner sind hoch gewachsene, kräftige Leute, die mit einer gewissen Verachtung auf die kleineren Bewohner der nördlichen Inseln herabschauen. Ihr Gott ist Tenelin, der Herr der grünen Farbe. Da das Weiß von Teren eine ihnen zugewandte Farbe ist, ist es ihr Bestreben, dieses Volk von der Herrschaft der blauen Ilyndhirer zu befreien, da diese ihre eigenen Farbfeinde sind.
3. Das Königreich Gelonda, Hauptstadt Gelondarah
   Die Gelondaner sind ein den Malvonern verwandtes Volk, noch ein wenig größer und breiter als diese. Sie beten zu Talien, dem gelben Gott, dessen Hilfe sie wahrlich benötigen, denn sie verteidigen ihre Insel seit mehr als einem halben Dutzend Jahren gegen die Angriffe des Kaiserreiches von Gurrland.
4. Das Fürstentum Ardhu, Hauptstadt Ardhurah

5. Das Fürstentum Ardhenu, Hauptstadt Ardhenurah
6. Das Fürstentum Ardhunar, Hauptstadt Ardhunarrah
Die drei Fürstentümer Ardhu, Ardhenu und Ardhunar werden von den Ardhuniern bewohnt, einem Volk, das die violette Göttin Linirias anbetet. Die Ardhunier sind groß und schlank, ohne jedoch die Größe der Malvoner oder Gelondaner zu erreichen. Die drei Inseln sind vor etlichen Jahren von Gurrland erobert worden. Teile des Volkes haben sich nach Gelonda geflüchtet und mit dessen Bewohnern verbündet, obwohl sie als Violette eigentlich deren Farbfeinde sind.
7. Das Fürstentum Girdania
Die Girdanier sind ein Volk, das sich aus Menschen, ähnlich den Ardhuniern und Gurrländern gebildet hat. Die Frauen sind groß und schlank, die Männer einen halben Kopf kleiner, dafür aber breit und kräftig. Der Gott der Girdanier ist Giringar, der Herr der Schwärze. Girdania wurde von Gurrland erobert, obwohl beide Völker zum selben Gott beten. Eine kleine Gruppe in den Bergen leistet jedoch noch immer Widerstand.

Weitere Reiche

1. Das Reich von Runia
Es wird von dem geheimnisvollen Volk von Runia bewohnt, das seit Jahrhunderten keinen Kontakt zu den Ländern der Menschen mehr pflegt. Die Runier sind Anhänger des Weißfarbengottes Meandir.
2. Das Kaiserreich Gurrland, Hauptstadt Gurrdhirdon
Dort leben die Gurrländer oder Gurrim, ein kräftiges und machtvolles Volk von fremdartigem Aussehen. Ihr Gott ist wie bei den mit ihnen verwandten Girdaniern der schwarze Giringar. Dies hat sie aber nicht daran gehindert, sowohl Girdania, wie auch die ihnen von der Religion her eigentlich zugewandten Ardhunier zu unterwerfen.

Die Götter und Farben

Auf dem Archipel werden sechs Göttinnen und Götter angebetet, die jeweils für eine magische Farbe stehen. Drei der Farben und Götter gelten jeweils als zugewandt. Zwei Farben und Götter werden als abgewandt angesehen, und zu jeweils einer besteht eine Farbfeindschaft.

Blau: Ilyna – Farbfeindschaft zu Grün: Tenelin
Violett: Linirias – Farbfeindschaft zu Gelb: Talien
Schwarz: Giringar – Farbfeindschaft zu Weiß: Meandir

INHALT

I
Die Flucht 5

II
Auf See 79

III
Das Geheimnis von Runia 163

IV
Die Insel der magischen Stürme 255

V
Die Macht des Kaisers 349

VI
Der Feuerthron 437

Glossar 535
Personenregister 539
Der Archipel 541

ÜBER DEN AUTOR

Diana Wohlrath wurde Mitte des letzten Jahrhunderts im Rheinland geboren. Sie studierte Medizin, brach aber das Studium ab und arbeitete als Angestellte in einem weltweit operierenden Konzern. Etwa zur gleichen Zeit erschienen ihre ersten Kurzgeschichten in verschiedenen Fantasy-Anthologien. Mitte der Siebzigerjahre schrieb sie gemeinsam mit ihrem Ehemann ein Fantasy-Kinderbuch, wechselte dann jedoch das Genre und begann sich erst vor rund zehn Jahren wieder mit Jugendliteratur zu befassen. Im Laufe der Zeit entwickelte sie mit der Welt der magischen Farben ein eigenes Fantasy-Universum, das schließlich den Hintergrund für den *Feuerthron* bildete.

Diana Wohlrath lebt zusammen mit ihrem Mann, der ebenfalls Schriftsteller ist, seit 2007 in einem kleinen Dorf in der Umgebung von München.

Der Feuerthron ist ihr erster Roman im Hanser Verlag.

Der Archipel
Insel des grünen Wassers
Teglir
WARDANSTEIN
Wardania
Trymai
Insel der Versteinerung
Evorda
ILYNRAH
Ilyndhir
Runia
Duftholz-Insel
Terila
Teren
Geburtsort der magischen Stürme
Malanar
MALVONRAH
Malvone
Malan
Girdania
Ardhunar
GELONDARAH
Ardhenu
Gelonda
GURRDHIRDON
Gurrland
Ardhu